凱信企管

用對的方法充實自己，
讓人生變得更美好！

凱信企管

用對的方法充實自己，
讓人生變得更美好！

格林法則魔法學校首部曲

我的第一本
格林法則
英文單字魔法書

全國高中生單字比賽冠軍的私密筆記本
指考、學測、統測、英檢
滿分神之捷徑

導讀

本書收錄字根、字首、字尾，共計 388 個。以「字根首尾」為經，「格林法則」轉音精神為緯，編織瑰麗的單字學習圖騰。為了讓讀者了解本書的學習方式，分成三部分介紹此書：

一、字根（字幹）、字首、字尾概述

「字根」（root）是單字的核心，前面可以黏接「字首」（prefix），後面可黏接「字尾」（suffix）。必須留意的是，在字根、字首、字尾單字書中常看到的「字根」一詞，以現代語言學的觀念來看，大部分都不是「字根」。事實上，許多「字根」（root）都是「字幹」（stem），以「光」為例，luc 是「字根」，lucid、lucent 這些比字根還大的構詞元素，叫做「字幹」。長久以來，國人習慣以「字根」代指「字幹」，雖然不正確，但一時之間要改變此說法，倒也不容易。本書採取折衷態度，從善如流，盡可能以大家所熟識的「字根」一詞，來稱呼這些「字幹」，惟在導讀，以括號加註「字幹」二字，力求符合語言學理。

所有的字首都是「衍生詞素」（derivational morpheme），都具有語意，如：abs- 表示「離開」、con- 表示「共同」、pro- 表示「往前」、sub- 表示「在下面」，這些字首加接字根（字幹）時，會賦予字根（字幹）語意，當 con-加上 tract，字面意思是「拉在一起」，引申為「契約」；當 dis- 加上 tract，字面意思是「拉開」，引申為「使分心」；當 re- 加上 tract，字面意思是「拉回去」，引申為「撤回」。字尾可分兩類，一個是「衍生詞素」（derivational morpheme），具有語意，如：-able（能……的）、-ible（能……的），加接字根（字幹）可能造成詞性以及語意變化，產生新詞，如 retract（撤回）加上 -able，表示「可縮回的」；另一個是「屈折詞素」（inflectional morpheme），具有語意，但不會造成詞性改變，屈折詞素是指 -ed, -ing, -er, -est, -s, -'s 等，如：當動詞 distract（使分心）加上過去式動詞字尾 -ed，便形成 distracted，表示「使分心」這個動作發生在過去，但詞性還是動詞。建議讀者利用以下表格所列字根首尾，排列出新單字。

字首	字根（字幹）	字尾
abs-（離開）		-ing（分詞、動名詞字尾）
ad-（向……）		-ion（名詞字尾）
con-（共同）		-ive（具有……特質的）
dis-（不，離開）	tract（拉）	-ibility（表能力）
pro-（往前）		-or（做出動作者）
re-（再，返回，後）		-ible（能……的）
sub-（在下面）		-able（能……的）

註解 有些字能夠拼得出來，但在大部分字典裡卻找不到，這種現象叫做「詞彙空缺」（lexical gap），像是 *subtractible, *abstractibility。

二、格林法則是什麼？

　　格林法則本是描述印歐語和日耳曼語的子音產生系統性鍊變的現象，為幫助廣大學習者，本書以「格林法則」精神提出「轉音六大模式」，佐以「注音符號」來幫助讀者記憶，如下表：

1. b / p / m / f / v ㄅ/ㄆ/ㄇ/ㄈ	以 **patr** 和 **father** 為例，皆表示「父親」，兩者同源，因為 **p/f 轉音**，造成拼字差異，可用注音符號**ㄆ/ㄈ轉音**巧記。
2. d / t / n / l / r / z / s / ʒ / ʃ / θ / ð ㄉ/ㄊ/ㄋ/ㄌ/ㄖ/ㄗ/ㄙ	以 **ped** 和 **foot** 為例，皆表示「腳」，兩者同源，除了開頭子音 p/f 轉音，字尾子音也歷經音變—**d/t 轉音**，造成拼字差異，可用注音符號**ㄉ/ㄊ轉音**巧記。
3. g / k / h / dʒ / tʃ / ŋ / j ㄍ/ㄎ/ㄏ/ㄐ/ㄑ/ㄥ/一	以 **frag** 和 **break** 為例，皆表示「破裂」，兩者同源，除了開頭子音 b/f 轉音，字尾子音也歷經音變—**g/k 轉音**，造成拼字差異，可用注音符號**ㄍ/ㄎ轉音**巧記。
4. u / v / w 字母對應	以 **vol** 和 **will** 為例，皆表示「意志」，兩者同源，**v/w 同源字母對應**。
5. h / s 希臘文 h 和拉丁文 s 字母對應	以 **hyper-** 和 **super-** 為例，皆表示「超越」，兩者同源。

6. 母音通轉	在上述例子中，**patr** 和 **father**、**ped** 和 **foot**、**frag** 和 **break**、**vol** 和 **will**、**hyper-** 和 **super-** 等，子音固然經歷轉變，母音也產生變化，唯母音通轉不像子音變化那麼有規律。

　　讀者需熟記以上六條規律，才能體會本書精華之處，請細讀每個字根首尾的《神之捷徑》單元，印證轉音「六大模式」。

三、本書架構

• 共書共分三章，如下圖：

字根（root）、字幹（stem）
共 316 個

字首（prefix）
共 53 個

字尾（suffix）
共 19 個

• 除了單字主體外，本書含有以下七個重要元素：

1. 神之捷徑：

簡介該單元的詞素與定義，大部分章節都精心挑選「神隊友」，引導讀者用簡單字來連結複雜單字或詞素。

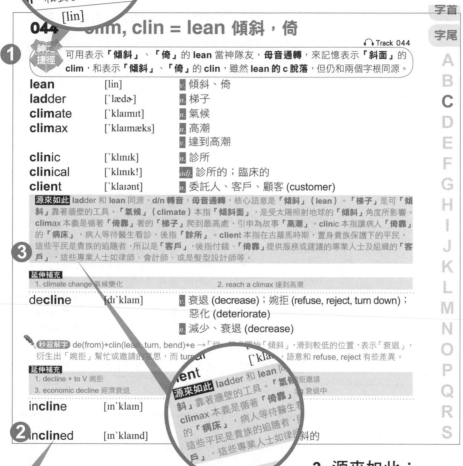

clim, clin =

用表示「傾斜」、「倚
m，和表示「傾斜」、

[lin]

044 clim, clin = lean 傾斜，倚

🎧 Track 044

神之捷徑 可用表示**「傾斜」**、**「倚」**的 **lean** 當神隊友，**母音通轉**，來記憶表示**「斜面」**的 **clim**，和表示**「傾斜」**、**「倚」**的 **clin**，雖然 **lean 的 c 脫落**，但仍和兩個字根同源。

lean	[lin]	v 傾斜、倚
ladder	[ˋlædɚ]	n 梯子
climate	[ˋklaɪmɪt]	n 氣候
climax	[ˋklaɪmæks]	n 高潮
		v 達到高潮
clinic	[ˋklɪnɪk]	n 診所
clinical	[ˋklɪnɪk!]	adj 診所的；臨床的
client	[ˋklaɪənt]	n 委託人、客戶、顧客 (customer)

源來如此 ladder 和 lean 同源，**d/n 轉音**，**母音通轉**，核心語意是**「傾斜」**（lean）。**「梯子」**是可**「傾斜」**靠著牆壁的工具。**「氣候」**（climate）本指**「傾斜面」**，是受太陽照射地球的**「傾斜」**角度所影響。**climax** 本義是循著**「倚靠」**著的**「梯子」**爬到最高處，引申為故事**「高潮」**。**clinic** 本指讓病人**「倚靠」**的**「病床」**，病人等待醫生看診，後指**「診所」**。**client** 本指在古羅馬時期，置身貴族保護下的平民，這些平民是貴族的追隨者，所以是**「客戶」**，後指付錢、**「倚靠」**提供服務或建議的專業人士及組織的**「客戶」**，這些專業人士如律師、會計師、或是髮型設計師等。

延伸補充
1. climate change 氣候變化　　　　　　2. reach a climax 達到高潮

de**clin**e	[dɪˋklaɪn]	v 衰退 (decrease)；婉拒 (refuse, reject, turn down)；惡化 (deteriorate)
		n 減少、衰退 (decrease)

秒殺解字 de(from)+clin(lean, turn, bend)+e →「從」某處開始「傾斜」，滑到較低的位置，表示「衰退」，衍生出「婉拒」幫忙或邀請的意思，而 turn down 也表示「拒絕」，語意和 refuse, reject 有些差異。

延伸補充
1. decline + to V 婉拒
3. economic decline 經濟衰退

in**clin**e	[ɪnˋklaɪn]
in**clin**ed	[ɪnˋklaɪnd]

(放大鏡內文字)
源來如此 ladder 和 lean 同
斜」靠著牆壁的工具。**「氣候」**
climax 本義是循著**「倚靠」**
的**「病床」**，病人等待醫生看
這些平民是貴族的追隨者，所
戶」，這些專業人士如律師

秒殺解字 de(from)+clin(lean, turn, bend)+e →「從」某處開始「傾斜」衍生出「婉拒」幫忙或邀請的意思，而 turn down 也表示「拒絕」，
延伸補充
1. decline + to V 婉拒

3. 源來如此：

提供品牌知識，並解析同源字，達到「字以群記」的目標。

2. 秒殺解字：

提供單字拆解和解釋，作為學生記憶的輔助。

auditorium [ˌɔdɪˈtorɪəm] n. 劇院等的聽眾席，大廳 **複數**

字辨 spectator 是「**看比賽的觀眾**」，而 viewer 是「**看電視節目的觀眾**」。

4. 字辨：

解釋語意接近的單字，或者是容易混淆的單字，讓讀者明白字詞差異。

012　audio, aud, audi = hear 聽

🎧 Track

神之捷徑　August Horch 是德國知名工程師和汽車先驅，1896 年開始在賓士汽車工作擔任品牌經理，1899 年和友人合作，用自己的姓氏創立了 A. Horch & Cie 公司，但後公司內部發生糾紛，於是選擇另立門戶，成立了 Horch Automobil-Werke GmbH。為了避免侵權，將公司名字改為「**奧迪**」（**Audi**），源自拉丁文的 **Audi** 恰好對德文的 **Horsh**，皆表示「**聽**」。用品牌來記字根是不是有趣許多呢？不妨用 **Au** 當神隊友，來記憶和「**聽**」有關的單字，如 audience, auditorium。

audio	[ˈɔdɪˌo]	*adj.* 聽覺的；聲音的
audiovisual	[ˌɔdɪoˈvɪʒʊəl]	*adj.* 視聽的 → vis 表示「看」(see)，al 是「形容詞字尾」。
audible	[ˈɔdəb!]	*adj.* 可聽見的 (≠ **inaudible**) → ible 表示「可以……的」(a
audience	[ˈɔdɪəns]	n. 聽眾；看電影、戲劇或演唱會觀眾
audit	[ˈɔdɪt]	v. 旁聽；查帳 n. 查帳
audition	[ɔˈdɪʃən]	n./v. 試鏡、試唱、試演
auditory	[ˈɔdəˌtorɪ]	*adj.* 聽覺的 → ory 是「形容詞字尾」。
auditorium	[ˌɔdəˈtorɪəm]	n. 劇院等的聽眾席；大廳 **複數** auditoriums, auditoria

字辨 spectator 是「**看比賽的觀眾**」，而 viewer 是「**看電視節目的觀眾**」。

④

obey	[əˈbe]	v. 遵守、服從 (follow, observe, abide by, comply stick to, keep to ≠ break, diso**bey**)
o**bedi**ent	[əˈbidjənt]	*adj.* 服從的、遵從的 (≠ diso**bedient**)
o**bedi**ence	[əˈbidjəns]	n. 服從、遵從 (≠ diso**bedience**)

秒殺解字 ob(to)+ey(audio=hear) →「聽」從命令或法律規則，就是「遵守」。

延伸補充
⑤　1. obey an <u>order/command</u> 服從命令　　　　2. obey the <u>law/rules</u> 遵守法律 / 規則

秒殺解字 ob(to)+ey(audio=hear) →「聽」從命令或法律規則，就是「遵守」。

延伸補充
1. obey an <u>order/command</u> 服從命令　　　　2. obey the <u>law/rules</u> 遵守法律 / 規則

5. 延伸補充：

提供單字的使用方法、片語、字詞搭配等。

6. 英文老師也會錯：

破解坊間書籍普遍存在的錯誤論述，建立正確字源論述和字詞用法。

management [ˈmænɪdʒmənt] *n.* 管理、經營、處理

manageable [ˈmænɪdʒəbl] *adj.* 易處理的、可應付的 (≠ unmanageable)

英文老師也會錯 manage + to V 一定是**成功做到**了。坊間書籍、英漢字典、網路、甚至是大部分的教科書，把它翻譯成**設法**，是常見的錯誤。根據朗文字典的英英定義 manage + to V：to succeed in doing something difficult, especially after trying very hard，意思是費很大的勁才達成，主要的意思是「**達成**」、「**辦到**」。例句如下：

★ How do you **manage** to stay so slim? 你這麼苗條到底怎麼**辦到**的？
★ The kids **managed** to spill paint all over the carpet. 這些小鬼**竟然把**油漆 / 顏料灑得地毯到處都是。
★ The Doctor said it was a miracle that the pilot had **managed** to steer the plane down at all. 醫生說機師（有可能是在心臟病或中風發作的情況下）**還讓**飛機降落，堪稱奇蹟。

manner [ˈmænə] *n.* 做事的方式 (way)；禮儀（複數）

延伸補充
1. in a ... manner/way 以……的方式
2. have good/bad manners 有禮儀 / 沒禮儀
3. table manners 餐桌禮儀
4. mind your manners 注意你的禮貌

manual [ˈmænjuəl] *adj.* 體力的 (blue-collar)；手動的 (≠ automatic)；手的 *n.* 手冊 (handbook)

manufacture [ˌmænjəˈfæktʃə] *v.* 製造 (make, produce)；捏造 (fabricate, invent) *n.* 製造

manufacturer [ˌmænjəˈfæktʃərə] *n.* 製造商 (maker, producer)
manufacturing [ˌmænjəˈfæktʃərɪŋ] *n.* 製造；製造業
秒殺解字 manu(hand)+fact(do, make)+ure → 工業革命前用「手」「做」東西。

manuscript [ˈmænjəˌskrɪpt] *n.* 原稿、手稿；手抄本
秒殺解字 manu(hand)+script(write) → 用「手」「寫」，表示「手稿」。

manipulate [məˈnɪpjəˌlet] *v.* 操縱；巧妙地處理
秒殺解字 mani(hand)+pul(fill, full)+ate → 原意類似 handful，意圖把「手」「填滿」，即掌握一切在「手」中，常指以不正當手段來「操縱」他人或事物。

maintain [menˈten] *v.* 維持、維修、保養；堅稱 (claim)；供養 (provide for)
maintenance [ˈmentənəns] *n.* 維持、維修、保養；堅稱；贍養費 (alimony)
秒殺解字 main(hand)+tain(hold) → 「維修」、「保養」一開始是用「手」處理的。

源源不絕學更多 manifest (adj. 清楚的)。

---

maintenance [ˈmentənəns]
秒殺解字 main(hand)+tain(hold) → 「維
源源不絕學更多 manifest (adj. 清楚的

7. 源源不絕學更多：

讓意猶未盡的學習者有機會記憶更多的同源字。值得注意的是，有些單字和詞素長得不像，這是在漫長的語言演變過程中所產生的差異，讀者須留意，不要誤以為這些單字誤列，也不需要過度拆解這些單字。

推薦序

　　在外人看來，我是個很會讀書（或者說很會考試）的孩子，不管是考臺大、諮商所、心理師執照，都是十分順利、手到擒來。其實不管學甚麼，我都算是個認真勤奮的學生：在學習上，我會盡量尋找有效率的方式，用有限的時間、省力的方式，來建構知識系統。比如當我拿到一本書的時候，會先看書目，概略了解這本書想要傳達給讀者的主要概念。在閱讀的時候，就會努力把每個單元或目次所要表達的概念搞懂，以省時又有效的方式吸收作者想要傳達的內容。而在考試時，我會從考古題裡，找到考試範圍的重點、出題者希望考生瞭解的架構，進而聚焦在這些醒目的重點上。

　　至於單字跟文法的背誦，我一直覺得若能找到當中的通則，在學習上可以事半功倍。可惜的是，我們這一代學習詞彙大多透過硬背以及不斷聽與說來練習。即便自己在學習中，隱約覺得英文單字存在某些規則，但始終無法有效歸納一個容易記憶的系統。直到最近看到好友冠名、智民共同編寫《我的第一本格林法則英文單字魔法書：全國高中生單字比賽冠軍的私密筆記本，指考、學測、統測、英檢滿分神之捷徑》一書，我才發現：原來英文詞彙背後真有一套細膩而且富有文化脈絡的規則。而我特別喜歡書中利用生活化的經驗，如電腦品牌Acer，來協助讀者推敲字根首尾的意思。

　　另外，冠名、智民他們提到單字教學與學習的三程序：分析、歸納與演繹，透過拆解來聯想，用一個英文單字去猜想其他類似結構的單字，更是幫字彙量有限的讀者拓展單字力，也連帶增進了閱讀理解力。而本書的七大特色更可以看出，為了讓讀者可以輕鬆學習，有效吸納，冠名、智民他們花了多少心思於其中。我必須說，在七大要素中，我特別喜歡書中各章節特別挑選的「神隊友」，協助讀者以搭配格林法則轉音原則的常用字或詞素來連結、吸收複雜的單字。至於「秒殺解字」則針對學生在考試的單字拆解與解釋，提供了一條便捷的道路。

拜讀了這本書，我看見了英文單字的學習，不再是痛苦、繁雜的背誦，而是可以透過規則、延伸不斷的系統性學習。恭喜好友冠名、智民完成了一本英文字彙的鉅作，也恭喜各位讀者處在這個時代，可以輕鬆有趣地學習英文。

　　願大家讀完本書都有滿滿的收穫。

　　　　　　　　　　　　　　　　　　　　　　　佛洛阿水
　　　　　　　　　　　　　　　　　　　　（臺灣首席諮商心理師）

作者序
Preface

本書出版之際，風起雲湧，正值新一波教改大潮，強調「素養導向」的108新課綱即將上路，其核心理念是「自發、互動、共好」。筆者編寫《我的第一本格林法則英文單字魔法書：全國高中生單字比賽冠軍的私密筆記本，指考、學測、統測、英檢滿分神之捷徑》一書，衷心盼望能幫助數十萬的高中生，得以在這波教改浪潮中，乘風破浪，航向成功的彼岸。但筆者也反思這波教改浪潮中，能在教學現場激起多大的漣漪？這波浪潮又會將臺灣的英語教學帶往何處？回顧臺灣英語教學史，教學現場常忽略有效的單字學習方法，導致學生死記硬背，不求甚解、不學方法、不擬策略，視記憶單字為洪水猛獸，更遑論要培養學生自動自發的學習態度。筆者編寫本書，旨在提倡「字根首尾」、「格林法則」（Grimm's Law）單字記憶法，強調有知有覺且符合外語學習歷程的方法，以激發學生的學習動機，並有系統地學習單字。事實上，字根首尾記憶法是極具邏輯的學習法，重視分析、強調思考，一個訓練有素的學習者，透過觀察字根首尾的組合，可以預測語意，也可加深記憶。據筆者觀察，懂字根首尾的人，分析問題和解決問題的辨證思維能力較強。

然而，平心而論，學校內教授字彙記憶方法的課程並不多。若能協助廣大的莘莘學子找到單字的記憶關鍵，方能達到事半功倍，有效學習語言的目標。這幾年國內翻轉教學、多元選修課程大行其道，已有不少教育先進改善單字的教學方法，但這些改變大多強調字詞的用法和語境的重要，如：搭配詞、例句、上下文，儘管方向正確，但若仔細觀察學生的學習表現，仍有一大票學生還停留在單字記不起來的階段，單字念不出來也拼不出來，奢談其他。筆者認為，學生若能參透字裡乾坤，便能破解單字密碼。根據統計，高中職大部分的單字皆可以拆解，記憶的關鍵便在「構詞法」，學習字根首尾記憶法，是建立學習信心的第一步。

◆ 字根首尾易學難忘，日常生活隨處可見

有些人認為字根首尾不易學，但事實卻不然，端看教學者怎麼引導。字根

首尾在品牌名稱、電視廣告、路上招牌裡隨處可見，不妨善用以下幾個關於品牌名稱的問題來測試自己對單字的敏感度。

一、電腦品牌 Acer（宏碁）的 acer 是什麼意思？

二、汽車品牌 Audi（奧迪）的 aud 是什麼意思？

三、麵包品牌 Panera（帕尼羅）的 pan 是什麼意思？

四、電器品牌 Panasonic（國際牌）的 son 是什麼意思？

五、內衣品牌 Triumph（黛安芬）的 triumph 是什麼意思？

六、衣服品牌 Superdry（極度乾燥）的 super- 是什麼意思？

七、汽車品牌 Volkswagen（福斯汽車）的 volks 是什麼意思？

八、運動品牌 Under Armour（UA）的 arm 是什麼意思？

九、保險套品牌 Durex（杜蕾斯）的 dur 是什麼意思？

十、汽車品牌 Infiniti（英菲尼迪）的 fin 是什麼意思？

　　只要懂得以上英文品牌所包含的字根首尾，就有機會擴增上百個單字，如果知道奧迪的 aud 表示「聽」，就可以了解 audience 為什麼是「聽眾」、audition 為什麼是「試唱」、auditorium 為什麼是「劇院等的聽眾席」了。學生學會字根首尾，不僅單字記得牢，對生活的觀察也會變得更敏銳。相對地，沒學過字根首尾的人，失去體驗生活樂趣的一個門路。教授字根首尾，能幫助學生突破單字記憶瓶頸，鍛鍊思維能力，也可與生活接軌，舉凡：出國、搭車、購票、交易、提款、閱讀，都有可能接觸到英文單字，倘若詞語不通，猶如瞎子摸象，易造成溝通的障礙，懂得字根首尾者，能臆測陌生單字語意，完成溝通任務。

◆ 學習字根首尾的好處：利用字根首尾辨識字詞差異

　　學生還可用字根首尾來辨識英文的同義字，茲列舉書中提到的 influence/affect/impact 來說明字根首尾的學習效益：

從字源的角度來看，**influence** 的字面意思指**「流」「入」**，既然是用「流」的方式進入，影響肯定不會太劇烈，涓滴挹注，始匯聚成河、成湖、成海；**affect** 的字面意思指**「去」「做」**，做了就會產生「影響」，而名詞 **effect**，字面意思指**「做」「出來」**的「影響」、「效果」；**impact** 的字面意思指把東西**「固定」**到某物之**「內」**，造成**「巨大」**或**「衝擊式」**的「影響」。**influence** 這種影響不是直接強迫或命令，是**「潛移默化」**，一點一滴累積，和 impact**「衝擊式」**的「影響」大不相同，也和重視**「效果」**的 affect, effect 不同。

◆ 學習字根首尾和轉音的好處：達到「字以群記」、「識字辨義」的效益

英文單字雖多如恆河沙數，不可勝數，也如天上繁星，令人目不暇給，但學習者只要理解「字海浩瀚，字根有限」的道理，熟習本書的 388 個字根首尾，便可學會上萬個單字，何樂而不為？至於該怎麼學呢？筆者提出單字教學和學習的三道程序：「分析」、「歸納」、「演繹」。我們在學習英文遇到新單字時，可進行詞素拆解，來鞏固記憶。舉例來說，當我們遇到 insist，可拆解成 in-+sist，字面意思是「站」在「上方」，引申為「堅持」。透過拆解來聯想單字後，接著回顧以前所學過的單字中，有哪些字含有 sist，透過歸納統整，將所學字彙，如：assist（協助）、consist（包含）、persist（堅持）列出，達到「字以群記」的目標，在往後的閱讀過程中，遇到新字時，能透過字根首尾，搭配上下文語境，猜測 subsist（維持生計）等陌生字彙的語意，達到「識字辨義」的功效。

◆ 本書有以下七大特色：

一、考據嚴謹深入，立論有憑有據。

筆者編寫此書時，以恩師莫建清教授大作「三民精解英漢辭典」、「從語音的觀點談英語詞彙教與學」，以及「朗文詞典」、「劍橋詞典」、「線上字源字典」（Online Etymology Dictionary）等工具，佐以坊間字源學書籍，爬梳語言歷史、查詢字源、考據字詞用法，提供學習者正確的知識和學習架構。坊間字根書考據大多只追溯到拉丁語、希臘語、古英語、古法語等，然而本書最

遠追溯到這些語言的共同老祖宗—印歐語。因此本書提到同源二字，是以印歐語當範疇來討論，例如：frag/break 皆表示「破裂」，frag 源自拉丁語、break 源自古英語，而兩者的老祖宗都是印歐語的 *bhreg-。

二、破除常見謬論，貼近真實語用。

　　本書列出坊間書籍常見的字源考據和字詞用法謬誤。字源考據方面，以下每組單字，兩兩皆不同源，但坊間書籍大多歸為同一類，如：re**cover**/dis**cover**、**car/car**t、col**league/league**、trans**fer/ferry**、at**tain**/con**tain**、per**form**/uni**form**、**fund**/re**fund**、**round**/sur**round**。以 refund 來說，此處的 re 是「回去」、**fund** 是「倒」，字面上意思是「倒回去」，引申為「退款」，而 **fund** 表示「底部」，引申為「基金」，兩者來源不同，凡此種種，本書皆有詳盡介紹，請見「英文老師也會錯」。字詞用法方面，陳陳相因的舊式參考書上句型公式總是說，different 只能和 from 搭配，但其實 **different to** 與 **different than** 都對，前者為英式用法；後者為美式用法。有些國高中的期中考甚至要求學生從 to, than, from 中選擇一個正確答案，這是非常不妥的考法，以教學的角度來看，**be different from** 是現代英語中較為常見的用法，是學生該優先學習的用法，但也不宜說 be different to, be different than 是錯誤的用法。另外，**manage + to V** 意思是費很大的勁才達成，表示「**達成**」、「**辦到**」，而非參考書上所說的「**設法**」。

三、涵蓋重要詞素，囊括必考單字。

　　本書精挑 388 個字根首尾，包含 316 個字根、53 個字首、19 個字尾，單字涵蓋率和考題命中率高，囊括 7000 單字及歷屆考試重要字彙，有助學習者攻克指考、學測、統測、英檢等大型標準化測驗。

四、轉音統整詞素，記憶由簡入繁。

　　透過格林法則轉音，將詞素與單字串聯在一起，藉由「神隊友」神救援，讓讀者以簡單字來記憶複雜單字，可以更輕鬆省力、有效率。**必須強調的是，**

本書所使用的「神隊友」和「轉音規則」，都經過最嚴謹的考據，架構在「同源」的基礎上，不同源就不能套用格林法則，胡亂轉音，反而對學習有礙。

五、排版層次分明，符合學習理論。

排版工整，層次分明，以類似課堂筆記的方式呈現，單字由易到難排列，加註拆解，並將字根首尾標粗，學習者能夠在短時間內擴充單字量，提升學習成效。

六、適合學生自學，翻轉傳統教學。

本書適宜自學，不需老師逐字講解，學習者讀完本書不僅可以擴充單字量，亦可以建構字彙記憶的方法與策略。

七、收錄真人發音，建立快捷索引。

主要核心單字皆請英語母語人士錄音，建議學習者勤聽音檔，透過不同的感官刺激，讓單字記憶更為長效。書後附有索引，學習者遇到生字時可以按圖索驥，找出單字拆解與用法。

本書按大眾所熟悉的字根、字首、字尾編排，分為三部分。一般學習者初接觸字根首尾時，大多從字尾、字首學習起，隨著程度提升，開始學習辨識字根，初窺單字堂奧。然而，筆者編寫此書時，考量字根是構成單字語意的核心元素，扮演著舉足輕重的角色，因此把字根列在本書的首要單元，接著介紹字首、字尾。有別於一般的字根首尾書籍，本書以「轉音」（sound switching）規則貫串全書，尤其是以「格林法則」（Grimm's Law）轉音現象來解釋變體字根，獨創「神隊友」記憶方法，以簡單字來串聯同源難字或詞素，實為字根首尾學習的一大突破，讀者在熟習「轉音」規則後，如入寶山，獲得精通單字的法門，猶如打通單字學習的任督二脈。當然，若要將本書當成字根首尾工具書來使用，也無不可，按圖索驥，日起有功，終能登大雅之堂。

本書得以出版，必須感謝凱信出版社編輯團隊全心打造，不厭其煩地和筆者確認稿件、版型，訊息往返數千次，只為確保本書的精湛品質。感謝審定者

魏延斌老師，及筆者學生莊詠翔，在編輯本書的過程中提供寶貴意見，大幅增加本書參考價值。魏老師指導學生參加全國高中職單字競賽，造育英才，獲獎無數，有「王牌教練」之稱號，他除了針對版式提出建言，也斧正本書疏漏之處，莊詠翔16歲時即學會筆者的專長─印歐詞根、格林法則和字源考據，參加全國高中職單字競賽奪得冠軍的時候也只不過高二，詠翔除了協助標註粗體，也從頭到尾試讀本書，共同見證本書驚人的學習效益；二位才學兼具，對本書有莫大的貢獻。

此外，筆者回顧求學過程中，承蒙莫建清教授、羅吉桂教授、謝忠理老師等諸多名家指點，才能成就此書。恩師莫建清教授是臺灣構詞學和字源學權威，他是國內能把格林法則理論講清楚的第一人。莫老師雖然已經七十多歲，仍不吝花許多時間指導筆者，稿件承蒙惠閱及修改，並提供許多寶貴的改進意見，令人感動不已。謝忠理博士學識淵博，深入研究印歐語詞根和格林法則有成，並且毫無保留地傳授後進，協助莘莘學子快速了解英文字彙的源起以及記憶方式，成果顯著。一直認為莫老師和謝老師是上天指派來教授格林法則的英語傳教士，筆者也秉持著莫老師和謝老師的敬業精神寫書，希望能將他們傾囊相授的英文單字學習方法，無私地、毫無保留地傳播出去，讓他們所播下的種子，能在臺灣、甚至全世界遍地開花，而且久遠流傳。適逢《最重要的100個英文字首字根》作者許章真逝世滿三十周年，筆者特別感懷前輩推廣字根首尾不遺餘力，流風遺緒，影響深遠，期盼本書在許老師所打下的根基上，開創歷史的新紀元，造福廣大學習者。

最後，筆者好友臺灣首席諮商心理師佛洛阿水特別為文推薦，深感榮幸。本書深獲各行各業最傑出人士聯名推薦，由於人數眾多，無法一一致謝，謹以此序表達由衷感謝。《我的第一本格林法則英文單字魔法書：全國高中生單字比賽冠軍的私密筆記本，指考、學測、統測、英檢滿分神之捷徑》即將揭開字彙學習的神秘面紗，讓人一睹成功學習的關鍵，就讓我們跟隨著這些學霸、專家的腳步，一探字彙學習的奧秘，一同邁向成功，加入學霸行列吧！

陳冠名 楊智民

目錄 Contents

導讀 004
推薦序 010
作者序 012

Part I | 字根篇

Part II │ 字首篇

Part III │ 字尾篇

Part I
字根

本章節共收錄 316 個字根（字幹）。字根
帶有主要的詞彙訊息，是構詞的基本詞素
（morpheme），讀者熟習這些字根（字幹）
後，可在短時間內掌握數千個高中必備單
字。

★ 因各家手機系統不同，若無法直接掃描，
　仍可以電腦連結 https://reurl.cc/xW9K4 雲端下載收聽

Part 1 字根篇

001 ac = sharp, pierce 尖的，刺

🎧 Track 001

神之捷徑 宏碁品牌自詡走在時代尖端，可用品牌英文 **Acer** 當神隊友，來記憶 **ac**，表示「**尖的**」、「**刺**」，而「**酸**」（**sour**）是其衍生語意。**edge, eager** 是常見的同源字，**g/dʒ 轉音，母音通轉**。

| **edg**e | [ɛdʒ] | *n.* 刀口；言語尖銳；邊緣；優勢 |
| **eag**er | [`igə] | *adj.* 渴望的 (keen) |

延伸補充
1. be eager + to V 渴望做……　　　　　　　2. be eager for 渴望

| **ac**ute | [ə`kjut] | *adj.* 尖銳的；敏銳的 (sharp)；嚴重的；急性的 (≠ chronic) |
| **c**ute | [kjut] | *adj.* 可愛的 |

源來如此 除了台灣的宏碁使用 **ac** 造出自己品牌名稱，日本的本田汽車公司（HONDA）也用 **Acura** 來當旗下豪華汽車品牌的英文名稱，期許車子性能「**敏銳**」，發揮業界內外從未達到的精確水平，目前已成為北美市場銷售狀況最好的豪華汽車品牌之一。採用 a 當開頭字母也可在排序時排在比較前面，增加品牌的能見度。

| **ac**id | [`æsɪd] | *n.* 酸 |
| | | *adj.* 酸的 (bitter)；尖酸刻薄的 |

源源不絕學更多 cutting-**edge** (adj. 尖端的)、vin**egar** (n. 醋)、**ox**ygen (n. 氧氣)、**ac**ne (n. 粉刺；青春痘)、hammer (n. 鐵鎚)。

002 act, ag = do 做，行動

🎧 Track 002

神之捷徑 可用 **act** 當神隊友，**k/dʒ 轉音，母音通轉**，來記憶 **ag**，皆表示「**做**」、「**行動**」。

act	[ækt]	*v.* 行動；表現；扮演
		n. 行為；法令
action	[`ækʃən]	*n.* 行動；動作
active	[`æktɪv]	*adj.* 積極的；主動的；活躍的 (≠ inactive, passive)
activity	[æk`tɪvətɪ]	*n.* 活動
actor	[`æktə]	*n.* 男演員 →「演員」就是「做」戲的人。
actress	[`æktrɪs]	*n.* 女演員 → ess 表示「女性名詞」。

延伸補充
1. take <u>action/measures/steps</u> + to V = move + to V 採取行動來……
2. put + sth.+ into <u>action/practice</u> 把……付諸行動　　3. Actions speak louder than words. 行動勝於空談。
4. active volcano 活火山　　　　　　　　　5. <u>indoor/outdoor/physical</u> activity 室內 / 戶外 / 體能活動

actual	[`æktʃʊəl]	*adj.* 真實的、實際的 (real, true) → 能「做」的，就是「真實的」。
actually	[`æktʃʊəlɪ]	*adv.* 事實上 (in fact, in reality, in truth, as a matter of fact)
ex**act**	[ɪg`zækt]	*adj.* 精確的 (right, correct, accurate, precise)
ex**act**ly	[ɪg`zæktlɪ]	*adv.* 精確地；正好地 (just, precisely)

🖋 **秒殺解字** ex(out)+act(do) → 本義「做」「出來」，後語意改變，表示不僅做出來，動作還高度「精確的」。

inter**act**	[ˌɪntɚ`ækt]	*v.* 互動
inter**act**ion	[ˌɪntɚ`ækʃən]	*n.* 互動；交互作用
inter**act**ive	[ˌɪntɚ`æktɪv]	*adj.* 互動的

🖋 **秒殺解字** inter(between)+act(do) → 「兩（多）者間」的「動作」交流。

re**act**	[rɪ`ækt]	*v.* 反應
re**act**ion	[rɪ`ækʃən]	*n.* 反應
re**act**or	[rɪ`æktɚ]	*n.* 反應爐

🖋 **秒殺解字** re(back)+act(do) → 「做」動作「回覆」。

延伸補充
 1. react to 反應　　　　　　　　　　　2. react against 反抗

| trans**act** | [træn`zækt] | *v.* 交易、買賣 |
| trans**act**ion | [træn`zækʃən] | *n.* 交易、買賣 |

🖋 **秒殺解字** trans(across, through)+act(do) → 「交易」、「買賣」是「跨越」買賣兩方的「行為」。

| counter**act** | [ˌkaʊntɚ`ækt] | *v.* 對……起反作用、抵消 |

🖋 **秒殺解字** counter(against)+act(do) → 「做」「反對」的事。

| **ag**ent | [`edʒənt] | *n.* 代理商；仲介；情報員；化學藥劑 → 幫你「做」事的人。 |
| **ag**ency | [`edʒənsɪ] | *n.* 代辦處；代理機構；仲介 |

延伸補充
 1. travel agency/agent 旅行社 / 旅行社職員　　　　2. intelligence agency 情報局

 3. intelligence/secret/undercover agent 情報員 / 密探 / 臥底

 4. real estate agent 房屋仲介

源源不絕學更多 en**act** (v. 制定法律)、**ag**enda (n. 議程)、strat**eg**y (n. 策略)。

003　ali, alter = other 另外的，其他的，不同的

🎧 Track 003

 可用 **other** 當神隊友，**l/ð 轉音，母音通轉**，來記憶 **ali**，皆表示「**另外的**」、「**其他的**」、「**不同的**」。**alter** 是其衍生字根，表示「**改變**」（**change**）。

alien	[`elɪən]	*n.* 外國人 (foreigner)；外星人 → 和我們「不同的」人。 *adj.* 外國的 (foreign)；外星人的；性質不同的 (strange)
alienate	[`eljən͵et]	*v.* 使疏遠；離間
alienation	[͵eljə`neʃən]	*n.* 疏遠

| allergy | [`æləˌdʒɪ] | n. 過敏症；反感 (hypersensitivity) |
| allergic | [ə`lɜˋdʒɪk] | adj. 過敏的 (hypersensitive) |

秒殺解字 all(=ali=other)+erg(work)+y → 有「其他」異物，在身上「作用」，造成「過敏」。

延伸補充
| 1. be allergic to + N/Ving 對……過敏 | 2. have an allergy to 對……過敏 |

alter	[`ɔltə]	v. 改變 (change)；使改變；修改
alteration	[ˌɔltəˋreʃən]	n. 改變；變更
alternate	[`ɔltəˋnɪt]	adj. 交替、輪流的；間隔的；可供替代的 (alternative)
	[`ɔltəˋˌnet]	v. 使交替、輪流
alternation	[ˌɔltəˋneʃən]	n. 交替、輪流；間隔
alternative	[ɔlˋtɜˋnətɪv]	n. 另一種選擇 (choice, selection, option)
		adj. 另一個可選的、可供替代的；非傳統的

延伸補充
1. alternative energy 替代性能源
2. have no alternative/choice/option but + to V 毫無選擇、不得不……

源源不絕學更多 ultimate (adj. 最後的)、adultery (n. 通姦)。

004　am = love, friend 愛，朋友

🎧 Track 004

神之捷徑 am 表示「愛」、「朋友」，em 為變體字根，**母音通轉**，可用 Amy 當神隊友，來幫助記憶。取名 Amy，表示「有愛」、「有朋友」，中文翻譯成「愛咪」，或許比「艾咪」更為貼切。

| amateur | [`æmətʃʊr] | n. 業餘者 (≠ professional) |
| | | adj. 業餘的 (≠ professional) |

秒殺解字 am(love)+ateur → 指「愛」好某事者，但非專業。

| amiable | [`emɪəbl] | adj. 和藹可親的；溫柔的；友善的 (friendly) |

秒殺解字 am(friend)+i+able(able) → 本義「友愛的」，able 為「形容詞字尾」。

amigo	[ɑ`migo]	n. 朋友 (friend) → 源自西班牙語。
amity	[`æmətɪ]	n. 國與國之間的友善 (friendship ≠ hostility)
enemy	[`ɛnəmɪ]	n. 敵人 (foe, adversary)；反對者 (opponent)
enmity	[`ɛnmətɪ]	n. 敵意；敵對 → 否定字首 en 和 amity 的組合，ity 為「名詞字尾」。

秒殺解字 en(=in=not)+em(=am=friend)+y →「敵人」代表「不是」「朋友」。

延伸補充
| 1. make an enemy (of + sb.) (與某人) 為敵 | 2. natural enemy 天敵 |

ample	[`æmpl]	adj. 充裕的 (more than enough, sufficient ≠ insufficient)
amplify	[`æmpləˌfaɪ]	v. 放大聲音；增強 → fy 表示「使」（make, do）。
amplifier	[`æmpləˌfaɪə]	n. 擴音器 (amp)

秒殺解字 ample(large, abundant) →「大量的」、「充裕的」，有一派字源學家認為此字源頭是 am。

源源不絕學更多 amicable (adj. 友善的)、amorous (adj. 多情的)。

005　angle = bend 彎曲

🎧 Track 005

神之捷徑　可用 **ankle** 當神隊友，**g/k 轉音**，來記憶 **angle**，表示**「角度」**；**angle** 本義是足踝**「彎曲」**，彎曲構成**「角度」**。

ankle	[ˋæŋkl̩]	*n.* 足踝
angle	[ˋæŋgl̩]	*n.* 角；角度 (point of view, viewpoint, standpoint, perspective)
tri**angl**e	[ˋtraɪˏæŋgl̩]	*n.* 三角形 → tri 表示「三」（three）。
rect**angl**e	[rɛkˋtæŋgl̩]	*n.* 長方形 → rect 表示「直」（right），「長方形」的角都是「直角」。
anchor	[ˋæŋkɚ]	*n.* 錨；新聞節目主播；精神支柱

秒殺解字　anch(bend)+or → 本義是「彎曲」的勾勾，用以固定船隻，船舶停泊時使之不能漂走的工具，因此衍生出「穩定」、「精神支柱」的意思，1965 年衍生出「新聞主播」的意思。**anch**or 和 **angle**, **ankle** 同源，g/k/tʃ 轉音。

006　anim = breath, spirit, life 呼吸，靈魂，生命

🎧 Track 006

神之捷徑　**anim** 本義是**「呼吸」**（**breath**），動物會呼吸代表還活著、有**「靈魂」**（**spirit**）。聖經提到上帝按自己的形象，用塵土造人，在他的鼻孔吹了一口氣，人於是有了呼吸、有了靈，活了起來。所以 **anim** 又和**「生命」**有關，因為動物有了**「呼吸」**，就有了**「生命」**，就會**「動」**。

animal	[ˋænəml̩]	*n.* 動物
animate	[ˋænəmɪt]	*adj.* 有生命的；活的 (living, alive ≠ in**anim**ate)
	[ˋænəˏmet]	*v.* 使生氣勃勃、使有活力
animated	[ˋænəˏmetɪd]	*adj.* 動畫的；栩栩如生的
animation	[ˏænəˋmeʃən]	*n.* 卡通片；動畫片

延伸補充
1. animated cartoon/film/movie/feature 動畫卡通、電影　2. animated discussion 生動的討論

源源不絕學更多　un**anim**ous (adj. 一致的)、magn**anim**ous (adj. 寬宏大量的)。

007　ann, enn = year 年

🎧 Track 007

神之捷徑　**ann**, **enn** 同源，**母音通轉**，皆表示**「年」**。

annual	[ˋænjʊəl]	*adj.* 每年的；一年一次的
annually	[ˋænjʊəlɪ]	*adv.* 每年（一次）地
anniversary	[ˏænəˋvɝsərɪ]	*n.* 週年紀念；週年慶

秒殺解字　ann(year)+i+vers(turn)+ary → 每「年」「轉」一次。

延伸補充
1. annual event 年度大事　　　　　2. annual income/salary/profit/budget 年收入 / 薪 / 利潤 / 預算
3. wedding anniversary 結婚週年紀念

biannual	[baɪˋænjʊəl]	*adj.* 每年兩次的 → bi 表示「二」（two）。
biennial	[baɪˋɛnɪəl]	*adj.* 兩年一次的

008　anxi = painful, uneasy 痛苦的，擔心的

🎧 Track 008

可用 **anger** 和 **angry** 當神隊友，**g/k 轉音**，來記憶 **anxi**ous，核心語意皆是「**痛苦的**」、「**擔心的**」。anger 源自古北歐語，表示讓人感到極大悲「**痛**」（painful），14 世紀後產生「**使……發怒**」的語意。

anger	[ˋæŋgɚ]	*n.* 生氣 *v.* 使發怒 (annoy, irritate)
angry	[ˋæŋgrɪ]	*adj.* 生氣的 (mad, annoyed, irritated)
anxious	[ˋæŋkʃəs]	*adj.* 焦慮的 (concerned, worried, nervous)；令人焦慮的 (worrying)；渴望的 (keen, eager)
anxiety	[æŋˋzaɪətɪ]	*n.* 焦慮、擔心 (concern, worry)；渴望

延伸補充
1. be/feel anxious about 擔憂
2. be anxious + to V = be keen/eager/dying + to V 急於、渴望……

009　apt = fit 合適的

🎧 Track 009

apt, **ept** 同源，**母音通轉**，皆有「**合適的**」意思。

apt	[æpt]	*adj.* 易於……的、有……傾向的；合適的 (appropriate)
aptitude	[ˋæptə͵tjud]	*n.* 天資、才能 → 「適合」做某事情之潛力。
attitude	[ˋætətjud]	*n.* 態度

🐛 **秒殺解字** att(=apt=fit)+i+tude → **apt**itude 和 **att**itude 是「**雙飾詞**」（doublet），簡言之就是同源字。attitude 本指畫像、雕像等藝術品的人物所擺出「合適的」的動作或姿態，後指動作或姿態所呈現、反映出的「內心狀況」，引申為「態度」。

延伸補充
1. be apt/inclined + to V = tend + to V = have a tendency + to V 有……的傾向；易於……的
2. have an aptitude/genius/talent/gift/facility for + Ving/N 有（做）某事的才幹、天賦
3. aptitude test 性向測驗　　　　　　4. attitude to/towards 對……的態度

adapt	[əˋdæpt]	*v.* 使適應 (adjust, accustom)；修改 (modify)；改編
adaptation	[͵ædæpˋteʃən]	*n.* 適應 (adjustment)；改編

🐛 **秒殺解字** ad(to)+apt(fit) → 寫成最「合適」的版本。

字辨 adopt 表示「採用」、「收養」，和表示「選擇」的 option 同源，「採用」或「收養」，都會經過「選擇」。

延伸補充
1. adapt/adjust/accustom oneself to + N/Ving 使自己適應於
2. adapt/adjust to + N/Ving = get used to + N/Ving = get/become/grow accustomed to + N/Ving 適應於

源源不絕學更多 adept (adj. 熟練的)。

010　arm = weapons, arms 武器；武裝

 arm 是「**武器**」、「**武裝**」的意思。

🎧 Track 010

arms	[armz]	*n.* 武器 (weapons)
armed	[armd]	*adj.* 武裝的 (≠ un**arm**ed)
army	[`armɪ]	*n.* 軍隊；陸軍
armor/**arm**our	[`armɚ]	*n.* 盔甲
armory	[`armərɪ]	*n.* 軍械庫；兵工廠 → ory 表示「場所」。

源來如此 運動用品 Under Armour 的品牌名稱由來是出自一場美麗的錯誤，公司的創辦人一開始用 Body Armour 來註冊商標，意思是「防彈衣」，但為商標管理部門所拒絕，在兄長的建議改用 Under Armour 來申請，其意思是「鎧甲之下」，這一次成功了，為了行銷，甚至還選用英式的拼法 Armour，而不用美式的拼法 Armor。

al**arm**	[ə`larm]	*n.* 警報器；驚慌、擔憂
		v. 使人驚慌、擔憂
al**arm**ing	[ə`larmɪŋ]	*adj.* 使人驚慌的、擔憂的
al**arm**ed	[ə`larmd]	*adj.* 感到驚慌的、擔憂的 (worried, frightened)

秒殺解字 al(=ad=to)+arm(weapons) → 源自義大利語，在戰時警覺到危險，士兵會說 to arms，意思是拿起武器備戰，因此 alarm 有「警報器」、「驚慌」等意思。

延伸補充
1. set the/an alarm(clock) 設定鬧鐘　　　　2. a burglar/fire/smoke alarm 防盜 / 火警 / 煙霧警報器

| dis**arm** | [dɪs`arm] | *v.* 解除武器；裁減軍備 (≠ **arm**) |

秒殺解字 dis(opposite)+arm(weapons, arms) →「武裝」的「相反」動作，表示「解除武器」。

011　astro, aster = star 星星

 可用 **star** 當神隊友，**母音通轉**，來記憶 **aster**, **astro**，皆表示「**星星**」。此外，**Aster**, **Astera**, **Stella** 這幾個英文名字都和「**星星**」有關。

🎧 Track 011

| **astro**naut | [`æstrə,nɔt] | *n.* 太空人 |

秒殺解字 astro(star)+naut(boat, sailor) → 在「星星」之間坐「船」「航行的人」。

源來如此 astro**naut** (n. 太空人)、**nau**sea [`nɔʃɪə] (n. 嘔吐感 )、**nav**y [`nevɪ] (n. 海軍)、**nav**al [`nev!] (adj. 海軍的 )、**nav**igate [`nævə,get] (v. 航行；導航) 可一起記憶，**nav** 和 **nau** 同源，**u/v 對應**，**母音通轉**，皆表示「**船**」(boat)，衍生出「**航行**」的意思。

| **astro**nomy | [ə`stranəmɪ] | *n.* 天文學；星學 |
| **astro**nomer | [ə`stranəmɚ] | *n.* 天文學家 |

秒殺解字 astro(star)+nom(law)+y → 探究「星星」運行「定律」的學問。

astrology	[ə`stralədʒɪ]	*n.* 占星學
astrological	[,æstrə`ladʒɪk!]	*adj.* 占星學的
astrologer	[ə`stralədʒɚ]	*n.* 占星學家

秒殺解字 astro(star)+logy(study of) → 研究「星星」影響人類禍福吉凶的「學問」，是偽科學。

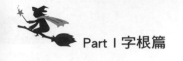

disaster	[dɪˋzæstɚ]	*n.*	災難 (catastrophe, tragedy)；徹底的失敗
disastrous	[dɪˋzæstrəs]	*adj.*	極其糟糕或失敗的、災難性的

🔮**秒殺解字** dis(ill, bad)+aster(star) → 古代人認為「凶」「星」會帶來「厄運」及「災難」。

英文老師也會錯 坊間書籍和網路常犯一個錯，把 disaster 的 dis 解釋為「分開」（apart）或「離開」（away）。

延伸補充

1. disaster area 災區
2. natural disaster 天災
3. nuclear disaster 核災
4. be a <u>complete/total</u> disaster 徹底的失敗

012　audio, aud, audi = hear 聽

🎧 Track 012

神之捷徑 August Horch 是德國知名工程師和汽車先驅，1896 年開始在賓士汽車工作擔任產品經理，1899 年和友人合作，用自己的姓氏創立了 A. Horch & Cie 公司，但後來公司內部發生糾紛，於是選擇另立門戶，成立了 Horch Automobil-Werke GmbH，為了避免侵權，將公司名字改為**「奧迪」（Audi）**，源自拉丁文的 **Audi** 恰好對應德文的 **Horsh**，皆表示**「聽」**。用品牌來記字根是不是有趣許多呢？不妨用 **Audi** 當神隊友，來記憶和**「聽」**有關的單字，如 **audi**ence, **audi**torium。

audio	[ˋɔdɪ,o]	*adj.*	聽覺的；聲音的
audiovisual	[,ɔdɪoˋvɪʒʊəl]	*adj.*	視聽的 → vis 表示「看」(see)，al 是「形容詞字尾」。
audible	[ˋɔdəb!]	*adj.*	可聽見的 (≠ in**aud**ible) → ible 表示「可以……的」(able)。
audience	[ˋɔdɪəns]	*n.*	聽眾；看電影、戲劇或演唱會觀眾
audit	[ˋɔdɪt]	*v.*	旁聽；查帳
		n.	查帳
audition	[ɔˋdɪʃən]	*n./v.*	試鏡、試唱、試演
auditory	[ˋɔdə,torɪ]	*adj.*	聽覺的 → ory 是「形容詞字尾」。
auditorium	[,ɔdəˋtorɪəm]	*n.*	劇院等的聽眾席；大廳 **複數** **audi**toriums, **audi**toria

字辨 spectator 是**「看比賽的觀眾」**，而 viewer 是**「看電視節目的觀眾」**。

ob**ey**	[əˋbe]	*v.*	遵守、服從 (follow, observe, abide by, comply with, stick to, keep to ≠ break, disob**ey**)
ob**edie**nt	[əˋbidjənt]	*adj.*	服從的、遵從的 (≠ disob**edie**nt)
ob**edie**nce	[əˋbidjəns]	*n.*	服從、遵從 (≠ disob**edie**nce)

🔮**秒殺解字** ob(to)+ey(audio=hear) →「聽」從命令或法律規則，就是「遵守」。

延伸補充

1. obey an <u>order/command</u> 服從命令
2. obey the <u>law/rules</u> 遵守法律 / 規則

013　auth = increase 增加

🎧 Track 013

 auth 表示「**增加**」，和 **Aug**ust, **auc**tion 同源。**Aug**ust 是「**八月**」，是紀念奧古斯都（Augustus）的月份，「**增加**」奧古斯都的威望。**auc**tion 是「**拍賣**」，喊價過程中，價格會「**增加**」。

author	[`ɔθɚ]	*n.* 作者、作家 (writer)
		→ 透過創造能力來「增加」養分，使作品生長，進而發芽、茁壯的人。
authority	[ə`θɔrətɪ]	*n.* 權力、威信；權威；許可 (permission)
authorize	[`ɔθə͵raɪz]	*v.* 授權、批准
authorization [͵ɔθəraɪ`zeʃən]		*n.* 授權 (**auth**ority, permission)

延伸補充
1. the authorities 當局　　　　　　　　2. authority on ……的專家、權威
3. authorize + sb. + to V 授權某人去……

源源不絕學更多 **Aug**ust (n. 八月)、**auc**tion (n./v. 拍賣)。

014　band, bond = bind 捆，綁

🎧 Track 014

 可用 **bind** 當神隊友，**母音通轉**，來記憶 **band**, **bond**，皆表示「**捆**」、「**綁**」。

bind	[baɪnd]	*v.* 捆、綁 **三態** bind/bound/bound
bound	[baʊnd]	*adj.* 受束縛的；有義務的；一定的
bandage	[`bændɪdʒ]	*n.* 繃帶
bond	[bɑnd]	*n.* 債券；關係；黏合；契約
		v. 使黏合
hus**band**	[`hʌzbənd]	*n.* 丈夫

秒殺解字 hus(house)+band(householder) →「家」的「持有者」，表示「丈夫」。

源源不絕學更多 rib**bon** (n. 緞帶)、**bend** (v. 使彎曲)。

015　bar = bar, barrier 棒，條，障礙

🎧 Track 015

 bar 表示「**棒**」、「**條**」、「**障礙**」。

bar	[bɑr]	*n.* 酒吧；條、棒、塊
		v. 阻礙 (prevent)；擋住
barrier	[`bærɪɚ]	*n.* 障礙、隔閡；柵欄；屏障

延伸補充
1. bar + sb. + from + Ving/N 阻礙某人去……　　2. language barrier 語言隔閡
3. trade barriers 貿易障礙

em**bar**rass [ɪm`bærəs] *v.* 使尷尬、不好意思
em**bar**rassed [ɪm`bærəst] *adj.* 感到尷尬的、不好意思的
em**bar**rassing [ɪm`bærəsɪŋ] *adj.* 使人尷尬的、為難的
em**bar**rassment [ɪm`bærəsmənt] *n.* 尷尬、困窘

秒殺解字 em(=en=into)+bar(bar)+r+ass → 處於被「阻擋」的狀態之「中」。r 重複和 preferred 重複 r 一樣，和 runner 重複 n 的理由一樣，這叫 consonant doubling。

延伸補充
1. be embarrassed + to V 感到尷尬去……
2. be embarrassed <u>about/at</u> 對……感到尷尬的（常用連綴動詞 look, feel, get, become, grow, seem 來代替 be 動詞）

源源不絕學更多 em**bar**go (v. 禁運)。

016　bat = beat 打

🔊 Track 016

神之捷徑 可用 beat 當神隊友，**母音通轉**，來記憶 bat，皆表示「打」。

beat [bit] *v.* 打敗 (defeat)；打 (hit)；跳動 **三態** beat/beat/beaten
n. 心跳、敲擊；節拍 (rhythm)

bat [bæt] *n.* 球棒
v. 打擊 **三態** bat/batted/batted

batter [`bætə] *v.* 連續猛擊 → 兩子音 (tt) 重複，可表示「連續動作」。
n. 棒球打擊者；用麵粉、雞蛋和牛奶混成的麵糊

battery [`bætərɪ] *n.* 電池；砲臺

battle [`bæt!] *v.* 戰鬥 (fight)；奮鬥
n. 戰役；鬥爭；爭論

英文老師也會錯 bat 當「蝙蝠」解釋時，其原意表示「拍擊」，指蝙蝠「拍擊」翅膀，雖和 beat 語意接近，但兩者並不同源。

延伸補充
1. <u>charge/recharge</u> a battery 充電
2. discharge a battery 放電
3. <u>flat/dead</u> battery 電池沒電
4. battle for 為……奮鬥
5. battle <u>against/with</u> 和……鬥爭、奮鬥
6. battle + to V 奮力要……
7. a battle of wits 鬥智

combat [`kɑmbæt] *v.* 對抗
n. 戰鬥

秒殺解字 com(together)+bat(beat) →「和……」對「打」，表示「對抗」，常指打擊犯罪、通膨等問題。

de**bate** [dɪ`bet] *v./n.* 辯論

秒殺解字 de(down)+bat(beat)+e →「辯論」就是要「打」「倒」對方。

延伸補充
1. debate <u>on/over/about</u> 有關……的辯論
2. <u>have/hold/conduct</u> a debate 舉辦辯論

源源不絕學更多 a**bat**e (v. 減輕、減弱)。

017　bell = war 戰爭

🎧 Track 017

 Bellona 是羅馬神話中的女戰神，代表**「戰爭」**，英語中的字根 **bell**，和**「戰爭」**有關。

bellicose	[`bɛlə͵kos]	*adj.*	好戰的、好鬥的 (aggressive)
belligerent	[bə`lɪdʒərənt]	*adj.*	好戰的、好鬥的 (aggressive)

🖊 秒殺解字　bell(war)+i+ger(gest=carry)+ent → 「帶」來「戰爭」，表示「好戰的」、「好鬥的」。

re**bel**	[`rɛb!]	*n.*	反叛者、造反者；叛逆者
	[rɪ`bɛl]	*v.*	反叛、造反 (revolt)；叛逆
re**bell**ion	[rɪ`bɛljən]	*n.*	叛亂；反叛 (revolt)；叛逆
re**bell**ious	[rɪ`bɛljəs]	*adj.*	反叛的；叛逆的

🖊 秒殺解字　re(again, opposite, against)+bel(war) → 「再次」發動「戰爭」「對抗」的人。

延伸補充
1. rebel <u>soldiers/forces</u> 反叛軍　　　　　2. rebel against 反抗

018　bio = life 生命

🎧 Track 018

 bio 表示**「生命」**，源自希臘文。

biography	[baɪ`ɑgrəfɪ]	*n.*	傳記
auto**bio**graphy	[͵ɔtəbaɪ`ɑgrəfɪ]	*n.*	自傳 → auto 表示「自己的」（self）。

🖊 秒殺解字　bio(life)+graph(write)+y → 「寫」下「生命」、「生活」。

biology	[baɪ`ɑlədʒɪ]	*n.*	生物學
biological	[͵baɪə`lɑdʒɪk!]	*adj.*	生物學的、生物的
biologist	[baɪ`ɑlədʒɪst]	*n.*	生物學家

🖊 秒殺解字　bio(life)+logy(study of) → 研究「生命」的「學問」。

延伸補充
1. biological <u>weapons/warfare/attack</u> 生化武器 / 生化戰 / 生化攻擊
2. <u>biological/body</u> clock 生理時鐘

anti**bio**tic	[͵æntɪbaɪ`ɑtɪk]	*n.*	抗生素

🖊 秒殺解字　anti(against)+bio(life)+tic → 「對抗」某種「生命」，表示可殺死細菌的化學物質。

amphi**bio**us	[æm`fɪbɪəs]	*adj.*	兩棲類的
amphi**bi**an	[æm`fɪbɪən]	*n.*	兩棲動物

🖊 秒殺解字　amphi(both)+bio(life)+ous → 海、陸「兩」處都可「生活」的。

019　bl = shine, burn, flash, white
發光，燃燒，閃亮，白色的

🎧 Track 019

 神之捷徑 bl 核心語意是「**發光**」、「**燃燒**」或「**閃亮**」，衍生出「**白色的**」的意思。

blank	[blæŋk]	*adj.* 空白的；茫然的
		n. 空白處
blanket	[`blæŋkɪt]	*n.* 毛毯、毯子；覆蓋物

🪶 **秒殺解字** blank(white) → 1230 年借自古法語 blanc，表示「白色的」，阿爾卑斯山脈（Alps）的最高峰白朗峰（Mont Blanc），為「白色的山峰」之意，而直到 1399 年才有「空白的」之意。blanket 表示「小塊的白色羊毛布料」（white woolen stuff），可用於製成衣物及棉被，後來語意擴大，泛指「所有毯子，包括染色的羊毛毯甚至非羊毛織成的毯子」。

bleak	[blik]	*adj.* 無希望的；荒涼的
bleach	[blitʃ]	*v.* 漂白、使褪色、將……曬得褪色

源來如此 bleak, bleach 可一起記憶，k/tʃ 轉音。核心語意是「**白色的**」。bleak 原意是「**蒼白的**」，指大自然，因為呈現一片「**蒼白的**」景色，是表示「**荒涼的**」，指天氣是表示「**陰冷的**」，指人的臉色是表示「**蒼白的**」、「**缺乏熱情的**」，指將來、前景等是表示「**無希望的**」。bleach 是指使用化學藥劑讓某物變「**白**」，或者某物因為陽光照射而褪色。

black	[blæk]	*n.* 黑色
flame	[flem]	*n.* 火焰
flammable	[`flæməb!]	*adj.* 易燃的、可燃的 (in**flammable** ≠ non**flammable**)

源來如此 black, flame 可一起記憶，b/f 轉音，母音通轉，都和「**燃燒**」有關，因為「**燃燒**」會把東西燒焦、變「**黑**」，也會帶來「**火焰**」。

延伸補充
1. in flames 著火　　　　　　　　　　　2. old flame 舊情人

源源不絕學更多 **bl**ink (v. 眨眼睛)、**bl**end (v. 混和)、**bl**ind (adj. 瞎的)、**bl**under (n. 大錯)、**bl**unt (adj. 鈍的)、**bl**ond (adj. 金髮的)、**bl**aze (n. 火焰)、**bl**ue (n. 藍色)、**bl**ush (n./v. 臉紅)。

020　brace = arm 手臂

🎧 Track 020

 神之捷徑 brace 表示「**手臂**」（arm），後來衍生出「**支撐**」的意思。

brace	[bres]	*n.* 支柱
bracelet	[`breslɪt]	*n.* 手鐲 → let 表示「小」，bracelet 本義是「小臂鐲」。
brassiere	[brə`zɪr]	*n.* 胸罩 (bra) → 源自於古法文，胸罩可「支撐」女性的胸部。
em**brace**	[ɪm`bres]	*v.* 擁抱 (hug)；欣然接受 (accept)；包括 (include)
		n. 擁抱 (hug)

🪶 **秒殺解字** em(=en=in)+brace(arms) → 將人圈在「手臂」「內」。

延伸補充
1. in a tender embrace 一個溫柔的擁抱　　　2. embrace democratic reforms 接受民主改革

021 brief, brev = brief 簡短的

🎧 Track 021

 神之捷徑 可用 **brief** 當神隊友，**f/v 轉音**，**母音通轉**，來記憶 **brev**，皆表示「**簡短的**」。

brief	[brif]	*adj.* 簡短的；短暫的 *n.* 概要
brevity	[`brɛvətɪ]	*n.* 簡潔；短暫

延伸補充

1. be brief 簡明扼要的　　　　　　　　　　　2. in brief 簡言之、一言以蔽之

briefcase [`brif,kes] *n.* 公事包

🐛 **秒殺解字** brief(brief)+case(=cap=take) → 這裡的 brief 指報紙上的「簡略報導」，代指「報紙」，以前的 briefcase 是指用來裝「報紙」的「箱子」，後來語意轉變，指「公事包」。

ab**brev**iate [ə`brivɪ,et] *v.* 縮寫 (shorten)
ab**brev**iation [ə,brivɪ`eʃən] *n.* 縮寫

🐛 **秒殺解字** ab(=ad=to)+brev(brief)+i+ate →「使」「簡短」，表示「縮寫」，例如 Kg 是代表 kilogram，Dr 是代表 Doctor；另一種狀況是由多個單字的第一個字母所形成的組合，例如 IT 是代表 Information Technology。

022 calc = small stone, limestone
小石頭，石灰岩

🎧 Track 022

神之捷徑 可用表示「**粉筆**」的 **chalk** 當神隊友，**k/tʃ 轉音**，**母音通轉**，來記憶 **calc**，其核心語意是「**小石頭**」（small stone）或「**石灰石**」（limestone）。「**粉筆**」本是石灰加水，做成塊狀物體，用來在物品的表面做紀錄，而「**計算**」（calculate）的典故是相傳以前的人會用排石頭的方式來做計算，特別是「**石灰石**」（limestone）。

chalk	[tʃɔk]	*n.* 石灰岩 (limestone)；粉筆
calcium	[`kælsɪəm]	*n.* 鈣

🐛 **秒殺解字** calc(limestone)+ium(chemical suffix) → calc 表示「石灰石」，ium 表示「化學元素詞尾」。1808 年，英國化學家韓福瑞·戴維爵士（Sir Humphry Davy）首次發現石灰石最主要的成分是石灰，並依據拉丁語的石灰石 calx 命名為 calcium，就是我們所說的「鈣」，元素符號為 Ca。

calculate	[`kælkjə,let]	*v.* 計算 (figure)
calculation	[,kælkjə`leʃən]	*n.* 計算
calculator	[`kælkjə,letɚ]	*n.* 計算機

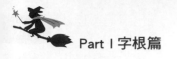

023   camp = field 原野，戰場

 camp 的核心語意是「**原野**」、「**戰場**」。「**冠軍**」（**champ**ion）以前指的是「**戰役**」（**camp**aign）的贏家，現代比賽中選手拿到「**冠軍**」就會開「**香檳**」（**champ**agne）慶祝，而事實上小寫 **champ**agne 是指「**廣闊的原野**」，大寫 **Champ**agne 是指以前法國東北方的一個產酒省份名稱。

camp	[kæmp]	*n.* 營；營地
		v. 紮營；露營
campus	[`kæmpəs]	*n.* 校園
campaign	[kæm`pen]	*n.* 運動 (movement, drive, fight, battle)；戰役
		v. 發起運動
champion	[`tʃæmpɪən]	*n.* 冠軍 → on 表示「人」，如 patron, surgeon。
championship	[`tʃæmpɪənʃɪp]	*n.* 冠軍的地位 (title)；錦標賽
champagne	[ʃæm`pen]	*n.* 香檳酒

延伸補充

1. on/off campus 校園內 / 外
2. an election campaign 選舉活動、選戰
3. an anti-bullying campaign 反霸凌運動
4. an advertising campaign 廣告活動
5. a campaign for equal rights 爭取平權運動
6. a campaign against smoking 反菸運動
7. launch/mount a campaign for/against 發起運動贊成 / 反對
8. win the championship 奪冠

024   cand = shine, white, bright 發光，白色的，明亮的

 candle, **cand**id, **cand**idate 同源。**cand** 的核心語義是「**發光**」，後來衍生出「**白色的**」、「**明亮的**」、「**純潔的**」（pure）等意思，可用簡單字 **cand**le 當神隊友，來記憶這組單字。

candle	[`kænd!]	*n.* 蠟燭 → 蠟燭會「發光」，也會讓房間由黑變「白」、「明亮」。
candid	[`kændɪd]	*adj.* 坦白的 (frank, honest) → 雖然事實讓人不悅，依然坦「白」。
candor	[`kændə]	*n.* 坦白
candidate	[`kændədet]	*n.* 求職者；候選人 → 古羅馬人以前選舉或求公職都要穿「白」袍。

025　cant, cent = sing 唱

🎧 Track 025

 c 在拉丁文裡發 k 的音。可用 **chant** 當神隊友，**k/tʃ 轉音**，**母音通轉**，來記憶 **cant**, **cent**，皆表示「**唱**」。

chant	[tʃænt]	*v.* 頌唱禱文；反覆地說
		n. 聖歌；反覆的話
en**chant**	[ɪn`tʃænt]	*v.* 使陶醉、入迷；施魔法
en**chant**ed	[ɪn`tʃæntɪd]	*adj.* 入迷的；施過魔法的
en**chant**ing	[ɪn`tʃæntɪŋ]	*adj.* 迷人的、令人陶醉的
en**chant**ment	[ɪn`tʃæntmənt]	*n.* 魅力、迷人之處

📝 **秒殺解字** en(in)+chant(sing) → 「唱歌」使人「入」迷。

| ac**cent** | [`æksɛnt] | *n.* 口音；重音 (stress) |
| | [ək`sɛnt] | *v.* 強調、使引起注意 (highlight)；發重音 |

📝 **秒殺解字** ac(=ad=to)+cent(sing) → 「重音」和「唱」有關，發重音時，音高和音量比較高。

| hen | [hɛn] | *n.* 母雞 → 和 chant h/tʃ 轉音，母音通轉；「母雞」會「唱」，叫人起床。 |

源來如此 chicken [`tʃɪkən] (n. 雞；雞肉；膽小鬼 adj. 膽小的)、chick [tʃɪk] (n. 小雞)、cock [kɑk] (n. 公雞)、peacock [`pikɑk] (n. 孔雀) 同源，k/tʃ 轉音，母音通轉，核心語意都是「雞」（chicken）。

源源不絕學更多 incentive (n. 刺激、動機)。

026　cap, capt, cip, ceiv, cept = grasp, take, have 抓，拿取，有

🎧 Track 026

 c 在拉丁文中發 k 的音。可用 **have** 當神隊友，**k/h，p/v 轉音**，**母音通轉**，來記憶 **cap, capt, cip, ceiv, cept**，本義是「**抓**」，後來衍生出「**拿取**」、「**有**」的意思。

| be**have** | [bɪ`hev] | *v.* 表現 (act)；守規矩 (≠misbe**have**) |
| be**hav**ior | [bɪ`hevjɚ] | *n.* 行為、舉止 |

📝 **秒殺解字** be(intensive prefix)+have(have) → be 是「加強語氣」，behave 是一個人所「擁有」的特殊表現方式。

capable	[`kepəbḷ]	*adj.* 有能力的 (able ≠ in**cap**able, unable) → 「有」能力。
capability	[ˌkepə`bɪlətɪ]	*n.* 能力 (ability, **cap**acity)
capacity	[kə`pæsətɪ]	*n.* 容量、容積；能力 (**cap**ability, ability)；職位 (role)
captive	[`kæptɪv]	*n.* 戰俘 → 被「抓」（take）走的。
capture	[`kæptʃɚ]	*n.* 捕獲；俘虜 → 「抓」（take）住。
		v. 捕獲 (catch)
caption	[`kæpʃən]	*n.* 標題、字幕 → 「抓」（take）住人的目光，增加理解的效果。

延伸補充

1. be capable of + Ving/N = be able + to V = can + V 能夠……、有……的能力
2. be incapable of + Ving/N = be unable + to V = cannot + V 不能……

accept	[ək`sɛpt]	*v.* 接受 (take ≠ refuse, reject, decline, turn down)
acceptable	[ək`sɛptəbl]	*adj.* 可接受的 (≠ unacceptable)
acceptance	[ək`sɛptəns]	*n.* 接受

秒殺解字 ac(=ad=to)+cept(take) → 本義是願意「拿取」。

receive	[rɪ`siv]	*v.* 收到 (get)
receiver	[rɪ`sivɚ]	*n.* 聽筒；接收器
receipt	[rɪ`sit]	*n.* 收據；收到
reception	[rɪ`sɛpʃən]	*n.* 接待；接見；接到；接待處
receptionist	[rɪ`sɛpʃənɪst]	*n.* 接待員
recipient	[rɪ`sɪpɪənt]	*n.* 接受者
recipe	[`rɛsəpɪ]	*n.* 烹飪法、食譜、配方

秒殺解字 re(back)+ceiv(take)+e → 本義是「拿」「回」。

延伸補充
1. receive treatment 接受治療
2. a warm/good/enthusiastic reception 熱情的接待
3. reception desk 櫃檯
4. wedding reception 婚禮宴會

except	[ɪk`sɛpt]	*prep.* 除了……之外、不包括
		v. 不包括
exception	[ɪk`sɛpʃən]	*n.* 例外
exceptional	[ɪk`sɛpʃənl]	*adj.* 傑出的 (outstanding)；異常的 (unusual)

秒殺解字 ex(out)+cept(take) → 本義是「拿」「出去」，表示「排除」在「外」。

延伸補充
1. except for 除了……之外
2. make an exception 破例

conceive	[kən`siv]	*v.* 構想、想像 (imagine)；懷孕
concept	[`kɑnsɛpt]	*n.* 概念、想法 (idea)
self-concept	[sɛlf`kɑnsɛpt]	*n.* 自我概念
conception	[kən`sɛpʃən]	*n.* 概念；構想；懷孕
misconception	[,mɪskən`sɛpʃən]	*n.* 誤解；錯誤看法 → mis 表示「錯的」（wrong）。
conceit	[kən`sit]	*n.* 自滿、自負 (conceitedness)
conceited	[kən`sitɪd]	*adj.* 自滿的、自負的 (big-headed)

秒殺解字 con(intensive prefix)+ceiv(take)+e → 去「拿取」，拿進身體內，表示「懷孕」；拿進腦袋中，表示「構想」、「想像」。

deceive	[dɪ`siv]	*v.* 欺騙 (trick)
deceit	[dɪ`sit]	*n.* 欺騙
deception	[dɪ`sɛpʃən]	*n.* 欺騙
deceptive	[dɪ`sɛptɪv]	*adj.* 騙人的

秒殺解字 de(from)+ceiv(take)+e → 迷惑他人「從」其身上「拿取」，引申為「欺騙」。

延伸補充
1. deceive + sb. + into + Ving 欺騙某人去……
2. deceive + sb. + about + sth. 欺騙某人某事

A
B
C
D
E
F
G
H
I
J
K
L
M
N
O
P
Q
R
S
T
U
V
W
X
Y
Z

perceive [pɚ`siv] *v.* 察覺;看待
perception [pɚ`sɛpʃən] *n.* 感覺、察覺;看法
perceptible [pɚ`sɛptəb!] *adj.* 可察覺的 (≠ imperceptible)
perceptive [pɚ`sɛptɪv] *adj.* 觀察敏銳的

✒ 秒殺解字 per(thoroughly)+ceiv(take)+e → 本義「徹底」「拿到」,後語意轉抽象,指徹底抓住某個概念,引申為「察覺」。

anticipate [æn`tɪsə,pet] *v.* 預期、期望 (expect)
anticipation [æn,tɪsə`peʃən] *n.* 預期、期望 (expectation)

✒ 秒殺解字 anti(=ante=before)+cip(take)+ate → 在事「前」「拿」,表示「預期」、「期望」。

延伸補充
1. anticipate + Ving 預期……
2. in anticipation/expectation of + sth. 預期、期望……

participate [pɑr`tɪsə,pet] *v.* 參與、參加
participant [pɑr`tɪsəpənt] *n.* 參加者
participation [pɑr,tɪsə`peʃən] *n.* 參與、參加

✒ 秒殺解字 part(part)+i+cip(take)+ate → 構詞成分類似 take part in,本義「拿一部分」,指「參一腳」。

延伸補充
1. participate in = take part in = be/get involved in 參加、參與
2. audience participation 觀眾的參與

disciple [dɪ`saɪp!] *n.* 信徒、追隨者
discipline [`dɪsəplɪn] *v.* 訓練、使有紀律;懲戒 (punish)
                          n. 紀律
disciplined [`dɪsəplɪnd] *adj.* 遵守紀律的 (well-disciplined)
disciplinary [`dɪsəplɪn,ɛrɪ] *adj.* 紀律的、懲戒的
self-discipline [,sɛlf`dɪsəplɪn] *n.* 自律
self-disciplined [,sɛlf`dɪsəplɪnd] *adj.* 自律的

✒ 秒殺解字 dis(apart)+cip(take)+le → 指一部分一部分地「拿」「走」,當人「學徒」,最終是拿走、學走師傅的一身本領和知識。

prince [prɪns] *n.* 王子
princess [`prɪnsɪs] *n.* 公主;王妃 → ess 表示「女性名詞」。

✒ 秒殺解字 prin(first)+ce(=cap=take) → 本指「拿」到權力的「第一」人,泛指貴族,後指「王子」。

principal [`prɪnsəp!] *adj.* 首要的 (main, chief, major, primary, prime)
                              n. 校長;本金
principally [`prɪnsəp!ɪ] *adv.* 首要地 (mainly, largely, chiefly, primarily)
principle [`prɪnsəp!] *n.* 原則;準則

✒ 秒殺解字 prin(first)+cip(take)+al → 「第一」要「拿」的,表示「最重要的」。principle 是拼法接近的同源字,「第一」要「拿」的,表示最重要的,引申為「原則」。

延伸補充
1. against + sb's principles 違背某人的原則
2. in principle 原則上

occupy	[`akjə,paɪ]	v. 居住；佔用；佔領；忙於
occupied	[`akjə,paɪd]	adj. 忙碌的；使用中的；被佔領的；有人居住的
occupation	[,akjə`peʃən]	n. 職業 (job, profession)；佔領；消遣 (pastime)

秒殺解字 oc(=ob=over)+cup(=cap=grasp, take)+y → take over 是「接收」、「接管」，進而表示「居住」、「佔用」、「佔領」、「忙於」。

延伸補充
1. occupy + sb. + with + N/Ving 使某人忙於某事　　2. be occupied/busy with + sth. 忙碌於某事

preoccupy	[pri`akjə,paɪ]	v. 佔據某人心思
preoccupied	[pri`akjə,paɪd]	adj. 全神貫注的
preoccupation	[pri,akjə`peʃən]	n. 全神貫注；關注的事物

秒殺解字 pre(before)+oc(=ob=over)+cup(=cap=grasp, take)+y → 事「前」就讓事情「佔滿」腦袋。

延伸補充
1. be preoccupied with 專注在　　2. main/chief/central preoccupation 主要、常出現的想法

catch	[kætʃ]	v. 抓；接住；罹患；趕上 **三態** catch/caught/caught
chase	[tʃes]	v./n. 追逐；追捕
purchase	[`pɜ-tʃəs]	n. 購買；所購之物
		v. 購買

秒殺解字 chase(=catch=cap=take) → 「追逐」為了「取得」。

秒殺解字 pur(=pro=forward, intensive prefix)+chase(=catch=cap=take) → 「購買」是為了「追逐」、「取得」某東西。

延伸補充
1. make a purchase 購買　　2. proof of purchase 購買證明

| recover | [rɪ`kʌvə-] | v. 恢復 (get better/over/well, recuperate)；復甦；重獲 (regain, retrieve, get back)；取得賠償 (recoup) |
| recovery | [rɪ`kʌvərɪ] | n. 恢復；復甦；重獲 |

秒殺解字 re(back)+cover(=cuperate=cap=take) → 把健康「取」「回」。

英文老師也會錯 recover 和 recuperate 有關，但坊間書籍、網路、甚至教科書常犯一個錯誤，把 recover 和 discover 歸類在一起，而事實上它們並不同源。

延伸補充
1. recover from 從……復原
2. make a complete/full/good/quick/slow recovery 完整 / 完全 / 良好 / 快速 / 慢慢的恢復
3. economic recovery 經濟復甦

源源不絕學更多 case (n. 箱；盒)、bookcase (n. 書架)、briefcase (n. 公事包)、suitcase (n. 行李箱)、cash (n. 現金)、cashier (n. 出納員)、cable (n. 電纜；鋼索)、cop (n. 警察)、hawk (n. 鷹)、heavy (adj. 重的)、susceptible (adj. 易受感染的；易受影響的)。

027　cap, capt, capit, chief, chiev = head 頭

🎧 Track 027

神之捷徑 可用 **head** 當神隊友，**k/h/tʃ 轉音**，**母音通轉**，來記憶 **cap, capt, capit, chief, chiev**，皆表示「**頭**」。

head	[hɛd]	*n.* 頭；首腦、領導人
a**head**	[ə`hɛd]	*adv.* 在前 (≠ behind)；向前；預先 (in advance) → a 表示「在……上」（on）。
fore**head**	[`fɔr‚hɛd]	*n.* 額頭 → fore 表示「前」（before）。
cap	[kæp]	*n.* 帽子；蓋 (top) → 戴在「頭」上的棒球帽、游泳帽、浴帽，或筆蓋、瓶蓋等。
cape	[kep]	*n.* 披肩、斗篷 →「頭」罩式的「斗篷」。
e**scap**e	[ə`skep]	*v./n.* 逃脫；逃亡；避免

秒殺解字 es(=ex=out)+cape(cape) → 字面意思是「離開」「斗篷」，意指留下斗篷「逃脫」，故布疑陣，頗具金蟬脫殼意味。

延伸補充
1. escape + from/through/over 從……逃了出來　　2. escape to 逃到……
3. make + sb's escape 逃……　　4. fire escape 緊急逃生梯
5. a narrow escape = a close call/thing/shave 千鈞一髮的脫險、僥倖脫逃

captain	[`kæptn̩]	*n.* 船長、機長；隊長
capital	[`kæpət!]	*n.* 首都；資本；大寫字母 *adj.* 大寫的；資本的
capitalism	[`kæpət!‚ɪzəm]	*n.* 資本主義
capitalist	[`kæpət!ɪst]	*n.* 資本家；資本主義者
cattle	[`kæt!]	*n.* 牛群

源來如此 一個國家的「**大腦**」就是「**首**」都 (capital)。英文句子起「**頭**」的第一個字，都要「**大寫**」（capital）。古代沒有衍生性金融商品，就以 **cattle** 的數量，也就是用牲口有幾「**頭**」來決定資產的多寡，同源字 **capital** 也表示「**資本**」，而 dairy cattle 是指「**乳牛**」，beef cattle 是指「**肉牛**」。此外，**beef** [bif] (n. 牛肉)、**buffalo** [`bʌf!‚o] (n. 水牛) 同源，**母音通轉**，核心語意是「**牛**」。相關同源字還有 cow (n. 母牛)、cowboy (n. 牛仔)。

延伸補充
1. capital punishment = death penalty/sentence 死刑　　2. capital offense/crime 死罪
3. 60 head of cattle 六十頭牛

chief	[tʃif]	*n.* 首長；頭目 *adj.* 主要的 (main, principal, major, key, primary, prime)； 　　　首席的
chef	[ʃɛf]	*n.* 主廚 → 眾廚師之「首」。
a**chiev**e	[ə`tʃiv]	*v.* 達成、實現 (accomplish)
a**chiev**ement	[ə`tʃivmənt]	*n.* 成就；完成 (accomplishment)

秒殺解字 a(=ad=to)+chiev(=chief=capt=head)+e → 本義是「到」「頭」了，可解讀為「到終點」，表示「達成」、「實現」。

延伸補充
1. achieve success 獲得成功　　2. achieve/fulfill/realize + sb's ambition 實現某人的抱負
3. achieve/fulfill/realize + sb's potential 發揮某人的潛力　4. a sense of achievement 成就感

mischief [ˋmɪstʃɪf] *n.* 調皮、淘氣、惡作劇
mischievous [ˋmɪstʃɪvəs] *adj.* 調皮的、淘氣的、惡作劇的

> **秒殺解字** mis(bad)+chief(head) → 到「頭」來，發現結果是「壞」的，本義指「不幸」，1784 年才出現「惡作劇」的意思。

> **源源不絕學更多** **head**line (n. 標題)、**head**phone (n. 頭戴式耳機)、over**head** (adj. 在頭頂上的)、**cab**bage (n. 高麗菜)、handker**chief** (n. 手帕)、**chap**ter (n. 章、回)。

028　car, cur, curs, course = run 跑，進行

🎧 Track 028

> **神之捷徑** 可用 **horse** 或 **car** 當神隊友，**k/h 轉音**，**母音通轉**，來記憶 car, cur, curs, course，表示「跑」。horse 在 car 出現前，是主要的運載工具，擅長「**跑步**」，而 **car** 也讓人類「**跑**」得更快更遠，造字之奧妙，一覽無遺。

carry [ˋkærɪ] *v.* 搬運；拿；提；扛；攜帶
carrier [ˋkærɪə] *n.* 運輸機構；航空母艦；帶原者
carriage [ˋkærɪdʒ] *n.* 四輪馬車；運輸；運費
carpenter [ˋkɑrpəntə] *n.* 木匠 → 最早是「做馬**車**的人」(carriage-maker)，古代馬車是木製的。
cargo [ˋkɑrgo] *n.* 貨物 (freight) → 貨物需要「運送」。
career [kəˋrɪr] *n.* 生涯；職業 (job, vocation, profession) → 「跑」道，指人一生所經歷的「職涯」生活。
charge [tʃɑrdʒ] *n.* 收費；負責管理；控告；指責 (blame)；攻擊 (attack)；充電
　　　　 v. 收費；用信用卡付款；負責管理；控告；指責 (blame)；向前衝；攻擊 (attack)；充電 (**char**ge up)

> **秒殺解字** char(=car=load)+ge → char 是 car 變形，本義是把貨物裝載到可以「跑」得很遠的馬車上，因此 char 亦產生「裝載」（load）的意思。

> **英文老師也會錯** 坊間書籍、網路常將 cart 列為 car 的同源字，其實不然。cart 在現代美式英語中特指超市裡面裝載商品的「手推車」，手推車上會有的大籃子，cart 的本義是「籃子」，和表示「籃子」的 cradle 同源。

> **延伸補充**
> 1. carry out 執行、實現
> 2. delivery/electricity charges 運費 / 電費
> 3. admission charge 入場費
> 4. at no extra charge 不須額外收費
> 5. additional charge 額外收費
> 6. free of charge 免費
> 7. be in charge (of + sth.) 負責管理；主管；照料
> 8. take/have charge of + sth. 負責管理
> 9. be in/under + sb's charge = be under the charge of + sb. 由……負責管理
> 10. charge + sb. + 錢 + (for + sth.) 收費、索價
> 11. charge + sth. + on Visa 用 Visa 卡付款
> 12. charge + sb. + of + sth. 控告某人犯……罪

recharge [riˋtʃɑrdʒ] *v.* 再充電

> **秒殺解字** re(again, back)+char(=car=load)+ge → 「再」「裝載」，使電跑「回來」。

> **延伸補充**
> 1. charge/recharge a battery 充電
> 2. recharge + sb's batteries 充電

discharge [dɪs`tʃɑrdʒ] *v./n.* 允許離開；排出；放電；履行；發射

🖋️(秒殺解字) dis(opposite)+char(=car=load)+ge →「裝載」的「相反」動作，表示「卸貨」，衍生語意有「放電」、「排出」等。

延伸補充
1. discharge + sb. + from + sth. 使某人從……離開　　2. discharge a battery 放電

course [kors] *n.* 過程；路線；課程 (class, program)；一道菜
curriculum [kə`rɪkjələm] *n.* 學校課程 複數 curricula, curriculums
extracurricular [ˌɛkstrəkə`rɪkjələ] *adj.* 課外活動的

🖋️(秒殺解字) extra(outside, beyond)+curricul+ar →「課程」「外」活動的。

延伸補充
1. language/computer/history course/class 語言 / 電腦 / 歷史課
2. extracurricular activities 課外活動

current [`kɝənt] *adj.* 現時的
n. （水、電、氣）流

currently [`kɝəntlɪ] *adv.* 現在 (now, at the moment, presently, at present, at the present time, right now, at this time)

currency [`kɝənsɪ] *n.* 貨幣；流通

延伸補充
1. current affairs 時事　　　　　　　　2. foreign currency 外國貨幣

occur [ə`kɝ] *v.* 發生 (happen, take place, come about, arise)
occurrence [ə`kɝəns] *n.* 發生；事件

🖋️(秒殺解字) oc(=ob=toward, against)+cur(run) →「朝著」、「對著」「跑」過來，表示「發生」。

延伸補充
1. it occurs/occurred to + sb. + to V 某人想到……
2. it occurs/occurred to + sb. + (that) + S + V 某人想到……

concur [kən`kɝ] *v.* 同意 (agree)；同時發生 (coincide)
concurrence [kən`kɝəns] *n.* 同意、贊成 (agreement)；同時發生
concurrent [kən`kɝənt] *adj.* 贊同的；同時發生的

🖋️(秒殺解字) con(together)+cur(run) →「一起」「跑」過來，表示「同意」、「同時發生」。

延伸補充
1. concur with 同意、贊成　　　　　　　2. be concurrent with 同意、贊成

recur [rɪ`kɝ] *v.* 再發生 (happen again, repeat, repeat itself)
recurrent [rɪ`kɝənt] *adj.* 一再發生的 (repeated, recurring)
recurrently [rɪ`kɝəntlɪ] *adv.* 一再地 (repeatedly, again and again, over and over again)

🖋️(秒殺解字) re(back, again)+cur(run) →「再」「跑」「回去」，表示事情或問題「再發生」。

excursion [ɪk`skɝʒən] *n.* 遠足、短途旅行 (outing, trip, short journey)

🖋️(秒殺解字) ex(out)+curs(run)+ion →「跑」到「外」面去，表示「遠足」、「短途旅行」。

源源不絕學更多 incur (v. 招致)、cursor (n. 游標)、cursory (adj. 匆忙的)、concourse (n. 車站機場大廳)。

029　carn = flesh, meat 肉

carn 的意思是「**肉**」。

carnation	[karˋneʃən]	*n.* 康乃馨 → 原意是「肉色」。
carnival	[ˋkarnəvḷ]	*n.* 嘉年華會;狂歡;節日表演節目

秒殺解字 carn(meat)+ival(=lev=lighten, raise, remove) → 把「肉」「舉起」、「拿走」。事實上,「嘉年華會」之後人們會有一陣子不吃「肉」。

030　cas, cid = fall 落下

cas, **cid** 同源,**d/s/ʒ 轉音**,**母音通轉**,皆表示「**落下**」。

case	[kes]	*n.* 事例;案例、案件 → 本義突然「落下」來,很多「案件」彷彿從天而降,突然發生。
casual	[ˋkæʒʊəl]	*adj.* 不在意的;偶然的 (occasional);非正式的、便裝的 (≠ formal)
casually	[ˋkæʒʊəlɪ]	*adv.* 隨意地;偶然地
casualty	[ˋkæʒʊḷtɪ]	*n.* 傷亡人員

英文老師也會錯 case 當「箱」、「盒子」解釋時,字源來自 cap,表示「拿」(take)。

延伸補充
1. in some/many/most cases 在一些 / 許多 / 大部分事例中
2. in case + (that) + S + V 萬一、以備　　　　　　3. in case of + N/Ving 萬一、以備

oc**cas**ion	[əˋkeʒən]	*n.* 時機;場合
oc**cas**ional	[əˋkeʒənḷ]	*adj.* 偶然的
oc**cas**ionally	[əˋkeʒənḷɪ]	*adv.* 偶爾 (on occasion, sometimes, at times, once in a while, from time to time, now and then, now and again, off and on, on and off, every so often)

秒殺解字 oc(=ob=down)+cas(fall)+ion → 東西要「落下」來的「時機」難以預測。

延伸補充
1. on ... occasion 在……場合　　　　　　2. on occasion 有時;偶爾
3. very occasionally = rarely 極少

chance	[tʃæns]	*n.* 機會 (opportunity);可能性 (possibility);冒險 (risk);偶然 →「落下」的「機會」,稍縱即逝。
		v. 冒險;碰巧、偶然
cheat	[tʃit]	*v.* 作弊;欺騙
		n. 騙子;作弊;欺騙

延伸補充
1. take/grab the chance + to V = take/seize/grasp/use the opportunity + to V 把握機會去……
2. miss the chance/opportunity 錯失機會
3. a once-in-a-lifetime chance/opportunity = a chance of a lifetime = a chance in a million 千載難逢的機會
4. take a chance on 在……冒險　　　　　　5. chance/happen + to V 碰巧……

accident	[ˋæksədənt]	*n.* 意外；事故
accidental	[͵æksəˋdɛntl̩]	*adj.* 意外的；偶然的
accidentally	[͵æksəˋdɛntl̩ɪ]	*adv.* 意外地 (≠ on purpose, intentionally, deliberately)

秒殺解字 ac(=ad=to)+cid(fall)+ent → 「意外」從天「降落」。

延伸補充
1. car/traffic/road accident 交通事故、車禍
2. by accident/chance = accidentally = unintentionally = unexpectedly 意外地

incident	[ˋɪnsədənt]	*n.* 事件 (event)
incidental	[͵ɪnsəˋdɛntl̩]	*adj.* 伴隨的、附帶的
incidentally	[͵ɪnsəˋdɛntl̩ɪ]	*adv.* 順便一提 (by the way)；伴隨地、附帶地
coincide	[͵koɪnˋsaɪd]	*v.* 同時發生；相符
coincidence	[koˋɪnsədəns]	*n.* 巧合
coincidental	[ko͵ɪnsəˋdɛntl̩]	*adj.* 巧合的
coincidentally	[ko͵ɪnsəˋdɛntl̩ɪ]	*adv.* 巧合地 (by coincidence)

秒殺解字 in(on)+cid(fall)+ent → 「降落」在「上」，意味著發生不愉快或重大的「事件」。coincide 則是「一起」「落下」，表示「同時發生」；co 表示「共同」、「一起」（together）。

| decay | [dɪˋke] | *v./n.* 腐蝕；蛀蝕；衰退 |

秒殺解字 de(off)+cay(fall) → 本義指「從……掉落」，源自法文。

源源不絕學更多 parachute (n. 降落傘)。

031　cause, cus = cause 原因，動機

神之捷徑 可用 **cause** 當神隊友，**母音通轉**，來記憶 **cus**，皆表示「**原因**」、「**動機**」。

cause	[kɔz]	*v.* 引起；導致
		n. 原因；理由 (reason)
because	[bɪˋkɔz]	*conj./prep.* 因為

秒殺解字 be(by)+cause(cause) → 「依」某個「理由」行事。

延伸補充
1. cause + sb./sth. + to V 使某人 / 某事……
2. A cause B = A result in B = B result/arise from A = A lead to/bring about/give rise to/contribute to B
   A 引起、導致 B (A = 原因；B = 結果)
3. because of + N = as a result/consequence of + N = in consequence of + N = owing to + N = due to + N
   = thanks to + N = on account of + N 因為、由於

accuse	[əˋkjuz]	*v.* 控告；指控
accusation	[͵ækjəˋzeʃən]	*n.* 控告；指控
accused	[əˋkjuzd]	*n.* 被告 (the accused)

秒殺解字 ac(=ad=to)+cus(cause)+e → 「指控」他人之前要先找到「原因」。

延伸補充
1. accuse + sb. + of + N/Ving 指控某人……　　　2. sb. + be accused of + N/Ving 某人被指控……

| **ex**cus**e** | [ɪkˋskjuz] | *v.* 原諒 (pardon, forgive) |
| | [ɪkˋskjus] | *n.* 藉口；理由 (reason) |

秒殺解字 ex(out)+cus(cause)+e → 找「理由」逃「出去」，尋求「原諒」。

延伸補充
1. excuse oneself 請求准予離開　　　　2. excuse/forgive + sb. + for + Ving/N 原諒某人做了……
3. make excuses for + Ving/N 編了……的藉口　　4. look for/find an excuse 找藉口

032　cede, ceed, cess = go , yield 走，退讓

🎧 Track 032

神之捷徑　cess, ceed, cede 同源，d/s/ʃ 轉音，母音通轉，皆表示「走」、「退讓」。

ac**cess**	[ˋæksɛs]	*n.* 進入、入口 (entrance, entry, entryway)；使用權 *v.* 從電腦找出資料
ac**cess**ible	[ækˋsɛsəb!]	*adj.* 易接近的；可達到或進入的 (≠ inac**cess**ible)
ac**cess**ory	[ækˋsɛsərɪ]	*n.* 配件；幫兇

秒殺解字 ac(=ad=to)+cess(go) → 本義「向前走」，因此有「進入」、「入口」等衍生意思。

| ante**ced**ent | [͵æntəˋsidənt] | *n.* 前事；祖先 (ancestor ≠ descendant) |
| an**ces**tor | [ˋænsɛstə] | *n.* 祖先 (forefather, forebear ≠ descendant) → an = ante。 |

秒殺解字 ante(before)+ced(go)+ent → 「走」在「前」，表示「前事」或「祖先」。

| con**cede** | [kənˋsid] | *v.* 承認 (admit)；認輸；讓步 |
| con**cess**ion | [kənˋsɛʃən] | *n.* 讓步、妥協；特許、特許權 |

秒殺解字 con(intensive prefix)+cede(go) → 讓某物「走」開，因此有「承認」、「讓步」等意思。
字辨 從字源的角度來看，**concur** 字面意思是「**一起跑**」，表示「**同意**」、「**意見一致**」；**concede** 字面意思是「**走**」，有「**勉強**」、「**不情願地**」的意味，表示「**承認**」、「**讓步**」。

延伸補充
1. concede/admit/accept defeat 承認失敗　　　　2. make concessions 讓步、妥協

ex**ceed**	[ɪkˋsid]	*v.* 超過
ex**cess**	[ɪkˋsɛs]	*n.* 過剩、超過、過量 *adj.* 超過的
ex**cess**ive	[ɪkˋsɛsɪv]	*adj.* 過度的、過多的

秒殺解字 ex(out)+ceed(go) → 「走」到「外面」來，跨越界線，引申為「超過」。

ne**cess**ary	[ˋnɛsə͵sɛrɪ]	*adj.* 必要的；必需的 (essential)
ne**cess**arily	[ˋnɛsəsɛrɪlɪ]	*adv.* 必然地；不可避免地 (inevitably)
ne**cess**ity	[nəˋsɛsətɪ]	*n.* 必要性；必需品 (need ≠ luxury)
ne**cess**itate	[nɪˋsɛsə͵tet]	*v.* 使成為必要
un**ne cess**ary	[ʌnˋnɛsə͵sɛrɪ]	*adj.* 不需要的 (needless) → un 表示「不」（not）。
un**ne cess**arily	[ʌnˋnɛsə͵sɛrɪlɪ]	*adv.* 多餘地

秒殺解字 ne(no, not)+cess(go)+ary → 「無法」「走」，引申為「必要的」。

延伸補充
1. be necessary for + N/Ving 必要的；必須的　　　2. it is necessary + (for + sb.) + to V ……有必要的
3. not necessarily 不必然

pro**ceed**	[prə`sid]	*v.*	繼續做 (continue)；前進
pro**ceed**ing	[prə`sidɪŋ]	*n.*	行動、活動
pro**ced**ure	[prə`sidʒɚ]	*n.*	步驟；程序
pro**cess**	[`prɑsɛs]	*n.*	過程；處理
		v.	進行；加工；處理 (deal with)
pro**cess**ion	[prə`sɛʃən]	*n.*	行進隊伍、行列

🪶 **秒殺解字** pro(forward)+ceed(go) → 「往前」「走」，所以是「繼續做」、「前進」。

re**cede**	[rɪ`sid]	*v.*	逐漸遠離、消退
re**cess**ion	[rɪ`sɛʃən]	*n.*	經濟衰退 (depression)

🪶 **秒殺解字** re(back)+cede(go) → 「往後」「走」，表示「消退」。

延伸補充
1. economic recession 經濟衰退 　　　　2. in recession 處於衰退

suc**ceed**	[sək`sid]	*v.*	成功 (≠ fail)；接著發生；繼任
suc**cess**	[sək`sɛs]	*n.*	成功 (≠ failure)
suc**cess**ful	[sək`sɛsfəl]	*adj.*	成功的 (≠ un**success**ful)
suc**cess**ion	[sək`sɛʃən]	*n.*	連續；繼任
suc**cess**ive	[sək`sɛsɪv]	*adj.*	連續的、相繼的
suc**cess**or	[sək`sɛsɚ]	*n.*	後繼者、繼任者

🪶 **秒殺解字** suc(=sub=next to, after)+ceed(go) → 跟在「後面」「走」，因此有「繼任」、「連續」等意思。

延伸補充
1. succeed in + Ving/N 成功、順利完成…… 　　2. be successful in + Ving/N 在……獲得成功的

cease	[sis]	*v.*	停止、結束
		n.	停止
ceaseless	[`sislɪs]	*adj.*	不停的 (in**cess**ant, constant)
			→ less 表示「缺乏」（lack）。

🪶 **秒殺解字** cease(=ced=go away, yield) → 本義「走」開，引申為「結束」。

源源不絕學更多 pre**cede** (v. 先於)、pre**ced**ent (n. 前例)、prede**cess**or (n. 前輩)、in**cess**ant (adj. 連續不斷的)。

033　cel, cell = hill, prominent 山丘，突出的

🎧 Track 033

神之捷徑 c 在拉丁文裡發 k 的音。可用 **hill** 當神隊友，**k/h 轉音**，母音通轉，來記憶 cel, cell，皆和「**山丘**」、「**突出的**」有關。

hill	[hɪl]	*n.*	小山、丘陵
ex**cel**	[ɪk`sɛl]	*v.*	突出；勝過
ex**cell**ent	[`ɛksələnt]	*adj.*	優秀的 (outstanding, brilliant, superb, amazing)
ex**cell**ence	[`ɛksələns]	*n.*	優秀；傑出

🪶 **秒殺解字** ex(out)+cel(rise) → 在眾人中顯得特別「突出」，近似「脫穎而出」。

column	[`kɑləm]	*n.* 圓柱；欄；專欄文章
		→ 如同「山丘」般的「圓柱」，用來支撐建築物。
columnist	[`kɑləmnɪst]	*n.* 專欄作家

034　cell, hell = cover, hide 覆蓋，隱蔽

🎧 Track 034

cell, hell 是源自拉丁文，**c** 在拉丁文裡發 **k** 的音，**k/h 轉音**，核心語意都是「**覆蓋**」、「**隱蔽**」。

cell	[sɛl]	*n.* 小囚房；細胞 → 原指隱士「隱蔽」的小房間。
hell	[hɛl]	*n.* 地獄、冥府
con**ceal**	[kən`sil]	*v.* 隱藏；隱瞞 (hide ≠ reveal)

🪶**秒殺解字** con(intensive prefix)+ceal(cover, hide) → 把事實或感覺「隱蔽」起來。

源來如此 **hide** [haɪd] (v. 躲藏；隱藏)、**house** [haʊs] (n. 房子)、**hose** [hoz] (n. 水管)、**hus**band [`hʌzbənd] (n. 丈夫) 同源，**d/z/s 轉音**，**母音通轉**，核心語意是「**隱藏**」、「**掩蔽**」（**hide**）。有一派字源學家推論 **house** 和 **hide** 同源，因為「**房子**」有「**遮風避雨**」的功能。而「**丈夫**」（**hus**band）是「**家**」的「**持有者**」。

延伸補充
1. conceal/hide + sth. + from + sb. 對某人隱瞞某事　　2. conceal the fact that + S + V 隱瞞……事實

源源不絕學更多 helmet (n. 盔，頭盔)、cellar (n. 地下室)、ceiling (n. 天花板)、hole (n. 洞)、hollow (adj. 中空的)、hall (n. 大廳)、hallway (n. 大廳)、color (n. 色彩)。

035　centr = center 中央，中心

🎧 Track 035

centr 表示「**中央**」、「**中心**」。

center/centre	[`sɛntɚ]	*n.* 中心
		v. 集中
central	[`sɛntrəl]	*adj.* 中心的；中間的；中央的；主要的

延伸補充
1. financial/business/commercial center 金融中心　　2. central government 中央政府

| con**centr**ate | [`kɑnsən,tret] | *v.* 集中；專心；濃縮 |
| con**centr**ation | [,kɑnsən`treʃən] | *n.* 集中；專心；濃縮 |

🪶**秒殺解字** con(together)+centr(center)+ate → 「一起」往「中心」聚集，表示「集中」。

延伸補充
1. concentrate/center/focus on 集中精神於　　2. powers of concentration 專注力

| ec**centr**ic | [ɪk`sɛntrɪk] | *adj.* 古怪反常的 (strange, weird, bizarre) |
| | | *n.* 古怪的人 |

🪶**秒殺解字** ec(=ex=out)+centr(center)+ic → 「離開」「中心」，和大家不同，引申為「古怪反常的」。

036 cert, cern, cri = separate, decide, judge
分開，決定，判斷

♪ Track 036

神之捷徑 cert, cern 同源，**t/n 轉音**，母音通轉，核心語意是「**過濾**」（sieve, sift）、「**分開**」（discriminate）、「**區隔**」（distinguish），過濾之後，可「**決定**」誰或者什麼是「**可靠**」、「**確實**」的人、物。cri 是另一個變體字根，表示「**判斷**」，「**判斷**」即是在「**過濾**」對錯或分辨真假。

certain	[`sɚtn̩]	*adj.* 確定的 (sure)；必然的；某種的
certainly	[`sɚtn̩lɪ]	*adv.* 當然 (definitely, surely, undoubtedly, unquestionably, without doubt)
certainty	[`sɚtn̩tɪ]	*n.* 確信；確實
un**cert**ain	[ʌn`sɚtn̩]	*adj.* 不確定的 (unsure)、含糊的 (unclear) → un 表示「不」。
un**cert**ainty	[ʌn`sɚtn̩tɪ]	*n.* 不確定

延伸補充
1. make/be certain/sure + (that) + S + V 確定
2. make/be certain/sure of + N/Ving 確定
3. be certain/sure/bound + to V 一定的
4. for certain/sure = without doubt 必定、無疑地

certify	[`sɚtə͵faɪ]	*v.* 證實；發證書
certified	[`sɚtə͵faɪd]	*adj.* 有證照的
certificate	[sɚ`tɪfəkɪt]	*n.* 證書；證明文件
certification	[͵sɚ͵tɪfə`keʃən]	*n.* 證明

秒殺解字 cert(decide)+i+fy(make, do) →「決定」是非、真假、程度等。

延伸補充
1. issue a certificate 開立證明
2. birth/death/marriage certificate 出生 / 死亡 / 婚姻證明
3. teaching certificate 教師證明書

con**cert**	[`kɑnsɚt]	*n.* 音樂會；演唱會

秒殺解字 con(together)+cert(separate, decide) → 把各種樂器、聲音等「分開」的元素，巧妙結合在「一起」，呈現美妙的表演。

con**cern**	[kən`sɚn]	*v.* 關於 (be about)；關心、擔心 (worry) *n.* 關心、擔心 (worry, anxiety)；關切的事
con**cern**ed	[kən`sɚnd]	*adj.* 涉及的 (invovled)；擔心的 (worried, anxious)
con**cern**ing	[kən`sɚnɪŋ]	*prep.* 關於 (about, on, regarding, respecting, relating to, in/with regard to, WRT)

秒殺解字 con(together)+cern(sift, sieve, separate) → 本義是「共同」「過濾」，只留下和自己「關切」、「有關的」的人事物，但過度關切，往往變成「擔心」。

延伸補充
1. be concerned with/in 有關的、參與的、涉及的
2. be concerned about/for 擔心……的
3. as far as + sb. + be concerned = in + sb's opinion 就某人而言
4. as far as + sth. + be concerned 就……而言

criterion	[kraɪˋtɪrɪən]	*n.* 判斷、批評的標準 (standard) **複數** criteria
critic	[ˋkrɪtɪk]	*n.* 批評者；評論家 (reviewer)
critical	[ˋkrɪtɪk!]	*adj.* 愛批評、挑剔的；關鍵性的 (crucial)；危急的
critically	[ˋkrɪtɪk!ɪ]	*adv.* 重要地 (crucially)；危急地 (dangerously)；批判性地
criticize	[ˋkrɪtɪˏsaɪz]	*v.* 批評 (≠ praise)；評論
criticism	[ˋkrɪtəˏsɪzəm]	*n.* 批評 (≠ praise)；評論
crisis	[ˋkraɪsɪs]	*n.* 危機；緊急關頭 (emergency) **複數** crises

秒殺解字 cri(decide, judge)+sis → 「緊急關頭」需正確「判斷」，做正確「決定」。

延伸補充

1. music/film/art/theater/literary critic 音樂 / 電影 / 藝術 / 戲劇 / 文學評論家

2. be critical of 批評

3. be critically ill/injured 病重 / 傷重

4. criticize + sb/sth. + for + Ving/N 批評某人 / 事……

5. strong/severe/harsh/sharp criticism 嚴厲的、尖銳的批評

6. constructive criticism 建設性的批評

7. deal with/handle a crisis 處理危機

8. economic/financial crisis 經濟金融危機

9. energy/oil/housing crisis 能源 / 石油 / 房地產危機

10. debt/budget crisis 債務 / 預算危機

11. be in crisis 處於危機之中

12. a crisis erupts/arises 危機爆發

13. resolve/solve a crisis 解決危機

14. crisis management 危機處理

hypo**cri**sy	[hɪˋpɑkrəsɪ]	*n.* 偽善、虛偽 (≠ sincerity)
hypo**cri**te	[ˋhɪpəkrɪt]	*n.* 偽善者、偽君子
hypo**cri**tical	[ˏhɪpəˋkrɪtɪk!]	*adj.* 偽善的、虛偽的 (≠ sincere)

秒殺解字 hypo(under)+cri(separate, decide, judge)+sy → 字面意思是在「下面」「批評」，即「私底下」「批評」，引申為「偽善」、「虛偽」。

crime	[kraɪm]	*n.* 罪；罪行
criminal	[ˋkrɪmən!]	*n.* 罪犯
		adj. 犯罪的；糟糕的

延伸補充

1. commit a crime/an offense 犯罪

2. crime prevention 預防犯罪

dis**crim**inate	[dɪˋskrɪməˏnet]	*v.* 歧視；辨別 (differentiate)
dis**crim**ination	[dɪˏskrɪməˋneʃən]	*n.* 歧視；辨別

秒殺解字 dis(away)+crim(separate)+in+ate → 把特定人事物「分開」，有「歧視」的味道。

延伸補充

1. racial/sex/religious/age discrimination 種族 / 性別 / 宗教 / 年齡歧視

2. anti-discrimination law/legislation/policy 反歧視的法律 / 立法 / 政策

se**cret**	[ˋsikrɪt]	*n.* 秘密；機密
		adj. 秘密的
se**cret**ary	[ˋsɛkrəˏtɛrɪ]	*n.* 秘書

秒殺解字 se(apart)+cret(separate) → 「分開」「出來」，純屬自己的「秘密」。

延伸補充

1. keep a secret 保守祕密

2. Your secret is safe with me. 我不會告訴任何人。

3. in secret 私下、秘密地

4. It's an open secret (that) + S + V ……是一個公開的祕密

037　chron = time 時間

 神之捷徑　chron 表示「**時間**」。永恆的 **Chronos** 是古希臘神話中的一位原始神，代表「**時間**」。

🎧 Track 037

| **chron**ic | [`krɑnɪk] | *adj.*（病）慢性的、長期的 (≠ acute) |
| **chron**ology | [krə`nɑlədʒɪ] | *n.* 年表 |

🪶 **秒殺解字** chrono(time)+logy(study of) → 本指研究「時間」的「學問」，後來指依「時間」編排的「年表」。

| syn**chron**ize | [`sɪŋkrə‚naɪz] | *v.* 同時發生；使同時；使時間一致 |
| syn**chron**ous | [`sɪŋkrənəs] | *adj.* 同時的 |

🪶 **秒殺解字** syn(together)+chron(time)+ize → 「時間」重疊在「一起」，表示「一起」或「同時」發生。

延伸補充
1. synchronize A with B （使）A 與 B 同步　　　2. synchronize your watches 對錶

038　cid, cis = cut, kill 切割，殺死

🎧 Track 038

神之捷徑　**cid, cis** 同源，**d/z/s/ʒ 轉音，母音通轉**，表示「**切割**」、「**殺死**」。

de**cid**e	[dɪ`saɪd]	*v.* 決定
de**cis**ion	[dɪ`sɪʒən]	*n.* 決定；果斷 (≠ inde**cis**ion)
de**cis**ive	[dɪ`saɪsɪv]	*adj.* 決定性的；果斷的 (≠ inde**cis**ive)

🪶 **秒殺解字** de(off)+cid(cut)+e → 「切割」「開」，做「決定」是要「當機立斷」的。

延伸補充
1. decide + to V 決定去……　　　2. decide on/upon + sth. 決定採用……
3. make/reach/come to a decision on/about + sth. 在……上做出決定

| sui**cid**e | [`suə‚saɪd] | *n.* 自殺；自殺行為 |
| sui**cid**al | [‚suə`saɪd!] | *adj.* 自殺的 |

🪶 **秒殺解字** sui(self)+cid(cut, kill)+e → 「殺」「自己」，可用 **self，母音通轉**，來記憶 **sui**。

延伸補充
1. commit suicide = kill oneself = take one's own life 自殺
2. suicide bomber 自殺炸彈客

| pesti**cid**e | [`pɛstɪ‚saɪd] | *n.* 殺蟲劑；農藥 |

🪶 **秒殺解字** pest(pest)+i+cid(kill)+e → 「殺」「害蟲」的化學藥劑。

| insecti**cid**e | [ɪn`sɛktə‚saɪd] | *n.* 殺蟲劑 |

🪶 **秒殺解字** in(into)+sect(cut)+i+cid(kill)+e → 「殺」「昆蟲」的化學藥劑。

| **scis**sors | [`sɪzəz] | *n.* 剪刀 |

延伸補充
1. a pair of scissors 一把剪刀　　　2. nail scissors 指甲剪

| con**cis**e | [kən`saɪs] | *adj.* 簡潔的、扼要的 (brief) |

🪶 **秒殺解字** con(intensive prefix)+cis(cut)+e → 「切割」乾淨，表示「簡潔的」。

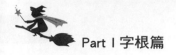

pre**cise**	[prɪ`saɪs]	*adj.* 精確的 (exact, right, correct, accurate)
pre**cis**ely	[prɪ`saɪslɪ]	*adv.* 精確地 (exactly, correctly)；正好 (exactly, just)
pre**cis**ion	[prɪ`sɪʒən]	*n.* 精確

（秒殺解字）pre(before)+cis(cut)+e → 「事先」規劃如何「切」，表示「精確的」。

039　circu, circul, circum = ring, circle
環，圓圈

♫ Track 039

（神之捷徑）可用 **circle** 當神隊友，來記憶 **circu, circul**，表示**「環」**、**「圓圈」**，而 **circum** 是衍生字首，表示**「環繞」**（around）。

circle	[`sɝk!]	*n.* 圓形；圈子
		v. 畫圓圈；盤旋
circular	[`sɝkjə͵lə]	*adj.* 圓形的 (round)；循環的
		n. 通告、傳單
circulate	[`sɝkjə͵let]	*v.* 循環；傳播、流傳
circulation	[͵sɝkjə`leʃən]	*n.* 循環；（貨幣、消息）流通；發行量
circus	[`sɝkəs]	*n.* 馬戲團 → 馬戲場是「圓形」的。

（英文老師也會錯）坊間書籍和網路常把這組單字和 cycle, bicycle 歸類在一起，但事實上它們並不同源。

（延伸補充）
1. in a circle 成一圈　　　　　　　　2. vicious circle/cycle 惡性循環

circumstance	[`sɝkəm͵stæns]	*n.* 情況；狀況（常為複數）

（秒殺解字）circum(around)+sta(stand)+ance → 一個人所「站」之處的「周遭」環境，引申為「狀況」。

（延伸補充）
1. in/under ... circumstances 在……情況下　　2. in/under no circumstances 決不

search	[sɝtʃ]	*v./n.* 搜尋、尋找

（秒殺解字）search(=circus, circum=go around) → 「繞」著「找」。**search** 和 **circle** 同源，k/tʃ 轉音。

（延伸補充）
1. search/look/hunt for = seek 尋找　　　2. carry out/conduct a search 尋找
3. do/run/perform a search 在網路上搜尋　　4. in search of 尋找

re**search**	[rɪ`sɝtʃ]	*v.* 研究 (study)
	[`rɪsɝtʃ]	*n.* 研究 (study)
re**search**er	[ri`sɝtʃə]	*n.* 研究者

（秒殺解字）re(intensive prefix)+search → 認真「找」是「研究」的重要精神。

（延伸補充）
1. research into/on ……的研究　　　　2. do/conduct/undertake research 做研究
3. market research 市場研究　　　　　4. research and development 研究和開發、研發 (R&D)

（源源不絕學更多）en**circle** (v. 包圍)、semi**circle** (n. 半圓)。

040 cit = call, move 叫喊，移動

 cit 表示「叫喊」、「移動」。

♫ Track 040

cite	[saɪt]	*v.* 引用 (quote)；舉出；傳喚；褒揚
citation	[saɪˋteʃən]	*n.* 引用 (quotation)；傳票；褒揚
ex**cit**e	[ɪkˋsaɪt]	*v.* 刺激、使興奮 (thrill, exhilarate)；引起 (arouse)
ex**cit**ing	[ɪkˋsaɪtɪŋ]	*adj.* 刺激的、令人興奮的 (thrilling, exhilarating)
ex**cit**ed	[ɪkˋsaɪtɪd]	*adj.* 感到興奮的 (thrilled, exhilarated)
ex**cit**ement	[ɪkˋsaɪtmənt]	*n.* 興奮 (thrill, exhilaration)

秒殺解字 ex(out)+cit(call)+e → 興奮時常常會「叫喊」「出來」。

延伸補充
1. be/feel excited about/at/by 對……感到興奮　　2. get + sb. + excited about 使某人對……感到興奮的
3. excite interest/curiosity/sympathy/jealousy/envy/suspicion 引起興趣 / 好奇心 / 同情心 / 忌妒 / 忌妒 / 懷疑
4. excite comment/speculation 引起評論 / 推測　　5. in + sb's/the excitement 興奮地

in**cit**e	[ɪnˋsaɪt]	*v.* 煽動、鼓動 (stir up, provoke)

秒殺解字 in(in)+cit(move)+e → 「內部」產生「移動」，引申為「煽動」、「鼓動」。

re**cit**e	[riˋsaɪt]	*v.* 背誦；朗誦

秒殺解字 re(back, again)+cit(call)+e → 本義「再次」「喊」出來，引申為把腦內的東西「背誦」出來。

041 civi, city = city, citizen 城市，市民

♫ Track 041

可用 **city** 當神隊友，來記憶 **civi**，表示「城市」、「市民」。「文明」是「城市」的象徵，t 和 v 雖無法轉音，但 **city** 和 **civi** 同源。

city	[ˋsɪtɪ]	*n.* 城市
citizen	[ˋsɪtəzn̩]	*n.* 市民；公民
citizenship	[ˋsɪtəzn̩ʃɪp]	*n.* 公民身分、國籍；公民義務
civic	[ˋsɪvɪk]	*adj.* 城市的；市民的
civics	[ˋsɪvɪks]	*n.* 公民課
civil	[ˋsɪvl̩]	*adj.* 國內的；市民的；民事的；有禮的
civilize	[ˋsɪvəˌlaɪz]	*v.* 教化、使開化
civilized	[ˋsɪvəˌlaɪzd]	*adj.* 文明的；有教養的
civilization	[ˌsɪvl̩əˋzeʃən]	*n.* 文明；文明社會

源來如此 日本本田汽車公司（HONDA）旗下的一支車系就叫 **Civi**c，中文譯為「喜美」。本田宗一郎當初設計 **Civi**c 時的初衷，就是希望為平凡「**市民**」，打造一臺「**大眾化**」的「**國民車**」。

042 claim = cry out, shout 大叫，喊叫

 claim 表示「大叫」、「喊叫」。 🎧 Track 042

| **claim** | [klem] | v. 聲稱；奪去人命；認領；索款、索賠 |

延伸補充
1. claim + (that) + S + V 聲稱、主張…… 　　2. claim + to V 聲稱，主張……
3. claim the lives of = kill 奪去……人命

| ac**claim** | [ə`klem] | v./n. 稱讚、讚譽 (praise) |

秒殺解字 ac(=ad=to)+claim(cry out, shout) →「叫」出來，表示「公開讚美」，給予好評。

| ex**claim** | [ɪks`klem] | v. 驚叫 |
| ex**clam**ation | [ˌɛksklə`meʃən] | n. 驚叫 |

秒殺解字 ex(out)+claim(cry out, shout) → 由於興奮、驚訝或憤怒而大聲「叫」「出來」。

| pro**claim** | [prə`klem] | v. 宣告；公布；聲明 |
| pro**clam**ation | [ˌprɑklə`meʃən] | n. 宣告；公布；聲明 |

秒殺解字 pro(forward)+claim(cry out, shout) →「往前」「叫」出來，表示「宣告」、「公布」、「聲明」。

coun**cil**	[`kaʊns!]	n. 議會
coun**cil**or	[`kaʊns!ə]	n. 議員
coun**sel**	[`kaʊns!]	n. 律師；忠告 (advice)
		v. 忠告 (advise)；商議
coun**sel**or	[`kaʊns!ə]	n. 輔導人員、顧問
re**con**cile	[`rɛkən͵saɪl]	v. 和解；調解、使一致

秒殺解字 coun(=con=com=together)+cil, sel(shout) →「一起」「大聲說出」意見，就是「議會」、「商議」。reconcile, council 同源，**母音通轉**，reconcile 表示「和解」，為了達到和解目的，「再次」（re=again）於「**議會**」（**council**）協商。

043 clar = clear 清楚的，清澈的

🎧 Track 043

 可用 **clear** 當神隊友，**母音通轉**，來記憶 **clar**，皆表示「**清楚的**」、「**清澈的**」，也與字根 **claim** 同源，「**大叫**」出來自然會「**清楚**」。

clear	[klɪr]	adj. 清楚的；清澈的
clarity	[`klærətɪ]	n. 清楚；清晰
clarify	[`klærə͵faɪ]	v. 澄清 (make **clear**, make it **clear**)；淨化
clarification	[ˌklærəfə`keʃən]	n. 澄清、闡明
de**clar**e	[dɪ`klɛr]	v. 宣布、聲明 (announce, state)；申報
de**clar**ation	[ˌdɛklə`reʃən]	n. 宣布、聲明 (announcement, statement)；申報

秒殺解字 de(intensive prefix)+clar(clear)+e → 講「清楚」，表示「宣布」、「聲明」。

延伸補充
1. declare war 宣戰　　2. a declaration of war 宣戰

044　　clim, clin = lean 傾斜，倚

🎧 Track 044

> 可用表示**「傾斜」**、**「倚」**的 **lean** 當神隊友，**母音通轉**，來記憶表示**「斜面」**的 **clim**，和表示**「傾斜」**、**「倚」**的 **clin**，雖然 **lean 的 c 脫落**，但仍和兩個字根同源。

lean	[lin]	v. 傾斜、倚
ladder	[`lædɚ]	n. 梯子
climate	[`klaɪmɪt]	n. 氣候
climax	[`klaɪmæks]	n. 高潮
		v. 達到高潮
clinic	[`klɪnɪk]	n. 診所
clinical	[`klɪnɪk!]	adj. 診所的；臨床的
client	[`klaɪənt]	n. 委託人、客戶、顧客 (customer)

源來如此 ladder 和 lean 同源，d/n 轉音，母音通轉，核心語意是**「傾斜」**（lean）。**「梯子」**是可**「傾斜」**靠著牆壁的工具。**「氣候」**（climate）本指**「傾斜面」**，是受太陽照射地球的**「傾斜」**角度所影響。climax 本義是循著**「倚靠」**著的**「梯子」**爬到最高處，引申為故事**「高潮」**。clinic 本指讓病人**「倚靠」**的**「病床」**，病人等待醫生看診，後指**「診所」**。client 本指在古羅馬時期，置身貴族保護下的平民，這些平民是貴族的追隨者，所以是**「客戶」**，後指付錢、**「倚靠」**提供服務或建議的專業人士及組織的**「客戶」**，這些專業人士如律師、會計師、或是髮型設計師等。

延伸補充
1. climate change 氣候變化　　　2. reach a climax 達到高潮

decline	[dɪ`klaɪn]	v. 衰退 (decrease)；婉拒 (refuse, reject, turn down)；惡化 (deteriorate)
		n. 減少、衰退 (decrease)

秒殺解字 de(from)+clin(lean, turn, bend)+e →「從」某處開始「傾斜」，滑到較低的位置，表示「衰退」，衍生出「婉拒」幫忙或邀請的意思，而 turn down 也表示「拒絕」，語意和 refuse, reject 有些差異。

延伸補充
1. decline + to V 婉拒　　　2. decline an invitation 婉拒邀請
3. economic decline 經濟衰退　　4. be in decline = be falling 衰退中

incline	[ɪn`klaɪn]	v. 傾向、易於；傾斜
		n. 斜坡 (slope)
inclined	[ɪn`klaɪnd]	adj. 傾向、易於……的；傾斜的
inclination	[͵ɪnklə`neʃən]	n. 傾向；趨勢 (tendency)；點頭；傾斜度

秒殺解字 in(in)+clin(lean)+e → 向「內」「傾斜」，表示「傾向」、「易於」。

延伸補充
1. be inclined/apt + to V = incline/tend + to V = have a tendency + to V 有……的傾向；易於……的
2. by inclination 生性

045 close, clud, clus = close 關閉

🎧 Track 045

可用 **close** 當神隊友，**d/z/s/ʒ 轉音**，母音通轉，來記憶 **clud, clus**，皆表示「**關閉**」。

close	[kloz]	*v.* 關閉 (shut ≠ open)；結束 (end)
	[klos]	*adj.* 靠近的 (near)；親密的
		adv. 靠近地
closed	[klozd]	*adj.* 關閉的 (shut ≠ open)
closure	[`kloʒ]	*n.* 關閉；結束
closely	[`kloslɪ]	*adv.* 仔細地；接近地；緊密地
closet	[`klɑzɪt]	*n.* 衣櫥、櫥櫃

源來如此 **closet** 源自拉丁詞 clausum，意思是「**關閉的空間**」（**closed space**）。我們平常講的 **WC**，又作 **water closet**，意為「**廁所**」，正是一個「**不能公開**」、「**秘密**」的場所。

延伸補充
1. close down 關閉；停業
2. close to 接近；緊靠
3. be in the closet 隱瞞自己是同性戀
4. come out (of the closet) 承認自己是同性戀、出櫃

dis**close**	[dɪs`kloz]	*v.* 洩露；揭發；公開 (reveal)
dis**clos**ure	[dɪs`kloʒ]	*n.* 洩露；揭發；公開

秒殺解字 dis(opposite)+close(close) → 「關」的「相反」動作，意味著將不為人知的事「公諸於世」。

en**close**	[ɪn`kloz]	*v.* 附寄；圍住
en**clos**ure	[ɪn`kloʒ]	*n.* 附寄；圍住；包圍

秒殺解字 en(in)+close(close) → 放「進去」「關」起來，表示「附寄」、「圍住」。

in**clud**e	[ɪn`klud]	*v.* 包括 (≠ exclude)
in**clud**ing	[ɪn`kludɪŋ]	*prep.* 包括 (≠ excluding)
in**clud**ed	[ɪn`kludɪd]	*adj.* 包括的
in**clus**ive	[ɪn`klusɪv]	*adj.* 包括的、算在內的 (≠ exclusive)

秒殺解字 in(in)+clud(close)+e → 放「進去」「關」起來，表示「包括」。

延伸補充
1. The rent is $7,000, **including** utilities.
   = The rent is $7,000, **inclusive of** utilities.
   = The rent is $7,000, utilities **included**. 租金 7000 元，含水電。
2. **Service is included** in your bill. 服務費已算您的帳單裡面了。

ex**clud**e	[ɪk`sklud]	*v.* 拒絕接納、排除在外 (≠ include)
ex**clud**ing	[ɪk`skludɪŋ]	*prep.* 除……之外、不包括 (≠ including)
ex**clus**ive	[ɪk`sklusɪv]	*adj.* 排外的 (≠ inclusive)；獨佔的、獨家的
		n. 獨家新聞

秒殺解字 ex(out)+clud(close)+e → 把某對象「關」在「外」，表示「排除在外」。

conclude [kən`klud] *v.* 下結論；結束
conclusion [kən`kluʒən] *n.* 結論；結束 (end)
conclusive [kən`klusɪv] *adj.* 確鑿的、確實的 (≠ inconclusive)

秒殺解字 con(together)+clud(close)+e → 把所有東西「關」在「一起」，表示「下結論」。

延伸補充
1. conclude that + S + V 結論、決定……
2. conclude from + sth. + that + S + V 從……得出結論……
3. come to/reach/make the conclusion (+ that + S + V) 得出結論
4. jump to conclusions 妄下結論　　　　　5. in conclusion = finally 最後、總之

源源不絕學更多 recluse (n. 隱士)、seclude (v. 隱居)、claustrophobia (n. 幽閉恐懼症)。

046　commun = common 共同的

🎧 Track 046

 神之捷徑 可用 **common** 當神隊友，**母音通轉**，來記憶 **commun**，皆表示「**共同的**」。

common [`kɑmən] *adj.* 普遍的 (≠ rare, uncommon, unusual)；共同的
　　　　　　　　　　　n. 共同點

commonly [`kɑmənlɪ] *adv.* 平常地、普遍地 (widely)

延伸補充
1. common knowledge 常識、眾所周知的事　　2. in common with + sb./sth. 與……一樣
3. have + a lot/much/something + in common with + sb./sth. 和……擁有許多 / 許多 / 一些共同點
4. have + little/nothing + in common with + sb./sth. 和……幾乎無 / 無共同點

community [kə`mjunətɪ] *n.* 社區；團體 → 「共同的」生活空間。
communicate [kə`mjunə,ket] *v.* 溝通；傳達；聯繫；傳染
communication [kə`mjunə,keʃən] *n.* 溝通；聯繫；通訊 (contact)
communicative [kə`mjunə,ketɪv] *adj.* 暢談的；交際的

延伸補充
1. communicate by phone/email 藉手機 / 電子郵件聯繫　2. communicate with + sb. 與某人溝通、聯繫
3. communication skills 溝通技巧　　　　　4. means of communication 通訊工具

communism [`kɑmjʊ,nɪzəm] *n.* 共產主義 → 「共享」經濟結合集體主義的思想，ism 表示「主義」。
communist [`kɑmjʊ,nɪst] *n.* 共產黨員

047　cord, card, cour = heart 心

🎧 Track 047

可用 **heart** 當神隊友，**k/h**，**d/t 轉音**，**母音通轉**，來記憶 **cord**, **card**，皆表示「**心**」，**cour** 是其變體字根。

heart	[hɑrt]	*n.* 心臟；胸
hearty	[`hɑrtɪ]	*adj.* 衷心的、熱誠的
cordial	[`kɔrdʒəl]	*adj.* 友好的、誠摯的 → 發自內「心」的。

延伸補充

1. break + sb's heart 使某人傷心	2. from the (bottom of + sb's) heart 衷心地

accord	[ə`kɔrd]	*v.* 使一致；給予 *n.* 一致；和諧；協議
accordance	[ə`kɔrdn̩s]	*n.* 一致
accordingly	[ə`kɔrdɪŋlɪ]	*adv.* 因此 (therefore, hence, thus, consequently, as a <u>result/consequence</u>, in consequence)

秒殺解字 ac(=ad=to)+cord(heart) → 讓兩「心」趨於「一致」，因此有「和諧」、「協議」等衍生意思。

源來如此 Accord（本田雅哥）是一款由日本本田汽車公司（HONDA）於 1976 年推出的房車，原意是希望造出與人「**和諧共處**」、「**符合人心**」的汽車。

延伸補充

1. according to 根據、按照；取決於	2. be in accord with 完全符合

con**cord**	[`kɑnkɔrd]	*n.* 一致、和諧 (≠ discord)

秒殺解字 con(together)+cord(heart) →「心」同在「一起」，表示「和諧」而看法「一致」。

dis**cord**	[`dɪskɔrd]	*n.* 不和、不一致 (disagreement, disharmony)

秒殺解字 dis(apart)+cord(heart) → 大家的「心」是「分離」的，表示看法「不一致」而有爭論。

re**cord**	[`rɛkɚd]	*n.* 唱片；紀錄；成績
	[rɪ`kɔrd]	*v.* 紀錄；記載；錄下
re**cord**er	[rɪ`kɔrdɚ]	*n.* 錄音機；豎笛

秒殺解字 re(back)+cord(heart) → 本義接近 remember，記憶讓事件放「回」內「心」，引申為「紀錄」。

延伸補充

1. <u>break/beat</u> the record 破紀錄	2. set a record 創紀錄

core	[kor]	*n.* 果核；核心 → core 和 cord 同源，表示「心」。 *adj.* 核心的
courage	[`kɝɪdʒ]	*n.* 勇氣 (bravery ≠ cowardice) →「勇氣」是發自內「心」。
courageous	[kə`redʒəs]	*adj.* 勇敢的 (brave ≠ cowardly, chicken)
en**cour**age	[ɪn`kɝɪdʒ]	*v.* 鼓勵 (≠ discourage)；助長
en**cour**agement	[ɪn`kɝɪdʒmənt]	*n.* 鼓勵
en**cour**aged	[ɪn`kɝɪdʒd]	*adj.* 受到鼓舞的
en**cour**aging	[ɪn`kɝɪdʒɪŋ]	*adj.* 鼓舞的 (reassuring)

秒殺解字 en(make)+cour(heart)+age →「使」人內「心」有「勇氣」，表示「鼓勵」。

延伸補充

1. pluck up the courage (+ to V) 鼓起勇氣（去做）	2. encourage + sb.+ to V 鼓勵某人去……

discourage [dɪsˋkɝɪdʒ]　*v.* 勸阻 (≠ en**cour**age)；使沮喪
(demoralize ≠ en**cour**age)；阻止

discouragement [dɪsˋkɝɪdʒmənt] *n.* 沮喪；勸阻

discouraged [dɪsˋkɝɪdʒd]　*adj.* 感到沮喪的 (demoralized)

discouraging [dɪsˋkɝɪdʒɪŋ]　*adj.* 令人沮喪的 (demoralizing)

🪶 秒殺解字 dis(away)+cour(heart)+age →「勇氣」「離開」，表示「勸阻」、「使沮喪」。

延伸補充
1. discourage + sb. + from + Ving 勸阻某人不要……　　2. be discouraged by/about 對……感到沮喪的

cardiac　　　[ˋkɑrdɪˏæk]　*adj.* 心臟的；心臟病的

cardiology　　[ˏkɑrdɪˋɑlədʒɪ]　*n.* 心臟病學

cardiologist [ˏkɑrdɪˋɑlədʒɪst]　*n.* 心臟病學家；心臟病科醫師

🪶 秒殺解字 cardio(=card=heart)+logy(study of) → 研究「心臟」疾病的「學問」。

延伸補充
1. cardiac arrest/failure 心臟停止跳動　　2. cardiac surgery 心臟手術

源源不絕學更多 **heart**broken (adj. 心碎的)、**heart**breaking (adj. 令人心碎的)、broken-**heart**ed (adj. 心碎的)、kind-**heart**ed (adj. 好心腸的)、cold-**heart**ed (adj. 冷酷的)、hard-**heart**ed (adj. 冷酷的)。

048　　corn = horn 角

🎧 Track 048

神之捷徑 可用 **horn** 當神隊友，**k/h 轉音**，**母音通轉**，來記憶 **corn**，皆表示**「角」**，有時候 **horn** 也當**「喇叭」**解釋，因為古代的**「喇叭」**多用牛、羊**「角」**做成的。

horn　　　　[hɔrn]　　　*n.* 角、觸角；警笛；喇叭

corn　　　　[kɔrn]　　　*n.* 雞眼 → 皮膚上像「角」或「喇叭」的突起物。

corner　　　[ˋkɔrnɚ]　　*n.* 角、角落；街角
　　　　　　　　　　　　　　v. 使走投無路；壟斷

carrot　　　[ˋkærət]　　　*n.* 胡蘿蔔 → 胡蘿蔔的形狀像「角」或「喇叭」。

字辨 corn 有另一個意思，是「穀物」「小麥」、或「玉米」，和 **grain** [gren] (n. 穀物、穀粒) 同源，**g/k 轉音**，**母音通轉**，核心語意都是**「穀物」（ corn ）**。相關同源字還有 pop**corn** [ˋpɑpˏkɔrn] (n. 爆米花)、**gran**ary [ˋgrænərɪ] (n. 穀倉)。

延伸補充
1. (just) around the corner 就在附近；即將來臨　　2. cut corners 走捷徑、圖省事
3. have/get a corner on + sth. 壟斷了某事物　　　　4. corner the market 壟斷市場

unicorn　　　[ˋjunɪˏkɔrn]　　*n.* 獨角獸 → uni 表示「一」(one)。

源源不絕學更多 rhino**cer**os (n. 犀牛)、**cheer** (v./n. 歡呼)。

049 corp, corpor = body 身體，形體

● Track 049

corp, corpor 表示「身體」、「形體」。

corps	[kɔr]	*n.* 軍團；經專門訓練或有使命的一群人
corpse	[kɔrps]	*n.* 屍體 (body)
corporate	[`kɔrpərɪt]	*adj.* 公司的；團體的；全體的
corporation	[ˌkɔrpə`reʃən]	*n.* 公司 (company, firm)；法人
incorporate	[ɪn`kɔrpəˌret]	*v.* 包含、使併入
incorporation	[ɪn`kɔrpəˌreʃən]	*n.* 合併

秒殺解字 in(in)+corpor(body)+ate → 字面意思是納入「體」「內」。

延伸補充
1. a multinational corporation 跨國公司　　　　2. corporation tax 公司稅

050 count = count, compute 計算

● Track 050

count 和 compute 同源，皆表示「計算」。

count	[kaʊnt]	*v.* 計算 (calculate)；數；包括；依賴；認為；要緊
countless	[`kaʊntlɪs]	*adj.* 無數的 (hundreds/thousands of, a great many, innumerable, numerous)
countdown	[`kaʊntˌdaʊn]	*n.* 倒數計時
counter	[`kaʊntə]	*n.* 櫃台；計數器

延伸補充
1. count/depend/rely on/upon 依靠、依賴；指望　　2. count + sb.+ in 把……算入

| discount | [`dɪskaʊnt] | *n.* 折扣 |
| | [dɪs`kaʊnt] | *v.* 打折 |

秒殺解字 dis(away)+count(count, compute) →「算」錢時扣除部分金額，拿「開」這些錢，引申為「折扣」。

account	[ə`kaʊnt]	*n.* 帳戶；解釋 (explanation)、描述 (description)
		v. 解釋 (explain)
accountant	[ə`kaʊntənt]	*n.* 會計師
accounting	[ə`kaʊntɪŋ]	*n.* 會計學；結算
accountable	[ə`kaʊntəb!]	*adj.* 應負責任的 (responsible)
accountability	[əˌkaʊntə`bɪlətɪ]	*n.* 負有責任

秒殺解字 ac(=ad=to)+count(count, compute) → 本義是「去」「計算」。

延伸補充
1. open an account 開帳戶　　　　　　　　2. give an account of + sth. 描述
3. take account of + sth. = take + sth. + into account/consideration 考慮到；體諒
4. on account of + N = as a result/consequence of + N = in consequence of + N = because of + N = owing to + N
　 = due to + N = thanks to + N 因為；由於
5. account for 解釋

051　cover = cover 覆蓋

🎧 Track 051

神之捷徑　**cover** 表示**「覆蓋」**。此外，這個字根和 **warn, warranty, guarantee** 等常見字皆同源，建議可用 **warn** 當神隊友，來記憶 **warranty, guarantee**，u/w **對應**，**母音通轉**，核心語意都是**「警告」**、**「保護」**、**「保證」**。**「警告」**的目的是避免他人遭遇危險；**「保證書」**（**warranty**）的功用是提供**「保護」**。

cover	[ˋkʌvɚ]	*v.* 覆蓋；掩護；包含 (include)；保險給付
		n. 覆蓋物、蓋子；封面
coverage	[ˋkʌvərɪdʒ]	*n.* 範圍；保險範圍；報導範圍

延伸補充

1. cover A with B　用 B 覆蓋 A
2. cover up 蓋住、遮住；掩飾
3. front/back cover 封面 / 封底
4. from cover to cover 書從頭到尾

dis**cover**	[dɪsˋkʌvɚ]	*v.* 發現
dis**cover**y	[dɪsˋkʌvərɪ]	*n.* 發現

秒殺解字　dis(opposite)+cover(cover) →「覆蓋」的「相反」動作，表示「揭開」，引申為「發現」。

延伸補充

1. make a discovery 發現
2. chance discovery 偶然的發現

un**cover**	[ʌnˋkʌvɚ]	*v.* 揭露、揭發 (find out, dis**cover**)；打開……的蓋子

秒殺解字　un(reverse of)+cover(cover) →「移除」「覆蓋」物。

warn	[wɔrn]	*v.* 警告
warning	[ˋwɔrnɪŋ]	*n.* 警告
warranty	[ˋwɔrəntɪ]	*n.* 保證書
g**uarantee**	[ˏgærənˋti]	*v.* 保證 (promise)
		n. 保證書 (**warranty**)；保證 (promise)

源源不絕學更多　covert (adj. 隱秘的)。

052　creas, creat, cret = grow 成長，增加

🎧 Track 052

神之捷徑　**creas, creat, cret** 同源，t/s/ʃ **轉音**，**母音通轉**，皆表示**「成長」**、**「增加」**。

create	[krɪˋet]	*v.* 創造；創作；製造 →「創作」是內容「增加」。
creation	[krɪˋeʃən]	*n.* 創造；創作；製造
creative	[krɪˋetɪv]	*adj.* 具創造力的、有創意的
creativity	[ˏkrɪeˋtɪvətɪ]	*n.* 創造力、創意
creator	[krɪˋetɚ]	*n.* 創造者；造物者
creature	[ˋkritʃɚ]	*n.* 生物；創造物 → 會「成長」的生物，不包含植物。

recreate [ˌrɛkrɪˋet] *v.* 使再現、重溫 (recapture)
recreation [ˌrɛkrɪˋeʃən] *n.* 休憩娛樂 (hobby, pastime)
recreational [ˌrɛkrɪˋeʃən!] *adj.* 娛樂的；消遣的

🖋 **秒殺解字** re(again)+creat(grow)+ion → 做一些事是讓自己的身心靈「重新」「成長」，使人輕鬆、恢復精神。

延伸補充
1. recreation facilities 娛樂設施　　　　　2. recreation area/room 娛樂區 / 娛樂室

increase [ɪnˋkris] *v.* 增加 (≠ decrease, reduce)
[ˋɪnkris] *n.* 增加 (≠ decrease, reduction)

🖋 **秒殺解字** in(in)+creas(grow)+e →「內部」「成長」，表示「增加」。

延伸補充
1. be on the increase = be increasing 正在增加、不斷增加
2. wage/pay/salary increase 加薪

decrease [dɪˋkris] *v.* 減少、減小 (reduce ≠ increase)
[ˋdɪkris] *n.* 減少、減小 (reduction ≠ increase)

🖋 **秒殺解字** de(away)+creas(grow)+e →「成長」「離開」，表示「減少」。

concrete [ˋkɑnkrɪt] *adj.* 具體的 (≠ abstract)
n. 混凝土、水泥
[kɑnˋkrɪt] *v.* 鋪以水泥

🖋 **秒殺解字** con(together)+cret(grow)+e → 本義「一起」「成長」，逐漸「鞏固」，表示「具體」。

crew [kru] *n.* 船或機上全體工作人員；整組人員
→ 人員會因為招募不斷「成長」、「增加」。

recruit [rɪˋkrut] *v.* 招募 (conscript)；說服 (persuade)
n. 新成員；新兵 (conscript)

🖋 **秒殺解字** re(again)+cruit(grow) →「招募」是為了「再」「增加」「新成員」。

延伸補充
1. flight/cabin crew 機組人員　　　　　2. new/raw/fresh recruit 新成員

sincere [sɪnˋsɪr] *adj.* 真誠的 (genuine)；誠懇的 (≠ insincere)
sincerely [sɪnˋsɪrlɪ] *adv.* 真誠地 (truly)
sincerity [sɪnˋsɛrətɪ] *n.* 真誠

🖋 **秒殺解字** sin(one, same)+cer(=cret=grow)+e → 本義「相同」「成長」過程，強調出身相同，非雜種，是「純種」，後引申出「真誠的」意思。

053 　 cred = believe, belief 相信

🎧 Track 053

神之捷徑　cred 表示「相信」。

credit	[`krɛdɪt]	*n.* 信用；借貸；讚揚 榮譽；學分；帳面餘額 (≠ debit) *v.* 存進銀行帳戶 (≠ debit)；相信
creditor	[`krɛdɪtɚ]	*n.* 債權人、貸方 (≠ debtor)
credible	[`krɛdəb!]	*adj.* 可信的 (believable) → ible 表示「可以……的」。
credibility	[ˌkrɛdə`bɪləti]	*n.* 可信性、可靠性
incredible	[ɪn`krɛdəb!]	*adj.* 難以置信的；驚人的 (unbelievable)→ in 表示「不」(not)。
incredibly	[ɪn`krɛdəblɪ]	*adv.* 難以置信地 (unbelievably)；極為 (extremely)

延伸補充
1. credit card 信用卡 　　　　　　　　　　2. interest-free credit 免息信用貸款

| credo | [`krido] | *n.* 信條 |
| creed | [krid] | *n.* 信條；信念 |

秒殺解字　credo(believe) → 源自拉丁文「信經」（the Creed）中的第一個字，代表「我相信」（I believe）。

| grant | [grænt] | *v.* 答應、准予
n. 補助金 |

秒殺解字　grant(believe) → 和 cred 同源，**g/k 轉音**，**母音通轉**，因為「相信」，才「答應」、「准許」。

延伸補充
1. grant + sb's request 答應某人的要求 　　　2. take it for granted + (that) + S + V 視……理所當然
3. take + sb./sth. + for granted 視……理所當然

054 　 cross, cruc = cross 十字，交叉，跨越

🎧 Track 054

 神之捷徑　可用 **cross** 當神隊友，**s/ʃ 轉音**，**母音通轉**，來記憶 **cruc**，皆表示**「十字」**、**「交叉」**，**「跨越」**是其衍生意思。

cross	[krɔs]	*n.* 十字架、十字形；混合物 (mixture)、雜種 *v.* 跨越、穿越
crossing	[`krɔsɪŋ]	*n.* 交叉；十字路口；橫渡跨海旅程
across	[ə`krɔs]	*adv./prep.* 跨越、穿越；在對面；遍及
cruise	[kruz]	*v.* 緩慢航遊；緩慢行駛 *n.* 坐船旅行
cruiser	[`kruzɚ]	*n.* 巡洋艦；遊艇；巡邏車
crusade	[kru`sed]	*n.* 運動 (fight, struggle, battle, campaign, drive, movement) *v.* 從事運動
crucial	[`kruʃəl]	*adj.* 極重要、關鍵的 (critical, important, vital, essential, necessary, significant) → 在「十字路口」，要左轉、右轉，還是往前，需要做「關鍵的」決定，表示「極重要的」。

字辨 **travel** 泛指「從一地移到另一地的旅行」；**traveling** 通常指「到較遙遠的地方旅行」；**journey** 指「長途且規律的移動或旅行」；**trip** 指「較短程的旅行或者不常進行的旅行」，且移動到某處短暫待了一下便回來；**voyage** 指「海上的旅行」；**crossing** 指「在湖、海、河上的短途旅行」；**flight** 指「搭機旅行」；**ride** 指「搭乘交通工具或騎腳踏車、騎馬等的短途旅行」；**drive** 指「搭車旅行」；**expedition** 通常是「一群人長途跋涉去探險」；**trek** 指「艱困的旅行」，往往必須徒步翻山越嶺或穿越森林；**cruise** 指「搭乘具有遊樂設施、餐廳、游泳池等設施的大船去旅行」；**tour** 是指「和一群人去造訪幾個不同地方的旅行」。

延伸補充
| 1. cruise ship/liner 郵輪、遊艇 | 2. play a crucial role/part in 在……中扮演重要的角色 |

| **cruc**ify | [ˋkrusə͵faɪ] | v. 把……釘死在十字架上；嚴厲批評 (criticize) |
| **cruc**ifix | [ˋkrusə͵fɪks] | n. 有耶穌像的十字架 → fix 表示「釘牢」。 |

秒殺解字 cruc(cross)+i+fy(fasten) → 「固定」在「十字架」上。

| **cruc**iform | [ˋkrusə͵fɔrm] | adj. 十字形的 → form 表示「形狀」。 |

055 cult, col = cultivate, inhabit
耕種，居住

🎧 Track 055

神之捷徑 **cult**, **col** 同源，**母音通轉**，核心語意是「**耕種**」或「**居住**」。文化發軔大多和「**耕種**」有關，有文化的地方才有人「**居住**」。

cultivate	[ˋkʌltə͵vet]	v. 耕種；栽培 (grow)；培育
cultivated	[ˋkʌltə͵vetɪd]	adj. 有教養的；耕種的；栽培的 (≠ wild)
culture	[ˋkʌltʃə]	n. 文化
cultural	[ˋkʌltʃərəl]	adj. 文化的

延伸補充
| 1. culture shock 文化衝擊 | 2. cultural differences 文化差異 |

| agri**cult**ure | [ˋægrɪ͵kʌltʃə] | n. 農業；農藝 |
| agri**cult**ural | [͵ægrɪˋkʌltʃərəl] | adj. 農業的 |

秒殺解字 agri(=agr=field)+cult(cultivate)+ure → 「耕種」「田地」，表示「農業」。

源來如此 **acre** [ˋekə] (n. 英畝)、**agri**culture [ˋægrɪ͵kʌltʃə] (n. 農業) 同源，可用表示「**英畝**」的 **acre** 當神隊友，本義是「**田地**」，g/k 轉音，母音通轉，來記憶 **agr**，核心語意皆和「**農業**」相關。相關同源字還有 pil**grim** [ˋpɪlɡrɪm] (n. 朝聖者)，因為「**朝聖者**」都是越過「**田野**」，走過大片「**土地**」之人。

colony	[ˋkɑlənɪ]	n. 殖民地
colonial	[kəˋlonjəl]	adj. 殖民的
colonist	[ˋkɑlənɪst]	n. 殖民地開拓者

秒殺解字 col(cultivate, inhabit)+ony → 在另外一地植入新體制，培養新「文化」，並移入新人口「居住於」該處。

056　cure = care 關心，照顧，小心

 神之捷徑 cure 表示「**關心**」、「**照顧**」、「**小心**」，也有「**治療**」的意思。

cure	[kjʊr]	*v.* 治療、治癒 (heal, treat)
		n. 治療、療法 (treatment, remedy)
cure-all	[ˋkjʊrˏɔl]	*n.* 萬靈藥 (panacea)
curable	[ˋkjʊrəb!]	*adj.* 可醫治的
in**cur**able	[ɪn ˋkjʊrəb!]	*adj.* 無法治癒的 (≠ **cur**able)；無法改變的

→ in 表示「不」(not)。

延伸補充

1. cure + sb.+ of + sth. 治癒、改掉了某人的……　　2. cure for + sth.(cancer, AIDS) ……的療法

3. incurable disease/illness 無法治癒的疾病　　4. incurable optimist/pessimist 無可救藥的樂觀 / 悲觀主義者

curious	[ˋkjʊrɪəs]	*adj.* 好奇的 (inquisitive)；奇怪的 (strange)

→ 因「好奇」而「小心」求知。

curiosity	[ˏkjʊrɪˋɑsətɪ]	*n.* 好奇心
curio	[ˋkjʊrɪˏo]	*n.* 古董、珍品 → 引發人們「好奇」的東西。

延伸補充

1. be curious about 對……感到好奇　　2. out of curiosity 出於好奇心

ac**cur**ate	[ˋækjərɪt]	*adj.* 精確的 (exact, precise, correct, right ≠ ina**cur**ate)
ac**cur**acy	[ˋækjərəsɪ]	*n.* 精確性 (≠ ina**cur**acy)

秒殺解字 ac(=ad=to)+cur(=cure=care)+ate →「關心」、「小心」每個細節，表示「精確的」。

se**cure**	[sɪˋkjʊr]	*adj.* 安全的；穩固的；無憂的；有信心的
		(confident ≠ inse**cure**)
		v. 獲得；使安全、牢固；抵押
se**cur**ity	[sɪˋkjʊrətɪ]	*n.* 安全防護措施；保障；抵押品

秒殺解字 se(free from)+cure(care) →「不用」「擔心」，表示「安全的」、「穩固的」、「有信心的」。

延伸補充

1. safe and secure 安全的　　2. feel secure about 對……覺得放心

057　custom = custom 習慣

🎧 Track 057

神之捷徑

custom 和 costume 是「雙飾詞」（doublet），母音通轉，核心語意是「習慣」。custom 表示「習慣」，costume 是戲裡角色「習慣」要穿的服裝。

custom	[`kʌstəm]	*n.* 習俗 (convention, tradition)
customs	[`kʌstəmz]	*n.* 海關
customary	[`kʌstəm͵ɛrɪ]	*adj.* 慣常的 (usual)；傳統的 (traditional, conventional)
customer	[`kʌstəmə]	*n.* 顧客
costume	[`kɑstjum]	*n.* 服裝；戲服
cosplay	[`kɑs͵ple]	*n.* 角色扮演
		→ costume 與 play 的混合字，指利用服裝、化妝、飾品等手法來扮演動漫、電影或遊戲中的角色。
cosplayer	[`kɑs͵pleə]	*n.* 角色扮演者 (**cos**er)

延伸補充
1. Halloween costumes 萬聖節的服裝　　　　2. costume drama 古裝劇

ac**custom**	[ə`kʌstəm]	*v.* 使習慣、適應
ac**custom**ed	[ə`kʌstəmd]	*adj.* 習慣的、適應的

🔑 **秒殺解字** ac(=ad=to)+custom(custom) →「去」「習慣」。

延伸補充
1. accustom/adapt/adjust oneself to + N/Ving = be accustomed/used to + N/Ving 習慣於
2. get/become/grow accustomed to + N/Ving = get used to + N/Ving = adapt/adjust to + N/Ving 使習慣於、適應於

058　cycle = wheel, cycle 輪，循環

🎧 Track 058

神之捷徑

拉丁文中的 c 發 k 的音。可用表示「輪子」的 wheel 當神隊友，k/h 轉音，母音通轉，來記憶 cycle，表示「輪」、「循環」。

cycle	[`saɪk!]	*n.* 循環；週期
		v. 騎腳踏車 (bike)；循環
cycling	[`saɪk!ɪŋ]	*n.* 騎腳踏車
cyclist	[`saɪk!ɪst]	*n.* 騎腳踏車的人
cyclone	[`saɪklon]	*n.* 龍捲風 →「龍捲風」就像一個「輪子」狀，快速地移動。
bi**cycle**	[`baɪsɪk!]	*n.* 腳踏車 (bike) → bi 表示「二」（two）。
tri**cycle**	[`traɪsɪk!]	*n.* 三輪車 → tri 表示「三」（three）。
motor**cycle**	[`motə͵saɪk!]	*n.* 摩托車 (motorbike) → mot 表示「動」(move)，motor 是「馬達」。
motor**cycl**ist	[`motə͵saɪklɪst]	*n.* 摩托車騎士

英文老師也會錯 坊間書籍和網路常把這組字和 circle 歸類在一起，而事實上它們不同源。

字辨 motorist 是「汽車駕駛」；driver 是「汽車、計程車、火車等交通工具的司機或駕駛」；rider 是「騎馬、騎腳踏車、騎機車的人」，也可以是「搭乘者」；cyclist 是「騎腳踏車的人」；pedestrian 是「行人」。

recycle [ri`saɪk!] *v.* 回收；再利用
recyclable [ˌri`saɪkləb!] *adj.* 可回收利用的
recycling [ˌri`saɪk!ɪŋ] *n.* 回收

秒殺解字 re(again, back)+cycle(cycle) →「再」「循環」，表示「回收」、「再利用」。

延伸補充
1. recycled paper 再生紙　　　2. recyclable material 可回收物質

encyclopedia [ɪnˌsaɪklə`pidɪə] *n.* 百科全書

秒殺解字 en(in)+cyclo(cycle)+ped(child)+ia → 對「小孩」進行「一輪」教育，表示通識教育，包羅所有知識領域的事物，後來衍生為「百科全書」。

---

059 dam, demn = damage, harm 傷害

🎧 Track 059

 damn, **demn** 同源，**母音通轉**，皆表示「傷害」。

damage [`dæmɪdʒ] *n./v.* 損害；傷害
damages [`dæmɪdʒz] *n.* 賠償金
damn [dæm] *v.* 咒罵；罵……該死

延伸補充
1. cause/do damage 引起損害　　　2. cause/do damage to + sb./sth. 對……引起損害

condemn [kən`dɛm] *v.* 責難、譴責

秒殺解字 con(intensive prefix)+demn(damage, harm) →「譴責」易造成「傷害」。

---

060 debt = owe 欠債

🎧 Track 060

 debt 表示「欠債」，若進一步拆解，**de** 是「離開」（away），**bt** 是「擁有」（have），和 **hab, habit, hibit** 同源，「無法擁有」即是「欠債」，基於學習效益，將 **debt** 獨立出來，**due, duty** 皆為同源字。

debt [dɛt] *n.* 借款；負債 (≠ credit)
debtor [`dɛtɚ] *n.* 債務人 (≠ creditor)
due [dju] *adj.* 到期的；預期的；應付的
duty [`djutɪ] *n.* 義務、職責 (obligation, responsibility)；職務；稅 (tax)
duty-free [`djutɪ`fri] *adj./adv.* 免稅的（地）

延伸補充
1. be deeply/heavily in debt 負債累累　　　2. get/run/fall into debt 負債
3. be due + to V 預計……
4. due to + N = as a result/consequence of + N = in consequence of + N = because of + N = owing to + N
   = on account of + N = thanks to + N 由於
5. on/off duty 值班／下班　　　6. a sense of duty 責任感

endeavor [ɪn`dɛvɚ] *v./n.* 嘗試、努力

秒殺解字 en(make, in)+deavor(duty) →「使」成為自己應盡的「義務」，表示「努力地嘗試」；endeavor 和 debt 同源，**b/v 轉音**，**母音通轉**，核心語意是「欠債」。

061　dem, demo = people 人們

♩ Track 061

dem, demo 同源，皆表示「**人們**」。

democracy	[dɪ`mɑkrəsɪ]	*n.*	民主
democrat	[`dɛmə͵kræt]	*n.*	民主主義者
democratic	[͵dɛmə`krætɪk]	*adj.*	民主的

秒殺解字 demo(people)+crac(=crat=rule)+y →「人民」「統治」。

endem**ic** [ɛn`dɛmɪk] *n.* 地方性流行病
adj. 地方流行的

秒殺解字 en(in)+dem(people)+ic → 發生在某地區「內部」「人民」身上的疾病。

epidem**ic** [͵ɛpɪ`dɛmɪk] *n.* 傳染病
adj. 流行的；傳染性的

秒殺解字 epi(upon, on)+dem(people)+ic → 發生在「人」身「上」的疾病。

pandem**ic** [pæn`dɛmɪk] *n.* 傳染病
adj. 流行性的

秒殺解字 pan(all)+dem(people)+ic → 發生在「人類」身上的「全面性」流行病。

字辨 pandemic 指的是全面性的流行病，pandemic 亦是一種 epidemic，但 pandemic 通常指的是跨國界、跨洲界，在全世界大流行的疾病，如 14 世界的黑死病、2002 年的 SARS，縱觀人類歷史上天花、肺結核都曾是全面大流行的 pandemic；**epidemic** 指的是一種在發生在人身上的疾病，以現今醫學定義，可以是快速傳染的疾病，跨國界的、或局限於某個地區的疾病，如流感、麻疹等，但現今亦可用在非流行病上，如 21 世紀文明病肥胖症（obesity）；**endemic** 指的是在特定人身上的疾病，現指的是在特定人、動植物，或地區、國家內發生的傳染疾病，這疾病在某地區反覆出現，如登革熱在台南是一種風土病，但在香港不是一種風土病。

062　dent = tooth 牙齒

♩ Track 062

可用 **tooth** 當神隊友，**d/t**，**t/θ 轉音**，**母音通轉**，來記憶 **dent**，皆表示「**牙齒**」。

tooth	[tuθ]	*n.*	牙齒　複數 **teeth**
toothache	[`tuθ͵ek]	*n.*	牙痛
toothpaste	[`tuθ͵pest]	*n.*	牙膏

源來如此 paste [pest] (n. 漿糊；麵糰)、**pasta** [`pɑstə] (n. 義大利麵)、**past**ry [`pestrɪ] (n. 酥皮點心) 同源，**母音通轉**，核心語意是「**麵糰**」（dough）。

延伸補充
1. have a sweet tooth 喜歡吃甜食　　　　　　　2. false teeth = dentures 假牙

dentist	[`dɛntɪst]	*n.*	牙醫
dental	[`dɛnt!]	*adj.*	牙齒的

延伸補充
1. dental clinic 牙醫診所　　　　　　　2. dental/tooth decay = decayed tooth 蛀牙

源源不絕學更多 **tooth**brush (n. 牙刷)、**tooth**pick (n. 牙籤)。

063 dic, dict = say, speak, show
說，指出，展現

 神之捷徑

♩ Track 063

dic, **dict** 表示「**說**」、「**指出**」、「**展現**」。

dictionary	[`dɪkʃən͵ɛrɪ]	n. 字典 → 把大家「說」的話收集起來「地方」。ary 表示「場所」。
dictate	[`dɪktet]	v. 口述、使聽寫；命令；支配 (determine)
		n. 命令
dictation	[dɪk`teʃən]	n. 聽寫、口述、口授
dictator	[`dɪk͵tetɚ]	n. 獨裁者 → 一個人「說」了算。
predict	[prɪ`dɪkt]	v. 預測 (forecast, prophesy, foretell)
prediction	[prɪ`dɪkʃən]	n. 預測 (forecast, prophecy)
predictable	[prɪ`dɪktəb!]	adj. 可預料的 (≠ unpredictable)
predictive	[prɪ`dɪktɪv]	adj. 預言的

🔑 **秒殺解字** pre(before)+dict(say) →「先」「說」就是「預測」。

addict	[`ædɪkt]	n. 毒品成癮者；成癮者
addicted	[ə`dɪktɪd]	adj. 成癮者的；沉迷的
addictive	[ə`dɪktɪv]	adj. 讓人上癮的
addiction	[ə`dɪkʃən]	n. 上癮；沉迷

🔑 **秒殺解字** ad(to)+dict(say) → 隨時隨地都在「說」的人，表示「成癮者」。

源來如此 N-addicted 為複合形容詞，表示「**對……成癮的**」，例如：**drug-addicted** (adj. 毒品成癮的)、**Internet-addicted** (adj. 網路成癮的)。

延伸補充

1. drug addict/addiction 毒癮患者 / 毒癮
2. fast food/chocolate addict 嗜吃速食 / 巧克力的人
3. TV addict 電視狂
4. sports/video game addict 運動 / 電玩成癮者
5. selfie/cyber addict 自拍狂 / 網路成癮症患者
6. be/get addicted to + N/Ving 對……沉迷、上癮

contradict	[͵kɑntrə`dɪkt]	v. 反駁；與……矛盾
contradiction	[͵kɑntrə`dɪkʃən]	n. 反駁；矛盾
contradictory	[͵kɑntrə`dɪktərɪ]	adj. 矛盾的

🔑 **秒殺解字** contra(against)+dict(say) →「說」「相反」的話，就是「反駁」、「與……矛盾」。

dedicate	[`dɛdə͵ket]	v. 奉獻、致力 (devote)；獻給
dedicated	[`dɛdə͵ketɪd]	adj. 獻身的、致力的 (devoted)
dedication	[͵dɛdə`keʃən]	n. 奉獻、致力 (devotion)

🔑 **秒殺解字** de(away)+dic(say)+ate →「說」「開」，指推辭其他事情，將時間和心思「奉獻」在某工作上。

延伸補充

1. dedicate + sth. + to + sb. 把（書等）獻給某人
2. dedicate/devote + sb's life to + N/Ving 畢生致力於……
3. dedicate/devote + oneself + to + N/Ving = be dedicated/devoted to + N/Ving 專心致力於……、獻身於……

in**dic**ate	[`ɪndə͵ket]	v. 指出 (show, point out, imply, suggest)；指；象徵；表明
in**dic**ation	[͵ɪndə`keʃən]	n. 指示；徵兆 (sign)
in**dic**ative	[ɪn`dɪkətɪv]	adj. 象徵的；表明的
in**dex**	[`ɪndɛks]	n. 索引；指數；指針
		v. 編索引

秒殺解字 in(in)+dic(show)+ate → 「顯露」出「裡面」的真相，index 和 indicate 同源，拉丁語中是「食指」，引申為「索引」，因為我們常用食指去「指出」事物。

源來如此 「食指」為 **index finger** 或 **forefinger**，「拇指」是 **thumb**，「中指」是 **middle finger**，「無名指」是 **ring finger**，「小指」是 **little finger**。**thumb** [θʌm] (n. 拇指)、**tumor** [`tjumə] (n. 腫瘤) 同源，可用 **thumb** 當神隊友，t/θ **轉音**，**母音通轉**，來記憶 **tum**，表示「腫脹」(**swell**)，可用「**大拇指**」是最「**腫脹**」的手指來聯想。

延伸補充
1. indicate + (that) + S + V 指出   2. be indicative of + sth. 表明、象徵……

con**dit**ion	[kən`dɪʃən]	n. 情況 (situation)、環境；狀態；條件

秒殺解字 con(together)+dit(=dict=say, speak)+ion → 「共同」「說」，表示「同意」，後指「同意」的「情況」、「條件」、「環境」。

延伸補充
1. living/working conditions 生活 / 工作環境   2. weather conditions 天氣狀況
3. under ... conditions 在……情況下   4. in (a) good/poor condition 情況良好 / 不好
5. in bad condition/shape = in a bad state 狀況不佳   6. in good condition = in shape = fit 身體好
7. out of condition = out of shape = unfit 身體不好   8. on no condition 決不
9. on/upon condition (that) + S + V 只要、以……為條件

a**veng**e	[ə`vɛndʒ]	v. 報仇、報復

秒殺解字 a(=ad=to)+venge(avenge) → venge 源自拉丁文的 vindication，本義是「展現」(show)「武力」，引申為「報復」。為什麼在 venge 裡看不到 dict 的蹤影？因為 venge 從拉丁文借進法文後，拼字有極大變化，後來借進英文後，拼字又為之一變，乃至現代英文中，dict 已經消失到無影無蹤了。

re**veng**e	[rɪ`vɛndʒ]	v./n. 報仇、報復

秒殺解字 re(intensive prefix)+venge(avenge) → 本義是「展現」(show) 力量，源自古法文。

字辨 revenge 和 avenge 都有因受到冒犯或傷害，而做某事去懲罰他人的意思，但 revenge 大多是出自於仇恨而復仇，avenge 比較偏向為了公理正義而復仇，漫威改編的電影 *The Avengers*《復仇者聯盟》，裡面的英雄都是為了人類公平、正義、安全而戰。

延伸補充
1. get/have/take (+ sb's) revenge (on + sb.) (對某人) 報復
2. in revenge for 為了報復

源源不絕學更多 bene**dict**ion (n. 向上帝祈福)、male**dict**ion (n. 詛咒)、**judge** (v. 審判)、preju**dic**e (n. 偏見)、**dig**it (n. 數字；手指；腳趾)、**teach** (v. 教)、**tok**en (n. 代幣；表示、象徵)。

064　divide, divis = divide, separate 分割，劃分

🎧 Track 064

神之捷徑 可用 **divide** 當神隊友，**d/ʒ 轉音**，**母音通轉**，來記憶 **divis**，皆表示「**分割**」、「**劃分**」。此外，**divide** 是由「**分開**」（di=apart）和「**分開**」（vid=separate）所組成，「**寡婦**」（**wid**ow）是 di**vid**e 的同源字，**v/w 對應**，**母音通轉**，因為寡婦永遠與丈夫「**分開**」。

divide	[də`vaɪd]	*v.* 分割、劃分 (separate)、分享 (share)；除 *n.* 分歧、不和；分水嶺 (watershed)
division	[də`vɪʒən]	*n.* 分開；分歧；分配；部門、區；除法
sub**divide**	[ˌsʌbdə`vaɪd]	*v.* 再分；細分

秒殺解字 sub(under)+divide(divide, separate) → 往「下」「劃分」。

延伸補充
1. divide + sth. + into + sth. 把……分成……　2. divide + into + sth. 分成……
3. divide (up) + sth. + between/among + sb./sth. 分享、分配……
4. divide (up)/share + sth. + with + sb. 和某人分享……　5. divide + A + by + B = A + divided by + B　A 除以 B
6. divide + sth. + from + sth. 使……分開……

in**divid**ual	[ˌɪndə`vɪdʒʊəl]	*adj.* 個體的；個別的；獨特的 (distinctive) *n.* 個人
in**divid**ualism	[ˌɪndə`vɪdʒʊəlˌɪzəm]	*n.* 個人主義

秒殺解字 in(not)+divid(divide)+u+al → 個體「無法」再「分」。

de**vise**	[dɪ`vaɪz]	*v.* 設計、發明 (invent)
de**vice**	[dɪ`vaɪs]	*n.* 裝置、器械 (gadget)；設計；手段

秒殺解字 devise(=divis=divide) → 本義「劃分」，劃分需計畫和心思縝密，衍生出「設計」的意思。

源源不絕學更多 **wid**ow (n. 寡婦)。

065　doc, doct = teach 教

🎧 Track 065

神之捷徑 **doc**, **doct** 表示「**教**」。**doct**or 原指「**老師**」（**teacher**），15 世紀後才用來指「**醫生**」。起初 **doct**or 指有學問的人，它的另外一個意思就是「**博士**」。

doctor	[`dɑktɚ]	*n.* 醫生；博士
doctorate	[`dɑktərɪt]	*n.* 博士學位
document	[`dɑkjəmənt]	*n.* 文件；公文 *v.* 記錄 (record)
documentary	[ˌdɑkjə`mɛntərɪ]	*n.* 記錄片 *adj.* 記錄的；文件的

源源不絕學更多 **doc**ile (adj. 易教的)、**doct**rine (n. 教義、教條)、**dec**orate (v. 裝飾、修飾)、**dec**ent (adj. 體面的、像樣的)、**dig**nify (v. 使有尊嚴、使高貴)、**dig**nity (n. 尊嚴)。

066 dom = house 房子

🎧 Track 066

可用表示「**馴服**」的 **tame** 當神隊友，**d/t 轉音**，**母音通轉**，來記憶 **dom**，表示「**房子**」。動物進到室內或家裡，要經「**馴服**」，**domin** 因此衍生出「**統治**」（rule, govern）的意思。

tame	[tem]	*adj.* 馴服的 (≠ wild)
		v. 馴服 (**dom**esticate)
dome	[dom]	*n.* 圓頂；半球形
domestic	[də`mɛstɪk]	*adj.* 國內的；家庭的、家事的 (household)
domestically	[də`mɛstɪk!ɪ]	*adv.* 在國內；在家庭方面

延伸補充

1. domestic market/demand/policy/affairs 國內市場 / 需求 / 政策 / 事務
2. domestic tasks/chores/responsibilities 家務、家事
3. domestic violence/trouble/argument 家庭暴力 / 問題 / 爭執

domain	[do`men]	*n.* 領土、領地；領域 (area, field)
dominate	[`damə,net]	*v.* 支配、主宰
domination	[,damə`neʃən]	*n.* 支配、主宰
dominant	[`damənənt]	*adj.* 支配的、主宰的 (**dom**ineering)；佔優勢的
dominating	[`damənetɪŋ]	*adj.* 支配的、主宰的

067 don, dos, dat, dit = give 給

🎧 Track 067

don, **dos**, **dat**, **dit** 同源，**t/n/s/ʃ 轉音**，**母音通轉**，皆表示「**給**」。

donate	[`donet]	*v.* 捐贈
donation	[do`neʃən]	*n.* 捐贈
donor	[`donɚ]	*n.* 捐贈者

延伸補充

1. donate + sth.+ to + sb./sth. 捐……給……	2. make a donation to 捐錢給……
3. donate blood 捐血	4. blood/organ donation 捐血 / 捐器官

par**don**	[`pardn̩]	*v.* 原諒 (forgive)；赦免
		n. 赦免

🗡 **秒殺解字** par(=per= thoroughly)+don(give) →「完全」「給」，把過往全部放下。**par** 與 **per** 同源，**母音通轉**。

延伸補充

1. pardon me = excuse me 對不起；請再說一遍、請問 2. Beg your pardon? 能請你再說一遍嗎？

dose	[dos]	*n.* 劑量;一劑
		v. 配藥 → 醫生「給」的藥。
dosage	[`dosɪdʒ]	*n.* 劑量;服法;配藥
over**dos**e	[`ovɚ͵dos]	*n.* 服藥過量 → over 表示「過多」、「過分」(too much)。
	[͵ovɚ`dos]	*v.* 服藥過量

延伸補充
1. overdose/OD on = take an overdose of 服用過多的…… 2. the recommended dose of + sth. 建議劑量

edit	[`ɛdɪt]	*v.* 編輯
editor	[`ɛdɪtɚ]	*n.* 編輯
edition	[ɪ`dɪʃən]	*n.* 版本;版
editorial	[͵ɛdə`tɔrɪəl]	*adj.* 編輯上的;社論的
		n. 社論

🐛 **秒殺解字** e(=ex=out)+dit(give) → 本義是「給」「出去」,16 世紀中葉出現「出版」的意思,1793 年出現「編輯」的意思。

| **tra**di**ti**on | [trə`dɪʃən] | *n.* 傳統 (convention) |
| **tra**di**ti**onal | [trə`dɪʃən!] | *adj.* 傳統的 (conventional) |

🐛 **秒殺解字** tra(=trans=over)+dit(give)+ion →「跨越」世代,傳承「給予」。

| **tra**itor | [`tretɚ] | *n.* 叛徒、賣國賊 |
| **trea**son | [`trizn̩] | *n.* 叛國罪 |

🐛 **秒殺解字** tra(=trans=over)+it(=dit=give)+or → 把東西「給」敵方的人。trea**son** 和 tradition 是「**雙飾詞**」(**doublet**),tradition 是一代「**給**」一代的習俗、信仰;trea**son** 是犯了把國家「**給**」了敵人的「叛國罪」。

be**tray**	[bɪ`tre]	*v.* 背叛;出賣;流露情感 (give away)
be**tray**al	[bɪ`treəl]	*n.* 背叛;出賣
be**tray**er	[bɪ`treɚ]	*n.* 背叛者

🐛 **秒殺解字** be(upon)+tray(deceive, hand over) → 把東西「給」敵方。

data	[`detə]	*n.* 資料;數據 →「給」出去的「資料」、「數據」。
date	[det]	*n.* 日期;約會
		v. 約會

a**dd**	[æd]	*v.* 增加;加;補充
a**dd**ition	[ə`dɪʃən]	*n.* 增加;加法
a**dd**itional	[ə`dɪʃən!]	*adj.* 額外的 (extra, added)
a**dd**itionally	[ə`dɪʃən!ɪ]	*adv.* 此外

🐛 **秒殺解字** ad(to)+d(give) → 本義「給」,給了就會「增加」。

延伸補充
1. add A to B　把 A 加到 B
2. add up to 加起來總合是;含義是
3. in addition = besides = additionally = moreover = furthermore = further = what's more = also 此外
4. in addition to + N/Ving = besides + N/Ving = aside/apart from + N/Ving 除……之外
　(aside/apart from 還有 except for 之意)
5. additional costs/expenditure/charge 額外的費用

源源不絕學更多 anti**dot**e (n. 解毒藥)、ren**der** (v. 給予)、rent (n. 租金 v. 出租)、surren**der** (v./n. 投降)、vend (v. 販賣)。

068   duc, duct = lead, tow 引導，牽引，拉

🎧 Track 068

神之捷徑   duc, duct 表示「**引導**」、「**牽引**」（**lead**），亦可用表示「**拉**」、「**牽引**」的 **tow** 當神隊友，**d/t 轉音**，**母音通轉**，來幫助記憶。

e**duc**ate	[`ɛdʒʊˌket]	*v.*	教育
e**duc**ation	[ˌɛdʒʊ`keʃən]	*n.*	教育
e**duc**ational	[ˌɛdʒʊ`keʃən!]	*adj.*	教育的
e**duc**ator	[`ɛdʒʊˌketɚ]	*n.*	教師、教育家
e**duc**ated	[`ɛdʒʊˌketɪd]	*adj.*	受過教育的；有教養的
self-e**duc**ated	[ˌsɛlf`ɛdʒʊˌketɪd]	*adj.*	自修的；自學的
well-e**duc**ated	[ˌwɛl`ɛdʒʊˌketɪd]	*adj.*	有教養的
coe**duc**ation	[ˌkoɛdʒʊ`keʃən]	*n.*	男女合校制 → co 表示「共同」、「一起」（together）。
coe**duc**ational	[ˌkoɛdʒʊ`keʃən!]	*adj.*	男女合校的
coe**d**	[ko`ɛd]	*adj.*	男女合校的

秒殺解字   e(=ex=out)+duc(lead, tow)+ate → 「教育」的真諦是「引導」「出來」，旨在激發學生潛能。

延伸補充
1. educated guess 根據知識或經驗的所做的猜測   2. get/receive an education 接受教育

pro**duc**e	[prə`djus]	*v.*	生產 (make, manufacture)
	[`pradjus]	*n.*	農產品
pro**duc**er	[prə`djusɚ]	*n.*	生產者 (maker, manufacturer ≠ consumer)；製作人
pro**duct**	[`pradəkt]	*n.*	產品
pro**duct**ion	[prə`dʌkʃən]	*n.*	生產；產量
pro**duct**ive	[prə`dʌktɪv]	*adj.*	多產的 (≠ unpro**duct**ive)；有成效的
pro**duct**ivity	[ˌprodʌk`tɪvətɪ]	*n.*	生產力
repro**duc**e	[ˌriprə`djus]	*v.*	繁殖；複製 (copy)；重演 (repeat)
repro**duct**ion	[ˌriprə`dʌkʃən]	*n.*	繁殖；複製；複製品
repro**duct**ive	[ˌriprə`dʌktɪv]	*adj.*	生殖的；複製的

秒殺解字   pro(forward)+duc(lead)+e → 「往前」「拉」，才有辦法「生產」新產品。reproduce 是「再」「生產」，表示「繁殖」、「複製」；re 表示「再」（again）。

延伸補充
1. go into/out of production 量產 / 停產   2. television/film producer 電影 / 電視製作人

re**duc**e	[rɪ`djus]	*v.*	減少 (cut, decrease, lower)
re**duct**ion	[rɪ`dʌkʃən]	*n.*	減少 (decrease, fall, drop, cut)

秒殺解字   re(back)+duc(lead, tow)+e → 「拉」「回」，表示「減少」。

源來如此   drip [drɪp] (v. 滴下)、drop [drɑp] (v./n. 滴落；落下；減少)、drizzle [`drɪz!] (v. 下毛毛雨) 同源，**母音通轉**，核心語意是「**滴落**」（**drip**）。

intro**duc**e	[ˌɪntrə`djus]	*v.*	介紹；引進、傳入
intro**duct**ion	[ˌɪntrə`dʌkʃən]	*n.*	介紹；引進、傳入

秒殺解字   intro(into)+duc(lead)+e → 「引導」「進來」，就是「引進」、「介紹」。

延伸補充
1. introduce A to B 介紹 A 給 B 認識   2. introduce A to/into B 引進 A 到 B
3. make the introductions 介紹   4. need no introduction 不用介紹了

seduce [sɪ`djus] **v.** 誘惑 (tempt)

🖋 秒殺解字 se(away)+duc(lead, tow)+e → 將人給「拉」「走」，表示「誘惑」他人做某事。

abduct [æb`dʌkt] **v.** 綁架 (kidnap)
abduction [æb`dʌkʃən] **n.** 綁架 (kidnap, kidnapping)
abductor [æb`dʌktɚ] **n.** 綁架者 (kidnapper)

🖋 秒殺解字 ab(away, off)+duct(lead, tow) → 把人「拉」「走」，表示「綁架」。

conduct [kən`dʌkt] **v.** 進行 (carry out)；指揮；表現；導（熱、電）
[`kɑndʌkt] **n.** 行為 (behavior)
conductor [kən`dʌktɚ] **n.** 指揮；車長；導體
misconduct [mɪs`kɑndʌkt] **n.** 不當行為 (misbehavior)
→ mis 表示「不好的」（bad）、「錯誤的」（wrong）。

semiconductor [ˌsɛmɪkən`dʌktɚ] **n.** 半導體 → semi 表示「半」（half）。

🖋 秒殺解字 con(together)+duct(lead) →「引導」所有人「一起」做，常指「指揮」樂團。

源來如此 台灣知名半導體製造公司台積電，英文全名是 Taiwan Semiconductor Manufacturing Company, Limited，通稱 TSMC。

延伸補充
1. conduct a survey/an investigation 做調查　　　2. conduct an experiment/a test 做實驗

deduce [dɪ`djus] **v.** 推論、演繹 (infer)
deduct [dɪ`dʌkt] **v.** 扣除、減除 (subtract)
deduction [dɪ`dʌkʃən] **n.** 扣除；扣除額；推論、演繹
deductive [dɪ`dʌktɪv] **adj.** 推論的、演繹的

🖋 秒殺解字 de(down)+duc(lead)+e → 往「下」「引導」，引申為「推論」。

延伸補充
1. make deductions 推論　　　2. deductive reasoning 演繹法

induce [ɪn`djus] **v.** 引誘；導致；歸納
induct [ɪn`dʌkt] **v.** 使正式就任；徵召入伍
induction [ɪn`dʌkʃən] **n.** 就職、就職儀式；歸納（法）
inductive [ɪn`dʌktɪv] **adj.** 歸納性的

🖋 秒殺解字 in(in)+duc(lead)+e →「引導」到「內部」，引申為「歸納」，所謂「歸納法」是以一系列經驗事物或知識素材為依據，找出其中的共同規律。

延伸補充
1. induce + sb. + to V 引誘某人做某事　　　2. inductive reasoning 歸納法

duke [djuk] **n.** 公爵
duchess [`dʌtʃɪs] **n.** 女公爵；公爵夫人 → ess 表示「女性名詞」。

🖋 秒殺解字 duke(lead) → 本義是「領導者」（leader），duke, duchess 同源，k/tʃ 轉音，母音通轉。

源源不絕學更多 dock (n. 碼頭)。

069　dur = last, hard 持續，強硬的

🎧 Track 069

 神之捷徑 **dur** 和 **tree**, **true**, **truth**, **trust** 同源，**d/t 轉音**，母音通轉，核心語意是「堅固的」（firm），可用樹的「堅固」意象來聯想。**dur** 衍生出「持續」、「強硬的」等意思，可用簡單字 **dur**ing 當神隊友，來記憶這組單字。

tree	[tri]	*n.* 樹
trim	[trɪm]	*v.* 修剪 (cut)；削減 → 透過「修剪」讓整體更整潔、「堅固」。
		n. 修剪
true	[tru]	*adj.* 真實的 (≠ false, untrue)；真正的 (real)
truth	[truθ]	*n.* 事實 (≠ lie, falsehood, untruth)；真相
truthful	[`truθfəl]	*adj.* 真實的；誠實的 (honest)
trust	[trʌst]	*v./n.* 信任 (≠ distrust, mistrust)；信賴 (believe in, rely on)
trustworthy	[`trʌstˌwɝðɪ]	*adj.* 值得信賴的 (dependable, reliable)

延伸補充
1. come true = be realized/fulfilled 成真、實現
2. tell (+ sb. +) the truth 告訴（某人）實話
3. in truth/fact/reality = actually = as a matter of fact 事實上、實際上

she**lter**	[`ʃɛltɚ]	*n.* 遮蔽；避難所 → ter 和 tree 同源，表示「堅固」。
		v. 使遮蔽；庇護

源來如此 she**lter** (n. 避難所)、**shell** [ʃɛl] (n. 殼)、**shelf** [ʃɛlf] (n. 架子)、**shield** [ʃild] (n. 盾)、**skill** [skɪl] (n. 技能) 同源，**母音通轉**，核心語意都是「保護」（protect）。

during	[`djʊrɪŋ]	*prep.* 在……期間 → 為「持續」的時間。
durable	[`djʊrəb!]	*adj.* 耐用的；持久的 (hardwearing)
durability	[ˌdjʊrə`bɪlətɪ]	*n.* 耐久性
duration	[djʊ`reʃən]	*n.* 持續期間

源來如此 知名的保險套品牌 **Durex**（杜蕾斯），其名稱取自 **Durability**、**Reliability** 及 **Excellence**，分別代表著「耐久」、「可靠」、「卓越」，涵義自然不言而喻。

en**dur**e	[ɪn`djʊr]	*v.* 忍耐 (tolerate, bear, stand, put up with)；持續
en**dur**ing	[ɪn`djʊrɪŋ]	*adj.* 持久的
en**dur**able	[ɪn`djʊrəb!]	*adj.* 可忍受的 (bearable, tolerable)
en**dur**ance	[ɪn`djʊrəns]	*n.* 忍耐、耐久力

秒殺解字 en(make)+dur(hard)+e → 「使」變「強硬」，所以是「忍耐」。

延伸補充
1. endure + Ving 忍受
2. test of endurance = endurance test 耐力考驗

源源不絕學更多 anti-**trust** (adj. 反托拉斯、反壟斷)、en**trust** (v. 信託、委託)。

070　ed = eat 吃

🎧 Track 070

可用 **eat** 當神隊友，**d/t 轉音**、**母音通轉**，來記憶 **ed**，皆表示「**吃**」。

| eat | [it] | *v.* 吃　**三態** eat/ate/eaten |
| edible | [`ɛdəbḷ] | *adj.* 可以吃的 (**eat**able ≠ in**edi**ble, un**eat**able) |

延伸補充
　1. eat/have supper 吃晚餐　　　　　　　　　2. eat like a horse/bird 食量極大 / 極小

源來如此 sip (v./n. 啜飲)、soup [sup] (n. 湯)、supper [`sʌpɚ] (n. 晚餐) 同源，**母音通轉**，核心語意是「**啜飲**」（ sip ）。吃「**晚餐**」往往配著喝「**湯**」。

源源不絕學更多 overeat (v. 吃得太多)、obese (adj. 肥胖的)、fret (v. 發愁)。

071　electr, electro = electric, electricity 電的，電

🎧 Track 071

electr, electro 表示「**電的**」或「**電**」，本義是「**琥珀**」（amber），源自希臘文。古希臘人發現琥珀摩擦時會產生靜電，會吸引羽毛、線頭等小東西，這種磨擦起電的現象被稱為 elektron，進入拉丁語後寫作 electrum。

electricity	[ˌɪlɛk`trɪsətɪ]	*n.* 電力
electrician	[ˌɪlɛk`trɪʃən]	*n.* 電工
electrical	[ɪ`lɛktrɪkḷ]	*adj.* 電的；與電有關的
electric	[ɪ`lɛktrɪk]	*adj.* 電的；電動的
electron	[ɪ`lɛktrɑn]	*n.* 電子
electronic	[ɪˌlɛk`trɑnɪk]	*adj.* 電子的
electronics	[ɪˌlɛk`trɑnɪks]	*n.* 電子學

072　equ = equal 相等的

🎧 Track 072

equ 表示「**相等的**」。

equal	[`ikwəl]	*adj.* 平等的、相等的；勝任的 (≠ un**equ**al) *n.* 相等的人事物 *v.* 等於
equally	[`ikwəlɪ]	*adv.* 相等地；同樣地
equality	[ɪ`kwɑlətɪ]	*n.* 平等 (≠ in**equ**ality)
equator	[ɪ`kwetɚ]	*n.* 赤道→「赤道」把地球分成「相等的」的南、北半球。

延伸補充
　1. equal opportunities/rights 平等的機會 / 權利　　2. be equal/up to 等於；能勝任
　3. be without equal = have no equal 無可超越　　　4. racial/sexual equality 種族 / 性別平等

083

equivalent [ɪˋkwɪvələnt] *adj.* 相等的；等值的

🪄 秒殺解字 equ(equal)+i+val(worth)+ent → 「相等的」、「價值」。

ad**equ**ate [ˋædəkwɪt] *adj.* 足夠的 (sufficient, enough ≠ inad**equ**ate)；勝任的
ad**equ**ately [ˋædəkwɪtlɪ] *adv.* 恰當地；足夠地
ad**equ**acy [ˋædəkwəsɪ] *n.* 恰當；足夠

🪄 秒殺解字 ad(to)+equ(equal)+ate → 和所要求的條件「相等」，表示「足夠的」、「勝任的」。

073 erg, org = work 作用，工作

🎧 Track 073

神之捷徑 可用 **work** 當神隊友，**g/k/dʒ 轉音**，**母音通轉**，來記憶 **erg, org**，皆表示「**作用**」、「**工作**」。

work [wɝk] *n.* 工作
v. 工作；行得通
worker [ˋwɝkɚ] *n.* 工人；工作者
co-**work**er [ˋkoˌwɝkɚ] *n.* 同事 (colleague) → co 表示「共同」、「一起」（together）。
workaholic [ˌwɝkəˋhɔlɪk] *n.* 工作狂 → aholic 表示「……狂」。

延伸補充
1. out of work 失業　　　　2. manual/blue-collar worker 體力勞動者、藍領工人

en**erg**y [ˋɛnɚdʒɪ] *n.* 活力；能量
en**erg**etic [ˌɛnɚˋdʒɛtɪk] *adj.* 精力充沛的

🪄 秒殺解字 en(at)+erg(work)+y → 等同於 work at，表示「從事於」，引申為做事所需的「活力」。

延伸補充
1. solar energy/power 太陽能　　　　2. nuclear energy/power 核能
3. conserve energy 節約能源

all**erg**y [ˋælɚdʒɪ] *n.* 過敏症；反感 (hypersensitivity)
all**erg**ic [əˋlɝdʒɪk] *adj.* 過敏的 (hypersensitive)

🪄 秒殺解字 all(=ali=other)+erg(work)+y → 有「其他」異物，在身上「作用」，造成「過敏」。

organ [ˋɔrgən] *n.* 器官；風琴
organic [ɔrˋgænɪk] *adj.* 有機的；器官的
organism [ˋɔrgənˌɪzəm] *n.* 生物；有機組織
organize [ˋɔrgənˌaɪz] *v.* 組織；安排 (arrange)；使有條理
organization [ˌɔrgənəˋzeʃən] *n.* 機構 (institution)；組織
organized [ˋɔrgənˌaɪzd] *adj.* 有組織的、條理的
dis**org**anized [dɪsˋɔrgəˌnaɪzd] *adj.* 雜亂無章的 (≠ well-**org**anized, **org**anized)
→ dis 表示「不」（not）。
organizer [ˋɔrgəˌnaɪzɚ] *n.* 組織者

延伸補充
1. organ transplant 器官移植　　　　2. organ donor 器官捐贈者
3. organic farming 有機栽種　　　　4. organic food/matter 有機食品 / 物質

metall**urg**y	[`mɛt!ɝdʒɪ]	*n.* 冶金學
metall**urg**ical	[ˌmɛt`!ɝdʒɪk!]	*adj.* 冶金學的
metall**urg**ist	[`mɛt!ɝdʒɪst]	*n.* 冶金學家

秒殺解字 metall(metal)+urg(=erg=work)+y → 本義是從事和「金屬」相關的「工作」。

源來如此 metal [`mɛt!] (n. 金屬 )、medal [`mɛd!] (n. 獎牌) 同源，**d/t 轉音**，核心語意是**「金屬」**。**「獎牌」** 多由**「金屬」** 製成。

源源不絕學更多 **work**force (n. 勞動力)、**work**load (n. 工作量)、**work**shop (n. 工場、研討會)、**work**out (n. 健身)、frame**work** (n. 架構、骨架)、house**work** (n. 家事)、team**work** (n. 合作)、**surg**eon (n. 外科醫生)、**surg**ery (n. 手術)。

074 ess, est = be 存在

🎧 Track 074

神之捷徑 **ess, est** 同源，**t/z/s 轉音**，母音通轉，皆表示**「存在」**。

essence	[`ɛsn̩s]	*n.* 本質；要素
essential	[ɪ`sɛnʃəl]	*adj.* 必要不可缺的 (necessary)；基本的
		n. 必需品

延伸補充
1. be essential for/to 必要的、不可缺的　　　　2. the bare essentials 最基本的必需品

inter**est**	[`ɪntərɪst]	*v.* 使發生興趣
		n. 興趣；利息
inter**est**ing	[`ɪntərɪstɪŋ]	*adj.* 有趣的 (≠ uninter**est**ing, boring, dull)
inter**est**ed	[`ɪntərɪstɪd]	*adj.* 感興趣的 (≠ uninter**est**ed, bored)

秒殺解字 inter(between)+est(be) → 本義是「存在」「其中」，語意幾經轉折才產生「興趣」、「利息」等意思。

延伸補充
1. have/take/show/express an interest in + N/Ving 對……感興趣
2. have no interest in + N/Ving 對……沒興趣　　　3. be interested in + N/Ving 對……感興趣
4. be interested + to V 對……感興趣

| ab**s**ent | [`æbsn̩t] | *adj.* 缺席的 (≠ pre**s**ent) |
| ab**s**ence | [`æbsn̩s] | *n.* 缺席 (≠ pre**s**ence) |

秒殺解字 ab(away, off)+s(=ess=be)+ent → 「離開」現場，不「存在」，表示「缺席的」。

pres**e**nt	[`prɛzṇt]	*adj.* 出席的、在場的 (≠ ab**s**ent)；現在的
		n. 禮物 (gift)；現在
	[prɪ`zɛnt]	*v.* 贈送、授與；提出；呈現
pres**e**nce	[`prɛzṇs]	*n.* 出席、在場 (≠ ab**s**ence)
pres**e**ntly	[`prɛzṇtlɪ]	*adv.* 目前地
pres**e**ntation	[ˌprɛzṇ`teʃən]	*n.* 頒獎；呈現；報告；演出 (performance)

秒殺解字 pre(before)+s(=ess=be)+ent → 事物或人「存在」「前方」，引申出「在場的」、「出席的」等意思。

延伸補充
1. present + sb.+ with + sth. 送某人某物
2. live in the present 活在當下
3. at present = at the present time = (right) now = currently = presently = at this time 現在
4. for the present = for now = for the time being = for the moment = as of now 暫時
5. the presentation ceremony 頒獎典禮
6. the presentation of prizes 頒獎（儀式）
7. make/give a presentation 呈現、報告

re**pre**s**e**nt	[ˌrɛprɪ`zɛnt]	*v.* 代表 (stand for)、象徵 (symbolize)；描繪 (portray, describe, characterize, depict)
re**pre**s**e**ntation	[ˌrɛprɪzɛn`teʃən]	*n.* 代表；象徵；描繪
re**pre**s**e**ntative	[ˌrɛprɪ`zɛntətɪv]	*n.* 代表人物 (delegate)
		adj. 典型的 (typical)；代理的

秒殺解字 re(intensive prefix)+present → 本義「存在」，引申為「代表」。

延伸補充
1. represent an improvement/advance 代表進步
2. be representative/typical of 典型的、代表性的

源源不絕學更多 yes (adv. 是)、sin (n. 罪)。

075　estim, esteem = value
重視，估價，價值

🎧 Track 075

神之捷徑 estim, esteem 同源，**母音通轉**，表示「**重視**」、「**估價**」、「**價值**」。aim 是同源字，因為「**意圖**」做某事或「**瞄準**」之前，都必須要想清楚核心「**價值**」是什麼。

estimate	[`ɛstəˌmet]	*v.* 估計、預估；估價
	[`ɛstəmɪt]	*n.* 估計、預估；估價
estimation	[ˌɛstə`meʃən]	*n.* 判斷 (judgment)、看法 (opinion)；估計
over**estim**ate	[ˌovɚ`ɛstəˌmet]	*v.* 高估 (≠ under**estim**ate)
	[ˌovɚ`ɛstəmɪt]	*n.* 高估 (≠ under**estim**ate)

延伸補充
1. be estimated to be/have/cost 估計
2. estimate + sth.+ at 估計……
3. estimate (that) + S + V 估計……
4. a conservative/rough estimate 保守 / 粗略的估計

esteem	[ɪ`stim]	*v.* 尊敬 (respect, admire)
		n. 尊敬 (respect, admiration)
esteemed	[ɪ`stimd]	*v.* 受人尊敬的 (respected, admired)
self-**esteem**	[ˌsɛlfə`stim]	*n.* 自尊 (self-respect, dignity)

延伸補充

1. hold + sb.+ in <u>high/great</u> esteem 非常尊敬

2. a <u>token/mark</u> of + sb's esteem = a sign of + sb's respect 代表某人尊敬

3. <u>raise/build(up)/boost</u> + sb's self-esteem 提高某人自尊

4. <u>low/poor</u> self-esteem 低自尊

aim	[em]	*n.* 目的 (goal, purpose, point, objective, object)；瞄準
		v. 打算；瞄準
aimless	[`emlɪs]	*adj.* 漫無目的的 → less 表示「無」（without）

076 fact, fect, fic, fit, feat, feit, fair, fy = do, make 做

🎧 Track 076

神之捷徑 fact, fect, fic 同源，**母音通轉**，皆表示「**做**」，a/e/i **母音變化**可用兩條規則解釋，分別是 **a 弱化**及 **e 弱化**（又稱「**雙重弱化**」），除了「做」的意思外，尚有「**使……**」和「**簡單**」（**easy**）的意思，**fit**, **feat**, **feit**, **fair** 皆為變體字根，和字尾 **fy** 亦是同源。

fact	[fækt]	*n.* 事實
factor	[`fæktɚ]	*n.* 因素 (cause, reason, element)
factory	[`fætərɪ]	*n.* 工廠 → ory 表示「場所」。
feat	[fit]	*n.* 功績、事績；壯舉

延伸補充

1. in <u>fact/truth/reality</u> = as a matter of fact = actually 事實上

2. <u>important/major/key/crucial</u> factor 重要因素   3. <u>deciding/decisive/determining</u> factor 最重要、決定性因素

4. <u>perform/accomplish/achieve</u> a feat 完成一項壯舉

manu**fact**ure	[ˌmænjə`fæktʃɚ]	*v.* 製造 (make, produce)；捏造 (fabricate, invent)
		n. 製造
manu**fact**urer	[ˌmænjə`fæktʃərɚ]	*n.* 製造商 (maker, producer)
manu**fact**uring	[ˌmænjə`fæktʃərɪŋ]	*n.* 製造；製造業

🖊️ **秒殺解字** manu(hand)+fact(do, make)+ure → 工業革命前用「手」「做」東西。

arti**fact**	[`ɑrtɪˌfækt]	*n.* 具有歷史意義的手工藝品
arti**fic**ial	[ˌɑrtə`fɪʃəl]	*adj.* 人工的、假的 (false, unnatural ≠ natural, genuine)；
		不真誠的 (≠ genuine, sincere)

🖊️ **秒殺解字** arti(art)+fact(do, make) → 「做」出「技藝品」、「藝術品」；藝術、技藝都屬「人工的」、「非天然的」。

延伸補充

1. artificial flowers 假花   2. artificial intelligence = AI 人工智慧

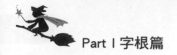

facilitate	[fə`sɪlə‚tet]	v. 使容易；促進 → 讓人「做」事「容易」。
facilities	[fə`sɪlətɪz]	n. 設備、設施 → 讓人「做」事「容易」的「設備」。
facility	[fə`sɪlətɪ]	n. 天資 (talent) → 讓人「做」事「容易」的「天資」。
faculty	[`fæk!tɪ]	n. 全體教職員；才能 → 擁有「輕易」完成該領域任務的「能力」。

延伸補充

1. leisure/recreation facilities 娛樂設施
2. have a facility/genius/talent/gift for + Ving/N 有（做）某事的天賦

| difficult | [`dɪfə‚kəlt] | adj. 困難的 (≠ easy) |
| difficulty | [`dɪfə‚kʌltɪ] | n. 困難 |

秒殺解字 dif(=dis=not)+fic(=easy)+ult → 「不」「容易的」。

延伸補充

1. have difficulty (in) + Ving = have trouble/a problem(problems)/a hard time + Ving 做……有困難、難以……
2. with/without difficulty 有困難 / 毫無困難

| facsimile | [fæk`sɪmələ] | n. 複製；傳真 (fax) |

秒殺解字 fac(make)+simil(one, same, similar)+e → 「做」出「相似的」東西。

affect	[ə`fɛkt]	v. 影響 (influence, impact)；感動；假裝
affection	[ə`fɛkʃən]	n. 愛好 (fondness)；情愛
affectionate	[ə`fɛkʃənɪt]	adj. 充滿愛意的、情深的 (loving)

秒殺解字 af(=ad=to)+fect(do, make) → 「去」「做」，表示「影響」。

effect	[ɪ`fɛkt]	n. 影響；效果 (influence, impact)
effective	[ɪ`fɛktɪv]	adj. 有效的 (≠ ineffective)
efficient	[ɪ`fɪʃənt]	adj. 有效率的、有效能的 (≠ inefficient)
efficiency	[ɪ`fɪʃənsɪ]	n. 效率、效能 (≠ inefficiency)

秒殺解字 ef(=ex=out)+fect(do, make) → 「做」「出來」的「影響」、「效果」。

延伸補充

1. greenhouse effect 溫室效應
2. side effect 副作用
3. take effect 見效
4. have ... effect/impact on/upon = have ... influence on/upon/over 對……有……的影響

defect	[dɪ`fɛkt]	n. 缺點、不足之處
defective	[dɪ`fɛktɪv]	adj. 有缺陷的、有瑕疵的 (faulty)
deficient	[dɪ`fɪʃənt]	adj. 不足、缺乏的；不夠好的
deficiency	[dɪ`fɪʃənsɪ]	n. 不足、缺乏 (shortage)；缺點 (weakness)

秒殺解字 de(away)+fect(do, make) → 「做」完卻「遠離」成功，表示有「缺點」。

| perfect | [`pɝfɪkt] | adj. 完美的 (flawless, faultless ≠ imperfect)；理想的 (ideal) |
| | [pɚ`fɛkt] | v. 使完美 |

秒殺解字 per(thoroughly)+fect(do, make) → 「完全地」「做」到好才是「完美」。

infect	[ɪn`fɛkt]	*v.* 傳染；感染
infected	[ɪn`fɛktɪd]	*adj.* 被感染的、傳染的；受汙染的
infection	[ɪn`fɛkʃən]	*n.* 傳染；感染
infectious	[ɪn`fɛkʃəs]	*adj.* 傳染性的 (contagious)

秒殺解字 in(in)+fect(do, make) → 細菌或病毒在人體「內」「做」工。

延伸補充
1. be infected with 感染到……
2. infectious/contagious disease 傳染性的疾病

suffice	[sə`faɪs]	*v.* 足夠
sufficient	[sə`fɪʃənt]	*adj.* 足夠的 (enough, adequate ≠ insufficient)
sufficiency	[sə`fɪʃənsɪ]	*n.* 足夠 (≠ insufficiency)

秒殺解字 suf(=sub=up from under)+fic(do, make)+e → 「從下面」「做」上來，越累積越多。

proficient	[prə`fɪʃənt]	*adj.* 精通的
proficiency	[prə`fɪʃənsɪ]	*n.* 精通、熟練
profit	[`prɑfɪt]	*n.* 利潤 (≠ loss)；利益
		v. 有益於、得益於；獲利
profitable	[`prɑfɪtəb!]	*adj.* 有利益的、有幫助的 (≠ unprofitable)

秒殺解字 pro(forward)+fic(do, make)+i+ent → 可順利地「往前」「做」，表示「精通的」，而精通某事就會帶來「利潤」。

延伸補充
1. be proficient in/at + N/Ving = be good at + N/Ving 精通於……
2. proficiency in/with/at + N/Ving 精通於……
3. make/earn/turn a profit 賺取利潤
4. profit from/by 從……獲益

benefit	[`bɛnəfɪt]	*n.* 好處
		v. 獲益；有益於
beneficial	[ˌbɛnə`fɪʃəl]	*adj.* 有幫助的 (useful, helpful ≠ detrimental)

秒殺解字 bene(good, well)+fit(do, make) → do + sb.+ good，就是給人帶來「好處」。

延伸補充
1. benefit from/by 從……獲益、得益於……
2. be beneficial to/for 對……有幫助的

benefaction	[ˌbɛnə`fækʃən]	*n.* 行善、捐助
benefactor	[`bɛnəˌfæktə]	*n.* 捐助者、恩人
beneficiary	[ˌbɛnə`fɪʃɪˌɛrɪ]	*n.* 受惠者；受益人

秒殺解字 bene(good, well)+fact(do, make)+ion → 拿出錢「做」「好」事。

| sacrifice | [`sækrəˌfaɪs] | *v.* 供奉；犧牲 |
| | | *n.* 供奉；犧牲；祭品 |

秒殺解字 sacr(sacred)+i+fic(do, make)+e → 許多宗教都有以牛羊馬當祭品，甚至活人獻祭的儀式，這樣的「犧牲」被視為「神聖」的「行為」。

延伸補充
1. sacrifice + A(sth.) + for + B(sth.) 為了 B 犧牲了 A
2. sacrifice + sth. + to V 犧牲某事去……
3. sacrifice oneself for + sth. 為了……犧牲自己
4. make sacrifices 作出犧牲

office	[`ɔfɪs]	*n.* 辦公室
officer	[`ɔfəsɚ]	*n.* 軍官;官員;警察 (police officer, policeman, policewoman)
official	[ə`fɪʃəl]	*n.* 官員 *adj.* 官方的;正式的
officially	[ə`fɪʃəlɪ]	*adv.* 官方地;正式地

秒殺解字 of(=opus=work)+fic(do, make)+e → 「做」「工作」的地方。

| affair | [ə`fɛr] | *n.* 事務;事情;風流韻事 |

秒殺解字 af(=ad=to)+fair(do, make) → 本義「去」「做」,引申為「事務」、「事情」,源自法語。

| feasible | [`fizəb!] | *adj.* 可行的 (practicable, possible, workable, doable, viable) |

秒殺解字 feas(=fair=do, make)+ible → 「可以」「做」的。

| feature | [`fitʃɚ] | *n.* 特徵
 v. 以……為特色、號召;由……主演 |

| defeat | [dɪ`fit] | *n.* 失敗
 v. 擊敗 (beat) |

秒殺解字 de(=dis=not)+feat(do, make) → 「不」「做」了,表示「失敗」。

延伸補充
1. admit/accept/concede defeat 承認失敗　　　2. suffer a defeat 遭遇失敗
3. a heavy/humiliating/crushing/resounding defeat 壓倒性的失敗
4. a narrow defeat 險敗

fashion	[`fæʃən]	*n.* 流行;時尚;流行的衣著或行為
fashionable	[`fæʃənəb!]	*adj.* 流行的、時髦的 (trendy, stylish, hot, cool ≠ unfashionable)
old-fashioned	[`old`fæʃənd]	*adj.* 舊式的;過時的 (outdated)

延伸補充
1. the latest fashion/style/thing 最新的款式　　　2. in fashion/style = fashionable 流行
3. out of fashion/style = out = unfashionable = uncool 不再流行

| counterfeit | [`kauntɚˌfɪt] | *adj.* 偽造的 (fake)
 v. 偽造 (fake) |

秒殺解字 counter(against)+feit(do, make) → 「做」和正版「對立」的假貨。

延伸補充
1. counterfeit currency/money 偽造的貨幣 / 偽鈔　　　2. counterfeit goods/software 偽造的商品 / 軟體

classify	[`klæsəˌfaɪ]	*v.* 分類 (sort)
classification	[ˌklæsəfə`keʃən]	*n.* 分類;等級
classified	[`klæsəˌfaɪd]	*adj.* 分類的

秒殺解字 class(class)+i+fy(make, do) → 「做」「分類」。

延伸補充
1. classify A as/under B 把 A 歸類於 B　　　2. classified/want/small ad 分類廣告

qualify	[`kwɑlə͵faɪ]	*v.* 使有資格、有資格；取得資格、合格
qualified	[`kwɑlə͵faɪd]	*adj.* 有資格的、合格的
qualification	[͵kwɑləfɪ`keʃən]	*n.* 資格；資格證書、執照

秒殺解字 qual(of what kind)+i+fy(make, do) →「使」成為「某一類」的人或物，表示「使」其具有「資格」。

源來如此 quality [`kwɑlətɪ] (n. 品質)、qualify (v. 使有資格)、quantity [`kwɑntətɪ] (n. 量)、quote [kwot] (v./n. 引用；報價)、quotation [kwo`teʃən] (n. 引用；報價)、quota [`kwotə] (n. 配額)、what [hwɑt] (det. 什麼)、how [haʊ] (adv. 多少) 同源，k/h 轉音，母音通轉；quality 和 qualify 核心語意是「某一類」(of what kind)；quantity 核心語意是「**多少**」(**how** much)；quote 和 quotation 核心語意是「**多少**」(**how** many)；quota 核心語意是「**多大一份**」(**how** large a part)。

延伸補充

1. qualify for/be qualified for/have qualifications for + sth. 有資格……、有……的資格

2. be qualified + to V 有資格做……　　　　　　3. qualify + sb./sth. + for + sth. 使……有資格獲得……

4. qualify + sb. + to V 使某人有資格……　　　　5. qualify as 取得……的資格

6. qualified doctor/teacher/accountant 合格的醫師 / 教師 / 會計師

satisfy	[`sætɪs͵faɪ]	*v.* 使滿意
satisfied	[`sætɪsfaɪd]	*adj.* 感到滿意的 (contented, content ≠ dissatisfied)
satisfying	[`sætɪs͵faɪɪŋ]	*adj.* 令人滿意的；充分的 (≠ unsatisfying)
satisfactory	[͵sætɪs`fæktərɪ]	*adj.* 令人滿意、可接受的 (acceptable ≠ unsatisfactory)
satisfaction	[͵sætɪs`fækʃən]	*n.* 滿足 (fulfillment, contentment ≠ dissatisfaction)

秒殺解字 satis(enough)+fy(make, do) →「使」「滿足」。

延伸補充

1. satisfy + sb's needs/demands/desires 滿足某人的需要 / 要求 / 慾望

2. be satisfied/content with 對……感到滿意的　　　3. with/in satisfaction 滿意地

4. to + sb's satisfaction 令人滿意的是

源源不絕學更多 do (v. 做)、deed (n. 行為)、deem (v. 認為)、doom (n. 厄運 v. 注定要)、theme (n. 主題)、indeed (adv. 確實)、hypothesis (n. 假設；推測)、synthesis (n. 合成)、abdomen (n. 腹部)、faction (n. 派系、小集團)、scientific (adj. 科學的)、amplify (v. 增強)、beautify (v. 美化)、certify (v. 證實)、diversify (v. 使多樣化；多種經營)、fortify (v. 加強)、identify (v. 確認)、intensify (v. 增強)、justify (v. 證明有理)、magnify (v. 擴大；誇大)、modify (v. 修改)、notify (v. 通知)、pacific (adj. 平靜的；愛好和平的)、pacify(v. 安撫；恢復和平)、pacifier (n. 奶嘴；調停者)、purify (v. 淨化)、signify (v. 表示)、terrify (v. 使害怕)、unify (v. 整合)。

077　fal = deceive, untrue 欺騙，不正確的

🎧 Track 077

神之捷徑 fail, false, fault 同源，**母音通轉**，核心語意是**「欺騙」、「不正確的」**。

fail	[fel]	*v.* 失敗 (≠ succeed)；不能；不及格
failure	[`feljɚ]	*n.* 失敗 (≠ success)；失敗的人、物或企圖等
failed	[feld]	*adj.* 失敗的 (≠ successful)
false	[fɔls]	*adj.* 不正確的 (≠ true)；假的 (≠ real)
fault	[fɔlt]	*n.* 錯誤 → 根據多方考據，fault 由形容詞 false 而來，字尾 t 是源自古英文的名詞字尾。
faultless	[`fɔltlɪs]	*adj.* 無缺點的、完美的 (perfect, flawless) → less 表示「沒有」(not)。
faulty	[`fɔltɪ]	*adj.* 有缺點的

078　fam, fess, phon = speak 說

🎧 Track 078

神之捷徑 fam, fess 同源，**母音通轉**，皆表示**「說」**。此字根更衍生出一個重要字根 **phon**，表示**「聲音」**（sound, voice），可用 tele**phon**e 這個簡單字當神隊友，記憶相關單字。

fame	[fem]	*n.* 名聲、聲望 (renown, acclaim) → 大家都「說」的好話。
famous	[`feməs]	*adj.* 有名的 (well-known, noted, renowned, celebrated)
in**fam**ous	[`ɪnfəməs]	*adj.* 聲名狼藉的、惡名昭彰的 (notorious)

秒殺解字 in(not)+fam(speak)+ous → 「說」你的「不」好，表示「惡名昭彰的」。

延伸補充
1. rise/shoot to fame 走紅　　　　　　　2. fame and fortune 名利
3. A+ be famous/well-known/renowned as + B　A 以 B(身分地位)……聞名（A＝B）
4. A + be famous/well-known/renowned for + B　A 因 B 事蹟而著名（A ≠ B）
5. A be infamous/notorious for B　A 因 B 而惡名昭彰

de**fam**e	[dɪ`fem]	*v.* 誹謗、中傷

秒殺解字 de(=dis=ill)+fam(speak)+e → 「說」「不好」的話，表示「毀損名聲」、「誹謗」。

fate	[fet]	*n.* 命運；宿命 → 神「說」的話，表示「宿命」。
fatal	[`fetl]	*adj.* 致命的；嚴重的
fatality	[fə`tælətɪ]	*n.* 死亡者；致命性

延伸補充
1. fatal accident/illness/injury 致命的事故 / 疾病 / 傷害　2. fatal mistake/error 致命的錯誤

in**fan**t	[`ɪnfənt]	*n.* 嬰兒
		adj. 嬰兒的
in**fan**cy	[`ɪnfənsɪ]	*n.* 嬰兒時期

秒殺解字 in(not)+fant(speak) → 「嬰兒」「不會」「說話」。

| con**fess** | [kən`fɛs] | *v.* 承認 (admit)；告解 |
| con**fess**ion | [kən`fɛʃən] | *n.* 承認 (admission)；告解 |

🔑 **秒殺解字** con(together)+fess(speak) → 把所有的罪行「一起」「說」，表示「承認」。

延伸補充
| 1. confess/admit (to) + Ving 承認…… | 2. make a full confession 全面供認 |

pro**fess**ion	[prə`fɛʃən]	*n.* 職業
pro**fess**ional	[prə`fɛʃən!]	*adj.* 職業的；專業的
		n. 職業好手 (≠ amateur)
pro**fess**or	[prə`fɛsə]	*n.* 教授

🔑 **秒殺解字** pro(forward)+fess(speak)+ion → 對著「前方」「說」，源自動詞 profess，原意是公開宣稱，後來衍生為「需要接受較高階教育或訓練的職業」。而「教授」更是對著「前方」「說」的人。

| tele**phone** | [`tɛlə͵fon] | *n.* 電話 (phone) |
| | | *v.* 打電話 (phone, call) |

🔑 **秒殺解字** tele(far)+phon(sound, voice)+e → 「電話」能夠聽到「遠方的」「聲音」。

| micro**phone** | [`maɪkrə͵fon] | *n.* 麥克風 (mike) |

🔑 **秒殺解字** micro(small)+phon(sound, voice)+e → 讓「微小的」「聲音」能被聽見。

延伸補充
| 1. speak into + a microphone/mike 對著麥克風講話 | 2. hidden microphones 隱藏麥克風 |

| mega**phone** | [`mɛgə͵fon] | *n.* 擴音器、大聲公 |

🔑 **秒殺解字** mega(large)+phon(sound, voice)+e → 字面意思是「大的」「聲音」，表示對群眾說話的「擴音器」。

| sym**phon**y | [`sɪmfənɪ] | *n.* 交響樂、交響曲 |

🔑 **秒殺解字** sym(=syn=together)+phon(sound, voice)+y → 所有「聲音」搭配在「一起」。

| saxo**phone** | [`sæksə͵fon] | *n.* 薩克斯風 |

🔑 **秒殺解字** sax(Sax)+o+phon(sound, voice)+e → 1840 年比利時人 Adolphe Sax 發明此樂器。

pro**phet**	[`prɑfɪt]	*n.* 預言者、先知；宣導者
pro**phes**y	[`prɑfə͵saɪ]	*v.* 預言 (foretell, predict, forecast)
pro**phec**y	[`prɑfəsɪ]	*n.* 預言 (prediction, forecast)

🔑 **秒殺解字** pro(before)+phet(=phanai=speak) → 事「前」就「說」出來的「預言者」是「先知」。

源源不絕學更多 **fable** (n. 寓言)、**fairy** (n. 仙女)、pre**face** (n./v. 序、前言)、**ban** (v./n. 禁止)、**aban**don (v. 丟棄；遺棄)。

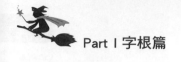

079 fear, per = try, risk 嘗試，冒險

Track 079

可用表示「**恐懼**」的 fear 當神隊友，**p/f 轉音**，**母音通轉**，來記憶 per，表示「**嘗試**」、「**冒險**」，因為「**嘗試**」、「**冒險**」過程中，遇到未知事物，容易產生「**恐懼**」情緒。

fear	[fɪr]	*v./n.* 害怕、恐懼

延伸補充
1. for fear of+ N/Ving 以免、唯恐　　　　2. for fear (that) + S + V 以免、唯恐

ex**peri**ence	[ɪk`spɪrɪəns]	*n.* 經驗
		v. 經歷；經驗
ex**peri**enced	[ɪk`spɪrɪənst]	*adj.* 有經驗的 (≠ inex**peri**enced)
ex**peri**ment	[ɪk`spɛrəmənt]	*n./v.* 實驗
ex**peri**mental	[ɪk,spɛrə`mɛnt!]	*adj.* 實驗性的
ex**per**t	[`ɛkspɚt]	*n.* 專家 (specialist)
		adj. 熟練的 (≠ inex**per**t)；專家的
ex**per**tise	[,ɛkspɚ`tiz]	*n.* 專門知識

秒殺解字 ex(out)+per(try, risk)+i+ence → 到「外面」「嘗試」、「冒險」，表示「經驗」。

延伸補充
1. in + sb's experience 就某人的經驗而言　　　　2. lack of experience 缺乏經驗
3. experience problems/difficulties 經歷問題 / 困難　　4. carry out/perform/do/conduct an experiment 進行實驗

源來如此 lack [læk] (v./n. 缺少)、leak [lik] (v. 漏 n. 裂縫、漏洞)、lake [lek] (n. 湖) 同源，**母音通轉**，核心語意都是「**缺少**」。「**裂縫**」（leak）即「**缺少**」（lack）了一處，可以想像「湖」不斷地「**漏水**」，就會「**缺乏**」。

源源不絕學更多 peril (n. 極大危險)、imperil (v. 危及)、pirate (n. 剽竊者、海盜)、em**pir**ical (adj. 以經驗為依據的)。

080 fend, fens, fence = strike 打，攻擊

Track 080

fence 是用來阻擋「**攻擊**」的「**柵欄**」，可用 fence 當神隊友，**d/s 轉音**，來記憶 fend, fens，表示「**打**」、「**攻擊**」。

fence	[fɛns]	*n.* 柵欄；籬笆
		v. 圍以柵欄

de**fend**	[dɪ`fɛnd]	*v.* 防禦、保護 (protect)；防守；辯護
de**fens**e	[dɪ`fɛns]	*n.* 防禦；防禦物；保衛；辯護 (≠ of**fens**e)
de**fens**ive	[dɪ`fɛnsɪv]	*adj.* 防禦的、保護的 (≠ of**fens**ive)
de**fens**ible	[dɪ`fɛnsəb!]	*adj.* 可防禦的；能辯護的 (≠ inde**fens**ible)
de**fend**er	[dɪ`fɛndɚ]	*n.* 防守者；辯護者

秒殺解字 de(away)+fend(strike) → 避「開」「攻擊」。

延伸補充
1. defend + sb./sth + from/against + sb./sth 保護……使免於；辯護……免於
2. defend against 保護使免於

of**fend**	[ə`fɛnd]	*v.* 觸怒、冒犯
of**fens**e	[ə`fɛns]	*n.* 犯罪；冒犯；攻擊 (≠ de**fens**e)
of**fens**ive	[ə`fɛnsɪv]	*adj.* 冒犯的 (rude ≠ ino**ffens**ive)；攻擊的 (≠ de**fens**ive)

秒殺解字 of(=ob=before, against)+fend(strike) → 原意是「在前面」「攻擊」、「對抗」他人。

081　fer = bear 攜帶，生育，承受

🎧 Track 081

神之捷徑 可用 **bear** 當神隊友，**b/f 轉音，母音通轉**，來記憶 **fer**，表示「**攜帶**」、「**生育**」、「**承受**」。

bear	[bɛr]	*v.* 承擔；忍受 (stand, endure, tolerate, put up with)；生 **三態** bear/bore/borne, born
birth	[bɝθ]	*n.* 出生
burden	[`bɝdən]	*n.* 負擔
		v. 成為……的負擔

fertile	[`fɝt!]	*adj.* 肥沃的 (rich)；能生育的 (≠ in**fer**tile)；多產的
fertility	[fɝ`tɪlətɪ]	*n.* 肥沃；多產
in**fer**tile	[ɪn`fɝt!]	*adj.* 不能生育的；土地貧瘠的
in**fer**tility	[ˌɪnfɚ`tɪlətɪ]	*n.* 不孕症
fertilize	[`fɝt!ˌaɪz]	*v.* 施肥
fertilizer	[`fɝt!ˌaɪzɚ]	*n.* 肥料

秒殺解字 fer(bear)+tile → 「帶」來豐厚果實或小孩。infertile 是反義字，表示「不能生育的」、「土地貧瘠的」；in 表示「不」（not）、「相反」（opposite）。

| con**fer**ence | [`kɑnfərəns] | *n.* 正式會議 (meeting, convention) |

秒殺解字 con(together)+fer(bear)+ence → 大家「攜帶」意見「一起」「開會」。

differ	[`dɪfɚ]	*v.* 不同 (vary)；意見不同 (disagree)
different	[`dɪfərənt]	*adj.* 不同的
difference	[`dɪfərəns]	*n.* 不同 (≠ similarity)；不同處
differentiate	[ˌdɪfə`rɛnʃɪˌet]	*v.* 區別 (distinguish, tell)；區別對待 (discriminate)
in**differ**ent	[ɪn`dɪfərənt]	*adj.* 沒興趣的；一般的 (mediocre)
		→ 「沒有」不同，表示「冷漠」。
in**differ**ence	[ɪn`dɪfərəns]	*n.* 沒興趣、漠不關心
de**fer**	[dɪ`fɝ]	*v.* 延緩 (postpone, delay, put off/back)；順從
		→ de=dis，表示「離開」（away）。

秒殺解字 dif(=dis=away)+fer(bear) → 「帶」「走」，產生「差異」。defer 和 differ 是同源詞，後來也許是受到 delay 的影響，才在拼字和發音上有了改變。

英文老師也會錯 陳陳相因的舊式參考書上句型公式總是說，different 只能和 from 連用，但其實 **different to** 與 **different than** 都對，前者為英式用法；後者為美式用法。有些國高中的期中考甚至要求學生從 to, than, from 中選擇一個正確答案，這是非常不妥的考法；以教學的角度來看，be different from 是現代英語中較為常見的用法，也是學生該優先學習的用法，但不宜說 be different to, be different than 是錯誤的用法。

延伸補充

1. A differ from B = A be different from/to/than B　A 不同於 B

2. make a/the difference 有差別、影響

3. it makes no difference (to + sb.) = it doesn't make any difference (to + sb.) 對（某人）無所謂；無關緊要

4. tell the difference between A and B = distinguish/tell/differentiate between A and B
   = distinguish/tell/differentiate A from B　區別 A 與 B 的不同

---

infer [ɪnˋfɝ] *v.* 推論 (conclude, deduce)

inference [ˋɪnfərəns] *n.* 推論

秒殺解字 in(in)+fer(bear) → 根據既有資料「帶」「入」，推出結論。

延伸補充

1. infer A from B 從 B 推論 A　　　　　　　2. infer (from + sth.) + that + S + V （從……）推論……

---

offer [ˋɔfɚ] *v.* 給予；提供；出價
n. 給予；提供；折扣

offering [ˋɔfərɪŋ] *n.* 提供；祭品；奉獻

秒殺解字 of(=ob=to)+fer(bear) → 「帶」「往」，引申為「給予」、「提供」。

延伸補充

1. offer + sb. + sth. = offer + sth. + to + sb. 提供某人某物

2. supply + sb. + with + sth. = supply + sth. + to + sb. 供應某人某物

3. provide + sb. + with + sth. = provide + sth. + for + sb. 供應某人某物

---

prefer [prɪˋfɝ] *v.* 寧願；較喜歡

preference [ˋprɛfərəns] *n.* 偏愛；偏愛的事物

preferable [ˋprɛfərəb!] *adj.* 更好的、更合適的

preferred [prɪˋfɝd] *adj.* 更好的

秒殺解字 pre(before)+fer(bear) → 「較喜愛」的東西「先」「攜帶」。

延伸補充

1. prefer + Ving/N + to + Ving/N 寧願……也不願……；喜歡……勝過……

2. prefer + to V/Ving 寧願……

---

suffer [ˋsʌfɚ] *v.* 受苦；遭受；變糟

suffering [ˋsʌfərɪŋ] *n.* 痛苦；苦難；折磨

秒殺解字 suf(=sub=under)+fer(bear) → 在「下」方「承受」，表示「受苦」或「遭受」到不好的事情。

延伸補充

1. suffer from 受……之苦　　　　　　　　2. suffer the consequences 自食惡果

---

refer [rɪˋfɝ] *v.* 提到 (mention)；參考；涉及

reference [ˋrɛfərəns] *n.* 提及、涉及；參考；推薦函、推薦人

referee [ˌrɛfəˋri] *n./v.* 裁判

秒殺解字 re(back)+fer(bear) → 「往後」「帶」。

延伸補充

1. refer to + sb./sth. 提及；查閱、參考；涉及　　2. refer to A as B　稱 A 為 B

3. make/there is no reference to + sth. = make/there is no mention of + sth. 沒有提及……

4. for reference 供參考　　　　　　　　　　5. reference book 參考書

6. letter of reference = reference 推薦信　　　7. in/with reference to + sth. 關於

relate	[rɪ`let]	*v.* 相關 (associate, connect, link)；理解
relateд	[rɪ`letɪd]	*adj.* 相關的 (associated, connected, linked)；有親戚關係的
relation	[rɪ`leʃən]	*n.* 關係 (association, connection, link)；親戚 (relative)
relationship	[rɪ`leʃənʃɪp]	*n.* 關係；人際關係
relative	[`rɛlətɪv]	*n.* 親戚 (relation)
		adj. 比較的；相關的

秒殺解字 re(back, again)+lat(=fer=bear)+e →「往後」「帶」。

源來如此 N-related 為複合形容詞，表示「**與……有關的**」，例如：**drug-related** (adj. 與毒品有關的)、**pollution-related** (adj. 與污染有關的)、**stress-related** (adj. 與壓力有關的)、**health-related** (adj. 與健康有關的)。

延伸補充
1. relate to 有關；理解　　　　　　　　　　　　2. relate A to B 使 A 與 B 有相關；使 A 與 B 有聯繫
3. A be related to B = A be connected/associated with + B = A be linked with/to B = A have/be something to do with B = A be bound up with B = A go hand in hand with B = A and B go hand in hand　A 與 B 有關聯
4. diplomatic/international relations 外交 / 國際關係　　5. relationship between A and B　A 和 B 的關係
6. a close/distant relative/relation 近親 / 遠親

| transfer | [træns`fɝ] | *v.* 轉移；轉（學、職、車 ）；調任；遷移；轉帳；過戶 |
| | [`trænsfɚ] | *n.* 轉移；調任；政權轉移；轉車 |

秒殺解字 trans(across)+fer(bear) →「攜帶」從一方「跨越」另一方。

translate	[træns`let]	*v.* 翻譯
translation	[træns`leʃən]	*n.* 翻譯
translator	[træns`letɚ]	*n.* 翻譯者

秒殺解字 trans(across)+lat(=fer=bear)+e →「攜帶」從一方「跨越」另一方，表示「翻譯」。

延伸補充
1. translate A (from C) into B 將 A（從 C ）翻譯為 B　　2. in translation 譯本

legislate	[`lɛdʒɪs,let]	*v.* 立法
legislator	[`lɛdʒɪs,letɚ]	*n.* 立法者、立法委員
legislation	[,lɛdʒɪs`leʃən]	*n.* 立法；法律
legislative	[`lɛdʒɪs,letɪv]	*adj.* 立法的
legislature	[`lɛdʒɪs,letʃɚ]	*n.* 立法機關

秒殺解字 leg(law)+is+lat(=fer=bear)+e →「帶」來「法律」，表示「立法」。

源源不絕學更多 inborn (adj. 天生的)、overburden (v. 使負擔過重)。

082　fict, fig = form, build 塑形，塑造

 神之捷徑　fict, fig 同源，g/k 轉音，母音通轉，表示「塑形」、「塑造」。

🎧 Track 082

fiction	[`fɪkʃən]	*n.* 小説 (novel ≠ non-**fict**ion)；虛構的事實
fictional	[`fɪkʃn!]	*adj.* 小説的；虛構的
fictitious	[fɪk`tɪʃəs]	*adj.* 虛構的
figure	[`fɪgjɚ]	*n.* 形狀；身材；圖形；人物；數字 (number)
		v. 計算 (calculate)

延伸補充
1. science/crime/detective fiction 科幻 / 犯罪 / 偵探小説　2. figure out 計算出；想出、理解

faint	[fent]	*adj.* 昏眩的；微弱的
		v. 昏倒 (pass out)

秒殺解字 faint(form, build) → 從「塑形」衍生出「改變」、「假裝」等負面意涵的語意，而後來語意幾經轉變，產生「昏眩的」、「微弱的」等意思。

083　fid, fed = faith 信任，信心

 神之捷徑　可用 **faith** 當神隊友，d/θ 轉音，母音通轉，來記憶 fid, fed，皆表示「信任」、「信心」。

🎧 Track 083

faith	[feθ]	*n.* 信任、信心 (trust, confidence)；信仰 (religion, belief)
faithful	[`feθfəl]	*adj.* 忠實的、忠誠的 (loyal)
fidelity	[fɪ`dɛlətɪ]	*n.* 忠誠、忠貞 (loyalty)

延伸補充
1. have/lose faith/confidence in + sb./sth. 對……有信心 / 失去信任
2. destory/restore + sb's faith/confidence in + sb./sth. 破壞 / 重建某人對……的信任
3. be faithful to 對……很忠誠

con**fid**e	[kən`faɪd]	*v.* 透露；將……委託
con**fid**ent	[`kɑnfədənt]	*adj.* 自信的 (self-con**fid**ent, self-assured)；有信心的
con**fid**ence	[`kɑnfədəns]	*n.* 自信 (self-con**fid**ence, belief, assurance)；信任、信心 (**faith**, trust)
con**fid**ential	[ˌkɑnfə`dɛnʃəl]	*adj.* 機密的

秒殺解字 con(intensive prefix)+fid(faith)+e → 有「信任」、「信心」，才能「透露」秘密或「委託」他人。confidence 與 confident 可以表示對自己的能力等等的「自信心」（self-confidence, belief, assurance, self-assurance），也可以表示對他人或是其它事物等等的「信任」、「信心」（faith, trust）。

延伸補充
1. be confident (that) + S + V 對……有信心　　　　2. be confident of/about + N/Ving 對（做）……有信心
3. lack/be lacking in confidence 缺乏自信
4. destroy/shatter + sb's confidence in + sb./sth. 破壞某人對……的信任

源來如此 scatter [`skætɚ] (v. 撒；使分散)、shatter [`ʃætɚ] (v. 粉碎；破壞) 同源，核心語意是「撒」、「散落」（strewn），東西「粉碎」（shatter）通常會「散落」、「分散」（scatter）一地。

| **diffident** | [ˋdɪfədənt] | *adj.* 缺乏自信的、羞怯的 (shy) |
| **diffidence** | [ˋdɪfədəns] | *n.* 缺乏自信、羞怯 |

秒殺解字 dif(=dis=away)+fid(faith)+ent → 「離開」「信心」，表示「無自信的」。

| **federal** | [ˋfɛdərəl] | *adj.* 聯邦的 → 在彼此「信任」之下，由「數邦組成」的。 |
| **federation** | [ˌfɛdəˋreʃən] | *n.* 聯邦政府；聯邦制度 |

源源不絕學更多 hi-fi (n. 高傳真音響裝置 adj. 高傳真的)、de**fy** (v. 反抗)、de**fi**ance (n. 反抗)。

084　fin = end, limit, bound
結束，限制，界線

🎧 Track 084

神之捷徑 可用 **fin**ish, **fin**al 這兩個簡單字當神隊友，來記憶 **fin**，表示「**結束**」、「**限制**」、「**界線**」。

finish	[ˋfɪnɪʃ]	*v.* 完成 (complete)；結束 (end)
finished	[ˋfɪnɪʃt]	*adj.* 完成的 (done, completed, complete)；結束的
fine	[faɪn]	*n.* 罰款 → 付錢來「結束」被處罰。
		v. 處以罰款
finance	[faɪˋnæns]	*n.* 財政 → 原指「結束」債務。
		v. 提供資金 (fund)
finances	[faɪˋnænsɪz]	*n.* 財力；財源；收支狀況
financial	[faɪˋnænʃəl]	*adj.* 財務的、金融的
finite	[ˋfaɪnaɪt]	*adj.* 有限的；限定的 → 被「限制」，就是「有限的」。
infinite	[ˋɪnfənɪt]	*adj.* 無限的；極大的 → in 表示「不」(not)、「相反」(opposite)。

源來如此 Infiniti 是日產汽車的高級汽車品牌，標榜「驅動潛能，無限（ infinite ）可能」。

延伸補充
1. finish + Ving 完成……
2. finish/come/be first/second 獲得第一 / 第二
3. be almost/nearly finished/done/through 幾乎完成
4. fine + sb. + for + N/Ving 因……對……處以罰款
5. financial crisis 金融危機

final	[ˋfaɪn!]	*adj.* 最後的
		n. 決賽
finals	[ˋfaɪn!z]	*n.* 期末考 (final exams)
finally	[ˋfaɪn!ɪ]	*adv.* 終於 (eventually)；最後 (lastly)
finale	[fɪˋnɑlɪ]	*n.* 終曲、終場 → 源自義大利語，指歌劇作為「結束」最後一部分。
confine	[kənˋfaɪn]	*v.* 限制 (restrict, limit)
confines	[kənˋfaɪnz]	*n.* 限制、範圍 (limits, borders)

秒殺解字 con(together)+fin(end, limit)+e → 「一起」「限制」。

延伸補充
1. confine/restrict/limit +A(sb./sth.) + to + B(sth.) 限制 A 至 B
2. confine/restrict/limit oneself to + Ving/N 限制自己（做）某事
3. beyond/within the confines of + sth. 在……的範圍外 / 內

de**fine**	[dɪˋfaɪn]	*v.* 下定義、解釋
de**fin**ition	[ˏdɛfəˋnɪʃən]	*n.* 定義
de**fin**ite	[ˋdɛfənɪt]	*adj.* 明確的 (clear ≠ inde**fin**ite)
de**fin**itely	[ˋdɛfənɪtlɪ]	*adv.* 明確地；肯定、當然 (certainly)

秒殺解字 de(completely)+fin(limit, bound)+e → 「完全地」立「界線」，引申為「下定義」。

延伸補充
1. define A as B　把 A 定義成 B　　　　　　2. by definition 按照定義
3. a dictionary definition 字典的定義
4. definitely= certainly = of course = sure = yes = yeah 當然（對話中）

源源不絕學更多 refine (v. 改進；提煉)。

085　firm = firm 穩固的，強壯的

🎧 Track 085

神之捷徑 firm 表示「穩固的」、「強壯的」。

firm	[fɝm]	*n.* 公司 (company)
		adj. 堅實的；牢固的 (secure)；堅決的
		v. 使牢固、堅實
in**firm**	[ɪnˋfɝm]	*adj.* 因年邁而體弱的 → in表示「不」（not）、「相反」（opposite）。

延伸補充
1. stand/hold firm 立場堅定不移
2. firm belief/conviction/commitment 堅定不移的信念 / 信念 / 承諾

a**ffirm**	[əˋfɝm]	*v.* 斷言、堅稱、證實 (con**firm**)
a**ffirm**ative	[əˋfɝmətɪv]	*adj.* 肯定的、贊成的 (≠ negative)

秒殺解字 af(=ad=to)+firm(firm) → 本義「使」「穩固」，引申為「斷言」、「堅稱」等意思。

con**firm**	[kənˋfɝm]	*v.* 確認；證實 (a**ffirm**, verify)
con**firm**ation	[ˏkɑnfəˋmeʃən]	*n.* 確認；證實

秒殺解字 con(intensive prefix)+firm(firm) → 本義「穩固」。

086　fl = flow 流動

🎧 Track 086

可用 **flow** 當神隊友，**母音通轉**，來記憶這組 **fl** 開頭的單字，表示「**流動**」，更可引申「**逃脫**」（**escape**）之意。必須留意的是，下一組字根的衍生字，如 **fluent, fluency, influ**ence，雖和「**流動**」有關，但和本組單字並不同源。

flow	[flo]	*v./n.* 流；流動
flood	[flʌd]	*n.* 水災；洪水
		v. 淹沒；使泛濫
float	[flot]	*v.* 漂浮
		n. 遊行花車；浮標、漂浮物
fly	[flaɪ]	*v.* 飛；逃離 **(flee, escape)** 三態 fly/flew/flown
flee	[fli]	*v.* 逃走；逃離 三態 flee/fled/fled
fli**ght**	[flaɪt]	*n.* 班機；航行、飛行；逃離 → 和 **fly, flee** 相關，皆有「飛」、「逃離」之意；t 是源自古英文的名詞字尾。

延伸補充

1. book/miss/cancel a flight 訂購 / 錯過 / 取消班機　　2. a domestic/an international flight 國內 / 國際班機

3. a direct/nonstop flight 直飛班機　　　　　　　　　4. flight crew/attendant 機組人員 / 空服人員

源源不絕學更多 **fleet** (n. 船隊、艦隊 adj. 快速的)、**flut**ter (v. 拍動)。

087　flu = flow, swell 流動，膨脹

神之捷徑 flu 的印歐語源頭核心語意是「**膨脹**」（**swell**），和 **ball, ball**oon 等字同源，後來衍生出「**流動**」（**flow**）、「**流出來**」（**overflow**）的意思。

fluid	[`fluɪd]	*n.* 液體 (liquid ≠ gas, solid)
		adj. 易變的；流暢的；液體的
flush	[flʌʃ]	*v.* 沖洗；因尷尬生氣而臉紅 (blush)
		n. 沖洗；臉紅 (blush)
fluency	[`fluənsɪ]	*n.* 流暢；流利
fluent	[`fluənt]	*adj.* 流暢的
fluently	[`fluəntlɪ]	*adv.* 流暢地

延伸補充

1. a flush/surge of anger/excitement 一陣憤怒 / 激動
2. be fluent in German/French = speak (in) fluent German/French = speak German/French fluently 說德 / 法語很流利

in**flu**ence	[`ɪnfluəns]	*v.* 影響 (affect, impact)
		n. 影響 (effect, impact)
in**flu**ential	[`ɪnfluənʃəl]	*adj.* 有影響力的
in**flu**enza	[ˌɪnflʊ`ɛnzə]	*n.* 流行性感冒 (flu)

秒殺解字 in(in)+flu(flow)+ence →「流」「入」，表示「影響」。

字辨 從字源的角度來看，**influence** 的字面意思指「**流**」「**入**」，既然是用「流」的方式進入，影響肯定不會太劇烈，涓滴挹注，始匯聚成河、成湖、成海；**affect** 的字面意思指「**去**」「**做**」，做了就會產生「影響」，而名詞 **effect**，字面意思指「**做**」「**出來**」的「影響」、「效果」；**impact** 的字面意思把東西「**固定**」到某物之「**內**」，造成「**巨大**」或「**衝擊式**」的「影響」。influence 這種影響不是直接強迫或命令，是「**潛移默化**」，一點一滴累積，和 impact「**衝擊式**」的「影響」大不相同，也和重視「**效果**」的 affect, effect 不同。

延伸補充

1. have ... influence on/upon/over = have ... effect/impact on/upon 對……有……的影響 / 產生效果
2. under + sb's influence 在……的影響之下

af**flu**ent	[`æfluənt]	*adj.* 富裕的 (wealthy)
af**flu**ency	[`æfluənsɪ]	*n.* 富裕

秒殺解字 af(=ad=to)+flu(flow)+ent → 本義「流」「向」，1753 年才有錢財流入，表示「富裕」的意思，可用台灣錢「淹」腳目這句諺語來幫助記憶。

ball	[bɔl]	*n.* 球
balloon	[bə`lun]	*n.* 氣球
		v. 激增 (explode)；像氣球般膨脹；變肥
ballot	[`bælət]	*n.* 不記名投票；選票 → **ball**oon 和 **ball** 同源，**母音通轉**，原為「小圓球」。1549 年時，威尼斯用「**小球**」來當「**選票**」。
		v. 投票；拉票
belly	[`bɛlɪ]	*n.* 腹部 →「腹部」常鼓「脹」（swell），尤其在吃東西之後。

源源不絕學更多 con**flu**ence (n. 匯流處)、**fool** (adj. 愚蠢的)、**bull** (n. 公牛)、**bowl** (n. 碗)、**bill** (n. 帳單)、**bull**etin (n. 公告)、**bul**ge (n. 凸起；暫時的激增)、**bulk** (n. 大部分；大量；體積 adj. 大量的)、**bul**ky (adj. 體積大的)、**boast** (v. 自誇)、**bu**cket (n. 水桶)、**bud**get (n. 預算)。

088　fla, flu = blow 吹

🎧 Track 088

 神之捷徑 可用 **blow** 當神隊友，**b/f 轉音**，**母音通轉**，來記憶 **fla, flu**，皆表示「**吹**」。

in**fla**te	[ɪn`flet]	*v.* 使通貨膨脹；充氣 (≠ de**fla**te)
in**fla**tion	[ɪn`fleʃən]	*n.* 通貨膨脹；充氣 (≠ de**fla**tion)

秒殺解字 in(in)+flat(blow)+e → 「往內」「吹」氣，產生「膨脹」。

延伸補充
1. inflation rate = rate of inflation 通貨膨脹率　　2. high inflation 高通膨

de**fla**te	[dɪ`flet]	*v.* 使洩氣；使通貨緊縮 (≠ in**fla**te)
de**fla**tion	[dɪ`fleʃən]	*n.* 通貨緊縮 (≠ in**fla**tion)

秒殺解字 de(away)+flat(blow)+e → 「吹」「開」，表示「使洩氣」或「通貨緊縮」。

flavor	[`flevɚ]	*n.* 口味
flute	[flut]	*n.* 長笛 → 藉由「吹氣」來發出聲音。

089　flat, plat, plain = flat 平的，平坦的

🎧 Track 089

神之捷徑 可用 **flat** 當神隊友，**p/f 轉音**，**母音通轉**，來記憶 **plat, plain**，皆表示「**平的**」、「**平坦的**」。

flat	[flæt]	*adj.* 平坦的；扁平的
		n. 公寓 (apartment)
flatten	[`flætn̩]	*v.* （使）變平；摧毀 (level) → en 是動詞字尾，表示「使……」。
plate	[plet]	*n.* 盤子、碟 → 「盤子」的底是「平的」的。
platform	[`plæt͵fɔrm]	*n.* 月臺；講臺；平臺

秒殺解字 plat(flat)+form(form) → 「平的」「形狀」。

plain	[plen]	*n.* 平原
		adj. 簡樸的 (simple)；淺顯的 (obvious, clear)；坦白的 (frank, candid)
plainly	[`plenlɪ]	*adv.* 明顯地；坦率地 (honestly)；樸素地、平淡地
ex**plain**	[ɪk`splen]	*v.* 解釋
ex**plan**ation	[͵ɛksplə`neʃən]	*n.* 解釋

秒殺解字 ex(out)+plain(flat) → 往「外」攤「平」，引申為「解釋」。

延伸補充
1. explain + (that) + S + V 解釋　　2. explain + sth.+ to + sb. 對某人解釋某事
3. owe + sb.+ an explanation 欠某人一個解釋　　4. provide/give an explanation 解釋

platypus	[`plætəpəs]	*n.* 鴨嘴獸

秒殺解字 platy(flat)+pus(foot) → 鴨嘴獸是「扁平」「足」的（flat-footed）。

源源不絕學更多 **place** (n. 地方)、**plaza** (n. 廣場)。

090 flor = flower, blossom 花，開花

⌒ Track 090

可用 **flower** 當神隊友，**b/f**，**r/s 轉音**，**母音通轉**，來記憶 **bloss**om，皆表示「**花**」或「**開花**」，而 **flor** 是變體字根。有趣的是，**flour** 與 **flower** 這兩個字在古代是互通的；當穀物磨碎時，最好的部分就是它的「**粉**」（**flour**），而中古時代的「**麵粉**」稱為 **flower** of meal，到了 17 世紀末，還有人把麵粉通稱為 **flower**，或把花拼成 **flour**，直到 19 世紀才把 **flour** 與 **flower** 區分開來。

flower	[ˈflaʊɚ]	*n.* 花；精華
		v. 開花
flour	[flaʊr]	*n.* 麵粉
		v. 撒麵粉
flora	[ˈflorə]	*n.* 植物群 → 羅馬神話中司花朵的女神即 Flora，後指「植物群」。
floral	[ˈflorəl]	*adj.* 用花製作的；飾以花卉圖案的 (**flower**ed, **flower**y)
florist	[ˈflorɪst]	*n.* 花商；花店
bloom	[blum]	*n.* 花
		v. 開花；容光煥發
blossom	[ˈblɑsəm]	*n.* 樹上的花
		v. 開花；繁榮

延伸補充
1. a bunch/bouquet of flowers 一束花　　　　2. in (full) bloom/blossom 花朵盛開

源源不絕學更多 **flour**ish (v. 茂盛；繁榮)。

091 flect, flex = bend 彎曲

⌒ Track 091

flect, **flex** 同源，皆表示「**彎曲**」。

reflect	[rɪˈflɛkt]	*v.* 反映 (show)；反射；仔細考慮
reflection	[rɪˈflɛkʃən]	*n.* 反映；反射、倒影；仔細考慮
reflective	[rɪˈflɛktɪv]	*adj.* 反射的；反映的；深思的

秒殺解字 re(back)+flect(bend) → 本義「彎」「回去」。

延伸補充
1. be reflected in + sth. 在……映照出……、反映　　2. on/upon reflection 仔細考量後

flex	[flɛks]	*v./n.* 屈曲；收縮
flexible	[ˈflɛksəbl]	*adj.* 可彎曲的；有彈性的、可變通的 (adaptable ≠ **in**flex**ible, rigid)
flexibility	[ˌflɛksəˈbɪlətɪ]	*n.* 適應性、彈性；易曲性
flextime	[ˈflɛksˌtaɪm]	*n.* 彈性工作時間

延伸補充
1. flex + sb's muscles 展現能力或實力；耀武揚威　　2. a flexible approach 有彈性的方法

092　force, fort = strong, strength
強壯的，堅固的，力量

🎧 Track 092

 可用 **force** 當神隊友，**t/s 轉音**，**母音通轉**，來記憶 **fort**，表示「**強壯的**」、「**堅固的**」、「**力量**」。

force	[fors]	*v.* 強迫
		n. 力量；武力；暴力
forcible	[`forsəb!]	*adj.* 強行的、用暴力的
en**force**	[ɪn`fors]	*v.* 實施、執行；強迫
en**force**ment	[ɪn`forsmənt]	*n.* 實施、執行
rein**force**	[ˌriɪn`fors]	*v.* 強化；加強；增援 → re 表示「再」（again）。
rein**force**ment	[ˌriɪn`forsmənt]	*n.* 強化；加強；增援

🗡 秒殺解字 en(make)+force(strong) →「使」「力量」得以發揮，表示「實施」、「執行」。

延伸補充
1. force + sb. + to V 強迫某人……　　　　2. sb. + be forced + to V 某人被迫……
3. enforce a <u>law/ban</u> 執行法律 / 禁令　　4. <u>positive/negative</u> reinforcement 正增強 / 負增強

fort	[fort]	*n.* 要塞、<u>堡壘</u> →「強壯的」、「堅固的」建築物才能當「堡壘」。
fortify	[`fortəˌfaɪ]	*v.* 加強 (strengthen)；設防

🗡 秒殺解字 fort(strong)+i+fy(make) →「做」某事使之「強壯」、「牢固」，意指「加強」。

com**fort**	[`kʌmfɚt]	*v.* 安慰 (relieve, console)
		n. 安慰 (relief, consolation)；舒適 (≠ discom**fort**)
com**fort**able	[`kʌmfɚtəb!]	*adj.* 舒服的、舒適的 (≠ uncom**fort**able)

🗡 秒殺解字 com(intensive prefix)+fort(strong) → 使人「堅強」，意指「安慰」。

延伸補充
1. <u>give/bring/provide/offer</u> + sb.+ comfort = <u>comfort/console</u> + sb. = make + sb. + feel better
  = cheer + sb. + up 安慰某人
2. make yourself comfortable 別拘束

ef**fort**	[`ɛfɚt]	*n.* 努力；盡力
ef**fort**less	[`ɛfɚtlɪs]	*adj.* 毫不費力的、容易的 → less 表示「缺乏」（lack）。
ef**fort**lessly	[`ɛfɚtlɪslɪ]	*adv.* 毫不費力地、容易地 (easily)

🗡 秒殺解字 ef(=ex=out)+fort(force, strength) → 把「力量」展示在「外」，表示「努力」。

延伸補充
1. make <u>the/an</u> effort + (to V) 努力去……　　2. it takes effort + (to V) 需要努力……

093 form = form, shape, figure
形狀，形態，形體

🎧 Track 093

神之捷徑 form 表示「**形狀**」、「**形態**」、「**形體**」。

form	[fɔrm]	*n.* 格式；表格；外形；種類
		v. 形成；成立
formation	[fɔr`meʃən]	*n.* 形成 (creation)；組織；構造
formal	[`fɔrm!]	*adj.* 正式的 (≠ in**form**al, casual)
formally	[`fɔrm!ɪ]	*adv.* 正式地 (officially ≠ in**form**ally)
format	[`fɔrmæt]	*n.* 格式；版式
		v. 排版；格式化
formula	[`fɔrmjələ]	*n.* 公式；客套語 **複數** **form**ulas, **form**ulae
formulate	[`fɔrmjə‚let]	*n.* 公式化
uni**form**	[`junə‚fɔrm]	*n.* 制服
		adj. 一致的

🔑 **秒殺解字** uni(one)+form(form) → 「同一」「形式」的。

in**form**	[ɪn`fɔrm]	*v.* 通知 (notify)；供給知識
in**form**ation	[‚ɪnfə`meʃən]	*n.* 訊息；情報；資料
in**form**ative	[ɪn`fɔrmətɪv]	*adj.* 提供有益資訊的
in**form**ed	[ɪn`fɔrmd]	*adj.* 了解情況的；消息靈通的
in**form**ant	[ɪn`fɔrmənt]	*n.* 線民、情報提供者 (in**form**er)

🔑 **秒殺解字** in(in)+form(form) → 本義賦予「形體」，引申為「供給知識」。

延伸補充
1. inform + sb. + *of/about* + sth. 通知某人某事
2. inform + sb. + (that) + S + V 通知某人……

re**form**	[rɪ`fɔrm]	*n./v.* 改革；改進

🔑 **秒殺解字** re(again)+form(form) → 本義「重新」「塑造形體」，引申為「改革」。

trans**form**	[træns`fɔrm]	*v.* 使徹底改觀、改變
trans**form**ation	[‚trænsfə`meʃən]	*n.* 徹底改變
trans**form**er	[træns`fɔrmə]	*n.* 變壓器

🔑 **秒殺解字** trans(across)+form(form) → 「跨越」原本的「形體」，「變成」另一「形體」。

源來如此 著名的電影「變形金剛」，英文是 *Transformers*，原意是指「**變壓器**」，電影裡指的是「**能變形的機器人**」。電影裡的 Optimus Prime（柯博文），**Optimus** 表示「**最佳的**」（best），**optimism** 就是「**樂觀**」，參照字根 oper, opus；而 **prime** 意思是「**首要的**」，和 **first** 同源，p/f 轉音，母音通轉，皆表示「**第一的**」，參照字根 prim, prin, prem。裡面的「博派機器人」，英文是 **Autobots**，是 **automobile** 和 **robot** 的的混合字，指的「**與車子相關的機器人**」，參照字首 auto。

延伸補充
1. transform A into B 把 A 轉換成 B
2. transformation from A to B 從 A 到 B 的轉變

con**form**	[kən`fɔrm]	*v.* 遵守 (obey)；使符合
con**form**ity	[kən`fɔrmətɪ]	*n.* 遵照；符合、一致
con**form**ist	[kən`fɔrmɪst]	*n.* 墨守成規者 (≠ noncon**form**ist)

秒殺解字 con(together)+form(form) → 本義「一起」表現出某種「形式」，指「一致」，引申為「遵守」。

延伸補充
1. conform to/with 符合、遵守（規則等）
2. conform to a(an) model/pattern/ideal 遵守被認同的典範、模式、理想

| de**form** | [dɪ`fɔrm] | *v.* 使變形、變形 |
| de**form**ed | [dɪ`fɔrmd] | *adj.* 畸形的、變形的 |

秒殺解字 de(away)+form(form) →「離開」該有的「形狀」，表示「變形」。

源源不絕學更多 plat**form** (n. 月臺；講臺；平臺)。

094   fract, frag, fring = break 破裂，破碎

🎧 Track 094

神之捷徑 可用 **break** 當神隊友，**b/f**，**g/k/dʒ 轉音**，**母音通轉**，來記憶 **fract**, **frag**，皆表示「**破裂**」、「**破碎**」。

break	[brek]	*v.* 打破；斷裂；違反 (disobey) **三態** break/broke/broken
broke	[brok]	*adj.* 破產的
breakfast	[`brɛkfəst]	*n.* 早餐 →「打破」「齋戒」（break the fast）的第一餐是「早餐」。
breakdown	[`brek͵daʊn]	*n.* 關係破裂；故障；神經衰弱 → break down 表示「故障」。
breakup	[`brek͵ʌp]	*n.* 關係中斷、分手 → break up 表示「分手」。
breakthrough	[`brek͵θru]	*n.* 突破；突破性進展 → break through 表示「突破」。
out**break**	[`aʊt͵brek]	*n.* 爆發 → break out 表示「爆發」、「突然發生」。
day**break**	[`de͵brek]	*n.* 黎明、破曉 (dawn ≠ dusk, twilight)

源來如此 day (n. 一天；白天)、day**break** (n. 黎明)、dawn [dɔn] (n. 黎明)、dai**ly** [`delɪ] (adj. 每天的；日常的)、diary [`daɪərɪ] (n. 日記) 同源，**母音通轉**，核心語意是「**天**」(**day**)。「**黎明**」是白「**天**」(**day**) 的開始；「**日記**」是「**每天**」(**day**) 的筆記。相關同源字還有 **day**dream (v./n. 白日夢)、holi**day** (n. 節日、假日)、to**day** (n. 今天)。

延伸補充
1. break down 故障、拋錨；失敗
2. break up with + sb. 與某人分手
3. break + sb's heart 使某人心碎
4. break the law/rule 違法 / 違規
5. at daybreak/dawn 黎明

fraction	[`frækʃən]	*n.* 極小的部分；分數
fracture	[`fræktʃɚ]	*v.* 使斷裂、骨折
		n. 骨折；裂痕
fragile	[`frædʒəl]	*adj.* 易碎的 (delicate, **break**able ≠ strong)；虛弱的 (**fra**il, weak)
fragment	[`frægmənt]	*n.* 破片；碎片
		v. 使成碎片
frail	[frel]	*adj.* 虛弱的 (weak)；脆弱的 (**frag**ile)

> **源源不絕學更多** **brake** (n. 煞車)、**brick** (n. 磚塊)、in**fring**e (v. 違反、侵害)、in**fring**ement (n. 違反、侵害)。

095　fund, found = bottom 底部，基礎

🎵 Track 095

 可用 **bottom** 當神隊友，**b/f 轉音**，**母音通轉**，來記憶 **fund, found**，皆表示「**底部**」、「**基礎**」。

bottom	[`batəm]	*n.* 底部
		adj. 底部的 (base ≠ top)
bottomless	[`batəmlɪs]	*adj.* 無底的、極深的；無限的 → less 表示「無」（without）。
fund	[fʌnd]	*n.* 基金
		v. 提供基金
fundraiser	[`fʌnd,rezɚ]	*n.* 募款者；資金募集活動
fundraising	[`fʌnd,rezɪŋ]	*n.* 募款
fundamental	[,fʌndə`mɛnt!]	*adj.* 基本的 (basic)；必須的 (necessary, essential)

延伸補充

| 1. set up a fund 設立基金 | 2. raise funds 募款 |

found	[faʊnd]	*v.* 建立；創辦 (establish, set up) →「建立」前先打「基底」。
founder	[`faʊndɚ]	*n.* 創立者、創辦人
foundation	[faun`deʃən]	*n.* 地基；基礎 (basis, base)；創辦 (**found**ing, establishment)；基金會；粉底霜
pro**found**	[prə`faʊnd]	*adj.* 深遠的；深奧的 (deep)；完全的

> **秒殺解字** pro(forward)+found(bottom) → 到「底」了，還繼續「向前」推進，表示「深不見底」。

> **源來如此** **bass** [bes] (n. 男低音；低沉的聲音；貝斯)、**base** [bes] (n. 底部；基礎；基地)、**basis** [`besɪs] (n. 基礎)、**basic** [`besɪk] (adj. 基本的)、**base**less [`beslɪs] (adj. 毫無根據的)，核心語意也是「**底部**」、「**基礎**」（base），但和本單元所列的單字並不同源。相關同源字還有 **base**ball (n. 棒球)、**base**ment (n. 地下室)。

延伸補充

1. be without foundation = have no foundation = be groundless/baseless/unfounded 沒有根據的
2. profound effect/influence/impact/consequence 很深的影響

> **源源不絕學更多** un**found**ed (adj. 無根據的)、well-**found**ed (adj. 有事實根據的)。

096 fus, found = pour 倒

 神之捷徑 fus, found 同源，d/z/s/ʒ **轉音**，母音通轉，皆表示「倒」。

fuse	[fjuz]	*v.* 結合 (join)；融合 (merge, combine) *n.* 保險絲
fusion	[`fjuʒən]	*n.* 融合 (combination) →「倒」在一起，意為「融合」。
foundry	[`faʊndrɪ]	*n.* 鑄造廠

秒殺解字 found(pour, melt)+ry(=ery=place) → 把金屬「熔化」後「倒」在模子裡製成器物的「場所」。

confuse	[kən`fjuz]	*v.* 使困惑、混淆 (puzzle, perplex, mix up)
confusing	[kən`fjuzɪŋ]	*adj.* 令人困惑的 (puzzling, perplexing)
confused	[kən`fjuzd]	*adj.* 感到困惑的 (puzzled, perplexed)
confusion	[kən`fjuʒən]	*n.* 困惑；混亂
confound	[kən`faʊnd]	*v.* 使困惑、使大感意外

秒殺解字 con(together)+fus(pour)+e → 把所有東西都「倒」在「一起」，使人「困惑」。confound 和 confuse 是「**雙飾詞**」（doublet），d/z 轉音，母音通轉。

> **延伸補充**
> 1. get + sb./sth. + confused = get + sb./sth. + mixed up 把……混淆、搞混
> 2. confuse/mix A with B 把 A 和 B 混淆在一起   3. be confused about + N/Ving 對……感到困惑的

refuse	[rɪ`fjuz]	*v.* 拒絕 (reject, turn down, decline)
	[`rɛfjus]	*n.* 廢物、垃圾 (trash, garbage, rubbish)
refusal	[rɪ`fjuz!]	*n.* 拒絕；駁回

秒殺解字 re(back)+fus(pour)+e →「倒」「回去」，表示「拒絕」。

| transfusion | [træns`fjuʒən] | *n.* 輸血；挹注 |

秒殺解字 trans(across)+fus(pour)+ion → 從一方「跨越」「倒」到另一方，表示「輸血」或「挹注」金錢物資給有需要的人。

| diffuse | [dɪ`fjuz] | *v.* 使 (熱、氣味) 擴散；散布 (spread)
adj. 普及的；費解的 |
| diffusion | [dɪ`fjuʒən] | *n.* 散布、普及 |

秒殺解字 dif(=dis=apart, in every direction)+fus(pour)+e → 往「四面八方」「倒」，表示「擴散」、「散布」。

| refund | [rɪ`fʌnd] | *v.* 退款 |
| | [`ri,fʌnd] | *n.* 退款 |

秒殺解字 re(back)+fund(pour) →「倒」「回去」。

英文老師也會錯 坊間書籍、網路常犯一個錯誤，把 refund 和 fund 歸類在一起，但事實上它們並不同源。

097 gard, guard, ward, ware = watch out for, heed 留意

 可用 **guard** 當神隊友，**u/w 對應**，**母音通轉**，來記憶 ward, ware，而 **gard** 為其 變體字根。這組單字的核心語意是「**留意**」（watch out for），衍生出「**看**」（look, watch）、「**保護**」（protect）、「**守衛**」（guard）、「**小心的**」（careful）等意思。 此外，這個字根衍生出一個字尾 **ware**，表示「**商品**」、「**製品**」（goods），如 soft**ware**, table**ware**。

🎧 Track 097

guard	[gɑrd]	*n.* 哨兵；警衛；看守
		v. 守衛；看守
guardian	[ˋgɑrdɪən]	*n.* 監護人；保護者
body**guard**	[ˋbɑdɪ͵gɑrd]	*n.* 保鏢
life**guard**	[ˋlaɪf͵gɑrd]	*n.* 救生員
safe**guard**	[ˋsef͵gɑrd]	*v.* 保護 (protect, **guard**)
		n. 安全措施

延伸補充

1. keep/stand guard 守衛；看守 　　　　2. guardian angel 守護天使

re**gard**	[rɪˋgɑrd]	*v.* 視為
		n. 尊敬 (respect, admiration)；留意
re**gard**s	[rɪˋgɑrdz]	*v.* 問候、致意 (wishes)
re**gard**ing	[rɪˋgɑrdɪŋ]	*prep.* 關於、有關
re**gard**less	[rɪˋgɑrdlɪs]	*adv.* 無論如何 → less 表示「無」（without）。
dis**regard**	[͵dɪsrɪˋgɑrd]	*v.* 漠視 (ignore) → dis 表示「不」（not）。
		n. 漠視

秒殺解字 re(intensive prefix)+gard(=guard=heed) → 本義「看」、「留意」，衍生出「視為」、「尊敬」、「留意」等意思。

延伸補充

1. regard A as B = see/view/treat/take A as B = look on A as B = think of A as B = consider A (to be) B　將 A 視為 B
2. (with) kind/best regards = (with) best wishes 致上最高的問候 (信末)
3. Please send my best regards to your family. 請代我問候你的家人。
4. with/in regard to = WRT = about = on = regarding = concerning = respecting = relating to 關於
5. regardless of 無論

wary	[ˋwɛrɪ]	*adj.* 謹慎的、小心的 (careful, cautious)
wariness	[ˋwɛrənɪs]	*n.* 謹慎、小心 (care, caution)
warily	[ˋwɛrəlɪ]	*adv.* 謹慎、小心地
a**ware**	[əˋwɛr]	*adj.* 察覺的；意識到、注意到的 (≠ un**aware**)
a**ware**ness	[əˋwɛrnɪs]	*n.* 意識；察覺
be**ware**	[bɪˋwɛr]	*v.* 小心、當心；提防

秒殺解字 be(be)+ware(wary, careful) → be wary of, be careful 都是「小心的」。

延伸補充
1. be wary of +N/Ving = beware of + N/Ving 小心、謹防……的
2. keep a wary eye on + sb./sth. 密切注意、留意
3. be/become aware/conscious of + sth. 意識到；注意到
4. be/become aware/conscious + (that) + S + V 意識到；注意到
5. environmental/political/social awareness 環保 / 政治 / 社會意識
6. raise awareness 提高意識

ward   [wɔrd]   *n.* 病房；監牢 →「病房」有「保護」的功能。
                                       v. 避開、保護

延伸補充
1. pediatric/maternity/psychiatric ward 小兒科 / 產科 / 精神病病房
2. ward off 避開

award   [əˋwɔrd]   *n.* 獎；獎品；獎狀
                                        v. 授予；頒

秒殺解字 a(=ex=out)+ward(watch) → 仔細「看」過才給「出去」之物。

延伸補充
1. win/receive an award 贏得獎項   2. the Academy Award for Best Director 奧斯卡最佳導演獎

reward   [rɪˋwɔrd]   *n./v.* 報答、酬謝、獎賞

秒殺解字 re(intensive prefix)+ward(watch) → 仔細「看」過、評估才給「獎賞」。

steward   [ˋstjuwɚd]   *n.* 輪船或飛機的服務員
stewardess   [ˋstjuwɚdɪs]   *n.* 輪船或飛機的女服務員 → ess 表示「女性名詞」。

秒殺解字 ste(pen for cattle)+ward(guard) → 本指「畜圈」「看守者」。

延伸補充
1. flight attendant 空服員   2. air hostess 空姐

源源不絕學更多 wardrobe (n. 衣櫥)、warehouse (n. 倉庫)、glassware (n. 玻璃器皿)、hardware (n. 硬體；五金製品)、kitchenware (n. 廚房用品)、ovenware (n. 烤箱器皿)、shareware (n. 共用軟體)、silverware (n. 銀器)、software (n. 軟體)、tableware (n. 餐具)、lord (n. 貴族；領主)。

098   gen = kind, birth, produce
種類，誕生，生產

🎧 Track 098

神之捷徑 可用表示「家族」的 kin 當神隊友，或用表示「種類」的 kind 當神隊友，g/k/dʒ 轉音，母音通轉，來記憶 gen，表示「種類」、「誕生」、「生產」。

kind   [kaɪnd]   *n.* 種類
                                     adj. 友善的、仁慈的 (≠ unkind)
kindness   [ˋkaɪndnɪs]   *n.* 親切；仁慈
kindergarten   [ˋkɪndɚˏgɑrtṇ]   *n.* 幼兒園

秒殺解字 kinder(children)+garten(garden) → 源自德語，表示「幼兒」「園」。kind 等同 child，kinder 是複數，等同 children。

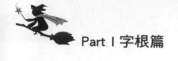

gene	[dʒin]	*n.* 基因 →「生」下來是否「同類」是由「基因」所決定。
genetic	[dʒə`nɛtɪk]	*adj.* 遺傳學的、基因的
genetics	[dʒə`nɛtɪks]	*n.* 遺傳學
genetically	[dʒə`nɛtɪklɪ]	*adv.* 從基因方面、遺傳學角度

延伸補充
1. genetically <u>modified/engineered</u> 基因改造的　　　2. genetic <u>modification/engineering</u> = GM 基因改造工程
3. genetic <u>disease/code</u> 遺傳性疾病 / 基因碼　　　4. gene therapy 基因治療

gender	[`dʒɛndɚ]	*n.* 性別 → 依照「生」下來的生理構造，分成不同「類」。
genre	[`ʒɑnrə]	*n.* 類型 → 源自法語。

延伸補充
1. gender <u>differences/distinctions</u> 性別差異　　　2. gender gap 性別差異
3. gender <u>inequality/bias</u> 性別不平等　　　　　4. gender stereotype 性別刻板印象

generate	[`dʒɛnə,ret]	*v.* 產生 (create, produce)；造成 (cause)
generator	[`dʒɛnə,retɚ]	*n.* 發電機
generation	[,dʒɛnə`reʃən]	*n.* 世代、一代；產生 (production)

延伸補充
1. generate new <u>ideas/jobs</u> 產生新想法 / 工作機會　　2. generate <u>revenue/profits/income</u> 帶來稅收 / 獲利 / 收入
3. generate <u>excitement/interest/support</u> 引起興奮 / 興趣 / 支持
4. generate <u>electricity/power/heat</u> 發電 / 電力 / 熱　　5. emergency generator 緊急發電機
6. generation gap 代溝　　　　　　　　　　　　　　7. from generation to generation 一代又一代

general	[`dʒɛnərəl]	*adj.* 一般的 (ordinary, usual)；普遍的 → 大家都是「同類」，表示「一般的」。
		n. 將軍；全體
generally	[`dʒɛnərəlɪ]	*adv.* 通常；普遍地 (usually, broadly, widely, normally)
generalize	[`dʒɛnərəl,aɪz]	*v.* 歸納、概括；泛論

延伸補充
1. in general = generally (speaking) = on the whole = all in all = all things considered = usually = normally
　= as a (general) rule = nine times out of ten = in most cases = mostly = most of the time = by and large 一般說來
2. general knowledge 普通常識

generous	[`dʒɛnərəs]	*adj.* 慷慨的、大方的 (≠ mean, stingy) → 「天生」的高貴特質。
generosity	[,dʒɛnə`rɑsətɪ]	*n.* 慷慨
gentle	[`dʒɛntl]	*adj.* 溫和的；有禮的；輕柔的 (≠ rough) → 「天生」的高貴特質。
gentleman	[`dʒɛntlmən]	*n.* 紳士

源來如此 sting [stɪŋ] (v./n. 刺、螫)、**stingy** [`stɪndʒɪ] (adj. 吝嗇的) 同源，核心語意都是「**刺**」。

延伸補充
1. be generous to 對……很慷慨　　　　　　2. <u>it/that</u> is generous of + sb. + to V 某人做……真慷慨

genius	[`dʒinjəs]	*n.* 天資、天賦；天才 → 「天才」是「天生」的。

延伸補充
1. <u>musical/artistic/comic</u> genius 音樂 / 藝術 / 漫畫天才　2. a genius at + Ving/N 做某事的天才
3. have a <u>genius/talent/gift/facility</u> for + Ving/N 有做某事的天賦

genuine [`dʒɛnjʊɪn] *adj.* 真誠的、誠實的 (sincere, honest ≠ false)；真的 (real)

genuinely [`dʒɛnjʊɪnlɪ] *adv.* 真誠地、誠實地 (sincerely, honestly)

🪶(秒殺解字) gen(birth, produce)+u+ine → 是「天生」的，不是後天人為改造，表示「真誠的」。

pregnant [`prɛgnənt] *adj.* 懷孕的

pregnancy [`prɛgnənsɪ] *n.* 懷孕

🪶(秒殺解字) pre(before)+gn(birth)+ant → 「誕生」「前」的，表示「懷孕的」。**gn** 視為零級字（zero grade），**gen** 是 e 級字（e grade），**gon**orrhea 是 o 級字（o gade），這是拉丁文中母音變化的典型例子。

hydro**gen** [`haɪdrədʒən] *n.* 氫

🪶(秒殺解字) hydro(water)+gen(produce) → 「氫」碰上氧會「產生」「水」，因此人們認為「氫」會生「水」。

oxy**gen** [`ɑksədʒən] *n.* 氧氣

🪶(秒殺解字) oxy(sharp, acid)+gen(produce) → 古人認為「產生」「酸」需要「氧」。

en**gin**e [`ɛndʒən] *n.* 引擎

en**gin**eer [ˌɛndʒə`nɪr] *n.* 工程師
v. 操縱、策劃

en**gin**eering [ˌɛndʒə`nɪrɪŋ] *n.* 工程；工程學

🪶(秒殺解字) en(in)+gin(=gen=birth)+e → 「內部」會「產生」動能的設備。

in**gen**ious [ɪn`dʒinjəs] *adj.* 巧妙的、製作精巧的

in**gen**uity [ˌɪndʒə`nuətɪ] *n.* 獨創性、巧思

🪶(秒殺解字) in(in)+gen(birth)+i+ous → 「生來」就具備的聰明，能有一些妙點子。

源源不絕學更多 man**kind** (n. 人類)、**king** (n. 國王)、**king**dom (n. 王國)、en**gen**der (v. 產生、引起)、benign (adj. 親切的)、germ (n. 細菌)。

099 gest = carry 運送，搬運，攜帶

🎧 Track 099

 gest 表示「運送」、「搬運」、「攜帶」。

gesture [`dʒɛstʃə] *n.* 手勢；姿勢
v. 做手勢、用動作示意 (signal)

sug**gest** [sə`dʒɛst] *v.* 建議 (advise, propose, recommend)；指出 (indicate)；暗示 (imply)

sug**gest**ion [sə`dʒɛstʃən] *n.* 建議 (advice, proposal, recommendation)；暗示

🪶(秒殺解字) sug(=sub=under)+gest(carry) → 從「下面」內心「搬」「上來」的想法。

延伸補充
1. suggest + (that) + S + (should) + V 建議……該   2. suggest + Ving 建議……
3. evidence/results/data/studies suggest(s) that + S + V 證據 / 結果 / 資料 / 研究指出

113

congested [kən`dʒɛstɪd] *adj.* 道路擁擠的
congestion [kən`dʒɛstʃən] *n.* 擁擠

秒殺解字 con(together)+gest(carry)+ed → 「一起」「帶」上來，表示「擁擠的」。

延伸補充

1. congested <u>airports/streets</u> 擁擠的機場 / 街道　　2. traffic congestion 交通擁擠

digest [daɪ`dʒɛst] *v.* 消化；理解 (absorb, take in)
digestion [daɪ`dʒɛstʃən] *n.* 消化 (≠ indigestion)
digestible [daɪ`dʒɛstəbḷ] *adj.* 易消化的 (≠ indigestible)

秒殺解字 di(=dis=apart)+gest(carry) → 本義「帶」「開」，因此有「消化」的意思。

exaggerate [ɪg`zædʒə,ret] *v.* 誇大、誇張 (overstate ≠ understate)
exaggerated [ɪg`zædʒə,retɪd] *adj.* 誇張的、言過其實的
exaggeration [ɪg,zædʒə`reʃən] *n.* 誇大、誇張 (overstatement)

秒殺解字 ex(thoroughly)+ag(=ad=to)+ger(=gest=carry)+ate → 「徹底」把東西「帶」「往」某處，因此有「堆疊」、「累積」的意思，後來語意轉抽象，表示「堆砌詞藻」及「言過其實」，衍生出「誇大」的意思。

register [`rɛdʒɪstɚ] *n.* 登記簿；收銀機 (cash register)
　　　　　　　　　　　　v. 登記；註冊
registration [,rɛdʒɪ`streʃən] *n.* 註冊；登記；掛號

秒殺解字 re(back)+gister(=gest=carry) → 本義「帶」「回」來做紀錄。

延伸補充

1. register for 註冊……的課程　　　　　　　2. hotel register 旅館房客登記簿
3. registered nurse = RN 有執照的護士　　　4. registered letter 掛號信
5. <u>registered/certified</u> post 掛號郵件　　　6. registered trademark 註冊商標

100　gn, gnos, gnor, no = know 知道

🎧 Track 100

神之捷徑 k 在現代英語不發音，但仍可用 **know** 當神隊友，**g/k 轉音，母音通轉**，來記憶 **gnos**, **gnor**, **gn**，皆表示「**知道**」。這個字根有不少變形，最常見的是 **no**，如 **no**tice, **no**torious；有些語言學家認為 note 是同源字，有些認為不是，如 de Vaan，但為了方便記憶，本書將 note 收錄在此單元。

know [no] *v.* 知道；了解
knowledge [`nɑlɪdʒ] *n.* 知識
acknowledge [ək`nɑlɪdʒ] *v.* 承認 (admit, accept)；認可 (recognize)；表示感謝
acknowledgement [ək`nɑlɪdʒmənt] *n.* 承認；認可；感謝；確認通知

秒殺解字 ac(=ad=to)+know(know)+ledge → 本義指「去」「知道」或「了解」，後指「認可」。

cognition	[kɑɡˋnɪʃən]	*n.* 認知、知識
cognitive	[ˋkɑɡnətɪv]	*adj.* 認知的
reco**gn**ize	[ˋrɛkəɡˏnaɪz]	*v.* 認出、辨識 (identify)；承認；公認；表彰
reco**gn**izable	[ˋrɛkəɡˏnaɪzəb!]	*adj.* 可辨認的
reco**gn**ition	[ˏrɛkəɡˋnɪʃən]	*n.* 認出；承認；表彰

🖋 秒殺解字 re(again)+co(together)+gn(know)+ize → 「再一次」「全盤」「知道」，表示「辨識」。

延伸補充
1. recognize A as B　認出、承認 A 為 B　　　　2. international/diplomatic recognition 國際的 / 外交上的承認

dia**gnos**is	[ˏdaɪəgˋnosɪs]	*n.* 診斷 複數 dia**gnos**es
dia**gnos**e	[ˋdaɪəgnoz]	*v.* 診斷

🖋 秒殺解字 dia(between)+gnos(know)+is → 區別病症「之間」的差異，確切「知道」病因。

延伸補充
1. make a diagnosis 診斷　　　　　　　　　　2. diagnose + sb. + as + (having) + sth. 診斷某人有某疾病
3. diagnose + sb. + with + sth. 診斷某人有某疾病　　4. diagnose + sth. + as + sth. 診斷某疾病、問題是……

i**gnor**e	[ɪgˋnor]	*v.* 不理會；忽視、忽略 (neglect, disregard)
i**gnor**ance	[ˋɪgnərəns]	*n.* 無知
i**gnor**ant	[ˋɪgnərənt]	*adj.* 無知的、無學識的

🖋 秒殺解字 i(=in=not)+gnor(know)+e → 本義「不」「知道」，但 ignore 卻表示視若無睹，故意「忽視」本來知道的事；ignorance 和 ignorant 仍然保有「無知」的意思。

延伸補充
1. completely/totally ignore + sb./sth. 完全不理會　　2. be ignorant of/about 對……無知的

ac**quaint**	[əˋkwent]	*v.* 使認識、使了解
ac**quaint**ed	[əˋkwentɪd]	*adj.* 認識的
ac**quaint**ance	[əˋkwentəns]	*n.* 相識的人、泛泛之交；了解

🖋 秒殺解字 ac(=ad=to)+quaint(=cogn=know) → 本義「使」人「知曉」。

延伸補充
1. acquaint oneself with + sth. 使自己熟悉某事物　　2. acquaint + sb. + with + sth. 讓某人了解某事物
3. be acquainted with + sb. 與某人相識　　　　　　4. be acquainted with + sth. 對某事物了解
5. casual/mutual acquaintance 點頭之交 / 共同認識之人

note	[not]	*n.* 筆記；便條；註釋；音符；口氣；注意 (**no**tice)
		v. 注意；記下
noted	[ˋnotɪd]	*adj.* 有名的 (famous, well-**known**, celebrated, renowned)
notable	[ˋnotəb!]	*adj.* 值得注意的、顯著的；格外的
notably	[ˋnotəblɪ]	*adv.* 尤其是 (especially, particularly, in particular)；顯著、格外地

🖋 秒殺解字 note(mark) → 來自拉丁語 nota，原意是「標示」、「記號」。

延伸補充
1. take/make/write notes 記筆記
2. take note of + sth. = note/notice + sth.= pay attention to + sth. 注意
3. note/write/put down 記下　　　　　　　4. A be noted/notable for B　A 以 B 而著名

notice	[`notɪs]	v. 注意
		n. 注意 (attention)；布告；警告 (warning)、預先通知
noticeable	[`notɪsəb!]	adj. 顯而易見的
notify	[`notə‚faɪ]	v. 通知、告知 (inform)
notification	[‚notəfə`keʃən]	n. 通知 (**notice**)
notion	[`noʃən]	n. 觀念、看法 (idea, belief, opinion, concept)
notorious	[no`torɪəs]	adj. 惡名昭彰的 (infamous)
notoriety	[‚notə`raɪətɪ]	n. 惡名昭彰

延伸補充

1. notice + sb./sth. + Ving 注意到……
2. pretend not to <u>notice/see</u> 假裝沒看到
3. take notice of + sth. 注意
4. come to + sb's <u>notice/attention</u> 某人注意到
5. <u>put (up)/post</u> a notice 張貼布告
6. <u>notify/inform</u> + sb. + of + sth. 通知某人某事
7. <u>notify/inform</u> + sb. + (that) + S + V 通知某人……
8. A be notorious for B　A 以 B 而惡名昭彰

noble	[`nob!]	adj. 高貴的；貴族的；高尚的
		n. 貴族
nobility	[no`bɪlətɪ]	n. 高貴

101 grace, grat, gree = pleasing, thankful 愉快的，感激的

🎧 Track 101

神之捷徑　可用 **grace** 當神隊友，**t/s 轉音，母音通轉**，來記憶 **grat**，核心語意是「**愉快的**」、「**感激的**」，而 **gree** 為變體字根。

grace	[gres]	n. 優雅 (**grace**fulness)；恩典；善意
		v. 使優美
graceful	[`gresfəl]	adj. 優雅的 (elegant)；懂禮貌的
gracious	[`greʃəs]	adj. 仁慈的、和藹的、有禮的；優裕的
dis**grace**	[dɪs`gres]	n. 丟臉；恥辱
		v. 使蒙羞 → dis 表示「相反」（opposite）。
dis**grace**ful	[dɪs`gresfəl]	adj. 不光彩的、丟臉的
grateful	[`gretfəl]	adj. 感激的 (thankful, appreciative ≠ un**grat**eful)
gratitude	[`grætə‚tjud]	n. 感激 (thanks, appreciation ≠ in**grat**itude)
gratify	[`grætə‚faɪ]	v. 使高興 (please)、使滿意 (satisfy)
		→ fy 表示「使」（make, do）。
gratifying	[`grætə‚faɪɪŋ]	adj. 令人高興的 (pleasing)、令人滿意的 (satisfying)
gratified	[`grætə‚faɪd]	adj. 感到高興的 (pleased)、滿意的 (satisfied)
gratification	[‚grætəfə`keʃən]	n. 滿意；喜悅

con**grat**ulate [kən`grætʃə,let] *v.* 恭賀；恭喜
con**grat**ulation [kən,grætʃə`leʃən] *n.* 恭賀；恭喜

秒殺解字 con(together)+grat(pleasing, thankful)+ulate → 本義「伴隨」「愉悅」之情。

延伸補充
1. congratulate + sb.+ for + N/Ving 恭喜某人（做）某事 2. congratulate + sb.+ on + sth. 恭喜某人某事
3. Congratulations on + sth. ! 恭喜某事（祝賀詞）

a**gree** [ə`gri] *v.* 同意、贊同 (≠ disa**gree**)
a**gree**ment [ə`grimənt] *n.* 同意；意見一致 (≠ disa**gree**ment)
a**gree**able [ə`griəb!] *adj.* 令人愉快的 (pleasant ≠ disa**gree**able)；
可接受的 (acceptable)

秒殺解字 a(=ad=to)+gree(pleasing) → 本義「使」人「喜悅」。

延伸補充
1. I quite agree. = I couldn't agree more. = I agree completely. 完全同意。
2. a chorus of agreement 異口同聲地表示同意

源來如此 chorus [`korəs] (n. 合唱團)、carol [`kærəl] (n. 頌歌)、choir [kwaɪr] (n. 合唱團) 同源，**母音通轉**，核心語意和**「唱」（sing）**有關。

102　grade, gress, gred = walk, go, step 行走

🎧 Track 102

神之捷徑 可用表示**「等級」**的 grade 當神隊友，**d/s/ʃ 轉音，母音通轉**，來記憶 gress, gred，皆和**「行走」**有關。

grade [gred] *n.* 成績；年級；等級
v. 評分

gradual [`grædʒʊəl] *adj.* 逐漸的 (≠ sudden)
gradually [`grædʒʊəlɪ] *adv.* 逐漸地 (little by little, bit by bit, by de**gree**s ≠ suddenly)

graduate [`grædʒʊ,et] *v.* 畢業
[`grædʒʊɪt] *n.* 畢業生
adj. 研究生的
graduation [,grædʒʊ`eʃən] *n.* 畢業；畢業典禮
under**grad**uate [,ʌndɚ`grædʒʊɪt] *n.* 大學生

延伸補充
1. graduate from 畢業於……　　2. graduate student = postgraduate 研究生

Centi**grade** [`sɛntə,gred] *n.* 攝氏 (Celsius)
adj. 攝氏的

秒殺解字 centi(hundred)+grade(walk, go, step) → 本指「一百」等分，一「階」一「階」往上可跑到一百度。

de**grade** [dɪ`gred] *v.* 貶低；侮辱……的人格
秒殺解字 de(=dis=down)+grade(walk, go, step) → 本義「往下」「走」。

117

up**grade**	[ʌp`gred]	*v.* 提高等級、升級；提拔 (≠ down**grade**)
	[`ʌpgred]	*n.* 升級品
de**gree**	[dɪ`gri]	*n.* 程度；等級；學位；度數

🔮 **秒殺解字** de(down)+gree(step) → 本義一「階」，引申為到達某一「等級」或「學位」。

延伸補充
1. by degrees = gradually = little by little = bit by bit 逐漸地
2. to a/some/a certain degree = partly 部分地、在某種程度上
3. bachelor's /master's degree 學士 / 碩士學位
4. 30 degrees Celsius/60 degrees Fahrenheit/1 degree Centigrade 攝氏 30 度 / 華氏 60 度 / 攝氏 1 度

pro**gress**	[`prɑgrɛs]	*n.* 前進；進行；進步
	[prə`grɛs]	*v.* 前進；進行；進步 (≠ re**gress**)
pro**gress**ive	[prə`grɛsɪv]	*adj.* 逐漸的；進步的

🔮 **秒殺解字** pro(forward)+gress(walk, go, step) → walk/go/step forward，都是往「前」「走」。

延伸補充
1. make progress 進步   2. in progress 進行中

ag**gress**ion	[ə`grɛʃən]	*n.* 攻擊、侵略
ag**gress**ive	[ə`grɛsɪv]	*adj.* 攻擊性的、挑釁的；進取的

🔮 **秒殺解字** ag(=ad=to)+gress(go, step)+ion →「朝」某方向「走」。

con**gress**	[`kɑŋgrəs]	*n.* 國會；集會 (meeting, conference, convention)
Con**gress**	[`kɑŋgrəs]	*n.* 美國國會
con**gress**man	[`kɑŋgrəsmən]	*n.* 國會議員

🔮 **秒殺解字** con(together)+gress(walk, go, step) → 大家「一起」「走」來，聚集開會。

in**gred**ient	[ɪn`gridɪənt]	*n.* 原料；構成要素

🔮 **秒殺解字** in(in)+gred(go, step)+i+ent →「走」「入」，放入各種「原料」，能煮成佳餚或做成產品。

103　　grand = great 大的

🎧 Track 103

 可用 **great** 當神隊友，**d/t 轉音**，**母音通轉**，來記憶 **grand**，皆表示「**大的**」。

grand	[grænd]	*adj.* 雄偉堂皇的 (≠ humble)；偉大的
grandeur	[`grændʒɚ]	*n.* 宏偉；壯觀；豪華
grandparent	[`grænd͵pɛrənt]	*n.* 祖父、母；外祖父、母

源源不絕學更多 **grand**child (n. 孫兒)、**grand**son (n. 孫子)、**grand**daughter (n. 孫女)、**grand**father/ **grand**pa (n. 祖父、外祖父)、**grand**mother/**grand**ma (n. 祖母、外祖母)。

104　graph, gram = write 寫

🎧 Track 104

 可用表示「雕刻」的 carve 當神隊友，g/k，m/f/v 轉音，母音通轉，來記憶 graph, gram，皆表示「寫」。古代用刻字來記錄，引申為「寫」（write）、「畫」（draw）、「描述」（describe）。

carve	[karv]	*v.* 刻、雕刻；把熟肉切成小片
graph	[græf]	*n.* 圖表、圖解
graphic	[`græfɪk]	*adj.* 生動的 (vivid)；繪畫的、書畫的
grammar	[`græmɚ]	*n.* 文法；語法
autograph	[`ɔtə,græf]	*n./v.* 親筆簽名

🖋️ 秒殺解字 auto(self)+graph(write) → 「寫」下「自己的」名字。

| biography | [baɪ`ɑgrəfɪ] | *n.* 傳記 → 「寫」下「生命」、「生活」。 |
| autobiography | [,ɔtəbaɪ`ɑgrəfɪ] | *n.* 自傳 |

🖋️ 秒殺解字 auto(self)+bio(life)+graph(write)+y → 「寫」下「自己的」「生命」、「生活」。

photograph	[`fotə,græf]	*n.* 照片 (photo)
		v. 拍照
photographer	[fə`tɑgrəfɚ]	*n.* 攝影師
photography	[fə`tɑgrəfɪ]	*n.* 攝影學；照相術
photographic	[,fotə`græfɪk]	*adj.* 攝影的

🖋️ 秒殺解字 photo(light)+graph(write) → 用「光」「寫」下的日記，表示「照片」。

延伸補充
1. take a photograph/photo/picture (of + sth./sb.) 照相　2. photographic memory 驚人的記憶力

| calligraphy | [kə`lɪgrəfɪ] | *n.* 書法 |

🖋️ 秒殺解字 calli(beauty)+graph(write)+y → 「美麗」的書「寫」字體。

| geography | [dʒi`ɑgrəfɪ] | *n.* 地理學 |
| geographical | [dʒiə`græfɪk!] | *adj.* 地理的 (geographic) |

🖋️ 秒殺解字 geo(earth)+graph(write)+y → 「寫」關於「地球」的學問。geo 表示「**地球**」，同源字有 geometry (n. 幾何學)。

| paragraph | [`pærə,græf] | *n.* 章節；段落 |

🖋️ 秒殺解字 para(beside)+graph(write) → 劃「寫」在「旁邊」。古希臘人在每一「段落」開始的一行詞下面劃一條橫線，以便閱讀。

telegraph	[`tɛlə,græf]	*n.* 電報
		v. 打電報
telegram	[`tɛlə,græm]	*n.* 電報

🖋️ 秒殺解字 tele(far)+graph(write) → 透過電線將「遠方」傳來的文字符號透過靜電膽「寫」出來。

program	[`progræm]	*n.* 計畫；節目；程式
		v. 設計程式
programming	[`progræmɪŋ]	*n.* 電腦程式設計

🖋️ 秒殺解字 pro(forward)+gram(write) → 「事先」「寫」出來的一個表演流程。

| diagram | [`daɪə‚græm] | *n.* 圖表；圖解 |
| | | *v.* 圖示 |

 秒殺解字 dia(across, through)+gram(write, mark, draw) → 描「寫」、「標示」、「畫」線條。

源源不絕學更多 gram (n. 克、公克)、kilogram (n. 公斤)、bibliography (n. 參考書目)、polygraph
(n. 測謊器)。

105　grave = heavy 重的

🎧 Track 105

神之捷徑　grave 表示「重的」。

grave	[grev]	*adj.* 嚴重的 (serious)；嚴肅、憂鬱的 (sombre)
gravity	[`grævətɪ]	*n.* 地心吸力；嚴重性
gravitation	[‚grævə`teʃən]	*n.* 地心吸力
aggravate	[`ægrə‚vet]	*v.* 加重病情、使惡化 (≠ improve)；激怒 (irritate, annoy)

秒殺解字 ag(=ad=to)+grav(heavy)+ate → 加「重」。

| grief | [grif] | *n.* 悲傷；不幸 |
| grieve | [griv] | *v.* 悲傷；使悲傷 (upset) |

秒殺解字 grief(heavy) → 心情沉「重」，所以「悲傷」。**grief** 和 **grave**，f/v 轉音，母音通轉。

106　hab, habit, hibit = have, hold 擁有，握

🎧 Track 106

神之捷徑　hab, habit, hibit 同源，**母音通轉**，皆有「**擁有**」或「**握**」的意思，**give** 是其同源單字，g/h，b/v 轉音，母音通轉。

habit	[`hæbɪt]	*n.* 習慣 → 人「擁有」的行為模式。
habitual	[hə`bɪtʃʊəl]	*adj.* 習慣的
habitat	[`hæbə‚tæt]	*n.* 棲息地 → 動物「擁有」的「習慣」居住地。

延伸補充
1. be in the habit of +Ving = have a/the habit of +Ving 有……習慣
2. develop/form a habit 養成習慣　　　3. natural habitat 自然棲息地

inhabit	[ɪn`hæbɪt]	*v.* 居住於、棲居於 (live/reside in/at)
inhabitant	[ɪn`hæbətənt]	*n.* 居民 (resident)
inhabited	[ɪn`hæbɪtɪd]	*adj.* 有居民的
uninhabited	[‚ʌnɪn`hæbɪtɪd]	*adj.* 無人居住的 (deserted) → un 表示「不」（not）。

秒殺解字 in(in)+habit(have, hold) →「有」人「在內」「居住」。

延伸補充
1. be inhabited by 有……居住　　　　　2. uninhabited island 無人島、荒島

exhibit	[ɪgˋzɪbɪt]	*v.* 展示、展覽 (show, display)
		n. 展品、展出物;展覽會
exhibition	[͵ɛksəˋbɪʃən]	*n.* 展覽 (show, display);展覽會

🖋 (秒殺解字) ex(out)+hibit(hold) → 把東西「拿」到「外面」「展示」。

- -

| **pro**hibit | [prəˋhɪbɪt] | *v.* 禁止 (ban, forbid) |
| **pro**hibition | [͵proəˋbɪʃən] | *n.* 禁止;禁令 |

🖋 (秒殺解字) pro(forward)+hibit(hold) →「抓」住或「握」住,不讓人「向前」,即hold back,引申為以法令、規定等來「禁止」。

延伸補充
1. prohibit/ban/forbid + sb.+ from + Ving = forbid + sb.+ to V 禁止某人做……
2. prohibition on/against 禁止

- -

源源不絕學更多 give (v. 給)、forgive (v. 原諒)、gift (n. 禮物;天賦)、able (adj. 能)、ability (n. 能力)、enable (v. 使能夠)、disable (v. 使失去能力)。

107　hap = chance, luck 運氣

神之捷徑 可用 happy 當神隊友,來記憶 hap,表示「**運氣**」。「**幸福**」、「**快樂**」是一種「**歡愉感**」,多少要有「**運氣**」成份。

happy	[ˋhæpɪ]	*adj.* 幸福的、快樂的 (≠ sad, unhappy)
happiness	[ˋhæpɪnɪs]	*n.* 幸福、快樂
happen	[ˋhæpən]	*v.* 發生 (occur, take place)
hapless	[ˋhæplɪs]	*adj.* 不幸的、運氣不好的 (unlucky) → less 表示「無」(without)。

延伸補充
1. sth. + happen to + sb./sth. 某人 / 某物發生某事　　　2. happen/chance + to V 碰巧……

| per**hap**s | [pɚˋhæps] | *adv.* 大概、或許 (maybe) |

🖋 (秒殺解字) per(by, through)+hap(chance)+s → 字面意思是「機會」或「運氣」「經過」、「通過」;by chance 表示「意外地」,perhaps 可謂是文言版的 by chance。

| mis**hap** | [ˋmɪs͵hæp] | *n.* 小事故 |

🖋 (秒殺解字) mis(bad)+hap(luck) →「小事故」也是「壞的」「運氣」。

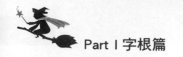
108 her = heir, left behind 繼承人，遺留

🎧 Track 108

可用 **heir** 當神隊友，**母音通轉**，來記憶 her，皆和**「繼承人」**、**「遺留」**有關。

heir	[ɛr]	*n.* 繼承人
heiress	[`ɛrɪs]	*n.* 女繼承人 → ess 表示「女性名詞」。
heritage	[`hɛrətɪdʒ]	*n.* 遺產 → 指「遺留」下來的傳統價值觀、信仰、文物、或建築物。
heredity	[hə`rɛdətɪ]	*n.* 遺傳
hereditary	[hə`rɛdə‚tɛrɪ]	*adj.* 遺傳的；世襲的

延伸補充

1. cultural/architectural heritage 文化 / 建築遺產　　2. hereditary disease 遺傳性疾病

inherit	[ɪn`hɛrɪt]	*v.* 繼承；遺傳
inheritance	[ɪn`hɛrɪtəns]	*n.* 繼承物、遺產；遺傳
inheritor	[ɪn`hɛrɪtɚ]	*n.* 繼承者

秒殺解字 in(in)+her(heir, left behind)+it → 「內部」「遺留」下來的，表示「繼承」或「遺傳」。

延伸補充

1. inherit + sth.+ from + sb. 繼承或遺傳某人某物　　2. inheritance tax 遺產稅

109 her, hes = stick 黏

🎧 Track 109

her, hes 同源，**r/z 轉音**，**母音通轉**，皆表示**「黏」**。必須注意的是，這組單字和 **heir, inherit** 等字都不同源，這也是坊間書籍普遍會弄錯的地方。

| inhere | [ɪn`hɪr] | *v.* 本質上屬於 |
| inherent | [ɪn`hɪrənt] | *adj.* 內在的、固有的 |

秒殺解字 in(in)+her(stick)+e → 出生時即「黏附」在體「內」的，即「固有的」。

| adhere | [əd`hɪr] | *v.* 黏著 (stick)；堅持信奉 |
| adherence | [əd`hɪrəns] | *n.* 嚴守（規則、信念等） |

秒殺解字 ad(to)+her(stick)+e → 本義「黏著」，若對群體或人物附著力強，表示「堅持信奉」。

延伸補充

1. adhere/stick to 黏著；堅持信奉　　2. strict/rigid adherence 嚴守

hesitate	[`hɛzə‚tet]	*v.* 遲疑、猶豫
hesitant	[`hɛzətənt]	*adj.* 遲疑的、猶豫的
hesitation	[‚hɛzə`teʃən]	*n.* 遲疑、猶豫

延伸補充

1. don't hesitate + to V 馬上去……　　2. be hesitant + to V 猶豫去……
3. be hesitant about + N/Ving 對……遲疑、猶豫的　　4. without hesitation 毫不猶豫

110   horr = tremble, shake 發抖

🎧 Track 110

 可用 **hair** 當神隊友，母音通轉，來記憶 **horror**。當人覺得「**恐怖**」（**horror**）時，常會「**毛髮**」（**hair**）直豎。

hair	[hɛr]	*n.* 頭髮；毛髮
hair-raising	[ˋhɛrˌrezɪŋ]	*adj.* 毛骨悚然的 (frightening)
horror	[ˋhɔrɚ]	*n.* 恐怖、顫慄 (terror)
horrible	[ˋhɔrəb!]	*adj.* 糟透的；可怕的 (terrible, awful)
horrify	[ˋhɔrəˌfaɪ]	*v.* 使害怕、恐懼 (scare, frighten, terrify)
horrifying	[ˋhɔrəˌfaɪɪŋ]	*adj.* 令人恐懼的 (**horr**ific, scary, frightening, terrifying)
horrified	[ˋhɔrəˌfaɪd]	*adj.* 感到恐懼的 (scared, frightened, terrified)

延伸補充

1. with/in horror 驚恐地
2. to + sb's horror 讓人驚恐的
3. horror movie 恐怖電影
4. be horrified by 對……感到恐懼的
5. be horrified + to V = be frightened/terrified/scared/afraid of + Ving 感到恐懼去……

111   host, hosp = host, guest 主人，客人

🎧 Track 111

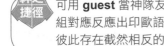 可用 **guest** 當神隊友，**g/h 轉音**，**母音通轉**，來記憶 **host**。這組變體字根有 **hosp**。這組對應反應出印歐語中的**主、客同源**現象。更有趣的是，在許多字根衍生例字中，彼此存在截然相反的語意，同時有「**敵意**」和「**好客**」的意思。

guest	[gɛst]	*n.* 客人、賓客
host	[host]	*n.* 主人；主持人；主辦國
		v. 主辦；主持
hostess	[ˋhostɪs]	*n.* 女主人；女主持人 → ess 表示「女性名詞」。
hostile	[ˋhɑst!]	*adj.* 敵意的；敵方的；反對的 (opposed)
hostility	[hɑsˋtɪlətɪ]	*n.* 敵意、敵視；反對 (opposition)
hospital	[ˋhɑspɪt!]	*n.* 醫院 → 接待「客人」（病人）的地方。
hospitalize	[ˋhɑspɪt!ˌaɪz]	*v.* 使住院治療
hospitable	[ˋhɑspɪtəb!]	*adj.* 好客的、招待周到的 (≠ in**hosp**itable)
hospitality	[ˌhɑspɪˋtælətɪ]	*n.* 好客、款待

源源不絕學更多 **host**age (n. 人質)、**host**el (n. 旅舍)。

112 hum = human, earth, low
人類，泥土，低下

神之捷徑 **hum** 本義是**「泥土」（earth）**，衍生出**「低下」**、**「卑微」**、**「人類」**的意思，許多神話都有人從泥土、塵土中捏出來的典故。

human	[`hjumən]	*n.* 人類
		adj. 人類的
humankind	[`hjumən͵kaɪnd]	*n.* 人類 (mankind)
humble	[`hʌmb!]	*adj.* 謙虛的、謙卑的 (modest ≠ proud)
		v. 使謙卑
humility	[hju`mɪlətɪ]	*n.* 謙虛 (modesty)
humiliate	[hju`mɪlɪ͵et]	*v.* 羞辱；使丟臉 (embarrass)
humiliating	[hju`mɪlɪ͵etɪŋ]	*adj.* 丟臉的 (embarrassing)
humiliated	[hju`mɪlɪ͵etɪd]	*adj.* 羞愧的；感到難為情的 (embarrassed, ashamed)
humiliation	[hju͵mɪlɪ`eʃən]	*n.* 屈辱

延伸補充
1. human being 人類   2. eat humble pie 賠禮、道歉

113 hum = wet 濕的

神之捷徑 **wet** 表示**「濕的」**。

humid	[`hjumɪd]	*adj.* 潮溼的 (wet, damp, moist)
humidity	[hju`mɪdətɪ]	*n.* 潮濕；濕度
humor	[`hjumɚ]	*n.* 幽默
humorous	[`hjumərəs]	*adj.* 幽默的

源來如此「體液學說」（**Hum**orism），從希波克拉底以降到公元 19 世紀現代科學研究的誕生，主宰西方的哲學和醫學界，認為人體內的四大體液多寡、平衡與否會影響一個人的性情和健康。四大體液分別是黑膽汁（black bile）、黃膽汁（yellow bile）、黏液（phlegm）、血液（blood），因飲食習慣或生活型態彼此消長。若黑膽汁過多會造成憂鬱（melancholic, gloomy）；黃膽汁過多會易怒、暴躁（peevish, irritable, cranky），類似中醫所講的肝火過旺；黏液過多會遲滯冷淡（phlegmatic, sluggish）；而血液較多時人會較有血色、較為樂觀（sanguine）。humor 的原意是體液，但其平衡與否與性情有關，故也漸漸和「性情」（disposition, temperament）劃上等號，甚至到後來有「幽默」的意思產生。

延伸補充
1. humid <u>climate/atmosphere</u> 潮溼的氣候 / 空氣   2. a sense of humor 幽默感

114　ident = same 相同的

🎧 Track 114

神之捷徑 ident 表示「**相同的**」。

identify	[aɪ`dɛntə͵faɪ]	*v.*	確認；辨認身分 (recognize)；識別
identification	[aɪ͵dɛntəfə`keʃən]	*n.*	身分證明 (ID)；辨認、識別
identity	[aɪ`dɛntətɪ]	*n.*	身分；認同、歸屬
identical	[aɪ`dɛntɪkl]	*adj.*	同樣的

秒殺解字 ident(same)+i+fy(make, do) → 本義「使」「相同」，「辨識」就是現實和記憶中情況比對，找出「相同」者。

延伸補充

1. identify A as B 指認出 A 為 B、認出 A 為 B
2. identify with + sb./sth. 對⋯⋯感同身受
3. identify A with B 視 A 與 B 為同一事物
4. identity card = ID card 身分證
5. a sense of identity 歸屬感、認同感
6. identity crisis 認同危機
7. unidentified flying object = UFO 幽浮、不明飛行物
8. A be/look identical to/with B = A be/look the same as B　A 與 B 一樣

115　imper = command 命令

🎧 Track 115

神之捷徑 「**帝國的**」（**imper**ial）、「**命令語氣的**」（**imper**ative）、「**帝國**」（em**pir**e）是同源字，**母音通轉**，共同語意是統治專斷，喜好下「**命令**」。

em**pir**e	[`ɛmpaɪr]	*n.*	帝國；大企業
em**per**or	[`ɛmpərə]	*n.*	皇帝；君王
em**pr**ess	[`ɛmprɪs]	*n.*	皇后 → ess 表示「女性名詞」。
imperial	[ɪm`pɪrɪəl]	*adj.*	帝國的
imperative	[ɪm`pɛrətɪv]	*adj.*	極重要的、迫切的；命令語氣的
		n.	命令式

116　isola, insula = island 島

神之捷徑

🎧 Track 116

isola, insula 同源，核心語意是「**島**」，島是「**孤立**」在海上的陸塊，與外界隔絕。必須小心的是，island 和本單元所列的單字並不同源。**isle** 從古法語 ile 借來時，英語也是拼 ile，而 ile 來自拉丁語 **insula**，意思就是「**島**」；15 世紀時，中古法語受拉丁語拼法的影響，添加一個 s，改拼成 **isle**，英語時也依照法語添加一個 s，但有形無聲，s 是個啞音。island 來自古英語 igland，是原始日耳曼語 * aujo 加上 land 所組成，意思是「**水上的陸地**」，到了中古英語變成 iland，但由於英國人誤以為 iland 是由法語的 ile 和英語的 land 所組成，應按照 ile 拼字的修改方式來修改 iland，因此加了 s 而成為 island，s 是個啞音。

isle	[aɪl]	*n.* 島（用於詩中或地名）
islet	[ˋaɪlɪt]	*n.* 小島
isolate	[ˋaɪsḷ͵et]	*v.* 孤立；隔離 (separate)
isolated	[ˋaɪsḷ͵etɪd]	*adj.* 偏僻的 (remote)；孤單的；個別的
isolation	[͵aɪsḷˋeʃən]	*n.* 孤立；隔離 (separation)；孤單

延伸補充
1. isolate A from B 隔離了 A 與 B　　　　　2. an isolated incident/case/event 個別事件

源源不絕學更多 **insula**te (v. 使隔熱、隔音、絕緣；隔絕)、**insula**tion (n. 隔熱、隔音、絕緣)。

117　it = go 走

神之捷徑

🎧 Track 117

it 表示「**走**」。

exit	[ˋɛgzɪt]	*n.* 出口；安全門
		v. 出去、離開 →「走」「出去」。ex 表示「出去」（out）。
issue	[ˋɪʃu]	*n.* 議題；期
		v. 發行；發布；核發

秒殺解字 iss(=ex=out)+ue(=it=go) → 此字源自古法文，字根和字首變體差異較大。本義「走」「出去」，引申為「發行」。

延伸補充
1. at issue 討論問題中最重要的
2. environmental/political/economic issues 環境 / 政治 / 經濟議題
3. issue a passport/permit/visa 核發護照 / 許可證 / 簽證　4. issue/lift a typhoon warning 發布 / 解除颱風警報

ambition	[æmˋbɪʃən]	*n.* 雄心、野心、抱負 (aspiration)
ambitious	[æmˋbɪʃəs]	*adj.* 有雄心的、野心的

秒殺解字 amb(=ambi=around)+it(go)+ious → 原指「四處」「去」拜票，後演變為「抱負」。

延伸補充
1. achieve/fulfill/realize an ambition 實現抱負　　　　2. burning ambition 強烈的企圖心

init**ial**	[ɪˋnɪʃəl]	*adj.* 最初的 (first)；字首的
		n. （姓名每字）第一個字母
init**ially**	[ɪˋnɪʃəlɪ]	*adv.* 最初 (at the <u>beginning/start</u>, in the beginning, at first, to <u>start/begin</u> with)
init**iate**	[ɪˋnɪʃɪˏet]	*v.* 開始；啟蒙；入會
init**iation**	[ɪˏnɪʃɪˋeʃən]	*n.* 入會；開始實施
init**iator**	[ɪˋnɪʃɪˏetɚ]	*n.* 創始者、發起人
init**iative**	[ɪˋnɪʃɪˏətɪv]	*n.* 主動性、自發；新作法

秒殺解字 in(into)+it(go)+ial → 本義「走」「進去」，引申為「最初的」。

- -

| **trans**it | [ˋtrænsɪt] | *n.* 運輸；交通運輸系統 (transportation) |
| **trans**it**ion** | [trænˋzɪʃən] | *n.* 轉變；過渡 |

秒殺解字 trans(across, through)+it(go) → 本義「走」「過去」，衍生出「運輸」之意。

- -

| **it**inerary | [aɪˋtɪnəˏrɛrɪ] | *n.* 旅行計畫、預定行程 |

- -

| **per**ish | [ˋpɛrɪʃ] | *v.* 死亡；毀滅 |

秒殺解字 per(thoroughly)+ish(=it=go) → 「徹底地」「離去」，表示「死亡」、「毀滅」。

118　ject = throw 丟，投擲，射出

神之捷徑 ject 表示「丟」、「投擲」、「射出」。

pro**ject**	[ˋprɑdʒɛkt]	*n.* 計畫、專案；專題研究
	[prəˋdʒɛkt]	*v.* 預計；投影；突出 (protrude)
pro**ject**or	[prəˋdʒɛktɚ]	*n.* 投影機

秒殺解字 pro(forward)+ject(throw) → 「往前」「丟」，表示「計畫」。

延伸補充
1. a <u>construction/research</u> project 建築 / 研究專案
2. projected <u>figures/sales/profits</u> 預計數字 / 銷售額 / 利潤

| re**ject** | [rɪˋdʒɛkt] | *v.* 拒絕 (refuse, decline, turn down ≠ accept) |
| re**ject**ion | [rɪˋdʒɛkʃən] | *n.* 拒絕 (≠ acceptance) |

秒殺解字 re(back)+ject(throw) → 「丟」「回去」，表示「拒絕」、「駁回」。

- -

sub**ject**	[ˋsʌbdʒɪkt]	*n.* 主題；科目；主詞
		adj. 受支配的
	[səbˋdʒɛkt]	*v.* 使臣服
sub**ject**ive	[səbˋdʒɛktɪv]	*adj.* 主觀的 (≠ ob**ject**ive)

秒殺解字 sub(under)+ject(throw) → 「丟」到「下面」，表示「使臣服」。

ob**ject**	[`ɑbdʒɪkt]	*n.* 物體;目標 (purpose, aim, ob**ject**ive, goal, target);受詞
	[əb`dʒɛkt]	*v.* 反對 (oppose, disapprove, disagree)
ob**ject**ion	[əb`dʒɛkʃən]	*n.* 反對、異議 (opposition)
ob**ject**ive	[əb`dʒɛktɪv]	*n.* 目標 (goal, purpose, aim, target, ob**ject**)
		adj. 客觀的 (≠ sub**ject**ive)

秒殺解字 ob(before, toward, against)+ject(throw) →「往」「前面」「丟」,表達「反對」。

延伸補充
1. object to + N/Ving = raise/voice/make an objection to + N = oppose + N
   = be opposed to/in opposition to/against + N = disagree with + N 反對
2. main/prime objective 主要目標

| in**ject** | [ɪn`dʒɛkt] | *v.* 注射;引入;投入(金錢、設備等) |
| in**ject**ion | [ɪn`dʒɛkʃən] | *n.* 注射;投入 |

秒殺解字 in(in)+ject(throw) →「丟」「入」,表示「注射」。

| e**ject** | [ɪ`dʒɛkt] | *v.* 逐出 (throw/kick + sb.+ out);使離職;噴出 |
| e**ject**ion | [ɪ`dʒɛkʃən] | *n.* 逐出;使離職;噴出 |

秒殺解字 e(=ex=out)+ject(throw) →「丟」到「外面」,表示「逐出」、「噴出」。

源源不絕學更多 **jet** (n. 噴射機)、de**ject**ed (adj. 情緒低落的)、ad**ject**ive (n. 形容詞)。

119　join, junct = join 連結

🎧 Track 119

 可用 **join** 當神隊友,**母音通轉**,來記憶 **junct**,皆表示「**連結**」。

| join | [dʒɔɪn] | *v.* 連結、使結合;加入、參加 |
| join**t** | [dʒɔɪnt] | *n.* 關節;接縫 → 兩塊或兩塊以上的骨之間能活動的「連結」,即「關節」。 |

| con**junct**ion | [kən`dʒʌŋkʃən] | *n.* 結合;同時發生;連接詞 |

秒殺解字 con(together)+junct(join)+ion →「連結」在「一起」,可當「連接詞」解釋。

| ad**just** | [ə`dʒʌst] | *v.* 適應 (adapt);調整 |
| ad**just**ment | [ə`dʒʌstmənt] | *n.* 適應;調整 |

秒殺解字 ad(to)+just(join, next) → 使「連結」「靠在一起」,引申為「調整」。

英文老師也會錯 坊間書籍和網路常把 adjust 和 just 歸類在一起,而事實上它們並不同源。

延伸補充
1. adjust/adapt/accustom oneself to + N/Ving 使自己適應於……
2. adjust/adapt to + N/Ving = get used to + N/Ving = get/become/grow accustomed to + N/Ving 適應於……

120 journ = day 日

神之捷徑 journ 表示「日」，源自法文。法文中的 bon **jour** 即表示「早安」（good morning）、「日安」（good day）。

journal	[ˈdʒɝn!]	*n.*	日記 (diary)；雜誌、期刊
journalism	[ˈdʒɝn! ˌɪzəm]	*n.*	新聞工作、新聞業
journalist	[ˈdʒɝnəlɪst]	*n.*	新聞工作者、記者 (reporter)
journey	[ˈdʒɝnɪ]	*n.*	旅行；旅程 (trip, travel)
		v.	旅行 (travel)

源來如此 travel [ˈtræv!] (v./n. 旅行)、travail [ˈtrævel] (n. 艱苦處境；苦工) 同源，**母音通轉**，核心語意都是「苦工」（toil）。travel 通常指從某一地移動到另一地或更多地方，距離也通常比較遠。

延伸補充
1. keep a journal/diary 寫日誌、日記
2. make a journey 旅行
3. go on a journey = make a long journey 長途旅行
4. have a safe journey 一路平安

121 just, jur = law, right 法律，正當的

神之捷徑 just, jur 同源，**r/s 轉音**，**母音通轉**，皆表示「法律」、「正當的」。值得留意的是，judge 這個字是由「公正的」（just）和「說」（dict = say）所組成，因為「法官」「判決」時，必須「說」「公正的」話。

just	[dʒʌst]	*adv.*	正好 (exactly)；只是 (only, simply, merely)
		adj.	正義的 (righteous)、公正的 (fair ≠ un**just**, unfair)
justice	[ˈdʒʌstɪs]	*n.*	正義、公平 (fairness ≠ in**just**ice)；司法制度
justify	[ˈdʒʌstəˌfaɪ]	*v.*	證明；辯護 → 「使」「公正」；fy 表示「使」（make, do）。

延伸補充
1. a sense of justice 正義感
2. do justice to + sb./sth. = do + sb./sth. + justice 公平對待、合理處理

judge	[dʒʌdʒ]	*n.*	法官 → 「說」「公正的」話。
		v.	判斷；判決
judgment	[ˈdʒʌdʒmənt]	*n.*	審判、判決；判斷
judicial	[dʒuˈdɪʃəl]	*adj.*	法庭的、司法的
pre**jud**ice	[ˈprɛdʒədɪs]	*n.*	偏見
		v.	抱偏見
pre**jud**iced	[ˈprɛdʒədɪst]	*adj.*	懷有偏見的

秒殺解字 pre(before)+jud(judge)+ice → 未審「先」「判」，懷有「偏見」。

延伸補充
1. judge + sb./sth. + by + sth. 用某事來論斷某人或某事
2. racial/sexual prejudice 種族 / 性別偏見

jury	[`dʒʊrɪ]	*n.*	陪審團
in**jury**	[`ɪndʒərɪ]	*n.*	傷害；受傷
in**jure**	[`ɪndʒɚ]	*v.*	傷害 (hurt, wound)
in**jure**d	[`ɪndʒɚd]	*adj.*	受傷的 (hurt, wounded)
in**just**ice	[ɪn`dʒʌstɪs]	*n.*	不公平；不正義 (≠ **just**ice)

 秒殺解字 in(not)+jur(law, right)+y → 本義「不」「合法」，引申為「不公平」、「不正義」，更衍生出「傷害」的意思，因為「傷害」是「不」被「法律」所允許的。

延伸補充

1. internal injuries 內傷
2. suffer/sustain an injury 遭受傷害
3. fatal/serious injury 遭受致命的 / 嚴重的傷害
4. be badly/seriously/critically injured/hurt/wounded 重傷

122 juven, jun = young 年輕的

🎧 Track 122

神之捷徑 可用 **young** 當神隊友，**dʒ/j 轉音**，**母音通轉**，來記憶 **jun, juven**，皆表示「**年輕的**」。

young	[jʌŋ]	*adj.*	年輕的
youngster	[`jʌŋstɚ]	*n.*	小孩、年輕人
youth	[juθ]	*n.*	青少年時期；青春
youthful	[`juθfəl]	*adj.*	年輕的
junior	[`dʒunjɚ]	*adj.*	資淺的 (≠ senior)
		n.	較年少、資淺者 (≠ senior)
juvenile	[`dʒuvən!]	*adj.*	青少年的

延伸補充

1. junior high school 國中
2. A + be junior to + B = B + be senior to + A A 比 B 資淺的
3. juvenile delinquency 青少年犯罪
4. juvenile delinquent 犯罪青少年

源源不絕學更多 June (n. 六月)。

123　labor = work 工作，勞動

> **神之捷徑** labor 表示「**工作**」、「**勞動**」。

labor	[`lebɚ]	*n.*	勞力的工作；勞工；分娩
		v.	辛苦工作
laboratory	[`læbrə,tori]	*n.*	實驗室 (lab)

🖋️ **秒殺解字** labor(work)+at+ory(place) → 本指「勞動」之「場所」，許多現象和原理在此被發現、研究。

col**labor**ate	[kə`læbə,ret]	*v.*	共同工作、合作 (cooperate, work together)

🖋️ **秒殺解字** col(together)+labor(work)+ate → 嗡嗡嗡，大家「一起」來「做工」。

e**labor**ate	[ɪ`læbə,ret]	*v.*	詳細說明
	[ɪ`læbərɪt]	*adj.*	精心製作的；精巧的；詳盡的

🖋️ **秒殺解字** e(=ex=out)+labor(work)+ate → 本義靠勞力「做」「出來」，後指「精心製作的」。

124　lax, leas = loose, loosen 鬆的，鬆開

> **神之捷徑** lax, leas 同源，**母音通轉**，皆表示「**鬆的**」、「**鬆開**」。必須注意的是，這組單字和 **lys, lyz, loose** 都不同源，這也是坊間書籍普遍會弄錯的地方。

lax	[læks]	*adj.*	鬆弛的、不嚴格的 (slack)
re**lax**	[rɪ`læks]	*v.*	放鬆、鬆弛
re**lax**ing	[rɪ`læksɪŋ]	*adj.*	令人輕鬆的
re**lax**ed	[rɪ`lækst]	*adj.*	感到放鬆的；悠閒的
re**lax**ation	[,rɪlæks`eʃən]	*n.*	放鬆、鬆弛
re**leas**e	[rɪ`lis]	*v.*	釋放 (free)；發行 (publish)；發佈；排放
		n.	釋放；發行；發佈；排放

🖋️ **秒殺解字** re(back)+lax(loosen) → 本義從「後面」開始「鬆開」，引申為「放鬆」。release 源自 relax，表示「釋放」。

> **延伸補充**
> 1. a very relaxed atmosphere 隨意自在的氣氛　　　2. release/free + sb. = set + sb.+ free = let + sb.+ out 釋放某人

de**lay**	[dɪ`le]	*v./n.*	延遲、誤點；延期

🖋️ **秒殺解字** de(away)+lay(lax=loose) → 本義是「鬆」「開」，引申為「延期」。

> **延伸補充**
> 1. without delay 立刻、馬上　　　2. delay/postpone/put off + Ving 延期、延後做……

125 lect, leg, lig, log = gather, choose, read 聚集，選擇，讀

 神之捷徑 lect, leg, lig, log 同源，g/k/dʒ 轉音，母音通轉，表示「聚集」、「選擇」、「讀」等，leg 亦有「法律」，log 亦有「說」，logy 亦有「學問」的意思。為了方便記憶，以 125 到 128 四個單元分列。

col**lect**	[kə`lɛkt]	*v.* 收集；聚集 (gather)；收帳；募款
col**lect**ion	[kə`lɛkʃən]	*n.* 收集；收藏品；募款
col**lect**or	[kə`lɛktɚ]	*n.* 收藏家；收款員
col**lect**ive	[kə`lɛktɪv]	*adj.* 集合的、共同的

🖋 **秒殺解字** col(together)+lect(gather) → 把東西給「聚集」在「一起」。

e**lect**	[ɪ`lɛkt]	*v.* 選舉
e**lect**ion	[ɪ`lɛkʃən]	*n.* 選舉
e**lect**or	[ɪ`lɛktɚ]	*n.* 選民
e**lect**oral	[ɪ`lɛktərəl]	*adj.* 選舉的
e**lect**ive	[ɪ`lɛktɪv]	*adj.* 被選出的；選修的
		n. 選修科目
e**lig**ible	[`ɛlɪdʒəbl̩]	*adj.* 具備條件的；有資格的
e**lit**e	[e`lit]	*n.* 菁英
		adj. 菁英的
e**leg**ant	[`ɛləgənt]	*adj.* 優雅的 (graceful)；雅緻的
e**leg**ance	[`ɛləgəns]	*n.* 優雅；雅緻

🖋 **秒殺解字** e(=ex=out)+lect(choose) → 「選」「出」好的出來。

se**lect**	[sə`lɛkt]	*v.* 選擇、挑選 (choose, pick)
se**lect**ion	[sə`lɛkʃən]	*n.* 選擇 (choice, option, alternative)
se**lect**ive	[sə`lɛktɪv]	*adj.* 有選擇性的；嚴格篩選的

🖋 **秒殺解字** se(apart)+lect(choose, gather) → 把「選擇」的東西「分開」來。

源來如此 pick [pɪk] (v./n. 挑選、選擇)、peck [pɛk] (v./n. 啄) 同源，核心語意是「選擇」、「啄食」（pick）。相關同源字還有 wood**peck**er [`wʊd.pɛkɚ] (n. 啄木鳥)、peak [pik] (n. 山頂；高峰)。

延伸補充
1. make a selection/choice 選擇
2. be selective about/in = be choosy/picky/particular/fussy about 對……挑剔的、講究的

neg**lect**	[nɪ`glɛkt]	*v.* 忽視、疏忽 (ignore, omit, overlook)
		n. 忽視、疏忽
neg**lect**ful	[nɪ`glɛktfəl]	*adj.* 疏忽不注意的
neg**lig**ible	[`nɛglɪdʒəbl̩]	*adj.* 微不足道的 (insignificant)
neg**lig**ence	[`nɛglɪdʒəns]	*n.* 疏忽；過失
neg**lig**ent	[`nɛglɪdʒənt]	*adj.* 疏忽的

🖋 **秒殺解字** neg(no, not)+lect(choose) → 「沒有」「選擇」，表示「忽視」。

recollect	[ˌrɛkəˋlɛkt]	*v.* 回憶；記起 (remember, recall, <u>think/look</u> back)
recollection	[ˌrɛkəˋlɛkʃən]	*n.* 回憶 (memory, remembrance)

🖋 **秒殺解字** re(again)+col(together)+lect(gather) → 「再一次」把過往的片段「收集」。

延伸補充

1. recollect + Ving 想起做過	2. have no recollection of 不記得

intellect	[ˋɪntḷˌɛkt]	*n.* 智力；才智非凡的人
intellectual	[ˌɪntəˋlɛktʃʊəl]	*adj.* 智力的、理解力的
		n. 知識份子
intelligence	[ɪnˋtɛlədʒəns]	*n.* 智慧；情報
intelligent	[ɪnˋtɛlədʒənt]	*adj.* 有才智的、聰明的 (clever, smart, bright, brilliant, gifted)
intelligible	[ɪnˋtɛlədʒəbḷ]	*adj.* 易理解的 (≠ unintelligible)

🖋 **秒殺解字** intel(=inter=between)+lect(choose) → 「從中」「挑選」事物所需的區辨能力，後引申為「智力」。

lecture	[ˋlɛktʃɚ]	*n./v.* 講課；演講 → 「選」來「閱讀」的。
lecturer	[ˋlɛktʃərɚ]	*n.* 演講者；大學講師
legend	[ˋlɛdʒənd]	*n.* 傳說；傳奇故事；傳奇人物
legendary	[ˋlɛdʒəndˌɛrɪ]	*adj.* 傳說的；傳奇的

🖋 **秒殺解字** leg(choose, gather, read)+end → 「選」「集」來供後人「閱讀」。

college	[ˋkɑlɪdʒ]	*n.* 大學 (university)；學院
colleague	[ˋkɑlig]	*n.* 同事 (co-worker, associate)

🖋 **秒殺解字** col(together)+leg(choose)+e → 被「選」來「一起」讀「大學」。

英文老師也會錯 坊間書籍和網路常把 colleague 和 league 兩字歸類在一起，而事實上它們並不同源，參照字根 lig, ly。

延伸補充

1. go to/attend college 上大學	2. college graduate 大學畢業生

diligent	[ˋdɪlədʒənt]	*adj.* 勤勉的 (industrious, hard-working)
diligence	[ˋdɪlədʒəns]	*n.* 勤勉、勤奮 (industry)

🖋 **秒殺解字** di(=dis=apart)+lig(choose, gather)+ent → 「選擇」所要的事物，將之「分開」，隱含「專注」、「謹慎」、「小心」等意思，引申為「勤勉」。

源源不絕學更多 legible (adj. 字跡清楚易讀的)、lesson (n. 課程；教訓)。

126　leg = law 法律

 leg 和 **lect**, **lig**, **log** 同源，有**「法律」**的意思。

legal	[`lig!]	*adj.* 合法的 (lawful)；法律的
legalize	[`lig!͵aɪz]	*v.* 合法化
il**leg**al	[ɪ`lig!]	*adj.* 非法的 (unlawful, against the law ≠ **leg**al, lawful)

🔑秒殺解字 il(not)+leg(law)+al → 「不」合乎「法律」規範。

延伸補充
1. legal advice 法律諮詢
2. illegal immigrant 非法移民
3. legal obligation/right 法律上的義務 / 權利
4. legal system 司法制度

legislate	[`lɛdʒɪs͵let]	*v.* 立法
legislator	[`lɛdʒɪs͵letɚ]	*n.* 立法者、立法委員
legislation	[͵lɛdʒɪs`leʃən]	*n.* 立法；法律
legislative	[`lɛdʒɪs͵letɪv]	*adj.* 立法的
legislature	[`lɛdʒɪs͵letʃɚ]	*n.* 立法機關

🔑秒殺解字 leg(law)+is+lat(=fer=bear)+e → 「帶」來「法律」，表示「立法」。

de**leg**ate	[`dɛləgət]	*n.* 代表 (representative)
	[`dɛlə͵get]	*v.* 授權；委派為代表
de**leg**ation	[͵dɛlə`geʃən]	*n.* 代表團；委任、授權

🔑秒殺解字 de(away)+leg(law)+ate → 依「法」被選出來「離開」本地到另一地的人，「代表」全體發言、投票、或決策。

privi**leg**e	[`prɪvəlɪdʒ]	*n.* 特權；榮幸 (honor)
privi**leg**ed	[`prɪvəlɪdʒd]	*adj.* 有特權的 (≠ underprivi**leg**ed)；榮幸的

🔑秒殺解字 priv(private)+i+leg(law)+e → 為「私人」量身訂做的「法律」，表示「特權」。

延伸補充
1. have the privilege of + Ving 有榮幸可以……
2. have the privilege + to V 有榮幸可以……
3. be privileged + to V 有榮幸可以……

loyal	[`lɔɪəl]	*adj.* 忠誠的 (faithful ≠ dis**loy**al)
loyalty	[`lɔɪəltɪ]	*n.* 忠誠 (≠ dis**loy**alty)

源源不絕學更多 **leg**acy (n. 遺產)、**leg**itimate (adj. 合法的)、al**leg**e (v. 宣稱、指控)、al**leg**ation (n. 宣稱、指控)。

127 log, logue = speak, speech, word 説，演説，話

🎧 Track 127

神之捷徑 **log, logue** 和 **leg, lect, lig** 同源，有 **「說」**、**「演說」**、**「話」** 的意思。必須小心的是，坊間書籍和網路常誤把這組字和 **eloque**nt（雄辯的）和 co**lloqui**al（口語的）歸類在一起，但事實上它們並不同源。

logic	[ˋlɑdʒɪk]	*n.* 邏輯
logical	[ˋlɑdʒɪk!]	*adj.* 邏輯的、合乎邏輯的 (≠ il**log**ical)
apo**log**y	[əˋpɑlədʒɪ]	*n.* 道歉
apo**log**ize	[əˋpɑləˌdʒaɪz]	*v.* 道歉

秒殺解字 apo(off, away)+log(speech)+y → 把「話」説「開」「認錯」。

源來如此 off [ɔf]（prep. 離開）、**ebb**[ɛb]（v./n. 退潮）、**apo**logy（v. 道歉）可一起記憶，**b/p/f 轉音**，**母音通轉**，核心語意都是 **「離開」**（away, off）。**ab, abs** 是表示 **「離開」** 的字首，**apo** 是其中一個變體，可用 **off** 當神隊友，**b/p/f 轉音**，來幫助記憶。

延伸補充
1. receive/accept/demand an apology 收到 / 接受 / 要求道歉
2. apologize to + sb. 向某人道歉
3. apologize/make an apology for +N/Ving 為（做）某事道歉

| dia**logue**/dia**log** | [ˋdaɪəˌlɔg] | *n.* 對話 (conversation) |
| dia**lect** | [ˋdaɪəˌlɛkt] | *n.* 方言、土話 |

秒殺解字 dia(across, between)+log(speak) →「跨越兩者之間」的「説話」。

| cata**logue**/cata**log** | [ˋkæt!ˌɔg] | *n.* 目錄 |

秒殺解字 cata(down, completely)+log(speak) → 一路「完整地」「説」「下來」，意指「清單」、「目錄」。

| mono**logue**/mono**log** | [ˋmɑn!ˌɔg] | *n.* 一個人的長篇大論 |

秒殺解字 mono(alone)+log(speak) → 自己「一個」人「説」。

源源不絕學更多 **log**o (n. 標識)、ana**log**y (n. 類推)。

128 logy = study of ⋯⋯學

🎧 Track 128

神之捷徑 **logy** 和 **lect, leg, lig, log** 同源，此處表示 **「⋯⋯學」**。

astro**logy**	[əˋstrɑlədʒɪ]	*n.* 占星學
astro**log**ical	[ˌæstrəˋlɑdʒɪk!]	*adj.* 占星學的
astro**log**er	[əˋstrɑlədʒɚ]	*n.* 占星學家

秒殺解字 astro(star)+logy(study of) → 研究「星星」影響人類福禍吉凶的「學問」，是偽科學。

bio**logy**	[baɪˋɑlədʒɪ]	*n.* 生物學
bio**log**ical	[ˌbaɪəˋlɑdʒɪk!]	*adj.* 生物學的、生物的
bio**log**ist	[baɪˋɑlədʒɪst]	*n.* 生物學家

秒殺解字 bio(life)+logy(study of) → 研究「生命」的「學問」。

ecology [ɪˋkɑlədʒɪ] *n.* 生態學
ecological [ˌɪkəˋlɑdʒɪk!] *adj.* 生態的、生態學的
ecologist [ɪˋkɑlədʒɪst] *n.* 生態學者

秒殺解字 eco(house, environment)+logy(study of) → 研究我們所處「環境」的「學問」。

psychology [saɪˋkɑlədʒɪ] *n.* 心理學
psychological [ˌsaɪkəˋlɑdʒɪk!] *adj.* 心理的、心理學上的
psychologist [saɪˋkɑlədʒɪst] *n.* 心理學家

秒殺解字 psycho(mind, mental)+logy(study of) → 研究「心理」的「學問」。

延伸補充
| 1. psychological problem 心理的問題 | 2. psychological warfare 心理戰 |

sociology [ˌsoʃɪˋɑlədʒɪ] *n.* 社會學
sociological [ˌsoʃɪəˋlɑdʒɪk!] *adj.* 社會學的
sociologist [ˌsoʃɪˋɑlədʒɪst] *n.* 社會學家

秒殺解字 socio(society)+logy(study of) → 研究「社會」的「學問」。

technology [tɛkˋnɑlədʒɪ] *n.* 科技、工業技術
technological [ˌtɛknəˋlɑdʒɪk!] *adj.* 科技的、技術的
technologist [tɛkˋnɑlədʒɪst] *n.* 技術專家、工藝師

秒殺解字 techno(art, skill)+logy(study of) → 研究「技藝」的「學問」。

mythology [mɪˋθɑlədʒɪ] *n.* 神話；神話學

秒殺解字 mytho(story, speech, myth)+logy(study of) → 研究「神話」的「學問」。

zoology [zoˋɑlədʒɪ] *n.* 動物學
zoological [ˌzoəˋlɑdʒɪk!] *adj.* 動物學的
zoologist [zoˋɑlədʒɪst] *n.* 動物學家

秒殺解字 zoo(animal)+logy(study of) → 研究「動物」的「學問」。

archaeology [ˌɑrkɪˋɑlədʒɪ] *n.* 考古學
archaeological [ˌɑrkɪəˋlɑdʒɪk!] *adj.* 考古學的
archaeologist [ˌɑrkɪˋɑlədʒɪst] *n.* 考古學家

秒殺解字 archaeo(=archaic=ancient)+logy(study of) → 考「古」「學」。

meteorology [ˌmitɪəˋrɑlədʒɪ] *n.* 氣象學
meteorological [ˌmitɪərəˋlɑdʒɪk!] *adj.* 氣象的；氣象學的
meteorologist [ˌmitɪəˋrɑlədʒɪst] *n.* 氣象學者

秒殺解字 meteor(something in the sky, high in air)+o+logy(study of) → 本指研究「天空」的「學問」。

源源不絕學更多 cardiology (n. 心臟病學)、cardiologist (n. 心臟病學家；心臟病科醫師)、chronology (n. 年表)。

129 lev, liev = light, lift, raise 輕的，提起

🎧 Track 129

 神之捷徑 可用 **light** 當神隊友，**母音通轉**，米記憶 **lev, liev**，皆表示「**輕的**」，衍生出「**提起**」的意思。

lever	[`lɛvɚ]	*n.* 槓桿 → 用「槓桿」，「輕」鬆「提起」重物。
		v. 使用槓桿
leverage	[`lɛvərɪdʒ]	*n.* 槓桿作用
al**lev**iate	[ə`livɪˌet]	*v.* 緩和、減輕 (reduce, lessen, lighten, re**lieve**, ease)
al**lev**iation	[əˌlivɪ`eʃən]	*n.* 緩和、減輕

🗡 秒殺解字 al(=ad=to)+lev(light)+i+ate → 減「輕」痛苦。

......

e**lev**ate	[`ɛləˌvet]	*v.* 提升；提高
e**lev**ation	[ˌɛlə`veʃən]	*n.* 提升；提高；海拔
e**lev**ator	[`ɛləˌvetɚ]	*n.* 電梯 (lift)

🗡 秒殺解字 e(=ex=out)+lev(lift)+ate →「提起」某物，使之往上動，「離開」較低的位置。

字辨 escalator [`ɛskəˌletɚ] 是手扶梯，是 escalade (n. 以梯子攀登) 和 elevator 的混合字。escalade 和 ascend (v. 往上爬) 同源，核心語意皆是「**攀爬**」（**climb**）。從字源的角度來看，並不難分辨 elevator 和 escalator 的差別。

......

relieve	[rɪ`liv]	*v.* 減輕 (ease)；解除；使寬心
relieved	[rɪ`livd]	*adj.* 放心的
re**lief**	[rɪ`lif]	*n.* 緩和；慰藉 (comfort)；救濟；救難物資
re**lev**ant	[`rɛləvənt]	*adj.* 相關的、切題的 (pertinent ≠ irre**lev**ant)
re**lev**ance	[`rɛləvəns]	*n.* 相關性
re**lev**ancy	[`rɛləvənsɪ]	*n.* 相關性

🗡 秒殺解字 re(intensive prefix)+liev(lift, light)+e →「提起」使痛苦變「輕」。

延伸補充
1. relieve <u>tension/pressure/stress/pain/anxiety</u> 減輕緊張 / 壓力 / 壓力 / 痛 / 焦慮
2. relieve + sb. + of + sth. 解除某人的……（負擔）　　3. to + sb's relief 令某人如釋重負的

| **carn**ival | [`kɑrnəv!] | *n.* 嘉年華會；狂歡；節日表演節目 |

🗡 秒殺解字 carn(meat)+ival(=lev=lighten, raise, remove) → 把「肉」「舉起」、「拿走」。事實上，「嘉年華會」之後人們會有一陣子不吃「肉」。

源源不絕學更多 light (adj. 輕的)、lighten (v. 減輕)、lung (n. 肺)。

130　liber, liver = free 自由的

🎧 Track 130

 liber, liver 同源，**b/v 轉音**，皆表示**「自由的」**。

liberty	[`lɪbə-tɪ]	*n.* 自由 (freedom)
liberal	[`lɪbərəl]	*adj.* 自由的 (free)；開明的 (broad-minded, tolerant ≠ conservative)
		n. 自由主義者 (≠ conservative)
liberate	[`lɪbə,ret]	*v.* 釋放、解放、使獲自由 (free)
liberation	[,lɪbə`reʃən]	*n.* 釋放、解放、解放運動
liberally	[`lɪbərəlɪ]	*adv.* 任意地、大方地

延伸補充
1. individual/personal liberty 個人自由　　　2. religious/political/economic liberty 宗教 / 政治 / 經濟自由
3. liberal education 博雅、通才教育　　　　4. liberate + sb. + from + sth. 把……從……解放

de**liver**	[dɪ`lɪvə]	*v.* 遞送、交付；發表；接生
de**liver**y	[dɪ`lɪvərɪ]	*n.* 遞送、交付；接生、分娩

秒殺解字 de(away)+liver(free) → 本義賦予「自由」允許「離開」，因此有「遞送」、「接生」等意思。

延伸補充
1. deliver/give a speech/lecture/address = make a speech 發表演說
2. cash on delivery 貨到付款

131　libr = book 書

🎧 Track 131

 可用表示**「葉子」**、**「書頁」**的 leaf 當神隊友，**b/f 轉音**，**母音通轉**，來記憶 **libr**，表示**「書」**。

leaf	[lif]	*n.* 葉子；書頁
library	[`laɪ,brɛrɪ]	*n.* 圖書館 → ary 表示「場所」。
librarian	[laɪ`brɛrɪən]	*n.* 圖書館館長；圖書館員

延伸補充
1. turn over a new leaf 展開新的一頁、改過自新　　　2. library staff 圖書館職員

132　libr, libra = level, balance 平的，平衡

🎧 Track 132

 可用 **level** 當神隊友，**b/v 轉音**，**母音通轉**，來記憶 libr, libra，核心語意是「**平的**」、「**平衡**」。

level	[ˋlɛv!]	*n.* 水平線；水準 (standard)；級別
		adj. 水平的；同高度的
Libra	[ˋlaɪbrə]	*n.* 天秤座
de**liber**ate	[dɪˋlɪbərɪt]	*adj.* 故意的 (intentional ≠ unintentional)；深思熟慮的
	[dɪˋlɪbə͵ret]	*v.* 衡量
de**liber**ately	[dɪˋlɪbərɪtlɪ]	*adv.* 故意地 (intentionally, on purpose)；慎重地

🪶 **秒殺解字** de(completely)+liber(=libra=level, balance)+ate → 「衡量」各種可能情況，在各個層面「完全」取得「平衡」。

133　lig, ly = tie, bind 綁，束縛

🎧 Track 133

 可用 **league** 當神隊友，**g/dʒ 轉音**，**母音通轉**，來記憶 **lig**，皆和「**綁**」、「**束縛**」有關，**ly** 是其變體字根。

| league | [lig] | *n.* 聯盟；同盟；聯合 → 是由人或組織緊密結合，「綁」在一起。 |

英文老師也會錯 坊間書籍和網路常把 colleague 和 league 這兩個字歸類在一起，但事實上它們並不同源，參照字根 lect, leg, lig。

rely	[rɪˋlaɪ]	*v.* 依靠 (depend)；信賴 (trust)
re**li**able	[rɪˋlaɪəb!]	*adj.* 可信賴的、可靠的 (dependable)
re**li**ability	[rɪ͵laɪəˋbɪlətɪ]	*n.* 可靠、可信賴性
re**li**ance	[rɪˋlaɪəns]	*n.* 信賴；依賴 (dependence)
re**lig**ion	[rɪˋlɪdʒən]	*n.* 宗教；信仰 (faith, creed, belief)
re**lig**ious	[rɪˋlɪdʒəs]	*adj.* 宗教的；虔誠的

🪶 **秒殺解字** re(intensive prefix)+ly(=lig=tie, bind) → 把大家緊密「綁」在一起，表示「依靠」、「信賴」，而「宗教」也透過教義、儀式將一群同溫層的人緊密「綁」在一起。

延伸補充
1. rely/depend/count/lean on/upon 依賴　　　　2. religious festivals 宗教節慶

源來如此 feast [fist] (n. 盛宴)、festival [ˋfɛstəv!] (n. 節日；喜慶日) 同源，**母音通轉**，核心語意是「**盛宴**」(feast)。「節日」會舉辦「盛宴」來慶祝。

ob**lig**e	[əˋblaɪdʒ]	*v.* 使負義務、迫使；幫忙
ob**lig**ate	[ˋablə͵get]	*v.* 使負義務、迫使 (ob**lig**e)
ob**lig**ation	[͵abləˋgeʃən]	*n.* 道義或法律上的義務
ob**lig**atory	[əˋblɪgə͵torɪ]	*adj.* 義務上的、強制的 (compulsory, mandatory)

🪶 **秒殺解字** ob(to)+lig(tie, bind)+e → 把人「綁」起來，表示法律或道義上「迫使」你去做。

延伸補充
1. oblige/obligate + sb. + to V 迫使某人……　　　　2. be obliged/obligated + to V 有義務去……
3. have/be under an obligation + to V 有義務去……

ally	[`ælaɪ]	*n.* 同盟國、盟友
	[ə`laɪ]	*v.* 結盟
allied	[ə`laɪd]	*adj.* 結盟的；關連的、類似的
alliance	[ə`laɪəns]	*n.* 結盟；聯姻
alloy	[ə`lɔɪ]	*v.* 鑄成合金
	[`ælɔɪ]	*n.* 合金

秒殺解字 al(=ad=to)+ly(=lig=tie, bind) → 和他人或他國「綁」在一起，藉以對抗敵人或對手。Allied 是指第一次世界大戰或第二次世界大戰中和英美「結盟的」國家。

源源不絕學更多 rally (v. 召集 n. 集會)、liable (adj. 可能的)。

134 limin = limit, threshold
界線，限制，門檻

🎧 Track 134

神之捷徑 可用 **limit** 當神隊友，**t/n 轉音**，來記憶 **limin**，表示**「界線」**、**「限制」**、**「門檻」**。

limit	[`lɪmɪt]	*n.* 限制；界線；極限
		v. 限制 (restrict, confine)
limitation	[͵lɪmə`teʃən]	*n.* 限制；局限 (weakness)；限度
limited	[`lɪmɪtɪd]	*adj.* 有限的 (≠ unlimited)
limitless	[`lɪmɪtlɪs]	*adj.* 無限制的 (infinite) → less 表示「無」(without)。

延伸補充
1. speed limit 速度限制
2. limit/restrict/confine + A(sb./sth.) + to + B(sth.) 限制 A 至 B
3. limit/restrict/confine oneself to + sth. 限制自己某事

eliminate	[ɪ`lɪmə͵net]	*v.* 消除 (get rid of)；淘汰；殺人
elimination	[ɪ͵lɪmə`neʃən]	*n.* 消除；淘汰；殺人

秒殺解字 e(=ex=out)+limin(threshold)+ate → 排除在「門檻」之「外」，表示「消除」沒有必要的事物，或者經由選擇或競爭，「淘汰」較差的人或物。

preliminary	[prɪ`lɪmə͵nɛrɪ]	*adj.* 預備的、初步的
		n. 開端；預賽

秒殺解字 pre(before)+limin(threshold)+ary → 在「門檻」之「前」，表示需要「準備的」、「初步的」。「預賽」也是一種「門檻」，淘汰失敗者，勝者才能進入後面的決賽。

sublime	[sə`blaɪm]	*adj.* 極好的、極美的
		n. 極好之物、極美之物

秒殺解字 sub(up from under)+lim(threshold)+e → 「由下往上」衝破「門檻」，接近完美的界限，表示「極好的」、「極美的」。

135　lingu = tongue, language 舌，語言

 🎧 Track 135

可用 **langu**age 當神隊友，**母音通轉**，來記憶 **lingu**，皆表示「**語言**」。如果從轉音角度來觀察 **tongue, langu**age，會發現兩者是同源字，**t/l 轉音**，**母音通轉**。**langu**age 原意即是「**舌**」，從拉丁語 lingua 演變而來。有趣的是，漢語不少和說話有關的詞語也帶有一個「**舌**」，如「嚼**舌**根」、「三寸不爛之**舌**」、「**舌**戰」、「唇槍**舌**劍」、「油嘴滑**舌**」等等。

| **langu**age | [ˋlæŋgwɪdʒ] | *n.* 語言 |
| **tongue** | [tʌŋ] | *n.* 舌頭；語言 |

延伸補充
1. body/sign language 肢體語言 / 手語　　　　2. learn/master/speak a language 學習 / 精通 / 說語言
3. mother tongue = native language/tongue = first language 母語
4. bite + sb's tongue 隱忍不言

linguist	[ˋlɪŋgwɪst]	*n.* 通曉數種外語的人；語言學家
linguistic	[lɪŋˋgwɪstɪk]	*adj.* 語言的；語言學的
linguistics	[lɪŋˋgwɪstɪks]	*n.* 語言學
mono**lingu**al	[ˏmɑnəˋlɪŋgwəl]	*adj.* 單語的 → mono 表示「一」（one）。
bi**lingu**al	[baɪˋlɪŋgwəl]	*adj.* 雙語的 → bi 表示「二」（two）。
		n. 通雙語的人
tri**lingu**al	[traɪˋlɪŋgwəl]	*adj.* 三語的 → tri 表示「三」（three）。
multi**lingu**al	[ˏmʌltɪˋlɪŋgwəl]	*adj.* 用多種語言的 → multi 表示「許多的」（many）。

源源不絕學更多 **lingu**a franca (phr. 通用語言)。

136　liter = letter 文字

 🎧 Track 136

可用 **letter** 當神隊友，**母音通轉**，來記憶 **liter**，皆和「**文字**」有關。

letter	[ˋlɛtɚ]	*n.* 字母；文字；信 →「字母」、「文字」構成「信」。
literal	[ˋlɪtərəl]	*adj.* 字面的；逐字的
literally	[ˋlɪtərəlɪ]	*adv.* 照字面地；確實地
literate	[ˋlɪtərɪt]	*adj.* 能讀寫的 (≠ il**liter**ate)；受過良好教育的 (well-educated, **letter**ed)
literacy	[ˋlɪtərəsɪ]	*n.* 識字、讀寫能力 (≠ il**liter**acy)
literature	[ˋlɪtərətʃɚ]	*n.* 文學；文獻
literary	[ˋlɪtəˏrɛrɪ]	*adj.* 文學的

137　　loc = place 地方，放置

神之捷徑　loc 表示「地方」、「放置」。

🎧 Track 137

local	[`lok!]	*adj.* 本地的；地方的
		n. 當地人
locate	[lo`ket]	*v.* 使座落、設置；找到……的位置 (find)
location	[lo`keʃən]	*n.* 位置、地點 (situation)

源來如此 situation [ˌsɪtʃʊ`eʃən] (n. 情況；位置 )、**sit**uated [`sɪtʃʊˌetɪd] (adj. 位於……的)、**site** [saɪt] (n. 地點) 同源，**母音通轉**，核心語意是「**地點**」（ place ）。

延伸補充
1. be <u>located/situated/set</u> +(prep.) + 地 = <u>lie/stand/sit/rest</u> + (prep.) + 地 座落於、位於
2. geographical location 地理位置

al**loc**ate	[`æləˌket]	*v.* 分配、配給
al**loc**ation	[ˌælə`keʃən]	*n.* 分配、配給
al**low**	[ə`laʊ]	*v.* 允許；許可 (permit)
al**low**ance	[ə`laʊəns]	*n.* 零用錢 (pocket money)；津貼；允許額

🖋 **秒殺解字** al(=ad=to)+loc(place)+ate → 將物品「置」於某「地方」。

延伸補充
1. <u>allow/permit</u> + sb. + to V 允許某人做……　　2. sb. + be <u>allowed/permitted</u> + to V 某人被允許做……
3. <u>allow/permit</u> + sb. + sth. 准許某人某事

138　　long = long 長久的

神之捷徑　可用 **long** 當神隊友，**母音通轉**，來幫助記憶 **leng**th，核心語意是「**長久的**」。

🎧 Track 138

long	[lɔŋ]	*adj.* 長（久）的
		adv. 長久地
		v. 渴望
length	[lɛŋθ]	*n.* 長度
lengthen	[`lɛŋθən]	*v.* 加長、延長 (pro**long** ≠ shorten)

延伸補充
1. (for) a long <u>time/while</u> 很久　　　　　　2. all day long 一整天
3. how long 多久、多長？　　　　　　　　　　4. 20 kilometers <u>in length/long</u> 二十公里長
5. as long as 只要　　　　　　　　　　　　　6. no longer = not any longer 不再
7. in the long <u>run/term</u> 從長遠看、最終

a**long**	[ə`lɔŋ]	*prep.* 沿著
		adv. 向前；一起

🖋 **秒殺解字** a(=ante=before)+long(long) → 向「前」延「長」，表示「沿著」、「一起」等意思。

延伸補充
1. along with + sb./sth. 伴隨著　　　　　　2. get along (with + sb.) 和睦相處

belong [bə`lɔŋ] *v.* 屬於；應被放在
belongings [bə`lɔŋɪŋz] *n.* 攜帶物品

秒殺解字 be(intensive prefix)+long(long) →「長久」，意味著伴隨，也就是「屬於」某人或某物。

延伸補充
1. belong to 屬於……的　　　2. personal belongings 個人物品

prolong [prə`lɔŋ] *v.* 延長 (**leng**then)

秒殺解字 pro(forward)+long(long) →「往前」延「長」。

linger [`lɪŋgɚ] *v.* 逗留；徘徊 → 和 long 母音通轉，「徘徊」指停留「久」一點。

源源不絕學更多 life**long** (adj. 畢生的)、**long**standing (adj. 長期存在的)、**long**-term (adj. 長期的)。

139　loqu = speak 說

🎧 Track 139

神之捷徑 **loqu** 表示「說」，必須小心的是，坊間書籍和網路常把這組單字和 apo**log**y、dia**logue** 歸類在一起，但事實上它們並不同源。

eloquent [`ɛləkwənt] *adj.* 雄辯的；有說服力的
eloquence [`ɛləkwəns] *n.* 雄辯；口才

秒殺解字 e(=ex=out)+loqu(speak)+ent →「說」「出來」，意指「辯才」無礙、滔滔不絕。

colloquial [kə`lokwɪəl] *adj.* 口語的、日常會話的

秒殺解字 col(together)+loqu(speak)+ial → 大家「一起」在日常生活中「說」的話，有別於正式用語。

140　lys, lyz = loose, loosen 鬆的，鬆開

🎧 Track 140

神之捷徑 可用 **loose** 當神隊友，z/s 轉音，母音通轉，來記憶 **lys, lyz**，皆表示「鬆的」、「鬆開」。

loose [lus] *adj.* 鬆散的；散漫的
loosen [`lusn̩] *v.* 鬆開、解開 (≠ tighten)；使變鬆 (relax ≠ tighten)
　　　　　　　　　　→ en 表示「使……」(make)。

analyze [`æn!ˌaɪz] *v.* 分析、解析 (**analyse**)
analysis [ə`næləsɪs] *n.* 分析、解析 複數 analyses
analytical [ˌænə`lɪtɪk!] *adj.* 分析的、解析的 (**analytic**)
analyst [`æn!ɪst] *n.* 分析者

秒殺解字 ana(back, throughout)+lyz(loose)+e → 從「底部」或「從頭到尾」「鬆開」，一部分、一部分地分開。

延伸補充
1. analyze the sales figures/data 分析銷售數字 / 資料　　2. do/carry out/conduct/perform an analysis 分析

paralyze	[`pærəˌlaɪz]	*v.* 使癱瘓
paralyzed	[`pærəˌlaɪzd]	*adj.* 癱瘓的
paralysis	[pə`ræləsɪs]	*n.* 癱瘓

秒殺解字 para(beside)+lyz(loosen)+e →「旁邊」都「鬆掉」，身體四肢鬆垮垮，即「癱瘓」。

源源不絕學更多 lose (v. 失去；輸；虧損)、**lost** (adj. 迷路的)、**loss** (n. 失去；虧損)。

141 machine, mechan = machine 機械

🎧Track 141

 可用 **machine** 當神隊友，來聯想 **mechan**，皆表示「**機械**」。

machine	[mə`ʃin]	*n.* 機器
mechanic	[mə`kænɪk]	*n.* 技師、技工
mechanics	[mə`kænɪks]	*n.* 力學、機械學
mechanical	[mə`kænɪk!]	*adj.* 機械的；技工的
mechanism	[`mɛkəˌnɪzəm]	*n.* 機制；體制；機械裝置

延伸補充
1. washing/sewing machine 洗衣機 / 縫紉機　　　2. vending machine 自動販賣機

142 magn, maj, max, mega = great, large 大

🎧Track 142

magn, maj, max, mega，g/k/dʒ **轉音**，**母音通轉**，皆表示「**大**」。

magnate	[`mægnet]	*n.* 巨擘、大亨 (tycoon)
magnitude	[`mægnəˌtjud]	*n.* 重大、重要性

延伸補充
1. steel/oil/press magnate 鋼鐵 / 石油 / 媒體大亨
2. the magnitude of a problem/decision 問題 / 決定的重要性

magnify	[`mægnəˌfaɪ]	*v.* 擴大、放大；誇大 (exaggerate)
magnificent	[mæg`nɪfəsənt]	*adj.* 宏偉的、壯麗的
magnificence	[mæg`nɪfəsəns]	*n.* 宏偉、壯麗
magnifier	[`mægnəˌfaɪə]	*n.* 放大鏡

秒殺解字 magn(great)+i+fy(make, do) →「使」變「大」。

| **maj**or | [`medʒɚ] | *adj.* 重大的；主要的 (main, chief, primary, principal)；
大部分的 (≠ minor)
v. 主修 (≠ minor)
n. 主修科目；主修……的學生 (≠ minor) |
| **maj**ority | [mə`dʒɔrətɪ] | *n.* 多數；過半數 (≠ minority) |

 秒殺解字 maj(great)+or → 原意是「較大的」（greater）。

延伸補充
| 1. major in 主修 | 2. major/minor operation/surgery 大 / 小手術 |

maximum	[`mæksəməm]	*adj.* 最大的 *n.* 最大量 (≠ minimum)
maximize	[`mæksə,maɪz]	*vt.* 使最大化 (≠ minimize)
master	[`mæstɚ]	*n.* 大師；主人 *v.* 精通；克服 (overcome)
mistress	[`mɪstrɪs]	*n.* 女主人；情婦 → ess 表示「女性名詞」。

秒殺解字 master(chief) → **master** 和 **mistress**，**母音通轉**，核心語意是「**主人**」。「**主人**」、「**大師**」都是位階較「**大**」的人。

源源不絕學更多 **mega**phone (n. 擴音器)、**maj**esty (n. 陛下)、**maj**estic (adj. 雄偉的)、**May** (n. 五月)、**may**or (n. 市長)、**master**piece (n. 傑作)、**mastery** (n. 精通；完全的控制)、**mister** (n. 先生)、**much** (adj. 許多)。

143 man = stay, remain 停留

🎧 Track 143

神之捷徑 可用 re**main** 當神隊友，**母音通轉**，來記憶 **man**，皆表示「**停留**」。

re**main**	[rɪ`men]	*v.* 維持 (keep, stay)；停留 (stay)；剩下；遺留
re**main**der	[rɪ`mendɚ]	*n.* 剩餘物；餘數
re**main**s	[rɪ`menz]	*n.* 剩下的東西；遺址

秒殺解字 re(back)+main(=man=stay) → 「停留在」「後面」，表示「維持」、「停留」、「剩下」、「遺留」。

延伸補充
| 1. remain/keep/stay + adj. 維持、保持…… | 2. the remainder/rest 剩餘物；餘款 |

| **man**sion | [`mænʃən] | *n.* 大廈、大樓 |
| per**man**ent | [`pɜ·mənənt] | *adj.* 永久的 (≠ temporary, imper**man**ent) |

秒殺解字 per(through)+man(stay)+ent → 「從頭到尾」都「待著」，引申為「永久的」。

144　man, mani, manu, main = hand 手

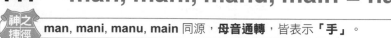

神之捷徑　man, mani, manu, main 同源，**母音通轉**，皆表示「**手**」。

🎧 Track 144

manage	[`mænɪdʒ]	*vi.* 管理；處理；操控 → 原指用「手」操控。
manager	[`mænɪdʒɚ]	*n.* 經理；管理人；負責人
management	[`mænɪdʒmənt]	*n.* 管理；經營；處理
manageable	[`mænɪdʒəbl]	*adj.* 易處理的、可應付的 (≠ un**man**ageable)

英文老師也會錯 manage + to V 一定是**成功做到**了。坊間書籍、英漢字典、網路、甚至是大部分的教科書，把它翻譯成**設法**，是常見的錯誤。根據朗文字典的英英定義 **manage + to V**：**to succeed in doing** something difficult, especially after trying very hard，意思是費很大的勁才達成，主要的意思是「**達成**」、「**辦到**」。例句如下：

★ How do you **manage to** stay so slim? 你這麼苗條到底怎麼**辦到**的？

★ The kids **managed to** spill paint all over the carpet. 這些小鬼**竟然把**油漆／顏料灑得地毯到處都是。

★ The Doctor said it was a miracle that the pilot had **managed to** steer the plane down at all. 醫生說機師（有可能是在心臟病或中風發作的情況下）**還讓**飛機降落，堪稱奇蹟。

manner	[`mænɚ]	*n.* 做事的方式 (way)；禮儀（複數）

延伸補充
1. in a ... manner/way 以……的方式
2. have good/bad manners 有禮儀／沒禮儀
3. table manners 餐桌禮儀
4. mind your manners 注意你的禮貌

manual	[`mænjuəl]	*adj.* 體力的 (blue-collar)；手動的 (≠ automatic)；手的 *n.* 手冊 (handbook)
manufacture	[͵mænjə`fæktʃɚ]	*v.* 製造 (make, produce)；捏造 (fabricate, invent) *n.* 製造
manufacturer	[͵mænjə`fæktʃərɚ]	*n.* 製造商 (maker, producer)
manufacturing	[͵mænjə`fæktʃərɪŋ]	*n.* 製造；製造業

秒殺解字 manu(hand)+fact(do, make)+ure → 工業革命前用「手」「做」東西。

manuscript	[`mænjə͵skrɪpt]	*n.* 原稿、手稿；手抄本

秒殺解字 manu(hand)+script(write) → 用「手」「寫」，表示「手稿」。

manipulate	[mə`nɪpjə͵let]	*v.* 操縱；巧妙地處理

秒殺解字 mani(hand)+pul(fill, full)+ate → 原意類似 handful，意圖把「手」「填滿」，即掌握一切在「手」中，常指以不正當手段來「操縱」他人或事物。

maintain	[men`ten]	*v.* 維持、維修、保養；堅稱 (claim)；供養 (provide for)
maintenance	[`mentənəns]	*n.* 維持、維修、保養；堅稱；贍養費 (alimony)

秒殺解字 main(hand)+tain(hold) → 「維修」、「保養」一開始都是用「手」處理的。

源源不絕學更多 **mani**fest (adj. 清楚的)。

145 mand, mend = order, entrust 命令，託付

> **神之捷徑** mand, mend 同源，**母音通轉**，皆表示「**命令**」、「**託付**」。

command [kə`mænd] *v.* 命令、指揮 (order)；贏得；俯瞰；掌握 (control)
n. 命令、指揮 (order)；掌握 (control)

commander [kə`mændɚ] *n.* 命令者；指揮官

commandment [kə`mændmənt] *n.* 戒律

🔖**秒殺解字** com(intensive prefix)+mand(order, entrust) →「命令」、「託付」大家做。

延伸補充
1. command/order/instruct/direct + sb. + to V = give + sb. + orders/instructions + to V 命令某人去……
2. command + (that) + S + (should) + V 命令……該
3. have a good/excellent/poor command of English 英語很好 / 很棒 / 很差

demand [dɪ`mænd] *v.* 強烈要求 (require, request)；需要 (need)
n. 需求；強烈要求 (request)；需要

demanding [dɪ`mændɪŋ] *adj.* 苛求的；費時費力的

🔖**秒殺解字** de(completely)+mand(order) →「命令」對方「全」照自己意思行事。

延伸補充
1. demand + to V 要求……
2. demand + (that) + S + (should) + V 強烈要求……該……
3. demand an apology/a refund 要求道歉 / 退款
4. huge/great/strong demand for + sth. 有大量需求
5. in/on demand 有需求 / 依需要
6. supply and demand 供給與需求

mandate [`mændet] *n.* 授權、委任；委託統治
v. 命令；授權進行

mandatory [`mændə͵torɪ] *adj.* 強制的、法定的 (compulsory, obligatory)

recommend [͵rɛkə`mɛnd] *v.* 建議 (advise, suggest, propose, urge)；推薦

recommendation [͵rɛkəmɛn`deʃən] *n.* 建議 (advice, suggestion, proposal)；推薦（信）

🔖**秒殺解字** re(intensive prefix)+com(intensive prefix)+mend(order, entrust) → 將某人「託付」給其他人的意味。

延伸補充
1. recommend + Ving 建議……
2. recommend + (that) + S + (should) + V 建議……該……
3. recommend + sth.+ to + sb. 強烈推薦某事物給某人
4. letter of recommendation 推薦信
5. on + sb's recommendation 在某人的推薦下

146 mark = boundary, border 邊界

🎧 Track 146

mark, margin 兩者同源，**k/dʒ 轉音**，原始核心語意都是「**邊界**」。

mark	[mɑrk]	*v.* 標記；紀念
		n. 痕跡、疤痕；記號；符號；分數 (grade)
marker	[`mɑrkɚ]	*n.* 標記、標誌；馬克筆；記分員
margin	[`mɑrdʒɪn]	*n.* 邊緣；頁邊空白；差額；利潤
marginal	[`mɑrdʒɪn!]	*adj.* 微小不重要的；頁邊的；非主流的 (≠ mainstream)
land**mark**	[`lænd͵mɑrk]	*n.* 地標；（劃時代的）里程碑
trade**mark**	[`tred͵mɑrk]	*n.* 商標
re**mark**	[rɪ`mɑrk]	*v./n.* 評論 (comment)
re**mark**able	[rɪ`mɑrkəb!]	*adj.* 出色的、引人注目的 (outstanding, exceptional)

🖋 秒殺解字 re(intensive prefix)+mark(mark) → 特別「標示」出來，以示區隔，1690 年代產生「評論」的語意，remarkable 表示「出色的」。

延伸補充
1. make a remark 評論 　　　　　　　　2. remark on/upon 評論

147 market, merc, merch = market, trade 市場，買賣，交易

🎧 Track 147

可用 **market** 當神隊友，**母音通轉**，來記憶 **merc, merch**，表示「**市場**」、「**買賣**」、「**交易**」；「**市場**」是「**買賣**」、「**交易**」的場所。

market	[`mɑrkɪt]	*n.* 市場
		v. 銷售；行銷
marketing	[`mɑrkɪtɪŋ]	*n.* 行銷；交易
merchant	[`mɝtʃənt]	*n.* 商人 (dealer, trader) → 從事「交易」的是「商人」。
merchandise	[`mɝtʃən͵daɪz]	*n.* 商品；貨物 (goods)
		v. 行銷 (**market**)

延伸補充
1. bull/bear market 牛市、多頭市場 / 熊市、空頭市場 　　2. black market 黑市

com**merce**	[`kɑmɝs]	*n.* 商業；貿易 (trade)
com**merc**ial	[kə`mɝʃəl]	*adj.* 商業的
		n. 商業廣告 (advertisement)

🖋 秒殺解字 com(together)+merc(market, trade)+e → 「一起」在「市場」所從事的「交易」。

info**mercial**	[`ɪnfəˌmɝˌʃəl]	*n.* 置入式行銷節目 → information 與 commercial 的混合字。
mercy	[`mɝsɪ]	*n.* 仁慈；憐憫；幸運
merciful	[`mɝsɪfəl]	*adj.* 仁慈的
merciless	[`mɝsɪlɪs]	*adj.* 無情的、冷酷的 (cruel) → less 表示「無」（without）。

源來如此 mercy 原是「**交易**」報酬，衍生為「**仁慈**」、「**幸運**」。在台灣被稱為賓士的 **Mercedes-**Benz，是由兩家公司合併而來的，前面的 **Mercedes** 是一位奧地利商人女兒的名字，源自西班牙文，意思是「**慈悲**」，後面的 Benz 則是創辦人 Benz Patent Motorwagen 的名字。

延伸補充
1. show no mercy to 毫不憐憫   2. mercy killing = euthanasia 安樂死

148 mater = mother 母親

🎧 Track 148

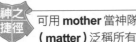
可用 **mother** 當神隊友，**t/ð 轉音**，**母音通轉**，來記憶 **mater**，皆表示「**母親**」。「**物質**」（**matter**）泛稱所有組成可觀測物體的基本成份，就像構成萬物的「**母親**」（**mother**）。

mother	[`mʌðə]	*n.* 母親
maternal	[mə`tɝn!]	*adj.* 母親的 (mother**ly**)；母方的
matter	[`mætə]	*n.* 事情；問題；物質 (material)
		v. 要緊
material	[mə`tɪrɪəl]	*n.* 物質；材料；布料 (fabric)
		adj. 物質的 (≠ spiritual)
materialism	[mə`tɪrɪəlˌɪzəm]	*n.* 唯物論、物質主義

延伸補充
1. maternal grandparents/uncle/aunt 外祖父母 / 舅舅 / 阿姨
2. a serious/important matter = a matter of importance 重大的事情
3. a personal/private matter 私事   4. a matter of/for concern 關注的事情
5. a matter of life and death 生死攸關之事   6. to make matters worse 更糟的是
7. It's only/just a matter of time. 只是個時間問題、遲早的事。
8. What's the matter? = Is something/anything the matter？怎麼了？
9. What's the matter/the problem/wrong with you? = What happened to you? 你怎麼了？
10. It doesn't matter. = It makes no difference. = It doesn't make any difference. = It's no/not a big deal.
    = It's nothing. 不重要、無所謂。

源源不絕學更多 step**mother** (n. 繼母)、grand**mother** (n. 外婆，奶奶)、**mother**hood (n. 母親的身分)、**metro**polis (n. 大都市)、**metro**politan (adj. 大都市的)。

149　med, mod
= take appropriate measures
採取適合的措施

🎧 Track 149

神之捷徑 med, mod 同源，**母音通轉**，原始核心語意皆表示**「採取適合的措施」**。med 常衍生出**「治療」**（heal）的意思；mod 則衍生出**「合適的」**（suitable）、**「測量」**（measure）、**「限制」**（limit）、**「尺寸」**（size）等意思，因此亦有**「模（具）」**（mold）等相關衍生意思。

medical	[`mɛdɪk!]	*adj.* 醫學的；醫療的 → med 表示「治療」。
medicine	[`mɛdəsṇ]	*n.* 藥；醫學
medication	[ˌmɛdɪˋkeʃən]	*n.* 藥物、藥劑
re**med**y	[`rɛmədɪ]	*n.* 治療、療法 (cure, treatment)；解決辦法 (solution) *v.* 補救、糾正、改進 (put right)

🖋 **秒殺解字** re(intensive prefix)+med(heal)+y → 本義「治療」。

延伸補充

1. medical history 病史	2. medical school 醫學院
3. medical certificate 醫療診斷書	4. medical <u>attention/treatment/care</u> 醫療
5. take the medicine 服藥	6. study medicine 讀醫學

mode	[mod]	*n.* 形式；模式；型
mold	[mold]	*n.* 模具；類型 *v.* 用模子做；塑造
model	[`mɑd!]	*n.* 模型；模特兒；型號；模範 *adj.* 模型的；模範的 (exemplary) *v.* 塑造；模擬
re**mod**el	[ri`mɑd!]	*v.* 重新塑造、改建

🖋 **秒殺解字** re(back, again)+model → 「重新」「塑造」。

modern	[`mɑdɚn]	*adj.* 現代的 (contemporary)；最新的 (up-to-date)； 前衛的 (progressive ≠ traditional) → 現今的「模式」。
modernize	[`mɑdɚnˌaɪz]	*v.* 現代化
moderate	[`mɑdərɪt]	*adj.* 適度的；溫和的 (≠ extreme, im**mod**erate) → 被「模式」限制住，表示「適度的」、「溫和的」。 *n.* 溫和派 (≠ extremist)
	[`mɑdəˌret]	*v.* 緩和
modest	[`mɑdɪst]	*adj.* 謙虛的 (humble ≠ im**mod**est, boastful, proud)； 不大的 → 被「模式」限制。
modesty	[`mɑdəstɪ]	*n.* 謙虛 (humility)；端莊
modify	[`mɑdəˌfaɪ]	*v.* 稍作修改、修飾 (adapt)
modification	[ˌmɑdəfəˋkeʃən]	*n.* 稍作修改、修飾

🖋 **秒殺解字** mod(measure)+i+fy(make) → 採取適合的「措施」，表示「稍加修改」來應付現狀。

accommodate [ə`kɑmə,det] *v.* 容納；能提供；使適應
accommodation [ə,kɑmə`deʃən] *n.* 住處、工作場所

🪶 **秒殺解字** ac(=ad=to)+com(intensive prefix)+mod(measure)+ate → 順應「模式」調整，表示「容納」、「調節」。

源源不絕學更多 meditate (v. 沉思)、commodity (n. 商品、貨物)。

150　medi, mid = middle 中間

🎧 Track 150

神之捷徑　可用 **mid**dle 當神隊友，**母音通轉**，來記憶 **medi**，皆表示**「中間」**。

middle	[`mɪd!]	*adj.* 中間的；中期的 *n.* 中間、中央部分
medium	[`midɪəm]	*adj.* 中間的、適中的；中等熟度的 *n.* 媒體；手段 **複數** mediums, media
media	[`midɪə]	*n.* 媒體
multi**medi**a	[,mʌltɪ`midɪə]	*adj.* 多媒體的 → multi 表示「許多的」(many)。 *n.* 多媒體
mediate	[`midɪ,et]	*v.* 調停解決、斡旋 → 居「中」處理事情。
mediation	[,midɪ`eʃən]	*n.* 調停解決、斡旋
mediator	[`midɪ,etə]	*n.* 調停者、斡旋者

字辨 well-done 是「全熟的」，medium-well 是「七分熟的」，medium 是「五分熟的」，medium-rare 是「四分熟」，rare 是「三分熟的」，underdone 或 undercooked 是「沒煮熟的」，overdone 或 overcooked 是「烹煮得太久的」，raw 則是「完全沒煮過的」，「生魚片」就叫 raw fish。此外，當談到尺寸大小或數量時，small 是「小的」，medium 是「中的」，large 是「大的」。

延伸補充
1. (of) medium height/build 中等身材的　　2. the mass media 大眾媒體

medieval	[,mɪdɪ`iv!]	*adj.* 中古時期的；守舊的

🪶 **秒殺解字** medi(middle)+ev(age)+al → 歐洲歷史的一段「中間」「時期」，約從公元 476 年到 1453 年止。

im**medi**ate	[ɪ`midɪɪt]	*adj.* 立即的
im**medi**ately	[ɪ`midɪɪtlɪ]	*adv.* 立即、馬上 (instantly, at once, right now/away/off, straight away/off, in no time, without delay, this minute)
im**medi**acy	[ɪ`midɪəsɪ]	*n.* 立即

🪶 **秒殺解字** im(not)+medi(middle)+ate →「沒有」「中間」間隔，「馬上」行動。

inter**medi**ate	[,ɪntə`midɪət]	*adj.* 中間的、中級的；居中的

🪶 **秒殺解字** inter(between)+medi(middle)+ate → 在「兩者」「中間」。

源源不絕學更多 midst (n. 中間)、amid (prep. 在……之中)、amidst (prep. 在……之中)、Mediterranean (n. 地中海 adj. 地中海的)。

151 memor = remember 記住

 可用 remember 當神隊友,來記憶 memor,皆和「**記住**」有關。

re**member**	[rɪ`mɛmbɚ]	*v.* 記住
re**member**ance	[rɪ`mɛmbrəns]	*n.* 記憶;紀念

延伸補充
> 1. remember + to V 記得要去……(未做)　　2. remember + Ving/N 記得曾經……(已做)

memory	[`mɛmərɪ]	*n.* 記憶;記憶力;回憶
memorize	[`mɛmə͵raɪz]	*v.* 記住、背熟
memorable	[`mɛmərəb!]	*adj.* 難忘的 (unforgettable);值得紀念的
memorial	[mə`morɪəl]	*n.* 紀念物、碑
		adj. 紀念的

延伸補充
> 1. have a good memory for 對……的記性好　　2. have a bad/terrible/awful memory for 對……的記性不好
> 3. in memory of 紀念……　　4. if my memory serves me correctly/right 如果我沒記錯的話

com**memor**ate	[kə`mɛmə͵ret]	*v.* 紀念、緬懷
com**memor**ation	[kə͵mɛmə`reʃən]	*n.* 紀念、緬懷

秒殺解字 com(intensive prefix)+memor(remember)+ate → 「紀念」、「緬懷」事件過往。

源源不絕學更多 memoir (n. 回憶錄)、memo (n. 備忘便條)。

152 ment = mind, think 心(智),思考

 可用 mind 當神隊友,**d/t 轉音,母音通轉**,來記憶 ment,表示「**心(智)**」、「**思考**」。此外,mon, muse 也和此字根同源,衍生出「**警告**」、「**顯示**」、「**沉思**」等意思,為了方便記憶,以 152 到 154 三個單元分列。

mind	[maɪnd]	*n.* 心智;想法;智力
		v. 在意;注意
mental	[`mɛnt!]	*adj.* 心理的、精神的 (≠ physical)
mentality	[mɛn`tælətɪ]	*n.* 心態
mention	[`mɛnʃən]	*v.* 提到 (refer to)
		n. 提到 (reference)

源來如此 metal [`mɛt!] (n. 金屬)、medal [`mɛd!] (n. 獎牌) 同源,**d/t 轉音**,核心語意是「**金屬**」。「**獎牌**」多由「**金屬**」製成。

延伸補充

1. have + sb./sth. + in mind 想到……
2. bear/keep + sb./sth. + in mind 記住……
3. bear/keep in mind that + S + V 記住……
4. keep your mind on = pay attention to = concentrate on 專注
5. make up/change + sb's mind 決定 / 改變想法
6. come/spring to mind 立刻想到
7. out of + sb's mind 喪失神智、發瘋
8. Out of sight, out of mind! 不在眼前，拋諸腦後。
9. mind + (sb.) + Ving 介意（某人）做……
10. Would/Do you mind + Ving.../ if + S + V...? 你介意……嗎？
11. Mind your own business. 少管閒事。
12. Never mind. 不要介意。
13. mental illness/health 心理健康 / 疾病
14. Don't mention it. = You're welcome. = That's all right/OK. = My pleasure.= Not at all. = Think nothing of it.
  = It was nothing. = No problem. = Sure. 不用客氣、沒什麼。
15. not to mention = to say nothing of = let alone （否定句）更不用說

| remind | [rɪ`maɪnd] | v. 提醒、使想起 |
| reminder | [rɪ`maɪndɚ] | n. 提醒物、助人記憶的事物 |

秒殺解字 re(again)+mind(mind) → 讓某事「再次」進到某人「心」裡。

延伸補充

1. remind + sb. + about + sth. 提醒、使某人想起……
2. remind + sb. + of + sb./sth. 提醒、使某人想起……
3. remind + sb. + to V 提醒某人去……
4. remind + sb. + (that) + S + V 提醒某人……

comment	[`kamɛnt]	v./n. 評論 (remark)
commentary	[`kamən,tɛrɪ]	n. 評論；註解
commentate	[`kamən,tet]	v. 實況報導
commentator	[`kamən,tetɚ]	n. 時事評論者；實況報導者

秒殺解字 com(intensive prefix)+ment(mind, think) → 是出自內「心」、大腦的想法。

延伸補充

1. no comment 不予置評、無可奉告
2. fair comment 合理的評論

| memento | [mɪ`mɛnto] | n. 紀念物、引起回憶的東西 → 印歐字根是 men，進到拉丁文時把 me 重複一次（reduplicated），形成 memen，這是非常罕見的構詞法。 |

源源不絕學更多 absent-minded (adj. 心不在焉的)、mentor (n. 導師、指導者)、mania (n. 瘋狂)、maniac (n. 瘋子)、mandarin (n. 華語)、automatic (adj. 自動的)。

153　mon, monster = warn, show
警告，顯示

🎧 Track 153

神之捷徑 mon 和 ment, mind 同源，**母音通轉**，原意是「**心（智）**」、「**思考**」，後衍生為「**警告**」、「**顯示**」。

money	[`mʌnɪ]	n. 錢；貨幣 → 傳聞羅馬的鑄幣廠緊鄰女神 Juno 的神廟，不易受敵人攻擊，每當有意外或敵人入侵時，女神會示「警」。
monitor	[`manətɚ]	v. 監視；監聽
		n. 監視器
monument	[`manjəmənt]	n. 紀念碑、塔、館；歷史遺跡 → 讓人的「心」裡回憶起一些過往的建築，用以「警告」、「提醒」世人。

monster [`mɑnstɚ] *n.* 怪物
monstrous [`mɑnstrəs] *adj.* 怪異的；駭人聽聞的；極醜的 (hideous)

秒殺解字 monster(warn) → 原意是「凶兆」，古羅馬人相信，天降怪物，是為了「警告」人類，後來詞義擴張，衍生為「任何醜惡或違反自然之物」，包括「怪物」。

demonstrate [`dɛmən,stret] *v.* 示範 (show)；證明 (prove, show)；示威
demonstration [,dɛmən`streʃən] *n.* 示威；示範、說明；證明
demonstrator [`dɛmən,stretɚ] *n.* 示威者 (protester)；示範者

秒殺解字 de(completely)+monstr(show)+ate → 本義「顯示」。

summon [`sʌmən] *v.* 召喚；召集 (convene)；鼓起（勇氣）

秒殺解字 sum(=sub=under, secretly)+mon(warn) → 本義是「私下」「警告」，之後語意產生改變，12 世紀才有類似「召喚」、「召集」的意思。

源源不絕學更多 admonish (v. 告誡)。

154 muse = muse, ponder 沉思，冥想

♪ Track 154

神之捷徑 muse 和 ment, mind 同源，**d/t/z 轉音**，**母音通轉**，原意是「**心（智）**」、「**思考**」，後引申為「**沉思**」、「**冥想**」。「**繆思**」（Muse）是掌管文藝、音樂、美術的女神。可用 **mus**ic、**muse**um 等簡單字當神隊友，記憶這組單字。

muse [mjuz] *v.* 沉思、冥想；若有所思地說
n. 靈感 (inspiration)

music [`mjuzɪk] *n.* 音樂

museum [mju`zɪəm] *n.* 博物館

amuse [ə`mjuz] *v.* 使發笑、開心；使娛樂 (entertain)

amusing [ə`mjuzɪŋ] *adj.* 有趣的、好玩的 (entertaining, funny)

amused [ə`mjuzd] *adj.* 感到開心的；被逗樂的

amusement [ə`mjuzmənt] *n.* 娛樂；樂趣

秒殺解字 a(=ad=to)+muse(muse, ponder, stare fixedly) → 使人「沉思」、「望著發呆」，轉移人們注意力，引申「使人發笑」。

延伸補充
1. be amused <u>at/by</u> 對……感到高興的
2. to + sb's amusement 令某人開心的
3. <u>with/in</u> amusement 開心地
4. amusement park 遊樂園

155　merg = dive 潛

 merg 表示「潛」。

🎧 Track 155

merge	[mɝdʒ]	*v.*	合併；融合
merger	[ˋmɝdʒɚ]	*n.*	公司、企業等的合併
e**merg**e	[ɪˋmɝdʒ]	*v.*	浮現 (appear, come out)；為人知曉；走出
e**merg**ence	[ɪˋmɝdʒəns]	*n.*	嶄露頭角；擺脫困境
e**merg**ency	[ɪˋmɝdʒənsɪ]	*n.*	緊急狀況

秒殺解字 e(=ex=out)+merg(dive)+e → 往「外」「浮現」。

156　meter, metr, mens = measure 測量

可用 **measure** 當神隊友，**t/ʒ 轉音**，**母音通轉**，來記憶 **meter**, **metr**，變體字根有 **mens** 等，皆表示「**測量**」。

🎧 Track 156

measure	[ˋmɛʒɚ]	*v.*	測量；估量 (assess)
		n.	措施 (step)
measurement	[ˋmɛʒɚmənt]	*n.*	測量；尺寸、大小
measurable	[ˋmɛʒərəb!]	*adj.*	顯著的 (noticeable)；可測量的 (≠ im**measu**rable)

延伸補充
1. measure up (+ to V) 符合某標準
2. take measures/steps/action + to V = move + to V 採取措施來……
3. precautionary/preventative measure 預防措施

meter	[ˋmitɚ]	*n.*	公尺；計量器
		v.	用儀表計量 →「測量」的單位是「公尺」。
kilo**meter**	[ˋkɪlə͵mitɚ]	*n.*	公里 (km) →「千」(kilo)「公尺」。1 km = 1000 meters。
centi**meter**	[ˋsɛntə͵mitɚ]	*n.*	公分 →「百分之一」(centi)「公尺」。1 cm = 0.01 meters。
milli**meter**	[ˋmɪlə͵mitɚ]	*n.*	公釐、毫米 →「千分之一」(milli)「公尺」。1 millimeter = 0.001 meters。
micro**meter**	[maɪˋkrɑmətɚ]	*n.*	微米 →「百萬分之一」「公尺」。micor 表示「小的」(small)。
nano**meter**	[ˋneno͵mitɚ]	*n.*	奈米 →「十億分之一」「公尺」。nano 表示「極小的」(very small)。

延伸補充
1. water/gas/electricity meter 水錶 / 瓦斯錶 / 電錶　　　2. parking meter 停車計費器

dia**meter**	[daɪˋæmətɚ]	*n.*	直徑

秒殺解字 dia(across, through)+meter(measure) →「穿過」「測量」，表示穿過圓心的「直徑」。

sym**metr**y	[ˋsɪmɪtrɪ]	*n.*	對稱、均勻
sym**metr**ical	[sɪˋmɛtrɪk!]	*adj.*	對稱的、均勻的 (≠ asym**metr**ical)

秒殺解字 sym(=syn=together)+metr(=meter=measure)+y → 放「一起」「測量」，表示「對稱」。

dimension [dɪ`mɛnʃən] *n.* 層面 (aspect)；尺寸；次元

🔮 秒殺解字 di(=dis=apart)+mens(measure)+ion → 從某一點開始「測量」時「拉開」距離，量到另一端。

immense [ɪ`mɛns] *adj.* 極廣大的、巨大的 (enormous, huge)
immensely [ɪ`mɛnslɪ] *adv.* 極非常、很 (extremely)
immensity [ɪ`mɛnsətɪ] *n.* 無限；廣大；艱巨

🔮 秒殺解字 im(not)+mens(measure)+e → 大到「無法」「測量」。

源源不絕學更多 barometer (n. 氣壓計)、thermometer (n. 溫度計)、hydrometer (n. 液體比重計)、geometry (n. 幾何學)、one-dimensional (adj. 乏味的)、two-dimensional (adj. 二度空間的)、three-dimensional (adj. 三度空間的)。

157　migr, mut = move, change 移動，改變

🎧 Track 157

神之捷徑 **migr, mut** 同源，**母音通轉**，皆表示「**移動**」、「**改變**」，衍生意思有「**服務**」（**service**）、「**責任**」（**duty**）等。此外，表示「**共同**」（**common**）的 **commun** 也和 **mut** 同源，但語意懸殊，基於學習效益，兩者分開條列。

migrate [`maɪ,gret] *v.* 移居；遷移
migration [maɪ`greʃən] *n.* 移居；遷移
migrant [`maɪgrənt] *n.* 移居者；候鳥 (**migratory** bird)
migratory [`maɪgrə,torɪ] *adj.* 移居的；遷移的
emigrate [`ɛmə,gret] *v.* 移居他國 (≠ immigrate)
emigration [`ɛmə,greʃən] *n.* 移居他國 (≠ immigration)
emigrant [`ɛməgrənt] *n.* 移民；移出者 (≠ immigrant)

🔮 秒殺解字 e(=ex=out)+migr(move)+ate → 往「外」「移動」，表示移出去到別的國家。

immigrate [`ɪmə,gret] *v.* 自他國移入 (≠ emigrate)
immigration [,ɪmə`greʃən] *n.* 自他國移入 (≠ emigration)
immigrant [`ɪməgrənt] *n.* 自他國移入移民 (≠ emigrant)

🔮 秒殺解字 im(in)+migr(move)+ate → 往「內」「移動」，表示從他國移入境內。

mutual [`mjutʃʊəl] *adj.* 相互的；共有的 → 可以「移動」的，表示「相互的」。
mutable [`mjutəb!] *adj.* 可變的、會變的 (≠ immutable)
mutability [,mjutə`bɪlətɪ] *n.* 易變性

延伸補充
1. mutual <u>respect/trust/understanding</u> 相互的尊重 / 信任 / 理解
2. mutual <u>interest/friend</u> 共同的興趣 / 朋友

commute [kə`mjut] *v.* 通勤
commuter [kə`mjutə] *n.* 通勤者

🔮 秒殺解字 com(intensive prefix)+mut(change)+e → 「改變」移動的方向，後衍生為「通勤」。

municipal　　[mju`nɪsəp!]　　*adj.* 市的；市政的

(秒殺解字) mun(service, duty)+i+cip(take)+al → 源自拉丁文，municipal 表示自由的市、鎮。居住於此的市民、鎮民，皆亨有羅馬人所具有的特權，可自由交易、也必須「承擔」「責任」。

imm**un**e　　[ɪ`mjun]　　*adj.* 有免疫力的；免除的；豁免的
imm**un**ity　　[ɪ`mjunətɪ]　　*n.* 免疫力；免除；豁免

(秒殺解字) im(not)+mun(service)+e →「不」需提供「服務」，因此有「免除」（exempt）、「免責」的意思，1881 年產生「免疫力」的意思，因為「預防接種」讓人「免除」染上某些疾病的危機。

延伸補充
1. immune system 免疫系統
2. Acquired Immune Deficiency Syndrome = AIDS 後天性免疫缺乏症候群；愛滋病

158　　min = small 小的

🎧 Track 158

min 表示「**小的**」，衍生出「**地位較低的**」（inferior）、「**僕人**」（servant）的意思。值得留意的是，此處的 **min** 和常見的字首 **mini** 來源不同。**mini** 是萃取自 **mini**ature 一字，表示「**微型**」，後來語意受到 **min**imum 影響，也表示「**小的**」，相關單字如：**mini**-market、**mini**skirt。

minister　　[`mɪnɪstɚ]　　*n.* 部長、大臣；牧師
ministry　　[`mɪnɪstrɪ]　　*n.* 政府部門；牧師職責

(秒殺解字) min(small)+is+ter → 原指「較小的」的人、「地位較低的」的人，指做卑微事情的人。16 世紀初，指服務於教會的「僕人」，即「牧師」；到了 17 世紀衍生出「國王的僕人」，即「大臣」；現指「部長」、「大臣」，是「地位較低的」公「僕」。必須留意的是，字尾 ter 是比較級，坊間書籍或網路把此字的 ster 拆解出來，並解釋為「人」，並不正確。

延伸補充
1. prime minister = PM = premier 首相；行政院長
2. foreign/defense/finance minister/ministry 外交 / 國防 / 財政 部長 / 部

ad**min**ister　　[əd`mɪnəstɚ]　　*v.* 掌管；管理；給予
ad**min**istration　　[əd͵mɪnə`streʃən]　　*n.* 管理、行政

(秒殺解字) ad(to)+min(small)+is+ter →「服務」人民的是「較小的」、「地位較低的」公「僕」。

minimum　　[`mɪnəməm]　　*adj.* 最小的
　　　　　　　　　　　　　　　　n. 最小；最低限度 (≠ maximum)
minimize　　[`mɪnə͵maɪz]　　*v.* 使減到最少、最低 (≠ maximize)；輕描淡寫
　　　　　　　　　　　　　　　　(play down)
minimal　　[`mɪnəm!]　　*adj.* 輕微的、極小的

minor	[`maɪnɚ]	*adj.* 次要的；較小的 (≠ major) →「較小的」（smaller）。
		v. 副修 (≠ major)
		n. 副修科目 (≠ major)
minority	[maɪ`nɔrətɪ]	*n.* 少數 (≠ majority)
minus	[`maɪnəs]	*prep.* 減去 (≠ plus)
		adj. 負的；不利的
		n. 負號；缺陷 (drawback ≠ plus)
minute	[`mɪnɪt]	*n.* 分鐘；片刻
	[maɪ`nut]	*adj.* 微小的；瑣細的

延伸補充

1. minor injuries/illness/operation 輕傷 / 小病 / 小手術　　2. minor in 副修

3. in a minute = very soon 立刻

| di**min**ish | [də`mɪnɪʃ] | *v.* 減少 (reduce)；貶低 |

秒殺解字 di(=de=completely)+min(small)+ish →「完全」變「小」，表示「減少」或「貶低」。

159　mir, mar = wonderful, wonder 驚奇的，驚奇

🎧 Track 159

 mir, mar 和 smile 同源，**母音通轉**，原意是「**笑**」，後衍生出「**驚奇的**」、「**驚奇**」、「**驚訝地看**」、「**看**」等意思。

miracle	[`mɪrək!]	*n.* 奇蹟
miraculous	[mɪ`rækjələs]	*adj.* 神奇的、奇蹟般的
mirror	[`mɪrɚ]	*n.* 鏡子 → 人們透過「鏡子」「看」到自己。
mirage	[mə`rɑʒ]	*n.* 海市蜃樓；幻想 (illusion) →「看見」的「奇」景。
marvel	[`marv!]	*n.* 令人驚奇的人事物、奇蹟 (**mir**acle, wonder)
		v. 驚嘆
marvelous	[`marv!əs]	*adj.* 極佳的、驚人的 (wonderful, fantastic, terrific)

延伸補充

1. miracle cure/drug 特效療法 / 藥　　　　　2. work/perform miracles 很有效

ad**mire**	[əd`maɪr]	*v.* 欽佩 (respect)；欣賞
ad**mir**ation	[,ædmə`reʃən]	*n.* 欽佩 (respect)；欣賞
ad**mir**able	[`ædmərəb!]	*adj.* 值得欽佩的、欣賞的 (excellent)
ad**mir**er	[əd`maɪrɚ]	*n.* 崇拜者 (fan)；愛慕者

秒殺解字 ad(to)+mir(wonder)+e → 本義「驚訝地看」，引申為「欣賞」。

延伸補充

1. admire + sb. + for + N/Ving 因……欽佩、讚賞某人　　2. a secret admirer 神秘的愛慕者

160 miss, mis, mit = send 送

🎧 Track 160

神之捷徑 miss, mis, mit 同源，t/s/ʃ 轉音，母音通轉，皆表示「送」。

mission	[`mɪʃən]	*n.* 任務 (duty, calling, vocation)；外交使團 (delegation)
missionary	[`mɪʃən͵ɛrɪ]	*n.* 傳教士 → 是被派「送」出去傳教。
missile	[`mɪs!]	*n.* 導彈、飛彈 → 導彈是被派「送」出去、「射出去」的彈藥。

延伸補充
> 1. rescue/diplomatic mission 救難 / 外交任務　　2. missile attack 導彈襲擊

pro**mise**	[`prɑmɪs]	*v./n.* 答應、承諾、保證
pro**mis**ing	[`prɑmɪsɪŋ]	*adj.* 有前途的、有希望的 (hopeful, encouraging)
compro**mise**	[`kɑmprə͵maɪz]	*v./n.* 妥協；讓步

秒殺解字 pro(before)+mis(send)+e →「往前」「送」，表示「答應」、「承諾」。compromise 是「共同」「答應」、「承諾」，表示「妥協」、「讓步」；com 表示「共同」、「一起」（together）。

延伸補充
> 1. promise + (sb.) + (that) + S + V 答應（某人）……　　2. promise + to V 答應……
> 3. promise + sb.+ sth. = promise + sth. + to + sb. 答應給某人某事物
> 4. make/keep/break a/sb's promise 許下 / 信守 / 不守承諾

| dis**miss** | [dɪs`mɪs] | *v.* 摒除 (reject)；開除 (fire, sack)；解散 |

秒殺解字 dis(away, apart)+miss(send) → 把員工給「送」「走」。

| ad**mit** | [əd`mɪt] | *v.* 承認 (confess ≠ deny)；准許、允許進入 |
| ad**miss**ion | [əd`mɪʃən] | *n.* 准許；入學許可、入場券；承認 (confession) |

秒殺解字 ad(to)+mit(send) →「往……」「送」，表示「承認」、「准許」。

延伸補充
> 1. admit (to) + N/Ving 承認……　　2. admit + sb. + to/into + sth. 允許某人進入或參加……
> 3. admission to university 大學入學許可

per**mit**	[pɚ`mɪt]	*v.* 允許 (allow)
	[`pɝmɪt]	*n.* 許可證
per**miss**ion	[pɚ`mɪʃən]	*n.* 允許、許可 (authorization, consent)
per**miss**ible	[pɚ`mɪsəb!]	*adj.* 法規允許的 (allowable ≠ imper**miss**ible)

秒殺解字 per(through)+mit(send) →「通過」錄取門檻，將人或物「送」入某個地點或機構。

延伸補充
> 1. permit/allow + sb. + to V 允許某人去……　　2. sb. + be permitted/allowed + to V 某人被允許去……
> 3. permit/allow + sb. + sth. 允許某人某事　　4. if time permits 時間許可的話
> 5. weather permitting 天氣好的話　　6. with/without (+ sb's) permission 有 / 沒有（某人的）許可
> 7. have permission + to V 有許可去……　　8. work/travel/parking permit 工作 / 旅遊 / 停車許可證

com**mit**	[kə`mɪt]	*v.* 犯（罪、過失）；承諾去做
com**mit**ted	[kə`mɪtɪd]	*adj.* 努力投入的
com**mit**ment	[kə`mɪtmənt]	*n.* 承諾；約定
com**mit**tee	[kə`mɪtɪ]	*n.* 委員會
com**miss**ion	[kə`mɪʃən]	*n.* 佣金；委員會

秒殺解字 com(together)+mit(send) → 本義「送」在「一起」，現表示「承諾去做」、「犯錯」等。

延伸補充
1. commit <u>a crime/an offense</u> 犯罪　　　　2. commit <u>murder/robbery/burglary</u> 犯謀殺罪 / 搶劫罪 / 盜竊罪
3. commit <u>suicide</u> 自殺而死

e**mit**	[ɪ`mɪt]	*v.* 放射；散發；發出 (send out)
e**miss**ion	[ɪ`mɪʃən]	*n.* 放射；散發；發出；排放物

秒殺解字 e(=ex=out)+mit(send) → 「送」「出去」，引申為「放射」。

sub**mit**	[səb`mɪt]	*v.* 呈遞、提交 (propose)；順從、屈服
sub**miss**ion	[sʌb`mɪʃən]	*n.* 呈遞、提交；順從、屈服

秒殺解字 sub(under)+mit(send) → 本義「送」到「下面」，引申為「屈服」。

延伸補充
1. submit <u>an application/a proposal</u> 提交申請書 / 計劃　　2. submit to = give in 順從、屈服

trans**mit**	[træns`mɪt]	*v.* 傳送、傳達；傳染
trans**miss**ion	[træns`mɪʃən]	*n.* 傳送、傳達；傳染

秒殺解字 trans(across)+mit(send) → 「送」「過去」，表示「傳送」、「傳達」、「傳染」。

o**mit**	[o`mɪt]	*v.* 遺漏、刪除 (leave out)
o**miss**ion	[o`mɪʃən]	*n.* 遺漏、刪除

秒殺解字 o(=ob=intensive prefix)+mit(send) → 「刪除」是將對象「送」走。

mess	[mɛs]	*n.* 雜亂；混亂 複數 **mess**es *v.* 弄亂
messy	[`mɛsɪ]	*adj.* 凌亂的 (untidy ≠ tidy, neat)

秒殺解字 mess(=miss, mit=send) → 本義是「送」，語意幾經轉變，表示「放置」在桌上一道道的菜餚。後來 mess 又從一道菜餚演變為混在一起的菜餚，字源學家推測「混亂」的意思是從此衍生而來的。

延伸補充
1. be (in) a mess = be <u>messy/untidy</u> 亂七八糟的　　2. make a mess of + N/Ving 搞砸
3. mess up 搞砸

message	[`mɛsɪdʒ]	*n.* 留言、訊息；信息
messenger	[`mɛsn̩dʒɚ]	*n.* 信差、使者

秒殺解字 mess(=miss, mit=send)+age → 「發送」出去的文字、圖檔等是「訊息」。

延伸補充
1. <u>send/receive/get</u> a message 發 / 收 / 收訊息
2. Would you like to leave a message (for her)? 你要留話（給她）嗎？
3. <u>Can/May</u> I take a message? 我可以幫你留話給某人嗎？

161 mob, mom, mot, move = move 動

🎧 Track 161

神之捷徑 可用 **move** 當神隊友，**b/m/v 轉音**，**母音通轉**，來記憶 **mob, mom,** t/v 雖無法轉音，但 **mot** 也與它們同源，皆表示「**動**」。

move	[muv]	*v.* 移動、搬動；使感動
		n. 行動、手段
movement	[`muvmənt]	*n.* 移動；運動；發展、改變
moving	[`muvɪŋ]	*adj.* 令人感動的 (touching)；行動中的
moved	[muvd]	*adj.* 受感動的 (touched)
movable	[`muvəb!]	*adj.* 可移動的 (≠ im**mov**able)
movie	[`muvɪ]	*n.* 電影 (film, picture)
motion	[`moʃən]	*n.* 動；示意、手勢 (gesture)；提案
		v. 示意 (signal)
motionless	[`moʃənlɪs]	*adj.* 不動的、靜止的 (still) → less 表示「無」(without)。

延伸補充
1. be <u>deeply/profoundly</u> moved 深深地感動
2. <u>see/watch/go to/take in</u> a movie = go to <u>the movies/the cinema</u> 去看電影

re**move**	[rɪ`muv]	*v.* 移開 (take away)；除去 (get rid of)；脫掉 (take off)
re**mov**al	[rɪ`muv!]	*n.* 移開；除去；撤除；罷免
re**mot**e	[rɪ`mot]	*adj.* 遙遠的、偏僻的 (far, distant, isolated)；疏遠的 (distant)；微小的 (slight)
		n. 遙控器 (re**mot**e control)

秒殺解字 re(back, away)+move(move) → 本義「移動」「開」，表示「除去」、「脫掉」等。

延伸補充
1. remove A from B 從 B 除去、移開 A
2. remote <u>chance/possibility</u> 微乎其微的可能性

mob	[mɑb]	*n.* 暴民；幫派 (gang) → 原指易暴「動」的人，後演變為「暴民」。
		v. 成群圍住
mobile	[`mob!]	*adj.* 移動的；流動的；可動的 (≠ im**mob**ile)
mobilize	[`mob!ˌaɪz]	*v.* 動員；使流動

延伸補充
1. <u>mobile/cellular/cell</u> phone 行動電話
2. <u>upward/downward</u> mobility 向上 / 向下流動

| auto**mob**ile | [`ɔtəməˌbɪl] | *n.* 汽車 (auto, car) |

秒殺解字 auto(self)+mob(move)+ile → 「車子」「自己」會「動」。

| **mom**ent | [`momənt] | *n.* 片刻 |

延伸補充
1. for a <u>moment/while</u> 片刻
2. <u>wait/just</u> a moment 稍等一下

motor	[`motɚ]	*n.* 馬達、發動機
motorcycle	[`motɚˌsaɪk!]	*n.* 摩托車 (**mot**orbike) → cycle 表示「輪」(wheel)。
motorcyclist	[`motɚˌsaɪklɪst]	*n.* 機車騎士
motel	[mo`tɛl]	*n.* 汽車旅館 → motor 與 hotel 的混合字。

源來如此 知名汽車品牌 BMW，全名是 Bayerische **Mot**oren Werke，表示「巴伐利亞發動機製造廠」。

motive	[`motɪv]	*n.* 動機、意圖
		adj. 引起運動的
motivate	[`motə‚vet]	*v.* 引發動機 (drive)；激勵、激發
motivated	[`motə‚vetɪd]	*adj.* 有動機的
motivation	[‚motə`veʃən]	*n.* 動機、誘因；積極性
motivational	[‚motə`veʃən!]	*adj.* 勵志的
e**motion**	[ɪ`moʃən]	*n.* 情緒；感情
e**moti**onal	[ɪ`moʃən!]	*adj.* 情緒化的；感情上的；易動情的

秒殺解字 e(=ex=out)+mot(move)+ion →「移動」到「外」，表示愛、恨、憤怒等等「情緒」。

延伸補充
1. provide emotional support 提供情感上的支持　　2. emotional intelligence quotient 情緒智商 (EQ)

| pro**mote** | [prə`mot] | *v.* 晉升 (≠de**mote**)；促進；促銷 |
| pro**moti**on | [prə`moʃən] | *n.* 升遷 (advancement)；促進；促銷 |

秒殺解字 pro(forward)+mot(move)+e →「往前」「動」，表示「晉升」、「促進」、「促銷」。

延伸補充
1. be promoted = get a promotion 升官　　2. promote + sb. + to + sth. 擢升某人為……
3. sb. + be promoted to + sth. 某人被擢升為……

源源不絕學更多 **mot**if (n. 主題)、com**mot**ion (n. 騷動)。

162　**mort = death 死亡**

🎧 Track 162

神之捷徑 **mort** 表示「**死亡**」，**murder** 亦是同源字，可和 **mortal** 一起記憶，d/t **轉音**，母音**通轉**。

mortal	[`mort!]	*adj.* 不免一死的 (≠im**mort**al)；致命的
mortality	[mɔr`tælətɪ]	*n.* 死亡率 (**mort**ality rate)；必死的命運 (≠im**mort**ality)
murder	[`mɝdə]	*v./n.* 謀殺；殺害
murderer	[`mɝdərə]	*n.* 謀殺者、兇手

延伸補充
1. mortal wound/blow 致命傷 / 致命的打擊　　2. infant/child/adult mortality rate 嬰兒 / 兒童 / 成人死亡率
3. commit (a) murder 犯謀殺罪　　4. attempted murder 意圖謀殺

mortgage	[`mɔrgɪdʒ]	*v./n.* 抵押貸款
mortgagor	[`mɔrgɪdʒə]	*n.* 抵押者
mortgagee	[‚mɔrgɪ`dʒi]	*n.* 接受抵押者 → ee 表示「被……者」。

秒殺解字 mort(dead)+gage(pledge, promise) → mortgage 字面上的意思是「死」「誓」，「死」代表結束，「誓」表示用抵押品貸款，mortgage 本義是「清償貸款」，後指「抵押品」，mortgagor 表示「抵押者」，mortgagee 表示「接受抵押者」，也就是借款出去的人或機構。

源源不絕學更多 night**mare** (n. 惡夢)、re**morse** (n. 懊悔、自責)。

163　nat = birth, born 誕生

 nat 表示「**誕生**」。

nation	[`neʃən]	*n.* 國家 (country) →「誕生」於同一「國家」。
national	[`næʃn̩]	*adj.* 國家的、全國的；國立的
nationality	[ˌneʃə`næləti]	*n.* 國籍
inter**nat**ional	[ˌɪntɚ`næʃn̩]	*adj.* 國際性的 → inter 表示「之間的」(between)。
native	[`netɪv]	*adj.* 天生的；祖國的、出生地的；原產的 (indigenous) *n.* 本地人
naive	[naɪ`iv]	*adj.* 天真的 (inexperienced, innocent)

🔖 **秒殺解字** nat(birth, born)+ive → 與「誕生」有關的，表示「出生」國、地的、「原產的」、「土生土長的」。naive 也和「誕生」有關，人「出生」的時候，本性都是「天真無邪的」。native 與 naive 是**「雙飾詞」**（doublet），都是源自拉丁語，再經由法語於 1654 年借入英語。

nature	[`netʃɚ]	*n.* 自然；本性
natural	[`nætʃərəl]	*adj.* 自然的 (≠ artificial, man-made)；正常的 (≠ artificial, abnormal)；天生的 *n.* 很有天賦的人；天生好手

🔖 **秒殺解字** nat(birth, born)+ure → nature 是「天生的」，不假人工雕飾，和「教養」（nurture）是相對的概念。

延伸補充
1. in nature 在自然界	2. by nature 天生

源源不絕學更多 in**nat**e (adj. 天生的、固有的)。

164　ne, neg = no, not, deny 沒有，不，否認

 可用 **no** 當神隊友，**母音通轉**，來記憶 **ne, neg**，皆表示「**沒有**」、「**不**」、「**否認**」。

never	[`nɛvɚ]	*adv.* 從未；永不；決不 → ne 與 ever 的混合字。
neither	[`niðɚ]	*det.* 兩者都不 *adv./conj.* 也不 *pron.* 兩者中無一個
neutral	[`njutrəl]	*adj.* 中立的

🔖 **秒殺解字** ne(no)+either →「任一」都「非」。**neither, neutral** 同源，**t/ð 轉音**，**母音通轉**，neither 表示「兩者皆非」，neutral 表示「中立的」，亦即「兩者皆非」，不選邊站。
字辨 從字源的角度來看，neither 的字面意思指「任一」都「非」，是「兩者皆不」；none 的字面意思指「無」（no）「一」（an = one），用在「三個以上」的人、事、物，是「全不」。

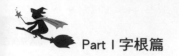

necessary	[ˋnɛsəˌsɛrɪ]	*adj.* 必要的；必需的 (essential)
necessarily	[ˋnɛsəsɛrɪlɪ]	*adv.* 必然地；不可避免地 (inevitably)
necessity	[nəˋsɛsətɪ]	*n.* 必要性；必需品 (need ≠ luxury)
necessitate	[nɪˋsɛsəˌtet]	*v.* 使成為必要
unnecessary	[ʌnˋnɛsəˌsɛrɪ]	*adj.* 不需要的 (needless) → un 表示「不」（not）。
unnecessarily	[ʌnˋnɛsəˌsɛrɪlɪ]	*adv.* 多餘地

秒殺解字 ne(no, not)+cess(go)+ary →「無法」「走」，引申為「必要的」。

negative	[ˋnɛgətɪv]	*adj.* 負面的；消極的；否定的；陰性的 (≠ positive)
deny	[dɪˋnaɪ]	*v.* 否認、否定；拒絕 (refuse)
denial	[dɪˋnaɪəl]	*n.* 否認；拒絕
undeniable	[ˌʌndɪˋnaɪəb!]	*adj.* 無可否認的 → un 表示「不」（not）。

秒殺解字 de(away)+ny(=neg=not) →「不」允許某對象「離開」，引申為「拒絕」。

延伸補充
1. deny + Ving 否認做……   2. There is no denying/doubt that + S + V 無可否認……

neglect	[nɪˋglɛkt]	*v.* 忽視、疏忽 (ignore, omit, overlook)
		n. 忽視、疏忽
neglectful	[nɪˋglɛktfəl]	*adj.* 疏忽不注意的
negligible	[ˋnɛglɪdʒəb!]	*adj.* 微不足道的 (insignificant)
negligence	[ˋnɛglɪdʒəns]	*n.* 疏忽；過失
negligent	[ˋnɛglɪdʒənt]	*adj.* 疏忽的

秒殺解字 neg(no, not)+lect(choose, select) →「沒有」「選擇」，表示「忽視」。

negotiate	[nɪˋgoʃɪˌet]	*v.* 協商；談判
negotiation	[nɪˌgoʃɪˋeʃən]	*n.* 協商；談判

秒殺解字 neg(no, not)+oti(ease)+ate →「談判」「不」「輕鬆」。

源源不絕學更多 none (pron. 沒有一個)、nor (conj./adv. 也不)、naughty (adj. 淘氣的)。

165   nom = law 法律，法則，定律

🎧 Track 165

 nom 表示「法律」、「法則」、「定律」。

astronomy	[əˋstranəmɪ]	*n.* 天文學；星學
astronomer	[əˋstranəmɚ]	*n.* 天文學家

秒殺解字 astro(star)+nom(law)+y → 探究「星星」運行「定律」的學問。

autonomous	[ɔˋtanəməs]	*adj.* 自治的；獨立的 (independent)
autonomy	[ɔˋtanəmɪ]	*n.* 自治、自治權；獨立 (independence)

秒殺解字 auto(self)+nom(law)+ous → 有「自己的」「法律」，表示能「自治的」、「獨立的」區域或國家。

e**cono**my	[ɪ`kanəmɪ]	*n.*	經濟；節約
eco**nom**ic	[ˌikə`namɪk]	*adj.*	經濟的；划算的 (profitable ≠ uneco**nom**ic)
eco**nom**ical	[ˌikə`namɪk!]	*adj.*	節約的、節儉的
eco**nom**ically	[ˌikə`namɪk!ɪ]	*adv.*	在經濟上；節約地、節儉地
eco**nom**ics	[ˌikə`namɪks]	*n.*	經濟學
eco**nom**ist	[i`kanəmɪst]	*n.*	經濟學家

🐛 **秒殺解字** eco(house)+nom(manage, law)+y → 「管理」「家」的「法則」，表示「經濟」、「節約」。

166　nom, onym = name 名字

🎧 Track 166

神之捷徑 可用 **name** 當神隊友，**母音通轉**，來記憶 **nom** 和 **onym**（**nym** 添加母音），皆表示「**名字**」。

name	[nem]	*n.* *v.*	名字 取名；提名、任命
sur**name**	[`sɝ͵nem]	*n.*	姓 (last **name**, family **name**)

🐛 **秒殺解字** sur(=super=over)+name → 原本是「名字」「上方」的稱號、頭銜，14 世紀後期之後才產生「姓」的意思。

延伸補充
1. first/given name 名
2. middle/second name 名和姓之間的名字
3. full name 全名
4. pen/stage/false name 筆名 / 藝名 / 假名
5. name A after/for B　以 B 的名字為 A 命名

nominate	[`namə͵net]	*v.*	提名；任命
nomination	[͵namə`neʃən]	*n.*	提名；任命
nominee	[͵namə`ni]	*n.*	被提名人 → ee 表示「被……者」。
an**onym**ous	[ə`nanəməs]	*adj.*	匿名的；姓氏不明的 → an 表示「沒有」（without）。
syn**onym**	[`sɪnə͵nɪm]	*n.*	同義字 (≠ **antonym**) → syn 表示「同」（together, same）。
ant**onym**	[`æntə͵nɪm]	*n.*	反義字 (≠ **synonym**) → ant(i) 表示「相反」（against）。
re**nown**	[rɪ`naʊn]	*n.*	名聲、聲望 (fame, acclaim)
re**nown**ed	[rɪ`naʊnd]	*adj.*	有名的 (famous, well-known, noted, celebrated)

🐛 **秒殺解字** re(again)+nown(=nom=name) → 「名字」一「再」被提到，表示有「名聲」。

延伸補充
1. A + be renowned/famous/well-known as + B　A 以 B（身分地位）……聞名（A = B）
2. A + be renowned/famous/well-known for + B　A 因 B 事蹟而著名（A ≠ B）

源源不絕學更多 nick**name** (n. 綽號)、**noun** (n. 名詞)、pro**noun** (n. 代名詞)。

167　norm = rule, norm 規則，標準

🎧 Track 167

神之捷徑　**norm** 表示**「規則」**、**「標準」**。

norm	[nɔrm]	*n.* 行為準則、標準、規範
normal	[`nɔrm!]	*adj.* 平常的；正常的 (≠ ab**norm**al)
normally	[`nɔrm!ɪ]	*adv.* 通常 (usually, generally)；正常地 (≠ ab**norm**ally)
ab**norm**al	[æb`nɔrm!]	*adj.* 異常的 (≠ **norm**al) → 偏「離」「正常」的狀態。ab 表示「離開」（away, off）。
e**norm**ous	[ɪ`nɔrməs]	*adj.* 巨大的 (huge, immense)

秒殺解字　e(=ex=out)+norm(rule, norm)+ous → 「離開」「標準」大小，表示「巨大的」。

168　nounc, nunc = shout 喊叫

🎧 Track 168

神之捷徑　**nounc, nunc** 同源，**母音通轉**，皆表示**「喊叫」**。

an**nounc**e	[ə`naʊns]	*v.* 宣布 (declare, state)；發表；播報
an**nounc**ement	[ə`naʊnsmənt]	*n.* 宣布 (declaration, statement)；通告

秒殺解字　an(=ad=to)+nounc(shout)+e → 「朝……」「喊叫」，引申為「正式宣布」。

延伸補充
1. announce a plan/decision 宣布計畫 / 決定　　　2. make an announcement 宣布

pro**nounc**e	[prə`naʊns]	*v.* 發音；宣稱；宣判
pro**nunc**iation	[prə͵nʌnsɪ`eʃən]	*n.* 發音；發音方法

秒殺解字　pro(forward)+nounc(shout)+e → 「朝前」「喊叫」，引申為「宣判」。

延伸補充
1. I now pronounce you man and wife. 現在我宣布你們結為夫妻。
2. be pronounced dead 被宣布已死亡

de**nounc**e	[dɪ`naʊns]	*v.* 公開指責；檢舉、告發
de**nunc**iation	[dɪ͵nʌnsɪ`eʃel]	*n.* 公開指責；檢舉、告發

秒殺解字　de(down)+nounc(shout)+e → 對著「下方」「喊叫」，引申為「罵人」、「指責」。

169　nov = new 新的

🎧 Track 169

神之捷徑　可用 **new** 當神隊友，**v/w 對應**，**母音通轉**，來記憶 **nov**，皆表示**「新」**，**neo** 是其變體字首。

new	[nju]	*adj.* 新的 (≠ old)；未使用過的 (≠ used, second-hand)
re**new**	[rɪ`nju]	*v.* 更新；重新開始 (resume)；更換 (replace)
re**new**able	[rɪ`njuəb!]	*adj.* 可更新的；可繼續的 (≠ non-re**new**able)

秒殺解字　re(again)+new → 「再次」成為「新的」。

novel	[`nɑv!]	*n.* 小説
		adj. 新穎的；新奇的
novelist	[`nɑv!ɪst]	*n.* 小説家
novice	[`nɑvɪs]	*n.* 初學者、新手 (beginner)
in**nov**ate	[`ɪnə‚vet]	*v.* 創新；引進新事物
in**nov**ation	[‚ɪnə`veʃən]	*n.* 創新；新想法、方法、發明
in**nov**ative	[`ɪno‚vetɪv]	*adj.* 創新的；革新的

🪶 **秒殺解字** in(in)+nov(new)+ate → 引「進」「新的」想法、方法、發明，表示「創新」。

| re**nov**ate | [`rɛnə‚vet] | *v.* 更新、翻新、修理 (repair) |
| re**nov**ation | [‚rɛnə`veʃən] | *n.* 更新、翻新、修理 (repair) |

🪶 **秒殺解字** re(again)+nov(new)+ate → 「再」次變「新」，表示「更新」、「翻新」。

源源不絕學更多 **new**born (adj. 新生的 n. 新生兒)、**new**s (n. 新聞)、**new**spaper (n. 報紙)、**new**scast (n. 新聞廣播)、**new**scaster (n. 新聞廣播員)、**new**lyweds (n. 新婚者)、**neo**n (n. 氖)、**neo**n light (phr. 霓虹燈)、**neo**classical (adj. 新古典主義的)。

170　number, numer = number 數字

🎧 Track 170

神之捷徑　可用 **number** 當神隊友，**母音通轉**，來記憶 **numer**，皆表示「**數字**」。

number	[`nʌmbɚ]	*n.* 數字；數量；號碼
		v. 編號；共計
numerous	[`njumərəs]	*adj.* 許多的 (many)
numeral	[`njumərəl]	*n.* 數字
numerical	[nju`mɛrɪk!]	*adj.* 數字的
in**numer**able	[ɪ`njumərəb!]	*adj.* 無數的 (countless, hundreds/thousands of, a great many, **numer**ous)

🪶 **秒殺解字** in(not)+numer(number)+able → 「不」「能」「數」的，表示「無數的」、「數不盡的」。

延伸補充

1. a number/couple of + Ns = some/several + Ns = a few + Ns　幾個、若干、一些……

2. a large/great number of + Ns = large/great numbers of + Ns = a lot of/lots of + Ns = lots of and lots of + Ns
= many/numerous + Ns = a great/good many (of) + Ns = tons of/loads of + Ns = quite/not a few + Ns
= plenty of + Ns = a bunch of + Ns 很多的……

源源不絕學更多 out**number** (v. 數量上超過)。

171 nurse, nour, nurt, nutri = feed, nourish, nurse 餵，養育，培養

🎧 Track 171

神之捷徑 可用 **nurse** 當神隊友，**母音通轉**，來記憶 **nour**。此外，**nurt** 和 **nutri** 同源，都是表示「**餵**」、「**養育**」、「**培養**」的字根，**r/t 顛倒**，稱為「**音素換位**」（ **metathesis** ）。

nurse	[nɝs]	*n.*	護士
		v.	看護 (look after, take care of, care for)；護理；調養
nursing	[`nɝsɪŋ]	*n.*	看護；護理
nursery	[`nɝsərɪ]	*n.*	育兒室；托兒所 → ery 表示「場所」。
nourish	[`nɝɪʃ]	*v.*	滋養、給與營養
nourishing	[`nɝɪʃɪŋ]	*adj.*	有營養的
nourishment	[`nɝɪʃmənt]	*n.*	營養、養分 (**nutri**ment)
nurture	[`nɝtʃɚ]	*v.*	養育；培植 → nurture 是後天的「教養」，和「天生的」（nature）是相對的概念。
		n.	養育
nutrition	[njuˋtrɪʃən]	*n.*	營養；營養學
nutritional	[njuˋtrɪʃən!]	*adj.*	營養的
nutritious	[njuˋtrɪʃəs]	*adj.*	營養豐富的
nutritionist	[njuˋtrɪʃənɪst]	*n.*	營養學家
nutrient	[`njutrɪənt]	*n.*	養分、營養物
		adj.	滋養的
nutriment	[`njutrəmənt]	*n.*	營養、養分 (**nour**ishment)
mal**nutri**tion	[ˌmælnjuˋtrɪʃən]	*n.*	營養不良 → mal 表示「有缺陷的」（defective）。

172 od = way 路，方法

🎧 Track 172

神之捷徑 od 表示「**路**」、「**方法**」。

meth**od**	[`mɛθəd]	*n.*	方法

🖋 **秒殺解字** meta(after, in pursuit of)+od(way) → 追隨之「路」。

延伸補充
| 1. method of/for + Ving/N ……的方法 | 2. alternative methods/ways/approaches 替代的方法 |

peri**od**	[`pɪrɪəd]	*n.*	一段時間；句點；一堂課；生理期
peri**od**ic	[ˌpɪrɪˋɑdɪk]	*adj.*	週期性的、定期的
peri**od**ical	[ˌpɪrɪˋɑdɪk!]	*n.*	期刊

🖋 **秒殺解字** peri(around)+od(way) → 本義「環繞」一圈的「路徑」。

173　ode = sing, song 唱，歌曲

 可用表示「**頌詩**」、「**頌歌**」的 **ode** 當神隊友，**母音通轉**，來記憶 **od, ed**，表示「**唱**」、「**歌曲**」。

ode	[od]	*n.*	頌詩、頌歌（歌頌特定人物或事的抒情詩）
mel**od**y	[`mɛlədɪ]	*n.*	旋律
mel**od**ic	[mə`ladɪk]	*adj.*	悅耳的、旋律的
mel**od**ious	[mə`lodɪəs]	*adj.*	悅耳的

秒殺解字 mel(song, tune)+od(song)+y → 表示「歌」，衍生出「悅耳的歌曲」、「旋律」之意。

com**ed**y	[`kamədɪ]	*n.*	喜劇
com**ed**ian	[kə`midɪən]	*n.*	喜劇演員
comic	[`kamɪk]	*adj.*	滑稽的、好笑的
		n.	喜劇演員 (com**ed**ian)
comical	[`kamɪk!]	*adj.*	滑稽的、古怪好笑的

秒殺解字 com(=comos=having fun)+ed(sing)+y → 本義「唱歌」「享樂」，後指故事有個歡樂的結局，引申為「喜劇」。comic 和 comedy 同源，但從拼字上已看不出字根 ode 的拼字樣貌。

trag**ed**y	[`trædʒədɪ]	*n.*	悲劇；不幸
trag**ed**ian	[trə`dʒidɪən]	*n.*	悲劇演員；悲劇作家
tragic	[`trædʒɪk]	*adj.*	悲慘的；悲劇的 (≠ comic)
tragically	[`trædʒɪk!ɪ]	*adv.*	悲慘地

秒殺解字 trag(goat)+ed(sing)+y → 戲劇表演中「唱」「山羊之歌」等悲歌，據說可能是因為最初在宗教儀式中，要用羊作為「犧牲」，而在宰殺羊時所唱的歌很悲慘，由此而轉義為「悲劇」。tragic 和 tragedy 同源，但從拼字上已看不出字根 ed 的拼字樣貌。

174　ol = oil 油

 可用 **oil** 當神隊友，**母音通轉**，來記憶 **ol**，核心語意是「**油**」。

oil	[ɔɪl]	*n.*	油
gas**ol**ine	[`gæsə͵lin]	*n.*	汽油 (petr**ol**)
petr**ol**eum	[pə`trolɪəm]	*n.*	石油
cholester**ol**	[kə`lɛstə͵rol]	*n.*	膽固醇 → 由「膽」（chole）「固」（ster）「醇」（ol=oil）三個元素所構成。

175　oper, opus = work 工作，運轉

🎧 Track 175

神之捷徑 oper, opus 這兩個字根源自印歐語系的 **op**，都表示「**工作**」、「**運轉**」。**of**fice 中的 of 是 opus 的變體，表示「**工作**」的場所。另一個重要變體則是 **optim**，表示「**最佳的**」（best），**optim**ism 就是「**樂觀**」。

opus	[`opəs]	*n.* 編號的音樂作品　複數 opuses, opera
opera	[`ɑpərə]	*n.* 歌劇 → 需要眾多聲樂家、管絃樂團樂師一起「工作」才能完成。
operate	[`ɑpə,ret]	*v.* 運作；操作；生效；動手術
operation	[,ɑpə`reʃən]	*n.* 運作；操作；生效；手術 (surgery)
operational	[,ɑpə`reʃənl]	*adj.* 運作中的
operator	[`ɑpə,retɚ]	*n.* 操作員；總機、接線生

延伸補充
1. have/undergo an operation 接受手術（不用 take）　2. perform an operation 執行手術
3. major/minor operation/surgery 大 / 小手術
4. routine/emergency/life-saving operation 常規 / 緊急 / 挽救生命的手術
5. come into operation/effect 施行、生效

co**oper**ate	[ko`ɑpə,ret]	*v.* 合作 (collaborate, work together)
co**oper**ation	[ko,ɑpə`reʃən]	*n.* 合作
co**oper**ative	[ko`ɑpə,retɪv]	*adj.* 樂意合作的 (helpful ≠ uncooperative)

秒殺解字 co(together)+oper(work)+ate →「一起」「工作」。

office	[`ɔfɪs]	*n.* 辦公室
officer	[`ɔfəsɚ]	*n.* 軍官；官員；警察 (police **of**ficer, policeman, policewoman)
official	[ə`fɪʃəl]	*n.* 官員 *adj.* 官方的；正式的
officially	[ə`fɪʃəlɪ]	*adv.* 官方地；正式地

秒殺解字 of(=opus=work)+fic(do, make)+e →「做」「工作」的地方。

英文老師也會錯 坊間書籍和網路常把 of 解釋成字首 ob 的變體，誤解為是 to, toward。

optimism	[`ɑptə,mɪzəm]	*n.* 樂觀；樂觀主義 (≠ pessimism) → 看到「最佳的」一面。
optimistic	[,ɑptə`mɪstɪk]	*adj.* 樂觀的 (≠ pessimistic)
optimist	[`ɑptəmɪst]	*n.* 樂觀主義者 (≠ pessimist)

延伸補充
1. be optimistic about 對……感到樂觀　　2. an optimistic economic forecast 樂觀的經濟預測

176　opt = choose 選擇

 opt 表示「**選擇**」。

🎧 Track 176

opt	[ɑpt]	*v.* 優先選擇 (choose, select, pick)
option	[`ɑpʃən]	*n.* 選擇 (choice, selection, alternative)
optional	[`ɑpʃən!]	*adj.* 可選擇的、非必須的 (≠ compulsory)

延伸補充
1. opt for + sth. 選擇……　　　　　　2. opt for + to V 選擇去……
3. have no option/choice/alternative but + to V 毫無選擇、不得不……

| ad**opt** | [ə`dɑpt] | *v.* 採用；收養；移居（某國） |
| ad**opt**ion | [ə`dɑpʃən] | *n.* 採用；收養 |

秒殺解字 ad(to)+opt(choose) →「採用」、「收養」皆是經過「選擇」。

字辨 ad**apt** 表示「**使適應**」，和表示「**合適的**」apt 同源，核心語意皆是「**合適的**」（fit）。

延伸補充
1. adopt a strategy/policy 採用策略 / 政策　　　2. adopted son 養子

177　order, ordin, orn = order 順序，次序

🎧 Track 177

 可用 **order** 當神隊友，**n/r 轉音**，**母音通轉**，來記憶 **ordin**，皆表示「**順序**」、「**次序**」。**orn** 是其衍生字根，表示「**裝飾**」（decorate）。

order	[`ɔrdə]	*n.* 順序 (sequence)；整齊；秩序；命令；點菜；訂單 *v.* 命令；訂購；點菜
orderly	[`ɔrdəlɪ]	*adj.* 整齊的、井然有序的 (≠ dis**order**ly)
dis**order**	[dɪs`ɔrdə]	*n.* 失調、疾病；暴亂；無秩序、凌亂 (≠ **order**)
		→ dis 表示「不」（not）。

延伸補充
1. in order of importance/priority/preference 依重要性 / 優先性 / 偏好順序
2. in order/disorder 有秩序 / 一片混亂　　　3. out of order 故障
4. in order + to V 為了……
5. order/command/instruct/direct + sb. + to V = give + sb. + orders/instructions + to V 命令某人去……
6. order/command + that + S + (should) + V 命令……
7. May I take your order? = Are you ready to order? 我可以幫你點餐嗎？
8. eating disorder 飲食失調　　　　　9. in alphabetical order 按字母排序的

源來如此 alphabet [`ælfə‚bɛt] (n. 字母)，是希臘字母的前兩個字母 alpha 和 beta 所組成的複合詞。

| **ordin**ary | [`ɔrdn‚ɛrɪ] | *adj.* 普通的、平常的 (average, common, usual) |
| extra**ordin**ary | [ɪk`strɔrdn‚ɛrɪ] | *adj.* 異常的 (unusual)；驚人的 (incredible) |

秒殺解字 extra(out of, outside)+ordin(order)+ary →「超出」一般「順序」，表示「異常的」。

| co**ordin**ate | [ko`ɔrdn‚et] | *v.* 協調 |

秒殺解字 co(together)+ordin(order)+ate → 按「順序」放「一起」，表示「協調」。

subordinate	[sə`bɔrdṇɪt]	*adj.* 下級的、次要的
		n. 下屬
	[sə`bɔrdṇ͵et]	*v.* 使處於次要地位

秒殺解字 sub(under)+ordin(order)+ate → 「順序」排在他人之「下」的。

ornament	[`ɔrnəmənt]	*n.* 裝飾品;裝飾 (decoration) → 「裝飾」使有「秩序」。
	[`ɔrnə͵mɛnt]	*v.* 裝飾 (decorate)
ornamental	[͵ɔrnə`mɛnt!]	*adj.* 裝飾的;作裝飾用的 (decorative)
ornate	[ɔr`net]	*adj.* 裝飾華麗的 (fancy, elaborate)
adorn	[ə`dɔrn]	*v.* 裝飾 (decorate, **orn**ament)
adornment	[ə`dɔrnmənt]	*n.* 裝飾品;裝飾 (decoration, **orn**ament)

秒殺解字 ad(to)+orn(order) → 「去」排列整齊使之井然有「序」,引申為「裝飾」。

字辨 adore 表示「熱愛」、「非常喜歡」。or 表示「說」(speak)或「禱告」(pray)。

延伸補充
1. for ornament/decoration 為了裝飾用　　　2. ornament/decorate/adorn A with B　用 B 裝飾 A
3. A be ornamented/decorated/adorned with B　A 用 B 裝飾

178　ori = rise 升起

🎧 Track 178

神之捷徑　ori 表示「升起」,有「開始」、「誕生」、「源頭」等衍生意思。

origin	[`ɔrədʒɪn]	*n.* 起源、由來
original	[ə`rɪdʒən!]	*adj.* 最初的;原創的
		n. 原作;原著
originally	[ə`rɪdʒən!ɪ]	*adv.* 最初地;本來
originality	[ə͵rɪdʒə`nælətɪ]	*n.* 原創、創舉
originate	[ə`rɪdʒə͵net]	*v.* 發源、源自
aborigine	[͵æbə`rɪdʒəni]	*n.* 原住民
aboriginal	[͵æbə`rɪdʒən!]	*adj.* 原住民的;原始的 (indigenous)
		n. 原住民

秒殺解字 ab(away, off)+ori(rise)+gin+e → 從「源頭」衍生「開」,表示「原住民」。

orient	[`orɪənt]	*n.* 東方 → 太陽從東方「升起」的。
	[`orɪ͵ɛnt]	*v.* 確定自己所在位置;針對
oriental	[͵orɪ`ɛnt!]	*adj.* 東方的
oriented	[`orɪ͵ɛntɪd]	*adj.* 以……為導向的
orientation	[͵orɪɛn`teʃən]	*n.* 導向;傾向、取向
abortion	[ə`bɔrʃən]	*n.* 流產手術、墮胎 (termination)

秒殺解字 ab(away, off)+or(rise, be born)+tion → 「離開」「出生」的情況,表示「墮胎」。

179   pac = peace 和平

🎧 Track 179

 可用 **peace** 當神隊友，**母音通轉**，來記憶 **pac**，表示**「和平」**。

peace	[pis]	*n.* 和平；平靜、安靜
peaceful	[`pisfəl]	*adj.* 和平的；平靜的、安靜的
peacemaker	[`pis͵mekɚ]	*n.* 調解者、和事佬、和平製造者
pacific	[pə`sɪfɪk]	*adj.* 愛好和平的 → make peace，fic 等同 fac，表示「做」（make）。
pacify	[`pæsə͵faɪ]	*v.* 安撫；恢復和平 → make peace，fy 表示「做」（make）。
pacifier	[`pæsə͵faɪɚ]	*n.* 奶嘴；使人安定的東西、鎮靜劑
pacifist	[`pæsəfɪst]	*n.* 和平主義者

延伸補充
1. make peace (with) （與）……言和、解決紛爭　　2. keep the peace 維護和平
3. peace movement = anti-war protest/demonstration/campaign 反戰、和平示威
4. peace/anti-war protester/demonstrator/campaigner = pacifist 反戰、和平示威者
5. peace talks/negotiations/conference 和平會談 / 談判 / 會議
6. peace agreement/accord/treaty/pact 和平協議、協定　7. in peace 安靜地

pay	[pe]	*v.* 付；償還 → 本義是「安撫」，16 世紀前這語意已經消失。
		n. 報酬
payment	[`pemənt]	*n.* 支付
repay	[rɪ`pe]	*v.* 還錢；回報 → re 表示「返回」，repay 就是 pay back。
repay**ment**	[rɪ`pemənt]	*n.* 還錢

延伸補充
1. pay (in) cash/by credit card/by check 付現 / 用信用卡付 / 用支票付
2. repay/pay back/pay off a loan/debt 償還借款

源源不絕學更多 **peace**-loving (adj. 愛好和平的)、**peace**keeping (n. 維護和平)、**peace**keeper (n. 維護和平者)、ap**peas**e (v. 安撫)。

180　pact = fasten 固定，繫緊

🎧 Track 180

pact 有「**固定**」、「**繫緊**」的意思，並衍生出「**同意**」（agreement）、「**協議**」（compact, contract）的意思，進而帶來「**和平**」，和 **pac** 同源。

| pact | [pækt] | *n.* 協定 (treaty) |
| page | [pedʒ] | *n.* 頁 |

源來如此 page 與 pact 同源，**k/dʒ 轉音**，**母音通轉**，核心語意都是「**固定**」、「**繫緊**」（fasten）。每一「**頁**」（page）都必須「**固定**」（fasten）在書上。「**協定**」（pact）是兩國或兩個集團皆「**同意**」的正式文件，希望互利雙贏或停止戰爭。

| im**pact** | [ɪm`pækt] | *v.* 影響 (affect, influence)；衝擊 |
| | [`ɪmpækt] | *n.* 影響 (effect, influence)；衝擊 |

秒殺解字 im(in)+pact(fasten) → 把東西「固定」到某物之「內」，造成「影響」。

延伸補充
1. impact on/upon 對……產生影響
2. have ... impact/effect on/upon = have ... influence on/upon/over 對……有……的影響
3. on impact 碰撞時

com**pact**	[`kɑmpækt]	*n.* 協議
	[kəm`pækt]	*adj.* 緊湊的、密實的、小巧的
		v. 壓縮、壓緊

秒殺解字 com(together)+pact(fasten) → 將大家「繫緊」在「一起」，達成「協議」。

| pro**pag**anda | [ˌprɑpə`gændə] | *n.* 政治宣傳、鼓吹 |

秒殺解字 pro(forward)+pag(=pact=fasten)+anda → 把意識形態或作法「往前」「綁」（套）在他人身上，強要他人接受，表示「鼓吹」。

181　pan = food, bread 食物，麵包

🎧 Track 181

可用 **food** 當神隊友，**p/f**，**d/n 轉音**，**母音通轉**，來記憶 **pan**，皆表示「**食物**」。此外，「**麵包**」的台、客、日語發音類似「**胖**」（pan），西班牙語的「**麵包**」拼字亦是 **pan**。美國當地連鎖麵包品牌 **Panera** 就是「**麵包**」（pan）和「**時代**」（era）的結合字。

food	[fud]	*n.* 食物
feed	[fid]	*v.* 餵、提供食物；施肥（動物或嬰兒）吃
		三態 feed/fed/fed
		n.（動物或嬰兒）一餐；飼料
pantry	[`pæntrɪ]	*n.* 食物貯藏室 (larder) → ry 是 ery 的省略形式，表示「場所」。

延伸補充
1. frozen/processed/canned food 冷凍 / 加工 / 罐頭食品　2. feed on + sth.（動物）以……為食物

compan**y** [`kʌmpənɪ] *n.* 公司 (business, firm)；同伴、朋友
compan**ion** [kəm`pænjən] *n.* 同伴、伴侶

(秒殺解字) com(together)+pan(food, bread)+y → 「一起」吃「食物」、「麵包」的飯友。

ac**com**pan**y** [ə`kʌmpənɪ] *v.* 伴隨 (go/come with)；伴奏

(秒殺解字) ac(=ad=to)+com(together)+pan(food, bread)+y → 本義「一起」「去」「吃飯」，引申為「伴隨」。

182 par = prepare, arrange 準備，安排

🎧 Track 182

神之捷徑 可用 pre**par**e 當神隊友，來記憶 **par**，表示「**準備**」、「**安排**」。

pre**par**e [prɪ`pɛr] *v.* 準備 (get ready)；做（飯菜）
pre**par**ed [prɪ`pɛrd] *adj.* 有準備的
pre**par**ation [ˌprɛpə`reʃən] *n.* 準備

(秒殺解字) pre(before)+par(prepare)+e → 「先」「準備」好。

延伸補充
1. prepare/make/cook dinner 做晚餐　　　　　2. be prepared + to V 準備去……

parade [pə`red] *n.* 遊行；閱兵 → 「安排」陣容、表演讓人檢視、觀看。
v. 遊行慶祝；炫耀 (show off)

延伸補充
1. on parade 參加遊行、接受校閱　　　　　2. a victory parade 勝利遊行

ap**par**atus [ˌæpə`rætəs] *n.* 裝置、設備 (equipment)；體系、機制 (machinery)

(秒殺解字) ap(=ad=to)+par(prepare)+atus → 「準備」讓人使用的「設備」。

se**par**ate [`sɛpəˌret] *v.* 隔開；分開 (divide)；分居
[`sɛpərɪt] *adj.* 個別的、不同的；單獨的
se**par**ated [`sɛpəˌretɪd] *adj.* 分居的
se**par**ation [ˌsɛpə`reʃən] *n.* 分離；分開；分居
se**par**ately [`sɛpərɪtlɪ] *adv.* 各自地
se**ver**al [`sɛvərəl] *adj.* 幾個的；各不相同的、各自的 (respective)

(秒殺解字) se(apart)+par(prepare)+ate → 「準備」「分開」。此外，se**ver**al, se**par**ate 同源，**p/v 轉音**，**母音通轉**。

re**pair** [rɪ`pɛr] *v.* 修理、修補 (fix, mend)；補救 (mend)
n. 修理、修補

ir**repar**able [ɪ`rɛpərəb!] *adj.* 不能修的 (beyond re**pair**) → ir 表示「不」（not）。

(秒殺解字) re(again)+pair(=par=prepare) → 「再次」回到「準備好」的狀態，引申為「修理」。

字辨 repair 表示「**修補任何破掉、損壞、或有破洞的東西**」，如：repair old furniture（修理舊家具）、car repair（汽車修理）、roof repair（屋頂修理），**repair 比 fix 或 mend 正式**，在英式英文中，fix 與 mend 同義，但常用 **fix** 來表示「**修理機器（machine）、車輛（vehicle）等**」，而常用 **mend** 來表示「**修補衣服（clothes）、馬路（roads）、屋頂（roofs）、圍牆（fences）**」；在美式英文中，**mend** 則用來表示「**縫補破洞，尤其是衣物（clothes）與鞋子（shoes）**」。

延伸補充
1. get/have + sth. + repaired/fixed 送修某物　　2. make/carry out/do repairs 修理
3. be under repair = be being repaired 修理中　　4. in good/poor repair/condition 狀況良好 / 不好

源源不絕學更多 **par**ent (n. 父親、母親;母公司)。

183　par, pear = appear, visible　　出現,可看見的

🎧 Track 183

神之捷徑 可用 ap**pear** 當神隊友,**母音通轉**,來記憶 **par, pear**,表示「**出現**」或「**可看見的**」。

ap**pear**	[ə`pɪr]	*v.* 出現;突然出現 (show/turn up);似乎 (seem)
ap**pear**ance	[ə`pɪrəns]	*n.* 出現;外表
ap**par**ent	[ə`pærənt]	*adj.* 明顯的 (clear, obvious, evident, seeming)
ap**par**ently	[ə`pærəntlɪ]	*adv.* 明顯地 (clearly, obviously, evidently, seemingly)

秒殺解字 ap(=ad=to)+pear(=par=appear, visible) → 「向前」移動,可讓人「看見」,表示「出現」。

延伸補充
1. appear/seem + to V 似乎、看來像　　2. appear/seem + (to be) + Adj. 似乎、看來像
3. appear + to be + N 似乎、看來像
4. It + appears/appeared + (that) + S + V = It + seems/seemed + (that) + S + V
　= S + appears/appeared + to V = S + seems/seemed + to V 似乎、看來像
5. judge by appearances 以貌取人

disap**pear**	[ˌdɪsə`pɪr]	*v.* 消失 (vanish, fade away/out, melt away ≠ ap**pear**);失蹤
disap**pear**ance	[ˌdɪsə`pɪrəns]	*n.* 失蹤;滅絕

秒殺解字 dis(opposite)+appear → 「出現」的「相反」動作就是「消失」。

源來如此 mild [maɪld] (adj. 溫暖的;溫和的)、melt [mɛlt] (v. 融化) 同源,**d/t 轉音**,**母音通轉**,核心語意是「**柔軟的**」(**soft**),衍生出「**融化**」的語意,而 melt 或 melt away 更衍生出「**逐漸消失**」、「**消散**」的語意。

trans**par**ent	[træn`spɛrənt]	*adj.* 透明的、能看穿的 (clear, see-through)

秒殺解字 trans(across, through)+par(appear, visible)+ent → 「穿透」某物「出現」,表示「透明的」。

184　par = equal 相等

🎧 Track 184

神之捷徑 以下單字**母音通轉**，都和 **par** 同源，核心語意是**「相等的」**。

par	[pɑr]	*n.* 相等、同樣、不相上下、媲美
pair	[pɛr]	*n.* 一對、一雙、一副
peer	[pɪr]	*n.* 同輩、同儕
ump**ire**	[`ʌmpaɪr]	*n.* 裁判
		v. 當裁判

 秒殺解字 um(not)+pir(=par=equal)+e → 「不」「相等」，非兩造的第三公正方，表示「裁判」。

延伸補充
1. be on par with 和……相等、媲美
2. a pair of 一對、一雙、一副
3. in pairs 成對地
4. peer <u>group/pressure</u> 同儕團體 / 壓力

com**pare**	[kəm`pɛr]	*v.* 比較
com**par**ison	[kəm`pærəsn̩]	*n.* 比較
com**par**able	[`kɑmpərəb!]	*adj.* 可比較的；比得上的

秒殺解字 com(together)+par(equal)+e → 將兩樣有「相等」屬性的事物拿來做「比較」。

延伸補充
1. compare A <u>with/to</u> B　比較 A 與 B
2. compared <u>with/to</u> = in comparison <u>with/to</u> = by comparison with 和……比較

185　part, port = part 部分

🎧 Track 185

神之捷徑 **part, port** 同源，**t/ʃ 轉音**，**母音通轉**，核心語意是**「部分」**。

part	[pɑrt]	*n.* 部分；零件；角色 (role)
		v. 分開
		adv. 部分地
		adj. 部分的
partly	[`pɑrtlɪ]	*adv.* 部分地、某種程度上地
parting	[`pɑrtɪŋ]	*n.* 告別、分離
		adj. 告別的、分離的
part-time	[`pɑrt`taɪm]	*adj./adv.* 兼職的（地）(≠ full-time)

延伸補充
1. spare parts 備用零件
2. play a part in + sth. 在……扮演角色
3. play a <u>big/important</u> part in + sth. 在……中扮演了重要的角色
4. play the <u>part/role</u> of 扮演……的角色
5. a <u>part-time/full-time</u> job 兼職的 / 全職的工作

partial	[`parʃəl]	*adj.* 部分的 (incomplete)；偏袒的 (unfair, biased ≠ **impart**ial, fair, unbiased)；偏愛的
partially	[`parʃəlɪ]	*adv.* 部分地 (**part**ly, incompletely)
partiality	[ˌparʃɪ`ælətɪ]	*n.* 偏心、偏袒 (bias)；偏愛
partner	[`partnə]	*n.* 伙伴
partnership	[`partnəʃɪp]	*n.* 合夥關係；合夥企業
particle	[`partɪk!]	*n.* 分子、微粒；微量
particulate	[pə`tɪkjəˌlet]	*adj.* 微粒的 *n.* 微粒、顆粒
particular	[pə`tɪkjələ]	*adj.* 特定的；挑剔的 (fussy, picky, choosy, selective) *n.* 特別
particularly	[pə`tɪkjələlɪ]	*adv.* 尤其、特別 (especially)

> 秒殺解字 part(part)+i+cul(small, tiny)+ar →「微小的」「部分」也在意，表示「講究的」、「挑剔的」。

延伸補充
1. particulate matter = PM = particulates 懸浮微粒
2. be particular/fussy/picky/choosy/selective about 對……挑剔的、講究的
3. in particular = especially = particularly 尤其、特別

participate	[par`tɪsəˌpet]	*v.* 參與
participant	[par`tɪsəpənt]	*n.* 參加者
participation	[parˌtɪsə`peʃən]	*n.* 參與

> 秒殺解字 part(part)+i+cip(take)+ate → 構詞成分類似 take part in，本義「拿一部分」，指「參一腳」。

延伸補充
1. participate in = take part in = be/get involved in 參與　2. audience participation 觀眾的參與

| a**part** | [ə`part] | *adv./adj.* 分離的（地）；分開的（地）；相隔 |
| a**part**ment | [ə`partmənt] | *n.* 公寓 (flat) |

> 秒殺解字 a(=ad=to)+part(part) →「朝」某「部分」移動，移到它的「旁邊」，引申為「分開」。

延伸補充
1. apart/aside from = in addition to = besides 除了……還有
2. apart/aside from = except (for) 除……之外

de**part**	[dɪ`part]	*v.* 出發、離開 (≠ arrive)
de**part**ure	[dɪ`partʃə]	*n.* 出發、離開 (≠ arrival)；（飛機、火車等）離站；離職
de**part**ment	[dɪ`partmənt]	*n.* 部門；科系

> 秒殺解字 de(from)+part(part) →「部分」「從」中分離開來。

延伸補充
1. depart/leave/set off for 啟程往某地　　　　　2. department store 百貨公司

| **port**ion | [`porʃən] | *n.* 一部分；（食物的）一份 (serving, helping) |
| pro**port**ion | [prə`porʃən] | *n.* 比例、比率 |

> 秒殺解字 pro(for)+port(part)+ion → 按「比例」「給予」「部分」。

源源不絕學更多 parcel (n. 包裹)、**party** (n. 派對；政黨)。

186　pass = pass 通過

 pass 表示「**通過**」，pand 為變體字根，表示「**擴散**」（spread）。

pass	[pæs]	*v.* 經過；傳遞；及格 (≠ fail)；通過；流逝 *n.* 通行證；及格；傳球
past	[pæst]	*adj.* 過去的；結束的；前任的 (former) *prep./adv.* 經過；超過 *n.* 過去
passage	[ˋpæsɪdʒ]	*n.* 通道；段落；通過；流逝
passenger	[ˋpæsəndʒɚ]	*n.* 乘客
passerby	[ˋpæsɚˋbaɪ]	*n.* 行人、過路客　**複數** **pass**ersby
password	[ˋpæs͵wɝd]	*n.* 密碼；口令
passport	[ˋpæs͵port]	*n.* 護照 → 帶人「通過」「港口」海關的證件。
pastime	[ˋpæs͵taɪm]	*n.* 消遣、娛樂 (hobby, interest) → pass 與 time 的混合字。

延伸補充

1. pass + sb.+ sth. = pass + sth. + to + sb. 傳某物給某人　2. pass away 逝世
3. pass/go by + (sb./sth.) 經過……　　　　　　4. time passes/goes by 時間過去
5. pass out = faint = lose consciousness 昏迷、失去知覺　6. pass/hand out = distribute 分發
7. pass the time 打發時間、消磨時間　　　　　　8. in the past 在過去

| sur**pass** | [sɚˋpæs] | *v.* 超過、優於、勝過 |

秒殺解字 sur(=super=over, beyond)+pass(pass) → 本義「超過」。

| tres**pass** | [ˋtrɛspəs] | *v./n.* 擅自進入、侵入 |

秒殺解字 tres(=trans=across)+pass(pass) →「越」界「通過」。

ex**pand**	[ɪkˋspænd]	*v.*（使）擴大、膨脹 (≠ contract)；擴展
ex**pans**ion	[ɪksˋpænʃən]	*n.* 擴大 (growth)；擴展
ex**pans**ive	[ɪkˋspænsɪv]	*adj.* 友善健談的；廣闊的；廣泛的

秒殺解字 ex(out)+pand(spread) → 往「外」「擴散」。

延伸補充

1. expand rapidly 快速地擴大　　　　　　　2. rapid expansion 快速的擴大

源源不絕學更多 overpass (n. 天橋)、under**pass** (n. 地下通道)、com**pass** (n. 羅盤、指南針)。

187　pass, pati = suffer 受苦

> **神之捷徑** pass, pati 同源，**t/s/ʃ 轉音，母音通轉**，表示「**受苦**」。passion 是內心的強烈情感，而 Passion（大寫）則表示「**耶穌受難**」。梅爾吉勃遜所執導的電影《耶穌受難記》（*The Passion of the Christ*），是描述耶穌基督生命最後 12 小時的「**受苦**」故事。

passion	[`pæʃən]	*n.*	熱情；熱愛
passionate	[`pæʃənɪt]	*adj.*	熱情的；熱愛的
passive	[`pæsɪv]	*adj.*	消極的、被動的 (inactive ≠ active)

延伸補充
1. have a passion for 熱愛……　　　　　2. be passionate about 熱愛……的

patient	[`peʃənt]	*adj.*	有耐心的 (≠ im**pati**ent)
		n.	病人
patience	[`peʃəns]	*n.*	耐心 (≠ im**pati**ence)
patiently	[`peʃəntlɪ]	*adv.*	有耐心地 (≠ im**pati**ently)

秒殺解字 pati(suffer)+ent → 本義是「忍受苦難」的能力。

延伸補充
1. be patient with 對……很有耐心　　　2. endless/infinite/unlimited patience 無盡的耐心

com**pass**ion	[kəm`pæʃən]	*n.*	同情 (sympathy, pity)
com**pass**ionate	[kəm`pæʃənɪt]	*adj.*	同情的 (sympathetic)
com**pati**ble	[kəm`pætəbl̩]	*adj.*	相容的；能共處的 (≠ incom**pati**ble)
com**pati**bility	[kəm,pætə`bɪlətɪ]	*n.*	相容性；協調

秒殺解字 com(together)+pass(suffer)+ion → 能同甘「共」「苦」、能「共同」感受他人「遭遇」。

延伸補充
1. be compatible with 能相容的、適用的；能共處的　　2. mutually incompatible 互不相容的

188　pater, patr = father 父親

> **神之捷徑** 可用 **father** 當神隊友，**p/f，t/ð 轉音，母音通轉**，來記憶 **pater, patr**，皆表示「**父親**」。

paternal	[pə`tɝnl̩]	*adj.*	父親的；父系的
patriot	[`petrɪət]	*n.*	愛國者 → 愛「**父親**」之國。
patriotic	[,petrɪ`ɑtɪk]	*adj.*	愛國的
patron	[`petrən]	*n.*	贊助者、資助者；老主顧 → 像「**父親**」一樣資助你的人。

字辨 從字源的角度來看，**customer** 指「**習慣**」向某家商店、公司或餐廳購買商品或服務的「**客戶**」，使用頻率最高；**client** 和 **lean** 同源，本指在古羅馬時期，置身貴族保護下的平民，這些平民是貴族的追隨者，所以是「**客戶**」，後指付錢、「**倚靠**」提供服務或建議的專業人士及組織的「**客戶**」，這些專業人士如律師、會計師、或是髮型設計師等；**consumer** 是「**拿取**」、「**消耗**」貨物或服務的「**消費者**」；**patron** 是常光顧某家店的「**老主顧**」，是像「**父親**」一樣資助你的人；**buyer** 通常指的是跟另外一人買昂貴事物的「**買主**」；**shopper** 是向「**店家**」購買或參與「**店家活動**」的「**購物者**」。

189　path = feeling 感情

🎧 Track 189

神之捷徑 path 的印歐語源頭核心語意是**「受苦」（suffer）**，衍生出**「感覺」（feeling）**的意思，和 **pass, pati** 語意類似，但不同源。

pathetic	[pə`θɛtɪk]	*adj.* 無用的、差勁的；令人同情的、可憐的
sym**path**y	[`sɪmpəθɪ]	*n.* 同情 (pity, compassion)
sym**path**etic	[ˌsɪmpə`θɛtɪk]	*adj.* 有同情心的 (compassionate)
sym**path**ize	[`sɪmpəˌθaɪz]	*v.* 同情 (pity)

秒殺解字 sym(=syn=together)+path(feeling)+y → 能「同」「感」身受。

延伸補充
1. have/feel sympathy for + sb./sth. 同情……
2. be sympathetic/compassionate to/towards + sb./sth. 同情……
3. sympathize with + sb./sth. 同情……　　　　4. in sympathy with 贊同

anti**path**y	[æn`tɪpəθɪ]	*n.* 反感、憎惡
anti**path**etic	[ænˌtɪpə`θɛtɪk]	*adj.* 引起反感的、敵對的 (hostile)

秒殺解字 anti(against, opposite)+path(feeling)+y → 「相反」「感覺」，即「反感」。

源源不絕學更多 **path**os (n. 悲愁)、a**path**etic (adj. 無感的)、em**path**y (n. 同理心)。

190　ped, pus = foot 腳

🎧 Track 190

神之捷徑 可用 **foot** 當神隊友，**p/f**，**d/t/s 轉音**，**母音通轉**，來記憶 **ped, pus**，皆表示**「腳」**。坊間書籍、網路常犯一個錯誤，把表示「小販」的 peddler 歸類於這組，而事實上它們並不同源。有些字源學家認為 **pessim** 是 **ped** 另一個變體，由**「腳」**衍生出**「底部」**、**「底下」**，表示**「最壞的」（worst）**，**pessim**ism 就是**「悲觀」**。

pedal	[`pɛdḷ]	*n.* 踏板；腳蹬
pedestrian	[pə`dɛstrɪən]	*n.* 行人 → 用「腳」走路的人。
		adj. 行人的

源來如此 英文造字過程是**具彈性卻有一定的規則可循（a flexible-yet-disciplined rule）**，智慧型手機的出現也讓許多新字出現。一邊走路一邊滑手機的低頭族，就叫做 **petextrian**，是 **pedestrian** 和 **text** 的組合字，因為這些人的是邊走邊**「打訊息」（text）**的**「行人」**。

bi**ped**	[`baɪˌpɛd]	*n.* 兩足動物 → 「兩」隻「腳」的動物。bi 表示「二」（two）。
centi**ped**e	[`sɛntəˌpɪd]	*n.* 蜈蚣 → 「蜈蚣」是「百」「足」之蟲。centi 表示「百」（hundred）。
octo**pus**	[`ɑktəpəs]	*n.* 章魚 → 「八」「爪（腳）」「章魚」。

源來如此 octo**pus** (n. 章魚)、**Octo**ber [ɑk`tobə] (n. 十月) 同源，可用 **eight** 當神隊友，**母音通轉**，來記憶 **octo**，皆表示**「八」**。October 在古羅馬舊曆中是**「八」**月，新曆法延後兩個月，變成十月。

ex**ped**ite	[`ɛkspɪˌdaɪt]	*v.* 使加速 (speed up)
ex**ped**ition	[ˌɛkspɪ`dɪʃən]	*n.* 遠征、探險；旅行

秒殺解字 ex(out)+ped(foot, fetters)+ite → 「擺脫」「腳鐐」，所以能「加速」。expedition 是「腳」「出」家門，進行「探險」。

impede [ɪm`pid] *v.* 妨礙、阻礙 (hinder, obstruct)

impediment [ɪm`pɛdəmənt] *n.* 妨礙、阻礙 (obstacle, obstruction)

> **秒殺解字** im(in)+ped(foot)+e → 「腳」陷「入」泥淖無法自拔，表示「阻礙」前進、進步。

延伸補充
| 1. impede + sb's progress 阻礙前進、進步 | 2. speech impediment 口吃 |

pessimism [`pɛsəmɪzəm] *n.* 悲觀、悲觀主義 (≠ optimism)

pessimistic [ˌpɛsə`mɪstɪk] *adj.* 悲觀的 (≠ optimistic)

pessimist [`pɛsəmɪst] *n.* 悲觀主義者 (≠ optimist)

> **秒殺解字** pessim(worst)+ism → 看到「最壞的」一面。

延伸補充
| 1. be pessimistic about 對⋯⋯感到悲觀的 | 2. pessimism about/over 對⋯⋯感到悲觀的 |

> **源源不絕學更多** fetch (v. 去拿來)、fetter (v. 上腳銬)、fetters (n. 腳鐐；束縛)、millipede (n. 千足蟲)、platypus (n. 鴨嘴獸)、tripod (n. 三腳架)、pajamas (n. 睡衣)、pioneer (n. 先驅；拓荒者)。

191 pel, peal, puls = push, drive
推動，驅使

> 🎧 Track 191
>
> **神之捷徑** pel, peal, puls 同源，**母音通轉**，皆表示**「推動」、「驅使」**。

pulse [pʌls] *n.* 脈搏 → 當你按著「脈搏」時，有感覺到有東西在「推」。

延伸補充
| 1. take/feel + sb's pulse 為某人測脈搏 | 2. find/detect a pulse 測到脈搏跳動 |

appeal [ə`pil] *v.* 呼籲、懇求；上訴；吸引 (attract)
  n. 呼籲、懇求 (request)；上訴；吸引 (attraction, charm)

appealing [ə`pilɪŋ] *adj.* 吸引人的 (attractive, charming ≠ unappealing)

> **秒殺解字** ap(=ad=to)+peal(=pel=push, drive) → 「朝⋯⋯」「推」進，表示「呼籲」、「懇求」。

延伸補充
| 1. appeal to 吸引；呼籲 | 2. wide appeal 廣泛的吸引力 |

compel [kəm`pɛl] *v.* 強迫、迫使 (force)

compulsory [kəm`pʌlsərɪ] *adj.* 義務的 (mandatory, obliged, obligatory, required ≠ voluntary)

> **秒殺解字** com(together)+pel(push, drive) → 「一起」「推」，表示「強迫」。
>
> **字辨** 按強制的程度做比較，force > compel > oblige。

dispel [dɪ`spɛl] *v.* 驅散、消除 (get rid of)

> **秒殺解字** dis(away)+pel(push, drive) → 「推」「開」，表示「驅散」、「消除」想法、疑慮、謠言等。

| expel | [ɪk`spɛl] | *v.* 逐出；開除 |
| expulsion | [ɪk`spʌlʃən] | *n.* 逐出；開除 |

🔑 秒殺解字 ex(out)+pel(push, drive) → 「往外」「推」，就是「逐出」、「開除」。

impel	[ɪm`pɛl]	*v.* 驅使、迫使 (drive, force, compel)
impulse	[`ɪmpʌls]	*n.* 衝動、突然的慾望 (urge)；刺激
impulsive	[ɪm`pʌlsɪv]	*adj.* 易衝動的

🔑 秒殺解字 im(in)+pel(push, drive) → 「內在」的「驅力」。

| propel | [prə`pɛl] | *v.* 推進；驅使 |
| propeller | [prə`pɛlə] | *n.* 螺旋槳 |

🔑 秒殺解字 pro(forward)+pel(push, drive) → 「往前」「推」。

192　pen, pun = punish 處罰

🎧 Track 192

神之捷徑 可用表示**「痛」**的 **pain** 當神隊友，**母音通轉**，來記憶 **pun, pen**，表示**「處罰」**。**「處罰」**通常會給人帶來身體或心理上的**「疼痛」**。

| pain | [pen] | *n.* 痛苦；疼痛 |
| painful | [`penfəl] | *adj.* 痛苦的；疼痛的 (≠ **pain**less) |

punish	[`pʌnɪʃ]	*v.* 處罰
punishment	[`pʌnɪʃmənt]	*n.* 處罰
punitive	[`pjunɪtɪv]	*adj.* 懲罰性的
penalty	[`pɛn!tɪ]	*n.* 處罰、刑罰、罰款；橄欖球、足球、冰上曲棍球的罰球

延伸補充

1. punish + sb. + for + N/Ving 因……而處罰某人　　2. sb. + be punished + for + N/Ving 某人因為……而被處罰

3. punish + sb. + by + Ving/with + sth 藉由……方法來處罰某人

4. capital punishment = death penalty/sentence 死刑　　5. take punitive action/measures 採取懲罰性的措施

6. severe/stiff/heavy penalty 嚴厲的處罰

源源不絕學更多 repent (v. 懺悔)、repentance (n. 懺悔)、repentant (adj. 懺悔的)。

193   pend, pens = hang, weigh, pay
懸掛，秤重，付錢

🎧 Track 193

> 神之捷徑 **pend** 和 **pens** 同源，**d/s/ʃ 轉音**，**母音通轉**，皆表示「**懸掛**」，另有「**秤重**」、「**付錢**」的意思。

de**pend**	[dɪ`pɛnd]	*v.*	依靠、依賴；取決於
de**pend**ent	[dɪ`pɛndənt]	*adj.*	依靠的、依賴的；取決於
de**pend**ence	[dɪ`pɛndəns]	*n.*	依靠、依賴；信賴
de**pend**able	[dɪ`pɛndəb!]	*adj.*	可靠的 (reliable)
inde**pend**ent	[ˌɪndɪ`pɛndənt]	*adj.*	獨立的；自主的 → in 表示「不」(not)、「相反」(opposite)。
inde**pend**ence	[ˌɪndɪ`pɛndəns]	*n.*	獨立；自主

🖋 **秒殺解字** de(down)+pend(hang) → 可在其「下」「懸掛」，表示可以「依靠」。

延伸補充
1. depend/rely/count <u>on/upon</u> 依靠、信賴   2. be dependent <u>on/upon</u> 依靠、信賴；取決於
3. <u>it/that</u> depends 要看情況而定

ex**pend**	[ɪk`spɛnd]	*v.*	花費、耗費 (spend)
ex**pend**iture	[ɪk`spɛndɪtʃɚ]	*n.*	支出、花費 (spending)
ex**pens**e	[ɪk`spɛns]	*n.*	費用；支出；經費
ex**pens**ive	[ɪk`spɛnsɪv]	*adj.*	昂貴的
s**pend**	[spɛnd]	*v.*	花錢、花時間 (expend)
s**pend**ing	[`spɛndɪŋ]	*n.*	支出、花費
pension	[`pɛnʃən]	*n.*	養老金、年金 → 「付」給人養老的錢。

🖋 **秒殺解字** ex(out)+pend(weigh, pay) → 等同 weigh out, pay out，在商家「秤」「出」某物的重量後，買家把錢「付」「出去」。spend 的 s 有可能是 ex 或 dis 的縮減。

延伸補充
1. sb.+ spend + 錢 / 時間 + on + sth.   2. sb.+ spend + 錢 / 時間 + Ving

sus**pend**	[sə`spɛnd]	*v.*	停止；勒令停學、停職；懸掛、吊 (hang)
sus**pens**e	[sə`spɛns]	*n.*	懸念、懸疑、焦慮
sus**pens**ion	[sə`spɛnʃən]	*n.*	停止；勒令停學、停職、禁賽

🖋 **秒殺解字** sus(=sub=up from under)+pend(hang) → 「由下往上」「懸掛」，等同 hang up，表示「懸掛」。

com**pens**ate	[`kɑmpənˌset]	*v.*	補償、賠償；彌補
com**pens**ation	[ˌkɑmpən`seʃən]	*n.*	補償、賠償；彌補

🖋 **秒殺解字** com(together)+pens(weigh, hang, pay)+ate → 「一起」「掛」起來「秤重」，使兩端平衡，表示透過「付錢」讓失去的獲得「補償」，也有「彌補」的意思。

延伸補充
1. compensate for 彌補   2. demand/seek/claim compensation 尋求賠償金

dispense	[dɪ`spɛns]	v. 分配 (give out)；配藥
dispensable	[dɪ`spɛnsəb!]	adj. 非必要的、不重要的 (≠ indispensable)
indispensable	[ˌɪndɪs`pɛnsəb!]	adj. 必需的 (essential, necessary)

秒殺解字 dis(out)+pens(hang, weigh, pay)+e → 等同 weigh out, pay out，「掛」「出去」「秤重」，引申為藉由秤重來「分配」。dispensable 是「可以分配出去的」，表示「非必要的」，indispensable 表示「必需的」，in 表示「不」（not）、「相反」（opposite）。

| append | [ə`pɛnd] | v. 附加 (add) |
| appendix | [ə`pɛndɪks] | n. 附錄；盲腸 |

秒殺解字 ap(=ad=to)+pend(hang, weigh) →「往……」「掛」。

spider	[`spaɪdə]	n. 蜘蛛
spin	[spɪn]	v. 紡、結網；杜撰；快速旋轉
		n. 旋轉；兜風 (drive)

源來如此 spider, spin 同源，d/n 轉音，母音通轉，核心語意是「吐絲」（spin），可用「蜘蛛」會吐絲來記憶。值得一提的是，兩個單字開頭有 s，但其他同源單字，如：pension, compensate，卻沒有 s。這是印歐語的一特色，叫「飄忽的 s」（s-mobile），s 神出鬼沒，時而出現、時而隱沒。

源源不絕學更多 ponder (v. 仔細考慮、衡量)、pound (n. 鎊；英鎊)。

194 pet = fly, rush, go, seek
飛，衝，去，尋求

🎧 Track 194

神之捷徑 可用表示「羽毛」的 feather 當神隊友，p/f，t/ð 轉音，母音通轉，來記憶 pet，後引申為「翅膀」（wing），核心語意是「飛」、「衝」，更衍生出「去」、「尋求」、「攻擊」（attack）、「往……目標前進」（aim for）、「掉落」（fall）等諸多語意。

feather	[`fɛðə]	n. 羽毛
petition	[pə`tɪʃən]	n. 請願書；訴狀
		v. 請願 → 向上方「尋求」，表示「請願」。
pen	[pɛn]	n. 筆 → 古代的「筆」是用「羽毛」沾墨水書寫。
pin	[pɪn]	n. 針 → 「羽毛」的尖端像「針」。

源來如此 wing [wɪŋ] (n. 翅膀)、wind [wɪnd] (n. 風)、window [`wɪndo] (n. 窗戶 )、weather [`wɛðə] (n. 天氣) 同源，d/ð 轉音，母音通轉，核心語意是「吹」（blow）；打開「窗戶」會有「風」「吹」進來，相關同源字還有 vent [vɛnt] （n. 通風口)。此外，wither [`wɪðə] (v. 枯萎、乾枯)、weather (v. 風化；平安度過困境) 同源，母音通轉，核心語意是「乾枯」（wither）。

| appetite | [`æpəˌtaɪt] | n. 食慾；慾望 (desire)；嗜好 (liking) |
| appetizer | [`æpəˌtaɪzə] | n. 開胃菜 |

秒殺解字 ap(=ad=to)+pet(go, seek)+ite →「去」「尋求」喜愛的食物。

compete	[kəm`pit]	*v.* 競爭 (contest, contend)
competition	[͵kɑmpə`tɪʃən]	*n.* 競爭；比賽 (contest)
competitor	[kəm`pɛtətɚ]	*n.* 競爭者 (rival)；競賽者 (contestant)
competitive	[kəm`pɛtətɪv]	*adj.* 競爭的；有競爭力的
competitiveness	[kəm`pɛtətɪvnɪs]	*n.* 競爭力
competent	[`kɑmpətənt]	*adj.* 有能力的 (able, capable ≠ incompetent)
competence	[`kɑmpətəns]	*n.* 能力 (ability, capability, capacity ≠ incompetence)

秒殺解字 com(together)+pet(go, seek)+e → 大家「一起」「去」「競逐」目標。

延伸補充
1. compete with/against + sb./sth. 與……競爭　　2. compete for 爭奪……
3. in competition with + sb./sth. 與……競爭

repeat	[rɪ`pit]	*v.* 重複
		n. 重複；節目重播
repeated	[rɪ`pitɪd]	*adj.* 再三的、反覆的
repeatedly	[rɪ`pitɪdlɪ]	*adv.* 再三地 (over and over again, again and again)
repetitive	[rɪ`pɛtɪtɪv]	*adj.* 反覆而無聊的
repetition	[͵rɛpɪ`tɪʃən]	*n.* 重複

秒殺解字 re(again)+peat(=pet=go, seek) →「一再」「去」「追」。

延伸補充
1. repeat oneself 重做、重說　　2. repeat a class/grade/year 留級
3. History repeats itself. 歷史會重演。

symptom	[`sɪmptəm]	*n.* 症狀；跡象

秒殺解字 sym(=syn=together)+ptom(fall) →「落」在「一起」，語意淡化後，表示「掉落」，後引申為天降疾病，所有疾病皆有其「症狀」。

源源不絕學更多 impetus (n. 動力；促進)、helicopter (n. 直升機)、hippopotamus (n. 河馬)。

195 phan, fan = shine 發光

🎧 Track 195

神之捷徑 phan, fan 同源，都表示「**發光**」，進而衍生出「**光**」（light）、「**出現**」（appear）、「**顯現**」（show）、「**想像**」（imagine）等相關語意。

fancy	[`fænsɪ]	*v.* 想要 (feel like)；認為
		n. 愛好
		adj. 奢華的 (expensive, luxurious)；花俏的；繁複的 (≠ straightforward)
fantasy	[`fæntəsɪ]	*n.* 空想、幻想；奇幻文學 → 只「出現」在「想像」中的。
fantastic	[fæn`tæstɪk]	*adj.* 極好的 (wonderful, excellent, superb, perfect, terrific, brilliant, attractive, amazing, incredible, unbelievable, marvelous, outstanding)；極大的 (huge)；奇幻的 (**fan**tastical) → 只「出現」在「想像」中的，表示為「極好」、「極大」、「奇幻的」。
phantasm	[`fæntæzəm]	*n.* 幻像、幻覺 (illusion)
phantom	[`fæntəm]	*n.* 幽靈、鬼魂 (ghost)；幻像 → 「顯現」的幽靈。
		adj. 幻覺的
phenomenon	[fə`nɑmə‚nɑn]	*n.* 現象 **複數** phenomena → 「顯現」的是「現象」。

> **源來如此** 《歌劇魅影》（ *The Phantom of the Opera* ）是法國偵探小說家卡斯頓‧勒胡（Gaston Leroux）所撰著的愛情驚悚小說，描述一個臉部受傷嚴重變形而戴著面具掩蓋其醜陋的面容的音樂天才，在戲院神出鬼沒，而被稱為「魅影」，因為愛上歌劇女歌手，衍生一系列瘋狂的事端。

> **延伸補充**
> 1. fancy + Ving = feel like + Ving 想要做
> 2. live in a world of fantasy 活在幻想的世界中
> 3. fantastic tales 奇幻故事

phase	[fez]	*n.* 階段、時期 → 「出現」、「顯現」。
		v. 分階段、逐步實行
em**phas**is	[`ɛmfəsɪs]	*n.* 強調 (stress)；重音 **複數** emphases
em**phas**ize	[`ɛmfə‚saɪz]	*v.* 強調 (stress)；加強語氣
em**phat**ic	[ɪm`fætɪk]	*adj.* 強調的；驚人的
overem**phas**ize	[ovɚ`ɛmfə‚saɪz]	*v.* 過分強調

> **秒殺解字** em(=en=in)+phas(=phan=show)+is → 將「內部」的重點「顯現」出來。

> **延伸補充**
> 1. put/place/lay emphasis/stress on + sth. = emphasize/stress + sth. 強調
> 2. emphasize the importance of studying hard 強調努力讀書的重要性

> **源源不絕學更多** **photo**graph (n. 照片 v. 拍照)、**photo**grapher (n. 攝影師)。

196　phil, philo = love 愛

🎧 Track 196

love 和 phil, philo，雖然皆表示**「愛」，卻不同源**，但如果把 phil 倒過來拼字，形成逆序詞 liph，和 love 逐字對照，可以發現一個有趣的巧合，可藉由 **f/v 轉音、母音通轉**的概念來記憶 phil 的意思，可謂無巧不成書，莫非這真是神的創作？不過，在此強調，**不同源就不能套用格林法則，胡亂轉音，反而對學習有礙。這是本書唯一犯規的地方**，純粹為了方便讀者記憶，以及提醒各位要留意格林法則使用的**嚴謹度**。值得一提的是，美國獨立的誕生地「費城」（**Phil**adelphia），表示「兄弟之**愛**」，善用城市名來記憶字根，是不是親切許多？

philosophy　　[fə`lasəfɪ]　　*n.* 哲學；人生觀
philosopher　　[fə`lasəfə]　　*n.* 哲學家
philosophical　[ˌfɪlə`safɪk!]　*adj.* 哲學的；豁達的

🖋️ **秒殺解字** philo(love)+soph(wise, wisdom, knowledge)+y → 「哲學」是一種「愛」「智」之學。

延伸補充
1. philosophy of life 人生哲學　　　　2. be philosophical about 對……豁達的

bibliophile　　[`bɪblɪəˌfaɪl]　　*n.* 愛書者 → biblio 表示「書」(book)。

源源不絕學更多 audio**phile** (n. 音響迷)、techno**phile** (n. 科技迷)。

197　physi = nature 自然

🎧 Track 197

physi 表示**「自然」**。

physics　　　[`fɪzɪks]　　　*n.* 物理
physicist　　[`fɪzɪsɪst]　　*n.* 物理學家
physical　　　[`fɪzɪk!]　　　*adj.* 身體的 (≠ mental, emotional)；物質的；物理學的
　　　　　　　　　　　　　　　 n. 體檢
physically　　[`fɪzɪk!ɪ]　　 *adv.* 身體上地 (≠ mentally, emotionally)
physician　　[fɪ`zɪʃən]　　 *n.* 醫師

延伸補充
1. physical education = PE 體育
2. physical fitness/strength/disability/examination 體適能 / 體力 / 身體殘障 / 體檢
3. physical science 自然科學　　　　4. physical therapy/therapist 物理療法 / 治療師
5. the physical world 物質世界

198　plac = please 取悅

🎧 Track 198

可用 **please** 當神隊友，**母音通轉**，來記憶 **plac**，皆表示「**取悅**」。

please	[pliz]	*v.* 令人高興、取悅
pleased	[plizd]	*adj.* 高興的、滿意的 (happy, glad, delighted, content, contented, satisfied)
pleasing	[`plizɪŋ]	*adj.* 令人高興的、滿意的
pleasant	[`plɛzənt]	*adj.* 令人愉快的 (nice ≠ un**pleas**ant)
pleasure	[`plɛʒɚ]	*n.* 愉悅；愉快的事物 (enjoyment, delight)；榮幸

延伸補充

1. be pleased + about/at/with + sth. 對⋯⋯感到高興的、滿意的

2. be + pleased/glad/happy/willing + to V 願意去、樂於去⋯⋯

3. Pleased/Good/Nice + to meet you. 見到你很榮幸。

4. take pleasure/delight in + N/Ving = delight in + N/Ving 以⋯⋯為樂

5. It is a pleasure/delight + to V ⋯⋯是一件愉快的事　　6. (It's) my pleasure. 我的榮幸。

dis**please**	[dɪs`pliz]	*v.* 使不高興 (≠ **please**) → dis 表示「不」（not）。
dis**please**d	[dɪs`plizd]	*adj.* 感到不高興的、生氣的 (≠ **please**d)
dis**pleas**ing	[dɪs`plizɪŋ]	*adj.* 令人不高興的 (≠ **pleas**ing, **pleas**ant)
dis**pleas**ure	[dɪs`plɛʒɚ]	*n.* 不快、不滿 (annoyance ≠ **pleas**ure)
plea	[pli]	*n.* 懇求 (request)；答辯；藉口 (excuse)
plead	[plid]	*v.* 懇求 (beg)；為⋯⋯辯護；以⋯⋯為由 → 本指「取悅」（please），後指在法庭上律師提出「取悅」原告、「說服」法官的證據來辯護。

源源不絕學更多 **plac**ate (v. 安撫)、**plac**atory (adj. 安撫的)、**plac**ebo (n. 安慰劑)、com**plac**ent (adj. 自滿的)。

199　plain = strike 打擊

🎧 Track 199

com**plain** 和 **plague**, **fling** 同源，**p/f 轉音**，**母音通轉**，核心語意是「**打擊**」。

com**plain**	[kəm`plen]	*v.* 抱怨；投訴
com**plain**t	[kəm`plent]	*n.* 抱怨；投訴

秒殺解字 com(intensive prefix)+plain(strike, beat the breast) → 本義「搥胸」，以示「哀悼」。

英文老師也會錯 坊間書籍和網路常把 complain 和 plain, explain 歸類在一起，但事實上它們並不同源。

延伸補充

1. complain to + sb. 對某人抱怨　　　　　　2. complain about/of 抱怨⋯⋯

3. complain + (that) + S + V 抱怨⋯⋯　　　4. make/lodge a complaint 抱怨

plague	[pleg]	*n.* 瘟疫 → 瘟疫「襲擊」（strike）。
		v. 不斷折磨；因不停提問而使煩惱

源源不絕學更多 **fling** (v./n. 扔、擲)。

200　plant = plant 植物，種植

 這組單字的核心語意是「**植物**」、「**種植**」。

🎧 Track 200

plant	[plænt]	*n.* 植物；工廠
		v. 種植、栽培；安置

延伸補充

1. power <u>plant/station</u> 發電廠　　　　2. plant <u>a bomb/explosives</u> 放炸彈 / 炸藥

im**plant**	[ɪm`plænt]	*v.* 灌輸；植入
	[`ɪmplænt]	*n.* 植入物
im**plant**ation	[ˌɪmplæn`teʃən]	*n.* 灌輸；植入

🪶**秒殺解字** im(in)+plant(plant) →「植」「入」，通常指「灌輸」觀念，或者「植入」人工心臟、人工髖關節、義乳等等。

trans**plant**	[træns`plænt]	*v.* 移植；移種；移居
	[`trænsplænt]	*n.* 移植
trans**plant**ation	[ˌtrænsplæn`teʃən]	*n.* 移植；移種；移居

🪶**秒殺解字** trans(across)+plant(plant) → 把一方的器官或皮膚「植」到另一方，或「移種」某植物。

201　plaud, plod, plaus, plos = clap 鼓掌，拍手

🎧 Track 201

 plaud, plod, plaus, plos 同源，**d/z/s/ʒ 轉音**，**母音通轉**，皆表示「**鼓掌**」、「**拍手**」。

ap**plaud**	[ə`plɔd]	*v.* 鼓掌 (clap)；贊成
ap**plaus**e	[ə`plɔz]	*n.* 掌聲

🪶**秒殺解字** ap(=ad=to)+plaud(clap) → 本義「鼓掌」。

ex**plod**e	[ɪk`splod]	*v.* （使）爆炸 (blow up, burst)；爆發、激增 (rocket)
ex**plos**ion	[ɪk`sploʒən]	*n.* 爆炸；爆發、激增
ex**plos**ive	[ɪk`splosɪv]	*adj.* 易爆炸的、引起爆炸的；激增的
		n. 炸藥

🪶**秒殺解字** ex(out)+plod(clap)+e → 本指「拍手」發出噪音，驅趕演員下台，有點類似喝倒采，1790 年後才有「爆炸」的意思。

延伸補充

1. bomb + <u>explode/go off</u> 炸彈爆炸　　　　2.（建築物、汽車、飛機等）+ <u>explode/blow up</u> ……爆炸

3. <u>explode/blow up</u> +（建築物、汽車、飛機等）使……爆炸、引爆；炸掉

4. <u>bomb/gas/nuclear</u> explosion 炸彈 / 瓦斯 / 核能爆炸　　5. population <u>explosion/boom</u> 人口爆炸

源來如此 bomb [bɑm] (n. 炸彈)、**bombard** [bɑm`bɑrd] (v. 轟炸)、**boom** [bum] (v. 發出隆隆聲；繁榮) 同源，**b/m 轉音**，**母音通轉**，核心語意是「**炸彈**」。「**發出隆隆聲**」（**boom**）可聯想成是「**炸彈**」的爆炸聲響。

202　ple, plet, plen, pli, ply= fill, full 充滿，充滿的

Track 202

 神之捷徑　可用 **full**, **fill** 當神隊友，**p/f 轉音**，**母音通轉**，來記憶 **ple**, **plet**, **plen**, **pli**, **ply**，皆表示 **「充滿」**、**「充滿的」**。這組字根和表示 **「許多的」**（many, much）的字首 **poly** 同源。

fill	[fɪl]	v. 充滿；填寫
full	[fʊl]	adj. 滿的
		n. 充分
		adv. 充分地
fullfill	[fʊlˋfɪl]	v. 實現 (achieve, realize)；履行 (keep)；滿足 (satisfy)
fullfill**ment**	[fʊlˋfɪlmənt]	n. 實現、成就 (achievement, accom**pli**shment)；滿足

延伸補充
1. fill + sth. + in/out 填寫　　　　　2. fulfill a goal/an aim/an objective 實現目標
3. fulfill/keep a promise/pledge 信守承諾　　4. a sense of fulfillment/achievement 成就感

plenty	[ˋplɛntɪ]	pron./n. 豐富、充足、大量
plentiful	[ˋplɛntɪfəl]	adj. 豐富的、充足的、多的 → 同時具有 **plen** 和 **full** 這兩個詞素。

延伸補充
1. plenty of 許多、大量的　　　　　2. plenty more 還有很多

com**plet**e	[kəmˋplit]	adj. 完全的 (total)；完整的 (whole)；完成的 (finished)
		v. 完成 (finish)
com**plet**eness	[kəmˋplitnɪs]	n. 完整；完全 (≠ incom**plet**eness)
com**plet**ion	[kəmˋpliʃən]	n. 完成
com**plet**ely	[kəmˋplitlɪ]	adv. 完全地；完整地
incom**plet**e	[ˏɪnkəmˋplit]	adj. 不完整的；未完成的 (unfinished) → in 表示「不」(not)。

秒殺解字 com(intensive prefix)+plet(fill)+e → 填「滿」，就是「完成」。

com**pli**ment	[ˋkɑmpləmənt]	v./n. 恭維、讚美 (praise)

秒殺解字 com(intensive prefix)+pli(fill)+ment → 本義「滿」足人的虛榮心。

延伸補充
1. compliment + sb.+ on + sth. 讚美某人的……　　2. pay/give + sb.+ a compliment 讚美某人

com**ply**	[kəmˋplaɪ]	v. 遵守、遵從
com**pli**ance	[kəmˋplaɪəns]	n. 遵守、遵從

秒殺解字 com(intensive prefix)+ply(=ple=fill) → 從「填滿」衍生出「遵守」。

延伸補充
1. comply with 遵守、遵從　　　　　2. in compliance with 依照

accom**pli**sh	[əˋkɑmplɪʃ]	v. 完成、達到 (achieve)
accom**pli**shment	[əˋkɑmplɪʃmənt]	n. 完成；成就 (achievement)
accom**pli**shed	[əˋkɑmplɪʃt]	adj. 熟練的 (skill**ful**)

秒殺解字 ac(=ad=to)+com(intensive prefix)+pli(fill)+ish → 「去」填「滿」，就是「完成」。

implement	[`ɪmpləˌmɛnt]	v. 實施、執行
	[`ɪmpləmənt]	n. 農具、園藝工具

🖋 秒殺解字 im(in)+ple(fill)+ment → 將「內部」填「滿」，衍生出「執行」。

supply	[sə`plaɪ]	v. 供給、供應 (provide, offer)
		n. 供應量；供應
supplement	[`sʌpləmənt]	n. 補足；補給品；附錄
	[`sʌpləˌmɛnt]	v. 補充；增加
supplementary	[ˌsʌplə`mɛntərɪ]	adj. 補充的 (additional)

🖋 秒殺解字 sup(=sub=up from under)+ply(=ple=fill) → 從「下」往上「填滿」，表示「供給」。

延伸補充
1. supply + sb. + with + sth. = supply + sth. + to + sb. 供應某人某物
2. provide + sb. + with + sth. = provide + sth. + for + sb. 供應某人某物
3. offer + sb. + sth. = offer + sth. + to + sb. 提供某人某物
4. in short supply 供應不足、短缺

plus	[plʌs]	prep. 加 (≠ minus)；另有
		adj. 正的 (≠ minus)
		n. 優勢 (advantage)；正號 (≠ minus)
surplus	[`sɝpləs]	n. 過剩 (excess)；順差 → sur表示「在上方」、「超越」(over)。
		adj. 過剩的
plural	[`plʊrəl]	adj. 多元的、多種的
		n. 複數

源來如此 plus, surplus, plural 同源，plur 為 ple 的變形字根。可用表示「加」的 plus 當神隊友，r/s 轉音，母音通轉，來記憶 plur，表示「更多」(more)，因為加了就會更多。

polygon	[`pɑlɪˌgɑn]	n. 多邊形

🖋 秒殺解字 poly(many)+gon(angle, corner) →「很多」「角」，表示「多邊形」。

源源不絕學更多 folk (n. 人們)、manipulate (v. 操縱)、polygraph (n. 測謊器)。

203　ple, plex, plic, ply = fold 對摺

🎧Track 203

神之捷徑 可用 fold 當神隊友，p/f 轉音，母音通轉，來記憶 ple, plex, plic, ply，皆表示「對摺」。

fold	[fold]	v. 摺疊、對摺；交疊
		n. 褶痕
unfold	[ʌn`fold]	v. 打開、攤開；事件發展；披露 → un 表示「動作的相反」。
double	[`dʌb!]	adj. 雙的；兩倍的
		n. 兩倍
		v. 加倍
		adv. 雙倍地

🖋 秒殺解字 dou(two)+ble(fold) →「兩」「摺」。

| **tri**ple | [`trɪp!] | *adj.* 三部分的、三次的；三倍的
v. 使成三倍 |

🪶 **秒殺解字** tri(three)+ple(fold) → 「三」「摺」。

| **multi**ple | [`mʌltəp!] | *adj.* 多種的、多個的
n. 倍數 |
| **multi**ply | [`mʌltə‚plaɪ] | *v.* 乘；大幅增加；繁殖 (breed) |

🪶 **秒殺解字** multi(many)+ple(fold) → 「多」「摺」，表示不斷地「增加」。

simple	[`sɪmp!]	*n.* 簡單的 (easy)；樸素的 (plain)；純粹的 (only)
simply	[`sɪmplɪ]	*adv.* 僅、只 (only, merely, just)；簡易地
simpli**fy**	[`sɪmplə‚faɪ]	*v.* 簡化
simpli**city**	[sɪm`plɪsətɪ]	*n.* 簡單；樸素

🪶 **秒殺解字** sim(one, same, similar)+ple(fold) → 只有「一」「摺」，表示「簡單的」、「樸素的」。

延伸補充
1. keep/make + sth. + simple. 使……簡單些　　　　2. to put it simply 簡言之

apply	[ə`plaɪ]	*v.* 塗、敷；應用；申請
applic**ant**	[`æpləkənt]	*n.* 申請人；求職者
applic**ation**	[‚æplə`keʃən]	*n.* 申請；應用
applic**able**	[ə`plɪkəb!]	*adj.* 可應用的；合用的
appli**ance**	[ə`plaɪəns]	*n.* 器具、電器

🪶 **秒殺解字** ap(=ad=to)+ply(fold) → 「摺」過去是「應用」，也意味把自己放在合適的位置。

延伸補充
1. apply for 申請取得、應徵　　　　　　　　2. apply to 向……申請或要求
3. apply to = be applicable to 適用於　　　4. apply A to B 將 A 塗在 B；將 A 應用在 B
5. application form 申請表格　　　　　　　6. letter of application 申請信
7. app/application game 應用程式遊戲　　　8. domestic/household appliance 家用電器
9. electrical appliance 電器

| **im**ply | [ɪm`plaɪ] | *v.* 暗示 (suggest, hint)；必然包含 |
| **im**pli**cation** | [‚ɪmplɪ`keʃən] | *n.* 暗示；涉及；可能的影響 |

🪶 **秒殺解字** im(in)+ply(fold) → 往「內」「摺」，引申出「暗示」。

| **re**ply | [rɪ`plaɪ] | *v.* 回覆；回應 (answer, respond)
n. 回覆；回應 (answer, response) |

🪶 **秒殺解字** re(back, again)+ply(fold) → 「摺」「回去」，表示「回覆」、「回應」。

延伸補充
1. reply/respond to + sth. 回答、答覆……　　2. in reply/response 對……的回覆
3. in reply/response/answer to 回覆

replic**a**	[`rɛplɪkə]	*n.* 複製；複製品 (copy)
replic**ate**	[`rɛplɪ‚ket]	*v.* 複製
replic**ation**	[‚rɛplɪ`keʃən]	*n.* 複製

🪶 **秒殺解字** re(back, again)+plic(fold)+a → 「再」「摺」一次，表示「複製」。

duplic**ate**	[`djuplə͵ket]	*v.* 複製 (copy)；重複 (repeat)
	[`djupləkɪt]	*adj.* 一樣的
		n. 複製品
duplic**ation**	[͵djuplɪ`keʃən]	*n.* 複製；重複

秒殺解字 du(two)+plic(fold)+ate → 「摺」「兩」份，表示「複製」或「重複」做完全「一樣的」東西。

explic**ate**	[`εksplɪ͵ket]	*v.* 解釋 (explain)
explic**it**	[ɪk`splɪsɪt]	*adj.* 清楚的、明確的
exploit	[ɪk`splɔɪt]	*v.* 剝削；利用；開採
	[`εksplɔɪt]	*n.* 輝煌英勇的功績

秒殺解字 ex(out)+plic(fold)+ate → 往「外」「摺」，將內部「清楚」、直接地「解釋」給人看。

complic**ate**	[`kɑmplə͵ket]	*v.* 使複雜
complic**ation**	[͵kɑmplə`keʃən]	*n.* 複雜；併發症
complic**ated**	[`kɑmplə͵ketɪd]	*adj.* 複雜的 (**complex** ≠ simple)
complex	[`kɑmplεks]	*adj.* 複雜的
		n. 情結；綜合體
complex**ity**	[kəm`plεksətɪ]	*n.* 複雜
complex**ion**	[kəm`plεkʃən]	*n.* 膚色；性質

秒殺解字 com(together)+plic(fold)+ate → 「摺」在「一起」，糾結，就很「複雜」。

perplex	[pɚ`plεks]	*v.* 使困惑 (puzzle, confuse)
perplex**ing**	[pɚ`plεksɪŋ]	*adj.* 令人困惑的 (puzzling, confusing)
perplex**ed**	[pɚ`plεkst]	*adj.* 感到困惑的 (puzzled, confused)
perplex**ity**	[pɚ`plεksətɪ]	*n.* 困惑 (confusion)

秒殺解字 per(through)+plex(fold) → 「從頭到尾」都將東西「摺」在一起，因此隱含「糾結」的意思，引申為使人難懂、「使困惑」。

em**ploy**	[ɪm`plɔɪ]	*v.* 雇用 (hire)；使用 (use)
em**ploy**er	[ɪm`plɔɪɚ]	*n.* 雇主
em**ploy**ee	[͵εmplɔɪ`i]	*n.* 員工、被雇者 (worker) → ee 表示「被……者」。
em**ploy**ment	[ɪm`plɔɪmənt]	*n.* 就業；受雇；就業人數 (≠ unem**ploy**ment)

秒殺解字 em(=im=in)+ploy(=plic=fold) → 本義往「內」「摺」，1580 年代才有「雇用」的意思。

di**plo**ma	[dɪ`plomə]	*n.* 畢業文憑；證書
di**plo**macy	[dɪ`ploməsɪ]	*n.* 外交
di**plo**matic	[͵dɪplə`mætɪk]	*adj.* 外交的；圓滑的
di**plo**mat	[`dɪpləmæt]	*n.* 外交官

秒殺解字 di(two)+plo(fold)+o+ma → 本指「對摺」成「兩」半的紙張，後語意轉變，變成「畢業文憑」或「證書」。同樣，「外交」也要「兩」方顧到，圓滑處理。

| dis**play** | [dɪ`sple] | *v.* 陳列、展示 (show, exhibit)；表露情感 (show, demonstrate) |
| | | *n.* 陳列；展示 (show, exhibition)；表演；表露情感 (show, exhibition) |

秒殺解字 dis(apart)+play(=plic=fold) → 等同 unfold，將「對摺」的東西攤「開」，表示「陳列」、「展示」等。

延伸補充
1. on display/show 展示中
2. a fireworks display 煙火秀

源源不絕學更多 two**fold** (adj. 兩倍的；兩部分的)、three**fold** (adj. 三倍的)、de**ploy** (v. 布署；有效運用)。

204　point, punct = prick, point 刺，戳，點

🎧 Track 204

神之捷徑 point, punct 同源，**母音通轉**，皆和「刺」、「戳」（prick）有關，後來又衍生出「尖」（sharp）、「點」（point）等意思。

point	[pɔɪnt]	*n.* 要點；點；分數；尖端
		v. 指著；指出；表示
pointless	[`pɔɪntlɪs]	*adj.* 無意義的 → less 表示「無」（without）。
punctual	[`pʌŋktʃʊəl]	*adj.* 準時的、守時的 (on time)
punctuality	[ˌpʌŋktʃʊˋælətɪ]	*n.* 準時、守時

延伸補充
1. the main/key points 要點、重點
2. miss the point 沒抓住重點
3. up to a point = to some/a certain extent 不完全是
4. to the point 抓住要點
5. get/come (straight/right) to the point 直接談到要點
6. off/beside the point 離題
7. point of view = viewpoint 觀點
8. turning point 轉捩點
9. I can see your point. = I take your point. = Point taken. 我明白你的意思。
10. You have a point there. 你說得有道理。

ap**point**	[ə`pɔɪnt]	*v.* 任命、指派；安排
ap**point**ment	[ə`pɔɪntmənt]	*n.* 約會；任命、指派
ap**point**ee	[əˌpɔɪnˋti]	*n.* 被任命者、被指派者 → ee 表示「被……者」。

秒殺解字 ap(=ad=to)+point(point) → 將人派到某個「點」上。

延伸補充
1. appoint + sb. + to sth. 任命某人去某地
2. appoint + sb. + to V 任命某人去……
3. appoint + sb. + as + sth. 任命某人擔任某職位
4. have/make an appointment with + sb. 與某人約會

disap**point**	[ˌdɪsə`pɔɪnt]	*v.* 使失望 (let + sb.+ down)；阻礙
disap**point**ing	[ˌdɪsə`pɔɪntɪŋ]	*adj.* 使人失望的
disap**point**ed	[ˌdɪsə`pɔɪntɪd]	*adj.* 感到失望的、沮喪的
disap**point**ment	[ˌdɪsə`pɔɪntmənt]	*n.* 失望；沮喪

秒殺解字 dis(opposite)+ap(=ad=to)+point(point) → 「任命」（appoint）的「相反」動作，表示「罷黜」、「解職」，衍生出「失望」的語意。

延伸補充
1. be disappointed at/with/about/in 對……感到失望的
2. to + sb's disappointment = to the disappointment of + sb. 使某人失望

punch [pʌntʃ] *v.* 用拳猛擊；打孔

n. 一拳；打孔器

源源不絕學更多 **point**ed (adj. 尖的；一針見血的)、stand**point** (n. 觀點)、view**point** (n. 觀點)、**punct**uate (v. 加標點符號)、**punct**uation (n. 標點符號)。

205 polis, polit = city, citizen 城市，市民

🎧 Track 205

 神之捷徑 **polis, polit** 同源，**t/s 轉音**，**母音通轉**，皆表示「**城市**」、「**市民**」，並衍生出「**政府**」（government）、「**管理**」（administration）的意思。

politics	[ˈpɑlətɪks]	*n.* 政治
political	[pəˈlɪtɪk!]	*adj.* 政治的
politician	[ˌpɑləˈtɪʃən]	*n.* 政客、政治人物
police	[pəˈlis]	*n.* 警察；警方 → 警察系統隸屬「政府」。
policy	[ˈpɑləsɪ]	*n.* 政策

字辨 **politician** 是「**政客**」、「**政治人物**」，指的是「**從事政治活動的人（有時會帶有貶義）**」；**statesman** 或 **stateswoman** 是「**政治家**」，指的是「**具有遠見卓識，而受人尊敬的政治人物**」。

延伸補充

1. political party 政黨	2. political prisoner 政治犯

metro**polis**	[məˈtrɑp!ɪs]	*n.* 大都市
metro**polit**an	[ˌmɛtrəˈpɑlətn̩]	*adj.* 大都市的

秒殺解字 metro(=meter=mother)+polis(city) → 像「母親」的「城市」，原指「首都」，後指「大城市」。

cosmo**polit**an	[ˌkɑzməˈpɑlətn̩]	*adj.* 國際化的
		n. 四海為家的人

秒殺解字 cosmo(universe)+polit(city, citizen)+an → 本義是像「宇宙」般的大「城市」，或「世界」「公民」。

源來如此 **cosme**tic [kɑzˈmɛtɪk] (adj. 表面的)、**cosme**tics [kɑzˈmɛtɪks] (n. 化妝品)、**cosmos** [ˈkɑzməs] (n. 宇宙)、**cosmo**politan (adj. 國際化的) 同源，**母音通轉**，核心語意是「**宇宙**」（universe）、「**秩序**」（order）。「**宇宙**」的運作有一定的「**秩序**」，有其規律美，而「**化妝品**」可提升外貌的美麗程度，是一種調和之美。相關同源字還有 macro**cosm** [ˈmækrəˌkɑzəm] (n. 宏觀世界、整體)、micro**cosm** [ˈmaɪkrəˌkɑzəm] (n. 微觀世界、縮影)。

206　popul, publ = people 人們

　🎧 Track 206

可用 **people** 當神隊友，**b/p 轉音**，**母音通轉**，來記憶 **popul, publ**，皆表示「人」。

people	[`pip!]	*n.* 人
popular	[`pɑpjələ]	*adj.* 流行的、受歡迎的 (≠ un**popul**ar)
popularity	[ˌpɑpjə`lærətɪ]	*n.* 流行、受歡迎、人氣
populate	[`pɑpjəˌlet]	*v.* 居住於
population	[ˌpɑpjə`leʃən]	*n.* 人口；族群
populous	[`pɑpjələs]	*adj.* 人口稠密的

延伸補充
1. be popular with/among 受……的歡迎　　2. population growth/explosion/boom 人口成長 / 爆炸 / 爆炸

public	[`pʌblɪk]	*adj.* 公眾的；公共的、公立的 (≠ private)；公開的 *n.* 公眾
publicity	[pʌb`lɪsətɪ]	*n.* 公眾的關注；宣傳活動
publish	[`pʌblɪʃ]	*v.* 出版、發行；刊登；發表
publisher	[`pʌblɪʃə]	*n.* 出版者、出版社
publishing	[`pʌblɪʃɪŋ]	*n.* 出版業、出版界
publication	[ˌpʌblɪ`keʃən]	*n.* 出版；出版物
re**publ**ic	[rɪ`pʌblɪk]	*n.* 共和政府、共和國

秒殺解字 re(=res=thing)+publ(people)+ic → 本義是「人民的」「事務」。

延伸補充
1. in public 公開地、當眾　　2. public servant/school 公務員 / 公立學校

源源不絕學更多 over**popul**ated (adj. 人口過多的)、over**popul**ation (n. 人口過多)。

207　port = carry, harbor 攜帶，港口

　🎧 Track 207

port 表示「攜帶」、「港口」。

port	[port]	*n.* 港
porter	[`portə]	*n.* 車站或機場的行李員；旅館門房
portable	[`portəb!]	*adj.* 可攜帶的、手提的
pass**port**	[`pæsˌport]	*n.* 護照

秒殺解字 pass(pass)+port(harbor) → 「護照」是能帶人「通過」「港口」海關的證件。

op**port**unity	[ˌɑpə`tjunətɪ]	*n.* 機會 (chance)

秒殺解字 op(=ob=before, toward)+portun(=port=harbor)+ity → 船隻是否能順利進「港」，關鍵在於風，風決定了成功的「機會」高低。

延伸補充
1. take/seize/grasp/use the opportunity + to V = take/grab the chance + to V 把握機會去……
2. miss the opportunity/chance 錯失機會
3. a once-in-a-lifetime opportunity/chance = a chance of a lifetime/in a million 千載難逢的機會

197

sport [sport] *n.* 運動；運動比賽
sportsmanship [`sportsmənʃɪp] *n.* 運動家精神

🖋 **秒殺解字** s(=dis=away)+port(carry) → 由 disport 而來，來自古法語動詞 desporte，原意是「帶」「走」工作煩憂，進行娛樂來放鬆，後衍生為「運動」。

----

export [ɪks`port] *v.* 出口
[`ɛksport] *n.* 出口（品）（≠ im**port**）

🖋 **秒殺解字** ex(out)+port(carry) → 「攜（帶）」「出」。

----

import [ɪm`port] *v.* 進口
[`ɪmport] *n.* 進口（品）（≠ ex**port**）
important [ɪm`portənt] *adj.* 重要的（≠ unim**port**ant）
importance [ɪm`portəns] *n.* 重要性
importantly [ɪm`portəntlɪ] *adv.* 重要地

🖋 **秒殺解字** im(in)+port(carry) → 「攜（帶）」「入」是「進口」，以前會「帶」「入」港口海關的一定是「重要的」物品。

延伸補充
1. of great/major importance 相當重要的　　2. more/most/equally importantly 更 / 最 / 同樣重要的是

----

support [sə`port] *v./n.* 支持；支撐；擁護；贊助
supporter [sə`portə] *n.* 支持者、擁護者

🖋 **秒殺解字** sup(=sub=up from under)+port(carry) → 「由下往上」「提」，為「支持」、「支撐」。

----

report [rɪ`port] *v./n.* 報告；報導
reporter [rɪ`portə] *n.* 記者
reporting [rɪ`portɪŋ] *n.* 報導

🖋 **秒殺解字** re(back)+port(carry) → 把新聞「帶」「回」「報導」。

字辨 **reporter** 是「**記者**」，是探索新聞事件並在報紙上撰稿或在電視、廣播、網路上傳遞新聞的人；**journalist** 是「**新聞工作者**」，通常是替報社撰寫新聞的人；**correspondent** 是「**通訊記者**」、「**特派員**」，通常是從國外將新聞報導送回本國的人。

----

transport [træns`port] *v.* 運輸
transportation [ˌtrænspə`teʃən] *n.* 運輸工具；運輸

🖋 **秒殺解字** trans(across)+port(carry) → 從一方「帶」到另一方，表示「運輸」。

延伸補充
1. transport + sb./sth. + to 將某人或某物運到……　　2. public transportation 大眾運輸工具

----

ferry [`fɛrɪ] *n.* 渡船、渡輪
v. 渡運、運送

英文老師也會錯 坊間書籍和網路常把 ferry 和 fer 整組單字歸類在一起，而事實上它們形似、義近卻不同源。

源源不絕學更多 air**port** (n. 機場)、**port**folio (n. 文件夾)、de**port** (v. 驅逐出境)。

208　pos, pon = put, place 放置

🎧 Track 208

 神之捷徑 pos, pon 同源，**n/z/s/ʒ 轉音**，**母音通轉**，皆表示**「放置」**，pause 是其衍生單字，**「暫停」**就是將事物暫時擱**「置」**不動。

pose	[poz]	*v.* 擺姿勢 → 將動作「放」在某一點，即「擺姿勢」。
		n. 姿勢；裝腔作勢
position	[pə`zɪʃən]	*n.* 姿勢；處境；位置；職位；名次；態度 (attitude)
posture	[`pastʃə]	*n.* 姿勢、儀態；態度
positive	[`pazətɪv]	*adj.* 正面的、建設性的；肯定的 (certain)；陽性的 (≠ negative)
post	[post]	*n.* 職位 (**pos**ition)；站
postman	[`postmən]	*n.* 郵差 (mailman)

源來如此 古羅馬人建立了**「驛站」**（post），postman 本是皇室的信使，換人換馬再傳送到下一站，一路到達目的地。後來，這些人成了職業傳遞信件的人，即現今之**「郵差」**。

英文老師也會錯 表示「海報」的 poster 和表示「柱子」、「貼布告」的 post 同源，但卻和表示「職位」的 post 不同源。事實上，他們和 stand 同源，因為讓人張貼布告的「柱子」和「海報」總是**「固定」**（stand firm）、**「立在」**（stand）某處。

延伸補充
1. apply for a position 應徵一個職位
2. positive action/approach/attitude/step/outlook 正面積極的行動 / 方法 / 態度 / 步驟 / 觀點

com**pos**e	[kəm`poz]	*v.* 組成；作曲、寫作；使鎮靜
com**pos**er	[kəm`pozə]	*n.* 作曲家
com**pos**ition	[ˌkampə`zɪʃən]	*n.* 組成；作曲、寫作
com**pos**ed	[kəm`pozd]	*adj.* 鎮靜的、沉著的 (calm)
com**pos**ure	[kəm`poʒə]	*n.* 鎮靜、沉著
com**pon**ent	[kəm`ponənt]	*n.* 構成要素；零件
		adj. 組成的 (constituent)

秒殺解字 com(together)+pos(put)+e → 「放」「一起」就是「組成」、「作曲」、「作文」。

延伸補充
1. A be composed/comprised of B = A be made up of B = A consist of B = A comprise B
   = B comprise/constitute A = B make up A　A 由 B 組成（註解：comprise 是一個很有意思的字，可以是表示「包含」的 consist of，也可以是表示「組成」的 constitute 或 make up。「A 由 B 組成」可以用 A comprise B 或 B comprise A 來表達，在使用 comprise 要特別留意，避免造成誤解。）
2. compose a letter/poem/speech 寫信 / 詩 / 演講稿

| de**pos**it | [dɪ`pazɪt] | *v.* 放下；存放 (≠ withdraw) |
| | | *n.* 定金；押金；存款 (≠ withdrawal) |

秒殺解字 de(away)+pos(put)+it → 把錢「放」在「一旁」，put away 即表示「存款」。

延伸補充
1. deposit account 存款帳戶　　　　　　　　　2. make a deposit 存款

dispose	[dɪˋspoz]	*v.* 布置 (arrange)；處理；除去 (get rid of, throw away/out)
disposal	[dɪˋspoz!]	*n.* 除去、處理、拋棄；出售
disposable	[dɪˋspozəb!]	*adj.* 用完即丟的；可使用的
disposition	[͵dɪspəˋzɪʃən]	*n.* 性格 (temperament)；傾向 (inclination)；部署

秒殺解字 dis(apart)+pos(put)+e → 把東西「分開」「放」，表示「布置」、「處理」或「除去」。

延伸補充
1. dispose of + sth. 除去、扔掉；賣掉；解決；擊敗
2. have a <u>happy/cheerful/sunny</u> disposition 有快樂、陽光的性格

expose	[ɪkˋspoz]	*v.* 使暴露、露出；揭露 (reveal, disclose)
exposed	[ɪkˋspozd]	*adj.* 無遮蔽的；暴露的；易受攻擊的
exposure	[ɪkˋspoʒɚ]	*n.* 暴露；揭露；關注 (publicity)

秒殺解字 ex(out)+pos(put)+e → 「放」「外面」，表示「暴露」、「揭露」。

延伸補充
1. expose + sb./sth. + to + sth. 使……暴露於……   2. sb./sth. + be exposed to + sth. ……暴露於……
3. exposure to + sth. 暴露在……下

impose	[ɪmˋpoz]	*v.* 強加；強制實行
imposing	[ɪmˋpozɪŋ]	*adj.* 壯觀的、宏偉的 (impressive)

秒殺解字 im(in)+pos(put)+e → 「放」「裡面」，表示「強加」稅務、處罰、信仰、價值觀到人身上。

oppose	[əˋpoz]	*v.* 反對
opposite	[ˋɑpəzɪt]	*prep.* 在……對面 *adj.* 相反的 *n.* 對立；相反
opposition	[͵ɑpəˋzɪʃən]	*n.* 反對 (objection)；反對黨
opposed	[əˋpozd]	*adj.* 反對的；相反的
opposing	[əˋpozɪŋ]	*adj.* 對立的；截然不同的
opponent	[əˋponənt]	*n.* 對手 (rival, competitor)；反對者 (≠ proponent, supporter)

秒殺解字 op(=ob=before, against)+pos(put)+e → 「放」在「前面」「反對」。

延伸補充
1. <u>oppose/be opposed to</u> + N/Ving = express opposition to + N/Ving = be against + N/Ving = object to + N/Ving
= <u>raise/voice/make</u> an objection to + N/Ving = disagree with + N 反對……
2. in opposition to 反對……

suppose	[səˋpoz]	*v.* 猜想 (guess)；假設、認為 (presume, assume)

秒殺解字 sup(=sub=under)+pos(put)+e → 「放置」於論點「下面」的「猜想」或「假設」。

延伸補充
1. I <u>suppose/guess</u> + (that) + S + V 我猜想……   2. <u>suppose/supposing</u> + (that) + S + V 假設……
3. be <u>supposed/expected</u> + to V = should + V = ought + to V 應該要去……

propose	[prə`poz]	*v.* 建議 (suggest, recommend)；提出；求婚；打算 (intend)
proposal	[prə`poz!]	*n.* 建議、提案 (suggest, recommendation)；求婚
proponent	[prə`ponənt]	*n.* 提議者、擁護者 (advocate ≠ opponent)
purpose	[`pɝ·pəs]	*n.* 目的、意圖 → pur 是 pro 的同源字首。

秒殺解字 pro(forward)+pos(put)+e → 把東西「放」在「前面」，表示「建議」。

延伸補充
1. propose + (that) + S + (should) + V 建議……該
2. propose + Ving 建議……
3. propose to + sb. 向某人求婚
4. propose + to V/Ving 打算……
5. on purpose = intentionally = deliberately 故意地

postpone	[post`pon]	*v.* 延期、延遲 (delay, put off, put back ≠ bring forward)

秒殺解字 post(after)+pon(put)+e →「放」到「後面」，表示「延期」。

延伸補充
1. postpone/put off/delay + N/Ving 延期……
2. postpone + sth. + for three days/two weeks 將……延後三天 / 兩個禮拜

源源不絕學更多 preposition (n. 介系詞)。

209 　poss, pot = powerful
有權力的，有力量的

🎧 Track 209

神之捷徑 可用表示**「權力」、「力量」**的 **power** 當神隊友，**t/r/z/s 轉音**，**母音通轉**，來記憶 **poss, pot**，表示**「有權力的」、「有力量的」**。

power	[`pauɚ]	*n.* 權力；力量；電源
		v. 驅動
powerful	[`pauɚfəl]	*adj.* 有權力的；有力量的；強大的 (≠ powerless)
potent	[`potənt]	*adj.* 強而有力的 (powerful)；有效的 (effective)
potential	[pə`tɛnʃəl]	*adj.* 潛在的 (possible)
		n. 可能性；潛力
potentially	[pə`tɛnʃəlɪ]	*adv.* 可能地；潛在地
impotent	[`ɪmpətənt]	*adj.* 無能的；無力的 → im 表示「不」（not）、「相反」（opposite）。
possible	[`pasəb!]	*adj.* 可能的 (≠ impossible)
possibly	[`pasəblɪ]	*adv.* 可能地 (perhaps, maybe)
possibility	[,pasə`bɪlətɪ]	*n.* 可能性；機會 (chance, opportunity)；潛力 (potential)

延伸補充
1. power struggle 權力鬥爭
2. earning/purchasing power 獲利能力 / 購買力
3. potential customer/buyer/client 潛在的顧客
4. achieve/fulfill/realize/reach + sb's full potential 完全發揮……的潛力

possess [pə`zɛs] *v.* 擁有、持有 (have, own)
possession [pə`zɛʃən] *n.* 擁有、持有
possessions [pə`zɛʃənz] *n.* 所有物、個人物品 (belongings)

秒殺解字 poss(=pot=powerful)+sess(=sed=sit) → 行使「權力」佔位置「坐」，可用「坐擁」來聯想。

延伸補充
1. in possession of 持有……　　　　　2. personal possessions 個人物品

源源不絕學更多 em**power** (v. 授權)、**pot**ency (n. 力量；影響力)、omni**pot**ent (adj. 全能的)。

210　prec = price 價格

Track 210

神之捷徑 可用 **price** 當神隊友，**s/ʃ 轉音**，**母音通轉**，來記憶 **prec**，皆表示「**價格**」。此外，**price**, **prize**, **praise** 同源，**z/s 轉音**，**母音通轉**，核心語意皆是「**價格**」。

price [praɪs] *n.* 價格；代價
priceless [`praɪslɪs] *adj.* 無價的 → less 表示「無」（without）。
prize [praɪz] *n.* 獎；獎賞
praise [prez] *v.* 讚揚 (compliment ≠ criticize)
　　　　　　　　　n. 讚揚 (compliment ≠ criticism)
precious [`prɛʃəs] *adj.* 珍貴的；貴重的 (valuable)

字辨 previous 是「**以前的**」，和 way, obvious 同源。

延伸補充
1. first/second/third prize 首獎 / 二獎 / 三獎　　2. win/get a prize 獲獎
3. prize winner 獎項贏家　　　　　　　　　　4. praise + sb./sth.+ for + Ving/N 因……讚揚……
5. in praise of + sb./sth. 讚揚……　　　　　　6. precious time/resources 寶貴的時間 / 資源
7. precious stone/jewel/gem 貴重的寶石

appraise [ə`prez] *v.* 鑒定、估價 (evaluate, assess)

秒殺解字 ap(=ad=to)+praise(price) →「對」某物估「價格」。

appreciate [ə`priʃɪ,et] *v.* 感激；欣賞；體會 (realize)；增值 (≠ de**prec**iate)
appreciation [ə,priʃɪ`eʃən] *n.* 感激；欣賞；體會；增值 (≠ de**prec**iation)

秒殺解字 ap(=ad=to)+prec(price)+i+ate →「價格」往上跑，後來語意轉變，注重一個人的「價值」，因此產生「欣賞」、「感激」等衍生意思。

depreciate [dɪ`priʃɪ,et] *v.* 貶值 (≠ ap**prec**iate)；輕視、貶低
depreciation [dɪ,priʃɪ`eʃən] *n.* 貶值 (≠ ap**prec**iation)

秒殺解字 de(down)+prec(price)+i+ate →「價格」往「下」跌，表示「貶值」或「輕視」。

源源不絕學更多 half-**price** (adj. 半價的)、**praise**worthy (adj. 值得稱讚的)。

211　press, print = press 壓

🎧 Track 211

 神之捷徑 press, print 同源，**母音通轉**，皆表示「**壓**」。

press	[prɛs]	*v.* 壓、按 (push)；熨平 (iron) *n.* 新聞界；記者們；新聞輿論
pressure	[ˋprɛʃɚ]	*n.* 壓力 *v.* 對……施加壓力、迫使
print	[prɪnt]	*v.* 印、印刷；刊登 (publish) *n.* 列印；印刷品
printer	[ˋprɪntɚ]	*n.* 印表機；印刷工

延伸補充
1. freedom of the press 新聞自由　　　　2. put pressure on + sb. + to V 給……壓力去……

im**press**	[ɪmˋprɛs]	*v.* 使印象深刻、使欽佩
im**press**ion	[ɪmˋprɛʃən]	*n.* 印象；模仿 (imitation)；壓印
im**press**ive	[ɪmˋprɛsɪv]	*adj.* 令人印象深刻的、令人讚歎的

秒殺解字 im(in, on)+press(press) → 「壓」「入」大腦。

延伸補充
1. impress + sb. + with/by + sth. 藉由……使某人印象深刻、刮目相看
2. sb. + be impressed with/by + sth. 對……印象深刻、刮目相看
3. make an impression (on + sb.) 給（某人）留下好印象

ex**press**	[ɪkˋsprɛs]	*v.* 表達 *adj.* 快速的 *n.* 快車；快遞
ex**press**ion	[ɪkˋsprɛʃne]	*n.* 表達；表情；措辭
ex**press**ive	[ɪkˋsprɛsɪv]	*adj.* 表情豐富的 (≠ **express**ionless)；意味深長的
es**press**o	[ɛsˋprɛso]	*n.* 用蒸汽加壓煮出的濃縮咖啡 (**express**o)

秒殺解字 ex(out)+press(press) → 將想法往「外」「壓」，意味著「表達」。1945 年首見 espresso 一字，來自義大利文，和 express 同源，本義是「壓出來的咖啡」（**press**ed-out coffee），義大利文是 caffè espresso。espresso 是以接近沸騰的高壓水流通過磨成細粉的咖啡，以高溫高壓方式把咖啡給逼出來。expresso 是常見的異體字，不過有些專家並不同意。

延伸補充
1. express thanks/gratitude 表達感謝　　　　2. express oneself 表達自己

de**press**	[dɪˋprɛs]	*v.* 使沮喪 (sadden, upset)；使蕭條；使降價
de**press**ed	[dɪˋprɛst]	*adj.* 感到沮喪的 (unhappy, sad, down, low, blue)；蕭條的
de**press**ing	[dɪˋprɛsɪŋ]	*adj.* 使人沮喪的
de**press**ion	[dɪˋprɛʃən]	*n.* 沮喪、憂鬱症；蕭條 (recession)；低氣壓

秒殺解字 de(down)+press(press) → 「往下」「壓」，表示「使沮喪」、「蕭條」。

延伸補充
1. depress/sadden/upset + sb. = make + sb. + (feel) sad/unhappy = get + sb.+ down. = breaks + sb's heart 使……沮喪的
2. be/get depressed about 對……感到沮喪的　　　3. economic depression 經濟蕭條

oppress	[ə`prɛs]	v. 壓迫；使焦慮、不適
oppressed	[ə`prɛst]	adj. 受壓迫的；焦慮的；不適的
oppressive	[ə`prɛsɪv]	adj. 壓迫的、暴虐的；悶熱的；令人焦慮不適的
oppression	[ə`prɛʃən]	n. 壓迫

秒殺解字 op(=ob=against)+press(press) → 「對著……」「壓」。

repress	[rɪ`prɛs]	v. 壓抑、克制；鎮壓
repressed	[rɪ`prɛst]	adj. 受壓抑的
repressive	[rɪ`prɛsɪv]	adj. 壓抑的；鎮壓的、壓迫的 (oppressive)
repression	[rɪ`prɛʃən]	n. 壓抑、克制；鎮壓

秒殺解字 re(back)+press(press) → 「壓」「回去」。

suppress	[sə`prɛs]	v. 鎮壓；抑制；壓抑
suppression	[sə`prɛʃən]	n. 鎮壓；抑制；壓抑

秒殺解字 sup(=sub= under)+press(press) → 「壓」「下去」。

源源不絕學更多 blueprint (n. 藍圖)、fingerprint (n. 指紋)、footprint (n. 腳印)。

212　prim, prin, prem = first 第一的

🎧 Track 212

神之捷徑 可用 **first** 當神隊友，**p/f 轉音**，**母音通轉**，來記憶 prim, prin, prem，皆表示「**第一的**」。此外，**prim, prin, prem** 也和字首 **pre, pro** 同源，**母音通轉**，核心語意皆表示「**前**」（**before**），在「**前**」，就表示「**第一的**」。

prime	[praɪm]	adj. 首要的 (main, chief, **prin**cipal, major, core)；最好的
		n. 全盛時期
primary	[`praɪ,mɛrɪ]	adj. 首要的 (main, chief, **prin**cipal, major, core)；最初的
primarily	[praɪ`mɛrəlɪ]	adv. 首要地 (mainly, chiefly, **prin**cipally, largely)
primitive	[`prɪmətɪv]	adj. 原始的；未開化的 (≠ advanced, modern)
		n. 原始人
premier	[`primɪɚ]	n. 首相、總理、行政院長
		adj. 首要的

延伸補充

1. Prime Minister = PM = premier 首相；總理；行政院長
2. prime time 黃金時段
3. primary purpose/aim/objective 首要、主要目標
4. primary school 小學（英）
5. elementary/grade school 小學（美）

primeval/**prim**aeval [,praɪ`miv!] adj. 原始的、早期的；本能的

秒殺解字 prim(first)+aev(age)+al → 「最初的」「時期」「的」。

prince [prɪns] *n.* 王子
princess [`prɪnsɪs] *n.* 公主；王妃 → ess 表示「女性名詞」。

🖋 **秒殺解字** prin(first)+ce(cap=take) → 本指「拿」到權力的「第一」人，泛指貴族，後指「王子」。

principal [`prɪnsəp!] *adj.* 首要的 (main, chief, major, **prim**ary, **prim**e)
n. 校長；本金

principally [`prɪnsəp!ɪ] *adv.* 首要地 (mainly, largely, chiefly, **prim**arily)
principle [`prɪnsəp!] *n.* 原則；準則

🖋 **秒殺解字** prin(first)+cip(take)+al → 「第一」要「拿」的，表示「最重要的」。principle 是拼法接近的同源字，「第一」要「拿」的，表示最重要的，引申為「原則」。

213 pris, prehend = seize, take 抓

🎧 Track 213

 可用 **get** 當神隊友，**g/h 轉音**，來記憶 **prehend** 的 **hend**，兩者都和「**抓**」有關，**pris** 是法語字根變體。

prison [`prɪzn̩] *n.* 監獄 (jail) → 「抓」人後關進「監獄」。
prisoner [`prɪznɚ] *n.* 犯人；俘虜 (captive)
im**pris**on [ɪm`prɪzn̩] *v.* 監禁；限制
im**pris**onment [ɪm`prɪzn̩mənt] *n.* 監禁

🖋 **秒殺解字** im(in)+pris(seize, take)+on → 「抓」來「裡面」關。

延伸補充
1. put + sb. + in prison/jail = send + sb. + to prison/jail 把某人關進監獄
2. go to/be put in/be sent to prison/jail 入獄
3. in jail/prison 坐牢
4. out of prison 出獄
5. release + sb. + from prison/jail 把某人從獄中釋放
6. escape from prison/jail 逃獄
7. prison/jail sentence 刑期
8. prisoner of war = POW 戰俘
9. political prisoner 政治犯
10. life imprisonment/sentence 無期徒刑

sur**pris**e [sə`praɪz] *v.* 使驚訝 (amaze, astonish, astound, startle)
n. 驚訝 (amazement, astonishment)

sur**pris**ed [sə`praɪzd] *adj.* 感到驚訝的 (amazed, astonished, astounded, startled)

sur**pris**ing [sə`praɪzɪŋ] *adj.* 驚人的 (amazing, astonishing, astounding, startling, extraordinary)；令人意外的 (unexpected, unusual)

sur**pris**ingly [sə`praɪzɪŋlɪ] *adv.* 意外地 (unexpectedly, unusually)

🖋 **秒殺解字** sur(=super=over)+pris(take, seize)+e → 無預期被「抓住」，引申出「驚訝」的意思。

延伸補充
1. in/with surprise 驚訝地
2. to + sb's surprise 令……感到驚訝的
3. be surprised/amazed/astonished/astounded at/by 對……感到驚訝的

enterprise [`ɛntə͵praɪz] *n.* 企業;進取心;重大計畫 (initiative)
enterprising [`ɛntə͵praɪzɪŋ] *adj.* 有開創能力的

🔮**秒殺解字** enter(=inter=between)+pris(take, seize)+e → 把「事業」「抓」在手中。

延伸補充

| 1. commercial enterprises 商業企業 | 2. enterprise culture 企業文化 |

comprehend [͵kɑmprɪ`hɛnd] *v.* 理解 (understand, grasp)
comprehensible [͵kɑmprɪ`hɛnsəb!] *adj.* 易理解的 (understandable ≠ incom**prehens**ible)
comprehension [͵kɑmprɪ`hɛnʃən] *n.* 理解力 (understanding)
comprehensive [͵kɑmprɪ`hɛnsɪv] *adj.* 包羅萬象的、全面的 (thorough)
comprise [kəm`praɪz] *v.* 包含 (consist of);組成 (constitute, make up)

🔮**秒殺解字** com(together, completely)+prehend(seize, take) → 學習時「完全」「抓」一起」,表示「融會貫通」、「理解」。同源字 comprise 是一個很有意思的字,可以是表示「包含」的 consist of,也可以是表示「組成」的constitute 或 make up。「A由B組成」可以用 A comprise B 或 B comprise A 來表達,在使用 comprise 要特別留意,避免造成誤解。

延伸補充

1. beyond + sb's comprehension 某人不明白、無法理解 2. reading comprehension 閱讀理解力
3. A comprise B = A consist of B = A be <u>composed/comprised</u> of B = A be made up of B
   = B <u>constitute/comprise/make up</u> A　A 包含 B、A 由 B 組成

apprehend [͵æprɪ`hɛnd] *v.* 逮捕 (arrest);理解 (understand)
apprehension [͵æprɪ`hɛnʃən] *n.* 憂慮 (anxiety);逮捕 (arrest);理解 (understanding)
apprehensive [͵æprɪ`hɛnsɪv] *adj.* 憂慮的 (worried, anxious, nervous, concerned)
apprentice [ə`prɛntɪs] *n.* 學徒
v. 使當學徒

🔮**秒殺解字** ap(=ad=to)+prehend(seize, take) →「抓」到,表示「逮捕」或「理解」。

源源不絕學更多 **get** (v. 收到;獲得;抓獲;理解)、for**get** (v. 忘記)、**guess** (v./n. 猜測)、**prey** (n. 獵物)。

214　priv, propr, proper = own, private 自己的，私人的

🎧 Track 214

 神之捷徑 priv, **propr**, **proper**，p/v **轉音**，**母音通轉**，和字首 **pre**, **pro** 同源，核心語意皆表示「**前**」（**before**）。自己的事會擺在「**前面**」，因此衍生出「**自己的**」、「**私人的**」意思。

private	[`praɪvɪt]	*adj.* 私人的；私立的、私有的 (≠ public) *n.* 私下
privacy	[`praɪvəsɪ]	*n.* 隱私；獨處
proper	[`prɑpɚ]	*adj.* 適合的、適當的 (ap**propr**iate, suitable, right, correct)
properly	[`prɑpɚlɪ]	*adv.* 恰當地、正確地 (right, correctly)
im**proper**	[ˌɪm`prɑpɚ]	*adj.* 不適當的 (inap**propr**iate)；錯的 (wrong, incorrect)
property	[`prɑpɚtɪ]	*n.* 財產；房地產
properties	[`prɑpɚtɪz]	*n.* 特性、屬性 (quality, characteristic)

延伸補充

1. in private = privately 私下的
2. private life 私生活
3. private property 私人財產
4. respect + sb's privacy 尊重某人的隱私
5. public property 公共財產
6. intellectual property 智慧財產

privilege	[`prɪvəlɪdʒ]	*n.* 特權；榮幸
privileged	[`prɪvəlɪdʒd]	*adj.* 有特權的 (≠ under**priv**ileged)；榮幸的

🔖 秒殺解字 priv(private)+i+leg(law)+e → 為「私人」量身訂做的「法律」，表示「特權」。

de**priv**e	[dɪ`praɪv]	*v.* 剝奪 (take away)
de**priv**ed	[dɪ`praɪvd]	*adj.* 匱乏的、貧困的 (disadvantaged, under**priv**ileged)
de**priv**ation	[ˌdɛprɪ`veʃən]	*n.* 缺乏、匱乏

🔖 秒殺解字 de(completely)+priv(release from)+e → 「完全」「解除」，引申為「剝奪」。

延伸補充

1. deprive + sb.+ of + sth. 剝奪某人某事物
2. sleep deprivation 睡眠不足、睡眠剝奪

ap**propr**iate	[ə`proprɪˌɪt]	*adj.* 適合的 (suitable, **proper**, fit, right ≠ inap**propr**iate, unsuitable, im**proper**, unfit, wrong)
	[ə`proprɪˌet]	*v.* 挪用 (steal)；撥款
ap**propr**iately	[ə`proprɪˌɪtlɪ]	*adv.* 適合地、適當地

🔖 秒殺解字 ap(=ad=to)+propr(own)+i+ate → 此字當動詞時，意思是挪為「己」用，形容詞是表示對「自己」「適合的」。

215 prob, prove, proof = prove, test
證明，試驗

♪ Track 215

可用 **prove, proof** 當神隊友，**b/f/v 轉音**，**母音通轉**，來記憶 **prob**，皆和「**證明**」、「**試驗**」有關。此外，**proof** 常常放在名詞後，形成複合形容詞，表示「**防……的**」、「**抗……的**」，如 water**proof**, rust**proof**。

prove	[pruv]	v. 證明；證實
proof	[pruf]	n. 證明、證據 (evidence)
		adj. 可防……的、抗……的
probable	[`prɑbəbl]	adj. 可能的 (≠ im**prob**able)
probably	[`prɑbəblɪ]	adv. 可能地 (≠ im**prob**ably)
probability	[ˌprɑbə`bɪlətɪ]	n. 可能性 (likelihood, chance ≠ im**prob**ability)

字辨 從字源的角度來看，**probable** 發生機率較高，約 80%，字面意思指「**試驗**」後，發生或成功的機率很大；**possible** 的字面意思指「**有力量的**」，發生機率較低，約 20%。

延伸補充
1. in all probability = very/most probably 很可能　　2. probable outcome/consequence/result 可能的結果

proofread	[`prufrid]	v. 校對
proofreader	[`prufridɚ]	n. 校對者
proofreading	[`prufridɪŋ]	n. 校對
ap**prove**	[ə`pruv]	v. 贊成；批准 (≠ disap**prove**)
ap**prov**al	[ə`pruvl]	n. 贊成；批准 (≠ disap**prov**al)
ap**prov**ing	[ə`pruvɪŋ]	adj. 贊成的 (≠ disap**prov**ing)

秒殺解字 ap(=ad=to)+prov(prove, test)+e → 通過「試驗」，「證明」是好的事物，就同意放行，表示「贊成」、「批准」。

延伸補充
1. approve of + N/Ving 贊成……　　2. disapprove of + N/Ving 不贊成……

air**proof**	[`ɛrˌpruf]	adj. 不透氣的、密封的 → 禁得起「試驗」，空氣無法進來。
bullet**proof**	[`bʊlɪtˌpruf]	adj. 防彈的
fire**proof**	[`faɪrˌpruf]	adj. 防火的、耐火的
flame**proof**	[`flemˌpruf]	adj. 防火的、耐火的 (flame-resistant)
fool**proof**	[`fulˌpruf]	adj. 萬無一失的 (infallible) →「防」「笨蛋」，笨蛋也會用的。
idiot**proof**	[`ɪdɪətˌpruf]	adj. 萬無一失的 →「防」「白痴」，白痴也會用的。
water**proof**	[`wɔtɚˌpruf]	adj. 不透水的
sound**proof**	[`saʊndˌpruf]	adj. 隔音的
rain**proof**	[`renˌpruf]	adj. 防雨的
rust**proof**	[`rʌstˌpruf]	adj. 防鏽的

源來如此 red [rɛd] (adj. 紅的)、ruby [`rubɪ] (n. 紅寶石)、rust [rʌst] (n. 鏽) 同源，**母音通轉**，核心語意是「**紅的**」（red）。

216 psych = soul, spirit, mind, mental
靈魂，精神，心智，心理的

神之捷徑　**psych** 表示「**靈魂**」、「**精神**」、「**心智**」、「**心理的**」。

🎧 Track 216

psyche	[`saɪkɪ]	*n.* 心靈；靈魂；精神
psychic	[`saɪkɪk]	*adj.* 靈魂的；精神的；通靈的
		n. 通靈者

延伸補充
| 1. psychic powers 特異功能 | 2. psychic problems 精神上的問題 |

psychiatry	[saɪ`kaɪətrɪ]	*n.* 精神病學
psychiatric	[ˌsaɪkɪ`ætrɪk]	*adj.* 精神病的
psychiatrist	[saɪ`kaɪətrɪst]	*n.* 精神科醫師

秒殺解字 psych(mind, mental)+iatr(cure)+y → 「治療」「精神」疾病。

psychology	[saɪ`kɑlədʒɪ]	*n.* 心理學
psychological	[ˌsaɪkə`lɑdʒɪk!]	*adj.* 心理的、心理學上的
psychologist	[saɪ`kɑlədʒɪst]	*n.* 心理學家

秒殺解字 psycho(mind, mental)+logy(study of) → 研究「心理」的「學問」。

217 put = think 想，思考

神之捷徑　**put** 表示「**想**」、「**思考**」。

🎧 Track 217

compute	[kəm`pjut]	*v.* 計算
computer	[kəm`pjutɚ]	*n.* 電腦
computerize	[kəm`pjutəˌraɪz]	*v.* 使電腦化

秒殺解字 com(together)+put(think)+e → 「共同」「思考」，衍生出「計算」的意思。

| dispute | [dɪ`spjut] | *v.* 爭論 (argue, disagree) |
| | | *n.* 爭論 (argument, disagreement) |

秒殺解字 dis(apart)+put(count, consider, think)+e → 想法不一致，彼此的「想法」「離」得很遠。

depute	[dɪ`pjut]	*v.* 委託代理
deputy	[`dɛpjətɪ]	*n.* 代理人
		adj. 代理的；副的
deputation	[ˌdɛpjə`teʃən]	*n.* 代表團 (delegation, mission)

秒殺解字 de(away)+put(think)+e → 「思考」後分派任務、派遣「離開」，引申為「委託代理」。

| reputation | [ˌrɛpjə`teʃən] | *n.* 名譽、聲望 (repute) |
| reputable | [`rɛpjətəb!] | *adj.* 信用可靠的、名聲好的 (reliable ≠ disreputable) |

秒殺解字 re(again)+put(think)+ation → 讓人「再次」「思考」，表示有「聲譽」。

218　quar = complain 抱怨

🎧 Track 218

 quar 表示「抱怨」。

quarrel	[`kwɔrəl]	*n.* 爭吵、不和 (argument, disagreement, fight) *v.* 爭吵、不和 (argue, disagree, fight)
quarrelsome	[`kwɔrəlsəm]	*adj.* 愛爭吵的 (argumentative)

219　quest, quer, quir, quis = ask, seek 問，要求，尋求

🎧 Track 219

quest, quer, quir, quis 同源，**r/z/s 轉音**，母音通轉，表示「**問**」、「**要求**」、「**尋求**」。

quest	[kwɛst]	*n.* 探索；尋求
question	[`kwɛstʃən]	*n.* 問題 *v.* 詢問 (ask)
questionnaire	[ˌkwɛstʃən`ɛr]	*n.* 調查表、問卷
query	[`kwɪrɪ]	*n./v.* 疑問；質疑
con**quer**	[`kɑŋkə]	*v.* 征服；攻克
con**quest**	[`kɑŋkwɛst]	*n.* 征服
con**quer**or	[`kɑŋkərə]	*n.* 征服者

🪶 **秒殺解字** con(intensive prefix)+quer(ask, seek) → 從「尋求」土地、資源等，衍生出「征服」的意思。

ac**quir**e	[ə`kwaɪr]	*v.* 獲得 (get, gain, obtain)；學到
ac**quis**ition	[ˌækwə`zɪʃən]	*n.* 獲得；學到；收購

🪶 **秒殺解字** ac(=ad=to)+quir(ask, seek)+e → 「尋求」的目的是為了「獲得」。

延伸補充
> 1. Acquired Immune Deficiency Syndrome = AIDS 後天性免疫缺乏症候群；愛滋病
> 2. merger and acquisition = M&A 企業間的合併與收購

in**quir**e	[ɪn`kwaɪr]	*v.* 詢問 (ask, **quest**ion)；調查
in**quir**y	[ɪn`kwaɪrɪ]	*n.* 詢問；調查
in**quir**ing	[ɪn`kwaɪrɪŋ]	*adj.* 打聽的；愛追根究底的
in**quis**itive	[ɪn`kwɪzətɪv]	*adj.* 好奇的、好問的 (curious)

🪶 **秒殺解字** in(into)+quir(ask, seek)+e → 追根究柢「探問」。

re**quir**e	[rɪ`kwaɪr]	*v.* 需要 (need, take)；要求 (demand)
re**quir**ed	[rɪ`kwaɪrd]	*adj.* 必須的 (**requis**ite, necessary, essential)；必修的
re**quir**ement	[rɪ`kwaɪrmənt]	*n.* 必需品；需要 (need, necessity)；要求
re**quest**	[rɪ`kwɛst]	*v.* 要求、請求 (ask, **require**, demand) *n.* 要求、請求 (demand)

🪶 **秒殺解字** re(again)+quir(ask, seek)+e → 本義「再次」「詢問」，引申為「要求」。

延伸補充

1. <u>require/request</u> + (that) + S + (should) + V 要求……該……
2. be required + to V 必須去……
3. meet/fulfill/satisfy/come up to a requirement 符合要求
4. request + sb. + to V 要求某人……
5. at + sb's request 在某人的要求下

exquisite　[ˋɛkskwɪzɪt]　*adj.* 精美的、精緻的；高雅的

秒殺解字 ex(out)+quis(seek)+ite → 仔細「找」「出來」，後解釋為仔細選擇（材料），引申出「精美的」意思。

220　rad = root 根

🎧 Track 220

神之捷徑 可用 **root** 當神隊友，**d/t 轉音**，**母音通轉**，來記憶 **rad**，皆表示「**根**」。

radish　[ˋrædɪʃ]　*n.* 蘿蔔 → 是「根」菜類作物。

radical　[ˋrædɪk!]　*adj.* 基本的；徹底的；基進的
　　　　　　　　　　　n. 基進主義者

e**rad**icate　[ɪˋrædɪˏket]　*v.* 根絕、消滅 (**root** out, get rid of)

秒殺解字 e(=ex=out)+rad(root)+ic+ate → 等同 root out，是把「根」拔到「外面」，表示連根拔除、「根除」。

221　radi, radio = ray, radiate 光線，放射

🎧 Track 221

神之捷徑 可用 **ray** 當神隊友，來記憶 **radi, radio**，皆和「**光線**」、「**放射**」有關。**radius** 在拉丁文原指「**光線**」，英文表示「**圓或球體的半徑**」，意味著周圍以某點為圓心，「**放射**」出來的範圍。同源字 **radio**，原指「**光線**」，後有「**無線電**」、「**收音機**」的意思。

ray　[re]　*n.* 光線；電流
radius　[ˋredɪəs]　*n.* 半徑；範圍、周圍
radio　[ˋredɪˏo]　*n.* 收音機；無線電
radioactive　[ˏredɪoˋæktɪv]　*adj.* 放射性的、輻射性的
radiate　[ˋredɪˏet]　*v.* 放射、散發；流露
radiation　[ˏredɪˋeʃən]　*n.* 輻射
radiator　[ˋredɪˏetɚ]　*n.* 暖氣裝置；散熱器
radiant　[ˋredjənt]　*adj.* 容光煥發的；輻射的、放射的

222　rank, range = row, line 排，列

 Track 222

rank, range 同源，**k/dʒ 轉音**，母音通轉，核心語意皆表示**「排」、「列」**。

rank	[ræŋk]	*v.* 分等級、排列
		n. 職位、官階；等級；階級
ranking	[`ræŋkɪŋ]	*n.* 排名
high-**rank**ing	[`haɪˌræŋkɪŋ]	*adj.* 高層的 (≠ low-**rank**ing)
range	[rendʒ]	*v.* 在一定範圍之間；涉及；漫遊 (wander)；排列
		n. 範圍；射程

延伸補充

1. be ranked <u>number one/first</u> 排名第一　　　　2. world rankings 世界排名
3. range from A to B = range between A and B　位於 A 與 B 之間
4. a <u>wide/broad/whole/full</u> range of 很多的、很大的……　5. a <u>whole/full</u> range of 全面的……

ar**range**	[ə`rendʒ]	*v.* 安排 (organize)；排列、布置
ar**range**ment	[ə`rendʒmənt]	*n.* 安排；約定 (agreement)；排列、布置
rear**range**	[ˌriə`rendʒ]	*v.* 重新安排；重新排列、布置
rear**range**ment	[ˌriə`rendʒmənt]	*n.* 重新安排；重新排列、布置

秒殺解字 ar(=ad=to)+range(row) → 使成「一排」，表示「安排」或「排列」、「布置」。rearrange 是「重新」「安排」或「排列」、「布置」；re 表示「返回」（back）、「再」（again）。

223　rape = seize 抓住

 Track 223

rape, rapid 同源，**母音通轉**，核心語意皆表示**「抓住」**。

rape	[rep]	*v./n.* 強姦
rapist	[`repɪst]	*n.* 強姦者
rapid	[`ræpɪd]	*adj.* 迅速的、快的 (fast, quick, speedy, swift)
rapidly	[`ræpɪdlɪ]	*adv.* 迅速地 (quickly)

延伸補充

1. rapid <u>growth/expansion/development/increase</u> 迅速的增長 / 擴張 / 發展 / 增長
2. rapid <u>rise/decline</u> 急速上升 / 下降

224　rate = reason 理由，推理判斷

可用 **reason** 當神隊友，**t/z/ʃ 轉音**，**母音通轉**，來記憶 **rate**，表示「**理由**」、「**推理判斷**」。

reason	[`rizn̩]	*n.* 理由
		v. 推理、推斷
reasonable	[`rizn̩əb!]	*adj.* 合理的 (≠ un**reason**able)；價錢公道的 (fair)；尚好的 (average)
reasonably	[`rizn̩əblɪ]	*adv.* 相當地；有理性地
rate	[ret]	*n.* 比率、率；速率；費用
		v. 評價
ratio	[`reʃo]	*n.* 比、比例
ration	[`ræʃən]	*n.* 配給量
		v. 配給；限量供應
rational	[`ræʃən!]	*adj.* 理性的、理智的 (≠ ir**rat**ional, un**reason**able)

延伸補充

1. birth/death/divorce/unemployment rate 出生率 / 死亡率 / 離婚率 / 失業率
2. success/failure rate 成功率 / 失敗率
3. at a rate of 以⋯⋯速度　　　4. the ratio of students to teachers 生師比

read	[rid]	*v.* 閱讀 →「閱讀」要「推敲」文義。
riddle	[`rɪd!]	*n.* 謎；奧秘 (puzzle, mystery) → 猜「謎」需「推理」。
rite	[raɪt]	*n.* 典禮、儀式
ritual	[`rɪtʃʊəl]	*n.* 典禮、儀式；慣例 (routine)

秒殺解字 rit(ritus=reason)+e → 源自拉丁語 **ritus**，表示「宗教儀式」或「習俗」，極可能和 **reason** 同源，**t/z 轉音**，**母音通轉**。

源源不絕學更多 over**rate**d (adj. 被高估的)、under**rate**d (adj. 被低估的)、a**rit**hmetic (n. 算術)、**rhy**me (n. 押韻)、d**read** (v./n. 恐懼)、d**read**ful (adj. 糟糕的)。

225 rect, reg = straight, rule, right
直的，統治，正確的

🎧 Track 225

神之捷徑 **rect, reg** 同源，**g/k/dʒ 轉音**，核心語意皆是「**直的**」，衍生出「**統治**」、「**正確的**」等意思。

right	[raɪt]	*adj.* 正確的 (**correct** ≠ wrong)；合適的 (suitable ≠ wrong)；右邊的 (≠ left) *n.* 權力；右邊 (≠ left) *adv.* 正好 (exactly)；立即 (straight)；正確地 (**correct**ly)；向右地 (≠ left)

延伸補充
1. right now/away/off = straight away/off = immediately = instantly = at once = in no time = without delay = this minute
   立刻、馬上
2. women's rights 女權

rectangle	[rɛk`tæŋg!]	*n.* 長方形

秒殺解字 rect(right)+angle(angle) → 「直」「角」，「長方形」的角都是直角。

cor**rect**	[kə`rɛkt]	*v.* 改正；糾正 *adj.* 正確的 (**right** ≠ incor**rect**)

秒殺解字 cor(intensive prefix)+rect(straight) → 本義拉「直」，引申為「改正」。

e**rect**	[ɪ`rɛkt]	*adj.* 直的、昂首挺胸的 *v.* 建造 (build, put up)；搭起 (put up)；創立 (establish, found)

秒殺解字 e(=ex=up, out)+rect(straight) → 「直挺」「出來」。

di**rect**	[də`rɛkt]	*v.* 指向；管理；導演；指路；命令 (order) *adj.* 直接的；直達的 (≠ indi**rect**)
di**rect**ly	[də`rɛktlɪ]	*adv.* 直接地 (di**rect** ≠ indi**rect**ly)；正好 (**right**)
di**rect**ion	[də`rɛkʃən]	*n.* 方向；指導
di**rect**ions	[də`rɛkʃənz]	*n.* 指引；指示、說明 (instructions)
di**rect**or	[də`rɛktɚ]	*n.* 導演；主管；董事
di**rect**ory	[də`rɛktərɪ]	*n.* 指南 → ory 表示「場所」。

秒殺解字 di(=dis=apart)+rect(straight) → 設定一方向，「直」走離「開」，引申為「指路」、「指示」。

延伸補充
1. direct + sb.+ to + 地 = tell + sb.+ how to get to + 地 = tell + sb.+ the way/direction to + 地
   = show + sb.+ the way to + 地　給……指路、指引……到某地
2. board of directors 董事會

dress	[drɛs]	*v.* 穿衣;著裝 *n.* 洋裝;服裝
dress**ed**	[drɛst]	*adj.* 穿好衣服的
dress**ing**	[`drɛsɪŋ]	*n.* 包紮傷口敷料;沙拉醬
dress**er**	[`drɛsɚ]	*n.* 梳妝台;服裝師
hair**d**ress**er**	[`hɛr͵drɛsɚ]	*n.* 理髮師 (barber);美髮師
overd**ress**	[͵ovɚ`drɛs]	*v.* 過度打扮
overd**ress**ed	[͵ovɚ`drɛst]	*adj.* 過度打扮的 (≠ under**d**ress**ed**)

秒殺解字 dress(direct) → dress 和 direct 同源,原意是「弄直」,引申為「穿衣」、「著裝」。

延伸補充
1. dress code 服裝規定
2. get dressed 穿好衣服、打扮好的
3. dress up/dress up as 打扮 / 打扮成……
4. dress up in + (衣服、顏色) 打扮成……
5. dress + sb. + in + (衣服、顏色) 幫某人穿、打扮……
6. dress oneself in + (衣服、顏色) = be (dressed) in + (衣服、顏色) 穿……
7. dressing room 更衣室

add**ress**	[ə`drɛs]	*v.* 演講 *n.* 地址;演講 (speech)

秒殺解字 ad(to)+dress(direct=straight) → 原意是「弄直」,後來變成「地址」、「演講」等意思。

region	[`ridʒən]	*n.* 地區 (area) →「區域」本義是「統治」區。
regional	[`ridʒən!]	*adj.* 地區的、區域的
regime	[rɪ`ʒim]	*n.* 政權;體系;養生之道 (**reg**imen)
regular	[`rɛgjəlɚ]	*adj.* 規則的、規律的 (≠ ir**reg**ular);頻繁的;一般的 *n.* 常客
regularly	[`rɛgjələlɪ]	*adv.* 經常地;規律地 (routinely)
regulate	[`rɛgjə͵let]	*v.* 規定;調節
regulation	[͵rɛgjə`leʃən]	*n.* 條例、法規
rule	[rul]	*n.* 規則;統治;習慣 *v.* 統治;畫線
ruler	[`rulɚ]	*n.* 尺;統治者

延伸補充
1. comply with/conform to a regulation 遵守規定
2. contravene/breach a regulation 違反規定
3. under the new regulations 在新規定底下
4. rules and regulations 規章條例
5. follow/obey/observe/comply with the rules 遵守規則
6. break the rule 違反規則
7. against the rules 違反……的規則
8. make it a rule + to V 養成……的習慣
9. as a (general) rule 通常;一般而言

reckless	[`rɛklɪs]	*adj.* 魯莽的、不顧後果的

秒殺解字 reck(=reg=straight, rule)+less(not) →「不」走「直」線,引申為「魯莽的」、「不顧後果的」。

延伸補充
1. reckless driving 危險駕駛
2. reckless spending 魯莽的、不顧後果的消費

源來如此 drive [draɪv] (v. 駕駛)、**drift** [drɪft] (v. 漂流 n. 堆) 同源,**f/v 轉音,母音通轉**,核心語意是「**驅使**」 (**drive**)。**drift** 指某物在風力、動力等外力「**驅使**」下前進。

| **roy**al | [`rɔɪəl] | *adj.* 王室的、皇家的 |
| **roy**alty | [`rɔɪəltɪ] | *n.* 王室成員；版稅 |

🖋 秒殺解字 roy(=reg=king)+al → 源自表示「國王的」的 **Rex**，和 **reg**al, **rule** 同源，核心語義是「統治」。

源源不絕學更多 **right**eous (adj. 正直的；公正的)、copy**right** (n. 版權)、up**right** (adj. 直立的 adv. 挺直地)、**rect**ify (v. 矯正、改正)、**reck**on (v. 認為；猜想；計算)、**real**m (n. 領域；王國)、**reign** (v. 統治)、**rich** (adj. 有錢的)、incor**rig**ible (adj. 根深蒂固、無可救藥的)、alert (n. 警戒)、surge (v./n. 遽增)、source (n. 來源)。

226 rod, ros = gnaw, scrape 咬，刮

🎧 Track 226

 可用表示「**老鼠**」的 **rat** 當神隊友，**d/t/s/ʒ 轉音**，**母音通轉**，來記憶 **rod, ros**，表示「**咬**」，因為老鼠是齧齒類動物，有愛咬東西的特性。

| **rat** | [ræt] | *n.* 鼠 |

源源如此 cat [kæt] (n. 貓)、**kit**ten [`kɪtn̩] (n. 小貓)、**cat**erpillar [`kætəˌpɪlə] (n. 毛毛蟲) 同源，**母音通轉**，核心語意是「**貓**」(cat)。以字面的意思而言，「毛毛蟲」(caterpillar) 原來就是「毛毛貓」(hairy cat)。

cor**rod**e	[kə`rod]	*v.* 腐蝕；損害
cor**ros**ive	[kə`rosɪv]	*adj.* 腐蝕性的
cor**ros**ion	[kə`roʒən]	*n.* 腐蝕

🖋 秒殺解字 cor(intensive prefix)+rod(gnaw)+e →「咬」，表示因化學物質或水而「腐蝕」。

| e**rod**e | [ɪ`rod] | *v.* 侵蝕；使風化 |
| e**ros**ion | [ɪ`roʒən] | *n.* 侵蝕；風化 |

🖋 秒殺解字 e(=ex=out)+rod(gnaw)+e →「咬」「掉」，表示岩石被風雨或海「侵蝕」或「風化」。

razor	[`rezə]	*n.* 刮鬍刀、剃刀 →「刮」鬍子的「剃刀」。
e**ras**e	[ɪ`res]	*v.* 消除；擦掉；抹去
e**ras**er	[ɪ`resə]	*n.* 橡皮擦

🖋 秒殺解字 e(=ex=out)+ras(scrape)+e →「刮」「掉」，表示「消除」、「擦掉」、「抹去」。**ras** 和 **raz** 同源，**z/s 轉音**，皆表示「**刮除**」，和 rat 極有可能是同源字。

227 roll, rot, round = roll, wheel
滾動，輪子

🎧 Track 227

神之捷徑 可用 **roll** 當神隊友，**d/t/l 轉音**，**母音通轉**，來記憶 **rot, round**，表示「**滾動**」、「**輪子**」。

roll	[rol]	*v./n.* 滾動；捲
role	[rol]	*n.* 角色 (part)；作用

延伸補充
1. play an <u>important/key/vital/crucial</u> role in + N/Ving 在……中扮演重要角色
2. play the <u>role/part</u> of 扮演……的角色

control	[kən`trol]	*v./n.* 控制；支配；克制

秒殺解字 contr(=contra=against)+rol(roll, wheel) →「抵抗」、阻止「滾動」的「輪子」，引申為「控制」。

延伸補充
1. have control (<u>of/over</u> + sth.) 控制
2. <u>take/gain</u> control (<u>of/over</u> + sth.) 獲得控制
3. lose control (<u>of/over</u> + sth.) 失去控制
4. be in control (of + sth.) 控制著
5. be under control ……受到控制
6. keep + sth. + under control 控制住……
7. <u>get/go</u> out of control 失控
8. <u>beyond/outside</u> + sb's control 超出某人的控制範圍
9. control oneself 克制自我、鎮定
10. <u>control/keep</u> + sb's temper 克制不發脾氣

rotate	[`rotet]	*v.* 旋轉 (revolve, spin)；輪流、交替
rotation	[ro`teʃən]	*n.* 旋轉；一圈 (revolution)；輪流
rotational	[ro`teʃən!]	*adj.* 輪流的
rotary	[`rotərɪ]	*adj.* 旋轉的；旋轉式的
round	[raʊnd]	*adj.* 圓的 (circular)
		adv./prep. 圍繞；在……周圍、附近 (**around**)
		n. 一系列的事件；回合
around	[ə`raʊnd]	*adv./prep.* 到處；環繞；在……周圍、附近；大約

源源不絕學更多 **role**-play (n./v. 角色扮演)、en**roll** (v. 入學、註冊)。.

228 rupt = break 打斷，打破，破裂

♪ Track 228

 可用 **rob** 當神隊友，**b/p 轉音**，**母音通轉**，來記憶 **rupt**，表示「**打斷**」、「**打破**」、「**破裂**」。

ban**krupt**	[`bæŋkrʌpt]	*adj.* 破產的 (insolvent)
		v. 使破產 (ruin)
		n. 破產者
ban**krupt**cy	[`bæŋkrʌptsɪ]	*n.* 破產 (insolvency)

🪶 秒殺解字 bank(bench)+rupt(break) → 1553 年源自義大利語 banca rotta，字面意思是「打破」「長凳」。如果銀行家未在約定時間內，將其所保管的錢歸還給原持有人，市場上的長凳或桌子就會被人破壞。

源來如此 **bank** [bæŋk] (n. 銀行)、**bench** [bɛntʃ] (n. 長凳)、**banquet** [`bæŋkwɪt] (n. 宴會) 同源，**k/tʃ轉音**，**母音通轉**，核心語意都和「**長椅**」（**long seat**）、「**桌子**」（**table**）有關。以前的人據說是在「**長凳**」上進行交易，後來用這個字來表示「**銀行**」；而以前的一餐是在「**長凳**」上進行而非餐桌上，既不正式，也不豐盛。

延伸補充
1. go bankrupt/broke/bust 破產　　　　　2. be declared bankrupt 被宣告破產

inter**rupt**	[ˌɪntəˈrʌpt]	*v.* 打斷他人說話；中斷
inter**rupt**ion	[ˌɪntəˈrʌpʃən]	*n.* 打斷；中斷

🪶 秒殺解字 inter(between)+rupt(break) → 介入「其中」，「打斷」說話或活動程序。

cor**rupt**	[kəˈrʌpt]	*adj.* 貪污的、腐敗的 (≠ incor**rupt**ible)
		v. 使腐敗
cor**rupt**ion	[kəˈrʌpʃən]	*n.* 貪污、腐敗

🪶 秒殺解字 cor(intensive prefix)+rupt(break) → 「打破」制度才有辦法「貪污」。

dis**rupt**	[dɪsˈrʌpt]	*v.* 使中斷、擾亂 (disturb)
dis**rupt**ion	[dɪsˈrʌpʃən]	*n.* 中斷、擾亂
dis**rupt**ive	[dɪsˈrʌptɪv]	*adj.* 中斷的、擾亂的

🪶 秒殺解字 dis(apart)+rupt(break) → 「破碎」「分開」，表示去「干擾」或「中斷」某一事件、組織、或活動的正常運作。

e**rupt**	[ɪˈrʌpt]	*v.* 爆發 (break out)；發疹
e**rupt**ion	[ɪˈrʌpʃən]	*n.* 爆發

🪶 秒殺解字 e(=ex=out)+rupt(break) → 「破裂」往「外」噴發。

route	[rut]	*n.* 路線；途徑
routine	[ruˈtin]	*n.* 例行公事；慣例
		adj. 例行公事的；常規的
routinely	[ruˈtinlɪ]	*adv.* 日常地、常規地 (regularly)

🪶 秒殺解字 route(=rupt=break) → **route** 源自拉丁文的 **rupta** (via)，原意是 broken way，也就是強行開通、「破壞」樹林、草地所開拓出來的「道路」，後來衍生為「路線」、「途徑」，也用於美國城市間幹線公路編號，如 Route 54。**rout**ine 源自 **rout**e，每天要走的「路」，表示「例行公事」、「慣例」。

延伸補充
1. en route 在途中　　　　　　　　　　　2. bus/air/shipping route 公車路線 / 航線 / 海運路線
3. daily routine 每日例行公事　　　　　　4. routine maintenance 例行維修

229　sacr = holy 神聖的

🎧 Track 229

神之捷徑　sacr 表示「**神聖的**」。

saint	[sent]	*n.* 聖徒
sanctuary	[`sæŋktʃʊˌɛrɪ]	*n.* 禁獵區 (refuge)；避難所 (refuge)；聖堂
sacred	[`sekrɪd]	*adj.* 神聖的；不可侵犯的
sacrifice	[`sækrəˌfaɪs]	*v.* 供奉；犧牲
		n. 供奉；犧牲；祭品

秒殺解字　sacr(sacred)+i+fic(do, make)+e → 許多宗教都有以牛羊馬當祭品，甚至活人獻祭的儀式，這樣的「犧牲」被視為「神聖」的「行為」。

230　sal = salt 鹽

🎧 Track 230

神之捷徑　salt, salad, salary 同源，**母音通轉**，核心語意是「**鹽**」。salad 本指用「**鹽**」醃漬的蔬菜；salary 本指給羅馬士兵用以買「**鹽**」的錢。salt 也和 sauce, sausage 同源，**t/s 轉音**；sauce 是加「**鹽**」的「**調味醬**」，而 sausage 是源自於拉丁文 salsus，表示「**用鹽醃的**」「**香腸**」、「**臘腸**」，可以保存較久的時間。

salt	[sɔlt]	*n.* 鹽
		v. 加鹽；用鹽醃
		adj. 鹽醃的；鹹水的
salty	[`sɔltɪ]	*adj.* 有鹽分的；鹹的
salad	[`sæləd]	*n.* 沙拉
salary	[`sælərɪ]	*n.* 薪資、薪水
sauce	[sɔs]	*n.* 調味醬；醬
sausage	[`sɔsɪdʒ]	*n.* 香腸、臘腸

231　scend, scent = climb 攀爬

🎧 Track 231

神之捷徑　scend, scent 同源，**d/t 轉音**，**母音通轉**，皆表示「**攀爬**」。

| ascend | [ə`send] | *v.* 往上爬 (climb/go up ≠ descend)；上升 (≠ descend) |
| ascent | [ə`sent] | *n.* 登高 (≠ descent)；上坡 (≠ descent)；權位提高 (rise ≠ fall) |

秒殺解字　a(=ad=to)+scend(climb) → 「爬」上去，表示「登高」、「上升」等意思。

descend	[dɪ`sɛnd]	*v.* 下來、下降 (go/come down ≠ ascend)； 為……後裔；傳下
descendant	[dɪ`sɛndənt]	*n.* 後代 (≠ ancestor, forefather, forebear, antecedent)
descent	[dɪ`sɛnt]	*n.* 下降 (≠ ascent)；下坡 (≠ ascent)；血統；淪落

🪶 秒殺解字 de(down)+scend(climb) → 往「下」「爬」上去，表示「下來」、「下降」等意思。

| transcend | [træn`sɛnd] | *v.* 超越、凌駕 |

🪶 秒殺解字 trans(across, through)+scend(climb) → 從一方「跨越」、「爬」到另一方，表示「超越」。

scan	[skæn]	*v.* 細看；瀏覽 (skim)；掃描
		n. 瀏覽；掃描
scanner	[`skænə]	*n.* 掃描器；掃描裝置
scandal	[`skænd!]	*n.* 醜聞

🪶 秒殺解字 scand(=scan=climb)+al → 本義是「爬」，此處指須努力爬過去、跨過去的「障礙」、「絆腳石」。16 世紀末時，scandal 專指對宗教不虔誠的行為而導致名聲敗壞，後來才有「醜聞」的語意產生。

字辨 sandal 是「涼鞋」，常以複數型態出現。

232　sci = know 知道

 🎧 Track 232

神之捷徑 sci 表示「知道」。

science	[`saɪəns]	*n.* 科學
scientific	[ˌsaɪən`tɪfɪk]	*adj.* 科學的 → fic 等同 fac，表示「做」（make）。
scientist	[`saɪəntɪst]	*n.* 科學家
conscience	[`kanʃəns]	*n.* 良心

🪶 秒殺解字 con(completely)+sci(know)+ence → 本義是能夠「徹底」「知道」是非、分辨對錯，後來衍生出「良心」的意思。

conscious	[`kanʃəs]	*adj.* 有意識到的 (aware)；清醒的 (awake ≠ unconscious)
consciously	[`kanʃəslɪ]	*adv.* 有意識地；自覺地
consciousness	[`kanʃəsnɪs]	*n.* 知覺；意識 (awareness)
unconscious	[ʌn`kanʃəs]	*adj.* 不省人事的 (senseless)；未發覺的 (unaware)
unconsciousness	[ʌn`kanʃəsnɪs]	*n.* 失去知覺；無意識

🪶 秒殺解字 con(completely)+sci(know)+ous →「徹底」「知道」，引申為「有意識的」。

延伸補充
1. be/become conscious/aware of + sth. 意識到；明白……
2. be/become conscious/aware + (that) + S + V 意識到；明白……

233　scope = look 看

 神之捷徑 scope 表示「**看**」。

🎧 Track 233

scope	[skop]	*n.* 範圍；視野
micro**scope**	[ˋmaɪkrə‚skop]	*n.* 顯微鏡 → micro 表示「小的」（small）。
tele**scope**	[ˋtɛlə‚skop]	*n.* 望遠鏡 → tele 表示「遠的」（far）。
horo**scope**	[ˋhɔrə‚skop]	*n.* 星相、占星術

秒殺解字 horo(hour)+scope(look) →「看」不同「時辰」的星座位置，研判星座運勢。

234　scrib, script = write 寫

 神之捷徑 scrib, script 同源，**b/p 轉音**，**母音通轉**，皆表示「**寫**」。

🎧 Track 234

scribble	[ˋskrɪb!]	*v.* 胡寫；塗鴉
		n. 胡寫；塗鴉；潦草的字跡
script	[skrɪpt]	*n.* 腳本；手寫；筆跡
de**scribe**	[dɪˋskraɪb]	*v.* 描寫、形容
de**script**ion	[dɪˋskrɪpʃən]	*n.* 描寫、形容

秒殺解字 de(down)+scrib(write)+e →「寫」「下來」是「描寫」。

延伸補充
1. describe A as B　把 A 形容成 B	2. be beyond/past description 筆墨所無法形容

pre**scribe**	[prɪˋskraɪb]	*v.* 開藥方、處方；規定
pre**script**ion	[prɪˋskrɪpʃən]	*n.* 藥方、處方；建議

秒殺解字 pre(before)+scrib(write)+e → 醫生會「事先」「寫」下「藥方」。

in**scribe**	[ɪnˋskraɪb]	*v.* 刻、寫、印
in**script**ion	[ɪnˋskrɪpʃən]	*n.* 刻文；書畫題詞

秒殺解字 in(in)+scrib(write)+e → 字面意思是「寫在」「裡面」，以前紙張未發明時，習慣把字「刻」在物品上。

sub**scribe**	[səbˋskraɪb]	*v.* 訂閱、訂購；認捐；認購股份
sub**script**ion	[səbˋskrɪpʃən]	*n.* 訂閱費；認捐

秒殺解字 sub(under)+scrib(write)+e →「寫」在「下面」，讀完條款在下方簽名，表示願意「訂購」。

tran**scribe**	[trænsˋkraɪb]	*v.* 抄寫、謄寫；改編
tran**script**	[ˋtræn‚skrɪpt]	*n.* 抄寫；文字本
tran**script**ion	[‚trænˋskrɪpʃən]	*n.* 抄寫；文字本

秒殺解字 trans(across, over)+scrib(write)+e →「寫」「過去」，表示「抄寫」、「謄寫」。根據「**s 刪除規則**」（**s deletion rule**），**trans** 在黏接 s 開頭的字根時，兩個 s 放在一起，會造成發音困難，因此刪除其中一個 s，刪除的往往是字根的 s；transcribe 是由 **trans** 和 **scribe** 所構成的，照理說是刪除字根 **scribe** 的 s，但也有人認為是刪除 **trans** 的 s，持後面觀點的人，就會認為 **tran** 是 **trans** 的一個變體。

manuscript [`mænjə͵skrɪpt] *n.* 原稿、手稿；手抄本

秒殺解字 manu(hand)+script(write) → 用「手」「寫」，表示「手稿」。

postscript [`post͵skrɪpt] *n.* 信末簽名後的附筆；正文後的附言補充 (PS)

秒殺解字 post(after)+script(write) → 「寫」在「後面」。

源源不絕學更多 ascribe (v. 把……歸因於)、conscript (v. 招募)。

235　sect, seg = cut 切割

🎧 Track 235

神之捷徑　**sect**, **seg** 同源，**g/k 轉音**，皆表示**「切割」**，衍生出**「部分」**、**「區塊」**的意思。

section [`sɛkʃən] *n.* 部分；片；切開；區域
　　　　　　　　　 v. 切成部分

sector [`sɛktɚ] *n.* 部門；區域

segment [`sɛgmənt] *n.* 部分；切片；斷片
　　　　　[sɛg`mɛnt] *v.* 分割 (divide)

inter**sect**ion [͵ɪntɚ`sɛkʃən] *n.* 道路交叉口、十字路口 (crossroad, junction)

秒殺解字 inter(between)+sect(cut)+ion → 兩條路交叉「切開」「之間」地帶。

in**sect** [`ɪnsɛkt] *n.* 昆蟲

in**sect**icide [ɪn`sɛktə͵saɪd] *n.* 殺蟲劑 → cid 表示「殺死」（kill）。

秒殺解字 in(into)+sect(cut) → 「昆蟲」身體分為三節，即頭、胸、腹三個「部分」。

源源不絕學更多 bisect (v. 分切為二)、dissect (v. 解剖；剖析)。

236　sed, set, sess, sid = sit 坐

🎧 Track 236

神之捷徑　可用 **sit** 當神隊友，**z/s**，**d/t/s/ʃ 轉音**，**母音通轉**，來記憶 **sed**, **set**, **sess**, **sid**，皆表示**「坐」**。

sit [sɪt] *v.* 坐；使坐下；座落於；看小孩 (baby**sit**)

seat [sit] *n.* 座位
　　　　　　 v. 使坐下；容納人

saddle [`sæd!] *n.* 馬鞍；腳踏車或機車座墊

延伸補充
1. Have/Take a seat. = Please be seated/sit down. 請坐。 2. sit back 坐下來休息；不採取行動

A B C D E F G H I J K L M N O P Q R S T U V W X Y Z

preside	[prɪˋzaɪd]	v. 主持、開會當主席；管理
president	[ˋprɛzədənt]	n. 總統；總裁；大學校長
presidency	[ˋprɛzədənsɪ]	n. 總統、總裁、大學校長的職位或任期
presidential	[ˏprɛzəˋdɛnʃəl]	adj. 總統的
vice-president	[vaɪsˋprɛzədənt]	n. 副總統；副總裁

秒殺解字 pre(before)+sid(sit)+e → 「主持」活動、會議的人，都「坐」在「前面」。

延伸補充
1. presidential candidate 總統候選人　　　2. presidential election 總統選舉

reside	[rɪˋzaɪd]	v. 居住 (live, inhabit)
residence	[ˋrɛzədəns]	n. 居住、居住資格 (residency)；住宅
resident	[ˋrɛzədənt]	n. 居民、住戶 (inhabitant)
residential	[ˏrɛzəˋdɛnʃəl]	adj. 住宅的、居住的

秒殺解字 re(back, again)+sid(sit)+e → 每天外出會「再」「回來」「坐」，表示回來「住」的意思。

| dissident | [ˋdɪsədənt] | adj. 意見不同的
n. 異議人士 |

秒殺解字 dis(apart)+sid(sit)+ent → 「分開」「坐」，不想坐一起，表示與政府「意見不同」的「異議人士」。

| subsidy | [ˋsʌbsədɪ] | n. 津貼、補助金 **複數** subsidies |

秒殺解字 sub(under)+sid(sit)+y → 讓人安穩「坐在」「下面」之物，引申為「津貼」。

| sedative | [ˋsɛdətɪv] | adj. 鎮定的；安靜的 → 讓人安靜地「坐」。
n. 鎮定劑 |

set	[sɛt]	v. 放置；豎立
setting	[ˋsɛtɪŋ]	n. 場景；背景
settle	[ˋsɛt!]	v. 解決；決定；安頓；使定居 → 「坐」落下來，就是「安頓」。
settlement	[ˋsɛt!mənt]	n. 解決；安定；定居
settler	[ˋsɛtlɚ]	n. 移居者、開拓者

延伸補充
1. set up = establish 建立、設立　　　2. set off/out = start off/out 出發、啟程
3. settle down 安頓下來

| upset | [ʌpˋsɛt] | v. 使心煩意亂；打亂 (disturb)
adj. 心煩的；難過的 |

| setback | [ˋsɛtˏbæk] | n. 挫折 |

秒殺解字 set(set)+back(back) → 等同片語 set back 的組合字，被「耽誤」、「延遲」，表示「挫折」。

| session | [ˋsɛʃən] | n. 開會、講習會；開庭；學期 → 「開會」、「開庭」需要「坐」
一段時間。 |

| assess | [əˋsɛs] | v. 評估 (judge)；評價 (evaluate) |
| assessment | [əˋsɛsmənt] | n. 評估 (judgment)；評價 (evaluation) |

秒殺解字 as(=ad=to)+sess(sit) → 本指「坐」在法官旁估算要付多少罰金的助理工作，「評價」是其衍生意思。

pos**sess**	[pə`zɛs]	*v.* 擁有、持有 (have, own)
pos**sess**ion	[pə`zɛʃən]	*n.* 擁有、持有
pos**sess**ions	[pə`zɛʃənz]	*n.* 所有物、個人物品 (belongings)

（秒殺解字） poss(=pot=powerful)+sess(=sed=sit) → 行使「權力」佔位置「坐」，可用「坐擁」來聯想。

ca**thedra**l	[kə`θidrəl]	*n.* 大教堂

（秒殺解字） cat(=cata=down)+hedra(sit, seat)+al → 本指「坐」「下」，後指主教所坐的「椅子」，代指「大教堂」。**hedra** 就是 **sit**，字母 h/s 對應，母音通轉。

源源不絕學更多 baby**sit** (v. 當保姆)、baby**sit**ter (n. 保姆)、as**sid**uous (adj. 勤勉的)、**sed**entary (adj. 久坐的)、**sed**iment (n. 沉澱物)、out**set** (n. 最初)、**siege** (v. 圍攻)、be**siege** (v. 圍攻)。

237 semin = seed 種子

🎧 Track 237

 （神之捷徑）可用 **seed** 當神隊友，**母音通轉**，來記憶 **semin**，皆表示「**種子**」。

seed	[sid]	*n.* 種子 *v.* 結籽、除去籽；播種
sow	[so]	*v.* 播種
seminar	[`sɛmə͵nɑr]	*n.* 研討會；專題討論會

（秒殺解字） semin(seed)+ar → 本指「苗圃」（plant nursery），「研討會」是提供研究員發表和討論其研究成果的會議，是研究人員間訊息交流相當重要的會議。

dis**semin**ate	[dɪ`sɛmə͵net]	*v.* 散播、宣傳 (spread)

（秒殺解字） dis(in every direction)+semin(seed)+ate → 往「四面八方」「播種」，引申為「散播」、「宣傳」，本書旨在「散播」格林法則的「種子」，讓學習者有系統地學習單字。

源源不絕學更多 **seed**less (adj. 無核的)、un**seed**ed (adj. 網球賽未列種子選手的)、**semen** (n. 精液)。

238 sen = old 老的

🎧 Track 238

（神之捷徑）**sen** 表示「**老的**」，**sen**ior 原意是「**較老的**」（ older）。

senior	[`sinjɚ]	*adj.* 資深的 (≠ junior) *n.* 大四或高三生；年長者；上司
seniority	[si`njɔrətɪ]	*n.* 資歷；年長、資深

延伸補充
1. senior high school 高中	2. A + be senior to + B = B + be junior to + A　A 比 B 資深的

senate	[`sɛnɪt]	*n.* 參議院
senator	[`sɛnətɚ]	*n.* 參議員；上議院議員

239　sense, sent = feel 感覺

 可用 **sense** 當神隊友，**t/s 轉音**，母音通轉，來記憶 **sent**，皆表示**「感覺」**。

sense	[sɛns]	*v.* 感覺到
		n. 感覺；感官；意識
sensible	[`sɛnsəb!]	*adj.* 明智的 (reasonable)；實用的
sensibility	[ˌsɛnsə`bɪlətɪ]	*n.* 鑑賞力、感受能力；感情
senseless	[`sɛnslɪs]	*adj.* 無意義的 (meaningless)；無目的的 (pointless, aimless)；失去知覺的 (unconscious) → less 表示「無」（without）。
sensation	[sɛn`seʃən]	*n.* 感覺；印象；引起轟動的人或物
sensational	[sɛn`seʃən!]	*adj.* 感覺的、知覺的；煽色腥的
non**sense**	[`nɑnsɛns]	*n.* 胡說 (rubbish)；胡鬧

延伸補充
1. sense of smell/taste/touch 嗅覺 / 味覺 / 觸覺
2. a sense of direction/humor/justice 方向感 / 幽默感 / 正義
3. in a sense/one sense/some senses = in one way/some ways 就某些角度來說
4. make sense/no sense 合理 / 不合理

sensitive	[`sɛnsətɪv]	*adj.* 敏感的、易受傷害的；善解人意的 (≠ in**sens**itive)
sensitivity	[ˌsɛnsə`tɪvətɪ]	*n.* 敏感性；善解人意

延伸補充
1. be sensitive to/about 對……很敏感　　　　2. have a sensitivity to 對……過敏

sentiment	[`sɛntəmənt]	*n.* 感情、心情；意見
sentimental	[ˌsɛntə`mɛnt!]	*adj.* 重感情的；傷感的；多愁善感的
sentence	[`sɛntəns]	*n.* 句子；判決、判處
		v. 判決；判處

as**sent**	[ə`sɛnt]	*v./n.* 同意

秒殺解字 as(=ad=to)+sent(feel) → 本義「去」「感受」，引申為「同意」。

con**sent**	[kən`sɛnt]	*v./n.* 同意、贊成 (≠ dis**sent**)
con**sens**us	[kən`sɛnsəs]	*n.* 一致、共識

秒殺解字 con(together)+sent(feel) → 有「同」「感」，表示「同意」、「贊成」。

dis**sent**	[dɪ`sɛnt]	*v.* 不同意 (oppose, disagree)
		n. 不同意 (opposition; disagreement)

秒殺解字 dis(differently)+sent(feel) → 本義「感覺」「不同」，引申為「不同意」。

re**sent**	[rɪ`zɛnt]	*v.* 憤慨、憎恨
re**sent**ful	[rɪ`zɛntf!]	*adj.* 憤慨的、憎恨的
re**sent**ment	[rɪ`zɛntmənt]	*n.* 憤慨、憎恨 (bitterness)

秒殺解字 re(intensive prefix)+sent(feel) →「強烈地」「感覺」到，語意偏負面，表示「憤慨」。

scent	[sɛnt]	*n.* 香味 (fragrance)；香水 (perfume)
		v. 發出氣味；覺察出；動物嗅出

源源不絕學更多 **sens**ory (adj. 感官的)、**send** (v. 送)。

240 sequ, secut, sue = follow 跟隨

♫ Track 240

神之捷徑 可用 **seco**nd 當神隊友，**母音通轉**，來記憶 **sequ, secut**，表示「**跟隨**」。**seco**nd 表示「**跟隨**」在第一名後面，所以是「**第二的**」，而 **seco**nd 當動詞時，有「**贊成**」、「**附議**」的意思，意味著「**跟隨**」別人的意見。**sue** 是 **sequ, secut** 的變體字根。

second	[`sɛkənd]	*adj.* 第二的
		n. 秒；瞬間
		adv. 其次 (**seco**ndly)
		v. 贊成、附議
second-hand	[ˌsɛkənd`hænd]	*adj.* 二手的、用過的

延伸補充
1. be second to none 最棒的
2. finish/come/be second （在比賽中）獲得第二
3. just a second/minute/moment 稍等

sequel	[`sikwəl]	*n.* 續集；隨之而來的事
sequence	[`sikwəns]	*n.* 順序 (order)；連續、一連串

延伸補充
1. in a ... sequence 按……的順序
2. in sequence 按先後順序

con**sequ**ent	[`kɑnsəˌkwɛnt]	*adj.* 隨之而來的、由此引起的
con**sequ**ently	[`kɑnsəˌkwɛntlɪ]	*adv.* 因此
con**sequ**ence	[`kɑnsəˌkwɛns]	*n.* 結果 (result)

秒殺解字 con(together)+sequ(follow)+ent → 本義「跟著」「一起」走，表示「尾隨」，有先後順序的意思，隱含「因果」概念。

延伸補充
1. as a consequence/result = in consequence = consequently = therefore = hence = thus 因此
2. as a consequence/result of + N = in consequence of + N = because of + N = owing to + N = due to + N = thanks to + N = on account of + N 因為、由於

con**secut**ive	[kən`sɛkjutɪv]	*adj.* 連續的、一貫的 (successive)
con**secut**ively	[kən`sɛkjutɪvlɪ]	*adv.* 連續地、一貫地

秒殺解字 con(together)+secut(follow)+ive → 本義「跟著」「一起」走，引申為「連續的」。

ex**ecut**e	[`ɛksɪˌkjut]	*v.* 執行 (implement, carry out)；處死
ex**ecut**ion	[ˌɛksɪ`kjuʃən]	*n.* 執行 (implementation)；處死
ex**ecut**ive	[ɪg`zɛkjʊtɪv]	*n.* 執行者；行政主管
		adj. 決策的、管理的

秒殺解字 ex(out)+secut(follow)+e → 本義「跟著」「出來」，語意歷經轉變，最後有「執行」、「處死」的意思。因為 ex 已經包含 /ks/ 或 /gz/ 兩個子音，因此省略後面字根 secut 開頭 s。

sub**seque**nt [`sʌbsɪˌkwɛnt] *adj.* 隨後的、接著的

sub**seque**ntly [`sʌbsɪˌkwɛntlɪ] *adv.* 隨後、接著

秒殺解字 sub(up to, closely)+sequ(follow)+ent → 「跟」「上」，表示「隨後的」、「接著的」。

sue [su] *v.* 控告、訴訟

suit [sut] *n.* 套裝；服裝；訴訟 (law**suit**)

v. 適合；與……相配

suitable [`sutəb!] *adj.* 適合的 (right, proper, appropriate, fit ≠ wrong, un**suit**able, improper, inappropriate, unfit)

pur**sue** [pɚ`su] *v.* 追求；追究；追捕 (chase)

pur**suit** [pɚ`sut] *n.* 追求；追捕

秒殺解字 pur(=pro=forward)+sue(=secut=follow) → 「往前」「跟隨」是「追求」、「追蹤」。

延伸補充
1. pursue a goal/an aim/an objective 追求目標　　　　2. in (the) pursuit of + sth. 追求

源源不絕學更多 per**secut**e (v. 迫害；煩擾)、per**secut**ion (n. 迫害；煩擾)、pro**secut**e (v. 起訴、告發)、pro**secut**ion (n. 起訴、告發)、extrin**sic** (adj. 外來的、非固有的)、intrin**sic** (adj. 本質的、固有的)。

241　ser, sert = join, arrange 連結，安排

♪ Track 241

神之捷徑 ser, sert 同源，印歐詞根形式為 ser，核心語意是「**排列在一起**」（**line up**），後來衍生出「**連結**」、「**安排**」的意思，sort 是變形字根，表示「**排好**」（**arranged**）、「**分類好**」（**classified**）。

series [`siriz] *n.* 連續；系列；叢書

serial [`sɪrɪəl] *adj.* 連續的；連載的

n. 連載小說或圖畫等；電視連續劇

延伸補充
1. a series of 一連串的、一系列的　　　　2. serial killings/murders 連續殺人事件

de**sert** [`dɛzɚt] *n.* 沙漠；不毛之地

[dɪ`zɝt] *v.* 拋棄、遺棄 (abandon)；擅離職守

de**sert**ed [dɪ`zɝtɪd] *adj.* 荒蕪的；被遺棄的

秒殺解字 de(undo)+sert(join) → 「打開」「連結」，表示「拋棄」、「遺棄」。

字辨 dessert 是「**餐後甜點**」，與動詞 desert 發音完全相同，參照字根 serve。

as**sert** [ə`sɝt] *v.* 聲稱；主張權利

reas**sert** [riə`sɝt] *v.* 重申 → re 表示「再」（again）。

秒殺解字 as(=ad=to)+sert(join) → 「連結」自己意見，堅稱自己是對的。

in**sert** [ɪn`sɝt] *v.* 插入

秒殺解字 in(in)+sert(join, arrange) → 「連結」「進去」，表示「插入」。

exert	[ɪgˋzɝt]	*v.* 運用;盡力

秒殺解字 ex(out)+sert(join, arrange) →「向外」「連結」、「安排」,表示「運用」影響力去達成某事。因為 ex 已經包含 /gz/ 兩個子音,因此省略後面字根 sert 開頭 s。

sort	[sɔrt]	*n.* 種類 (type, kind)
		v. 分類;妥善處理
as**sort**	[əˋsɔrt]	*v.* 分類
as**sort**ed	[əˋsɔrtɪd]	*adj.* 各式各樣的

秒殺解字 as(=ad=to)+sort(kind, category) → 依據各種「類別」擺放。

242 serv = protect, keep, watch
保護,保持,觀看

♪ Track 242

神之捷徑 serv 的核心語意是**「保護」**,後來衍生出**「保持」**、**「觀看」**的意思。值得注意的是,這裡的 **serv** 和下一個單元表示**「服侍」**的 serve 同形但不同源。

con**serve**	[kənˋsɝv]	*v.* 保存 (pre**serve**);節約
	[ˋkɑnsɝv]	*n.* 蜜餞 (jam)
con**serv**ation	[͵kɑnsɚˋveʃən]	*n.* 保存、保護 (pre**serv**ation);節約
con**serv**ative	[kənˋsɝvətɪv]	*adj.* 保守的;傳統的 (traditional)
		n. 保守者

秒殺解字 con(intensive prefix)+serv(protect, keep)+e → 本義「保護」、「保持」。

延伸補充
1. conserve energy 節約能源	2. a conservative estimate/guess 保守的估計 / 推測

ob**serve**	[əbˋzɝv]	*v.* 觀察;注意到 (notice);遵守 (obey, follow)
ob**serv**ation	[͵ɑbzɚˋveʃən]	*n.* 觀察;注意;遵守 (ob**serv**ance)
ob**serv**atory	[əbˋzɝvə͵torɪ]	*n.* 天文臺、氣象臺 → ory 表示「場所」。

秒殺解字 ob(before)+serv(watch, protect, keep)+e → 在「前面」「觀看」,表示「觀察」。為了「保護」法律、協議去「遵守」。

延伸補充
1. observe + sb.+ Ving 注意到某人……	2. under close observation 受到密集觀測
3. keep + sb. + under observation 觀察某人	

pre**serve**	[prɪˋzɝv]	*v.* 維護;維持;保存 (save);防腐
		n. 蜜餞;保護區
pre**serv**ation	[͵prɛzɚˋveʃən]	*n.* 維護;維持;保存;防腐

秒殺解字 pre(before)+serv(protect, keep)+e → 本義在「前方」「保護」、「保持」。

延伸補充
1. preserve the peace 維持治安	2. fruit preserves/preserved fruit 蜜餞

reserve	[rɪ`zɝv]	*v.* 保留;預定 (book)
		n. 儲備;保護區 (reservation, preserve)
reservation	[ˌrɛzɚ`veʃən]	*n.* 保留;預定、訂位 (booking);存疑;保護區

秒殺解字 re(back)+serv(keep, protect)+e → keep back,本義「保留」到「後面」才使用,「保護」預定者的使用權。

延伸補充
1. make a reservation/reservations = reserve 預定　　2. without reservation 毫無保留地
3. wildlife reserve(英)/reservation/preserve 野生動物保護區

243　serve = serve, servant, slave
服侍,僕人,奴隸

🎧 Track 243

神之捷徑　serve 表示「服侍」、「僕人」、「奴隸」。

serve	[sɝv]	*v.* 服侍;服務;供應 (食物或飲料);任職
service	[`sɝvɪs]	*n.* 服務
servant	[`sɝvənt]	*n.* 僕人

延伸補充
1. serve as 有……的效果;當作……用;擔任　　2. It serves you right. 你活該。
3. provide/offer a service 提供服務　　　　　　4. service charge 服務費
5. service industry 服務業　　　　　　　　　　6. marriage/funeral/memorial service 婚禮 / 喪禮 / 追悼儀式

deserve	[dɪ`zɝv]	*v.* 應得、值得
deserved	[dɪ`zɝvd]	*adj.* 應得的
deserving	[dɪ`zɝvɪŋ]	*adj.* 值得支持的;值得的

秒殺解字 de(completely)+serve(serve) → 提供「全部」「服務」,即服務良好,表示「應得」。

延伸補充
1. deserve + to V 值得、應得……　　　　　2. be deserving of + sth. = deserve + sth. 應得、值得……
3. You deserve it. 這是你應得的。

| dessert | [dɪ`zɝt] | *n.* 餐後甜點 |

秒殺解字 des(=dis=undo)+sert(serve) → 字面的意思是「取消」「服務」,後指正餐吃完後,「清完」餐桌才供應的「餐後甜點」。

244　sider =star 星星

Track 244

 sider 表示「**星星**」。

con**sider**	[kən`sɪdɚ]	*v.* 視為；考慮 (think about)
con**sider**ate	[kən`sɪdərɪt]	*adj.* 體貼的 (thoughtful ≠ incon**sider**ate, thoughtless)
con**sider**ation	[kən‚sɪdə`reʃən]	*n.* 考慮；體貼
con**sider**able	[kən`sɪdərəb!]	*adj.* 可觀的；相當多的；重要的
con**sider**ably	[kən`sɪdərəb!ɪ]	*adv.* 相當；非常地 (much, a lot)
con**sider**ing	[kən`sɪdərɪŋ]	*prep.* 考慮到；就……而論

秒殺解字 con(together)+sider(star) → 原指觀察「星星」，後來變成「視為」、「考慮」。

延伸補充
1. consider A (to be) B = regard A as B = see/view/treat/take A as B = look on A as B = think of A as B　將 A 視為 B
2. consider + Ving 考慮去……
3. take + sth.+ into consideration/account = take account of + sth. 考慮到……
4. it is considerate/thoughtful of + sb. + to V. 某人……真體貼

de**sire**	[dɪ`zaɪr]	*v.* 渴望 (long)
		n. 慾望；渴望 (wish, hope, longing)
de**sir**able	[dɪ`zaɪrəb!]	*adj.* 令人嚮往的、值得擁有的

秒殺解字 de(down)+sire(=sider=star) → 在「下方」向「星星」許願，達成「渴望」。

延伸補充
1. desire + to V. 渴望去……　　　　　　　　2. a desire for peace 對和平的渴望

245　sign = mark （做）記號

Track 245

 sign 表示「**（做）記號**」。

sign	[saɪn]	*n.* 記號；手勢、示意；告示、標誌；跡象 (indication)
		v. 簽；簽名；示意
signature	[`sɪgnətʃɚ]	*n.* 簽名
signal	[`sɪgn!]	*n.* 信號；暗號
		v. 示意、發信號

延伸補充
1. give/make a sign 做手勢　　　　　　　2. road sign 路標
3. sign up 報名　　　　　　　　　　　　4. signal (to) + sb. + to V 示意某人去……

signify	[`sɪgnə‚faɪ]	*v.* 表示、意味；要緊
significant	[sɪg`nɪfəkənt]	*adj.* 有意義的；重要的 (important ≠ in**sign**ificant)
significance	[sɪg`nɪfəkəns]	*n.* 重要性 (≠ in**sign**ificance)；特殊含意

秒殺解字 sign(mark)+i+fy(make, do) → 本義「做」「記號」，引申為「表示」、「意味」。

de**sign**	[dɪ`zaɪn]	*v.* 設計
		n. 設計；模式 (pattern)
de**sign**er	[dɪ`zaɪnɚ]	*n.* 設計者、設計師
de**sign**ate	[`dɛzɪɡ‚net]	*v.* 指派；表明
		adj. 未上任的
de**sign**ation	[‚dɛzɪɡ`neʃən]	*n.* 指定、任命；名稱 (name)、稱號 (title)

🐛 秒殺解字 de(out)+sign(mark) → 本義把「記號」畫「出來」，引申為「設計」、「指派」。

- -

| as**sign** | [ə`saɪn] | *v.* 分配、分派 |
| as**sign**ment | [ə`saɪnmənt] | *n.* 分配的任務；作業 |

🐛 秒殺解字 as(=ad=to)+sign(mark) → 「去」「做記號」，方便「分配」。

延伸補充
| 1. on a special assignment 進行特殊任務 | 2. hand/turn in + sb's assignment 交作業 |

- -

| re**sign** | [rɪ`zaɪn] | *v.* 辭去；辭職 (quit) |
| re**sign**ation | [‚rɛzɪɡ`neʃən] | *n.* 辭呈 |

🐛 秒殺解字 re(opposite)+sign(mark) → 畫個「相反」的「記號」表示取消，引申為「辭職」。

246 simil, simul, sembl, homo = one, same, similar, seem
單一，相同的，相似的，像

🎧 Track 246

神之捷徑

可用 **same, seem** 當神隊友，**母音通轉**，來記憶 sembl, simil, simul，核心語意是「單一」（**one**），後來衍生出「相同的」、「相似的」、「像」、「簡單」（**simple**）等意思。此外，可用 **same** 當神隊友，**字母 h/s 對應**，**母音通轉**，來記憶 **homo**，兩者皆表示「相同的」。

same	[sem]	*adj.* 一樣的、相同的
similar	[`sɪmələ]	*adj.* 相似的；類似的
similarity	[‚sɪmə`lærətɪ]	*n.* 類似；相似 (re**sembl**ance, likeness)
similarly	[`sɪmələlɪ]	*adv.* 相似地；類似地

延伸補充
| 1. A be similar to B A 與 B 相似的 | 2. A be the same as B A 與 B 相同的 |

3. in a similar way = similarly = likewise 相同地；相似地；類似地
4. bear a /some similarity to = be/look similar to = be/look like = resemble 和……相像
5. striking/close/great/strong similarity 極度相似

- -

simple	[`sɪmp!]	*adj.* 簡單的 (easy)；樸素的 (plain)；純粹的 (only)
simply	[`sɪmplɪ]	*adv.* 僅、只 (only, merely, just)；簡易地
simplify	[`sɪmplə‚faɪ]	*v.* 簡化
simplicity	[sɪm`plɪsətɪ]	*n.* 簡單；樸素

🐛 秒殺解字 sim(one, same, similar)+ple(fold) → 只有「一」「摺」，表示「簡單的」、「樸素的」。

simultaneous [ˌsaɪm!ˋtenɪəs] *adj.* 同時的 →「相同」的時間內發生。

facsimile [fækˋsɪməlɪ] *n.* 複製；傳真 (fax)

> 秒殺解字 fac(make)+simil(one, same, similar)+e →「做」出「相似的」東西。

seem [sim] *v.* 似乎、看來好像 (appear)

> 延伸補充
> 1. seem/appear + to V 似乎……   2. seem/appear + (to be) + Adj. 似乎……
> 3. seem + (to be) + N 似乎……

assemble [əˋsɛmb!] *v.* 聚集 (gather)；組裝

assembly [əˋsɛmblɪ] *n.* 集會 (gathering, meeting)；組裝；議會

> 秒殺解字 as(=ad=to)+sembl(same, seem, similar)+e → 集合志「同」道合者，使成「一」起。

resemble [rɪˋzɛmb!] *v.* 相似、相像 (look like)

resemblance [rɪˋzɛmbləns] *n.* 相似點 (likeness, **similar**ity)

> 秒殺解字 re(intensive prefix)+sembl(same, seem, similar)+e → 即「相似」。

> 延伸補充
> 1. bear a (close/striking/strong) resemblance/similarty to = be/look similar to = be/look like = resemble 和……相像
> 2. bear little/no resemblance to 不像

homosexual [ˌhoməˋsɛkʃʊəl] *adj.* 同性戀的 (**same**-sex)
    n. 同性戀者

homophobia [ˌhoməˋfobɪə] *n.* 對同性戀者的恐懼

> 秒殺解字 homo(homosexual)+phobia(fear) →「恐懼」「同性戀」。

> 源源不絕學更多 sincere (adj. 真誠的)、single (adj. 單身的)、singular (adj. 單數的)。

247 soci = society, companion, join
社會，同伴，加入

🎧 Track 247

> 神之捷徑
> soci 和 sequ, secut 同源，**母音通轉**，原始核心語意是「**跟隨**」（follow）。
> soci 表示「**社會**」、「**同伴**」、「**加入**」，是個常見的字根，soci 加上 **o**，在現代英語中形成一個衍生力很強的字首 **socio**，如：**socio**-economic, **socio**-political、**socio**linguistics。

society [səˋsaɪətɪ] *n.* 社會
social [ˋsoʃəl] *adj.* 社會的；社交的 (**soci**able)；群居的 (≠ solitary)
sociable [ˋsoʃəb!] *adj.* 好社交的、好交際的 (≠ un**soci**able)
socialize [ˋsoʃəˌlaɪz] *v.* 交際；使社會化

> 延伸補充
> 1. social skills 社交技巧   2. social climber 企圖進入上流社會的人

sociology [ˌsoʃɪˋɑlədʒɪ] *n.* 社會學
sociological [ˌsoʃɪəˋlɑdʒɪk!] *adj.* 社會學的
sociologist [ˌsoʃɪˋɑlədʒɪst] *n.* 社會學家

> 秒殺解字 socio(society)+logy(study of) → 研究「社會」的「學問」。

antisocial [ˌæntɪˋsoʃəl] *adj.* 反社會的；不愛交際的 (≠ **soci**able)

秒殺解字 anti(against, opposite)+social →「反對」「社會的」。

associate [əˋsoʃɪ,et] *v.* 聯想；使有關連；結交
n. 同事 (colleague, co-worker)

associated [əˋsoʃɪ,etɪd] *adj.* 有關聯的 (related, connected, linked)

association [ə,sosɪˋeʃən] *n.* 協會；結合；聯想；關聯 (relation, connection, link)

秒殺解字 as(=ad=to)+soci(join)+ate → 去「加入」某團體，指「結交」、「使有關連」。

延伸補充
1. associate A with B 把 A 與 B 聯繫 (想) 在一起
2. A be connected/associated with + B = A be related to B = A be linked with/to B = A have/be something to do with B = A be bound up with B = A go hand in hand with B = A and B go hand in hand　A 與 B 有關聯

248　sol = sun 太陽

🎧 Track 248

神之捷徑 可用 **sun** 當神隊友，**n/l 轉音**，**母音通轉**，來記憶 **sol**，皆表示「**太陽**」。

sun [sʌn] *n.* 太陽
sunny [ˋsʌnɪ] *adj.* 陽光充足、明亮的 (bright)；樂觀的
sunrise [ˋsʌn,raɪz] *n.* 日出；黎明
sunset [ˋsʌn,sɛt] *n.* 日落
sunshine [ˋsʌnʃaɪn] *n.* 陽光
solar [ˋsolɚ] *adj.* 太陽的；日光的

延伸補充
1. look on the sunny/bright side ≠ look on the dark/gloomy side 看光明面、樂觀的
2. at sunrise/sunset 在日出 / 日落時　　　　　3. solar energy/power 太陽能
4. soak up the sun/rays/sunshine 盡情享受陽光

源來如此 **suck** [sʌk] (v. 吸)、**soak** [sok] (v. 浸泡) 同源，**母音通轉**，核心語意是「**吸**」（**suck**）。把某物「**浸泡**」（**soak**）在液體中會「**吸**」（**suck**）該液體。

源源不絕學更多 **Sun**day (n. 星期日)、**sun**tan (n. 曬黑)、**sun**screen (n. 防曬油)、**sun**block (n. 防曬油)、**sun**burn (n. 曬傷)、**sun**dae (n. 聖代)、**south** (n. 南方)、**south**ern (adj. 南方的)。

249 solv, solu = loosen 鬆開，使鬆開

 🎧 Track 249

solv, solu 同源，u/v 對應，皆表示「鬆開」、「使鬆開」。

solve	[salv]	*v.* 解決；解答 → 「鬆開」問題的結。
solution	[sə`luʃən]	*n.* 解決方法；解答 (answer)

延伸補充
1. solution to/for + sth. ……的解決方式　　　2. solution/answer to + sth. ……的解答

re**solv**e	[rɪ`zalv]	*v.* 決定 (decide, determine)；解決 (**solv**e)
re**solu**tion	[ˌrɛzə`luʃən]	*n.* 決心 (determination)；決議 (decision)；解決 (**solu**tion)；解答
re**solu**te	[`rɛzəˌlut]	*adj.* 堅決的、斷然的 (determined ≠ irre**solu**te, uncertain)

🪶 **秒殺解字** re(back)+solv(loosen)+e → 本義是「鬆開」，將事物「還原」成原本成分，自 1520 年代後才有「決定」、「決心」的意思。

延伸補充
1. resolve+ to V = be resolved + to V 決心去……　　　2. New Year's resolution 新年希望

dis**solv**e	[dɪ`zalv]	*v.* 分解、使溶解；解散、解除

🪶 **秒殺解字** dis(apart)+solv(loosen)+e → 本義「鬆」「開」，後指「分解」、「使溶解」。

ab**solu**te	[`æbsəˌlut]	*adj.* 完全的 (complete, total)；絕對的
ab**solu**tely	[`æbsəˌlutlɪ]	*adv.* 完全地、絕對地；完全對

🪶 **秒殺解字** ab(away, off)+solut(loosen)+e → 「鬆」「開」有擺脫束縛意味，能「完全」、「絕對」掌控一切。

250 son = sound 聲音

 🎧 Track 250

可用 sound，母音通轉，來記憶 son，皆表示「聲音」。

sound	[saʊnd]	*n.* 聲音
sonic	[`sanɪk]	*adj.* 聲音的、音波的、音速的
super**son**ic	[ˌsupɚ`sanɪk]	*adj.* 超音速的 → super 表示「超過」（over）。
hyper**son**ic	[ˌhaɪpɚ`sanɪk]	*adj.* 高超音速的 → hyper 表示「超過」（over）。
con**son**ant	[`kansənənt]	*n.* 子音
		adj. 符合的 (≠ dis**son**ant)
con**son**ance	[`kansənəns]	*n.* 一致、和諧 (≠ dis**son**ance)

🪶 **秒殺解字** con(together)+son(sound)+ant → 「子音」必須搭配母音「一起」發「聲」。

源來如此 在台灣享譽盛名的日本品牌 Panasonic 是由日本最大的電機製造商松下電器所創，在台灣俗稱「國際牌」，在 1995 年進軍美國時原想用 National 一詞來註冊，但已有公司註冊，故改用 Panasonic，意指「泛」「**聲音的**」，因為其一開始生產的電器產品為音響設備。

源源不絕學更多 ultra**son**ic (adj. 超音波的)、re**son**ance (n. 共鳴、回響)、uni**son** (n. 齊聲；一致)。

251　soph = wise, wisdom 聰明的，智慧

🎧 Track 251

 神之捷徑 soph 表示**「聰明的」**、**「智慧」**。Sophia 源自希臘語，傳說是許多聖殿騎士崇拜的女神名字，表示**「聰明」**、**「智慧」**。Sophia 榮登 2018 年最受歡迎女性名字榜首。Sophie 是 Sophia 的法文寫法，經典小說《蘇菲的抉擇》（*Sophie's Choice*）探討了我們在人生路途上，最終必須做出**「聰明的」**的選擇，而**「做出蘇菲的抉擇」**（making a Sophie's choice）也成為英文詞彙的一部分。

sophisticate	[sə`fɪstɪ͵ket]	*n.*	老練世故的人
sophisticated	[sə`fɪstɪ͵ketɪd]	*adj.*	老練世故的、高雅的；精密的、高級的
sophistication	[sə͵fɪstɪ`keʃən]	*n.*	世故、老練；精密、複雜
sophomore	[`safmor]	*n.*	大二生、高二生

源來如此 坊間書籍和網路普遍解釋此字是由「聰明」（soph=sophos=wise）和「笨蛋」（more=moros=stupid）所組成的，因為大二的學生看起來雖然比較沒那麼生澀，已經顯得聰明些，但還是有些呆樣，這樣的解釋屬於「通俗辭源」（folk etymology），並不正確。事實上這個字單純指「辯士」，後來指「大二學生」，等同於 sophister。

延伸補充
1. freshman/junior/senior 新生 / 大三生 / 大四生　　　2. sophomore class/year 大二、高二

philo**soph**y	[fə`lasəfɪ]	*n.*	哲學；人生觀
philo**soph**er	[fə`lasəfə]	*n.*	哲學家
philo**soph**ical	[͵fɪlə`safɪk!]	*adj.*	哲學的；豁達的

秒殺解字 philo(love)+soph(wise, wisdom, knowledge)+y →「哲學」是一種「愛」「智」之學。

252　spec, spect, spic = look 看

🎧 Track 252

 神之捷徑 spec, spect, spic 同源，**母音通轉**，皆表示**「看見」**。值得一提的是，species 的意思是**「種類」**，乍看之下和**「看」**這語意無關，但其原意是某一族群**「看」**起來有自己的特色，和其他族群明顯不同。人分辨彼此或物種時，多從外表來斷定，從「看」到「種類」字義雖然落差甚大，但了解箇中道理，也就不覺得奇怪了。

special	[`spɛʃəl]	*adj.*	特別的 →「看」起來有所不同。
		n.	拿手菜
specialist	[`spɛʃəlɪst]	*n.*	專家 (expert)；專科醫生
specialize	[`spɛʃəl͵aɪz]	*v.*	專攻、專門從事
specialized	[`spɛʃəl͵aɪzd]	*adj.*	專用的、專門的；專業化的
e**spec**ially	[ə`spɛʃəlɪ]	*adv.*	特別地；尤其 (particularly)

秒殺解字 e+spec(species, kind)+ial+ly → e 只是為了好發音而填補上去的字母，並非 ex 的省略。後期羅馬人發現把 e 加在 sp, sc, st 前面，會更好發音。special 本指獨特的「種類」，後指「特別的」，前面加了 e 並不影響單字的核心語意。

延伸補充
1. anything/something/nothing special 任何 / 有 / 沒有特別的事
2. special offer 特別優惠　　　　　　　　　　3. be on special 特價
4. specialize in 專攻、專門研究

species	[`spiʃɪz]	n. 種類；物種（單複數同型）
specialty	[`spɛʃəltɪ]	n. 專長；特產、名產 →「看」起來不同。
specific	[spɪ`sɪfɪk]	adj. 特定的；明確的、具體的 (≠ general)
specify	[`spɛsə,faɪ]	v. 詳述、具體說明 → 使人「看」了明白。
spice	[spaɪs]	n. 香料、調味品；趣味
		v. 加香料於；增添趣味
spicy	[`spaɪsɪ]	adj. 辛辣強烈的 (hot)

秒殺解字 spec(look)+i+es → 藉著所「看」外表呈現的不同樣貌，來區分差異，表示「種類」；spice 源自拉丁語複數型態的 species，指「種類」，早期的藥劑師能分辨四種不同「種類」的「香料」，以香料當「調味品」入菜。

延伸補充
1. endangered species 瀕臨絕種的動植物　　　2. be specific to + sth. ⋯⋯獨有的
3. Variety is the spice of life. 變化是生活的調味料。

spectator	[`spɛktetɚ]	n. 看比賽觀眾 (viewer)
spectacle	[`spɛktək!]	n. 盛大場面；奇觀 →「看到」所陳列之事物。
spectacular	[spɛk`tækjəlɚ]	adj. 壯觀的 (grand, impressive, imposing, magnificent, majestic, splendid, awe-inspiring, breathtaking)； 驚人的
		n. 壯觀
speculate	[`spɛkjə,let]	v. 推測 (guess)；做投機風險事業
speculation	[,spɛkjə`leʃən]	n. 推測 (guess)；投機風險事業

秒殺解字 spec(look)+ul+ate → 原意是「沉思」，彷彿「看見」某事物，後來衍生為「推測」、「投機」，兩者都必須先預「見」而做決策。

| a**spect** | [`æspɛkt] | n. 方面 |

秒殺解字 a(=ad=to)+spect(look) →「看」事情的角度。

ex**pect**	[ɪk`spɛkt]	v. 期待；期望 (anticipate)
ex**pect**ation	[,ɛkspɛk`teʃən]	n. 期待；期望
unex**pect**ed	[,ʌnɪk`spɛktɪd]	adj. 意外的 (surprising) → un 表示「不」（not）。
unex**pect**edly	[,ʌnɪk`spɛktɪdlɪ]	adv. 意外地 (surprisingly)

秒殺解字 ex(out)+spect(look) → 往「外」「看」，表示「期待」，可用喜出「望」「外」記憶。因為 ex 已經包含 /ks/ 兩個子音，因此省略後面字根 spect 開頭 s。

延伸補充
1. expect + to V 期待⋯⋯　　　2. expect + sb./sth.+ to V 期待⋯⋯
3. be expecting (a baby) 懷孕　　　4. come/live up to + sb's expectations 符合⋯⋯的希望
5. expectation of life = life expectancy 預期壽命

in**spect**	[ɪn`spɛkt]	v. 檢查；視察 (examine, check)
in**spect**ion	[ɪn`spɛkʃən]	n. 檢查；視察 (examinination, check)
in**spect**or	[ɪn`spɛktɚ]	n. 檢查員；視察員

秒殺解字 in(into)+spect(look) →「檢查」需要往「內」「看」。

延伸補充
1. make/carry out an inspection 檢查　　　2. on/upon close/closer inspection 仔細觀察

| re**spect** | [rɪ`spɛkt] | v. 尊敬 (admire, look up to, think highly of) |

re**spect**	[rɪ`spɛkt]	*v.* 尊敬 (admire, look up to, think highly of)
		n. 尊敬 (admiration)
re**spect**able	[rɪ`spɛktəbl̩]	*adj.* 值得尊敬的
re**spect**ed	[rɪ`spɛktɪd]	*adj.* 受尊敬的
re**spect**ful	[rɪ`spɛktfəl]	*adj.* 尊敬人的 (≠ disre**spect**ful)
re**spect**ive	[rɪ`spɛktɪv]	*adj.* 分別的、各自的
re**spect**ively	[rɪ`spɛktɪvlɪ]	*adv.* 分別地、各自地

🪶 秒殺解字 re(back)+spect(look) →「回」頭「看」，表示「尊敬」。

延伸補充
1. respect + sb. + for N/Ving 尊敬、敬佩某人……　　2. win/earn/gain the respect of + sb. 獲得某人的敬重

su**spect**	[sə`spɛkt]	*v.* 疑有、懷疑
	[`sʌspɛkt]	*n.* 嫌疑犯
su**spect**ed	[sə`spɛktɪd]	*adj.* 有嫌疑的
su**spic**ion	[sə`spɪʃən]	*n.* 懷疑；嫌疑
su**spic**ious	[sə`spɪʃəs]	*adj.* 感到懷疑的；可疑的；謹防的 (wary)
su**spic**iously	[sə`spɪʃəslɪ]	*adv.* 猜疑地

🪶 秒殺解字 sus(=sub=up from under)+spect(look) → 從「下」往上偷偷「看」別人，引申為「懷疑」。

延伸補充
1. suspect + sb.+ of + N/Ving 懷疑某人……　　2. suspect murder/foul play 懷疑是謀殺

| per**spect**ive | [pɚ`spɛktɪv] | *n.* 觀點、角度 (viewpoint, point of view, standpoint, angle) |

🪶 秒殺解字 per(through)+spect(look) →「看」「透」，能看清事情的「觀點」、「角度」。

延伸補充
1. from + sb's perspective 從某人的觀點　　2. get/keep + sth. + in perspective 正確地看待……

pro**spect**	[`prɑspɛkt]	*n.* 展望、可能性、前景
	[prə`spɛkt]	*v.* 勘探、勘察
pro**spect**ive	[prə`spɛktɪv]	*adj.* 未來的、潛在的 (future, potential)

🪶 秒殺解字 pro(forward)+spect(look) →「往前」「看」，表示「展望」。

retro**spect**	[`rɛtrə‚spɛkt]	*n.* 回顧；回想
retro**spect**ive	[‚rɛtrə`spɛktɪv]	*adj.* 回顧的；追溯的
		n. 作品回顧展

🪶 秒殺解字 retro(backward, back)+spect(look) →「往回」「看」，表示「回顧」。

intro**spect**	[‚ɪntrə`spɛkt]	*v.* 內省、反省
intro**spect**ive	[‚ɪntrə`spɛktɪv]	*adj.* 內省的、反省的
intro**spect**ion	[‚ɪntrə`spɛkʃən]	*n.* 內省、反省

🪶 秒殺解字 intro(into)+spect(look) →「往內」「看」，表示「內省」。

despise [dɪ`spaɪz] *v.* 輕視、藐視 (look down on)
despite [dɪ`spaɪt] *prep.* 儘管 (in **spite** of)

> 秒殺解字 de(down)+spis(look)+e → 往「下」「看」，表示「輕視」。despite 本義也是「輕視」
> (despise)，後來語意轉變，衍生出「儘管」的意思。當我們說「儘管」的時候，往往隱含「輕忽」的意味，用以駁斥前一個命題或説法。

延伸補充

1. despite + N/Ving = in spite of + N/Ving 儘管……
2. despite the fact (that) + S + V = in spite of the fact (that) + S + V 儘管……
3. Carlos is poor, **but** he is honest.
   = Carlos is poor **but** honest.
   = <u>Although/Though/Even though</u> Carlos is poor, he is honest.
   = **Being** poor, Carlos is honest.（分詞構句）
   = <u>Despite/In spite of the fact (that)</u> Carlos is poor, he is honest.
   = <u>Despite/In spite of</u> his poverty, Carlos is honest. Carlos 雖然窮，但他很誠實。

spy [spaɪ] *n.* 間諜 (secret agent)
v. 暗中監視

> 源源不絕學更多 **spec**trum (n. 光譜)、**spec**imen (n. 樣品)、au**spic**ious (adj. 吉兆的)、con**spic**uous (adj. 顯眼的)。

253 sper = hope 希望

🎧 Track 253

 sper 表示**「希望」**，而 **speed** 也和 **sper** 同源，源自古英文，原意表示「成功（success）、「繁榮」（prosperity）、「能力」（power），「快速」（swiftness），而現今只剩下**「速度」**的意思。

speed [spid] *n.* 速度
v. 加速 三態 speed/speeded/speeded 或 speed/sped/sped

speeding [`spidɪŋ] *n.* 超速

延伸補充

1. speed up ≠ slow down 加速   2. speed <u>limit/restriction</u> 速限

despair [dɪ`spɛr] *n.* 絕望 (hopelessness)
v. 絕望 (<u>lose/give up</u> hope, lose heart)

despairing [dɪ`spɛrɪŋ] *adj.* 絕望的
desperate [`dɛspərɪt] *adj.* 絕望的 (hopeless, gloomy)；危急的；極渴望的
desperately [`dɛspərɪtlɪ] *adv.* 不顧一切地、拼命地；極度地
desperation [ˌdɛspə`reʃən] *n.* 絕望、走投無路
desperado [ˌdɛspə`rɑdo] *n.* 亡命之徒 複數 desperadoes, desperados

> 秒殺解字 de(without)+spair(=sper=hope) →「缺乏」「希望」，表示「絕望」。

延伸補充

1. in despair 絕望中、絕望地   2. to the despair of + sb. 讓某人絕望的是
3. despair of + N/Ving = <u>lose/give up</u> hope of + N/Ving 對……感到絕望的
4. desperate for + sth. 對……極度渴望的   5. desperate + to V 對做……極度渴望
6. <u>in/out of</u> desperation 情急之下

prosper	[`praspɚ]	v. 繁榮、成功
prosperity	[pras`pɛrətɪ]	n. 繁榮、成功
prosperous	[`praspərəs]	adj. 繁榮的、富足的、成功的

 秒殺解字 pro(for)+sper(hope) → 本義是根據一個人的「期望」，因此有「繁榮」、「成功」的衍生意思。

254　sphere = ball, globe 球體

🎧 Track 254

神之捷徑　sphere 表示「**球體**」。

sphere	[sfɪr]	n. 球體；範圍、領域
atmosphere	[`ætməs͵fɪr]	n. 氣氛；魅力；大氣；空氣

秒殺解字 atmo(vapor, steam)+sphere(ball, globe) → 圍繞在「球體（地球）」的一層「氣層」。

hemisphere	[`hɛməs͵fɪr]	n. 半球；半球體 → hemi 表示「半」（half）。
biosphere	[`baɪə͵sfɪr]	n. 生物圈 → bio 表示「生命」（life）。
ecosphere	[`iko͵sfɪr]	n. 生態圈

秒殺解字 eco(environment)+sphere(ball, globe) → 指我們身處「球體（地球）」的「環境」，即「生態圈」。

255　spir = breathe, mind, soul
呼吸，心，靈魂

🎧 Track 255

神之捷徑　spir 表示「**呼吸**」、「**心**」、「**靈魂**」。沒「呼吸」代表死亡，沒了「靈魂」，甚至是「心」已死。

spirit	[`spɪrɪt]	n. 精神；靈魂 (soul, ghost)；精靈
spirits	[`spɪrɪts]	n. 心情、情緒、心境 (mood)
spiritual	[`spɪrɪtʃʊəl]	adj. 精神上的；宗教的 (religious)
spiritless	[`spɪrɪtlɪs]	adj. 無生氣的、沮喪的 (≠ cheerful) → less 表示「無」（without）。

延伸補充
1. in spirit 精神上
2. be in good/high spirits 興致勃勃的
3. an evil spirit 惡靈
4. That's the spirit. 這樣就對了！好樣的！
5. The spirit is willing, but the flesh is weak. 心有餘而力不足。

inspire	[ɪn`spaɪr]	**v.** 激勵 (encourage)；喚起；使有靈感
inspiration	[ˌɪnspə`reʃən]	**n.** 激勵 (encouragement)；靈感
inspiring	[ɪn`spaɪrɪŋ]	**adj.** 激勵人心的；啟發靈感的 (≠ uninspiring)
inspired	[ɪn`spaɪrd]	**adj.** 有靈感的；得到啟示的
inspirational	[ˌɪnspə`reʃənl]	**adj.** 帶有靈感的；鼓舞人心的
awe-inspiring	[`ɔɪnˌspaɪrɪŋ]	**adj.** 令人敬畏、驚嘆的

秒殺解字 in(in)+spir(breathe)+e → 往「內」「吹氣」，表示「靈感」。如果工作時精神萎靡，頭腦不靈光，到戶外吸幾口新鮮空氣，往往靈感就來了。

延伸補充
1. inspire + sb. + to V 激勵某人去……
2. inspire confidence in + sb./sth. 鼓舞某人在……的信心

aspire	[ə`spaɪr]	**v.** 渴望 (desire)；懷有大志
aspiring	[ə`spaɪrɪŋ]	**adj.** 有志追求……的
aspiration	[ˌæspə`reʃən]	**n.** 渴望、抱負 (ambition)

秒殺解字 a(=ad=to)+spir(breathe)+e → 本義是吐「氣」，後來語意轉變，表示「渴望」、「追求」。「追求」理想、目標時，就像在跑步衝刺，會大力吐氣、喘息。

延伸補充
1. aspire + to V 渴望去……
2. aspiring teacher/model/chef 有志當老師 / 模特兒 / 廚師者

| conspire | [kən`spaɪr] | **v.** 同謀、密謀 (plot, scheme) |
| conspiracy | [kən`spɪrəsɪ] | **n.** 同謀、密謀 (plot, scheme) |

秒殺解字 con(together)+spir(breathe)+e →「同」一鼻孔出「氣」，表示「同謀」，去做非法、不好的事。

expire	[ɪk`spaɪr]	**v.** 期滿、屆期 (run out)；終止
expiration	[ˌɛkspə`reʃən]	**n.** 期滿、屆期；終止（美）
expiry	[ɪk`spaɪrɪ]	**n.** 期滿、屆期；終止（英）

秒殺解字 ex(out)+spir(breathe)+e →「氣」往外「吐」完，表示「死亡」，引申為「期滿」。因為 ex 已經包含 /ks/ 兩個子音，因此省略後面字根 spir 開頭 s。

延伸補充
1. expiration/expiry date 截止日期、到期日
2. expire +in/on/at （信用卡、護照、駕照等）在……時候到期

| perspire | [pə`spaɪr] | **v.** 流汗 (sweat) |
| perspiration | [ˌpɝspə`reʃən] | **n.** 流汗 (sweat) |

秒殺解字 per(through)+spir(breathe)+e →「透過」皮膚「呼吸」，表示「流汗」。

延伸補充
1. perspire freely/heavily/profusely 滿頭大汗、揮汗如雨
2. beads/drops of perspiration/sweat 汗珠

源來如此 bead [bid] (n. 珠子)、bid [bɪd] (v./n. 喊價；投標) 同源，**母音通轉**，核心語意是「**ask**」（問）、「**pray**」（祈求）。「**珠子**」、「**佛珠**」(bead) 是用來「**祈求**」神明庇佑用的；「**喊價**」(bid) 是「**祈求**」在拍賣中能以好價格買到該商品。

re**spir**e	[rɪ`spaɪr]	*v.* 呼吸 (breathe)
re**spir**ation	[ˌrɛspə`reʃən]	*n.* 呼吸
re**spir**atory	[rɪ`spaɪrəˌtorɪ]	*adj.* 呼吸的

秒殺解字 re(again)+spir(breathe)+e → 本義是「再次」「呼吸」。

源來如此 breath [brɛθ] (n. 呼吸;氣息)、breathe [brið] (v. 呼吸) 同源,**θ/ð 轉音,母音通轉**,核心語意是「**呼吸**」(breath)。相關同源字還有 breathless (adj. 氣喘吁吁的)、breathtaking (adj. 極其刺激的;嘆為觀止的;驚人的)。

延伸補充
1. artificial respiration 人工呼吸
2. respiratory disease 與呼吸相關的疾病
3. Severe Acute Respiratory Syndrome 嚴重急性呼吸道症候群(縮寫為 SARS)

256　splend = shine 發光

🎧 Track 256

 神之捷徑 splend 表示「**發光**」,splendid 常用來形容建築物、家具或藝術品。

| **splend**id | [`splɛndɪd] | *adj.* 壯麗的 (magnificent, impressive);極好的 (excellent) |
| **splend**or | [`splɛndɚ] | *n.* 壯麗;堂皇 |

257　spond, spons = promise 答應,保證

🎧 Track 257

神之捷徑 spond, spons 同源,**d/s 轉音,母音通轉**,皆表示「**答應**」、「**保證**」。

re**spond**	[rɪ`spɑnd]	*v.* 反應 (react);回答、回應 (reply)
re**spons**e	[rɪs`pɑns]	*n.* 反應 (reaction);回答 (reply);響應
re**spons**ible	[rɪ`spɑnsəb!]	*adj.* 負責的 (≠ irre**spons**ible)
re**spons**ibility	[rɪˌspɑnsə`bɪlətɪ]	*n.* 責任;職責 (duty ≠ irre**spons**ibility)

秒殺解字 re(back)+spond(promise) → 「保證」「回覆」就是會做出「反應」、「回答」。

延伸補充
1. respond/react to + sth. 反應……
2. respond/reply to + sth. 回答……
3. response to 對……的反應;回應
4. in response/reply 回覆;反應
5. in response/reply/answer to + sth. 對……的回覆、反應
6. be responsible for + N/Ving = have/take responsibility for + N/Ving 對……負責;作為……原因的
7. a sense of responsibility 責任感

corre**spond**	[ˌkɔrɪ`spɑnd]	*v.* 對應;一致;通信
corre**spond**ence	[ˌkɔrə`spɑndəns]	*n.* 一致;通信
corre**spond**ent	[ˌkɔrə`spɑndənt]	*n.* 特派員;通信者

秒殺解字 cor(together)+re(back)+spond(promise) → 本義「答覆彼此」,引申出「一致」的意思,1640 年左右才衍生出「藉由書信溝通」、「通信」的意思。

| **spons**or | [`spɑnsɚ] | *n.* 贊助者
v. 贊助、支持 |
| **spous**e | [spaʊs] | *n.* 配偶 → 對婚姻做「保證」。 |

258 sta, stin, stitut, sist = stand 站

🎧 Track 258

神之捷徑 sta, stin, stitut, sist，**母音通轉**，皆表示「**站**」，衍生出「**使穩固**」（make firm）、「**穩固**」（be firm）的意思。可用 **st** 來辨識這些表示「**站**」的字根。

stand	[stænd]	*v.* 站立；忍受 (tolerate, bear, endure, put up with)
		n. 架子、攤

延伸補充
1. stand for = represent 代表
2. stand out 顯眼、突出；出眾

standard	[`stændəd]	*n.* 標準；水準 → stand 和 hard 的混合字。
		adj. 標準的 (≠ non-**stand**ard)
standardize	[`stændəd͵aɪz]	*v.* 標準化

延伸補充
1. living standards 生活水準
2. safety/environmental standards 安全 / 環境標準

under**stand**	[͵ʌndə`stænd]	*v.* 瞭解 **三態** understand/understood/understood
under**stand**ing	[͵ʌndə`stændɪŋ]	*n.* 瞭解
		adj. 通情達理的
under**stand**able	[͵ʌndə`stændəb!]	*adj.* 可理解的
out**stand**ing	[aʊt`stændɪŋ]	*adj.* 傑出的 (excellent, brilliant, superb, amazing)；顯著的
with**stand**	[wɪð`stænd]	*v.* 抵擋；禁得起 (resist, **stand** up to)

秒殺解字 with(against)+stand(stand) →「站」起來「反對」。

station	[`steʃən]	*n.* 車站；站
stationary	[`steʃən͵ɛrɪ]	*adj.* 靜止不動的 (still)
stationery	[`steʃən͵ɛrɪ]	*n.* 文具
state	[stet]	*n.* 狀態、狀況 (condition)；州
		v. 陳述；說明；宣稱
statement	[`stetmənt]	*n.* 陳述；聲明；宣稱 (announcement, declaration)
e**sta**te	[ɪs`tet]	*n.* 財產、遺產

延伸補充
1. in a/+ sb's + adj. + state 處於……的狀態
2. make/issue/give a statement 發表聲明
3. real estate 房地產、不動產

stable	[`steb!]	*adj.* 穩固的 (**stea**dy)；穩重的 (≠ un**sta**ble)
steady	[`stɛdɪ]	*adj.* 穩固的；穩定的 (≠ un**stea**dy)
		adv. 穩定地
e**sta**blish	[ə`stæblɪʃ]	*v.* 設立 (found, set up)；證實 → 使「穩固」。
e**sta**blishment	[əs`tæblɪʃmənt]	*n.* 設立；機構 (organization, in**stitut**ion)

延伸補充
1. in a stable condition 情況穩定
2. go steady with + sb. 和某人穩定交往

stage [stedʒ] *n.* 舞台，階段 (step, phase)

v. 在舞台演出；發動

延伸補充

1. stage a strike/demonstration/protest/sit-in 發動罷工 / 示威 / 抗議 / 靜坐
2. stage a comeback/recovery 捲土重來、東山再起

statue [`stætʃu] *n.* 雕像；塑像

status [`stetəs] *n.* 身分；地位；狀況

stature [`stætʃɚ] *n.* 身高 (height)；身材

延伸補充

1. the Statue of Liberty 自由女神像　　　　　2. marital status 婚姻狀況
3. legal/social/equal status 合法 / 社會 / 平等地位

statistics [stə`tɪstɪks] *n.* 統計學；統計數字

stay [ste] *v.* 停留；維持、保持 (remain, keep)

n. 停留

延伸補充

1. stay/remain/keep + adj. 維持、保持……　　　2. stay up 熬夜

store [stor] *v.* 貯藏

storage [`storɪdʒ] *n.* 貯藏

re**sto**re [rɪ`stor] *v.* 使恢復；復原；修復 (repair)、重建；歸還 (return)

re**sto**red [rɪ`stord] *adj.* 精力恢復的

re**sto**ration [ˌrɛstə`reʃən] *n.* 修復、重建；恢復；歸還 (return)

🖋️ **秒殺解字** re(back, again)+sto(set up)+re → 本義是「重新」「設立」，衍生出「修復」、「重建」、「復原」等意思，近似 repair, rebuild, renew 等字。

ar**re**st [ə`rɛst] *v.* 逮捕 (catch, apprehend)

n. 逮捕 (apprehension)

🖋️ **秒殺解字** ar(=ad=to)+re(back)+st(stand) →「站」在「後面」準備「逮捕」人。

延伸補充

1. arrest + sb.+ for + N/Ving 因……而逮捕某人　　　2. place/put + sb. + under arrest 逮捕某人
3. be under arrest = be being arrested 被捕　　　4. be under house arrest 被軟禁

con**tra**st [kən`træst] *v.* 使對比、對照

[`kɑnˌtræst] *n.* 對比、對照；差異

🖋️ **秒殺解字** contra(against)+st(stand) →「站」在「相反」的一方。

延伸補充

1. contrast A with B 拿 A 和 B 做對比
2. in/by contrast to/with = in comparison with/to = by comparison with = compared with 和……對照、相較
3. (in) sharp/marked contrast to 鮮明的對照之下

sy**stem** [`sɪstəm] *n.* 系統；制度；體系

sy**stem**atic [ˌsɪstə`mætɪk] *adj.* 有系統的、有條理的

🖋️ **秒殺解字** sy(=syn=together)+stem(stand) →「站」在「一起」形成「系統」。

circumstance [`sɝkəm,stæns] *n.* 情況；狀況（常為複數）

🖋 秒殺解字 circum(around)+sta(stand)+ance → 一個人所「站」之處的「周遭」環境，引申為「狀況」。

constant	[`kɑnstənt]	*adj.* 持續不斷的 (continuous)；不變的 (unchanging)
constantly	[`kɑnstəntlɪ]	*adv.* 不斷地 (continuously)；經常地 (all the time)
constancy	[`kɑnstənsɪ]	*n.* 恆久不變；忠誠

🖋 秒殺解字 con(together)+sta(stand)+ant → 所有事件都「站」在「一起」，表示「不斷的」、「不變的」。

distant	[`dɪstənt]	*adj.* 遙遠的 (faraway, remote)
distance	[`dɪstəns]	*n.* 距離

🖋 秒殺解字 dis(apart)+sta(stand)+ant →「站」「開」一點，表示「遙遠的」。

> 延伸補充
> 1. in the distance 在遠處　　　　　　2. at/from a distance 從遠處
> 3. keep + sb's distance 保持距離

instant	[`ɪnstənt]	*adj.* 立即的
		n. 頃刻
instantly	[`ɪnstəntlɪ]	*adv.* 立即地 (immediately, at once, right <u>now/away/off</u>, straight <u>away/off</u>, in no time, without delay, this minute)
instance	[`ɪnstəns]	*n.* 例子 (example)

🖋 秒殺解字 in(in, near)+sta(stand)+ant →「站」在「附近」，表示近在咫尺，暗示「即將發生的」。

> 延伸補充
> 1. instant coffee 即溶咖啡　　　　2. for <u>instance/example</u> 舉例來説

substance [`sʌbstəns] *n.* 物質

🖋 秒殺解字 sub(under)+sta(stand)+ance →「立」於「下方」構成事物的「物質」。

obstacle [`ɑbstək!] *n.* 障礙；阻礙

🖋 秒殺解字 ob(before, against)+sta(stand)+acle →「站」在「前面」「反對」。

> 延伸補充
> 1. obstacle to + sth. ……的障礙　　　2. overcome an obstacle 克服障礙

destination	[,dɛstə`neʃən]	*n.* 目的地
destiny	[`dɛstənɪ]	*n.* 命運；宿命 (fate)
destined	[`dɛstɪnd]	*adj.* 命中注定；預定前往的

🖋 秒殺解字 de(completely)+stin(stand)+ation →「完全」「立」著不動的標的，引申為「目的地」。

> 延伸補充
> 1. <u>holiday/tourist</u> destination 觀光勝地　　2. be destined + to V 注定

constitute	[`kɑnstə,tut]	*v.* 構成；組成
constitution	[,kɑnstə`tuʃən]	*n.* 組成；憲法；體質

🖋 秒殺解字 con(together)+stitut(stand)+e →「站」在「一起」，引申為「構成」。

institute	[`ɪnstə,tut]	*v.* 開始、著手
		n. 學會；協會；機構
institution	[,ɪnstə`tuʃən]	*n.* 機構 (organization, in**stitute**)；體制 (sy**stem**)

🖋 秒殺解字 in(in)+stitut(stand)+e → 本義「立」於……之「內」，因此有「開始」、「著手」等衍生意思。

substitute [`sʌbstə,tut] *v.* 代替

n. 代替者 (replacement, sub)；替補

adj. 代替的

substitution [,sʌbstə`tuʃən] *n.* 代替

🖋 **秒殺解字** sub(under)+stitut(stand)+e → 「立」於「下方」待命，準備「代替」、「替補」。

延伸補充

1. A substitute for B = A take the place of B = A take B's place = A replace B A 代替 B

2. substitute A for B = replace B with A 用 A 代替 B

3. substitute (teacher) = sub 代課老師　　　　4. be no substitute for 沒有東西可以代替

superstition [,supɚ`stɪʃən] *n.* 迷信

superstitious [,supɚ`stɪʃəs] *adj.* 迷信的

🖋 **秒殺解字** super(over)+stit(stand)+ion → 「站」在「上方」的主宰信念，常常只是「迷信」。

prostitute [`prɑstə,tjut] *n.* 娼妓

🖋 **秒殺解字** pro(before)+stitut(stand)+e → 「娼妓」「站」在「前面」招攬客人。

assist [ə`sɪst] *v.* 幫助、協助

assistance [ə`sɪstəns] *n.* 幫助、協助

assistant [ə`sɪstənt] *n.* 助手

adj. 助理的

🖋 **秒殺解字** as(=ad=to)+sist(stand) → 「站」在旁邊，就是要「幫忙」。

延伸補充

1. assist + sb. + with/in + sth. = help + sb. + (to) V/with + sth. = aid + sb.+ in/with + N/Ving = do + sth.+ for + sb. 幫助某人某事

2. assist/help/aid + sb. = do + sb. + a favor = do a favor for + sb. = give/lend + sb. + a hand

= come to + sb's aid/assistance

= give/offer/provide + sb. + help/assistance/support = give/offer/provide + help/assistance + to + sb.

= give/offer support + to + sb.= provide + support + for + sb. 幫助某人

3. assistant manager/principal/director 副理 / 副校長 / 襄理

4. Can I be of any assistance? = Can I help you? = What can I do for you? 我能幫什麼忙嗎？

consist [kən`sɪst] *v.* 包含；在於

consistency [kən`sɪstənsɪ] *n.* 一致 (≠ inconsistency)；濃度

consistent [kən`sɪstənt] *adj.* 一致的 (≠ inconsistent)

🖋 **秒殺解字** con(together)+sist(stand) → 「站」在「一起」，即「包含」。

延伸補充

1. A consist of B = A comprise B = A be composed/comprised of B = A be made up of B

= B constitute/comprise/make up A

（註解：comprise 是一個很有意思的字，可以是表示「包含」的 consist of，也可以是表示「組成」的 constitute 或 make up。「A 由 B 組成」可以用 A comprise B 或 B comprise A 來表達，在使用 comprise 要特別留意，避免造成誤解。）

2. A consist in B A 在於 B

exist	[ɪg`zɪst]	*v.*	存在；生存 (survive)
existence	[ɪg`zɪstəns]	*n.*	存在
existing	[ɪg`zɪstɪŋ]	*adj.*	現存的、現行的
coe**x**ist	[ˌkoɪg`zɪst]	*v.*	共存
coe**x**istence	[ˌkoɪg`zɪstəns]	*n.*	共存

秒殺解字 ex(out)+sist(stand) → 能「站」在「外面」，表示「存在」、「生存」。因為 ex 已經包含 /gz/ 兩個子音，因此省略後面字根 sist 開頭 s。coexist 是「一起」「存在」，表示「共存」；co 表示「共同」、「一起」（together）。

延伸補充
1. in existence 存在	2. come into existence/being 形成、開始存在

insist	[ɪn`sɪst]	*v.*	堅持、堅稱；堅決要求
insistence	[ɪn`sɪstəns]	*n.*	堅持

秒殺解字 in(upon)+sist(stand) → 「站」在某處「上方」不移動，表示有所「堅持」。

延伸補充
1. insist + (that) + S + V 堅持、堅稱……	2. insist + (that) + S + (should) + V 堅決要求、堅決主張
3. insist on/upon + Ving/N 堅決地要求、堅持認為	4. at + sb's insistence 在某人的堅決要求下

persist	[pɚ`sɪst]	*v.*	堅持、執意；持續 (continue, last)
persistence	[pɚ`sɪstəns]	*n.*	堅持、執意；持續
persistent	[pɚ`sɪstənt]	*adj.*	堅持、執意的；持續的

秒殺解字 per(thoroughly)+sist(stand) → 即使面對困難和反對，會「徹底地」「站」下去，那就是「堅持」。

延伸補充
1. persist in + Ving/N 堅持……	2. persist with + sth. 堅持……

resist	[rɪ`zɪst]	*v.*	抗拒；抵抗、反抗
resistance	[rɪ`zɪstəns]	*n.*	抵抗、反抗；抵制
resistant	[rɪ`zɪstənt]	*adj.*	抵制的；抗……的
irre**sist**ible	[ˌɪrɪ`zɪstəb!]	*adj.*	不可抗拒的 → ir 表示「不」（not）。

秒殺解字 re(against)+sist(stand) → 「站」在「對立面」，表示「抗拒」、「抵抗」。

延伸補充
1. cannot resist + N/Ving 無法抗拒……	2. resist the temptation/urge + to V 抗拒……的誘惑 / 慾望

源源不絕學更多 ecstasy (n. 狂喜)、thermostat (n. 自動調溫器)、obstinate (adj. 固執的)、fire-resistant (adj. 防火的)、heat-resistant (adj. 耐熱的)、stain-resistant (adj. 抗汙的)。

259 stingu, stinct = stick, prick, separate 刺，分開

🎧 Track 259

神之捷徑 stingu, stinct，**g/k 轉音**，皆表示「**刺**」、「**分開**」，可用 stick 當神隊友來記憶這些變體字根。坊間書籍和網路常犯一個錯誤，把表示「刺」、「螫」的 sting 和表示「吝嗇」的 stingy 等字與這組單字歸類在一起，而事實上它們並不同源。

stick	[stɪk]	v. 刺戳；黏；堅持 **三態** stick/stuck/stuck
		n. 柴枝；棍棒
sticker	[`stɪkɚ]	n. 貼紙

延伸補充
1. stick/keep/adhere to 堅持、堅守……　　　2. walking stick 拐杖

di**stingu**ish	[dɪ`stɪŋgwɪʃ]	v. 辨別、區別 (differentiate, tell)
di**stingu**ishable	[dɪ`stɪŋgwɪʃəb!]	adj. 可區別的
di**stingu**ished	[dɪ`stɪŋgwɪʃt]	adj. 卓越的 (successful, respected, admired)
di**stinct**	[dɪ`stɪŋkt]	adj. 截然不同的；顯著的
di**stinct**ion	[dɪ`stɪŋkʃən]	n. 區分；差別
di**stinct**ive	[dɪ`stɪŋktɪv]	adj. 以示區別的、與眾不同的

秒殺解字 dis(apart)+stingu(stick, prick)+ish → 用「刺」挑出來「分開」。

延伸補充
1. distinguish/tell/differentiate between A and B = distinguish/tell/differentiate A from B
= tell the difference between A and B　區別 A 與 B 的不同
2. tell + sb./sth. + apart 區別……
3. A be distinct from B　A 不同於 B　　　　4. distinct types/groups/categories 不同的種類 / 族群 / 分類

ex**tingu**ish	[ɪk`stɪŋgwɪʃ]	v. 熄滅 (put out)
ex**tingu**isher	[ɪk`stɪŋgwɪʃɚ]	n. 滅火器 (fire extinguisher)
ex**tinct**	[ɪk`stɪŋkt]	adj. 絕種的；滅絕的
ex**tinct**ion	[ɪk`stɪŋkʃən]	n. 絕種；滅絕

秒殺解字 ex(out)+stingu(stick, prick)+ish → 本義是用「刺」把東西給「分開」，若把火從燃燒的物品中分開，即「撲滅」、若把某一物種給分離，即「滅絕」。

延伸補充
1. become extinct 絕種　　　　　　　　　　2. in danger of extinction 有絕種的危險
3. on the verge/edge/brink of extinction 絕種邊緣　　4. face/be threatened with extinction 面臨絕種的威脅
5. save + sth. + from extinction 拯救……免於絕種

in**stinct**	[`ɪnstɪŋkt]	n. 本能、直覺 (intuition)
in**stinct**ive	[ɪn`stɪŋktɪv]	adj. 出於本能的、直覺的 (intuitive)

秒殺解字 in(in)+stinct(stick, prick) → 內心像是被「刺」到，會有「本能」的反應。

stimulate	[ˋstɪmjəˌlet]	*v.* 刺激；激發 (encourage)；促使
stimulative	[ˋstɪmjəˌletɪv]	*adj.* 刺激性的；激勵的、鼓舞的
stimulating	[ˋstɪmjəˌletɪŋ]	*adj.* 有趣的 (≠ boring)；增強活力的
stimulation	[ˌstɪmjəˋleʃən]	*n.* 刺激；激勵、鼓舞
stimulus	[ˋstɪmjələs]	*n.* 刺激；刺激物 **複數** stimuli

延伸補充

1. stimulate growth/demand/the economy 刺激成長 / 需求 / 經濟
2. stimulate/encourage/inspire/motivate + sb. + to V 激發某人去……
3. stimulus to + sth. 對……的刺激　　　　　4. visual stimuli 視覺刺激

源源不絕學更多 steak (n. 牛排)、chop**sticks** (n. 筷子)、lip**stick** (n. 口紅)、**tick**et (n. 票)。

260　**strain, stress, strict = draw tight 拉緊**

🎧 Track 260

神之捷徑 可用表示**「嚴格的」**、**「嚴厲的」**的 **strict** 當神隊友，**母音通轉**，來記憶 **stress**, **strain**，表示**「延展」**、**「拉緊」**、**「束縛」**、**「限制」**等。坊間書籍和網路常犯一個錯誤，把 strangle, straight, string, stretch, strength 等字與這組單字歸類在一起，而事實上它們並不同源。

strict	[strɪkt]	*adj.* 嚴格的 (≠ lenient)；嚴謹的
strictness	[ˋstrɪktnɪs]	*n.* 嚴格；嚴謹
strictly	[ˋstrɪktlɪ]	*adv.* 嚴厲地；嚴格地

延伸補充

1. be strict about + sth. 對某事很嚴格　　　　2. be strict with + sb. 對某人很嚴格
3. strictly speaking 嚴格地說

re**strict**	[rɪˋstrɪkt]	*v.* 限制 (confine, limit)
re**strict**ed	[rɪˋstrɪktɪd]	*adj.* 受限制的
re**strict**ion	[rɪˋstrɪkʃən]	*n.* 限制

秒殺解字 re(back)+strict(draw tight) → 從「後面」「拉」「回來」，引申為「限制」。

延伸補充

1. restrict/confine/limit + A(sb./sth.) + to + B(sth.) 限制 A 至 B
2. restrict/confine/limit oneself to + Ving/N 限制自己（做）某事
3. speed restrictions 速限　　　　4. impose/place restrictions on + sth. 對……實行限制
5. lift/remove restrictions on + sth. 取消對……的限制

| di**strict** | [ˋdɪstrɪkt] | *n.* 區域；轄區 |

秒殺解字 dis(apart)+strict(draw tight) → 指受人管轄的「區域」，受到「限制」。

stress	[strɛs]	*n.* 壓力；強調 (emphasis)；重音
		v. 強調、著重 (emphasize)；用重音讀
stressed	[strɛst]	*adj.* 緊張的、因壓力而精疲力竭的 (**stress**ed out)
stressful	[ˋstrɛsfəl]	*adj.* 使人緊張的、壓力重的

延伸補充

1. put/place/lay stress/emphasis on + sth. = stress/emphasize + sth. 強調、著重於……
2. be under stress = be feeling stress 處於壓力之下　　3. manage stress 管理壓力
4. stress management 壓力管理　　　　5. reduce/relieve stress 減輕壓力

di**stress**	[dɪˋstrɛs]	*n.* 悲痛；貧困；危難
		v. 使煩亂、焦慮 (upset)
di**stress**ed	[dɪˋstrɛst]	*adj.* 感到痛苦的、難過的 (upset)
di**stress**ing	[dɪˋstrɛsɪŋ]	*adj.* 令人痛苦的、難過的 (di**stress**ful)

秒殺解字 dis(apart)+stress(draw tight) → 內心被「撕扯」或「拉」「開」，產生「悲痛」的感覺。

延伸補充
1. in distress 悲痛、苦惱地；貧困地；遇險地　　2. be distressed at/by 對……感到難過的

strain	[stren]	*v.* 拉緊；扭傷
		n. 拉緊；壓力；緊張；扭傷
re**strain**	[rɪˋstren]	*v.* 抑制、遏制；阻止 (stop)
re**strain**t	[rɪˋstrent]	*n.* 抑制、遏制；阻止

秒殺解字 re(back)+strain(draw tight) → 「拉」「回來」，引申為「抑制」、「限制」。

延伸補充
1. restrain + sb.+ from + Ving 阻止某人去……　　2. show/exercise restraint 表現克制

源源不絕學更多 con**strain** (v. 限制；阻止)、pre**stige** (n. 名望)、pre**stig**ious (adj. 有名望的)。

261 struct = build 建設

🎧 Track 261

神之捷徑 **struct** 本義是「**展開**」（**spread**），後來衍生出「**建設**」的意思。

structure	[ˋstrʌktʃɚ]	*n.* 結構、組織；建築物
		v. 構造；組織 (organize)
structural	[ˋstrʌktʃərəl]	*adj.* 建築的；結構上的

延伸補充
1. power structure 權力結構　　2. structural damage 結構上的損壞

con**struct**	[kənˋstrʌkt]	*v.* 建造、建設 (build)
con**struct**ion	[kənˋstrʌkʃən]	*n.* 建造；構造；建築物
con**struct**ive	[kənˋstrʌktɪv]	*adj.* 建設性的
recon**struct**	[͵rikənˋstrʌkt]	*v.* 重建
recon**struct**ion	[͵rikənˋstrʌkʃən]	*n.* 重建

秒殺解字 con(together)+struct(build) → 把所有建材放在「一起」「建造」起來。reconstruct 是「重新」「建造」，使「回」到原狀；re 表示「返回」（back）、「再」（again）。

延伸補充
1. be under construction = be being constructed 正在興建中
2. constructive criticism 建設性的批評

de**stroy**	[dɪˋstrɔɪ]	*v.* 破壞；毀滅 (ruin, spoil, devastate)
de**struct**ion	[dɪˋstrʌkʃən]	*n.* 破壞；毀滅 (devastation)
de**struct**ive	[dɪˋstrʌktɪv]	*adj.* 破壞性的 (devastating)

秒殺解字 de(down)+stroy(=struct=build) → 「建築」「倒下」，引申成「破壞」、「毀滅」。

instruct	[ɪn`strʌkt]	*v.* 教導；命令、吩咐
instruction	[ɪn`strʌkʃən]	*n.* 教導；命令、吩咐；用法說明
instructional	[ɪn`strʌkʃən!]	*adj.* 教學的
instructive	[ɪn`strʌktɪv]	*adj.* 有教育意義的 (educational)；增進知識的
instructor	[ɪn`strʌktɚ]	*n.* 指導者、教練；大學講師
instrument	[`ɪnstrəmənt]	*n.* 儀器；樂器 (musical instrument)；器械
instrumental	[ˌɪnstrə`mɛnt!]	*adj.* 關鍵的、有幫助的

秒殺解字 in(in)+struct(build) → 在人腦「內」「建構」知識。

延伸補充
1. instruct/order + sb. + to V = give + sb. + instructions/orders + to V = direct/command + sb.+ to V 命令某人去⋯⋯
2. instruct + sb. + in + sth. 教導某人某事

obstruct	[əb`strʌkt]	*v.* 阻塞 (block)；阻止 (block, prevent)
obstruction	[əb`strʌkʃən]	*n.* 阻塞、阻塞物 (blockage)
obstructive	[əb`strʌktɪv]	*adj.* 阻礙的

秒殺解字 ob(before, against)+struct(build) → 在「前方」路上「建築」東西「反對」，引申成「阻塞」、「阻止」。

industry	[`ɪndəstrɪ]	*n.* 工業；行業；勤勉
industrial	[ɪn`dʌstrɪəl]	*adj.* 工業的
industrious	[ɪn`dʌstrɪəs]	*adj.* 勤勞的 (hard-working, diligent)
industrialize	[ɪn`dʌstrɪəˌlaɪz]	*v.* 使工業化
industrialized	[ɪn`dʌstrɪəˌlaɪzd]	*adj.* 工業化的
industrialization	[ɪnˌdʌstrɪələ`zeʃən]	*n.* 工業化
industrialist	[ɪn`dʌstrɪəˌlɪst]	*n.* 企業家、實業家

秒殺解字 indu(=endo=en=in)+stry(build) → 本義在「內部」「建造」，衍生為「工業」的意思。

延伸補充
1. heavy/light industry 重 / 輕工業
2. tourist/travel/leisure industry 觀光 / 旅行 / 休閒業
3. industrial park 工業園區
4. the Industrial Revolution 工業革命

源源不絕學更多 strategy (n. 策略)、stray (v. 迷路)、astray (adv. 歧途地)。

262　suad, suas = sweet 甜的

🎧 Track 262

可用 **sweet** 當神隊友，**u/w 對應**，**d/t/s/ʒ 轉音**，**母音通轉**，來記憶 suad, suas，皆表示「**甜的**」。

sweet	[swit]	*adj.* 甜的
persuade	[pɚ`swed]	*v.* 說服、使人相信 (convince ≠ dissuade)
persuasion	[pɚ`sweʒən]	*n.* 說服 (≠ dissuasion)
persuasive	[pɚ`swesɪv]	*adj.* 說服的 (≠ dissuasive)

秒殺解字 per(thoroughly)+suad(sweet)+e → 用「甜」言蜜語，給人「甜」頭，「徹底」「說服」他人做事。

延伸補充

1. persuade/convince + sb. + to V 説服某人去……　　2. persuade + sb. + into + Ving 説服某人去……
3. persuade/convince + sb. + of + sth. 使某人相信某事
4. persuade/convince + sb. + (that) + S + V 使某人相信……
5. a persuasive speaker 有説服力的演説者　　6. persuasive argument/evidence 有説服力的論點 / 證據

dissuade	[dɪ`swed]	*v.* 勸阻 (≠ persuade)
dissuasion	[dɪ`sweʒən]	*n.* 勸阻 (≠ persuasion)
dissuasive	[dɪ`swesɪv]	*adj.* 勸阻的 (≠ persuasive)

秒殺解字 dis(off)+suad(sweet)+e → 給人「甜」頭，使人「遠離」某事。

延伸補充

1. dissuade + sb. + from + N/Ving 勸某人不做……　　2. attempt/try to dissuade + sb. 試圖去勸阻某人

263　sult, sault = jump, leap 跳

🎧 Track 263

神之捷徑 sult, sault 同源，**母音通轉**，皆表示「跳」。

insult	[ɪn`sʌlt]	*v.* 侮辱、羞辱
	[`ɪnsʌlt]	*n.* 侮辱、羞辱
insulting	[ɪn`sʌltɪŋ]	*adj.* 侮辱的；無禮的 (rude, offensive)

秒殺解字 in(on)+sult(jump, leap) → 「跳」到人「上」，表示「侮辱」。

延伸補充

1. insult + sb. + by + Ving 藉由……侮辱人　　2. insult + sb's intelligence 侮辱某人的智慧
3. an insult to + sb's intelligence 侮辱某人的智慧　　4. add insult to injury 雪上加霜、使情況更糟

| result | [rɪ`zʌlt] | *v.* 導致 |
| | | *n.* 結果 (consequence) |

秒殺解字 re(back)+sult(jump, leap) → 之前的付出「跳」「回來」，就是「結果」。

延伸補充

1. A result in/cause/lead to/bring about/give rise to/contribute to B = B result from A = B arise from A　A 導致、造成 B
2. as a result/consequence = in consequence = therefore = hence = consequently = thus = accordingly 因此
3. as a result/consequence of + N = in consequence of + N = because of + N = owing to + N = due to + N
   = thanks to + N = on account of + N 因為、由於

| assault | [ə`sɔlt] | *v./n.* 攻擊；襲擊；抨擊 (attack) |

秒殺解字 as(=ad=to)+sault(jump, leap) → 「朝」某人或事物「跳」，引申為「攻擊」、「抨擊」。

264 sum = amount, highest, top
數量，最高的，頂端

 ∩ Track 264

神之捷徑 sum 是字首 **super**, **sur** 的變形，本義是「**在上的**」（over, above）、「**超出的**」（beyond），表示「**數量**」、「**最高的**」、「**頂端**」。

sum	[sʌm]	*n.* 總數；金額
		v. 總結 (**sum**marize)
summary	[ˋsʌmərɪ]	*n.* 摘要、總結
summarize	[ˋsʌmə͵raɪz]	*v.* 摘要、總結 (**sum** up)

延伸補充

| 1. in sum/short 簡言之 | 2. to sum up = to summarize = in summary 總而言之 |

| **sum**mit | [ˋsʌmɪt] | *n.* 高峰會議；頂點、峰頂 (peak) |

265 sum, sumpt = take 拿取

∩ Track 265

神之捷徑 sum, sumpt 表示「**拿取**」，衍生語意有「**買**」（buy）等。

| as**sum**e | [əˋsum] | *v.* 認為 (pre**sum**e, suppose)；假定 (presuppose)；承擔 |
| as**sump**tion | [əˋsʌmpʃən] | *n.* 認為；假定 (presupposition)；承擔 |

秒殺解字 as(=ad=to)+sum(take)+e → 本義「去」「拿」，拿責任即「承擔」、拿定想法即「認為」。

| pre**sum**e | [prɪˋzum] | *v.* 認為 (as**sum**e, suppose)；假定 (presuppose) |
| pre**sump**tion | [prɪˋzʌmpʃən] | *n.* 認為 (as**sum**ption, supposition)；假定 (presupposition) |

秒殺解字 pre(before)+sum(take)+e → 本義是「事先」「拿」定想法，因此有「假定」的意思。

con**sum**e	[kənˋsum]	*v.* 消耗；消費
con**sum**er	[kənˋsumə]	*n.* 消費者 (customer)
con**sump**tion	[kənˋsʌmpʃən]	*n.* 消耗；消費
time-con**sum**ing	[ˋtaɪmkən͵sumɪŋ]	*adj.* 費時的；花時間的

秒殺解字 con(intensive prefix)+sum(take)+e → 本義「拿取」，後引申為「消耗」。

| re**sum**e | [rɪˋzum] | *v.* 再繼續；重新開始；再取得 |
| ré**sum**é | [͵rɛzʊˋme] | *n.* 簡歷、履歷；摘要 (summary) |

秒殺解字 re(again)+sum(take)+e → 本義「再次」「拿取」，後引申為「（停止後）再繼續」。

延伸補充

| 1. resume + Ving 再繼續；重新開始 | 2. resume + sb's seats 回到座位 |

| pro**mpt** | [prɑmpt] | *adj.* 迅速的、敏捷的 |
| | | *v.* 促使某人決定說或做某事 |

秒殺解字 pro(forward)+ompt(=sumpt=take) → 「拿」到「前面」，表示「迅速的」。

源源不絕學更多 example (n. 例子)、sample (n. 樣本；樣品)、redeem (v. 彌補；贖回)。

266　sure = sure, secure 確定的，安全的

 sure 表示「**確定的**」、「**安全的**」。

🎧 Track 266

sure	[ʃʊr]	*adj.*	確定的
surely	[`ʃʊrlɪ]	*adv.*	確實；一定

延伸補充
1. make/be sure 確定
2. make/be sure + (that) + S + V 確定
3. make/be sure of + N/Ving 確定
4. be sure about + N/Ving 確定
5. be sure + to V = remember + to V = don't forget + to V 務必（用在祈使句）
6. be sure/certain/bound + to V 一定的、必定的

as**sure**	[ə`ʃʊr]	*v.*	使放心 (reassure)；保證、使確信 (ensure)
as**sur**ance	[ə`ʃʊərəns]	*n.*	使放心；保證；把握

秒殺解字 as(=ad=to)+sure(sure) →「去」「確認」。

reas**sure**	[ˌriə`ʃʊr]	*v.*	使放心；使消除疑慮
reas**sur**ance	[ˌriə`ʃʊrəns]	*n.*	安心；保證

秒殺解字 re(again)+as(=ad=to)+sure(sure) →「再次」「確認」，讓人「放心」。

en**sure**	[ɪn`ʃʊr]	*v.*	擔保、確定 (make **sure**/certain, in**sure**)
in**sure**	[ɪn`ʃʊr]	*v.*	買保險；確定、確保 (en**sure**)
in**sur**ance	[ɪn`ʃʊrəns]	*n.*	保險；保險業

秒殺解字 en(make)+sure(sure) → make sure 就是「確定」。

267　tach, tack = pole, stick 棍棒

 tach, **tack** 同源，**k/tʃ 轉音**，兩者原意都和「**棍棒**」有關。坊間書籍和網路常犯一個錯誤，把 attach, attack 和 contact 歸類在一起，但事實上它們並不同源。

🎧 Track 267

at**tach**	[ə`tætʃ]	*v.*	繫上、附上 (fix)
at**tach**ed	[ə`tætʃt]	*adj.*	依戀的
at**tach**ment	[ə`tætʃmənt]	*n.*	依戀；附件；附屬物

秒殺解字 at(=ad=to)+tach(pole, stick) → 本義是用「棍棒」去敲，固定好東西。

延伸補充
1. attach + A + to + B 把 A 附加上 B
2. be attached to + sb./sth. 依戀、喜歡

at**tack**	[ə`tæk]	*v.*	攻擊；抨擊 (criticize)
		n.	攻擊；抨擊 (criticism)

秒殺解字 at(=ad=to)+tack(pole, stick) → 本義是用「棍棒」去打擊對象。

延伸補充
1. attack + sb.+ for + N/Ving 抨擊某人……
2. be/come under attack = be strongly criticized 遭受攻擊、抨擊
3. heart attack 心臟病突發

源源不絕學更多 **stake** (n. 樁、棍子)、counter**attack** (n./v. 反擊)。

268 tact, tag, teg = touch 接觸

Track 268

 tact, tag, teg 同源，**g/k/dʒ 轉音，母音通轉**，皆表示「**接觸**」。

con**tact**	[ˋkɑntækt]	*n.* 接觸 (touch)；聯絡
	[kənˋtækt]	*v.* 聯絡
con**tag**ion	[kənˋtedʒən]	*n.* 接觸傳染病
con**tag**ious	[kənˋtedʒəs]	*adj.* 接觸傳染性的

秒殺解字 con(together)+tact(touch) →「一起」「接觸」是「聯絡」，「接觸」也會帶來「傳染病」。
字辨 從字源的角度來看，**contagion** 的字面意思指「**一起**」「**接觸**」，指的是經由「**接觸**」的傳染病，**contagious disease** 就是「**接觸性傳染病**」；**infection** 的字面意思是指細菌或病毒在人體「**內**」「**做**」工，也就是由「**細菌或病毒**」造成的感染，**infectious disease** 常指經由「**呼吸空氣**」所導致的「**傳染病**」。

延伸補充
1. be/get/stay/keep in contact (with + sb.) = stay/keep in touch (with + sb.) 與……保持聯絡
2. lose contact (with + sb.) 與……失去聯絡　　　3. eye contact 眼神接觸
4. contact lens 隱形眼鏡　　　5. contagious/infectious disease 傳染性的疾病

in**tact**	[ɪnˋtækt]	*adj.* 原封不動的；完整無損的 (undamaged)

秒殺解字 in(not)+tact(touch) →「沒有」「接觸」過的，就是「原封不動的」、「完整無損的」。

tangible	[ˋtændʒəb!]	*adj.* 明確的、確鑿的 (≠ in**tang**ible)；可觸知的
in**tang**ible	[ɪnˋtændʒəb!]	*adj.* 難以捉摸的、無法形容的、無實體的 (≠ **tang**ible)

秒殺解字 in(not)+tang(touch)+ible(able) →「無法」「碰觸」，表示「無實體的」。

延伸補充
1. tangible evidence/proof 確鑿的證據　　　2. intangible asset/property 無形資產

in**teg**er	[ˋɪntədʒɚ]	*n.* 完整的事物；整體
in**teg**ral	[ˋɪntəgrəl]	*adj.* 不可缺少的；完整的
in**teg**rate	[ˋɪntə͵gret]	*v.* 使成一體；結合
in**teg**ration	[͵ɪntəˋgreʃən]	*n.* 整合
in**teg**rity	[ɪnˋtɛgrətɪ]	*n.* 正直、誠實；完整性
en**t**ire	[ɪnˋtaɪr]	*adj.* 全部的；整個的 (whole)
en**t**irely	[ɪnˋtaɪrlɪ]	*adv.* 完全地 (completely)

秒殺解字 in(not)+teg(=tag=touch)+er → 字面上的意思是「沒有」「接觸」過的，表示沒被汙染，仍是「完整的」，表示「整數」。entire 的 en 等於 in，「沒有」「接觸」過的，表示「全部的」。

at**tain**	[əˋten]	*v.* 達成；達到 (reach)
at**tain**able	[əˋtenəb!]	*adj.* 可達到的、可獲得的
at**tain**ment	[əˋtenmənt]	*n.* 成就、達到 (achievement, accomplishment)

秒殺解字 at(=ad=to)+tain(=tag=touch) →「去」「碰觸」，表示經過努力而「達成」。

英文老師也會錯 坊間書籍和網路常犯一個錯誤，把 attain 和 contain, maintain, obtain 歸類在一起，而事實上它們並不同源。

源源不絕學更多 **tact**ics (n. 戰術)、**taint** (v. 敗壞；汙染 n. 汙點)、con**tamina**te (v. 污染)。

269　tail = cut 切

🎧 Track 269

 可用表示**「裁縫師」**的 **tail**or 當神隊友，來記憶 **tail**，表示**「切」**，**「裁縫師」**必須幫客戶**「量身訂做」**、**「裁切」**、**「修改」**衣服。

tailor	[`telə]	*n.* 裁縫師
		v. 量身訂做、滿足個別需求
detail	[`dɪtel]	*n.* 細節
		v. 詳細列舉、詳細描述

🖋️ **秒殺解字** de(completely)+tail(cut) → 「完全地」「切開」，本義「切成一片片」，引申為「細節」、「詳細列舉」、「詳細描述」。

延伸補充
1. in detail 詳細地　　　　　　　　　　　2. personal details 個人資料

re**tail**	[`ritel]	*n.* 零售 (≠ wholesale)
		v. 零售
		adv. 零售地
re**tail**er	[`ritelə]	*n.* 零售商 (≠ wholesaler)
re**tail**ing	[`ritelɪŋ]	*n.* 零售業

🖋️ **秒殺解字** re(back)+tail(cut) → 本義從「後面」「切」開，分成小份來賣，引申為「零售」。

延伸補充
1. the retail trade/business 零售業　　　　2. retail price 零售價

270　tect = cover 遮蔽，覆蓋

🎧 Track 270

 tect 表示**「遮蔽」**、**「覆蓋」**。

pro**tect**	[prə`tɛkt]	*v.* 保護 (guard, shield)
pro**tect**ive	[prə`tɛktɪv]	*adj.* 保護的
pro**tect**ion	[prə`tɛkʃən]	*n.* 保護

🖋️ **秒殺解字** pro(before)+tect(cover) → 在「前方」「遮蔽」，就是「保護」。

延伸補充
1. protect + sb./sth. + from/against + sth. 保護……免於……
2. protect against 保護使免於……　　　3. give/offer/provide protection 提供保護

de**tect**	[dɪ`tɛkt]	*v.* 查出、發現 (notice, discover)
de**tect**ive	[dɪ`tɛktɪv]	*n.* 偵探
de**tect**or	[dɪ`tɛktə]	*n.* 探測器

🖋️ **秒殺解字** de(off)+tect(cover) → 「拿掉」「覆蓋物」，就是「查出」、「發現」。

271 temper = moderate, mix 適度的，混合

🎧 Track 271

 temper 表示「**適度的**」、「**混和**」，有一派字源學家認為和 **tempo** 同源，另有一派認為和 **temple** 同源，甚至和 **tend**, **tens**, **tent** 等字根同源，莫衷一是。

| temper | [ˋtɛmpɚ] | *n.* 性情；脾氣 |
| temperature | [ˋtɛmprətʃɚ] | *n.* 溫度；體溫 |

🖋(秒殺解字) temper(moderate, mix)+ature → temper 是「脾氣」，有好有壞，須持平「適度」宣洩，降低極端的情緒。temperature 本指「合適的」比例，1670 年才用以指「溫度」。

延伸補充
1. take/measure + sb's temperature 量某人的體溫
2. have/be running a temperature = have a fever 發燒
3. the temperature falls/drops/goes down 溫度下降
4. the temperature rises/goes up 溫度上升

272 tempo, tempor = time 時間

🎧 Track 272

 tempo, tempor 表示「**時間**」。

tempo	[ˋtɛmpo]	*n.* 速度；拍子；步調
temporary	[ˋtɛmpə‚rɛrɪ]	*adj.* 暫時的 (≠ permanent)
contemporary	[kənˋtɛmpə‚rɛrɪ]	*adj.* 當代的、同時代的
		n. 同時代的人

🖋(秒殺解字) con(together)+tempor(time)+ary →「一起」擁有的「時間」，表示「同時代的」。

273 tempt = try 嘗試

🎧 Track 273

 tempt 表示「**嘗試**」，人們較願意嘗試誘人的事物，因此衍生出「**誘惑**」的意思。

tempt	[tɛmpt]	*v.* 誘惑
temptation	[tɛmpˋteʃən]	*n.* 誘惑
tempting	[ˋtɛmptɪŋ]	*adj.* 誘人的；吸引人的

延伸補充
1. tempt + sb. + to V 誘惑某人去……
2. tempt + sb. + into + Ving 誘惑某人去……

| attempt | [əˋtɛmpt] | *v./n.* 企圖、努力嘗試 |

🖋(秒殺解字) at(=ad=to)+tempt(try) →「去」「嘗試」。

延伸補充
1. attempted murder/suicide 意圖謀殺 / 自殺
2. in an attempt + to V 試圖……

274 tend, tens, tent = thin, stretch
薄，伸展

Track 274

神之捷徑 可用 **thin** 當神隊友，**t/θ**，**d/t/s/ʃ 轉音**，**母音通轉**，來記憶 **tend, tens, tent**，表示「**拉開**」、「**伸展**」、「**延展**」、「**變細**」、「**變薄**」、「**變脆弱**」、「**變緊**」、「**傾（偏）向……某方**」的意思。此外，這組字根更衍生出 **tain, ten, tin** 這些變體字根，表示「**握**」、「**保留**」、「**持有**」（**hold**）。為了增進學習效果，以 274 和 275 兩個單元分列。

thin	[θɪn]	*adj.* 薄的、細的 (≠ thick)；瘦的 (≠ fat)
		v. 使薄 (≠ thicken)
tend	[tɛnd]	*v.* 傾向、易於、往往會
tendency	[ˋtɛndənsɪ]	*n.* 傾向；趨勢
tender	[ˋtɛndɚ]	*adj.* 嫩的 (≠ tough)；疼痛的；溫柔的
		v. 提出；投標 (bid)
tense	[tɛns]	*adj.* 繃緊的；緊張的 (nervous)；令人緊張的
		v. 使繃緊
tension	[ˋtɛnʃən]	*n.* 緊張；緊張關係
tent	[tɛnt]	*n.* 帳篷

延伸補充
1. tend + to V 有……的傾向、易於……的
2. have a tendency + to V 有……的傾向、易於……的
3. reduce/relieve/ease tension 減輕緊張
4. muscle tension 肌肉緊張

attend	[əˋtɛnd]	*v.* 出席、參加；經常去；看護
attendance	[əˋtɛndəns]	*n.* 出席；出席人數
attendant	[əˋtɛndənt]	*n.* 服務員；侍者
attention	[əˋtɛnʃən]	*n.* 注意；焦點；關注
attentive	[əˋtɛntɪv]	*adj.* 全神貫注的 (≠ inattentive)

秒殺解字 at(=ad=to)+tend(thin, stretch) → 本義「往……」「伸展」，特指「專注力」「偏向」某處，因此有「上學」、「出席」等衍生意思。

延伸補充
1. attend a meeting/conference 參加會議
2. attend/go to + (a school, church) 上（學等）、前往（教堂等）
3. attend to + sb./sth. 處理；服侍
4. attract/catch/get + sb's attention = attract/catch/get the attention of + sb. = catch + sb's eye
   = catch the eye of + sb. 引起……的注意
5. pay attention (to + sb./sth.) 注意、專心（於……）
6. public attention 公眾關注

ex**tend**	[ɪkˋstɛnd]	*v.* 延伸；擴大
ex**tens**ion	[ɪkˋstɛnʃən]	*n.* 擴大；延長；電話分機
ex**tens**ive	[ɪkˋstɛnsɪv]	*adj.* 大量的；廣泛的、大規模的
ex**tent**	[ɪkˋstɛnt]	*n.* 範圍；程度

秒殺解字 ex(out)+tend(thin, stretch) →「延展」「出去」。

延伸補充
1. to ... extent 在……程度上
2. to a certain/some/an extent 在一定程度上

intend	[ɪn`tɛnd]	*v.* 打算、意圖
intent	[ɪn`tɛnt]	*adj.* 堅決要做的;專注的
		n. 意圖 (**intent**ion)
intention	[ɪn`tɛnʃən]	*n.* 打算、意圖
intentional	[ɪn`tɛnʃən!]	*adj.* 故意的 (deliberate ≠ unin**tent**ional)
intentionally	[ɪn`tɛnʃən!ɪ]	*adv.* 故意地 (on purpose, deliberately ≠ unin**tent**ionally, accidentally, by accident)
intense	[ɪn`tɛns]	*adj.* 強烈的;劇烈的
intensify	[ɪn`tɛnsə͵faɪ]	*v.* 增強;變激烈 → fy 表示「使」(make)。
intensity	[ɪn`tɛnsətɪ]	*n.* 強度;強烈
intensive	[ɪn`tɛnsɪv]	*adj.* 加強的;密集的

秒殺解字 in(toward)+tend(thin, stretch) → 心思「往……」「延展」,即「打算」、「意圖」。

源來如此 N-intensive 表示「極需要……的」、「……密集的」,例如:**energy-intensive** (adj. 極需要能量的)、**knowledge-intensive** (adj. 極需要知識的)、**capital-intensive** (adj. 資本密集的)、**labor-intensive** (adj. 勞工密集的)。

延伸補充
1. intend + to V / Ving = plan + to V = be going to + V 打算去……
2. be intended for + sb./sth. 是用來給……

superintend	[͵supərɪn`tɛnd]	*v.* 監督 (supervise, oversee)
superintendence	[͵supərɪn`tɛndəns]	*n.* 監督
superintendent	[͵supərɪn`tɛndənt]	*n.* 主管、負責人

秒殺解字 super(over)+in(toward)+tend(thin, stretch) → 本義「在上方」「拉住」其他人「注意力」,引申為「監督」。

pretend	[prɪ`tɛnd]	*v.* 假裝

秒殺解字 pre(before)+tend(thin, stretch) → 本義「延展」到「前方」,「假裝」的意思要到 1865 年才出現。

contend	[kən`tɛnd]	*v.* 爭奪 (compete);爭論、堅決主張
contention	[kən`tɛnʃən]	*n.* 論點;爭論 (argument, disagreement)
contentious	[kən`tɛnʃəs]	*adj.* 有爭議的 (controversial);愛爭論的

秒殺解字 con(intensive prefix)+tend(thin, stretch) →「拉扯」,引申出「爭奪」、「競爭」等意思。

延伸補充
1. contend for 競爭
2. contentious issue/subject/problem 有爭議的議題

275   tain, ten, tin = hold 握，保留，持有

🎧 Track 275

 神之捷徑 tain, ten, tin 同源，**母音通轉**，原意是「**薄**」、「**伸展**」，後衍生為「**握**」、「**保留**」、「**持有**」。

con**tain**	[kən`ten]	*v.* 容納；包含 (include)；控制 (control)；遏制 (stop)
con**tain**er	[kən`tenə]	*n.* 容器；貨櫃
con**tent**	[`kɑntɛnt]	*n.* 內容；含量；滿足 (satisfaction)
	[kən`tɛnt]	*adj.* 滿意、滿足的 (satisfied)
		v. 使滿意、滿足 (satisfy)
con**tent**ed	[kən`tɛntɪd]	*adj.* 滿意、滿足的 (satisfied ≠ discon**tent**ed)
con**tent**ment	[kən`tɛntmənt]	*n.* 滿意、滿足 (≠ discon**tent**)

秒殺解字 con(together)+tain(hold) → 把東西「握」在「一起」是「包含」。

延伸補充
1. be content/satisfied with 對……感到滿意的   2. to + sb's heart's content 令某人心滿意足地

ob**tain**	[əb`ten]	*v.* 得到、獲得 (get, acquire)

秒殺解字 ob(before)+tain(hold) → 「向前」「握」住東西是「獲得」。

enter**tain**	[ˌɛntə`ten]	*v.* 使歡樂、娛樂 (amuse)；款待
enter**tain**ing	[ˌɛntə`tenɪŋ]	*adj.* 使人愉快的 (amusing)；有趣的 (interesting)
enter**tain**ment	[ˌɛntə`tenmənt]	*n.* 娛樂
enter**tain**er	[ˌɛntə`tenə]	*n.* 藝人

秒殺解字 enter(=inter=among)+tain(hold) → 「娛樂」是掌「握」「內」心的悸動，賦予快樂。

main**tain**	[men`ten]	*v.* 維持、維修、保養；堅稱 (claim)；供養 (provide for)
main**ten**ance	[`mentənəns]	*n.* 維持、維修、保養；堅稱；贍養費 (alimony)

秒殺解字 main(hand)+tain(hold) → 「維修」、「保養」一開始是用「手」處理的。

sus**tain**	[sə`sten]	*v.* 維持 (main**tain**)；支撐 (support)；承受
sus**tain**able	[sə`stenəb!]	*adj.* 能維持的；可持續發展的
sus**tain**ability	[sə,stenə`bɪlətɪ]	*n.* 永續性

秒殺解字 sus(=sub=up from under)+tain(hold) → 本義是握著東西，由「由下往上」提起，引申為「支撐」、「維持」。

延伸補充
1. Lifestyles of Health and Sustainability = LOHAS 樂活
2. environmentally sustainable development 環境永續發展

continue	[kən`tɪnjʊ]	*v.* 繼續、持續 (≠ discontinue)；重新開始 (resume)
continual	[kən`tɪnjʊəl]	*adj.* 連續、頻頻的
continuous	[kən`tɪnjʊəs]	*adj.* 連續不斷的
continuity	[ˌkɑntə`nuətɪ]	*n.* 連續性
continent	[`kɑntənənt]	*n.* 大陸；洲
continental	[ˌkɑntə`nɛnt!]	*adj.* 大陸的；洲的

秒殺解字 con(together)+tin(hold)+u+e → 本義「握」住放在「一起」，使之「連續」不斷。continent 可用 continue 來輔助記憶，表示「連綿」不絕的土地。

延伸補充
1. continue + to V /Ving 繼續……   2. continue with 繼續

源源不絕學更多 detain (v. 留下；使耽擱)、retain (v. 保留)、tenable (adj. 站得住腳的)。

276　term, termin = end, limit　終止，限制

🎧 Track 276

神之捷徑 term, termin 表示「終止」、「限制」。

term	[tɝm]	*n.* 學期；期限；任期；專業術語
terminal	[`tɝmən!]	*adj.* 末期、不治的 (incurable)
		n. 總站；終端機
terminally	[`tɝmən!ɪ]	*adv.* 末期地
terminate	[`tɝmə.net]	*v.* 終止、終結 (end)
termination	[ˌtɝmə`neʃən]	*n.* 終止；流產手術 (abortion)

延伸補充
1. in terms of 說到、就……而論   2. in the long term 從長遠的觀點來說
3. terminal cancer 癌症末期   4. terminally ill patients 末期病人
5. computer terminal 電腦終端機
6. *The Terminator*《魔鬼終結者》（於 1984 年上映的美國科幻動作片）

determine	[dɪ`tɝmɪn]	*v.* 決定 (decide)；找出 (establish)
determination	[dɪˌtɝmə`neʃən]	*n.* 決心、堅定 (resolution, perseverance)；決定
determined	[dɪ`tɝmɪnd]	*adj.* 下定決心的、堅定的 (strong-willed, resolute)

秒殺解字 de(off)+termin(end, limit)+e → 劃「分」「界線」需「決心」。

延伸補充
1. determine + to V = be determined + to V 決定去、決心去……
2. determined opposition 堅決的反對

| exterminate | [ɪk`stɝmə.net] | *v.* 滅絕；消滅 |
| extermination | [ɪkˌstɝmə`neʃən] | *n.* 滅絕；消滅 |

秒殺解字 ex(out)+termin(boundary, limit, end)+ate → 驅逐到「界線」之「外」，指「消滅」人或動物。

277　terr = dry, earth, land
乾燥的，泥土，土地

🎧 Track 277

神之捷徑 可用 **thirst** 當神隊友，**t/θ 轉音**，**母音通轉**，來記憶 **terr**，表示「**乾燥**」，相對於海洋或湖泊容納大量的水，較乾燥的區域，則是人類賴以居住的「**土地**」，因此 **terr** 又有「**泥土**」、「**土地**」等衍生意思。

thirst	[θɝst]	*n.* 渴；渴望 → 口「乾」舌燥。
thirsty	[`θɝstɪ]	*adj.* 口渴的
territory	[`tɛrə,torɪ]	*n.* 領土

秒殺解字 terr(dry, earth, land)+it+ory(place) → 「土地」的「場所」，表示「領土」。

Mediterr**anean** [,mɛdətə`renɪən] *n.* 地中海；地中海沿岸地區
　　　　　　　　　　　　　　　　 adj. 地中海的

秒殺解字 Medi(middle)+terr(dry, earth, land)+anean → 在「土地」「中間」的，指在歐洲和北非之間的海域。

subterr**anean** [,sʌbtə`renɪən] *adj.* 地下的

秒殺解字 sub(under)+terr(dry, earth, land)+anean → 在「土地」「下方」的。

源源不絕學更多 extra**terr**estrial (n. 外星生物 adj. 地球外的)。

278　terr = frighten 使害怕

🎧 Track 278

神之捷徑 **terr** 表示「**使害怕**」。

terrible	[`tɛrəb!]	*adj.* 可怕、恐怖的；糟的 (horrible, awful)
terribly	[`tɛrəb!ɪ]	*adv.* 很、非常 (very, extremely)；嚴重地 (severely)
terrific	[tə`rɪfɪk]	*adj.* 非常好的 (great)
terrify	[`tɛrə,faɪ]	*v.* 使害怕 (scare, frighten, horrify)
terrifying	[`tɛrə,faɪɪŋ]	*adj.* 使人害怕的 (scary, frightening, horrifying)
terrified	[`tɛrə,faɪd]	*adj.* 感到害怕的 (scared, frightened, horrified)

秒殺解字 terr(frighten)+i+fy(make, do) → 「使」感到「害怕」。

延伸補充
1. be terrified/scared/frightened of + N/Ving = be afraid of + N/Ving 對……感到害怕的
2. be terrified + to V 感到害怕去……

terror	[`tɛrɚ]	*n.* 恐怖；驚恐 (fear, horror)
terrorist	[`tɛrərɪst]	*n.* 恐怖分子
terrorism	[`tɛrə,rɪzəm]	*n.* 恐怖主義

延伸補充
1. terrorist attack/offense/activity 恐怖攻擊 / 攻擊 / 活動　2. terrorist organization/group 恐怖分子組織

deter	[dɪ`tɝ]	*v.* 制止、威懾

秒殺解字 de(away)+ter(frighten) → 「嚇」「走」人。

279   test = testify, witness 證明

神之捷徑 **test** 表示「**證明**」。

con**test**	[kən`tɛst]	*v.* 競爭、比賽 (compete)
	[`kantɛst]	*n.* 競爭、比賽 (competition)
con**test**ant	[kən`tɛstənt]	*n.* 參加競賽者 (competitor)

🖋 秒殺解字 con(together)+test(testify, witness) → 「比賽」之前請證人來作「證明」。

延伸補充
1. hold a contest 舉辦比賽　　　　　　　　　2 beauty/talent contest 選美比賽 / 才藝競賽

pro**test**	[prə`tɛst]	*v.* 抗議
	[`protɛst]	*n.* 抗議
pro**test**er	[prə`tɛstɚ]	*n.* 抗議者

🖋 秒殺解字 pro(before)+test(testify, witness) → 本義在「前方」「作證」，後來語意轉變，有了「作證是因為不認同」的語意，引申為「抗議」。

延伸補充
1. protest against/at/about 抗議　　　　　　　2 under protest 不情願地

源源不絕學更多 **test**ify (v. 證明、作證)、**test**imony (n. 證詞)。

280   text = weave 編織

神之捷徑 **text** 表示「**編織**」。

text	[tɛkst]	*n.* 原文；教科書 (**text**book)；聖經經句
		v. 發送簡訊
textile	[`tɛkstaɪl]	*n.* 紡織原料
		adj. 紡織的
texture	[`tɛkstʃɚ]	*n.* 組織；結構；質地

延伸補充
1. text message 簡訊 / 發送簡訊　　　　　　2. textile industry 紡織業

con**text**	[`kantɛkst]	*n.* 上下文；背景

🖋 秒殺解字 con(together)+text(weave) → 「編織」在「一起」，形成「背景」。

sub**tle**	[`sʌt!]	*adj.* 不易察覺、不明顯的 (≠ obvious)；巧妙的；纖細的

🖋 秒殺解字 sub(under)+tle(=text=weave) → 從「下方」「編織」起，引申出「巧妙的」、「纖細的」等意思。

源源不絕學更多 **tissue** (n. 面紙)。

281   therm, thermo = heat 熱

🎧 Track 281

therm, thermo 表示「**熱**」。

thermal	[`θɝm!]	*adj.* 熱的
thermostat	[`θɝmə͵stæt]	*n.* 自動調溫器；恆溫器

🖋秒殺解字 thermo(heat)+sta(stand, regulate)+t → 「固定」「溫度」的機器。

thermometer	[θɚ`mamətɚ]	*n.* 溫度計

🖋秒殺解字 thermo(heat)+meter(measure) → 「測量」「溫度」的工具。

282   ton = thunder 打雷

🎧 Track 282

可用 **thunder** 當神隊友，**t/θ 轉音**，**母音通轉**，來記憶 **ton**，核心語意是「**打雷**」（thunder），「**打雷**」常會讓人感到「**驚嚇**」。

thunder	[`θʌndɚ]	*n.* 轟隆聲；雷聲
		v. 打雷
astonish	[ə`stanɪʃ]	*v.* 使驚訝 (amaze, **astound**, surprise)
astonishment	[ə`stanɪʃmənt]	*n.* 驚訝 (amazement, surprise)
astonished	[ə`stanɪʃt]	*adj.* 感到驚訝的 (amazed, **astound**ed, surprised)
astonishing	[ə`stanɪʃɪŋ]	*adj.* 令人驚訝的 (amazing, **astound**ing, surprising)
stun	[stʌn]	*v.* 使大吃一驚 (surprise, shock)；使不省人事
stunned	[stʌnd]	*adj.* 感到震驚而無法言語的 (surprised, shocked)
stunning	[´stʌnɪŋ]	*adj.* 極漂亮的；令人震驚的 (surprising, shocking, staggering)

🖋秒殺解字 as(=ex=out)+ton(thunder)+ish → 「打雷」會讓人感到「驚嚇」。stun 和 astonish 都源自古法文 estoner。

延伸補充

1. be astonished/astounded/surprised/amazed at/by 對……感到驚訝的
2. in/with astonishment/amazement/surprise 驚訝地
3. to + sb's astonishment/amazement/surprise = to the astonishment/amazement/surprise of + sb. 使某人吃驚的是

283　tone, tun = tone 音色，音調

 可用 **tone** 當神隊友，**母音通轉**，來記憶 **tun**，皆表示「**音色**」、「**音調**」。

Track 283

tone	[ton]	*n.*	語氣；音色；音調
tune	[tjun]	*n.*	旋律 (melody)；音調
mono**ton**y	[mə`natɪ]	*n.*	單調、無聊 (boredom)
mono**tone**	[`manə‚ton]	*n.*	單音調
mono**ton**ous	[mə`natṇəs]	*adj.*	單調的、無聊的 (boring)

秒殺解字 mono(one)+ton(tone)+y → 是「單一」的「音調」，沒有高低起伏，所以就很「無聊」。

in**ton**ation	[‚ɪnto`neʃən]	*n.*	語調、聲調 → in 表示「裡面」（in）。

284　tort = twist 扭曲，扭轉

 tort 表示「**扭曲**」、「**扭轉**」。

Track 284

torture	[`tɔrtʃə]	*n./v.*	拷問 → 遭到「拷問」，身體受到折磨，「扭曲」變形而吐露真相。
tortoise	[`tɔrtəs]	*n.*	龜 → 烏龜腳的形狀，常常是「扭曲的」。
torch	[tɔrtʃ]	*n.*	火炬 → 火炬上沾蠟的麻布，形狀是「扭曲的」。
dis**tort**	[dɪs`tɔrt]	*v.*	扭曲；曲解；使失真

秒殺解字 dis(completely)+tort(twist) →「完全」「扭曲」，表示「曲解」真相。

re**tort**	[rɪ`tɔrt]	*v.*	反駁、回嘴

秒殺解字 re(back)+tort(twist) →「扭」「回去」，表示快速地、以生氣或幽默的口吻「反駁」。

源源不絕學更多 **tor**ment (v. 使苦惱、拷問)、con**tort** (v. 扭曲)。

285　tour, turn = turn 轉動

可用 **turn** 當神隊友，**母音通轉**，來記憶 **tour**，皆表示「**轉動**」。

Track 285

turn	[tɝn]	*v.*	轉動；轉變
		n.	轉動；轉變；輪流

延伸補充

1. turn left/right = make a left/right turn 左轉 / 右轉　　2. turn on/off = switch on/off 打開 / 關掉

3. turn up/down 調大聲、強一點 / 調小聲、弱一點　　4. turn up 露面、出現

5. turn down = refuse = reject = decline 拒絕　　6. turn into + sth. 變成

7. turn + sb./sth. + into + sth. 把某人或某物變成⋯⋯　　8. turn to + sb./sth. 向⋯⋯尋求幫助或建議

9. turn out 最後結果是；關燈；生產　　10. turn/hand in + sb's assignment 交作業

11. take turns + to V/Ving 輪流去⋯⋯　　12. in turn 因而；依次輪流

13. turning point 轉捩點

| **return** | [rɪˋtɝn] | *v.* 返回 (go/come back)；恢復 (come back)；歸還 (give/put/take/bring back) |
| | | *n.* 返回；歸還 |

🐛 **秒殺解字** re(back)+turn(turn) →「轉」「回去」。

延伸補充
1. in return/change (for + sth.) 作為回報　　　2. on/upon + sb's return 某人返回時

| **downturn** | [ˋdaʊntɝn] | *n.* （經濟）衰退 (≠ upturn) |

延伸補充
1. economic downturn 經濟衰退　　　2. a downturn in the car industry 汽車產業的衰退

tour	[tʊr]	*n./v.* 旅行；巡迴演出→「旅行」是到處繞繞、逛逛、「轉轉」。
tourism	[ˋtʊrɪzəm]	*n.* 觀光業
tourist	[ˋtʊrɪst]	*n.* 觀光客 (traveler)

延伸補充
1. a sightseeing tour 導覽　　　2. tourist attraction 令人嚮往的旅遊勝地、觀光勝地
3. tourist/tourism/travel industry 觀光業

| **tournament** | [ˋtɝnəmənt] | *n.* 錦標賽 (tourney) |

🐛 **秒殺解字** tour(turn)+na+ment → 原指騎士騎馬進行長槍比武，繞著對手「轉」圈的動作，後來衍生出「錦標賽」的意思。

286　tract, trait, tray, treat, tire = drag, draw 拉

🎧 Track 286

神之捷徑 可用 **drag** 當神隊友，**d/t**，**g/k 轉音**，來記憶 **tract**，皆表示「**拉**」，而用筆桿「**拉**」出線條，更衍生出「**描繪**」的意思。變體字根有 **trait**, **tray**, **treat**, **tire** 等。

drag	[dræg]	*v.* 拖、拉 (draw, pull)；慢慢行進 **三態** drag/dragged/dragged
draw	[drɔ]	*v.* 拉；吸引；繪製 **三態** draw/drew/drawn
		n. 平手 (tie)；抽籤
drawing	[ˋdrɔɪŋ]	*n.* 描繪；描畫
drawer	[ˋdrɔɚ]	*n.* 抽屜
drawback	[ˋdrɔ͵bæk]	*n.* 缺點 (disadvantage, minus)
withdraw	[wɪðˋdrɔ]	*v.* 提款 (≠ deposit)；退出；撤回 (retract, take back)；撤退 (pull out, retreat) **三態** withdraw/withdrew/withdrawn
withdrawal	[wɪðˋdrɔəl]	*n.* 提款 (≠ deposit)；退出；撤回 (retraction)；撤退

🐛 **秒殺解字** with(away)+**draw** → 本義「拉」「開」，引申為「退出」、「提款」等。

延伸補充
1. withdraw from 退出
2. withdraw + sth.+ from sale/the market = take + sth.+ off the market 停售、下架某物（回收瑕疵產品用 recall）

attract	[ə`trækt]	*v.*	吸引；引起
attrac**tion**	[ə`trækʃən]	*n.*	吸引；有吸引力的事物
attrac**tive**	[ə`træktɪv]	*adj.*	有吸引力的；迷人的 (charming)

秒殺解字 at(=ad=to)+tract(drag, draw) →「拉」住某人注意力。

延伸補充
1. attract <u>attention/interest</u> 引起注意力 / 興趣　　2. tourist attraction 旅遊勝地、觀光勝地

distract	[dɪ`strækt]	*v.*	使分心
distrac**tion**	[dɪ`strækʃən]	*n.*	分心；焦躁
distrac**ted**	[dɪ`stræktɪd]	*adj.*	心煩無法清楚思考的

秒殺解字 dis(away)+tract(drag, draw) →「拉」「走」某人注意力。

abstract	[`æbstrækt]	*adj.*	抽象的 (≠ concrete)；理論的 (theoretical)
		n.	抽象派作品；摘要
	[æb`strækt]	*v.*	抽出；摘要
abstrac**tion**	[æb`strækʃən]	*n.*	抽象

秒殺解字 abs(away, off)+tract(drag, draw) →「拉」「離」現實是「抽象的」。

contract	[`kɑntrækt]	*n.*	契約；合約 (agreement)
	[kən`trækt]	*v.*	收縮 (≠ expand)；染病；簽約
contrac**tion**	[kən`trækʃən]	*n.*	收縮；縮寫形式
contrac**tor**	[`kɑntræktɚ]	*n.*	立約者、承包商

秒殺解字 con(together)+tract(drag, draw) →「拉」在「一起」是「收縮」、「簽契約」。

延伸補充
1. <u>enter into/make/sign</u> a contract 簽契約　　2. <u>end/terminate</u> a contract 終止契約

portray	[por`tre]	*v.*	描述、描繪 (depict, describe)；扮演 (play)
portray**al**	[por`treəl]	*n.*	描述、描繪 (description)
portrait	[`portret]	*n.*	人像、肖像；描寫 (description)
self-**por**trait	[͵sɛlf`portret]	*n.*	自畫像

秒殺解字 por(=pro=forward)+tray(draw) → 拖著筆桿「往前」「拉」出線條。

源來如此 depict [dɪ`pɪkt] (v. 描述、描繪)、**picture** [`pɪktʃɚ] (n. 圖畫 v. 想像)、**paint** [pent] (v. 繪畫；油漆) 同源，**母音通轉**，核心語意都是「**畫**」（paint）。

延伸補充
1. portray A as B　把 A 描繪成 B　　2. paint a portrait 畫肖像

retract	[rɪ`trækt]	*v.*	撤回 (with**draw**)；縮回（爪、舌等）
retrac**tion**	[rɪ`trækʃən]	*n.*	撤回；縮回
retreat	[rɪ`trit]	*v./n.*	撤退 (≠ advance)；後退；躲避
retire	[rɪ`taɪr]	*v.*	退休；撤退
retire**d**	[rɪ`taɪrd]	*adj.*	退休的
retire**ment**	[rɪ`taɪrmənt]	*n.*	退休

秒殺解字 re(back)+tract(drag, draw) →「拉」「回去」，表示「撤回」。

trace [tres]
- *v.* 追蹤;追溯;描繪
- *n.* 蹤跡 (sign);微量

延伸補充
1. trace A (back) to B 追溯 A 到 B
2. disappear/vanish/sink without (a) trace 消失無蹤

track [træk]
- *n.* 足跡;小徑;跑道;鐵軌 (railway line)
- *v.* 追蹤 (search for)

延伸補充
1. track and field 田徑活動
2. on the right/wrong track 在正確 / 錯誤的方向上
3. keep/lose track of + sb./sth. 了解 / 失去……的線索

tractor [`træktɚ]
- *n.* 牽引機;耕耘機 → 拖「拉」的車輛。

train [tren]
- *n.* 火車 → 「火車」與軌道都和「拉」有關,「訓練」也是將潛力「拉」出來。
- *v.* 訓練

training [`trenɪŋ]
- *n.* 訓練

treat [trit]
- *v.* 對待;看待;請客;治療 (cure, heal)
- *n.* 請客;樂事

treatment [`tritmənt]
- *n.* 對待;治療 (cure)

mis**treat** [mɪs`trit]
- *v.* 虐待 (ill-**treat**, mal**treat**, abuse) → 「壞地」（badly）「對待」。

延伸補充
1. treat + sb.+ to + sth. 請某人……
2. be on me/sb. 我 / 某人請客
3. be on the house 老闆請客
4. (It's) my treat. = It's on me.= Let me treat you. 我請客。
5. go trick or treating/trick or treat 不給糖就搗蛋
6. medical treatment/care/attention 醫療

treaty [`tritɪ]
- *n.* 條約;協定

sub**tract** [səb`trækt]
- *v.* 減去、扣除 (deduct ≠ add)

sub**tract**ion [səb`trækʃən]
- *n.* 減法 (≠ addition)

秒殺解字 sub(up from under)+tract(drag, draw) → 「從下面」「拉」,表示「減去」。

源源不絕學更多 **trek** (v. 艱苦跋涉、緩慢地行進)、**trail** (v. 拖;追蹤 n. 小徑)、**trailer** (n. 電影預告片)、**trait** (n. 特性)、en**treat** (v. 懇求)、**draft** (n. 草圖)。

287 trem = shivering, shaking 顫抖,震動

🎧 Track 287

神之捷徑 trem 表示「顫抖」、「震動」。

tremble [`trɛmb!]
- *v.* 顫抖;發抖 (shake, quiver)

tremor [`trɛmɚ]
- *n.* 小地震;顫抖

tremendous [trɪ`mɛndəs]
- *adj.* 極度……的;極大的 (huge, enormous, immense);極好的 (excellent)

延伸補充
1. tremble with fear/anger/cold 因害怕 / 憤怒 / 寒冷而顫抖
2. a tremendous effort 極大的努力

288 tribute = give, assign, allot, pay 給，分配，付

🎧 Track 288

> **神之捷徑** **tribute** 是 **tri** 的衍生字根。可用 **three** 當神隊友，**t/θ 轉音**，**母音通轉**，來記憶 **tri**，皆表示「**三**」。**tri**be 原指羅馬原始「**三大部落**」，而「**貢物**」（**tribute**）是較弱的部落獻給強大部落的「禮物」，**tribute** 和 **tri**be 同源，衍生出「**給**」、「**分配**」、「**付**」等意思。

tribe	[traɪb]	*n.* 部落
tribal	[`traɪb!]	*adj.* 部落的
tribute	[`trɪbjut]	*n.* 貢物；敬意、尊崇

延伸補充
1. tribal cultures 部落文化　　　　　　　　　2. pay tribute to 讚揚、稱讚……

con**tribute**	[kən`trɪbjut]	*v.* 貢（捐）獻；造成；投稿
con**tribut**ion	[ˌkɑntrə`bjuʃən]	*n.* 貢（捐）獻；投稿
con**tribut**or	[kən´trɪbjʊtɚ]	*n.* 貢獻者；投稿人；促成因素

🪶 **秒殺解字** con(together)+tribute(give, allot, pay) → 把東西「一起」「給」、「分配」、「付」出去。

延伸補充
1. contribute to/towards 捐獻；貢獻；投稿　　　2. contribute A to/towards B 把 A 捐給 B；把 A 貢獻給 B
3. A contribute to B = A result in/cause/lead to/bring about/give rise to B = B result/arise from A
　　A 導致 B（A= 原因；B= 結果）

dis**tribute**	[dɪ`strɪbjut]	*v.* 分發、分配 (give out)
dis**tribut**ion	[ˌdɪstrɪ`bjuʃən]	*n.* 分發、分配
dis**tribut**or	[dɪ`strɪbjətɚ]	*n.* 分配者；批發商

🪶 **秒殺解字** dis(individually)+tribute(give, assign, pay) → 把東西「給」、「分配」、「付」每一個「個體」。

延伸補充
1. distribute + sth. + among/to + sb. 分送某物給某人　　2. be widely distributed 廣泛地分布

at**tribute**	[ə`trɪbjut]	*v.* 把……歸因、歸咎於；把……歸屬於
	[`ætrəˌbjut]	*n.* 屬性、特質
at**tribut**ion	[ˌætrə`bjuʃən]	*n.* 歸因；歸屬

🪶 **秒殺解字** at(=ad=to)+tribute(give) → 把發生原因歸「給」某事，責任歸「給」某人，或把某種特質歸「給」於某人或某事。

延伸補充
1. attribute A to B　把 A 歸因為 B；把 A 歸屬於 B　　2. an essential attribute 必備的特質

289 troph, trop = turn 轉

🎧 Track 289

 神之捷徑 **troph**, **trop** 同源，**p/f 轉音**，**母音通轉**，皆表示**「轉」**。**troph**y 原意是敵人敗了**「轉」**身逃走，所留下的東西，後來衍生為**「獎盃」**。**trop**ic 本指太陽在南、北兩個端點間移動，太陽走到某一點，就**「轉」**回去，表示**「回歸線」**。

trophy	[`trofɪ]	*n.* 獎盃；戰利品
tropic	[`trɑpɪk]	*n.* 回歸線
tropical	[`trɑpɪk!]	*adj.* 熱帶的；炎熱潮濕的
sub**trop**ical	[sʌb`trɑpɪk!]	*adj.* 亞熱帶的 → sub 表示「在下」（under），衍生出「分支」的意思。

源來如此 坊間書籍和網路常犯一個錯誤，把 triumph 和 trophy 歸類在一起，而事實上它們並不同源。**triumph** [`traɪəmf] (n. 勝利)、**triumphant** [traɪ`ʌmfənt] (adj. 勝利的)、**trumpet** [`trʌmpɪt] (n. 喇叭 v. 吹噓) 同源，核心語意是**「勝利」**。建議可用美國總統川普的姓 **Trump** 當神隊友，**p/f 轉音**，**母音通轉**，來幫助記憶這組單字。此外，知名的內衣品牌「黛安芬」（**Triumph**）是源自法國凱旋門（Arc de **Triomphe**）。

290 trud, trus = push, thrust 用力推，刺

🎧 Track 290

神之捷徑 可用 **thrust** 當神隊友，**t/θ 轉音**，**母音通轉**，來記憶 **trud**, **trus**，表示**「用力推」**、**「刺」**。**threat** 是同源字，本義是**「戳」**、**「刺」**，表示**「威脅」**。

| **thrust** | [θrʌst] | *v.* 用力推、塞；刺、戳 |
| | | *n.* 用力推；刺；要旨 |

in**trud**e	[ɪn`trud]	*v.* 干涉、打擾；侵入
in**trud**er	[ɪn`trudə]	*n.* 侵入者
in**trus**ion	[ɪn`truʒən]	*n.* 干涉、打擾；侵入

秒殺解字 in(in)+trud(thrust, push)+e →「用力推」「入」，引申為「干涉」別人的私事或非法「侵入」。

| ex**trud**e | [εk`strud] | *v.* 擠壓出、擠壓成 |
| ex**trus**ion | [εk`struʒən] | *n.* 擠壓 |

秒殺解字 ex(out)+trud(thrust, push)+e →「用力推」「出」，表示「擠壓出」。

| **threat** | [θrεt] | *n.* 威脅 (menace) |
| **threat**en | [`θrεtn̩] | *v.* 威脅、恫嚇 (menace) |

延伸補充
1. present/pose a threat to + sb./sth. 對……構成威脅　2. be under threat of attack 受到攻擊的威脅

291 turb = confuse 使混亂

可用 **trouble** 當神隊友，**母音通轉**，來記憶 **turb**，表示「**使混亂**」。

trouble	[ˋtrʌb!]	*v.* 使煩惱 (worry)；打擾 (bother) *n.* 麻煩；困難
troubled	[ˋtrʌb!d]	*adj.* 焦慮的 (worried, anxious)；有困難的
troubling	[ˋtrʌb!ɪŋ]	*adj.* 令人焦慮的 (worrying)
troublesome	[ˋtrʌb!səm]	*adj.* 令人討厭的
troublemaker	[ˋtrʌb!͵mekɚ]	*n.* 麻煩製造者
troubleshooter	[ˋtrʌb!͵ʃutɚ]	*n.* 處理難題者

源來如此 shoot [ʃut] (v. 發射)、shot [ʃɑt] (n. 射擊)、shout [ʃaʊt] (v./n. 呼喊) 同源，**母音通轉**，核心語意是「**丟**」（throw）。「呼喊」（shout）就是把聲音給「**丟**」出來。相關同源字還有 shut [ʃʌt] (v. 關閉)、shuttle [ˋʃʌt!] (v. 往返運行)、sheet [ʃit] (n. 床單)。

延伸補充
1. in trouble 處困難中
2. have trouble + Ving = have difficulty/a problem(problems)/a hard time + Ving 做……有困難、難以……

disturb	[dɪsˋtɝb]	*v.* 打擾 (bother, interrupt)；使困擾 (worry, upset)
disturbance	[dɪsˋtɝbəns]	*n.* 打擾；騷動
disturbed	[dɪsˋtɝbd]	*adj.* 心理失常的；感到焦慮的 (worried, upset)
disturbing	[dɪsˋtɝbɪŋ]	*adj.* 令人不安的 (worrying, upsetting)

秒殺解字 dis(completely)+turb(confuse) →「完全」「混亂」，表示「打擾」。

源源不絕學更多 **turb**ulent (adj. 動盪的)。

292 ul, el, ol = old, grow 老的，成長

ul, el, ol 是從印歐詞根 **al** 演變而來的，這些字根後常黏接字母 **d, t**。可用 **old** 當神隊友，**母音通轉**，來記憶 **ul, el, ol**，表示「**老的**」、「**成長**」，此外，**alti** 是衍生字根，表示「**高的**」（high），因為長大會變「**高**」（tall）。

old	[old]	*adj.* 老的 (≠ young)；舊的 (≠ new)
elder	[ˋɛldɚ]	*adj.* 年齡較大的 (**older**)
elderly	[ˋɛldɚlɪ]	*adj.* 年長的
eldest	[ˋɛldɪst]	*adj.* 年齡最大的

延伸補充
1. elder brother/sister 哥哥 / 姐姐
2. eldest brother/sister 大哥 / 大姐

adult	[əˋdʌlt]	*n.* 成人 (grown-up)
		adj. 成年的
adulthood	[əˋdʌlthʊd]	*n.* 成年 (≠ childhood)
adolescent	[͵ædlˋɛsn̩t]	*n.* 青少年
		adj. 青少年的
adolescence	[͵ædlˋɛsn̩s]	*n.* 青少年時期

 秒殺解字 ad(to)+ult(grow) → 已經「成長」完成的是「成人」，而 adolescent 是「成長」中的「青少年」。

abolish	[əˋbɑlɪʃ]	*v.* 廢除

秒殺解字 ab(away, off)+ol(grow)+ish → 「離開」「成長」階段，引申為「廢除」。

altitude	[ˋæltə͵tjud]	*n.* 海拔高度

源源不絕學更多 enhance (v. 提高、提升)、enhancement (n. 提高、提升)、world (n. 世界)。

293　und = water, wet, wave 水，濕的，波浪

🎧 Track 293

神之捷徑 可用 **water** 當神隊友，**u/w 對應**，**d/t 轉音**，**母音通轉**，來記憶 **und**，核心語意是「**水（流動）**」、「**濕的**」，後來更衍生出「**波浪**」的意思。

water	[ˋwɔtɚ]	*n.* 水
		v. 澆水
wet	[wɛt]	*adj.* 溼的 (≠ dry)；潮濕的
		v. 弄濕
wash	[wɑʃ]	*v./n.* 洗
abound	[əˋbaʊnd]	*v.* 富足、充足
abundant	[əˋbʌndənt]	*adj.* 豐富的；大量的 (≠ scarce)
abundance	[əˋbʌndəns]	*n.* 豐富

秒殺解字 ab(away, off)+ound(=und=water, wet, wave) → 「水」滿「出來」，表示「充足」。

sur**round**	[səˋraʊnd]	*v.* 包圍；圍繞
sur**round**ing	[səˋraʊndɪŋ]	*adj.* 周圍的、附近的 (nearby)
sur**round**ings	[səˋraʊndɪŋz]	*n.* 周遭環境；周圍的事物

秒殺解字 sur(=super=over)+r+ound(=und=water, wet, wave) → 「水」「超過」負荷，滿了出來，可想像淹水時房子都遭水「圍繞」著。17 世紀時，拼字受到 round 影響，添加了一個 r。

英文老師也會錯 坊間書籍和網路幾乎都會犯一個錯誤，把 surround 和 round, around 歸類在一起，但事實上它們並不同源。

延伸補充
1. the surrounding area 附近地區　　　　　　2. be surrounded by 被⋯⋯圍繞

源源不絕學更多 redundant (adj. 多餘的)、redundancy (n. 被解僱；多餘)、**und**ulate (v. 使成波浪形)、in**und**ate (v. 淹沒)。

294 urb = city 都市

 urb 表示「都市」。 🎧 Track 294

urban	[`ɝbən]	*adj.* 都市的、市區的 (≠ rural)
sub**urb**	[`sʌbɝb]	*n.* 郊區、近郊住宅區
sub**urb**an	[sə`bɝbən]	*adj.* 郊區的；平淡乏味的

🖊 **秒殺解字** sub(under, near)+urb(city) → 字面上意思是在「都市」「之下」、「附近」，表示「郊區」。

延伸補充
1. urban life 都市生活　　　　　　　　　　　2. urban legend 都會傳説
3. urban areas/population/development 都市區域 / 人口 / 發展

295 urge = urge, drive 催促，迫使

 urge 表示「催促」、「迫使」。 🎧 Track 295

urge	[ɝdʒ]	*v.* 極力建議 (advise, suggest, recommend)、催促
		n. 衝動、慾望 (desire)
urgent	[`ɝdʒənt]	*adj.* 緊急的；迫切的
urgency	[`ɝdʒənsɪ]	*n.* 緊急；迫切

延伸補充
1. urge + sb.+ to V 極力建議某人去……　　　　2. urge + that + S + (should) + V 極力建議……
3. in urgent need of 急切需要……

296 ut = use 使用

 可用 use 當神隊友，來記憶 ut，t/z/s/ʒ 轉音，皆表示「使用」。 🎧 Track 296

use	[juz]	*v.* 使用
	[jus]	*n.* 使用
usage	[`jusɪdʒ]	*n.* 用法；使用
used	[juzd]	*adj.* 舊的、二手的 (second-hand)
	[just]	*adj.* 習慣於
useful	[`jusfəl]	*adj.* 有用的 (be of **use**, helpful ≠ **use**less)
usefulness	[`jusfəlnɪs]	*n.* 有用

延伸補充
1. use + sth. + as + sth. 用……來當……　　　　2. use + sth. + for + Ving/N 用……來做……
3. use + sth. + to V 用……來……
4. used + to V 過去、曾經……（did not use + to V 為否定）
5. be used/accustomed to + N/Ving 現在習慣於……
6. get used to + N/Ving = get/become/grow accustomed to + N/Ving = adapt/adjust to + N/Ving 使習慣於、適應於……
7. use up = run out of = exhaust 用完　　　　　8. make use of 利用
9. be of use 有用的　　　　　　　　　　　　10. be (of) no use 無用的

abuse	[ə`bjuz]	*v.* 虐待 (mistreat)；濫用 (mis**use**)；辱罵 (insult)
	[ə`bjus]	*n.* 虐待；濫用 (mis**use**)

🖋️ (秒殺解字) ab(away, off)+use(use) → 偏「離」正當「用途」，衍生出「濫用」、「虐待」等意思。

延伸補充
1. child abuse 虐待兒童　　　　　　　　2. drug/alcohol abuse 藥物 / 酒精濫用
3. physical/sexual/racial abuse 身體 / 性 / 種族虐待

misuse	[mɪs`juz]	*v.* 誤用、濫用 (a**buse**)；盜用；虐待
	[mɪs`jus]	*n.* 誤用、濫用 (a**buse**)；盜用

🖋️ (秒殺解字) mis(badly, wrongly)+use(use) →「誤」「用」。

延伸補充
1. drug/alcohol misuse 藥物 / 酒精濫用
2. a misuse of drugs/power/scientific knowledge 濫用藥物 / 權力 / 科學

reuse	[ri`juz]	*v.* 重複使用
	[ri`jus]	*n.* 重複使用
reus**able**	[ˌri`juzəb!]	*adj.* 可重複使用的

🖋️ (秒殺解字) re(back, again)+use(use) →「再」「回去」「使用」。

usual	[`juʒʊəl]	*adj.* 通常的；平常的 (≠ un**us**ual)
usually	[`juʒʊəlɪ]	*adv.* 通常地

延伸補充
1. as usual/always/ever 像往常一樣
2. longer/worse/colder/better + than usual 比平時更久 / 更糟 / 更冷 / 更好……

utilize	[`jut!ˌaɪz]	*v.* 利用 (**use**)
utility	[ju`tɪlətɪ]	*n.* 效用 (**ut**ilities 常指水電等)
utensil	[ju`tɛns!]	*n.* 廚具 → 廚房「使用」的器具。

源源不絕學更多 **ut**ilitarian (adj. 功利主義的)。

297　vac, van, vain, void = empty 空的

🎧 Track 297

(神之捷徑) 可用 **void** 當神隊友，**d/n 轉音**，**母音通轉**，來記憶 **van**, **vain**，表示「**空的**」。**vac** 亦是其衍生字根，可用簡單字 **vac**ation 當神隊友，來幫助記憶。

a**void**	[ə`vɔɪd]	*v.* 避免；避開、躲開
a**void**able	[ə`vɔɪdəb!]	*adj.* 可避免的 (preventable ≠ una**void**able, inevitable)

🖋️ (秒殺解字) a(=ex=out)+void(empty) → 本義「排」「空」。

延伸補充
1. avoid + Ving 避免去……　　　　　　2. avoid + sth. + like the plague 像避瘟疫一樣躲避

vain	[ven]	*adj.* 徒然的 (fruitless)；自負、虛榮的 (conceited) → 「努力」成「空」。
vanity	[`vænətɪ]	*n.* 虛榮、自負 → 「虛榮」是「空」的。

延伸補充
1. in vain = vainly = fruitlessly = to no purpose 徒然地　　2. vain/fruitless attempt/effort 徒勞無功的努力

| **van**ish | [`vænɪʃ] | *v.* 突然消失 (disappear)；滅絕 (disappear) |

延伸補充
1. vanish without (a) trace 消失無蹤　　　　　2. vanish into thin air 神祕地消失無蹤

| **vac**ation | [ve`keʃən] | *n.* 假期 → 人在「假期」時是「空」閒的。 |

字辨 **vocation** 等於 **calling**，是蒙神**「呼叫」**的**「志業」**、**「使命」**，值得投入所有時間和精力的職業，通常帶有使命感，因為天上的神**「呼叫」**你做事來幫助人；**voc** 表示**「呼叫」**（call）。

vacancy	[`vekənsɪ]	*n.* 職缺；空房間；空位
vacant	[`vekənt]	*adj.* 未被佔用的 (empty, available)；空缺的；茫然的
vacuum	[`vækjuəm]	*n.* 真空；真空吸塵器 (**vac**uum cleaner)；空虛
		v. 用吸塵器

延伸補充
1. vacancy announcement 徵人啟事　　　　　2. job vacancies 工作空缺
3. No vacancies. 沒有空房。

| **e**vac**u**ate | [ɪ`vækjʊ‚et] | *v.* 撤離；疏散 |

秒殺解字 e(=ex=out)+vac(empty)+u+ate →「空」「出來」。

298　vad, vas = go, walk 走

🎧 Track 298

神之捷徑 可用表示**「涉水而行」**的 **wade** 當神隊友，**v/w 對應**，**d/s/ʒ 轉音**，來記憶 **vad, vas**，表示**「走」**。

wade	[wed]	*v.* 涉水而行
invade	[ɪn`ved]	*v.* 入侵；侵犯
invas**i**on	[ɪn`veʒən]	*n.* 入侵；侵犯

秒殺解字 in(in)+vad(go, walk)+e →「走」「進來」，表示「入侵」、「侵犯」。

延伸補充
1. invade + sb's privacy 侵犯某人的隱私　　　　2. invasion of privacy 侵犯隱私的行為

| **per**vade | [pɚ`ved] | *v.* 遍及、瀰漫 |
| **per**vas**i**ve | [pɚ`vesɪv] | *adj.* 充斥各處的、瀰漫的 |

秒殺解字 per(through)+vad(go, walk)+e →「到處」「走」，表示「遍及」、「瀰漫」。

源源不絕學更多 evade (v. 迴避；逃)、evasion (n. 迴避；逃)、evasive (adj. 迴避、閃爍其辭的)。

299　val, vail = strong, worth 強的，值得的

🎧 Track 299

神之捷徑　可用表示**「價值」**的 value 當神隊友，**母音通轉**，來記憶 val, vail，表示**「強的」**、**「值得的」**。

value	[`vælju]	n. 價值；重要性
		v. 重視
values	[`væljuz]	n. 價值觀
valuable	[`væljuəb!]	adj. 有價值的、貴重的 (precious ≠ worthless, valueless)
valuables	[`væljuəb!z]	n. 貴重物品
valueless	[`væljuləs]	adj. 無價值的 (worthless) → less 表示「無」（without）。
invaluable	[ɪn`væljəb!]	adj. 極有用的 (useful)；無價的 (priceless)

字辨 priceless/invaluable > valuable/precious > valueless/worthless

延伸補充
1. of (great) value = valuable 有價值的　　2. of no/little value = valueless = worthless 無價值的

| evaluate | [ɪ`vælju͵et] | v. 評估；評價；鑑定 (assess, appraise) |
| evaluation | [ɪ͵vælju`eʃən] | n. 評估；評價；估價 (assessment) |

秒殺解字 e(=ex=out)+valu(worth)+ate → 找「出」「價值」。

| equivalent | [ɪ`kwɪvələnt] | adj. 相等的、等值的 |

秒殺解字 equ(equal)+i+val(worth)+ent →「相等的」「價值」。

valid	[`vælɪd]	adj. 有效的 (≠ invalid)；有根據的、合理的
validity	[və`lɪdətɪ]	n. 有效；確實性
validate	[`vælə͵det]	v. 證實 (confirm)；批准、使生效
invalid	[ɪn`vælɪd]	adj. 失效的 (≠ valid)
	[`ɪnvəlɪd]	n. 病人

秒殺解字 in(not)+val(strong)+id →「沒有」「力量」的，引申為「失效的」。

延伸補充
1. a valid credit card/driver's license 有效的信用卡 / 駕照　2. a valid password 有效的密碼
3. be valid for 10 years/two months 十年 / 兩個月內有效　4. a valid reason/argument 合理的理由 / 論點

| available | [ə`veləb!] | adj. 可用的、可得或買到的 (≠ unavailable)；有空的 (free) |
| availability | [ə͵velə`bɪlətɪ] | n. 可獲得性 |

秒殺解字 a(=ad=to)+vail(strong, worth)+able → 本義「值得的」，引申為「可用的」。

prevail	[prɪ`vel]	v. 盛行；獲勝
prevailing	[prɪ`velɪŋ]	adj. 盛行的、現有的 (current)
prevalent	[`prɛvələnt]	adj. 盛行的、普遍的 (common)
prevalence	[`prɛvələns]	n. 盛行、普遍

秒殺解字 pre(before)+vail(strong) → 力量「強大」能往「前」推進，引申為「盛行」。

300　var = change 變化

 var 表示「**變化**」，有了變化就會產生「**不同**」。

vary	[`vɛrɪ]	*v.* 不同 (differ)；改變 (change)
variety	[və`raɪətɪ]	*n.* 變化；多種 (kind, sort, type)
various	[`vɛrɪəs]	*adj.* 不同的、各式各樣的 (different)
variable	[`vɛrɪəb!]	*adj.* 易變的；可變的
		n. 可變因素
variation	[ˌvɛrɪ`eʃən]	*n.* 不同；變化、差異

延伸補充

1. a variety of = various = different = different kinds of 各式各樣的、不同的
2. variety/type/kind/sort of 種類
3. give/add/bring variety to + sth. 為……增加變化、添加趣味
4. vary/differ in 在……方面不同
5. vary with 隨……而變化、因……而異

301　velop = wrap 包，裹

 velop 表示「包」、「裹」。

de**velop**	[dɪ`vɛləp]	*v.* 發展；開發；培養；沖印
de**velop**ing	[dɪ`vɛləpɪŋ]	*adj.* 發展中的；開發中的
de**velop**ed	[dɪ`vɛləpt]	*adj.* 已開發的、先進的
underde**velop**ed	[ˌʌndɚdɪ`vɛləpt]	*adj.* 未開發的；發育不全的
de**velop**ment	[dɪ`vɛləpmənt]	*n.* 發展；成長
de**velop**er	[dɪ`vɛləpɚ]	*n.* 開發商；開發者

秒殺解字 de(=dis=undo)+velop(wrap) → 本義「取消」「包裝」，即「打開」，引申為「發展」。

延伸補充

1. developing country/nation 開發中國家
2. developed country/nation = advanced country 已開發國家；先進國家
3. underdeveloped country/nation 未開發國家
4. get the photos/pictures developed 洗照片
5. property developer 房地產開發商

| en**velop** | [ɪn`vɛləp] | *v.* 包住 (wrap up)；覆蓋、籠罩 (cover) |
| en**velop**e | [`ɛnvəˌlop] | *n.* 信封 |

秒殺解字 en(in)+velop(wrap) →「包」在「裡面」，引申為「包住」。

302 vent, ven = come, go 來，去

🎧 Track 302

 vent, ven 表示「來」、「去」。

ad**vent**	[`ædvɛnt]	_n._	出現、到來 (arrival, **com**ing)
ad**vent**ure	[əd`vɛntʃɚ]	_n._	冒險
ad**vent**urous	[əd`vɛntʃərəs]	_adj._	喜歡冒險的
venture	[`vɛntʃɚ]	_n._	冒險事業

🔑**秒殺解字** ad(to)+vent(come) →「到」「來」。venture 源自 adventure，常指商業「冒險」、「投資」。

延伸補充
1. adventure story 冒險故事　　　　　　　2. adventure playground 遊戲樂園
3. joint venture 合資企業（一起冒險的夥伴）

in**vent**	[ɪn`vɛnt]	_v._	發明
in**vent**ion	[ɪn`vɛnʃən]	_n._	發明
in**vent**or	[ɪn`vɛntɚ]	_n._	發明者
in**vent**ory	[`ɪnvən,torɪ]	_n._	存貨清單；存貨 (stock) → ory 表示「場所」。
in**vent**ive	[ɪn`vɛntɪv]	_adj._	發明的、創造的 (creative)
rein**vent**	[,riɪn`vɛnt]	_v._	改造 (reform)

🔑**秒殺解字** in(in)+vent(come) → 本義「來」到「內部」被「發現」，引申為「發明」。reinvent 是在已有的基礎上重新創造，re 表示「再」（again）。

pre**vent**	[prɪ`vɛnt]	_v._	預防；阻止 (stop)
pre**vent**ion	[prɪ`vɛnʃən]	_n._	預防
pre**vent**ive	[prɪ`vɛntɪv]	_adj._	預防的

🔑**秒殺解字** pre(before)+vent(come) → 本義「來」到「前面」阻擋，因此有「預防」的意思。

延伸補充
1. prevent/stop/keep + sb./sth. + from + Ving/N 阻止……去……
2. take preventive measures/action 採取防護措施　　　3. Prevention is better than cure. 預防勝於治療。

e**vent**	[ɪ`vɛnt]	_n._	事件；比賽項目
e**vent**ual	[ɪ`vɛntʃʊəl]	_adj._	最後的
e**vent**ually	[ɪ`vɛntʃʊəlɪ]	_adv._	最後 (finally, ultimately, in the end)

🔑**秒殺解字** e(=ex=out)+vent(come) → 本義「跑」「出來」，表示發生的「事件」。

con**ven**ient	[kən`vinjənt]	_adj._	便利的
con**ven**ience	[kən`vinjəns]	_n._	便利
con**ven**e	[kən`vin]	_v._	集會
con**vent**ion	[kən`vɛnʃən]	_n._	大型會議 (meeting, conference)；協定 (pact, treaty)；習俗 (custom, tradition)
con**vent**ional	[kən`vɛnʃən!]	_adj._	傳統的、慣例的 (traditional)

🔑**秒殺解字** con(together)+ven(come)+i+ent →「一起」到「來」，本義表示「可容納的」、「和諧的」，「便利的」是衍生語意。

延伸補充
1. convenient for the school/shops/station 離學校 / 商店 / 車站很近的
2. convenience store 便利商店

interve**ne** [ˌɪntɚˈvin] *v.* 介入、干預;打斷 (interrupt)
interven**tion** [ˌɪntɚˈvɛnʃən] *n.* 介入、干預

秒殺解字 inter(between)+ven(come)+e → 「來」到「中間」,表示「介入」、「干預」。

venue [ˈvɛnju] *n.* 發生地、據點 → 大家「來」到的地點。

延伸補充
1. sporting/conference/concert venue 運動會 / 會議 / 演唱會據點
2. a venue for ……的場所

a**ven**ue [ˈævəˌnu] *n.* 大街;大道

秒殺解字 a(=ad=to)+ven(come)+ue → 「來」「去」某地所需經過的「大街」、「大道」。

re**ven**ue [ˈrɛvəˌnu] *n.* 國家稅收;收入

秒殺解字 re(back)+ven(come)+ue → 本義「回」「來」,類似 income,錢跑回來,表示「稅收」、「收入」。

sou**ven**ir [ˌsuvəˈnɪr] *n.* 紀念品 (memento, keepsake)

秒殺解字 sou(=sub=up from under)+ven(come)+ir → 由「下」上「來」到了心上,當「紀念品」解釋。

延伸補充
1. as a souvenir of 當作……的紀念品   2. a souvenir shop 紀念品商店

源源不絕學更多 come (v. 來)、become (v. 變成;成為)、welcome (v./n./adj./int. 歡迎)。

303　verb = word 字,語言,話

🎧 Track 303

可用 **word** 當神隊友,**v/w 對應**,來記憶 **verb**,d 和 b 雖無法轉音,但皆表示**「字」**,又有**「語言」**、**「話」**等衍生意思。

word [wɝd] *n.* 字;語言;話
pass**word** [ˈpæsˌwɝd] *n.* 密碼;口令
loan**word** [ˈlonˌwɝd] *n.* 外來語、借用語 (borrowing)

源來如此 loan [lon] (n. 借款;貸款)、lend [lɛnd] (v. 借出) 同源,**母音通轉**,核心語意是**「借出」(lend)**。

verb [vɝb] *n.* 動詞
verbal [ˈvɝbl̩] *adj.* 言語的、口頭的;語言的;動詞的
non**verb**al [ˌnɑnˈvɝbl̩] *adj.* 非言語的

秒殺解字 non(not, lack of)+verb(word)+al → 「不是」、「無」、「缺乏」「言語」,表示「非言語的」。

ad**verb** [ˈædvɝb] *n.* 副詞

秒殺解字 ad(to)+verb(word) → 放「到」「動詞」旁邊限定或延展其語意的詞類是「副詞」。

pro**verb** [ˈprɑvɝb] *n.* 諺語;箴言 (saying)

秒殺解字 pro(forward)+verb(word) → 「前」人所說的「話」。

304　vers, vert = turn 轉，轉變，輪流

 vers, vert 同源，**t/s/ʒ/ʃ 轉音**，**母音通轉**，皆表示「轉」、「轉變」、「輪流」。 **worth** 和重要字尾 **ward**，皆是變體，**v/w 對應**，**d/t/s/ʒ/ʃ/θ 轉音**，母音通轉， **worth** 表示「價值」（value），**ward** 表示「往……方向」（toward）。

verse	[vɝs]	*n.* 詩、詩歌、韻文
version	[`vɝʒən]	*n.* 版本；譯本
versatile	[`vɝsət!]	*adj.* 多才多藝的 (all-round)；多種用途的
versatility	[ˌvɝsə`tɪlətɪ]	*n.* 多才多藝；多用途
vertical	[`vɝtɪk!]	*adj.* 垂直的 (≠ horizontal)

🪶**秒殺解字** vers(turn)+e → 本義是「轉」，如同農夫「耕地」，透過筆將文字「轉變」成「詩歌」、「韻 文」的模式；version 表示「轉變」成另一「版本」；versatile 表示能夠在各種議題之間「轉來轉去」； vertical 表示「轉」90 度，所以是「垂直的」。

延伸補充
1. German/French/electronic/film version 德文 / 法文 / 電子 / 電影版
2. original version 原版

anni**vers**ary	[ˌænə`vɝsərɪ]	*n.* 週年紀念；週年慶

🪶**秒殺解字** ann(year)+i+vers(turn)+ary → 每「年」「轉」一次。

con**vers**e	[kən`vɝs]	*v.* 交談、談話 (communicate)
con**vers**ation	[ˌkɑnvə`seʃən]	*n.* 談話、會話 (communication, dialogue)
con**vers**ationalist	[ˌkɑnvə`seʃən!ɪst]	*n.* 健談的人

🪶**秒殺解字** con(together)+vers(turn)+e →「一起」「輪流」說話。

延伸補充
1. converse with + sb. 和某人交談
2. have/hold/carry on a conversation + with sb. 和某人交談

uni**vers**e	[`junəˌvɝs]	*n.* 宇宙
uni**vers**al	[ˌjunə`vɝs!]	*adj.* 普遍的
uni**vers**ity	[ˌjunə`vɝsətɪ]	*n.* 大學 (college)

🪶**秒殺解字** uni(one)+vers(turn)+e →「宇宙」原意是沿著某「一」特定的方向「轉」，可用萬物「合」「一」 來幫助記憶，而「大學」是指由教師和學生所「轉」成的「一」個聯合體。

contro**vers**y	[`kɑntrəˌvɝsɪ]	*n.* 爭議、爭論 (argument)
contro**vers**ial	[ˌkɑntrə`vɝʃəl]	*adj.* 有爭議的、爭論的

🪶**秒殺解字** contro(=contra=against)+vers(turn)+y →「轉」過來「反對」而導致「爭議」。

ad**vers**e	[æd`vɝs]	*adj.* 不利的、有害的 (unfavorable, hostile)
ad**vers**ity	[əd`vɝsətɪ]	*n.* 逆境、困難
ad**vers**ary	[`ædvəˌsɛrɪ]	*n.* 對手、敵人 (opponent, enemy, foe)

🪶**秒殺解字** ad(to)+vers(turn)+e →「轉」「向」，所以是「逆境」，表示「不利的」。

advert	[əd`vɝt]	*v.* 談到
advertise	[`ædvɚˌtaɪz]	*v.* 登廣告
advertisement	[ˌædvɚ`taɪzmənt]	*n.* 廣告 (ad)
advertiser	[`ædvɚˌtaɪzɚ]	*n.* 刊登廣告者
advertising	[`ædvɚˌtaɪzɪŋ]	*n.* 廣告業

秒殺解字 ad(to)+vert(turn) →「轉」「到」某人或某事物上，即是「談到」，而「廣告」也是使人「轉」「向」，誘發購買動機。

延伸補充

1. advert to + sth. = mention + sth. 談到　　　　2. put/place an advertisement 刊登廣告
3. advertise + (sth.) + on television/in a newspaper/in a magazine 在電視 / 報紙 / 雜誌上登廣告

convert	[kən`vɝt]	*v.* （使）轉變；改變信仰
	[`kɑnvɝt]	*n.* 改變信仰者
conversion	[kən`vɝʒən]	*n.* 轉變；宗教信仰的改變

秒殺解字 con(together)+vert(turn) →「一起」「轉變」。

延伸補充

1. convert A to/into B 把 A 改變成 B　　　　2. A convert to/into B　A 改變成 B
3. convert to Buddhism/Christianity/Catholicism 改信佛教 / 基督教 / 天主教

divert	[daɪ`vɝt]	*v.* 轉向；使轉移注意力；消遣 (amuse, entertain)
diversion	[daɪ`vɝʒən]	*n.* 轉向；分散注意力之物、聲東擊西 (trick)；消遣
diverse	[daɪ`vɝs]	*adj.* 不同的、多種的 (different, varied, various, wide-ranging)
diversity	[daɪ`vɝsətɪ]	*n.* 多樣性、差異 (variety)
diversify	[daɪ`vɝsəˌfaɪ]	*v.* 使多樣化；多種經營、分散投資
diversification	[daɪˌvɝsəfə`keʃən]	*n.* 多樣化；經營多樣化

秒殺解字 di(=dis=aside)+vert(turn) →「轉」到「旁邊」，因此有「轉向」、「消遣」等意思。

延伸補充

1. a diversity of = a variety of = various = different = different kinds of 各式各樣的
2. divert/distract (+ sb's) attention from + sb./sth. 轉移對……注意力

divorce	[də`vɔrs]	*v./n.* 離婚
divorced	[də`vɔrst]	*adj.* 離婚的

秒殺解字 di(=dis=aside)+vorc(=vert=turn)+e → **vorc** 為 **vert** 變形，**t/s 轉音**，**母音通轉**；divorce 字面上意思是「轉」身「離開」，最早表示「離開丈夫」，後衍生為「離婚」。「婚姻狀況」（marital status）的相關單字請參照延伸補充。

延伸補充

1. single/married/divorced/separated/widowed/engaged 單身的 / 已婚的 / 離婚的 / 分居的 / 喪偶的 / 已訂婚的
2. be living together 同居狀態　　　　3. get a divorce = get divorced 離婚
4. divorce rate 離婚率

extrovert	[`ɛkstrəˌvɝt]	*n.* 外向的人 (≠ introvert)
		adj. 外向的
extroverted	[`ɛkstrəˌvɝtɪd]	*adj.* 外向的 (≠ introverted)
extroversion	[ˌɛkstrə`vɝʒən]	*n.* 外向 (≠ introversion)

秒殺解字 extro(=extra=outside)+vert(turn) → 往「外面」「打轉」。

introvert	[`ɪntrə,vɝt]	*n.* 內向的人 (≠ extrovert)
introverted	[`ɪntrə,vɝtɪd]	*adj.* 內向的 (≠ extroverted)
introversion	[,ɪntrə`vɝʒən]	*n.* 內向 (≠ extroversion)

🖋 **秒殺解字** intro(inside)+vert(turn) → 在內心「裡面」「打轉」。

worth	[wɝθ]	*prep.* 值……的價值；值得
		n. 價值 (value)
worthwhile	[`wɝθ`hwaɪl]	*adj.* 值得做的；有用的
worthy	[`wɝðɪ]	*adj.* 值得的；值得重視、尊敬的
worthless	[`wɝθlɪs]	*adj.* 無價值的 (valueless ≠ valuable)；無用的
		→ less 表示「無」（without）。
worship	[`wɝʃɪp]	*v./n.* 崇拜；信奉

🖋 **秒殺解字** wor(worth=value)+ship → 看到神的「價值」，做禮拜表示對神的敬意與愛慕。

字辨 priceless/invaluable ＞ valuable/precious ＞ valueless/worthless

延伸補充
1. be worth + 錢 = cost + 錢 = be valued at + 錢 值……　2. be worth + N/Ving 值得……
3. be worthy of + N 值得……
4. be worth nothing = not be worth anything = worthless = valueless = of no/little value 無價值的
5. worth a trip/visit 值得一遊、值得一看　　6. It's (well) worth it/not worth it. 很值得 / 不值得。
7. It's worth the time/effort. 花這時間 / 努力值得。　8. be worth + sb's while + to V/Ving 值得某人去……
9. it is worthwhile + to V/Ving 值得去……　　10. it pays + to V 值得去……
11. The museum is worth visiting/a visit. = It is worth visiting the museum.
 = It is worth your while to visit/visiting the museum.
 = It is worthwhile to visit/visiting the museum. = The museum is worthy of a visit. = It pays to visit the museum.
 這個博物館值得一遊。

forward	[`fɔrwəd]	*adv.* 向前地；提前地 (≠ backward)
		adj. 向前的 (≠ backward)；未來的
		v. 轉寄 (send on)；促進 (further)
		n. 前鋒

🖋 **秒殺解字** for(=fore=before)+ward(vert=turn=toward) → 「轉向」「前」。

延伸補充
1. look forward to + N/Ving 期待、盼望……　　2. forward planning/thinking 為未來做的計劃 / 思考

awkward	[`ɔkwəd]	*adj.* 難處理的、尷尬的 (difficult)；不適的
		(uncomfortable)；難用的；笨拙的

🖋 **秒殺解字** awk(back-handed)+ward(vert=turn=toward) → 「轉往」「反手的」「方向的」，表示「走錯方向」，衍生出「笨拙的」等語意。

源源不絕學更多 avert (v. 避開)、aversion (n. 嫌惡)、versus (prep. 對抗)、reverse (adj. 顛倒的)、
verge (n. 邊緣)、**worry** (v. 擔心)、self-**worth** (n. 自我價值)、praise**worthy** (adj. 值得稱讚的)、
trust**worthy** (adj 值得信任的)、to**ward** (prep. 向、朝)、back**ward** (adj./adv. 向後)、down**ward** (adj./
adv. 向下)、up**ward** (adj./adv. 向上)、east**ward** (adj./adv. 向東)、home**ward** (adj./adv. 向家)、
north**ward** (adj./adv. 向北)、on**ward** (adj./adv. 向前)、sea**ward** (adj./adv. 向海)、south**ward** (adj./adv.
向南)、west**ward** (adj./adv. 向西)。

305   vest = wear 穿

🎧 Track 305

> 可用 **wear** 當神隊友，**v/w 對應**，**r/s 轉音**，**母音通轉**，來記憶 **vest**，皆和「**穿**」有關。**vest** 原意是「**穿**」，後來語意和詞性改變，用以表示「**背心**」。

wear	[wεr]	**v.** 穿　**三態** wear/wore/worn
vest	[vεst]	**n.** 背心

延伸補充

1. wear a seat belt 繫安全帶	2. wear sneakers 運動鞋

源來如此 snake [snek] (n. 蛇)、sneak [snik] (v. 偷偷地走)、sneakers [`snikɚz] (n. 運動鞋) 同源，**母音通轉**，核心語意是「**偷偷地走**」（sneak）。「**蛇**」行動是鬼鬼祟祟的，常「**偷偷出沒**」（sneak）於草叢間。

invest	[ɪn`vεst]	**v.** 投資 (≠ divest)
investment	[ɪn`vεstmənt]	**n.** 投資
investor	[ɪn`vεstɚ]	**n.** 投資者

秒殺解字 in(in, into)+vest(wear) → 原意是「穿」衣服，後來才有「把錢投入」（put money into）的意思，「投資」如同給某企業「穿上」資金。divest 是 invest 的反義字，字面上是「脫掉衣服」，除了表示「賣掉」、「出售」，還可以表示「脫去」，vest 還保留「穿」的意思。

源源不絕學更多 divest (v. 出售；脫去；剝奪)。

306   via, voy, vey = way, go, move
道路，行走

🎧 Track 306

> 可用 **way** 當神隊友，**v/w 對應**，**母音通轉**，來記憶 **via**, **voy**, **vey**，皆和「**道路**」、「**行走**」有關。

way	[we]	**n.** 路；方法 (method)；方向
via	[`vaɪə]	**prep.** 經由 (by **way** of)
voyage	[`vɔɪɪdʒ]	**n.** 航海、航行 → 在海上航「道」上「旅行」。

wagon	[`wægən]	**n.** 運貨馬車
vehicle	[`viɪk!]	**n.** 車輛；傳播媒介 (medium)

源來如此 wagon 和 vehicle 可一起記憶，**v/w 對應**，**母音通轉**，核心語意都是「**運輸工具**」。德國知名品牌 Volkswagen（福斯汽車，縮寫 VW），德文念成 [`folksvægən]，**f/v 轉音**，**v/w 對應**，Volks 表示「**人民**」（folks），wagen 表示「**車**」（wagon），表示「**人民的汽車**」。由此可證，很多英文字來自德文，特別是 **w/v/f 的互換**。

always	[`ɔlwez]	**adv.** 總是 (all the time, at all times)

秒殺解字 al(all)+ways(way) → 字面上的意思是「一路上」（all the way），屬於空間概念，轉換到時間概念上，表示「一直」、「總是」。

trivial	[`trɪvɪəl]	**adj.** 瑣細的、不重要的 (unimportant, insignificant)

秒殺解字 tri(three)+via(way)+al → 古代資訊封閉，街坊鄰居在「三」岔「路」口碰面時，會聊些八卦「瑣事」（trivial matter）。

| obvious | [`ɑbvɪəs] | *adj.* 明顯的 (apparent, clear, evident, seeming) |
| obviously | [`ɑbvɪəslɪ] | *adv.* 明顯地 (apparently, clearly, evidently, seemingly) |

秒殺解字 ob(before, against)+vi(=via=way)+ous → 在「路」「前」，因此容易被看見，表示「明顯的」。

| previous | [`privɪəs] | *adj.* 以前的、先前的 (prior) |

秒殺解字 pre(before)+vi(=via=way)+ous →「以前」走過的「道路」。

字辨 precious 表示「珍貴的」、「貴重的」（valuable），和 price 同源。

| convey | [kən`ve] | *v.* 傳達 (communicate, express)；運送 (carry)；傳導 (conduct) |

秒殺解字 con(together)+vey(=via=way) →「一起」上「路」，表示「傳達」、「運送」。

源源不絕學更多 subway (n. 地鐵)、away (adv. 離開)、anyway (adv. 無論如何)、doorway (n. 出入口)、hallway (n. 玄關)、freeway (n. 高速公路)、driveway (n. 私人車道)、weigh (v. 秤重)、weight (n. 體重)、convoy (v./n. 護衛)、deviate (v. 脫離；違背)。

307　vic = bend 彎曲

🎧 Track 307

神之捷徑 可用 week, weak 當神隊友，v/w 對應，母音通轉，來記憶 vic，皆和「彎曲」有關。有一派字源學家推測 victim 和 week, weak 同源，「受害者」通常會因痛苦而造成身體「扭曲」變形。

week	[wik]	*n.* 週
weak	[wik]	*adj.* 弱的；虛弱的；軟弱的 (≠ strong)
weaken	[`wikən]	*v.* 使虛弱 (≠ strengthen)
weakness	[`wiknɪs]	*n.* 弱點 (≠ strength)；虛弱

延伸補充
1. strengths and weaknesses 優缺點、長短處　　2. weak economy/currency 疲軟的經濟 / 匯率

| victim | [`vɪktɪm] | *n.* 受害者；罹患者 |
| victimize | [`vɪktɪˌmaɪz] | *v.* 使……受害；受騙 |

延伸補充
1. fall victim to + sth. 成為……的受害者　　2. cancer/AIDS victims 癌症 / 愛滋病病人

308 vict, vinc = defeat, conquer 打敗，征服

🎧 Track 308

 神之捷徑

維克多·雨果（**Vict**or Marie Hugo）是法國文學史上最偉大的作家之一，《鐘樓怪人》、《悲慘世界》都是雨果著名的小說；勝利女神的拉丁名字叫維多利亞（**Vict**oria），是勝利的化身，**Vict**oria Caroline Beckham 是英國知名足球明星貝克漢的老婆；梵谷（**Vinc**ent Willem van Gogh）是偉大的畫家；文斯·卡特（**Vinc**e Carter）是知名 NBA 球星，被公認是史上最偉大的灌籃王之一。以上這些人幾乎都是各領域的佼佼者或人生勝利組。可用 **Vict**or, **Vict**oria, **Vinc**ent, **Vinc**e 等流行名字當神隊友，**t/s/ʃ轉音**，來記憶 **vict, vinc**，皆和「**打敗**」、「**征服**」有關。

victor	[`vɪktɚ]	*n.* 勝利者；優勝者 (winner)
victory	[`vɪktərɪ]	*n.* 勝利 (win, triumph, success ≠ defeat, failure)
victorious	[vɪk`tɔrɪəs]	*adj.* 凱旋的、勝利的 (triumphant)

延伸補充
1. win a comfortable/easy victory 輕鬆戰勝　　　2. a landslide election victory 在選戰的壓倒性勝利

源來如此 land**slide** [`lænd‚slaɪd] (n. 山崩)、**slide** [slaɪd] (v. 滑行)、**sled** [slɛd] (n. 雪橇) 同源，**母音通轉**，核心語意是「**滑**」（**slide**）。

con**vinc**e	[kən`vɪns]	*v.* 使相信；說服 (persuade)
con**vinc**ing	[kən`vɪnsɪŋ]	*adj.* 令人信服的
con**vinc**ed	[kən`vɪnst]	*adj.* 確信的 (certain, sure)

✒️ **秒殺解字** con(intensive prefix)+vinc(conquer)+e → 本義被「征服」，引申出「使相信」、「說服」。

延伸補充
1. convince/persuade + sb. + of + sth. 使某人相信……　　2. convince/persuade + sb. + (that) + S + V 使某人相信……
3. convince/persuade + sb. + to V 說服某人去……　　4. be convinced + (that) + S + V 確信……
5. be convinced of 確信……

pro**vinc**e	[`pravɪns]	*n.* 省；州
pro**vinc**ial	[prə`vɪnʃəl]	*adj.* 省的

✒️ **秒殺解字** pro(before)+vinc(conquer)+e →「征服」「前方」土地，將之納入版圖或管轄領域，引申為「省」、「州」的意思。

con**vict**	[kən`vɪkt]	*v.* 判決有罪 (≠ acquit)
	[`kanvɪkt]	*n.* 囚犯
con**vict**ion	[kən`vɪkʃən]	*n.* 堅信；信念 (belief)；定罪 (≠ acquittal)

✒️ **秒殺解字** con(intensive prefix)+vict(conquer) → 判決時被「說服」，「判定有罪」。

源來如此 **quiet** [`kwaɪət] (adj. 安靜的)、**quit** [kwɪt] (v. 離開；戒；辭職)、**acquit** [ə`kwɪt] (v. 宣告無罪)、**tranquil** (adj. 平靜的) 同源。可用 **quiet** 當神隊友，**母音通轉**，來記憶這組單字，核心語意都是「**休息**」（**rest**）、「**安靜的**」（**quiet**）。因為想「**安靜**」地「**休息**」，所以「**離開**」某地、某個工作，或者「**戒除**」（**quit**）惡習。

延伸補充
1. convict + sb.+ of + N/Ving = find + sb.+ guilty of + N/Ving 判某人有……罪
2. an escaped convict 越獄的囚犯

源源不絕學更多 in**vinc**ible (adj. 不可戰勝的)。

309　view, vis, vid = see 看

🎧 Track 309

可用 **view** 當神隊友，**d/z/s/ʒ 轉音，母音通轉**，來記憶 **vis, vid**，皆表示「**看**」。學習 **vid** 這個字根時，許多人都會想到凱薩名句：Veni, **vid**i, vici，翻成英文是：I came, I **saw**, I conquered.（我來之，我**見**之，我克之。）凱撒在打敗法爾奈克的軍隊後，他連用了這三個字來傳捷報，藉以呼應戰場神速的勝利；這句話文字簡潔，中間沒用連接詞且押頭韻，鏗鏘有力。有趣的是，**wis, wit** 是變形字根，和 **vis, vid** 同源，**v/w 對應，d/t/z/s/ʒ 轉音，母音通轉**，「**看到**」表示「**知道**」（know）所以是「**有智慧的**」。

view	[vju]	n. 景色、視野；看法 (opinion) v. 看、視為
viewer	[`vjuɚ]	n. 電視觀眾；觀看者
viewpoint	[`vju‚pɔɪnt]	n. 觀點 (point of **view**, standpoint, angle, perspective)

延伸補充

1. in + sb's view 就某人的看法　　　　　2. in view of 考慮到、有鑑於

3. with a view to + N/Ving 為了……

4. view/see/treat/take A as B = regard A as B = look on A as B = think of A as B = consider A (to be) B　將 A 視為 B

inter**view**	[`ɪntɚ‚vju]	n./v. 面試；訪談
inter**view**er	[`ɪntɚ‚vjuɚ]	n. 面試者；採訪者
inter**view**ee	[‚ɪntɚvju`i]	n. 被面試的人；接受訪問者 → ee 表示「被……者」。

秒殺解字 inter(between)+view(see) → 「面試」、「訪談」必須「兩者之間」面對面地「看」。

延伸補充

1. have an interview with + sb. 跟……面談、面試

2. a newspaper/radio/television interview 報紙／電臺／電視訪問

pre**view**	[`pri‚vju]	v./n. 預展；試映；預告

秒殺解字 pre(before)+view(see) → 「先」「看」。

re**view**	[rɪ`vju]	v./n. 審查；評論；複習

秒殺解字 re(again)+view(see) → 「再」「看」。

visit	[`vɪzɪt]	v./n. 參觀；拜訪 → 「參觀」就是去「看」。
visitor	[`vɪzɪtɚ]	n. 訪客、遊客
vision	[`vɪʒən]	n. 視力、視覺 (sight)；眼光；視野
visa	[`vizə]	n. 簽證 → 必須「看到」的文件。
visible	[`vɪzəb!]	adj. 可看見的 (≠ in**vis**ible)；顯而易見的 (noticeable)
visual	[`vɪʒuəl]	adj. 視覺的
visualize	[`vɪʒuə‚laɪz]	v. 想像 (imagine, picture)

源來如此 image [`ɪmɪdʒ] (n. 肖像；形象)、imagine [ɪ`mædʒɪn] (v. 想像)、imaginary [ɪ`mædʒə‚nɛrɪ] (adj. 虛構的)、imaginable [ɪ`mædʒɪnəb!] (adj. 能想像的)、imagination [ɪ‚mædʒə`neʃən] (n. 想像力)、imaginative [ɪ`mædʒə‚netɪv] (adj. 富於想像力的)、imitate [`ɪmə‚tet] (v. 模仿)、imitation [‚ɪmə`teʃən] (n. 模仿) 同源，核心語意是「**模仿**」（copy, imitate）。

延伸補充

1. good/normal/poor vision 好／正常／不好的視力　　2. twenty-twenty/20-20 vision 完美的視力

3. visualize/imagine/picutre + sb. + Ving 想像某人做……

A B C D E F G H I J K L M N O P Q R S T U V W X Y Z

televis**ion**　[`tɛlə,vɪʒən]　*n.* 電視

🪶秒殺解字　tele(far)+vis(see)+ion → 「電視」可以「看」到「遠方」的人事物。

ad**vise**　[əd`vaɪz]　*v.* 建議 (suggest, recommend, urge, propose)
ad**vice**　[əd`vaɪs]　*n.* 建議 (suggestion, tip, recommendation, proposal)
ad**vis**er/ad**vis**or [əd`vaɪzɚ]　*n.* 顧問；忠告者
ad**vis**ory　[əd`vaɪzərɪ]　*adj.* 諮詢的

🪶秒殺解字　ad(to)+vis(see)+e → 依我之「見」、「看」法，表示「建議」、「忠告」。

延伸補充
1. advise + sb.+ to V 建議某人去……　　　2. advise + sb. + against + Ving/N 建議某人不要去……
3. advise + (that) + S + (should) + V 建議……該……　　4. follow/take + sb's advice 接受某人的建議

re**vise**　[rɪ`vaɪz]　*v.* 修正、校訂
re**vis**ion　[rɪ`vɪʒən]　*n.* 修正、校訂

🪶秒殺解字　re(again)+vis(see)+e → 「再」「看」一次，做必要的改變或「修正」。

super**vise**　[`supɚ,vaɪz]　*v.* 監督 (oversee, superintend)；管理 (be in charge of)
super**vis**ion　[,supɚ`vɪʒən]　*n.* 監督；管理
super**vis**or　[`supɚ,vaɪzɚ]　*n.* 監督人；管理人

🪶秒殺解字　super(over)+vis(see)+e → 「在上面」「看」表示「監督」、「管理」。

sur**vey**　[sɚ`ve]　*v.* 調查；俯視；考察 (examine)、測量 (measure)
　　　　　[`sɚve]　*n.* 調查；觀察、考察 (examination)

🪶秒殺解字　sur(=super=over)+vey(see) → 「在上面」「看」，引申為「調查」。

延伸補充
1. carry out/conduct a survey 做調查　　　2. survey shows/reveals (that) + S + V 調查報告顯示

video　[`vɪdɪ,o]　*n.* 錄影（節目）；錄影帶 (**vid**eotape, **vid**eo cassette)
　　　　adj. 錄影的

延伸補充
1. video compact disk 影視光碟（VCD）　　　2. digital video disk 數碼多功能影音光碟（DCD）
3. video game 電動玩具　　　　4. video camera 電視攝影機

源來如此　**camera** [`kæmərə] (n. 照相機；攝影機)、**chamber** [`tʃembɚ] (n. 室；房間) 是「**雙飾詞**」（**doublet**），k/tʃ**轉音**，**母音通轉**，皆和「**室**」有關。「**照相機**」和「**暗房**」、「**暗室**」（**camera obscura**）有關，暗房建置是使用在攝影上的。

pro**vide**　[prə`vaɪd]　*v.* 提供；供應
pro**vis**ion　[prə`vɪʒən]　*n.* 預備；條款
　　　　　　　　　　　v. 供應糧食
pro**vis**ions　[prə`vɪʒənz]　*n.* 食物、糧食 (supplies)

🪶秒殺解字　pro(forward)+vid(see)+e → 往「前」「看」，表示看到未來需求，引申為「提供」。

延伸補充
1. provide + sb. + with + sth. = provide + sth. + for + sb. 供應某人某物
2. offer + sb. + sth. = offer + sth. + to + sb. 提供某人某物
3. supply + sb. + with + sth. = supply + sth. + to + sb. 供應某人某物

evident	[`ɛvədənt]	*adj.* 明顯的 (obvious, clear, apparent, seeming)
evidence	[`ɛvədəns]	*n.* 證據 (proof)
evidently	[`ɛvədəntlɪ]	*adv.* 明顯地 (obviously, clearly, apparently, seemingly)

 秒殺解字 e(=ex=out)+vid(see)+ent → 「外」面很容易「看」到,是「明顯的」。

| envy | [`ɛnvɪ] | *v./n.* 羨慕;嫉妒 |
| envious | [`ɛnvɪəs] | *adj.* 羨慕的;嫉妒的 (jealous) |

秒殺解字 en(in, upon)+vy(see) → 盯著別人身「上」的東西「看」,表示「羨慕」、想要擁有。

延伸補充
1. envy + sb. + sth. 羨慕某人某事　　　　　　2. be envious/jealous of 感到羨慕、嫉妒的

wise	[waɪz]	*adj.* 明智的 (sensible);有智慧的 →「看」見細節,「知道」審慎明辨,表示「有智慧的」。
wisdom	[`wɪzdəm]	*n.* 智慧;明智;知識
wizard	[`wɪzəd]	*n.* 男巫 → wise 和 ard 的混合字。「巫師」有智慧和魔力,能預「見」未來。
wit	[wɪt]	*n.* 機智、風趣 → 和 vis, vid 同源,v/w 對應,d/t/z/s/ʒ 轉音,母音通轉。
witty	[`wɪtɪ]	*adj.* 富於機智的;詼諧的
wittily	[`wɪtɪlɪ]	*adv.* 機智地
witness	[`wɪtnɪs]	*n.* 證人;目擊者 →「看」到事件發生。
		v. 目擊

源源不絕學更多 vista (n. 美景)、audiovisual (adj. 視聽的)、envisage (v. 想像)、envision (n. 想像)、likewise (adv. 同樣地)、otherwise (adv. 否則)、clockwise (adj./adv. 順時針方向)。

310　vig, veg = wake, lively 醒來,有活力的

🎧 Track 310

神之捷徑 可用表示「醒來」、「叫醒」的 wake 當神隊友,v/w 對應,g/k/dʒ 轉音,母音通轉,來記憶 vig, veg,皆表示「醒來」、「醒著的」,「醒來」之後體力最好,就不是死氣沉沉,表示「有活力的」。

wake	[wek]	*v.* 醒來;叫醒 **三態** wake/woke/woken
awake	[ə`wek]	*adj.* 醒著的
		v. 醒來、叫醒 (wake up) **三態** awake/awoke/awoken
awaken	[ə`wekən]	*v.* 叫醒 (wake up);使覺醒
watch	[wɑtʃ]	*v.* 看;注意 → 和 wake 同源,k/tʃ 轉音,母音通轉。
		n. 錶;看守;警戒

延伸補充
1. watch/look out = be careful = beware 注意;小心
2. watch your tongue/language/mouth = watch what you say 說話注意點
3. watch your weight/what you eat 注意你的體重 / 你所吃的東西

witch	[wɪtʃ]	*n.*	女巫
wicked	[`wɪkɪd]	*adj.*	壞的；邪惡的 (evil)

> 源來如此 **witch** 和 **wake** 同源，k/tʃ 轉音，母音通轉，據説「女巫」有「喚醒」死者的能力。

vigor	[`vɪgɚ]	*n.*	精力、活力 (energy, vitality)
vigorous	[`vɪgərəs]	*adj.*	激烈的；精力充沛的；健壯的
vegetable	[`vɛdʒətəb!]	*n.*	蔬菜；植物人 →「蔬菜」生長生機盎然，充滿「活力」。
vegetation	[ˌvɛdʒə`teʃən]	*n.*	植物總稱
vegetarian	[ˌvɛdʒə`tɛrɪən]	*n.*	素食主義者 (**veg**an)
		adj.	素食的

311 　vine = wine（葡萄）酒，葡萄藤

🎧 Track 311

> 神之捷徑　可用 **wine** 來當神隊友，v/w 對應，母音通轉，來記憶 **vine**。**wine** 現今的意思是「酒」，**vine** 是「葡萄藤」，兩者系出同源，是「雙飾詞」（doublet），原始意思皆是「酒」。

wine	[waɪn]	*n.*	葡萄酒；酒
vine	[vaɪn]	*n.*	藤、藤蔓
vineyard	[`vɪnjɚd]	*n.*	葡萄園
vinegar	[`vɪnɪgɚ]	*n.*	醋

> 🖋 秒殺解字 vine(wine)+egar(=ac=sour) →「酸酒」，發酵過後的「酒」放太久，會變「酸」而成「醋」。

312 　viv, vita = live, life 活，生命

🎧 Track 312

> 神之捷徑　**viv, vita** 同源，母音通轉，皆表示「活」、「生命」。

vivid	[`vɪvɪd]	*adj.*	清楚的 (≠ vague)、生動逼真的 (lifelike)；鮮明的 (bright, lively)

> 🖋 秒殺解字 viv(live)+id → 栩栩如「生」的。

sur**vive**	[sɚ`vaɪv]	*v.*	倖存；生還；殘留
sur**viv**or	[sɚ`vaɪvɚ]	*n.*	倖存者；生還者
sur**viv**al	[sɚ`vaɪv!]	*n.*	生存

> 🖋 秒殺解字 sur(=super=over)+viv(live)+e →「活」在某事「之上」，表示「倖存」、「生還」。

re**vive**	[rɪ`vaɪv]	*v.*	使復甦、復活；重振
re**viv**al	[rɪ`vaɪv!]	*n.*	復甦；復活；重振

> 🖋 秒殺解字 re(again)+viv(live)+e → 使「再」「活」過來，表示「復甦」。

vital	[`vaɪt!]	*adj.* 極重要、不可缺的 (crucial, important, essential, necessary, indispensable)；生命的；充滿活力的 (energetic)
vitality	[vaɪ`tælətɪ]	*n.* 活力 (energy, vigor)

延伸補充
1. be vital to 非常重要的　　　　　　　　2. vital signs 生命跡象

vitamin	[`vaɪtəmɪn]	*n.* 維他命；維生素
multi**vita**min	[ˌmʌltə`vaɪtəmɪn]	*n.* 綜合維他命

🖋 **秒殺解字** vita(life)+amin → 維他「命」、維「生」素，是維持「生命」的重要養分。multivitamin 是「綜合維他命」，multi 表示「許多」（many）。

延伸補充
1. vitamin pills/supplements 維他命丸/補充品　　　　2. take vitamins 服用維他命

源源不絕學更多 viable (adj. 可實施的)。

313　voc, vok = voice, call 聲音，呼叫

🎧 Track 313

神之捷徑 可用 voice 來當神隊友，**母音通轉**，來記憶 voc, vok，皆表示**「聲音」、「呼叫」**。

voice	[vɔɪs]	*n.* 聲音 *v.* 發表 (express)
vocabulary	[və`kæbjəˌlɛrɪ]	*n.* 字彙 → 每個「字彙」都能唸出「聲音」。
vocal	[`vok!]	*adj.* 聲音的；直言不諱的 (outspoken) *n.* 演唱聲音

vocation	[vo`keʃən]	*n.* 職業、使命、志業 (calling)
vocational	[vo`keʃən!]	*adj.* 職業的

🖋 **秒殺解字** voc(call)+ation → 等於 calling，表示**「職業」、「使命」、「志業」**，原指人的工作是神**「呼叫」**分派的，通常帶有使命感，1553 年開始指**「個人的職業或工作」**。

字辨 va**c**ation 是**「假期」**，vac 表示**「空」**（empty），放假時人們通常是空閒著，不需上班、上課。

延伸補充
1. vocational school 職業學校　　　　　　2. vocational training 職業訓練

ad**voc**ate	[`ædvəkɪt]	*n.* 擁護者 (supporter)
	[`ædvəˌket]	*v.* 提倡、擁護 (support)

🖋 **秒殺解字** ad(to)+voc(call)+ate → 公開「發聲」支持某議題或某人。

con**vok**e	[kən`vok]	*v.* 召集開會

🖋 **秒殺解字** con(together)+vok(call)+e → 「呼叫」大家「一起」來開會。

e**vok**e	[ɪ`vok]	*v.* 喚起；引起

🖋 **秒殺解字** e(=ex=out)+vok(call)+e → 本義召「喚」「出來」。

| provoke | [prə`vok] | v. 煽動、激起 (stir up, incite)；激怒 |
| provocation | [ˌprɑvə`keʃən] | n. 激怒；挑釁 |

秒殺解字 pro(forward)+vok(call)+e → 「上前」「叫囂」，煽動大家的情緒。

revoke	[rɪ`vok]	v. 撤銷、廢除
revocation	[ˌrɛvə`keʃən]	n. 撤銷、廢除
irrevocable	[ɪ`rɛvəkəb!]	adj. 不可改變的 → ir 表示「不」（not）、「相反」（opposite）。

秒殺解字 re(back)+vok(call)+e → 「叫」「回來」，引申為「撤銷」、「廢除」法令或協議。

| vouch | [vautʃ] | v. 擔保、保證；作證 |
| voucher | [`vautʃə] | n. 抵用券；證明 |

秒殺解字 vouch(=voc=call, summon) → 大聲「呼叫」擔保其真實或品質。

延伸補充
1. can vouch for that 可以作證　　　　　　　2. consumer voucher 消費券

314　vol, volunt = will 意志，意願

🎧 Track 314

神之捷徑 可用 **will** 當神隊友，**v/w 對應**，**母音通轉**，來記憶 **vol, volunt**，表示「**意志**」、「**意願**」。

will	[wɪl]	aux. 將；願
		v. 用意志力；立遺囑
		n. 意志；遺囑

willing	[`wɪlɪŋ]	adj. 願意的、樂意的
willingly	[`wɪlɪŋlɪ]	adv. 願意地
unwilling	[ʌn`wɪlɪŋ]	adj. 不願意的 (reluctant ≠ willing)
unwillingly	[ʌn`wɪlɪŋlɪ]	adv. 不願意地 (reluctantly ≠ willingly)

延伸補充
1. be willing + to V 自願……　　　　　　2. be unwilling/reluctant + to V 不情願、不願意……
3. willing helper/volunteer 自願幫忙者

voluntary	[`vɑlənˌtɛrɪ]	adj. 自願 (≠ involuntary, compulsory, mandatory)
volunteer	[ˌvɑlən`tɪr]	n. 義工
		v. 自願做……

延伸補充
1. voluntary work/service 義務工作 / 服務　　　2. volunteer + to V 自願……

welcome	[`wɛlkəm]	v. 歡迎、迎接 (greet)；欣然接受
		adj. 受歡迎的
		n. 歡迎、迎接
		int. 歡迎

秒殺解字 wel(will)+come(come) → 「希望」您的「到來」，表示「歡迎」。1907 年 You're welcome. 開始被作為回答對方道謝時用的客套語，表示「別客氣」。

源源不絕學更多 benevolent (adj. 仁慈的)。

315 volv, volu = roll, turn 旋轉，滾動

 神之
捷徑 volv, volu 同源，**u/v 對應**，皆表示**「旋轉」**、**「滾動」**。volv, volu 普遍存在動詞 🎧 Track 315
和名詞間的對應，如 revolve, revolution，不妨用 **Volvo**（富豪汽車）當神隊友，
來幫助記憶。

evolve	[ɪ`vɑlv]	v. 逐漸演變、發展 (develop)；進化
evolution	[ˌɛvə`luʃən]	n. 發展；演變；進化
evolutionary [ˌɛvə`luʃənˌɛrɪ]		adj. 進化的

🖋 秒殺解字 e(=ex=out)+volv(roll)+e → 「轉」「出來」。

延伸補充
1. evolve from/into 由……逐漸演變而來 / 逐漸演變為……
2. theory of evolution 進化論

involve	[ɪn`vɑlv]	v. 牽涉；參與；包含
involved	[ɪn`vɑlvd]	adj. 有關的；牽扯在內的；複雜的 (complicated)
involvement	[ɪn`vɑlvmənt]	n. 參與 (participation)

🖋 秒殺解字 in(in)+volv(roll)+e → 「捲」入某事「內」。

延伸補充
1. involve + Ving 包含、意味著　　　　2. involve + sb. + in + Ving/N 使某人牽扯、介入……
3. be/get involved in = participate in = take part in 涉及、參與……
4. get involved with + sb. 與某人有來往

revolve	[rɪ`vɑlv]	v. 旋轉、圍繞、循環 (turn, rotate, spin, turn around)
revolving	[rɪ`vɑlvɪŋ]	adj. 旋轉的；輪轉式的
revolution	[ˌrɛvə`luʃən]	n. 革命；旋轉、圍繞
revolutionary [ˌrɛvə`luʃənˌɛrɪ]		adj. 革命的、革命性的
revolutionize [ˌrɛvə`luʃənˌaɪz]		v. 突破性大變革
revolt	[rɪ`volt]	v. 反叛、造反 (rebel)；使噁心 (disgust)
		n. 反叛、造反 (rebellion)
revolting	[rɪ`voltɪŋ]	adj. 令人噁心的、討厭的 (disgusting)

🖋 秒殺解字 re(back)+volv(roll)+e → 「轉」「回去」。

延伸補充
1. revolve around + sb./sth.（重心）圍繞著　　　　2. revolving door 旋轉門

| volume | [`vɑljəm] | n. 音量；量；容量；書籍 |

🖋 秒殺解字 volu(roll, turn)+me → 古羅馬時的書是寫在羊皮紙卷上，書籍似卷軸般「捲」起。隨著印刷機
的發明，紙頁裝訂成冊的書開始取代卷軸式的書，語意衍生為「量」、「容量」。此外，音量最早是由
一個可「轉動」的旋鈕來調控的，語意再衍生為「音量」。

源源不絕學更多 **walk** (v./n. 走)、**wallet** (n. 錢包)、**waltz** (n. 華爾滋舞、舞曲)。

316　vote = vow, promise, wish
誓言，承諾，願望

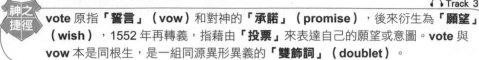

🎧 Track 316

神之捷徑 **vote** 原指**「誓言」**（**vow**）和對神的**「承諾」**（**promise**），後來衍生為**「願望」**（**wish**），1552 年再轉義，指藉由**「投票」**來表達自己的願望或意圖。**vote** 與 **vow** 本是同根生，是一組同源異形異義的**「雙飾詞」**（**doublet**）。

vote	[vot]	*v./n.* 投票、表決
vow	[vaʊ]	*n.* 誓言 (promise, oath)
		v. 發誓 (promise, swear)

字辨 **veto** [`vito] (v./n. 否決) 的拼字和 vote 十分相似，因此很多人認為它們是同源字，其實不然。**veto** 源自拉丁語，表示「我不准」（I forbid），原為古羅馬護民官否決元老院議案的用語。

---

devote	[dɪ`vot]	*v.* 奉獻、致力於 (dedicate)
devoted	[dɪ`votɪd]	*adj.* 摯愛、忠實的；投入的 (dedicated)
devotion	[dɪ`voʃən]	*n.* 摯愛；忠誠；投入 (dedication)

🖋 **秒殺解字** de(away)+vote(vow) → 藉由「發誓」來表達自己願意犧牲付「出」。

延伸補充

1. devote + sb's time/energy/attention to + N/Ving 專心致力於……
2. dedicate/devote + oneself + to + N/Ving = be dedicated/devoted to + N/Ving 專心致力於、獻身於……

Part II
字首

本章節共收錄 53 個字首。字首加接在字根（字幹）之前，除了添加字根（字幹）否定、反義、貶低、程度、向背、方位、時序、數量等語意，也有轉化詞性的功能。

★ 因各家手機系統不同，若無法直接掃描，仍可以電腦連結 https://reurl.cc/r0R0r 雲端下載收聽

Part II 字首篇

001   a = on 在上（中），處於……狀態

🎧 Track 317

a 表示「**在……上（中）**」、「**處於……狀態**」；**a** 也另有介系詞 **of** 的語義，表示「**出自**」(from)；**a** 也用以「**加強語氣**」。

aboard　[ə`bord]　*prep./adv.* 在船、飛機、火車上；上船、飛機、火車 (on board)

🪶（秒殺解字）a(on)+board(board) →「在」船、飛機、火車的地「板」「上」，或者「上」船、飛機、火車。

源來如此 **board** (n. 木板；板 v. 上船、飛機、火車；住校)、**border** (n. 邊界) 極可能同源，核心語意是「**邊**」（**border, edge, side, margin**）。**board** 原指船的「**邊**」。相關同源字還有 black**board** (n. 黑板)、bill**board** (n. 大型廣告牌)、card**board** (n. 硬紙板)、chess**board** (n. 棋盤)、cup**board** (n. 櫥櫃)、key**board** (n. 鍵盤)、notice**board** (n. 公告欄)、score**board** (n. 記分板)、white**board** (n. 白板)。

延伸補充
1. All aboard! 請上船、車、飛機！　　　　2. Welcome aboard! 歡迎上船！

abroad　[ə`brɔd]　*adv.* 在國外、到國外 (overseas)

🪶（秒殺解字）a(on)+broad(broad, wide) →「在」「廣闊」土地「上」，引申為「在國外」。

延伸補充
1. live/work/study abroad 到國外生活 / 工作 / 讀書　　2. go abroad on business 因公出國
3. at home and abroad 國內外

ahead　[ə`hɛd]　*adv.* 在前 (≠ behind)；向前；預先 (in advance)

🪶（秒殺解字）a(on)+head(front) →「在」「前頭」。

alike　[ə`laɪk]　*adj.* 相似的 (similar)
　　　　　　　　　　　adv. 相似地 (in a similar way)

🪶（秒殺解字）a(on)+like(like) → 人、事、物「處於」「相似」的「狀態」。

延伸補充
1. look/sound alike 看 / 聽起來很像
2. A and B be/look alike/similar = A be/look like B = A be/look similar to B　A 和 B 很像

alive　[ə`laɪv]　*adj.* 活著的；有活力的

🪶（秒殺解字）a(on)+live(life) →「處於」「活著」的「狀態」。

延伸補充
1. keep + sb. + alive 使某人維持生命　　　　2. stay alive 維持生命

among　[ə`mʌŋ]　*prep.* 在……之中、在……之間

🪶（秒殺解字）a(on)+mong(mingle) → 本義「混合」「在」群眾「中」，指在「三者或以上數量的人或物之間」。

源來如此 **among** (prep. 在……之中)、**mingle** [`mɪŋɡ!] (v. 混合) 同源，**母音通轉**，核心語意是「**mingle**」（混合）。

asleep　[ə`slip]　*adj.* 睡著的 (≠ awake)

延伸補充
1. be fast/sound asleep = be sleeping deeply 睡得很熟　2. fall asleep 睡著

amaze	[ə`mez]	*v.* 使驚奇 (surprise, astonish, astound)
amazing	[ə`mezɪŋ]	*adj.* 使人驚奇的 (surprising, astonishing, astounding, wonderful)
amazed	[ə`mezd]	*adj.* 感到驚奇的 (surprised, astonished, astounded)
amazement	[ə`mezmənt]	*n.* 驚奇 (surprise, astonishment)

秒殺解字 a(intensive prefix)+maze(confuse) → 本義「處於」「困惑」的「狀態」，但可用 maze 的另一語意「迷宮」來巧記，在迷宮中找不到路會使人「困惑」，發現出路也令人感到「驚奇」。

延伸補充
1. be amazed/astonished/astounded/surprised at/by 對……感到驚訝的
2. in/with amazement/astonishment/surprise 驚奇地
3. to + sb's amazement/astonishment/surprise = to the amazement/astonishment/surprise of + sb. 使某人吃驚的是

| arouse | [ə`raʊz] | *v.* 引起、喚起 (excite) |

秒殺解字 a(on)+rouse(rouse) → 「處於」「喚起……」的「狀態」。

延伸補充
1. arouse interest/expectations/curiosity 引起興趣 / 期望 / 好奇心
2. arouse anger/fear/suspicion/hostility 引起憤怒 / 害怕 / 懷疑 / 敵意

| arise | [ə`raɪz] | *v.* 發生 (happen, occur, take place, come about)；出現 **三態** arise/arose/arisen |

秒殺解字 a(of)+rise(rise) → 「從……」「上升」，表示「發生」。

源來如此 arise (v. 發生)、rise [raɪz] (v./n. 上升)、raise [rez] (v. 舉起；提高；募捐；養育；種植) 同源，**母音通轉**，核心語意都是**「上升」**（rise）。

延伸補充
1. arise from/out of 由……發生、出現
2. B arise/result from A = A result in/cause/lead to/bring about/give rise to/contribute to B A引起B（A=原因；B=結果）

| ashamed | [ə`ʃemd] | *adj.* 羞愧的、難為情的 (humiliated) |

秒殺解字 a(intensive prefix)+shame+ed → 「處於」「羞愧」的「狀態」。

002　ab, abs = away, off, from 離開，從

🎧 Track 318

神之捷徑 ab, abs 通常用以黏接來自拉丁或法文的單字或字根。進一步來看，abs 通常用以黏接 c, q, t 開頭的單字或字根；ab 通常用以黏接其他子音及母音開頭的單字或字根；ab 在 m, p, v 前常縮減為 a。可用 off 當神隊友，**b/f 轉音**，**母音通轉**，來記憶 ab, abs，表示**「離開」**，衍生意思有**「從」**、**「加強語氣」**等，apo 是變形字首之一。

| off | [ɔf] | *prep./adv.* 離開 |
| abnormal | [æb`nɔrml] | *adj.* 異常的 (≠ normal) |

秒殺解字 ab(away, off)+norm(rule)+al → 偏「離」「正常」的狀態。

| absent | [`æbsn̩t] | *adj.* 缺席的 (≠ present) |
| absence | [`æbsn̩s] | *n.* 缺席 (≠ presence) |

秒殺解字 ab(away, off)+s(=ess=be)+ent → 「離開」現場，不「存在」，表示「缺席的」。

| **ab**sorb | [əb`sɔrb] | *v.* 吸收；理解；使全神貫注於 |
| **ab**sorption | [əb`sɔrpʃən] | *n.* 吸收；全神貫注 |

秒殺解字 ab(away, off)+sorb(suck up) → 「吸取」使之「離開」。

abstract	[`æbstrækt]	*adj.* 抽象的 (≠ concrete)；理論的 (theoretical)
		n. 抽象派作品；摘要
	[æb`strækt]	*v.* 抽出；摘要
abstraction	[æb`strækʃən]	*n.* 抽象

秒殺解字 abs(away, off)+tract(drag, draw) → 「拉」「離」現實是「抽象的」。

| **ab**use | [ə`bjuz] | *v.* 虐待 (mistreat)；濫用 (misuse)；辱罵 (insult) |
| | [ə`bjus] | *n.* 虐待；濫用 (misuse) |

秒殺解字 ab(away, off)+use(use) → 偏「離」正當「用途」，衍生出「濫用」、「虐待」等意思。

abduct	[æb`dʌkt]	*v.* 綁架 (kidnap)
abduction	[æb`dʌkʃən]	*n.* 綁架 (kidnap, kidnapping)
abductor	[æb`dʌktɚ]	*n.* 綁架者 (kidnapper)

秒殺解字 ab(away, off)+duct(lead, tow) → 把人「拉」「走」，表示「綁架」。

| **ab**surd | [əb`sɝd] | *adj.* 荒謬的、可笑的 (ridiculous, stupid) |

秒殺解字 ab(intensive prefix)+surd(deaf, stupid) → 本義「耳聾」、「很笨」，引申為「荒謬的」。

advance	[əd`væns]	*v.* 前進；發展、升級 (develop, improve, progress)；預付
		n. 發展、進步 (development, improvement, progress)；預付
		adj. 事先的
advanced	[əd`vænst]	*adj.* 先進的；高級的
advancement	[əd`vænsmənt]	*n.* 進步 (development, improvement, progress)；晉升 (promotion)

秒殺解字 adv(=av=ab=from)+ance(=ante=before) → 「從……」「前面」出來，引申為「前進」、「升級」，這個字是源自於古法文的 avancir，可上溯到拉丁文的 abante，此處的 ab 進到古法文中轉音成 av，b/v 轉音，約 16 世紀時，當時的人誤以為單字開頭的 av 是源自 ad，故在 av 中加了 d 字母。此處的 adv 是 ab 的變體，但來源撲朔迷離，讀者不必細究。

字辨 各個學科可分為 **elementary/basic** (adj. 初級的)、**intermediate** (adj. 中級的)、**advanced** (adj. 高級或進階的)，如：**advanced** learners of English 或 **advanced** physics。

延伸補充
1. in advance = beforehand 事先；預先　　　　2. in advance of + sth. 在……之前、在……前面
3. technological/scientific/medical advances 科技 / 科學 / 醫藥發展
4. advance payment/notice 預付款 / 事先通知　　5. advance planning/warning 事先計畫 / 警告
6. advance reservation/booking 預訂
7. advanced country = developed country/nation 已開發先進國家

advantage [əd`væntɪdʒ] *n.* 優勢；有利條件 (≠ dis**adv**antage)

advantageous [͵ædvən`tedʒəs] *adj.* 有利的；有助益的 (≠ dis**adv**antageous)

advantaged [͵əd`væntɪdʒd] *adj.* 社經背景高的 (≠ dis**adv**antaged)

🖋 **秒殺解字** adv(av=ab=from)+ant(=ante=before)+age →「從……」「前面」出來，表示佔有先機、「優勢」。

延伸補充
> 1. take advantage of + sb./sth. 利用……；佔……的便宜
> 2. give + sb. + an advantage over…… 使某人比……更有優勢

ebb [ɛb] *n./v.* 退潮 → 海水退去、「離開」。

apology [ə`pɑlədʒɪ] *n.* 道歉

apologize [ə`pɑlə͵dʒaɪz] *v.* 道歉

🖋 **秒殺解字** apo(off, away)+log(speech)+y → 把「話」說「開」「認錯」。

源來如此 **off** (prep. 離開)、**ebb** (v./n. 退潮)、**apology** (v. 道歉) 可一起記憶，**b/p/f 轉音，母音通轉**，核心語意都是「**離開**」（ away, off)。

apostle [ə`pɑs!] *n.* 基督的十二門徒；宣導者

🖋 **秒殺解字** apo(off, away)+stle(send) → 等同 send away，指被耶穌「差遣」「離開」的「十二門徒」，出去傳播福音，後來 apostle 不再侷限於宗教，變成某一特定信仰或運動的「宣導者」。

源源不絕學更多 **ab**olish (v. 廢除)、**ab**origine (n. 原住民)、**ab**ortion (n. 墮胎)、**ab**solute (adj. 完全的；絕對的)、**ab**undant (adj. 豐富的)、**a**vert (v. 避開)、**a**version (n. 嫌惡)。

003　ad = to, near 向……（方向），到，接近

🎧 Track 319

 ad 是一個常用字首，表示「**向……（方向）**」、「**往……（方向）**」、「**到**」、「**接近**」，有時純粹表示「**加強語氣**」，有時甚至沒有添加任何語意。**ad** 常黏接**母音**及 **d, h, j, m, v** 開頭的字根；**ad** 黏接 **c, k, q(u), f, g, l, n, p, r, s, t** 等為首的字根時，為了發音順暢，**ad** 轉變成 **ac, af, ag, al, an, ap, ar, as, at**，產生「**後位同化**」（ **regressive assimilation** ）；**ad** 黏接部分字根，為了讓發音順暢，**d** 會直接省去，而不採「同化」的手法，如：源自拉丁文的 **abandon** 是由 **ad** 和 **bannum** 所組成，ad 碰到 bannum，d 字母省略。另外，**ad** 黏接 **sc, sp** 開頭的字根時，如：**scend, spect** 時，**d** 也常省略，如：**ascend, aspect**。值得注意的是，凡有規則必有例外，像 **avenue, amuse** 等就不適用上述規則。

adapt [ə`dæpt] *v.* 使適應 (**adj**ust, **ac**custom)；修改 (modify)；改編

adaptation [͵ædæp`teʃən] *n.* 適應 (**adj**ustment)；改編

🖋 **秒殺解字** ad(to)+apt(fit) → 寫成最「合適」的版本。

adopt [ə`dɑpt] *v.* 採用；收養；移居（某國）

adoption [ə`dɑpʃən] *n.* 採用；收養

🖋 **秒殺解字** ad(to)+opt(choose) →「採用」、「收養」皆是經過「選擇」。

adore [əˋdor] *v.* 熱愛、非常喜歡 (love)
adorable [əˋdorəb!] *adj.* 可愛的、討人喜歡的

🖋️ 秒殺解字 ad(to)+or(speak, pray)+e → 「向……」「說」好聽的話或「禱告」，表示非常「喜愛」。

英文老師也會錯 坊間書籍和網路常認為 adore 和表示「口頭的」、「口腔的」的 oral 同源，但 oral 的 or 表示「嘴巴」（mouth），兩者來源不同。

延伸補充
| 1. adore + Ving 熱愛 | 2. absolutely/simply/quite/very adorable 可愛極了 |

adorn [əˋdorn] *v.* 裝飾 (decorate, ornament)
adornment [əˋdornmənt] *n.* 裝飾；裝飾品 (decoration, ornament)

🖋️ 秒殺解字 ad(to)+orn(order) → 「去」排列整齊使之井然有「序」，引申為「裝飾」。

abbreviate [əˋbrivɪˌet] *v.* 縮寫 (shorten)
abbreviation [əˌbrivɪˋeʃən] *n.* 縮寫

🖋️ 秒殺解字 ab(=ad=to)+brev(brief)+i+ate → 「使」「簡短」，表示「縮寫」，例如 Kg 是代表 kilogram，Dr 是代表 Doctor；另一種狀況是由多個單字的第一個字母所形成的組合，例如 IT 是代表 Information Technology。

accuse [əˋkjuz] *v.* 控告；指控
accusation [ˌækjəˋzeʃən] *n.* 控告；指控
accused [əˋkjuzd] *n.* 被告 (the accused)

🖋️ 秒殺解字 ac(=ad=to)+cus(cause)+e → 「指控」他人之前要先找到「原因」。

achieve [əˋtʃiv] *v.* 達成、實現 (accomplish)
achievement [əˋtʃivmənt] *n.* 成就；完成 (accomplishment)

🖋️ 秒殺解字 a(=ad=to)+chiev(=chief=capt=head)+e → 本義是「到」「頭」了，可解讀為「到終點」，表示「達成」、「實現」。

acknowledge [əkˋnɑlɪdʒ] *v.* 承認 (admit, accept)；認可 (recognize)；表示感謝
acknowledgement [əkˋnɑlɪdʒmənt] *n.* 承認；認可；感謝；確認通知

🖋️ 秒殺解字 ac(=ad=to)+know(know)+ledge → 本義指「去」「知道」或「了解」，後指「認可」。

acquire [əˋkwaɪr] *v.* 獲得 (get, gain, obtain)；學到
acquisition [ˌækwəˋzɪʃən] *n.* 獲得；學到；收購

🖋️ 秒殺解字 ac(=ad=to)+quir(ask, seek)+e → 「尋求」的目的是為了「獲得」。

afford [əˋford] *v.* 買得起；有時間做
affordable [əˋfordəb!] *adj.* 付得起的、買得起的

🖋️ 秒殺解字 af(=ad=to)+ford(=forth=forward=carry out) → 能「帶」「往前」，引申為「買得起」、「有時間做」。

延伸補充
| 1. can/could afford + N/to V 買得起 | 2. cannot/can't/couldn't afford + N/to V 買不起 |

aggression [əˋgrɛʃən] *n.* 攻擊、侵略
aggressive [əˋgrɛsɪv] *adj.* 攻擊性的、挑釁的；進取的

🖋️ 秒殺解字 ag(=ad=to)+gress(go, step)+ion → 「朝」某方向「走」。

allocate [`æləˌket] *v.* 分配、配給

allocation [ˌæləˈkeʃən] *n.* 分配、配給

allow [əˈlaʊ] *v.* 允許；許可 (permit)

allowance [əˈlaʊəns] *n.* 零用錢 (pocket money)；津貼；允許額

🖋 **秒殺解字** al(=ad=to)+loc(place)+ate → 將物品「置」於某「地方」。

amount [əˈmaʊnt] *v.* 總計；相當於
n. 數量

🖋 **秒殺解字** a(=ad=to)+mount(mountain) → 字面意思是「到」「山邊」，後指「上升」。當「總計」時，數量會「上升」。

▎**延伸補充**
1. a + adj. + amount of + N = adj. + amounts of + N 許多……
2. amount to + sth. 總計達……；相當於……；產生……結果

annoy [əˈnɔɪ] *v.* 惹惱、使生氣 (irritate)

annoying [əˈnɔɪɪŋ] *adj.* 令人討厭的、惱人的 (irritating)

annoyed [əˈnɔɪd] *adj.* 感到惱怒的 (irritated, angry)

annoyance [əˈnɔɪəns] *n.* 惱怒 (irritation)；煩惱

🖋 **秒殺解字** an(=ad=to)+noy(hate) → 「使」人「厭惡」。

▎**延伸補充**
1. be annoyed at/with + sb. 對……感到惱怒的　　2. be annoyed about/by + sth. 對……感到惱怒的
3. to + sb's annoyance 使某人惱怒的

appoint [əˈpɔɪnt] *v.* 任命、指派；安排

appointment [əˈpɔɪntmənt] *n.* 約會；任命、指派

appointee [əˌpɔɪnˈti] *n.* 被任命者、被指派者 → ee 表示「被……者」。

🖋 **秒殺解字** ap(=ad=to)+point(point) → 將人派到某個「點」上。

approach [əˈprotʃ] *v.* 接近、靠近；處理 (deal with)；交涉、要求
n. 方法 (method)；接近、靠近

approachable [əˈprotʃəb!] *adj.* 友善的、易親近的 (friendly ≠ unapproachable)

approximate [əˈprɑksɪmət] *adj.* 大約的 (rough ≠ exact)
　　　　　　　[əˈprɑksɪmet] *v.* 接近、近似

approximately [əˈprɑksɪmətlɪ] *adv.* 大約地 (about, around, roughly)

approximation [əˌprɑksɪˈmeʃən] *n.* 粗略估計 (estimate)

🖋 **秒殺解字** ap(=ad=to)+proach, proxim(near) → approach 是「往……」「靠近」。approximate 也是「往……」「靠近」，所以是「大約的」。

arrive [əˈraɪv] *v.* 到達 (≠ depart)；到來 (come)

arrival [əˈraɪv!] *n.* 到達 (≠ departure)；到來、出現 (coming, **ad**vent)

🖋 **秒殺解字** ar(=ad=to)+riv(shore)+e → 本指「到達」「河岸」邊，也就是「上陸」，後來語意改變，不限於河運，藉由各種交通工具抵達某地，皆可使用 arrive。

▎**源來如此** ar**rive** (v. 到達)、**river** [ˈrɪvə] (n. 河) 同源，**母音通轉**，核心語意是「河岸」(shore)。

▎**延伸補充**
1. arrive + at/in + 地 = get to + 地 = reach + 地 到達某地 2. on arrival 到達時

aspect 　　　[`æspɛkt] 　　　*n.* 方面

> (秒殺解字) a(=ad=to)+spect(look) →「看」事情的角度。

ascend 　　　[ə`sɛnd] 　　　*v.* 往上爬 (climb/go up ≠ descend)；上升 (≠ descend)

ascent 　　　[ə`sɛnt] 　　　*n.* 登高 (≠ descent)；上坡 (≠ descent)；權位提高 (rise ≠ fall)

> (秒殺解字) a(=ad=to)+scend(climb) →「爬」上去，表示「登高」、「上升」等意思。

assist 　　　[ə`sɪst] 　　　*v.* 幫助、協助
assistance 　　[ə`sɪstəns] 　　*n.* 幫助、協助
assistant 　　[ə`sɪstənt] 　　*n.* 助手
　　　　　　　　　　　　　　　adj. 助理的

> (秒殺解字) as(=ad=to)+sist(stand) →「站」在旁邊，就是要「幫忙」。

attract 　　　[ə`trækt] 　　　*v.* 吸引；引起
attraction 　　[ə`trækʃən] 　　*n.* 吸引；有吸引力的事物
attractive 　　[ə`træktɪv] 　　*adj.* 有吸引力的；迷人的 (charming)

> (秒殺解字) at(=ad=to)+tract(drag, draw) →「拉」住某人注意力。

abandon 　　　[ə`bændən] 　　　*v.* 丟棄；遺棄；離棄 (leave)

> (秒殺解字) a(=ad=to)+bandon(power, jurisdiction) → bandon 和表示「禁令」的 ban 有關，而 ban 本指領主在自己的土地上擁有管轄權，可要求或「禁止」人們做什麼。abandon 字面意思就是「使自己處於某人的力量或管轄之下」，形同「丟棄」自己的權利或義務。

abet 　　　[ə`bɛt] 　　　*v.* 協助做壞事、夥同作案
aid 　　　[ed] 　　　*v.* 幫助、援助 (help, **as**sist)
　　　　　　　　　　　　n. 幫助、援助 (help, **as**sistance)

> (秒殺解字) a(=ad=to)+bet(bait) →「給誘餌」，bet 即 bait，放誘餌通常是引誘動物上勾，引誘通常是偷偷摸摸，不夠光明正大，引申出「協助做壞事」、「夥同作案」。**aid, abet** 兩字都有「**協助**」的意思，**aid** 是指「**一般正向意思的協助**」，但 **abet** 則常使用在「**有關犯罪活動上的協助**」。有趣的是，**aid and abet** 表示「**協助做壞事**」、「**夥同作案**」，兩個和「協助」有關的 a 開頭字放在一起，形成了一個簡潔有力、清楚易懂的片語。

> **源來如此** bite [baɪt] (v./n. 咬)、**bait** [bet] (n. 誘餌)、**bitter** [`bɪtə] (adj. 苦的)、**abet** (v. 協助做壞事) 同源，**母音通轉**，核心語意是「**咬**」(bite)。「**誘餌**」(bait) 是引誘動物上鉤，讓動物「**咬**」(bite) 的餌，後果卻是「**苦的**」(bitter)。

> **延伸補充**
> 1. aid + sb.+ in/with + N/Ving 幫助某人某事　　2. come to + sb's aid/assistance 幫助某人
> 3. humanitarian/emergency aid 人道 / 緊急援助　　4. aid and abet 協助做壞事、夥同作案

alarm 　　　[ə`lɑrm] 　　　*n.* 警報器；驚慌、擔憂
　　　　　　　　　　　　　　v. 使人驚慌、擔憂
alarming 　　[ə`lɑrmɪŋ] 　　*adj.* 使人驚慌的、擔憂的
alarmed 　　[ə`lɑrmd] 　　*adj.* 感到驚慌的、擔憂的 (worried, frightened)

> (秒殺解字) al(=ad=to)+arm(weapons) → 源自義大利語，在戰時警覺到危險，士兵會說 to arms，意思是拿起武器備戰，因此 alarm 有「警報器」、「驚慌」等意思。

amuse	[ə`mjuz]	*v.* 使發笑、開心；使娛樂 (entertain)
amusing	[ə`mjuzɪŋ]	*adj.* 有趣的、好玩的 (entertaining, funny)
amused	[ə`mjuzd]	*adj.* 感到開心的；被逗樂的
amusement	[ə`mjuzmənt]	*n.* 娛樂；樂趣

🖋 秒殺解字 a(=ad=to)+muse(muse, ponder, stare fixedly) → 使人「沉思」、「望著發呆」，轉移人們注意力，引申「使人發笑」。

| available | [ə`veləb!] | *adj.* 可用的、可得或買到的 (≠ unavailable)；有空的 (free) |
| availability | [əˌveləˈbɪlətɪ] | *n.* 可獲得性 |

🖋 秒殺解字 a(=ad=to)+vail(strong, worth)+able → 本義「值得的」，引申為「可用的」。

| avenue | [`ævəˌnju] | *n.* 大街；大道 |

🖋 秒殺解字 a(=ad=to)+ven(come)+ue → 本義「來」「去」某地，所需經過的「大街」、「大道」。

源源不絕學更多 abate (v. 減輕、減弱)、adequate (adj. 足夠的)、add (v. 增加)、addict (n. 成癮者)、address (n./v. 演講)、adhere (v. 黏著)、adjust (v. 適應；調整)、administer (v. 管理)、admire (v. 欽佩)、admit (v. 承認；准許)、adult (n. 成人)、adventure (n. 冒險)、adverse (adj. 不利的)、advertise (v. 登廣告)、advise (v. 建議)、advocate (n. 擁護者)、accept (v. 接受)、accent (n. 口音；重音)、access (n. 進入)、acclaim (v./n. 稱讚)、accident (n. 意外)、accommodate (v. 容納；能提供；使適應)、accompany (v. 伴隨)、accomplish (v. 完成)、accord (v. 使一致)、account (n. 帳戶)、accurate (adj. 精確的)、accustom (v. 適應)、acquaintance (n. 相識的人)、affair (n. 事務)、affect (v. 影響)、affirm (v. 斷言)、affluent (adj. 富裕的)、agree (v. 同意)、alleviate (v. 緩和)、ally (v. 結盟)、announce (v. 宣布)、apart (adv./adj. 分離)、apparatus (n. 設備)、appeal (v. 呼籲；吸引)、appear (v. 出現；似乎)、appease (v. 安撫)、appendix (n. 附錄)、appetite (n. 食慾)、applaud (v. 鼓掌)、apply (v. 塗；應用；申請)、appreciate (v. 感激；增值)、apprehend (v. 逮捕)、appropriate (adj. 適合的)、approve (v. 批准)、arrange (v. 安排；佈置)、arrest (v./n. 逮捕)、ascribe (v. 歸因於)、aspire (v. 渴望)、assemble (v. 聚集)、assent (v./n. 同意)、assess (v. 評價)、assignment (n. 作業)、associate (v. 聯想)、assault (v./n. 攻擊)、assert (v. 聲稱)、assort (v. 分類)、assume (v. 認為)、assure (v. 使放心)、attach (v. 繫上、附上)、attack (v./n. 攻擊)、attain (v. 達成)、attempt (v./n. 努力嘗試)、attend (v. 出席)、attribute (v. 歸因)、avenge (v. 報仇)。

004　al = all 全部

🎧 Track 320

 al 表示「全部」。

| always | [`ɔlwez] | *adv.* 總是 |

🖋 秒殺解字 al(all)+ways(way) → 字面上的意思是「一路上」（all the way），屬於空間概念，轉換到時間概念上，表示「一直」、「總是」。

| almost | [`ɔlˌmost] | *adv.* 幾乎 (nearly) |

🖋 秒殺解字 al(all)+most(mostly) → 「全部」中的「大部分」，引申為「幾乎」。

| alone | [ə`lon] | *adj.* 獨自的；孤單的 (lonely)；只有 |
| | | *adv.* 獨自地 (by oneself, on one's own) |

🖋 秒殺解字 al(all)+one(one) → 「全部」只有「一」人，表示「獨自的」。

延伸補充
1. leave/let + sth. + alone 對……原封不動、不要碰…… 　2. leave/let + sb. + alone 讓……清靜、避免打擾……

altogether [ˌɔltə`gɛðɚ] _adv._ 完全 (completely)；總共 (in all)；總之 (all in all)

秒殺解字 al(all)+together(to gather) →「全」「聚集」在「一起」。

源來如此 gather [`gæðɚ] (v. 聚集)、together (adv. 一起)、altogether (adv. 完全) 同源，**母音通轉**，核心語意是**「聚集」（gather）**。

almighty [ɔl`maɪtɪ] _adj._ 全能的 (powerful)

秒殺解字 al(all)+mighty(powerful) →「全部」都「強有力的」。

源源不絕學更多 already (adv. 已經)、although (conj. 雖然)。

005　ambi, amphi = around, both 到處，雙

🎧 Track 321

 ambi, amphi，b/f 轉音，**母音通轉**，皆表示**「到處」、「雙」**。

ambition [æm`bɪʃən] _n._ 雄心、野心、抱負 (aspiration)
ambitious [æm`bɪʃəs] _adj._ 有雄心的、野心的

秒殺解字 amb(=ambi=around)+it(go)+ion → 原指「四處」「去」拜票，後演變為「抱負」。

ambiguous [æm`bɪgjʊəs] _adj._ 含糊不清的、模稜兩可的 (≠ un**amb**iguous)
ambiguity [ˌæmbɪ`gjuətɪ] _n._ 含糊不清、模稜兩可

秒殺解字 amb(=ambi=around, both)+ig(=ag=drive)+u+ous → 整天「到處」「開車」**「浪流連」（ wander, go about, go around ）**，就像一個浪子永遠不知道要回頭，不知道人生目的是什麼，引申為「含糊不清的」、「模稜兩可的」。

ambulance [`æmbjələns] _n._ 救護車

秒殺解字 amb(=ambi=around)+ul(go)+ance →「到處」「去」救人。

ambassador [æm`bæsədɚ] _n._ 大使 → 代表政府在國外「到處」「做事」的人。
embassy [`ɛmbəsɪ] _n._ 大使館 → 和 **amb**assador 同源，**母音通轉**。

amphibious [æm`fɪbɪəs] _adj._ 兩棲類的
amphibian [æm`fɪbɪən] _n._ 兩棲動物

秒殺解字 amphi(both)+bio(life)+ous → 海、陸「兩」處都可「生活」的。

006 ante, anti = before 之前

🎧 Track 322

 神之捷徑 可用 **end** 當神隊友，**d/t 轉音**，**母音通轉**，來記憶 ante, anti，表示「**在……之前**」。end 意思是「**結束**」，但古義是「**在……之前**」、「**相對**」，而「**結束**」的概念正是建立在某個時間點「**之前**」。儘管 **ante** 在單字中的拼寫常有變化，但都保留 **an** 字母。我們常看到的 a.m. 是 **ante** meridiem，表示「正午」（midday, noon）「**之前**」，即「**上午**」。此外，**ante** 的反義字首為 **post**，表示「**在……之後**」（**after**）。

antecedent	[͵æntə`sidənt]	*n.* 前事；祖先 (**an**cestor ≠ descendant)
ancestor	[`ænsɛstɚ]	*n.* 祖先 (forefather, forebear ≠ descendant) → an = ante。

🗡 **秒殺解字** ante(before)+ced(go)+ent → 「走」在「前」，表示「前事」或「祖先」。

- - - - - - -

ancient	[`enʃənt]	*adj.* 古代的 (≠ modern)；古老的 (≠ new) *n.* 古希臘、羅馬時期的人

- - - - - - -

anterior	[æn`tɪrɪɚ]	*adj.* 先前的、較早的 (≠ posterior)

- - - - - - -

anticipate	[æn`tɪsə͵pet]	*v.* 預期、期望 (expect)
anticipation	[æn͵tɪsə`peʃən]	*n.* 預期、期望 (expectation)

🗡 **秒殺解字** anti(=ante=before)+cip(take)+ate → 在事「前」「拿」，表示「預期」、「期望」。

- - - - - - -

antique	[æn`tik]	*n.* 古董 *adj.* 古董的

🗡 **秒殺解字** anti(=ante=before)+que(appearance) → 很早「之前」「出現」的東西。

- - - - - - -

answer	[`ænsɚ]	*n.* 答覆 (reply, response)；答案；解決辦法 (solution) *v.* 答覆 (reply)；回答；回應 (respond)

🗡 **秒殺解字** an(=ante=before)+swer(swear) → 在他人面「前」「發誓」藉以回應指控，後語意變寬，指「答覆」。

源來如此 answer (n./v. 答覆)、**swear** [swɛr] (v. 發誓；咒罵) 同源，**母音通轉**，核心語意是「**發誓**」（**swear**）。

源源不絕學更多 along (prep. 沿著 adv. 向前；一起)、ad**van**ce (v./n. 前進；發展)、ad**vant**age (n. 優勢；有利條件)。

007 anti = against, opposite
相反，反對，對抗

🎧 Track 323

anti 和上一個單元的字首同源，可用 **end** 當神隊友，**d/t 轉音**，**母音通轉**，來幫助記憶，表示「**相反**」、「**反對**」、「**對抗**」。end 現今意思是「**結束**」，古義是「**在……之前**」、「**相對**」，anti 保留「**相對**」這個古義，而「**反對**」某事件也表示想要將之「**結束**」。anti 黏接母音為首的字幹時，為避免母音相鄰，anti 的 i 字母會省略，如：**ant**onym。此外，**anti** 的反義字首為 **pro**，表示「**支持**」、「**贊成**」（favor）。

anti-American [ˌæntɪəˋmɛrɪkən] *adj.* 反美的

antinuclear [ˌæntɪˋnuklɪə˞] *adj.* 反核的

antibody [ˋæntɪˌbɑdɪ] *n.* 抗體

antibiotic [ˌæntɪbaɪˋɑtɪk] *n.* 抗生素

秒殺解字 anti(against)+bio(life)+tic →「對抗」某種「生命」，表示可殺死細菌的化學物質。

anticancer [ˌæntɪˋkænsə˞] *adj.* 抗癌的

anti-euthanasia [ˌæntɪˌjuθəˋneʒɪə] *adj.* 反安樂死的 → eu 表示「好的」（good），thanas 表示「死亡」（death）。

antifreeze [ˋæntɪˌfriz] *n.* 防凍劑

源來如此 freeze [friz] (v. 結冰；冷藏)、**frozen** [ˋfrozn] (adj. 冷凍的；結冰的)、**frost** [frɑst] (n. 霜 v. 結霜) 同源，z/s **轉音**，**母音通轉**，核心語意都是「**結凍**」（freeze）。

anti-globalization [ˌæntɪˋgloblˌəzeʃən] *n.* 反全球化

antisocial [ˌæntɪˋsoʃəl] *adj.* 反社會的；不愛交際的 (≠ sociable)

秒殺解字 anti(against, opposite)+social →「反對」「社會的」。

anti-war [ˋæntɪˋwɔr] *adj.* 反戰的

源來如此 war (n. 戰爭)、**warrior** [ˋwɔrɪə˞] (n. 勇士)、**warfare** [ˋwɔrˌfɛr] (n. 戰爭方法)、pre**war** (adj. 戰前的)、post**war** (adj. 戰後的) 同源，核心語意都是「**戰爭**」（war）。

延伸補充
1. anti-war protest/demonstration/campaign = peace movement 反戰示威
2. anti-war/peace protester/demonstrator/campaigner = pacifist 反戰示威者

antipathy [ænˋtɪpəθɪ] *n.* 反感、憎惡

antipathetic [ænˌtɪpəˋθɛtɪk] *adj.* 引起反感的、敵對的 (hostile)

秒殺解字 anti(against, opposite)+path(feeling)+y →「相反」「感覺」，即「反感」。

antidote [ˋæntɪˌdot] *n.* 解毒劑；緩解方法

秒殺解字 anti(against)+dot(give)+e →「給」「對抗」毒物之解藥，表示「解毒劑」。

Antarctic [ænˋtɑrktɪk] *n.* 南極地區
adj. 南極的

Antarctica [ænˋtɑrktɪkə] *n.* 南極洲

秒殺解字 anti(opposite)+arctic(north) →「相對」於「北極」。

antonym [ˋæntəˌnɪm] *n.* 反義字 (≠ synonym) → onym 表示「名字」（name）。

008 auto = self 自己的

🎧 Track 324

神之捷徑 auto 表示「自己的」。

| auto | [`ɔto] | *n.* 汽車 (car) |
| automobile | [`ɔtəmə,bɪl] | *n.* 汽車 (auto, car) |

秒殺解字 auto(self)+mob(move)+ile → 「車子」「自己」會「動」。

| autograph | [`ɔtə,græf] | *n./v.* 親筆簽名 |

秒殺解字 auto(self)+graph(write) → 「寫」下「自己的」名字。

| autobiography [,ɔtəbaɪ`ɑgrəfɪ] | *n.* 自傳 |

秒殺解字 auto(self)+bio(life)+graph(write)+y → 「寫」下「自己的」「生命」、「生活」。

automatic	[,ɔtə`mætɪk]	*adj.* 自動的 (≠ manual)
automatically	[,ɔtə`mætɪk!ɪ]	*adv.* 自動地
automated	[`ɔtəmetɪd]	*adj.* 自動的

秒殺解字 auto(self)+mat(mind, think)+ic → 「自己」會「思考」，就是「自動的」。

延伸補充
1. automated teller machine = ATM = cashpoint 自動提款機
2. automatic door/pilot 自動門 / 自動駕駛儀

| autonomous | [ɔ`tanəməs] | *adj.* 自治的；獨立的 (independent) |
| autonomy | [ɔ`tanəmɪ] | *n.* 自治、自治權；獨立 (independence) |

秒殺解字 auto(self)+nom(law)+ous → 有「自己的」「法律」，表示能「自治的」、「獨立的」區域或國家。

| authentic | [ɔ`θɛntɪk] | *adj.* 正宗的、真實的、真正的 (genuine) |

秒殺解字 aut(=auto=self)+hentic(doer, being) → 「自己的」「行為人」，按自己的意願去做事，所以是「真實的」、「真正的」。

009　bene, bon = good, well 好

🎧 Track 325

神之捷徑 bene, bon 同源，**母音通轉**，皆表示**「好」**（good, well），其反義字首為 **mal**，表示**「壞的」**（bad）。今日法文中看到的 **bon** jour，即表示**「早安」**（good morning）、**「日安」**（good day）。而英文中也有幾個以 **bon** 為首的片語，最常見的的是 **bon** voyage，表示**「旅途愉快」**；**bon** appétit 表示**「祝你好胃口」**，appétit 就是 appetite。

benefit	[`bɛnəfɪt]	*n.* 好處 *v.* 獲益；有益於
beneficial	[ˌbɛnəˈfɪʃəl]	*adj.* 有幫助的 (useful, helpful ≠ detrimental)

🪶**秒殺解字** bene(good, well)+fit(do, make) → do + sb.+ good，就是給人帶來「好處」。

benefaction	[ˌbɛnəˈfækʃən]	*n.* 行善、捐助
benefactor	[`bɛnəˌfæktɚ]	*n.* 捐助者、恩人
beneficiary	[ˌbɛnəˈfɪʃɪˌɛrɪ]	*n.* 受惠者；受益人

🪶**秒殺解字** bene(good, well)+fact(do, make)+ion → 拿出錢「做」「好」事。

bonus	[`bonəs]	*n.* 獎金；紅利 → 當你表現「好」，給你額外的「好」處。

源源不絕學更多 **bene**diction (n. 向上帝祈福)、**ben**ign (adj. 親切的)、**bene**volent (adj. 仁慈的；慷慨的)、**bon** appétit (int. 祝你好胃口)、**bon** voyage (int. 旅途愉快)。

010　cata = down 下，向下

🎧 Track 326

神之捷徑 cata 表示**「下」**、**「向下」**。

catalogue/**cata**log [`kætəlɔg] *n.* 目錄

🪶**秒殺解字** cata(down, completely)+log(speak) → 一路「完整地」「說」「下來」，意指「清單」、「目錄」。

category [`kætəˌgorɪ] *n.* 分類；類別；種類

🪶**秒殺解字** cate(=cata=down, against)+gory(=agora=gathering) → 本義「聚集」在一起罵人以示「反對」，1660 年才有「類別」的意思。

cathedral [kəˈθidrəl] *n.* 大教堂

🪶**秒殺解字** cat(=cata=down)+hedra(sit, seat)+al → 本指「坐」「下」，後指主教所坐的「椅子」，代指「大教堂」。**hedra** 就是 **sit**，字母 h/s 對應，母音通轉。

011 cent, centi = hundred, one hundredth
百，百分之一

🎧 Track 327

神之捷徑 **c 在拉丁文裡發 k 的音**。可用 **hund**red 當神隊友，**k/h**，**d/t 轉音**，**母音通轉**，來記憶 **cent, centi**，表示「**百**」，亦有「**百分之一**」的意思。

| hundred | [`hʌndrəd] | *n.* 一百 |

延伸補充
1. three/four/five hundred 三 / 四 / 五百
2. hundreds/thousands/millions/billions + of + Ns 數以百 / 千 / 百萬 / 十億計的……；許多的

| cent | [sɛnt] | *n.* 分 → 一元（dollar）有「一百」分。 |
| century | [`sɛntʃʊrɪ] | *n.* 世紀 → 一世紀等於「一百」年。 |

字辨 decade 是「**十年**」，millennium 是「**千年**」。

percent	[pɚ`sɛnt]	*n.* 百分比
		adj./adv. 百分之……的（地）
percentage	[pɚ`sɛntɪdʒ]	*n.* 百分比；比例

秒殺解字 per+cent(hundred) →「每一」「百」，表示「百分比」。

| centimeter | [`sɛntə,mitɚ] | *n.* 公分 (cm) |

秒殺解字 centi(one hundredth)+meter →「百分之一」「公尺」，meter 表示「公尺」。1 cm = 0.01 meters。

| centipede | [`sɛntə,pid] | *n.* 蜈蚣 |

秒殺解字 centi(hundred)+ped(foot)+e →「蜈蚣」是「百」「足」之蟲。

| Centigrade | [`sɛntə,gred] | *n.* 攝氏 (Celsius) |
| | | *adj.* 攝氏的 |

秒殺解字 Centi(hundred)+grade(walk, go, step) → 本指「一百」等分，一「階」一「階」往上可跑到一百度。

012　com, co, con, col, cor = together, with 共同，一起

com 表示「共同」、「一起」，有時用來「**加強語氣**」。com 黏接**母音**及 **h, w, gn** 為首的字根時，會縮減為 **co**，如：**co**exist, **co**habitation, **co**worker, **co**gnition；com 黏接 **l** 為首的字根時，會同化為 **col**，如：**col**lect, **col**lide；com 黏接 **r** 為首的字根時，會同化為 **cor**，如：**cor**rect, **cor**rode；com 黏接 **c, d, g, j, n, q, s, t, v** 為首的字根時，會變成 **con**，如：**con**cede, **con**duct, **con**gress, **con**jecture, **con**nect, **con**quer, **con**scious, **con**tain, **con**vert；con 另有 **coun** 這個變體，如：**coun**cil。值得留意的是，因為 **con** 使用的情況較多，很多人誤以為 **con** 是原始的形式，認為 **com** 是其變體，事實恰好相反，**com** 才是最原始形式，源自拉丁文的 **cum**，後面常接雙唇音 **b, p** 及唇齒音 **f** 為首的字根。

coeducation [ˌkoɛdʒʊˈkeʃən] *n.* 男女合校制
coeducational [ˌkoɛdʒʊˈkeʃən!] *adj.* 男女合校的
coed [koˈɛd] *adj.* 男女合校的

🔖秒殺解字 co(together)+e(=ex=out)+duc(lead, tow)+ation → 「教育」的真諦是「引導」「出來」，激發學生潛能。「男女合校」是指男女生在「一起」受「教育」。

- -

coexist [ˌkoɪgˈzɪst] *v.* 共存
coexistence [ˌkoɪgˈzɪstəns] *n.* 共存

🔖秒殺解字 co(together)+ex(out)+sist(stand) → 能「站」在「外面」，表示「存在」；「一起」「存在」，表示「共存」。

- -

cooperate [koˈɑpəˌret] *v.* 合作 (**col**laborate, work together)
cooperation [koˌɑpəˈreʃən] *n.* 合作
cooperative [koˈɑpəˌrətɪv] *adj.* 樂意合作的 (helpful ≠ un**co**operative)

🔖秒殺解字 co(together)+oper(work)+ate → 「一起」「工作」。

- -

compete [kəmˈpit] *v.* 競爭 (**con**test, **con**tend)
competition [ˌkɑmpəˈtɪʃən] *n.* 競爭；比賽 (**con**test)
competitor [kəmˈpɛtətə] *n.* 競爭者 (rival)；競賽者 (**con**testant)
competitive [kəmˈpɛtətɪv] *adj.* 競爭的；有競爭力的
competitiveness [kəmˈpɛtətɪvnɪs] *n.* 競爭力
competent [ˈkɑmpətənt] *adj.* 有能力的 (able, capable ≠ in**com**petent)
competence [ˈkɑmpətəns] *n.* 能力 (ability, capability, capacity ≠ in**com**petence)

🔖秒殺解字 com(together)+pet(go, seek)+e → 大家「一起」「去」「競逐」目標。

- -

contest [kənˈtɛst] *v.* 競爭、比賽 (**com**pete)
[ˈkɑntɛst] *n.* 競爭、比賽 (**com**petition)
contestant [kənˈtɛstənt] *n.* 參加競賽者 (**com**petitor)

🔖秒殺解字 con(together)+test(testify, witness) → 「比賽」之前請證人來作「證明」。

conflict [`kɑnflɪkt] *n.* 衝突；戰爭；牴觸

[kən`flɪkt] *v.* 衝突；牴觸

秒殺解字 con(together)+flict(strike) → 「一起」「打」，表示「衝突」。

延伸補充
1. armed/military/violent conflict 武裝 / 軍事 / 暴力衝突　　2. resolve the conflict 解決衝突
3. be in conflict with 與……衝突；與……相互牴觸　　4. conflict with 與……相互牴觸

confront [kən`frʌnt] *v.* 面對；對抗

秒殺解字 con(together)+front(forehead) → 「前額」碰在「一起」，引申為「面對」。

延伸補充
1. be confronted with 遭逢　　　　　　　　　2. confront + sb's problems 勇敢地面對問題

connect [kə`nɛkt] *v.* 連結；接通 (≠ disconnect)；把……聯繫起來

connected [kə`nɛktɪd] *adj.* 接通的；有關係的 (associated, related, linked)

connection [kə`nɛkʃən] *n.* 連結；關係 (association, relation, link)

秒殺解字 con(together)+nect(tie) → 「綁」在「一起」。

源來如此 **net** (n. 網；網路)、con**nect** (v. 連結) 同源，核心語意都是「**綁**」(**tie**)。相關同源字還有 **net**work (n. 網路、網狀系統)、inter**net** (n. 網路)。

延伸補充
1. connect A to/with B　把 A 與 B 連接
2. A be connected/associated with + B = A be related to B = A be linked with/to B = A have/be something to do with B
　= A be bound up with B = A go hand in hand with B = A and B go hand in hand　A 與 B 有關聯

consult [kən`sʌlt] *v.* 諮詢、請教；查閱；商量

consultant [kən`sʌltənt] *n.* 顧問、諮詢者 (adviser, **coun**selor)

consultation [ˌkɑnsəl`teʃən] *n.* 諮詢、請教；諮詢會

秒殺解字 con(together)+sult(take) → 「一起」「拿取」建議，表示「諮詢」、「查閱」、「商量」。

英文老師也會錯 坊間書籍和網路常犯一個錯誤，把 consult 和 result、insult 歸類在一起，而事實上它們並不同源。

延伸補充
1. consult + sb. + about + sth. 向某人請教……　　2. consult with + sb. 向某人商議、請教
3. consult a doctor/lawyer 看醫生 / 請教律師　　　4. consult a dictionary/map 查字典 / 地圖

collapse [kə`læps] *v./n.* 倒塌；崩潰；累倒；暴跌；失敗

秒殺解字 col(together)+lapse(fall) → 「一起」「滑落」。

collect [kə`lɛkt] *v.* 收集；聚集 (gather)；收帳；募款

collection [kə`lɛkʃən] *n.* 收集；收藏品；募款

collector [kə`lɛktə] *n.* 收藏家；收款員

collective [kə`lɛktɪv] *adj.* 集合的、共同的

秒殺解字 col(together)+lect(gather) → 把東西給「聚集」在「一起」。

college [`kɑlɪdʒ] *n.* 大學 (university)；學院

colleague [`kɑlig] *n.* 同事 (**co**-worker, associate)

秒殺解字 col(together)+leg(choose)+e → 被「選」來「一起」讀「大學」。

collide   [kə`laɪd]   _v._ 碰撞、相撞 (hit)；意見衝突

collision   [kə`lɪʒən]   _n._ 碰撞、相撞；意見衝突

🔖**秒殺解字** col(together)+lide(strike, injure by striking) →「碰撞」在「一起」。

correct   [kə`rɛkt]   _v._ 改正；糾正
    adj. 正確的 (right ≠ in**cor**rect)

🔖**秒殺解字** cor(intensive prefix)+rect(straight) → 本義拉「直」，引申為「改正」。

cohort   [`kohɔrt]   _n._ 同夥者、黨羽；有共同點（常指年齡或社會地位）的一群人

court   [kort]   _n._ 法庭；球場；宮廷
    _v._ 獻殷勤、取悅；招惹

courteous   [`kɝtɪəs]   _adj._ 謙恭有禮貌的 (polite, well-mannered ≠ dis**co**urteous, rude, impolite)

courtesy   [`kɝtəsɪ]   _n._ 謙恭有禮 (politeness, good manners ≠ dis**co**urtesy)；謙恭有禮的言辭
    adj. 免費接駁的；禮貌性的

🔖**秒殺解字** co(together)+hort(garden) →「一起」在「花園」，原指「被包圍的空間」，古羅馬軍隊的單位，因為花園是一個被圍牆所保護的空間，裡面有許多隨從，而 1944 年後，cohort 開始有「同年齡一群人」之意，1952 年後，衍生出「同夥者」、「黨羽」的意思。court 源自 cohort，原指「圍起來的花園」、「祕密的花園」，阻隔了外人，只有獲得許可的人才能進入。後來衍生為「宮廷」，甚至發展出「法庭」、「球場」的意思。宮廷有諸多禮儀，因此 courteous 表示「有禮貌的」，discourteous 表示「不禮貌的」，dis 表示「相反」（opposite）。

> **源來如此** garden [`gɑrdn̩] (n. 花園)、yard [jɑrd] (n. 花園)、orchard [`ɔrtʃəd] (n. 果園)、**hort**iculture [`hɔrtɪˌkʌltʃə] (n. 園藝學；園藝)、co**hort** (n. 同夥者)、kinder**garten** [`kɪndəˌgɑrtn̩] (n. 幼兒園) 同源，g/h/tʃ/j 轉音，母音通轉，核心語意都是「包圍」（enclosure）、「花園」（garden）。garden 和 yard 都是「圍起來的花園」。

> **延伸補充**
> 1. tennis/basketball court 網球 / 籃球場   2. have the courtesy/good manners + to V 懂得……的禮貌
> 3. courtesy bus/taxi/car 免費接駁車   4. courtesy visit/call 禮貌性拜訪

council   [`kaʊns!]   _n._ 議會

councilor   [`kaʊns!ə]   _n._ 議員

counsel   [`kaʊns!]   _n._ 律師；忠告 (advice)
    _v._ 忠告 (advise)；商議

counselor   [`kaʊns!ə]   _n._ 輔導人員、顧問

re**con**cile   [`rɛkənˌsaɪl]   _v._ 和解；調解、使一致

🔖**秒殺解字** coun(=con=com=together)+cil, sel(shout) →「一起」「大聲說出」意見就是「議會」、「商議」。reconcile, council 同源，母音通轉，reconcile 表示「和解」，為了達到和解目的，「再次」（re=again）於「議會」（council）協商。

源源不絕學更多 coincide (v. 同時發生)、coordinate (v. 協調)、cognition (n. 認知；知識)、cognitive (adj. 認知的；認識的)、constrain (v. 強迫)、combine (v. 結合)、combat (v./n. 對抗)、comfort (v./n. 安慰)、command (v./n. 命令)、commemorate (v. 紀念)、comment (v./n. 評論)、commerce (n. 商業)、commit (v. 犯；承諾去做)、commodity (n. 商品)、commute (v. 通勤)、compact (n. 協議)、company (n. 公司；同伴)、compare (v. 比較)、compass (n. 指南針)、compassion (n. 同情)、compel (v. 強迫)、compensate (v. 補償)、complacent (adj. 自滿的)、complete (adj. 完全的)、compliment (v./n. 恭維)、comply (v. 遵守)、complicate (v. 使複雜)、complex (adj. 複雜的)、compose (v. 組成)、comprehend (v. 理解)、compromise (v./n. 妥協)、compute (v. 計算)、conceal (v. 隱藏)、concede (v. 承認)、concentrate (v. 集中)、concept (n. 概念)、concert (n. 音樂會)、concern (v./n. 關心)、concord (n. 一致)、concise (adj. 簡潔的)、conclude (v. 結論；結束)、concrete (adj. 具體的)、concur (v. 同意；同時發生)、condemn (v. 責難)、condition (n. 情況)、conduct (v. 進行)、conference (n. 正式會議)、confess (v. 承認)、confidence (n. 信心)、confine (v. 限制)、confirm (v. 確認)、conform (v. 遵守)、confuse (v. 使困惑)、congested (adj. 擁擠的)、congratulate (v. 恭賀)、congregate (v. 聚集)、congress (n. 集會)、conjunction (n. 結合)、conquer (v. 征服)、conscience (n. 良心)、conscious (adj. 有意識到的)、consent (v./n. 同意)、consequence (n. 結果)、consecutive (adj. 連續的)、conserve (v. 保存；節約)、consider (v. 視為；考慮)、consist (v. 包含；在於)、conspire (v. 同謀)、constant (adj. 不斷的；不變的)、constitute (v. 構成)、construct (v. 建造)、consume (v. 消耗；消費)、contact (v./n. 接觸；聯絡)、contain (v. 包含)、content (n. 內容)、continue (v. 持續)、continent (n. 大陸)、contend (v. 爭奪)、contemporary (adj. 同時代的)、context (n. 上下文；背景)、contract (n. 契約)、contribute (v. 貢獻)、conventional (adj. 慣例的)、converse (v. 交談)、convert (v. 轉變)、conviction (n. 堅信；定罪)、convince (v. 使相信)、convey (v. 傳達；運送)、convoke (v. 召集開會)、collaborate (v. 合作)、colloquial (adj. 口語的)、correspond (v. 一致；通信)、corrupt (adj. 貪污的)、corrode (v. 腐蝕)。

013　contra, counter = against, opposite 對抗的，相反的

🎧 Track 329

神之捷徑 字首 **contra** 是源自拉丁文介系詞和副詞 **contra**，可用 **counter** 當神隊友，**母音通轉**，來記憶 **contra**，皆表示「**對抗的**」、「**對立的**」、「**相反的**」。**counter** 源自 **contra**，經由法文進到英語，成為一個常見字首，但和表示「櫃台」、「計數器」的 counter 並不同源。

counter	[ˋkaʊntɚ]	*v./n.* 反擊
		adj. 相反的、對立的
		adv. 相反地
encounter	[ɪnˋkaʊntɚ]	*v./n.* 遭遇；巧遇、邂逅

秒殺解字 en(in)+counter(against) → 從「相反的」方向進「入」，表示沒有經過事先安排，「遭遇」一些問題或反對，或者「不期而遇」，或者「初次見面」。

counterclockwise [ˌkaʊntɚˋklɑkˌwaɪz] *adj.* 逆時針方向的 (≠ clockwise)

counteract [ˌkaʊntɚˋækt] *v.* 對……起反作用、抵消

秒殺解字 counter(against)+act(do) → 「做」「反對」的事。

contrary　　　[ˋkɑntrɛrɪ]　　*n.* 相反、相反事物；反面
　　　　　　　　　　　　　　　　　adj. 相反的、對立的
　　　　　　　　　　　　　　　　　adv. 相反地

延伸補充
1. on/quite the contrary 相反地、正相反　　　　2. contrary to popular belief/opinion 與大多數人的看法不同

contrast　　　[kənˋtræst]　　*v.* 使對比、對照
　　　　　　　　　[ˋkɑnˏtræst]　　*n.* 對比、對照；差異

秒殺解字　contra(against)+st(stand) →「站」在「相反」的一方。

controversy　[ˋkɑntrəˏvɝsɪ]　*n.* 爭議、爭論 (argument)
controversial [ˏkɑntrəˋvɝʃəl]　*adj.* 有爭議的、爭論的

秒殺解字　contro(=contra=against)+vers(turn)+y →「轉」過來「反對」而導致「爭議」。

control　　　[kənˋtrol]　　　*v./n.* 控制；支配；克制

秒殺解字　contr(=contra=against)+rol(roll, wheel) →「抵抗」、阻止「滾動」的「輪子」，引申為「控制」。

源源不絕學更多　**counter**attack (n./v. 反擊)、**counter**culture (n. 反主流文化)、**counter**feit (adj. 偽造的 v. 偽造)、**counter**part (n. 作用相同者、相對應者)、**contra**dict (v. 反駁；與……矛盾)、**country** (n. 國家；鄉下)、**country**side (n. 鄉下)。

014　cyber = computer 電腦

🎧 Track 330

神之捷徑　cyber 表示「**電腦**」，取自「模控學」（**cyber**netics）一詞。**cyber**netics 是從希臘字 kubernētēs 衍生而來，原意指「**舵手**」（**steersman**），引申意涵有「**管理者**」，對應到的英文就是 **governor**，可用 **g/k**、**b/v 轉音**，**母音通轉**來記憶。cyber 常用來指「**電腦**」、「**網路**」、「**虛擬實境**」等，常構成複合字，如 **cyber**talk, **cyber**art, **cyber**space。研究者 Nagel 統計自從 1994 年以來，總計有 104 個字是使用 **cyber** 這個字首所構成的。

cybercafé　　[ˋsaɪbɚˏkəˋfe]　*n.* 網咖 (Internet café)

源來如此　coffee [ˋkɔfɪ] (n. 咖啡)、café [kəˋfe] (n. 咖啡廳)、caffeine [ˋkæfin] (n. 咖啡因)、cafeteria [ˏkæfəˋtɪrɪə] (n. 自助餐館) 同源，**母音通轉**，核心語意是「**咖啡**」（coffee）。cafeteria 本指「**咖啡廳**」（café），1890 年代才有「**自助餐館**」的意思。

cyberfraud　　[ˋsaɪbɚˏfrɔd]　　*n.* 網路詐騙

源來如此　fraud (n. 詐騙)、**frus**trate [ˋfrʌsˏtret] (v. 使挫敗)、**frus**tration (n. 挫折)、**frus**trated (adj. 感到挫折的)、**frus**trating (adj. 令人沮喪的) 同源，**d/s 轉音**，**母音通轉**，核心語意都是「**徒勞**」(in vain)、「**錯的**」(in error)。相關同源字還有 de**fraud** (v. 欺騙)。

govern　　　　[ˋgʌvɚn]　　　*v.* 統治 (rule)；支配
government　[ˋgʌvɚnmənt]　*n.* 政府
governor　　　[ˋgʌvɚnɚ]　　　*n.* 州長；統治者

延伸補充
1. governing party 執政黨　　　　2. central/local/federal government 中央 / 地方 / 聯邦政府

源源不絕學更多　**cyber** addict (phr. 網路成癮症患者)、**cyber**shopper (n. 網路購物者)、**cyber**crime (n. 網路、電腦犯罪)、**cyber**widow (n. 電腦寡婦)、**cyber**terrorist (n. 網路恐怖分子)、**cyber**terrorism (n. 網路恐怖主義)、**cyber**war (n. 網戰)、**cyber**warfare (n. 網戰)、**cyber**-warrior (n. 網軍)。

015　de = down, away, off, from
往下，離開，分開，從

🎧 Track 331

 de 表示「**往下**」、「**離開**」、「**分開**」、「**從**」，另有「**完全地**」（completely）、「**在外**」（out）、「**缺乏**」（without）、「**打開**」（undo）等意思。以學習效益來說，只要記憶 **de** 有「**往下**」、「**離開**」、「**分開**」等語意就足夠。值得一提的是，在後期拉丁文中 **dis** 和 **de** 常有混用的狀況，而 **dis** 是較受喜愛的形式（古法文則拼為 **des**），有些含有 **dis** 的字在借入英文後，會調回 **de**，若吻合此狀況，會在秒殺解字特別註記 **de=dis**，**為了好記憶**，把這些單字列在 **de** 的例字內。

debate　[dɪ`bet]　*v./n.* 辯論

🖊 秒殺解字　de(down)+bat(beat)+e → 「辯論」就是要「打」「倒」對方。

depend　[dɪ`pɛnd]　*v.* 依靠、依賴；取決於
dependent　[dɪ`pɛndənt]　*adj.* 依靠的、依賴的 (≠ in**de**pendent)；取決於
dependence　[dɪ`pɛndəns]　*n.* 依靠、依賴 (≠ in**de**pendence)
dependable　[dɪ`pɛndəb!]　*adj.* 可靠的 (reliable)

🖊 秒殺解字　de(down)+pend(hang) → 可在其「下」「懸掛」，表示可以「依靠」。

describe　[dɪ`skraɪb]　*v.* 描寫、形容
description　[dɪ`skrɪpʃən]　*n.* 描寫、形容

🖊 秒殺解字　de(down)+scrib(write)+e → 「寫」「下來」是「描寫」。

despise　[dɪ`spaɪz]　*v.* 輕視、藐視 (look down on)
despite　[dɪ`spaɪt]　*prep.* 儘管 (in spite of)

🖊 秒殺解字　de(down)+spis(look)+e → 往「下」「看」，表示「輕視」。despite 本義也是「輕視」(despise)，後來語意轉變，衍生出「儘管」的意思。當我們說「儘管」的時候，往往隱含「輕忽」的意味，用以駁斥前一個命題或說法。

declare　[dɪ`klɛr]　*v.* 宣布、聲明 (announce, state)；申報
declaration　[͵dɛklə`reʃən]　*n.* 宣布、聲明 (announcement, statement)；申報

🖊 秒殺解字　de(intensive prefix)+clar(clear)+e → 講「清楚」，表示「宣布」、「聲明」。

decrease　[dɪ`kris]　*v.* 減少、減小 (reduce ≠ increase)
　　　　　　　[`dɪkris]　*n.* 減少、減小 (reduction ≠ increase)

🖊 秒殺解字　de(away)+creas(grow)+e → 「成長」「離開」，表示「減少」。

dedicate　[`dɛdə͵ket]　*v.* 奉獻、致力 (**de**vote)；獻給
dedicated　[`dɛdə͵ketɪd]　*adj.* 獻身的、致力的 (**de**voted)
dedication　[͵dɛdə`keʃən]　*n.* 奉獻、致力 (**de**votion)

🖊 秒殺解字　de(away)+dic(say)+ate → 「說」「開」，指推辭其他事情，將時間和心思「奉獻」在某工作上。

delay　[dɪ`le]　*v./n.* 延遲、誤點；延期

🖊 秒殺解字　de(away)+lay(lax=loose) → 本義「鬆」「開」，引申為「延期」。

deny　　　　[dɪ`naɪ]　　　ⓥ 否認、否定；拒絕 (refuse)
denial　　　[dɪ`naɪəl]　　　ⓝ 否認；拒絕

🪶 秒殺解字 de(away)+ny(=neg=not) →「不」允許某對象「離開」，引申為「拒絕」。

deposit　　　[dɪ`pɑzɪt]　　　ⓥ 放下；存放 (≠ withdraw)
　　　　　　　　　　　　　　　ⓝ 定金；押金；存款 (≠ withdrawal)

🪶 秒殺解字 de(away)+pos(put)+it → 把錢「放」在「一旁」，put away 即表示「存款」。

decide　　　[dɪ`saɪd]　　　ⓥ 決定
decision　　[dɪ`sɪʒən]　　　ⓝ 決定；果斷 (≠ in**de**cision)
decisive　　[dɪ`saɪsɪv]　　　adj. 決定性的；果斷的 (≠ in**de**cisive)

🪶 秒殺解字 de(off)+cid(cut)+e →「切割」「開」，做「決定」是要「當機立斷」的。

decline　　　[dɪ`klaɪn]　　　ⓥ 衰退 (**de**crease)；婉拒 (refuse, reject, turn
　　　　　　　　　　　　　　　　　down)；惡化 (**de**teriorate)
　　　　　　　　　　　　　　　ⓝ 減少、衰退 (**de**crease)

🪶 秒殺解字 de(from)+clin(lean, turn, bend)+e →「從」某處開始「傾斜」，滑到較低的位置，表示「衰退」，衍生出「婉拒」幫忙或邀請的意思，而 turn down 也表示「拒絕」，語意和 refuse, reject 有些差異。

derive　　　[dɪ`raɪv]　　　ⓥ 得到；源自、衍生於
derivation　[ˌdɛrə`veʃən]　ⓝ 起源、出處

🪶 秒殺解字 de(from)+riv(stream)+e →「從」「溪流」源頭處流下，表示「得到」，又引申出「源自」、「衍生於」的意思。本書就是仔細探討英文字彙的「起源」（derivation），幫助學習者突破單字記憶瓶頸，鍛鍊思維能力。

> **源來如此** 坊間書籍和網路常犯一個錯誤，把 derive 和 river, arrive 歸類在一起，但事實上它們並不同源。arrive (v. 到達)、river [`rɪvɚ] (n. 河) 同源，**母音通轉**，核心語意是**「河岸」（shore）**。derive (v. 得到、源自)、**riv**al [`raɪv!] (n. 競爭對手 v. 匹敵、比得上)、Rhine [raɪn] (n. 萊茵河)、run [rʌn] (v. 跑) 同源，**母音通轉**，核心語意是**「跑」（run）、「流動」（flow）**，因為河流、溪流都會「跑」和「流動」。rival 本指住在**「小溪」**對面的人，共同使用一條溪，為了爭水產生衝突，後來由鄰居變成**「競爭對手」**；相關同源字還有 **riv**alry [`raɪv!rɪ] (n. 較勁)、un**riv**alled [ʌn`raɪv!d] (adj. 無可匹敵的)。

> **延伸補充**
> 1. derive A from B 從 B 中得到 A　　　　2. derive pleasure/satisfaction/benefit 得到樂趣 / 滿足 / 好處
> 3. derive from = be derived from 源自、衍生於

define　　　[dɪ`faɪn]　　　ⓥ 下定義、解釋
definition　[ˌdɛfə`nɪʃən]　ⓝ 定義
definite　　[`dɛfənɪt]　　adj. 明確的 (clear ≠ in**de**finite)
definitely　[`dɛfənɪtlɪ]　　adv. 明確地；肯定、當然 (certainly)

🪶 秒殺解字 de(completely)+fin(limit, bound)+e →「完全地」立「界線」，引申為「下定義」。

demand　　[dɪ`mænd]　　ⓥ 強烈要求 (require, request)；需要 (need)
　　　　　　　　　　　　　　ⓝ 需求；強烈要求 (request)；需要
demanding　[dɪ`mændɪŋ]　adj. 苛求的；費時費力的

🪶 秒殺解字 de(completely)+mand(order) →「命令」對方「全」照自己意思行事。

desert [ˋdɛzət] *n.* 沙漠；不毛之地

[dɪˋzɝt] *v.* 拋棄、遺棄 (abandon)；擅離職守

deserted [dɪˋzɝtɪd] *adj.* 荒蕪的；被遺棄的

秒殺解字 de(undo)+sert(join) → 「打開」「連結」，表示「拋棄」、「遺棄」。

design [dɪˋzaɪn] *v.* 設計

n. 設計；模式 (pattern)

designer [dɪˋzaɪnə] *n.* 設計者、設計師

designate [ˋdɛzɪɡˏnet] *v.* 指派；表明

adj. 未上任的

designation [ˏdɛzɪɡˋneʃən] *n.* 指定、任命；名稱 (name)、稱號 (title)

秒殺解字 de(out)+sign(mark) → 本義把「記號」畫「出來」，引申為「設計」、「指派」。

despair [dɪˋspɛr] *n.* 絕望 (hopelessness)

v. 絕望 (lose/give up hope, lose heart)

despairing [dɪˋspɛrɪŋ] *adj.* 絕望的

desperate [ˋdɛspərɪt] *adj.* 絕望的 (hopeless, gloomy)；危急的；極渴望的

desperately [ˋdɛspərɪtlɪ] *adv.* 不顧一切地、拼命地；極度地

desperation [ˏdɛspəˋreʃən] *n.* 絕望、走投無路

desperado [ˏdɛspəˋrɑdo] *n.* 亡命之徒 **複數** desperadoes, desperados

秒殺解字 de(without)+spair(=sper=hope) → 「缺乏」「希望」，表示「絕望」。

degrade [dɪˋgred] *v.* 貶低；侮辱……的人格

秒殺解字 de(=dis=down)+grade(walk, go, step) → 本義「往下」「走」。

defame [dɪˋfem] *v.* 誹謗、中傷

秒殺解字 de(=dis=ill)+fam(speak)+e → 「說」「不好」的話，表示「毀損名聲」、「誹謗」。

defeat [dɪˋfit] *n.* 失敗

v. 擊敗 (beat)

秒殺解字 de(=dis=not)+feat(do, make) → 「不」「做」了，表示「失敗」。

develop [dɪˋvɛləp] *v.* 發展；開發；培養；沖印

developing [dɪˋvɛləpɪŋ] *adj.* 發展中的；開發中的

developed [dɪˋvɛləpt] *adj.* 已開發的、先進的

underdeveloped [ˏʌndədɪˋvɛləpt] *adj.* 未開發的；發育不全的

development [dɪˋvɛləpmənt] *n.* 發展；成長

developer [dɪˋvɛləpə] *n.* 開發商；開發者

秒殺解字 de(=dis=undo)+velop(wrap) → 本義「取消」「包裝」，即「打開」，引申為「發展」。

源源不絕學更多 de 表示「往下」（down）的有 deduce (v. 推論)、degree (n. 程度；等級)、denounce (v. 公開指責)、depreciate (v. 貶值)、depress (v. 使沮喪)、descend (v. 下降)、desire (v./ n. 渴望)、destroy (v. 破壞)。de 表示「離開」（away）的有 defect (n. 缺點)、defend (v. 防禦；辯護)、deflate (v. 使洩氣；使通貨緊縮)、deform (v. 變形)、delegate (n. 代表 v. 授權)、deliver (v. 遞送；發表；接生)、depute (v. 委託代理)、detain (v. 留下；使耽擱)、deter (v. 制止、威懾)、devote (v. 奉獻、致力於)。de 表示「分開」（off）的有 decay (v./n. 腐蝕；蛀蝕)、detect (v. 查出)、determine (v. 決定；找出)。de 表示「從」（from）的有 deceive (v. 欺騙)、depart (v. 出發、離開)。de 表示「完全地」（completely）的有 deliberate (adj. 故意的；深思熟慮的 v. 衡量)、demonstrate (v. 示範、證明；示威)、deprive (v. 剝奪)、deserve (v. 應得)、destination (n. 目的地)、destiny (n. 命運)、detail (n. 細節)。

016　deca, dec = ten 十

🎧 Track 332

神之捷徑 可用 **ten** 當神隊友，**d/t 轉音**，**母音通轉**，來記憶 **deca, dec**。**deca** 來自希臘文 **deka**，表示「十」，若後面加接母音，則縮減為 **dec**，而 **deci** 則表示「十分之一」（one tenth），如 **deca**liter 等於 10 liters（10 公升），**deci**liter 等於 0.1 liters（1/10 公升）。

decade	[`dɛked]	*n.* 十年
December	[dɪ`sɛmbɚ]	*n.* 十二月 → 本是羅馬舊曆「十」月，新曆順延兩個月。
decagon	[`dɛkə͵gɑn]	*n.* 十角形、十邊形 → gon 表示「角」（angle）。
decathlon	[dɪ`kæθ͵lɑn]	*n.* 十項全能運動

秒殺解字 deca(ten)+athlon(contest, prize) →「十」項「競賽」，爭奪「獎」項。

源來如此 athlete [`æθlɪt] (n. 運動員)、athletic [æθ`lɛtɪk] (adj. 運動的)、biathlon [baɪ`æθlən] (n. 滑雪和步槍射擊兩項)、triathlon [traɪ`æθlən] (n. 三項全能運動)、pentathlon [pɛn`tæθlən] (n. 五項全能運動) 同源，**母音通轉**，核心語意都是「運動競賽」（contest）、「獎」（prize）。

seven**teen**	[͵sɛvn̩`tin]	*n.* 十七 *adj.* 十七的
seven**ty**	[`sɛvn̩tɪ]	*n.* 七十 *adj.* 七十的

秒殺解字 seven+teen(ten, ten more than) →「七」「加十」，表示「十七」或「十七的」。seven**ty** 是「七」「乘以十」，表示「七十」或「七十的」。

源來如此 September [sɛp`tɛmbɚ] (n. 九月)、seven (n. 七)、seventh (adj. 第七的 n. 七分之一) 同源，可用 **seven** 當神隊友，**p/v 轉音**，來記憶 **sept**，皆表示「七」。September 本是羅馬舊曆的「七」月，新曆延後兩個月，變成九月。

nine**teen**	[͵naɪn`tin]	*n.* 十九 *adj.* 十九的

源來如此 November [no`vɛmbɚ] (n. 十一月)、nine (n. 九)、ninth (adj. 第九的 n. 九分之一) 同源，可用 **nine** 當神隊友，**母音通轉**，來記憶 **novem**，n/v 雖無法轉音，但 **nine** 和 **novem** 同源，皆表示「九」。November 本是羅馬舊曆的「九」月，新曆延後兩個月，變成十一月。

源源不絕學更多 teen (adj. 青少年的 n. 青少年時期)、teenage (adj. 青少年的)、teenager (n. 青少年)。

017 dis, dif, di = not, opposite, apart, away 不，相反，分開，離開

🎧 Track 333

dis 有三大主要意涵。第一，表示**「不」、「沒有」（not）**，如：dishonest；第二，表示**「相反」（opposite）**，如：dislike, discover；第三，表示**「分開」（apart）、「離開」（away）**，如：discount。dis 另有衍生語意，表示**「不同」（differently）、「逐個地」（individually）、「出去」(out)、「旁邊」（aside）、「完全地」（completely）**。**dis** 在黏接 **f** 為首的字根時，因「同化作用」的影響拼寫為 **dif**，如：different；**dis** 在黏接許多有聲子音為首的字根時，常會拼寫為 **di**，如：digress, diligent, direct, divide；**dis** 進到法文中，會拼寫成 **des**，如：dessert；**dis** 在少數情況會縮減為 **s**，如：spend, sport。

dessert　　[dɪˋzɝt]　　*n.* 餐後甜點

🪶秒殺解字 des(=dis=undo)+sert(serve) → 字面的意思是「取消」「服務」，後指正餐吃完後，「清完」餐桌才供應的「餐後甜點」。

- -

dishonest　　[dɪsˋɑnɪst]　　*adj.* 不誠實的 (≠ honest)→ dis 表示「不」（not）。

dishonesty　　[dɪsˋɑnɪstɪ]　　*n.* 不誠實 (≠ honesty)

disbelieve　　[ˏdɪsbəˋliv]　　*v.* 不相信、懷疑 (≠ believe)→ dis 表示「不」（not）。

disbelief　　[ˏdɪsbəˋlif]　　*n.* 不相信、懷疑 (≠ belief)

源來如此 believe [bəˋliv] (v. 相信)、belief [bəˋlif] (n. 相信)、love [lʌv] (v./n 愛)、beloved [bɪˋlʌvɪd] (adj. 親愛的) 同源，f/v 轉音，母音通轉，核心語意是「愛」（love），有「愛」才有會「相信」。

disadvantage [ˏdɪsədˋvæntɪdʒ] *n.* 缺點；不利條件 (≠ advantage)→ dis 表示「不」（not）、「相反」（opposite）。

disadvantageous [ˏdɪsˏædvænˋtedʒəs] *adj.* 不利的 (≠ advantageous)

disadvantaged [ˏdɪsədˋvæntɪdʒd] *adj.* 貧困的；弱勢的

disagree　　[ˏdɪsəˋgri]　　*v.* 不同意；不一致 (≠ agree)→ dis 表示「不」（not）、「相反」（opposite）。

disagreement [ˏdɪsəˋgrimənt] *n.* 不同意；不一致 (≠ agreement)

discomfort　　[dɪsˋkʌmfɚt]　　*n.* 不舒適；不安 (≠ comfort)→ dis 表示「不」（not）、「相反」（opposite）。

disconnect　　[ˏdɪskəˋnɛkt]　　*v.* 切斷；使不連結；分離 (≠ connect)→ dis 表示「不」（not）、「相反」（opposite）。

disconnected [ˏdɪskəˋnɛktɪd] *adj.* 不連貫的、無關的 (unrelated)

disloyal　　[dɪsˋlɔɪəl]　　*adj.* 不忠誠的 (≠ loyal)→ dis 表示「不」（not）、「相反」（opposite）。

disloyalty　　[dɪsˋlɔɪəltɪ]　　*n.* 不忠 (≠ loyalty)

dislike　　[dɪsˋlaɪk]　　*v.* 不喜愛 (≠ like)→ dis 表示「相反」（opposite）。
　　　　　　　　　　　　　　n. 不喜愛 (≠ liking)

distrust　　[dɪsˋtrʌst]　　*v./n.* 不信任 (mistrust ≠ trust)

discover [dɪs`kʌvɚ] *v.* 發現
discovery [dɪs`kʌvərɪ] *n.* 發現

🖋 秒殺解字 dis(opposite)+cover(cover) →「覆蓋」的「相反」動作，表示「揭開」，引申為「發現」。

disable [dɪs`eb!] *v.* 使傷殘、使喪失能力；使無法運作
disability [ˌdɪsə`bɪlətɪ] *n.* 失能；障礙
disabled [dɪs`eb!d] *adj.* 失能的 (handicapped)

🖋 秒殺解字 dis(opposite)+able →「有能力的」的「相反」，表示「使喪失能力」。

disappear [ˌdɪsə`pɪr] *v.* 消失 (vanish, fade <u>away/out</u>, melt away ≠ appear)；失蹤
disappearance [ˌdɪsə`pɪrəns] *n.* 失蹤；滅絕

🖋 秒殺解字 dis(opposite)+appear →「出現」的「相反」動作就是「消失」。

disappoint [ˌdɪsə`pɔɪnt] *v.* 使失望 (let + sb.+ down)；阻礙
disappointing [ˌdɪsə`pɔɪntɪŋ] *adj.* 使人失望的
disappointed [ˌdɪsə`pɔɪntɪd] *adj.* 感到失望的、沮喪的
disappointment [ˌdɪsə`pɔɪntmənt] *n.* 失望；沮喪

🖋 秒殺解字 dis(opposite)+ap(=ad=to)+point(point) →「任命」（appoint）的「相反」動作，表示「罷黜」、「解職」，衍生出「失望」的語意。

discourteous [dɪs`kɝtɪəs] *adj.* 不禮貌的 (rude, impolite, bad-mannered ≠ courteous, polite)
discourtesy [dɪs`kɝtəsɪ] *n.* 無禮 (rudeness ≠ courtesy, politeness)

🖋 秒殺解字 dis(opposite)+court(court)+eous → court 源自 cohort，原指「圍起來的花園」、「祕密的花園」，阻隔了外人，只有獲得許可的人才能進入。後來衍生為「宮廷」，宮廷有諸多禮儀，因此 courteous 表示「有禮貌的」，discourteous 表示「不禮貌的」，dis 表示「相反」（opposite）。

disgust [dɪs`gʌst] *v.* 使作嘔；使厭惡 (sicken)
n. 作嘔；厭惡、反感
disgusted [dɪs`gʌstɪd] *adj.* 感到厭惡的、反感的
disgusting [dɪs`gʌstɪŋ] *adj.* 令人作嘔的、使人反感的 (revolting)

🖋 秒殺解字 dis(opposite)+gust(taste) →「味道」、「喜好」的「相反」，表示「使厭惡」。

discuss [dɪ`skʌs] *v.* 討論
discussion [dɪ`skʌʃən] *n.* 討論

🖋 秒殺解字 dis(apart)+cuss(shake) → 本義是某物因「搖晃」或相撞而「分開」來，隱含「四分五裂」的意思，後來引申為「討論」，因討論時意見相左，而造成團體分裂。

延伸補充
1. discuss + sth. + with + sb. 與某人討論某事　　2. be under discussion = be being discussed 討論中

discount [`dɪskaʊnt] *n.* 折扣
[dɪs`kaʊnt] *v.* 打折

🖋 秒殺解字 dis(away)+count(count, compute) →「算」錢時扣除部分金額，拿「開」這些錢，引申為「折扣」。

discard [dɪs`kɑrd] *v.* 拋棄、扔掉 (throw away/out, get rid of, dispose of)；出牌

🖋 (秒殺解字) dis(away)+card(card) → 「丟掉」手上的「牌」，引申為「拋棄」。

源來如此 **card** [kɑrd] (n. 紙牌)、**cartoon** [kɑr`tun] (n. 動畫、卡通)、**carton** [`kɑrtn̩] (n. 裝牛奶、果汁等商品的硬紙盒或塑膠盒)、**chart** [tʃɑrt] (n. 圖、圖表) 同源，k/tʃ，d/t 轉音，核心語意是「**紙**」（**paper**）。「**卡通**」（**cartoon**）最早是先畫在「**紙**」上當草圖。相關同源字還有 post**card** (n. 明信片)、**card**board (n. 硬紙板)。

disease [dɪ`ziz] *n.* 疾病

🖋 (秒殺解字) dis(away)+ease(ease) → 「離開」「舒適」的環境，常會造成「不舒服」、「不便利」，14 世紀末時出衍生出「疾病」的意思。

延伸補充
1. catch/contract a disease 染上疾病　　　2. infectious/contagious disease 傳染性的疾病

disguise [dɪs`gaɪz] *v./n.* 喬裝；偽裝

🖋 (秒殺解字) dis(away)+guise(appearance) → 「離開」原本的「外表」，表示「喬裝」、「偽裝」，也可以表示「掩飾」感受等。

dispense [dɪ`spɛns] *v.* 分配 (give out)；配藥
dispensable [dɪ`spɛnsəb!] *adj.* 非必要的、不重要的 (≠ in**dis**pensable)
in**dis**pensable [ˌɪndɪs`pɛnsəb!] *adj.* 必需的 (essential, necessary)

🖋 (秒殺解字) dis(out)+pens(hang, weigh, pay)+e → 等同 weigh out, pay out，「掛」「出去」「秤重」，引申為藉由秤重來「分配」。dispensable 是「可以分配出去的」，表示「非必要的」，indispensable 表示「必需的」，in 表示「不」（not）、「相反」（opposite）。

disqualify [dɪs`kwɑlə͵faɪ] *v.* 取消資格、禁止 (ban)；排除參與 (exclude)
disqualification [dɪs͵kwɑləfə`keʃən] *n.* 取消資格、禁止；排除參與

dissent [dɪ`sɛnt] *v.* 不同意 (oppose, **dis**agree)
n. 不同意 (opposition, **dis**agreement)

🖋 (秒殺解字) dis(differently)+sent(feel) → 本義「感覺」「不同」，引申為「不同意」。

dissuade [dɪ`swed] *v.* 勸阻 (≠ persuade)
dissuasion [dɪ`sweʒən] *n.* 勸阻 (≠ persuasion)
dissuasive [dɪ`swesɪv] *adj.* 勸阻的 (≠ persuasive)

🖋 (秒殺解字) dis(off)+suad(sweet)+e → 給人「甜」頭，使人「遠離」某事。

distant [`dɪstənt] *adj.* 遙遠的 (faraway, remote)
distance [`dɪstəns] *n.* 距離

🖋 (秒殺解字) dis(apart, off)+sta(stand)+ant → 「站」「開」一點，表示「遙遠的」。

distort [dɪs`tɔrt] *v.* 扭曲；曲解；使失真

🖋 (秒殺解字) dis(completely)+tort(twist) → 「完全」「扭曲」，表示「曲解」真相。

distribute [dɪ`strɪbjut] *v.* 分發、分配 (give out)
distribution [ˌdɪstrɪ`bjuʃən] *n.* 分發、分配
distributor [dɪ`strɪbjətɚ] *n.* 分配者；批發商

🖋 (秒殺解字) dis(individually)+tribute(give, assign, pay) → 把東西「給」、「分配」、「付」每一個「個體」。

disturb [dɪs`tɝb] *v.* 打擾 (bother, interrupt)；使困擾 (worry, upset)
disturbance [dɪs`tɝbəns] *n.* 打擾；騷動
disturbed [dɪs`tɝbd] *adj.* 心理失常的；感到焦慮的 (worried, upset)
disturbing [dɪs`tɝbɪŋ] *adj.* 令人不安的 (worrying, upsetting)

🪶 秒殺解字 dis(completely)+turb(confuse) → 「完全」「混亂」，表示「打擾」。

disperse [dɪ`spɝs] *v.* 散開、驅散

🪶 秒殺解字 dis(apart, in every direction)+spers(scatter)+e → 往「四面八方」「撒」，表示「散開」、「驅散」。

> 源來如此 sparse [spɑrs] (adj. 稀疏的、稀少的)、disperse (v. 散開、驅散) 同源，可用 sparse 當神隊友，**母音通轉**，來記憶 spers，皆表示**「撒」（spread, scatter）**、**「稀疏的」**。相關同源字還有 sperm [spɝm] (n. 精子；精液)。

disseminate [dɪ`sɛmə,net] *v.* 散播、宣傳 (spread)

🪶 秒殺解字 dis(in every direction)+semin(seed)+ate → 往「四面八方」「播種」，引申為「散播」、「宣傳」，本書旨在「散播」格林法則的「種子」，讓學習者有系統地學習單字。

disaster [dɪ`zæstɚ] *n.* 災難 (catastrophe, tragedy)；徹底的失敗
disastrous [dɪ`zæstrəs] *adj.* 極其糟糕或失敗的、災難性的

🪶 秒殺解字 dis(ill, bad)+aster(star) → 古代人認為「凶」「星」會帶來「厄運」及「災難」。坊間書籍和網路常犯一個錯，把 disaster 的 dis 解釋為「分開」（apart）或「離開」（away）。

differ [`dɪfɚ] *v.* 不同 (vary)；意見不同 (**dis**agree)
different [`dɪfərənt] *adj.* 不同的
difference [`dɪfərəns] *n.* 不同 (≠ similarity)；不同處
differentiate [,dɪfə`rɛnʃɪ,et] *v.* 區別 (**dis**tinguish, tell)；區別對待 (**dis**criminate)
in**diff**erent [ɪn`dɪfərənt] *adj.* 沒興趣的；一般的 (mediocre) → 「沒有」不同，表示「冷漠」。
in**diff**erence [ɪn`dɪfərəns] *n.* 沒興趣、漠不關心
defer [dɪ`fɝ] *v.* 延緩 (postpone, delay, put off/back)；順從
→ de=dis，表示「離開」(away)。

🪶 秒殺解字 dif(=dis=away)+fer(bear) → 「帶」「走」，產生「差異」。defer 和 differ 是同源詞，後來也許是受到 delay 的影響，才在拼字和發音上有了改變。

diffuse [dɪ`fjuz] *n.* 使（熱、氣味）擴散；散布 (spread)
adj. 普及的；費解的
diffusion [dɪ`fjuʒən] *n.* 散布、普及

🪶 秒殺解字 dif(=dis=apart, in every direction)+fus(pour)+e → 往「四面八方」「倒」，表示「擴散」、「散布」。

digest [daɪ`dʒɛst] *v.* 消化；理解 (absorb, take in)
digestion [daɪ`dʒɛstʃən] *n.* 消化 (≠ in**di**gestion)
digestible [daɪ`dʒɛstəb!] *adj.* 易消化的 (≠ in**di**gestible)

🪶 秒殺解字 di(=dis=apart)+gest(carry) → 本義「帶」「開」，因此有「消化」的意思。

divert [daɪ`vɝt] *v.* 轉向；使轉移注意力；消遣 (amuse, entertain)

diversion [daɪ`vɝʒən] *n.* 轉向；分散注意力之物、聲東擊西 (trick)；消遣

diverse [daɪ`vɝs] *adj.* 不同的、多種的 (**dif**ferent, varied, various, wide-ranging)

diversity [daɪ`vɝsətɪ] *n.* 多樣性、差異 (variety)

diversify [daɪ`vɝsə,faɪ] *v.* 使多樣化；多種經營、分散投資

diversification [daɪ,vɝsəfə`keʃən] *n.* 多樣化；經營多樣化

🖋 **秒殺解字** di(=dis=aside)+vert(turn) → 「轉」到「旁邊」，因此有「轉向」、「消遣」等意思。

---

divorce [də`vɔrs] *v./n.* 離婚

divorced [də`vɔrst] *adj.* 離婚的

🖋 **秒殺解字** di(=dis=aside)+vorc(=vert=turn)+e → **vorc** 為 **vert** 變形，**t/s 轉音**，**母音通轉**，divorce 字面上意思是「轉」身「離開」，最早表示「離開丈夫」，後衍生為「離婚」。

---

sport [sport] *n.* 運動；運動比賽

sportsmanship [`sportsmənʃɪp] *n.* 運動家精神

🖋 **秒殺解字** s(=dis=away)+port(carry) → 由 disport 而來，來自古法語動詞 desporte，原意是「帶」「走」工作煩憂，進行娛樂來放鬆，後衍生為「運動」。

源源不絕學更多 dis 表示**「不」**、**「沒有」**（**not**）的有 **dis**continue (v. 中斷)、**dis**approve (v. 不贊成)、**dis**obey (v. 不遵守)、**dis**order (n. 失調；凌亂)、**dis**organized (adj. 雜亂無章的)、**dis**please (v. 使不愉快)、**dis**regard (v./n. 不理會、漠視)、**dis**satisfy (v. 使不滿意)、**dif**ficult (adj. 困難的)。dis 表示**「相反」**（**opposite**）的有 **dis**arm (v. 解除武器)、**dis**charge (v./n. 允許離開；排出；放電)、**dis**close (v. 洩露)、**dis**grace (n. 丟臉 v. 使蒙羞)。dis 表示**「分開」**（**apart**）、**「離開」**（**away**）的有 **dis**cord (n. 不和)、**dis**ciple (n. 信徒)、**dis**courage (v. 勸阻；使沮喪)、**dis**criminate (v. 歧視；辨別)、**dis**miss (v. 摒除；開除；解散)、**dis**pel (v. 驅散)、**dis**play (v./n. 陳列、展示)、**dis**pose (v. 佈置；處理)、**dis**pute (v./n. 爭論)、**dis**rupt (v. 使中斷、擾亂)、**dis**sect (v. 解剖；剖析)、**dis**sident (adj. 意見不同的 n. 異議人士)、**dis**solve (v. 分解、使溶解)、**dis**tinguish (v. 辨別)、**dis**tinct (adj. 截然不同的)、**dis**tract (v. 使分心)、**dis**tress (n. 悲痛 v. 使悲痛)、**dis**trict (n. 區域)、**dif**fident (adj. 缺乏自信的)、**di**ligent (adj. 勤勉的)、**di**mension (n. 方面；尺寸)、**di**rect (v. 指向；管理；導演 adj. 直接的)。

018　du, do, dou, di, bi = two 雙，二

🎧 Track 334

可用 **two** 當神隊友，**d/t 轉音**，**母音通轉**，來記憶 **du, do, dou, di**，皆表示「**雙**」、「**二**」。衍生的字首 **dia**，表示「**穿越**」（across）、「**穿透**」（through）、「**之間**」（between），即穿過「**兩**」個端點，或者在「**兩**」者之間。此外，變體字首尚有 **bi** 等，可用 **bicycle** 這個簡單字來當神隊友，幫助記憶。

| **twenty** | [`twɛntɪ] | *adj.* 二十的；二十個的 |

🖋️ 秒殺解字 twen(two)+ty(ten) →「二」「乘以十」，表示「二十」或「二十的」。

| **twelve** | [twɛlv] | *adj.* 十二的；十二個的 |

🖋️ 秒殺解字 twe(two)+lve(leave) → 字面上是「留下」「兩個」，古代盎格魯撒克遜人用雙手手指來計算東西，數到第 12 時，10 隻手指都用完了，還剩下兩個（two left over），所以 twelve 就是「數完了 10，還剩下 2」，而 eleven 就是「數完了 10，還剩下 1」。

| **between** | [bɪ`twin] | *prep./adv.* 在……之間 |

🖋️ 秒殺解字 be(by)+tween(two each) →「在」「兩」者「之間」。

字辨 從字源的角度來看，**between** 的字面意思是「**在兩者之間**」；among 和表示「**混合**」的 mingle 同源，字面意思是「**混合**」「**在**」群眾「**中**」，指在「**三者或以上數量的人或物之間**」。

延伸補充
1. between you and me = between ourselves 你我間的秘密、不要告訴別人
2. come between + sb. 使……失和

---

twice	[twaɪs]	*adv.* 兩次、兩回；兩倍
twin	[twɪn]	*n.* 雙胞胎
		adj. 孿生的；非常相似的
twilight	[`twaɪˌlaɪt]	*n.* 黃昏薄暮；黃昏 (dusk ≠ dawn, daybreak)
twist	[twɪst]	*v.* 扭轉；扭傷；扭曲 → 將「兩」股以上繩子「扭轉」編織在一起。
		n. 扭轉；急轉彎；轉折

延伸補充
1. think twice 仔細考慮、三思　　　　　　2. twin room/bedroom 雙床房

| **dual** | [`djuəl] | *adj.* 雙重的 |
| **duel** | [`djuəl] | *v./n.* 決鬥 |

延伸補充
1. dual citizenship/nationality 雙重國籍　　2. dual aim/purpose/function 雙重目的、用途

---

duplicate	[`djuplə,ket]	*v.* 複製 (copy)；重複 (repeat)
	[`djupləkɪt]	*adj.* 一樣的
		n. 複製品
duplication	[,djuplɪ`keʃən]	*n.* 複製；重複

🖋️ 秒殺解字 du(two)+plic(fold)+ate →「摺」「兩」份，表示「複製」或「重複」做完全「一樣」的東西。

| **dozen** | [`dʌzṇ] | *n.* 一打、十二個；許多 |

🖋️ 秒殺解字 do(two)+zen(ten) →「一打」是「十二」個。

延伸補充
1. a dozen eggs 一打蛋　　　　　　　　　2. two/three/four dozen 兩打 / 三打 / 四打
3. dozens of 成打的；很多的

---

double	[`dʌbl̩]	*adj.* 雙的；兩倍的
		n. 兩倍
		v. 加倍
		adv. 雙倍地

🖊 **秒殺解字** dou(two)+ble(fold) → 「兩」「摺」。

| **du**bious | [`djubɪəs] | *adj.* 可疑的；懷疑的 (**dou**btful) → 心思在「二」端擺盪，懷疑東、懷疑西。 |

doubt	[daʊt]	*v./n.* 懷疑；不相信
doubtful	[`daʊtfəl]	*adj.* 懷疑的；可疑的；不明確的 (**dub**ious)
doubtless	[`daʊtlɪs]	*adv.* 無疑地、肯定地 → less 表示「缺乏」（lack）。
un**dou**btedly	[ʌn`daʊtɪdlɪ]	*adv.* 毫無疑問地、肯定地 → un 表示「不」（not）。

延伸補充
1. there is little/no doubt + (that) + S +V 無疑地　　2. without doubt 無疑地

diploma	[dɪ`plomə]	*n.* 畢業文憑；證書
diplomacy	[dɪ`ploməsɪ]	*n.* 外交
diplomatic	[ˌdɪplə`mætɪk]	*adj.* 外交的；圓滑的
diplomat	[`dɪpləmæt]	*n.* 外交官

🖊 **秒殺解字** di(two)+pl(=plo=fold)+o+ma → 本指「對摺」成「兩」半的紙張，後語意轉變，變成「畢業文憑」或「證書」。同樣，「外交」也要「兩」方顧到，圓滑處理。

| **dia**gram | [`daɪəˌgræm] | *n.* 圖表；圖解 |
| | | *v.* 圖示 |

🖊 **秒殺解字** dia(across, through)+gram(write, mark, draw) → 描「寫」、「標示」、「畫」線條。

| **dia**gnosis | [ˌdaɪəg`nosɪs] | *n.* 診斷 **複數** dia**gnoses** |
| **dia**gnose | [`daɪəgnoz] | *v.* 診斷 |

🖊 **秒殺解字** dia(between)+gnos(know)+is → 區別病症「之間」的差異，確切「知道」病因。

| **dia**logue/**dia**log | [`daɪəˌlɔg] | *n.* 對話 (conversation) |
| **dia**lect | [`daɪəˌlɛkt] | *n.* 方言、土話 |

🖊 **秒殺解字** dia(across, between)+log(speak) → 「跨越兩者之間」的「說話」。

| **dia**per | [`daɪəpɚ] | *n.* 尿布 |

🖊 **秒殺解字** dia(thoroughly)+aper (white) → 沒使用過的「尿布」是「兩面」「全」「白」。

| **dia**betes | [ˌdaɪə`bitiz] | *n.* 糖尿病 |

🖊 **秒殺解字** dia(through)+betes(go, walk, step) → 喝得多、尿的也多，從一端攝取水份，「穿透」身體，從另一端排出。

| **dia**meter | [daɪ`æmətɚ] | *n.* 直徑 |

🖊 **秒殺解字** dia(across, through)+meter(measure) → 「穿過」「測量」，表示穿過圓心的「直徑」。

| **bi**cycle | [`baɪsɪkl̩] | *n.* 腳踏車 (**bike**) |

🖊 **秒殺解字** bi(two)+cycle(wheel, cycle) → 「腳踏車」有「兩」個「輪子」。

bilingual   [baɪˋlɪŋgwəl]   *adj.* 雙語的
                                         n. 通兩種語言的人

> 秒殺解字 bi(two)+lingu(tongue, language)+al → 能精通「兩」種「語言」的。

billion   [ˋbɪljən]   *n.* 十億
billionaire   [ˏbɪljəˋnɛr]   *n.* 億萬富翁

> 秒殺解字 bi(two)+milli(thousand)+on → 英文的數位是以「三進位數」為一單元。「一千」個千是百萬，再「一千」個百萬是「十億」。

biscuit   [ˋbɪskɪt]   *n.* 小麵包；餅乾 (cookies)

> 秒殺解字 bis(twice)+cuit(cooked) → 「烘烤」「兩次」的麵包（twice-cooked bread），cuit 是古法語動詞 cuire 的過去分詞。將烘烤好的麵包，再烘烤一次，使能又硬又脆，保存較久時間，在美國指的是一種似煎薄餅的「水果麵包」，在英國指的是薄薄的「餅乾」，相當於美式英語 cookies。值得留意的是，當法國觀眾要求再演奏一次時，他們的呼聲是 bis，而不是「安可」（encore）。

com**bine**   [kəmˋbaɪn]   *v.* 結合；混合 (mix)；兼備；聯合
com**bin**ation   [ˏkɑmbəˋneʃən]   *n.* 結合；混合 (mixture)
com**bo**   [ˋkɑmbo]   *n.* 小型爵士樂團；結合 (com**bin**ation)

> 秒殺解字 com(together)+bi(two)+n+e → 把「兩」者放在「一起」。

延伸補充
| 1. combine A with B　結合了 A 和 B | 2. in combination with 與……結合在一起 |

balance   [ˋbæləns]   *n.* 平衡、均衡 (≠ im**ba**lance)；餘額；天平 (scales)
                                      v. 使平衡；權衡
balanced   [ˋbælənst]   *adj.* 公正的 (fair)；平衡的、均衡的

> 秒殺解字 ba(=bi=two)+lance(plate) → 天平上「兩」個「盤子」，在放同樣重的東西時，就呈現「平衡」的狀態，而會計學有支出和存入兩個項目，就如同天平上的「兩」個「盤子」，所以存入扣掉支出就是「餘額」。

源源不絕學更多 twofold (adj. 兩倍的；兩部分的)、**twig** (n. 細枝)、**duet** (n. 二重唱、二重奏)、**duo** (n. 二人組合)、**bi**annual (adj. 每年兩次的)、**bi**ennial (adj. 兩年一次的)、**bi**athlon (n. 滑雪和步槍射擊兩項)、**bi**kini (n. 比基尼泳裝)、**bi**noculars (n. 雙筒望遠鏡)、**bi**ped (n. 兩足動物)、**bi**sect (v. 分切為二)。

019　eco = house, environment 家，環境

🎧 Track 335

神之捷徑 eco 表示「家」、「環境」。

ecology   [ɪˋkɑlədʒɪ]   *n.* 生態學
ecological   [ˏɪkəˋlɑdʒɪk!]   *adj.* 生態的、生態學的
ecologist   [ɪˋkɑlədʒɪst]   *n.* 生態學者

> 秒殺解字 eco(house, environment)+logy(study of) → 研究我們所處「環境」的「學問」。

eco-friendly   [ˋikoˏfrɛndlɪ]   *adj.* 環保的 (environmentally/environment friendly)

源來如此 ozone-friendly 表示「不損害臭氧層的」。ozone [ˋozon] (n. 臭氧)、odor [ˋodɚ] (n. 臭味) 同源，d/z 轉音，母音通轉，核心語意是「氣味」（odor）。

economy	[ɪˋkɑnəmɪ]	*n.* 經濟；節約
economic	[ˌikəˋnɑmɪk]	*adj.* 經濟的；划算的 (profitable ≠ un**eco**nomic)
economical	[ˌikəˋnɑmɪk!]	*adj.* 節約的、節儉的
economically	[ˌikəˋnɑmɪk!ɪ]	*adv.* 在經濟上；節約地、節儉地
economics	[ˌikəˋnɑmɪks]	*n.* 經濟學
economist	[ɪˋkɑnəmɪst]	*n.* 經濟學家

🖋 **秒殺解字** eco(house)+nom(manage, law)+y →「管理」「家」的「法則」，表示「經濟」、「節約」。

| **eco**sphere | [ˋikoˌsfɪr] | *n.* 生態圈 |

🖋 **秒殺解字** eco(environment)+sphere(ball, globe) → 指我們身處「球體（地球）」的「環境」，即「生態圈」。

020　en, em, in, im = in, upon
在……裡，在……上

🎧 Track 336

神之捷徑 en, em 表示「**在……裡面**」、「**在……之上**」，源自希臘文和法文；in, im 為同源字首，源自拉丁文。為求發音便利，**en, in** 在黏接雙唇音 b, p, m 或唇齒音 ph 為首的字根時，常會拼成 **em, im**，如：**em**bark, **em**pirical, **em**phasis, **im**migrate, **im**portant；**en, in** 在黏接 l 為首的字根時，常會拼成 **el, il**，如：**el**lipsis, **il**lustrate。值得注意的是，字首 **en**，若源自法文，黏接名詞或形容詞時，會讓這些字轉為動詞，常有「**使（成為）……**」、「**使得……**」（**make**）的意思，如：**en**courage, **en**large。**en** 和 **in** 混用的情況還不少，如 **en**sure 和 **in**sure，皆來自法文。另外，很多人誤以為動詞字尾 **en** 和字首 **en** 同源，事實上兩者來源不同，如 **en**lighten 或 **en**liven，兩個 **en** 來源迥異。此外，表示「**否定**」的字首 **in** 和表示「**在……裡面**」的字首 **in** 雖同形，但不同源。

| **en**joy | [ɪnˋdʒɔɪ] | *v.* 享受、喜愛 |
| **en**joyment | [ɪnˋdʒɔɪmənt] | *n.* 享受、令人愉快的事 (pleasure) |

🖋 **秒殺解字** en(make)+joy →「使」「喜悅」、「快樂」。

源來如此 **joy** (n. 喜悅)、**jewel** [ˋdʒuəl] (n. 寶石)、**jewel**ry [ˋdʒuəlrɪ] (n. 首飾)、en**joy** (v. 喜愛)、re**joice** [rɪˋdʒɔɪs] (v. 欣喜) 同源，**母音通轉**，核心語意都是「**喜悅**」（joy）。

| **en**able | [ɪnˋeb!] | *v.* 使可以、使能夠 → en 表示「使」（make）。 |

延伸補充
1. enable/allow + sb./sth. + to V 使……能夠……　　2. Internet-enabled software 網際網路功能的軟體

| **en**large | [ɪnˋlɑrdʒ] | *v.* 擴大；使變大；放大圖片 (blow up) |
| **en**largement | [ɪnˋlɑrdʒmənt] | *n.* 擴大；圖片放大 |

🖋 **秒殺解字** en(make, in)+large →「使」變「大」。

延伸補充
1. enlarge + sb's vocabulary/knowledge/understanding 增長某人的字彙 / 知識 / 理解
2. enlarge on/upon + sth. 詳述、增補

enrich [ɪn`rɪtʃ] *v.* 使豐富、充實；使富裕

🔪秒殺解字 en(make, in)+rich →「使」「富裕」，或者透過添加某些元素使某人的生活、文化等更為「豐富」。

延伸補充
1. enrich + sb's <u>life/lives</u> 豐富某人的生活 　　　2. enrich + sb's culture 豐富某人的文化

enhance [ɪn`hæns] *v.* 提高、提升、改善
enhancement [ɪn`hænsmənt] *n.* 提高、提升、改善

🔪秒殺解字 en(make)+hance(high) →「使」某事物的價值、品質、氣氛等變「高」。

encourage [ɪn`kɝɪdʒ] *v.* 鼓勵 (≠ discourage)；助長
encouragement [ɪn`kɝɪdʒmənt] *n.* 鼓勵
encouraged [ɪn`kɝɪdʒd] *adj.* 受到鼓舞的
encouraging [ɪn`kɝɪdʒɪŋ] *adj.* 鼓舞的 (reassuring)

🔪秒殺解字 en(make)+cour(heart)+age →「使」人內「心」有「勇氣」，表示「鼓勵」。

endanger [ɪn`dendʒɚ] *v.* 危及、使遭到危險
endangered [ɪn`dendʒɚd] *adj.* 瀕臨絕種的

🔪秒殺解字 en(make, in)+danger → 等同 put + sb./sth. + in danger 或 put + sb./sth. + at risk，表示「使處於危險之中」、「危及」。

延伸補充
1. endanger + sb's <u>life/health/safety</u> 危及某人的生命 / 健康 / 安全
2. endangered species 瀕臨絕種的動植物

endure [ɪn`djʊr] *v.* 忍耐 (tolerate, bear, stand, put up with)；持續
enduring [ɪn`djʊrɪŋ] *adj.* 持久的
endurable [ɪn`djʊrəb!] *adj.* 可忍受的 (bearable, tolerable)
endurance [ɪn`djʊrəns] *n.* 忍耐、耐久力

🔪秒殺解字 en(make)+dur(hard)+e →「使」變「強硬」，所以是「忍耐」。

energy [`ɛnɚdʒɪ] *n.* 活力；能量
energetic [ˌɛnɚ`dʒɛtɪk] *adj.* 精力充沛的

🔪秒殺解字 en(at)+erg(work)+y → 等同於 work at，表示「從事於」，引申為做事所需的「活力」。

engage [ɪn`gedʒ] *v.* 從事 (<u>be/get in</u>volved <u>in</u>)；吸引 (attract)；僱 (**em**ploy, hire)
engaged [ɪn`gedʒd] *adj.* 訂婚的；佔線的 (busy)；使用中 (occupied, **in** use ≠ vacant)
engagement [ɪn`gedʒmənt] *n.* 訂婚；約會

🔪秒殺解字 en(in)+gage(promise, pledge) → 在「婚約」或「誓言」之「中」。

延伸補充
1. engage in +Ving 從事……　　　　　　　　2. engage + sb's <u>interest/attention</u> 吸引住某人的興趣 / 注意力
3. be getting engaged = be engaged (to be married) 訂婚
4. A is engaged to B.　A 與 B 訂了婚。　　　　5. be engaged in 參與活動、對話等
6. The line was <u>engaged/busy</u>. 電話忙碌中。

enlighten　[ɪn`laɪtn̩]　*v.* 啟蒙、啟發、解釋

enlightening　[ɪn`laɪtn̩ɪŋ]　*adj.* 提供資訊的、有益的 (**in**formative)

enlightenment　[ɪn`laɪtn̩mənt]　*n.* 啟蒙、啟發

🐛 **秒殺解字** en(in)+light+en(make) → 「使……」處於「光明」的狀態「中」。

enslave　[ɪn`slev]　*v.* 使成奴隸；使受制於 → en 表示「使」（make）。

ensure　[ɪn`ʃʊr]　*v.* 擔保、確定 (make <u>sure/certain</u>, **in**sure)

insure　[ɪn`ʃʊr]　*v.* 買保險；確定、確保 (**en**sure)

insurance　[ɪn`ʃʊrəns]　*n.* 保險；保險業

🐛 **秒殺解字** en(make)+sure(sure) → make sure 就是「確定」。

enthusiasm　[ɪn`θjuzɪˌæzəm]　*n.* 熱心、熱情 (zeal, eagerness, **in**terest)

enthusiastic　[ɪnˌθjuzɪ`æstɪk]　*adj.* 熱心的 (zealous, keen, eager)

enthusiast　[ɪn`θjuzɪˌæst]　*n.* 熱衷者、愛好者

🐛 **秒殺解字** en(in)+thus(=theo=god)+iasm → 被「神」附在身體「內」，產生狂熱的表現或行為，引申為「熱心」。

> **源來如此** enthusiasm (n. 熱心)、theology [θɪ`ɑlədʒɪ] (n. 神學)、theism [`θiɪzəm] (n. 有神論)、theist [`θiɪst] (n. 有神論者)、theocracy [θɪ`ɑkrəsɪ] (n. 神權政治)、atheism [`eθɪˌɪzəm] (n. 無神論)、atheist [`eθɪɪst] (n. 無神論者)、monotheism [`mɑnoθɪˌɪzəm] (n. 一神論)、 polytheism [`pɑləθɪˌɪzəm] (n. 多神論)、pantheism [`pænθɪˌɪzəm] (n. 泛神論) 同源，thus, the, theo，**母音通轉**，核心語意是「**神**」（god）。

延伸補充
1. enthusiasm for + sth. 對某事的熱忱　　　　2. be enthusiastic about + N/Ving 對……熱情的
3. <u>tennis/film/jazz</u> enthusiast 網球/電影/爵士樂愛好者

environment [ɪn`vaɪrənmənt]　*n.* 環境

environmental [ɪnˌvaɪrən`mɛnt!]　*adj.* 環境的

environmentally [ɪnˌvaɪrən`mɛnt!ɪ]　*adv.* 有關環境地

environmentalist [ɪnˌvaɪrən`mɛnt!ɪst]　*n.* 環保人士

🐛 **秒殺解字** en(in)+viron(circle)+ment → 「環繞」「其中」，引申為「環境」。

延伸補充
1. <u>working/learning/home</u> environment 工作/學習/家庭環境
2. protect the environment 保護環境　　　　3. environmental protection 環保
4. environmental awareness 環保意識　　　　5. environmental <u>issues/group</u> 環境議題/環保團體
6. <u>environmentally/environment</u> friendly = eco-friendly 環保的

embrace　[ɪm`bres]　*v.* 擁抱 (hug)；欣然接受 (accept)；包括 (**in**clude)
　　　　　　　　　　　　n. 擁抱 (hug)

🐛 **秒殺解字** em(=en=in)+brace(arms) → 將人圈在「手臂」「內」。

empower　[ɪm`paʊɚ]　*v.* 授權

🐛 **秒殺解字** em(=im=in)+power → 授「權」去做某事。

inaugurate [ɪnˋɔgjəˏret] *v.* 使正式就職；啟用；開創

🖋 **秒殺解字** in(in)+au(bird)+gur(talk)+ate → 本義是觀察「鳥」的飛行動作、方向，占卜者透過這些線索來「告訴」人類一些即將發生的事情。

源來如此 inaugurate (v. 使正式就職)、aviation [ˏevɪˋeʃən] (n. 航空學；航空工業) 同源，**av** 和 **au** 同源，**u/v 對應，母音通轉**，皆表示「**鳥**」（bird），衍生出「**飛行**」（flight）的意思。古羅馬人盛行鳥卦，凡遇到重大事件就會占卜，官員上任也需看「**鳥**」的「**飛行**」動作、方向來占卜吉凶。相關同源字還有 **au**spicious [ɔˋspɪʃəs] (adj. 吉利的)。

ingredient [ɪnˋgridɪənt] *n.* 原料；構成要素

🖋 **秒殺解字** in(in)+gred(go, step)+i+ent → 「走」「入」，放入各種「原料」，能煮成佳餚或做成產品。

install [ɪnˋstɔl] *v.* 裝設；安裝軟體 (≠ uninstall)；任命
installation [ˏɪnstəˋleʃən] *n.* 安裝；就職儀式
installment [ɪnˋstɔlmənt] *n.* 分期付款

🖋 **秒殺解字** in(in)+stall(a standing place) → 放到一個「固定位置」「內」。

英文老師也會錯 坊間書籍和網路常犯一個錯誤，把 install 和 stand 歸類在一起，但事實上它們並不同源。

instill [ɪnˋstɪl] *v.* 逐漸灌輸、教導

🖋 **秒殺解字** in(in)+still(drip, drop) → 慢慢「滴」「入」，表示將觀念、禮儀等逐漸「灌輸」給人。

insult [ɪnˋsʌlt] *v.* 侮辱、羞辱
[ˋɪnsʌlt] *n.* 侮辱、羞辱
insulting [ɪnˋsʌltɪŋ] *adj.* 侮辱的；無禮的 (rude, offensive)

🖋 **秒殺解字** in(on)+sult(jump, leap) → 「跳」到人「上」，表示「侮辱」。

intuition [ˏɪntuˋɪʃən] *n.* 直覺 (instinct)
intuitive [ɪnˋtuɪtɪv] *adj.* 直覺的 (instinctive)

🖋 **秒殺解字** in(at, on)+tuit (look at)+ion → 「直觀」，本於「直覺」，不用思考。

源來如此 **tut**or [ˋtutɚ] (n. 家庭教師)、**tuit**ion [tuˋɪʃən] (n. 小班教學；學費)、in**tuit**ion (n. 直覺) 同源，核心語意是「**看**」（look at）。

internal [ɪnˋtɝn!] *adj.* 內部的；內心的 (inner)；體內的；國內的 (domestic ≠ external)

intern [ɪnˋtɝn] *v.* 拘禁（戰時或政治原因）
[ˋɪntɝn] *n.* 實習醫師；實習生
internship [ˋɪntɝnʃɪp] *n.* 實習；醫生實習

延伸補充
1. internal <u>organs/injuries</u> 內臟 / 內傷　　　　2. internal <u>affairs/problems/matters</u> 內政

investigate [ɪnˋvɛstəˏget] *v.* 調查 (look **in**to, make **in**quiries)
investigation [ɪnˏvɛstəˋgeʃən] *n.* 調查 (**in**quiry)
investigator [ɪnˋvɛstəˏgetɚ] *n.* 調查員；偵探

🖋 **秒殺解字** in(in)+vestig(track, trace, footprint)+ate → 深入「內部」，「追查」「足跡」。

延伸補充
1. investigation <u>into/of</u> ……的調查　　　　2. <u>carry out/conduct</u> an investigation 展開調查
3. be under investigation = be being investigated 調查中 4. private <u>investigator/detective</u> 私人偵探

improve [ɪm`pruv] *v.* 改善;改良

improved [ɪm`pruvd] *adj.* 改進過的;改良的

improvement [ɪm`pruvmənt] *n.* 改善;進步

秒殺解字 im(in)+prov(=prou=profit)+e → 「增加」「利潤」,引申為「改善」。

延伸補充
1. improve on + sth. 改良某物　　　　2. There is still room for improvement. 仍有進步的空間。

illusion [ɪ`luʒən] *n.* 錯覺;假象

秒殺解字 il(=in=at, upon)+lus(play)+ion → 「玩弄」視線所見表象,引申為「錯覺」、「假象」。

illustrate [`ɪləstret] *v.* 舉例說明;插圖說明

illustration [ˌɪləs`treʃən] *n.* 實例說明;圖解

秒殺解字 il(in)+lustr(light, clear, bright)+ate → 在「裡面」「照光」,使意思更「清楚」,表示「舉例說明」。

industry [`ɪndəstrɪ] *n.* 工業;行業;勤勉

industrial [ɪn`dʌstrɪəl] *adj.* 工業的

industrious [ɪn`dʌstrɪəs] *adj.* 勤勞的 (hard-working, diligent)

industrialize [ɪn`dʌstrɪəlˌaɪz] *v.* 使工業化

industrialized [ɪn`dʌstrɪəlˌaɪzd] *adj.* 工業化的

industrialization [ɪnˌdʌstrɪələ`zeʃən] *n.* 工業化

industrialist [ɪn`dʌstrɪəlˌɪst] *n.* 企業家、實業家

秒殺解字 indu(=endo=en=in)+stry(build) → 本義在「內部」「建造」,衍生為「工業」的意思。

源源不絕學更多 enact (v. 制定法律)、enchant (v. 使陶醉)、encircle (v. 包圍)、enclose (v. 附寄;圍住)、encode (v. 譯成密碼)、encounter (v./n. 遭遇;巧遇)、encyclopedia (n. 百科全書)、endeavor (v./n. 盡力)、endemic (n. 地方性流行病)、enforce (v. 實施;強迫)、engender (v. 產生)、engine (n. 引擎)、enliven (v. 使更有趣)、enroll (v. 入學、註冊)、entitle (v. 給權力去;定名)、entreat (v. 懇求)、entrust (v. 信託、委託)、envelop (v. 包住;覆蓋)、envisage (v. 想像)、envision (v. 想像)、envy (v./n. 羨慕;嫉妒)、commence (v. 開始)、embarrass (v. 使尷尬)、embark (v. 使上船或飛機;著手)、embargo (v. 禁運)、empathy (n. 同理心)、empirical (adj. 以經驗為依據的)、emphasis (n. 強調)、employ (v. 雇用;使用)、inborn (adj. 天生的)、incentive (n. 刺激、動機)、include (v. 包括)、income (n. 收入)、incident (n. 事件)、incite (v. 煽動)、incline (v. 傾向)、incorporate (v. 包含、使併入)、increase (v./n. 增加)、incur (v. 招致)、indicate (v. 指出)、induce (v. 引誘;導致;歸納)、infect (v. 傳染;感染)、infer (v. 推論)、inflate (v. 使通膨;充氣)、influence (v./n. 影響)、inform (v. 通知)、infringe (v. 違反、侵害)、ingenious (adj. 巧妙的)、inhabit (v. 居住)、inhere (v. 本質屬於)、inherit (v. 繼承;遺傳)、inject (v. 注射)、initial (adj. 最初的)、inn (n. 小旅館、酒吧)、innate (adj. 天生的)、inner (adj. 內部的)、innovate (v. 創新)、inquire (v. 詢問;調查)、insect (n. 昆蟲)、insert (v. 插入)、insist (v. 堅持;堅決要求)、inspect (v. 檢查;視察)、instant (adj. 立即的 n. 頃刻)、instance (n. 例子)、instinct (n. 本能、直覺)、institution (n. 機構)、instruct (v. 教導;命令)、intend (v. 打算)、intense (adj. 強烈的)、inscribe (v. 刻、寫、印)、inspire (v. 激勵;使有靈感)、intonation (n. 語調)、intrude (v. 干涉;侵入)、inundate (v. 淹沒)、invade (v. 入侵;侵犯)、invent (v. 發明)、involve (v. 牽涉;包含)、impact (v./n. 影響;衝擊)、impede (v. 妨礙)、impel (v. 驅使)、impetus (n. 動力;促進)、implant (v. 灌輸;植入)、implement (v. 實施)、imply (v. 暗示;包含)、import (v./n. 進口)、impose (v. 強加)、impress (v. 使印象深刻)、imprison (v. 監禁)、immigrate (v. 自他國移入)。

021　ex, e, ef, ec = out (of) 向外，出去

♪ Track 337

神之捷徑 ex 表示「**向外**」、「**出去**」，另有「**徹底地**」（thoroughly）、「**離開**」（off）等語意。當 ex 黏接 **b, d, g, j, l, m, n, r, v** 等有聲子音為首的字根時常縮減為 **e**，如：ebullient, educate, eliminate, emit, enormous, evaporate；ex 在黏接 **f** 為首的字根時，常會轉變 **ef**，如：effort；ex 的變體 **ec** 是來自希臘文，如：**ec**stacy。值得一提的是，有時 **ex** 會縮減為 **s**，如：**s**pend；有些字源學家認為 spend 是拉丁文單字 **ex**pendere 的縮減（即英文單字 **ex**pend），但也有些字源學家認為是源自 **dis**pendere（即 spend 的 **s** 有可能是 ex 或 dis 的縮減）。另外，ex 在黏接 **s** 開頭字根時，因為 **ex** 包含 /ks/ 或 /gz/ 兩個子音，因此省略後面字根開頭 **s**，如 **ex**pect 是由 ex 和 **s**pect 構成，兩個 s 的音黏接在一起時，省略第二個 s。

| **excuse** | [ɪk`skjuz] | *v.* 原諒 (pardon, forgive) |
| | [ɪk`skjus] | *n.* 藉口；理由 (reason) |

秒殺解字 ex(out)+cus(cause)+e → 找「理由」逃「出去」，尋求「原諒」。

| **exit** | [`ɛgzɪt] | *n.* 出口；安全門 |
| | | *v.* 出去、離開 |

秒殺解字 ex(out)+it(go) → 「走」「出去」。

| **issue** | [`ɪʃu] | *n.* 議題；期 |
| | | *v.* 發行；發布；核發 |

秒殺解字 iss(=ex=out)+ue(=it=go) → 此字源自古法文，字根和字首變體差異較大。本義「走」「出去」，引申為「發行」。

exterior	[ɪk`stɪrɪə]	*adj.* 外部的
		n. 外部 (≠ interior)
external	[ɪk`stɚnəl]	*adj.* 外部的 (≠ internal)
extreme	[ɪk`strim]	*adj.* 極度的；極端的
		n. 極端；極度
extremely	[ɪk`strimlɪ]	*adv.* 極端地；極其

延伸補充
1. extreme sports 極限運動　　　　　　2. extreme athlete 極限運動選手

| **exchange** | [ɪks`tʃendʒ] | *v./n.* 交換；兌換 |

秒殺解字 ex(out)+change(barter) → 把東西給「出去」，彼此「交換」。

延伸補充
1. exchange addresses/telephone numbers 交換地址 / 電話號碼
2. exchange/change/trade/barter A for B　拿 A 交換 B　　3. exchange/share ideas/information 交換看法 / 資訊
4. in exchange/return 作為交換　　　　5. in exchange for + sth. 作為……的交換
6. exchange rate 匯率　　　　　　　　7. cultural exchange 文化交流

example [ɪg`zæmp!] *n.* 例了；範例
sample [`sæmp!] *n.* 樣本；樣品、試用品
v. 抽樣檢查；品嚐

秒殺解字 ex(out)+ampl(=empl=take)+e → 「拿」「出來」做「例子」，sample 和 example 同源，s 是 ex 的縮減。

延伸補充
　1. for <u>example/instance</u> 舉例來說；例如　　　2. a blood sample 血液樣本

exaggerate [ɪg`zædʒə͵ret] *v.* 誇大、誇張 (overstate ≠ understate)
exaggerated [ɪg`zædʒə͵retɪd] *adj.* 誇張的、言過其實的
exaggeration [ɪg͵zædʒə`reʃən] *n.* 誇大、誇張 (overstatement)

秒殺解字 ex(thoroughly)+ag(=ad=to)+ger(=gest=carry)+ate → 「徹底」把東西「帶」「往」某處，因此有「堆疊」、「累積」的意思，後來語意轉抽象，表示「堆砌詞藻」及「言過其實」，衍生出「誇大」的意思。

execute [`ɛksɪ͵kjut] *v.* 執行 (implement, carry out)；處死
execution [͵ɛksɪ`kjuʃən] *n.* 執行 (implementation)；處死
executive [ɪg`zɛkjʊtɪv] *n.* 執行者；行政主管
adj. 決策的、管理的

秒殺解字 ex(out)+secut(follow)+e → 本義「跟著」「出來」，語意歷經轉變，最後有「執行」、「處死」的意思。因為 ex 已經包含 /ks/ 或 /gz/ 兩個子音，因此省略後面字根 secut 開頭 s。

exhaust [ɪg`zɔst] *v.* 使精疲力盡；耗盡 (use up, run out of)
n. 廢氣
exhausted [ɪg`zɔstɪd] *adj.* 精疲力竭的 (<u>worn/tired</u> out)；用完的
exhausting [ɪg`zɔstɪŋ] *adj.* 使人精疲力竭的 (tiring, wearing)
exhaustion [ɪg`zɔstʃən] *n.* 精疲力竭 (tiredness)；耗盡
in**ex**haustible [͵ɪnɪg`zɔstəb!] *adj.* 用之不竭的

秒殺解字 ex(off)+haust(draw) → 本義「拉」「出來」，使之淨空，引申為「耗盡」。

延伸補充
　1. be exhausted <u>from/by</u> 因……而疲倦、勞累的　　　2. an inexhaustible supply of + sth. 用不完的……

exist [ɪg`zɪst] *v.* 存在；生存 (survive)
existence [ɪg`zɪstəns] *n.* 存在
existing [ɪg`zɪstɪŋ] *adj.* 現存的、現行的

秒殺解字 ex(out)+sist(stand) → 能「站」在「外面」，表示「存在」、「生存」。因為 ex 已經包含 /gz/ 兩個子音，因此省略後面字根 sist 開頭 s。

expect [ɪk`spɛkt] *v.* 期待；期望 (anticipate)
expectation [͵ɛkspɛk`teʃən] *n.* 期待；期望
un**ex**pected [͵ʌnɪk`spɛktɪd] *adj.* 意外的 (surprising) → un 表示「不」(not)。
un**ex**pectedly [͵ʌnɪk`spɛktɪdlɪ] *adv.* 意外地 (surprisingly)

秒殺解字 ex(out)+spect(look) → 往「外」「看」，表示「期待」，可用喜出「望」「外」記憶。因為 ex 已經包含 /ks/ 兩個子音，因此省略後面字根 spect 開頭 s。

exert   [ɪɡˋzɝt]   *v.* 運用；盡力

秒殺解字 ex(out)+sert(join, arrange) → 「向外」「連結」、「安排」，表示「運用」影響力去達成某事。因為 ex 已經包含 /ɡz/ 兩個子音，因此省略後面字根 sert 開頭 s。

expend	[ɪkˋspɛnd]	*v.* 花費、耗費 (spend)
expenditure	[ɪkˋspɛdɪtʃɚ]	*n.* 支出、花費 (spending)
expense	[ɪkˋspɛns]	*n.* 費用；支出；經費
expensive	[ɪkˋspɛnsɪv]	*adj.* 昂貴的
spend	[spɛnd]	*v.* 花錢、花時間 (expend)
spending	[ˋspɛndɪŋ]	*n.* 支出、花費

秒殺解字 ex(out)+pend(weigh, pay) → 等同 weigh out, pay out，在商家「秤」「出」某物的重量後，買家把錢「付」「出去」。spend 的 s 有可能是 ex 或 dis 的縮減。

explore	[ɪkˋsplor]	*v.* 探索；勘查；探討、研究 (look at)
explorer	[ɪkˋsplorɚ]	*n.* 探險家
exploration	[ˏɛkspləˋreʃən]	*n.* 探索；勘查；探討、研究

秒殺解字 ex(out)+plore(cry) → 一般相信 explore 是獵人使用的術語，指發「出」「喊叫」聲，引申為「探索」、「探討」、「研究」。

延伸補充

1. explore for oil/gold/minerals 探勘石油 / 黃金 / 礦物   2. explore the possibility of 探討……的可能性

3. space exploration 太空探險

express	[ɪkˋsprɛs]	*v.* 表達
		adj. 快速的
		n. 快車；快遞
expression	[ɪkˋsprɛʃən]	*n.* 表達；表情；措辭
expressive	[ɪkˋsprɛsɪv]	*adj.* 表情豐富的 (≠ **ex**pressionless)；意味深長的
espresso	[ɛsˋprɛso]	*n.* 用蒸汽加壓煮出的濃縮咖啡 (**ex**presso)

秒殺解字 ex(out)+press(press) → 將想法往「外」「壓」，意味著「表達」。1945 年首見 **es**presso 一字，來自義大利文，和 **ex**press 同源，本義是「壓出來的咖啡」（pressed coffee），義大利文是 caffè **es**presso。**es**presso 是以接近沸騰的高壓水流通過磨成細粉的咖啡，以高溫高壓方式把咖啡給逼出來。**ex**presso 是常見的異體字，不過有些專家並不同意。

eccentric	[ɪkˋsɛntrɪk]	*adj.* 古怪反常的 (strange, weird, bizarre)
		n. 古怪的人

秒殺解字 ec(=ex=out)+centr(center)+ic → 「離開」「中心」，和大家不同，引申為「古怪反常的」。

ecstasy   [ˋɛkstəsɪ]   *n.* 狂喜、欣喜若狂

秒殺解字 ec(=ex=out)+sta(stand, place)+sy → 「離開」「站立」、「放置」的位置，如同冥想或靜坐，使人的靈魂脫離肉體的羈絆，後來衍生出「欣喜若狂」的意思。

effect	[ɪˋfɛkt]	*n.* 影響；效果 (influence, impact)
effective	[ɪˋfɛktɪv]	*adj.* 有效的 (≠ in**ef**fective)
efficient	[ɪˋfɪʃənt]	*adj.* 有效率的、有效能的 (≠ in**ef**ficient)
efficiency	[ɪˋfɪʃənsɪ]	*n.* 效率、效能 (≠ in**ef**ficiency)

秒殺解字 ef(=ex=out)+fect(do, make) → 「做」「出來」的「影響」、「效果」。

emotion [ɪ`moʃən] *n.* 情緒；感情
emotional [ɪ`moʃən!] *adj.* 情緒化的；感情上的；易動情的

秒殺解字 e(=ex=out)+mot(move)+ion → 「移動」到「外」，表示愛、恨、憤怒等等「情緒」。

evaporate [ɪ`væpə,ret] *v.* 蒸發；慢慢消失

秒殺解字 e(=ex=out)+vapor(steam)+ate → 「蒸汽」「向外」，表示「蒸發」，或者某種感覺「慢慢消失」。

astonish [ə`stɑnɪʃ] *v.* 使驚訝 (amaze, **as**tound, surprise)
astonishment [ə`stɑnɪʃmənt] *n.* 驚訝 (amazement, surprise)
astonished [ə`stɑnɪʃt] *adj.* 感到驚訝的 (amazed, **as**tounded, surprised)
astonishing [ə`stɑnɪʃɪŋ] *adj.* 令人驚訝的 (amazing, **as**tounding, surprising)

秒殺解字 as(=ex=out)+ton(thunder)+ish → 「打雷」會讓人感到「驚嚇」。

afraid [ə`fred] *adj.* 害怕的 (scared)；擔憂的

秒殺解字 a(=ex=out)+fraid(peace, love) → afraid 源自表示「鬥毆」的 affray。「愛」和「和平」都「離開」了，因此產生出「害怕的」、「擔憂的」之意。

源來如此 **afraid** (adj. 害怕的)、**Friday** (n. 星期五)、**free** (adj. 自由的；免費的)、**freedom** (n. 自由)、**freeway** (n. 高速公路)、**friend** (n. 朋友)、**friend**ly (adj. 友善的)、**friend**ship (n. 友誼) 同源，皆源自於印歐語詞根 **prī**，p/f 轉音，母音通轉，核心語意是「愛」(love)。有了「愛」才有「朋友」，有了「愛」也才有「和平」和「自由」。Friday 的意思是「獻給芙莉格的日子」(the day of Frigg)。Frigg 是北歐神話中主神歐丁 (Odin，雷神 Thor 之父) 的妻子，也是「愛」與美之神，相當於羅馬神話裡的「維納斯」(Venus)，因此 **Friday** 就是「愛」與美之日。

延伸補充
1. be afraid of + N/Ving 害怕……   2. be afraid + to V 害怕去……
3. be afraid + that + S + V 擔心……；恐怕……   4. I'm afraid so/not. 恐怕是這樣 / 恐怕並非如此。

amend [ə`mɛnd] *v.* 修訂、修改
amendment [ə`mɛndmənt] *n.* 修訂、修改
mend [mɛnd] *v.* 修理、修補、縫補

秒殺解字 a(=ex=out)+mend(fault) → 讓「錯誤」「出去」，表示「修訂」、「修改」。mend 是 amend 的縮寫，在英式英文中，mend 與 fix 同義，但常用 fix 來表示「修理機器（machine）、車輛（vehicle）等」，而常用 mend 來表示「修補衣服（clothes）、馬路（roads）、屋頂（roofs）、圍牆（fences）」；在美式英文中，mend 則用來表示「縫補破洞，尤其是衣物（clothes）與鞋子（shoes）」。

延伸補充
1. amend a bill/rule/law 修訂法案 / 規則 / 法律   2. amend the Constitution 修訂憲法

avoid [ə`vɔɪd] *v.* 避免；避開、躲開
avoidable [ə`vɔɪdəb!] *adj.* 可避免的 (preventable ≠ un**a**voidable, in**e**vitable)

秒殺解字 a(=ex=out)+void(empty) → 本義「排」「空」。

award [ə`wɔrd] *n.* 獎；獎品；獎狀
v. 授予；頒

秒殺解字 a(=ex=out)+ward(watch) → 仔細「看」過才給「出去」之物。

源源不絕學更多 exact (adj. 精確的)、examine (v. 檢查)、excursion (n. 遠足)、exceed (v. 超過)、excel (v. 突出;勝過)、except (prep./v.不包括)、excite (v. 刺激、使興奮)、exclaim (v. 驚叫)、exclude (v. 拒絕接納、排除)、exercise (n./v. 運動;練習)、exhibit (v. 展示)、exile (v./n. 放逐、流亡)、expand (v. 擴大;擴展)、expedite (v. 使加速)、expel (v. 逐出;開除)、experience (n./v. 經驗)、expire (v. 期滿;終止)、explain (v. 解釋)、explode (v. 爆炸;爆發)、export (v./n. 出口)、expose (v. 暴露;揭露)、exquisite (adj. 精美的)、extend (v. 延伸;擴大)、exterminate (v. 滅絕;消滅)、extinguish (v. 熄滅)、extrude (v. 擠壓出)、effort (n. 努力)、edit (v. 編輯)、educate (v. 教育)、elaborate (v. 詳細說明 adj. 精心製作的)、elect (v. 選舉)、elite (n. 菁英)、elegant (adj. 優雅的)、elevate (v. 提升)、eliminate (v. 消除;淘汰)、eloquent (adj. 雄辯的)、emerge (v. 浮現)、emigrate (v. 移居他國)、emit (v. 放射)、enormous (adj. 巨大的)、eradicate (v. 根絕、消滅)、erode (v. 侵蝕;使風化)、erase (v. 消除;抹去)、erect (adj. 直的 v. 建造)、erupt (v. 爆發)、escape (v./n. 逃脫;避免)、evacuate (v. 撤離)、evaluate (v. 評估)、event (n. 事件)、evident (adj. 明顯的)、evoke (v. 喚起)、evolve (v. 演變;進化)、eject (v. 逐出;噴出)、essay (n. 散文)、evade (v. 迴避;逃)、square (n. 正方形;廣場)。

022　extra, extro = outside, beyond
在……之外，超過

🎧 Track 338

 extra, extro 皆表示「在……之外」、「超過」，反義字首是 intra, intro。

extra	[ˋɛkstrə]	*adj.* 額外的 (additional)
		adv. 額外地
		n. 附加費用;號外

extraordinary [ɪkˋstrɔrdn͵ɛrɪ] *adj.* 異常的 (unusual);驚人的 (incredible)

秒殺解字 extra(out of, outside)+ordin(order)+ary → 「超出」一般「順序」，表示「異常的」。

extracurricular [͵ɛkstrəkəˋrɪkjələ] *adj.* 課外活動的

秒殺解字 extra(outside, beyond)+curricul+ar → 「課」「外」活動的。

extravagant [ɪkˋstrævəgənt] *adj.* 浪費的;奢侈的

extravagance [ɪkˋstrævəgəns] *n.* 浪費;奢侈

秒殺解字 extra(outside, beyond)+vag(wander)+ant → 往「外面」「遊蕩」，表示「浪費的」、「奢侈的」。

源來如此 vague [veg] (adj. 模糊的)、extravagant (adj. 浪費的) 同源，**母音通轉**，核心語意是「遊蕩」（wander）。**vague** 字面上是毫無目標地「遊蕩」，表示「模糊的」。

extrovert [ˋɛkstro͵vɝt] *n.* 外向的人 (≠ introvert)
adj. 外向的

extroverted [ˋɛkstro͵vɝtɪd] *adj.* 外向的 (≠ introverted)

extroversion [͵ɛkstroˋvɝʒən] *n.* 外向 (≠ introversion)

秒殺解字 extro(=extra=outside)+vert(turn) → 往「外面」「打轉」。

extraneous [εk`strenɪəs] *adj.* 外來的；無關的 (irrelevant)

strange [strendʒ] *adj.* 奇怪的 (odd)；陌生的

stranger [`strendʒɚ] *n.* 陌生人；外地人

 秒殺解字 extra(outside)+neous →「外面」來的，表示「外來的」、「無關的」。extraneous 和 strange 是「雙飾詞」（doublet），核心語意都是「外來的」。

源源不絕學更多 extranet (n. 商際網路、企業間網路)、extraterrestrial (n. 外星生物；adj. 地球外的)、extra-large (adj. 特大的)、extra-strong (adj. 特強的；特濃的)、extra-special (adj. 極好的)。

023　hemi, semi = half 半

🎧 Track 339

神之捷徑 hemi, semi 同源，**字母 h/s 對應**，皆表示**「半」**。此外，**demi** 也表示**「半」**，但和 hemi, semi 不同源。

semicircle [ˌsɛmɪ`sɝk!] *n.* 半圓

semifinal [ˌsɛmi`faɪn!] *n.* 準決賽

semiconductor [ˌsɛmɪkən`dʌktɚ] *n.* 半導體 → conductor 表示「導體」。

semiprofessional [ˌsɛmɪprə`fɛʃən!] *adj.* 半職業的
　　　　　　　　　　　　　　　n. 半職業選手

hemisphere [`hɛməsˌfɪr] *n.* 半球 → sphere 表示「球」（ball）。

源源不絕學更多 **semi**automatic (adj. 半自動的)、**semi**retired (adj. 半退休的)。

024　in, im, il, ir = not, opposite, without 不，相反，無

🎧 Track 340

神之捷徑 in 源自拉丁字首，表示**「不」**、**「相反」**、**「無」**，和源自希臘文的**「否定」**字首 a 或 an、源自古英文的**「否定」**字首 un 同源，也和源自法文的**「否定」**字首 non 同源。為求發音順暢，in 黏接雙唇音 b, p, m 為首的字根時，拼為 im，如：impossible, impolite；in 黏接 l 為首的字根時，拼為 il，如：illegal, illogical；in 黏接 r 為首的字根時，拼為 ir，如：irregular, irresponsible；in 黏接 gn 為首的字根時會縮減為 i，如：ignore。in 除了具有上述變體外，尚有源自古法文的 en，如：enemy，但在現代英語中較為罕見。必須留意的是，表**「否定」**的字首 in 和表**「在……裡面」**的字首 in 不同源，不可混淆。

informal [ɪn`fɔrm!] *adj.* 非正式的 (≠ formal)；便裝的 (casual)

informally [ɪn`fɔrm!ɪ] *adv.* 非正式地 (casually ≠ formally)

inactive [ɪn`æktɪv] *adj.* 不活動的；不活躍的 (≠ active)

inappropriate [ˌɪnə`proprɪɪt] *adj.* 不適合的 (**im**proper, **un**suitable, **un**fit, wrong ≠ appropriate, proper, suitable, fit, right) → propr 表示「自己的」（own）。

incapable	[ɪn`kepəbl]	*adj.*	沒有能力的 (**un**able ≠ capable, able)
incapability	[ɪn,kepə`bɪlətɪ]	*n.*	無能力；不能勝任 (≠ capability)
incautious	[ɪn`kɔʃəs]	*adj.*	不謹慎的、輕率的

秒殺解字 in(not)+cautious(careful) → 「不」「小心的」。

incomplete	[,ɪnkəm`plit]	*adj.*	不完全的；未完成的 (**un**finished ≠ complete)
inconsiderate	[,ɪnkən`sɪdərɪt]	*adj.*	不體貼的 (thoughtless ≠ considerate, thoughtful)
inconvenient	[,ɪnkən`vinjənt]	*adj.*	不方便的 (≠ convenient)
inconvenience	[,ɪnkən`vinjəns]	*n.*	不方便
incorrect	[ɪnkə`rɛkt]	*adj.*	不正確的 (wrong ≠ correct, right)；失禮的 (**im**polite)
indecision	[,ɪndɪ`sɪʒən]	*n.*	優柔寡斷
indecisive	[,ɪndɪ`saɪsɪv]	*adj.*	優柔寡斷的 (≠ decisive)；無明確結果的 (**in**conclusive)

秒殺解字 in(not)+de(off)+cis(cut)+ion → 字面意思是「無法」「切割」「開」，表示「無法」「當機立斷」、「下決定」。

independent	[,ɪndɪ`pɛndənt]	*adj.*	獨立的；自主的
independence	[,ɪndɪ`pɛndəns]	*n.*	獨立；自主
individual	[,ɪndə`vɪdʒuəl]	*adj.*	個體的；個別的；獨特的 (distinctive)
		n.	個人
individualism	[,ɪndə`vɪdʒuəl,ɪzəm]	*n.*	個人主義

秒殺解字 in(not)+divid(divide)+u+al → 個體「無法」再「分」。

indirect	[,ɪndə`rɛkt]	*adj.*	間接的、迂迴的 (≠ direct)
indirectly	[,ɪndə`rɛktlɪ]	*adv.*	間接地、迂迴地 (≠ directly)
injustice	[ɪn`dʒʌstɪs]	*n.*	不公平；不正義 (≠ justice)
injury	[`ɪndʒərɪ]	*n.*	傷害；受傷
injure	[`ɪndʒə]	*v.*	傷害 (hurt, wound)
injured	[`ɪndʒəd]	*adj.*	受傷的 (hurt, wounded)

秒殺解字 in(not)+jur(law, right)+y → 本義「不」「合法」，引申為「不公平」、「不正義」，更衍生出「傷害」的意思，因為「傷害」是「不」被「法律」所允許的。

innocent	[`ɪnəsənt]	*adj.*	無罪的 (≠ guilty)；無辜的；天真的 (naive)；無惡意的
innocence	[`ɪnəsəns]	*n.*	無罪 (≠ guilt)；天真；無惡意

秒殺解字 in(not)+noc(harm)+ent → 「沒有」「傷害的」，引申出「無罪的」、「天真的」等意思。

intolerable	[ɪn`tɑlərəbl]	*adj.*	無法容忍的 (**un**bearable ≠ tolerable, bearable)
intolerant	[ɪn`tɑlərənt]	*adj.*	不包容的 (≠ tolerant)
intolerance	[ɪn`tɑlərəns]	*n.*	不包容 (≠ tolerance)

invisible [ɪn`vɪzəb!] *adj.* 看不見的；隱形的 (≠ visible)

秒殺解字 in(not)+vis(see)+ible(able) → 「不」「能」「看見」的。

imbalance [ɪm`bæləns] *n.* 不均衡；不平衡 (≠ balance)

imbalanced [ɪm`bælənst] *adj.* 不平衡的 (≠ balanced)

immature [ˌɪmə`tjʊr] *adj.* 幼稚的、不夠成熟的 (childish ≠ mature)

immaturity [ˌɪmə`tjʊrətɪ] *n.* 不成熟 (≠ maturity)

immoral [ɪ`mɔrəl] *adj.* 不道德的 (≠ moral)

immorality [ˌɪmə`rælətɪ] *n.* 不道德 (≠ morality)

immortal [ɪ`mɔrt!] *adj.* 不死的 (≠ mortal)；不朽的 → mort 表示「死」（death）。

immortality [ˌɪmɔr`tælətɪ] *n.* 不死 (≠ mortality)；不朽

impatient [ɪm`peʃənt] *adj.* 無耐心的 (≠ patient) → pati 表示「受苦」（suffer）。

impatience [ɪm`peʃəns] *n.* 無耐心 (≠ patience)

impure [ɪm`pjʊr] *adj.* 不純潔的 (≠ pure)

impurity [ɪm`pjʊrətɪ] *n.* 不純潔；不潔之物 (≠ purity)

imperfect [ɪm`pɝfɪkt] *adj.* 不完美的、有瑕疵的 (flawed ≠ perfect, flawless, faultless)

impolite [ˌɪmpə`laɪt] *adj.* 不禮貌的 (rude ≠ polite)

impossible [ɪm`pasəb!] *adj.* 不可能的 (≠ possible) → poss 表示「有力量的」（powerful）。

impossibility [ɪmˌpasə`bɪlətɪ] *n.* 不可能性 (≠ possibility)

impotent [`ɪmpətənt] *adj.* 無能的；無力的 → pot 表示「有力量的」（powerful）。

impractical [ɪm`præktɪk!] *adj.* 不切實際的；不實用的 (≠ practical)

improbable [ɪm`prabəb!] *adj.* 不大可能的 (**un**likely ≠ probable)

improbably [ɪm`prabəb!ɪ] *adv.* 不大可能地 (≠ probably)

improbability [ɪmˌprabə`bɪlətɪ] *n.* 不大可能 (≠ probability)

illegal [ɪ`lig!] *adj.* 非法的 (**un**lawful, against the law ≠ legal, lawful)

秒殺解字 il(not)+leg(law)+al → 「不」合乎「法律」規範。

illiterate [ɪ`lɪtərɪt] *adj.* 文盲的 (≠ literate)；所知甚少的

illiteracy [ɪ`lɪtərəsɪ] *n.* 文盲 (≠ literacy)

秒殺解字 il(not)+liter(letter)+ate → 「不」識「字」的人。

illogical [ɪ`ladʒɪk!] *adj.* 不合邏輯的 (≠ logical)

irregular [ɪ`rɛgjələ] *adj.* 不規則的、無規律的 (≠ regular)

irresponsible [ˌɪrɪ`spansəb!] *adj.* 不負責任的 (≠ responsible)

irresponsibility [ˌɪrɪˌspansə`bɪlətɪ] *n.* 不負責任 (≠ responsibility)

irrational	[ɪ`ræʃən!]	*adj.* 沒理性的、不合理的 (**un**reasonable ≠ rational, reasonable)

秒殺解字 ir(not)+rat(reason)+ion+al →「不」合「理」的。

irresolute	[ɪ`rɛzə‚lut]	*adj.* 優柔寡斷的 (**un**certain ≠ resolute)
ignore	[ɪg`nor]	*v.* 不理會；忽視、忽略 (neglect, disregard)
ignorance	[`ɪgnərəns]	*n.* 無知
ignorant	[`ɪgnərənt]	*adj.* 無知的、無學識的

秒殺解字 i(=in=not)+gnor(know)+e → 本義「不」「知道」，但 ignore 卻表示視若無睹，故意「忽視」本來知道的事；ignorance 和 ignorant 仍然保有「無知」的意思。

enemy	[`ɛnəmɪ]	*n.* 敵人 (foe, adversary)；反對者 (opponent)
enmity	[`ɛnmətɪ]	*n.* 敵意；敵對 → 否定字首 en 和 amity 的組合，ity 為「名詞字尾」。

秒殺解字 en(=in=not)+em(=am=friend)+y →「敵人」代表「不是」「朋友」。

源源不絕學更多 **in**ability (n. 無能)、**in**accessible (adj. 達不到的；難進入的)、**in**accurate (adj. 不精確的)、**in**adequate (adj. 不足的；不適當的)、**in**audible (adj. 聽不見的)、**in**cessant (adj. 連續不斷的)、**in**compatible (adj. 不能共存的；不相容的)、**in**competent (adj. 不勝任的)、**in**conclusive (adj. 無結果的)、**in**consistent (adj. 不一致的)、**in**corrigible (adj. 根深蒂固、無可救藥的)、**in**credible (adj. 難以置信的)、**in**curable (adj. 無法治癒的)、**in**definite (adj. 不清楚的；無限期的)、**in**different (adj. 沒興趣的)、**in**digestion (n. 消化不良)、**in**dispensable (adj. 必需的)、**in**edible (adj. 不可食用的)、**in**equality (n. 不平等)、**in**evitable (adj. 不可避免的)、**in**exhaustible (adj. 用之不竭的)、**in**experienced (adj. 經驗不足的)、**in**expert (adj. 非內行的)、**in**famous (adj. 惡名昭彰的)、**in**fant (n. 嬰兒)、**in**effective (adj. 無效果的)、**in**efficient (adj. 無效率的)、**in**fertile (adj. 不能生育的；土地貧瘠的)、**in**flexible (adj. 不可改變的)、**in**finite (adj. 無限的)、**in**firm (adj. 因年邁而體弱的)、**in**gratitude (n. 忘恩負義)、**in**numerable (adj. 無數的)、**in**sane (adj. 精神失常的；瘋狂的)、**in**secure (adj. 無把握的；不安全的)、**in**sensitive (adj. 不敏感的)、**in**significant (adj. 不重要的)、**in**sincere (adj. 不誠懇的)、**in**sufficient (adj. 不充分的)、**in**tact (adj. 原封不動的)、**in**tangible (adj. 難以捉摸的、無實體的)、**in**tegral (adj. 不可缺少的)、**en**tire (adj. 全部的)、**in**vincible (adj. 不可戰勝的)、**in**valuable (adj. 極有用的；無價的)、**in**valid (adj. 失效的 n. 病人)、**in**voluntary (adj. 非自願的；無意識的)、**im**measurable (adj. 無法測量的)、**im**mense (adj. 廣大的、巨大的)、**im**mediate (adj. 立即的)、**im**movable (adj. 不可移動的；固定的)、**im**mune (adj. 有免疫力的；免除的)、**im**moderate (adj. 過度的)、**im**modest (adj. 不謙虛的；暴露身體的)、**im**mutable (adj. 不可改變的)、**im**partial (adj. 公正的)、**im**permanent (adj. 暫時的)、**im**permissible (adj. 不允許的)、**im**proper (adj. 不適當的；錯的)、**il**liberal (adj. 不自由、專制的)、**ir**reparable (adj. 不能修補的)、**ir**resistible (adj. 不可抗拒的)。

025 inter = between, among 在……之間

🎧 Track 341

 inter 源自拉丁文的介系詞或副詞，表示**「在……之間」**，可用 **enter** 當神隊友，**母音通轉**，來輔助記憶。**inter** 黏接 l 開頭的字根時，會拼成 **intel**，如：**intel**lectual；**inter** 進入法文中產生 **enter** 這一變體，借入英文後，往往保留此拼法，如：**enter**prise。**inter** 和表示**「在……裡面」**、**「在……之上」**的 **en, em, in, im** 系出同源，和表示**「裡面」**的 **intra, intro** 也同源，但為了辨識容易及增進學習效果，分開條列。

enter	[ˋɛntɚ]	*v.* 進入；加入、開始從事；輸入
entrance	[ˋɛntrəns]	*n.* 入口 (≠ exit)；進入、登場；進入權、進入許可
entry	[ˋɛntrɪ]	*n.* 進入 (≠ exit)；參加；進入權；出賽；入口 (**entry**way ≠ exit)
entrée	[ˋɑntre]	*n.* 主菜 (main <u>dish/course</u>)；前菜 (appetizer, starter)、配菜 (side dish)

秒殺解字 entrée(entry) → 源自法文，英式英文指主菜前「進入」的「前菜」（appetizer, starter）或和主菜一起吃的「配菜」（side dish），美式英文語意改變，指的是前菜之後「進入」的「主菜」（<u>main dish/course</u>）。這裡的 é 是動詞過去分詞字尾，相當於英文的 ed。

延伸補充
1. entrance fee 入場費
2. college entrance examinations 大學入學考試

international [ˌɪntɚˋnæʃən!] *adj.* 國際性的

秒殺解字 inter(between)+nation+al → 在「國家」「之間」的。

Inter**net**/**inter**net [ˋɪntɚˌnɛt] *n.* 網路

延伸補充
1. surf the <u>Internet/Net/Web</u> 上網
2. internet/cyber café 網咖
3. internet/cyber/online/web celebrity 網紅
4. on/over the Internet 在網路上
5. internet/computert hacker 網路 / 電腦駭客

源來如此 hack [hæk] (v. 劈、砍；駭客)、hacker (n. 駭客)、haggle [ˋhæg!] (v. 討價還價) 同源，g/k 轉音，核心語意是**「砍劈」**。**「討價還價」**（haggle）就是去**「砍」**價。

interview	[ˋɪntɚˌvju]	*n./v.* 面試；訪談
interviewer	[ˋɪntɚˌvjuɚ]	*n.* 面試者；採訪者
interviewee	[ˌɪntɚvjuˋi]	*n.* 被面試的人；接受訪問者 → ee 表示「被……者」。

秒殺解字 inter(between)+view(see) → 「面試」、「訪談」必須「兩者之間」面對面地「看」。

interior	[ɪnˋtɪrɪɚ]	*adj.* 內部的 (≠ exterior)
		n. 內部 (≠ exterior)

interact	[ˌɪntɚˋækt]	*v.* 互動
interaction	[ˌɪntɚˋækʃən]	*n.* 互動；交互作用
interactive	[ˌɪntɚˋæktɪv]	*adj.* 互動的

秒殺解字 inter(between)+act(do) → 「兩（多）者間」的「動作」交流。

interrupt　　　[,ɪntə`rʌpt]　　v. 打斷他人說話；中斷
interruption　　[,ɪntə`rʌpʃən]　　n. 打斷；中斷

🔑 秒殺解字 inter(between)+rupt(break) → 介入「其中」，「打斷」說話或活動程序。

interpret　　　[ɪn`tɝprɪt]　　v. 口譯；解析；詮釋
interpretation[ɪn,tɝprɪ`teʃən]　　n. 解析；詮釋
interpreter　　[ɪn`tɝprɪtə]　　n. 口譯者
mis**inter**pret　　[,mɪsɪn`tɝprɪt]　　v. 誤解 (misread, misunderstand)

🔑 秒殺解字 inter(between)+pret(traffic in, sell) → 本義「在……之間」「交易」，語意歷經轉變，變成語言、語意的交流，因此有「口譯」、「解析」等衍生意思。misinterpret 表示「誤解」，mis 表示「壞地」（badly）、「錯地」（wrongly）。

字辨 從字源的角度來看，**interpreter** 是「**在……之間**」的「**交易者**」，以口語的方式，將譯入語轉換為譯出語的「**口譯者**」；**translator** 是「**攜帶**」從一方「**跨越**」另一方的人，以文字的方式，將譯入語轉換為譯出語的「**翻譯者**」。

interfere　　　[,ɪntə`fɪr]　　v. 干涉、介入 (meddle)；妨礙；干擾
interference　　[,ɪntə`fɪrəns]　　n. 干涉、介入；干擾；阻擋犯規 (obstruction)

🔑 秒殺解字 inter(between)+fer(bore, pierce)+e → 影響力「穿透」組織、活動，表示「干涉」、「介入」、「妨礙」。

源來如此 坊間書籍和網路常犯一個錯誤，把 interfere 的 fer 解釋成 bear 或 carry，列為 fertile 的同源字，其實不然。interfere 和 **bore** [bor] (v. 鑽孔 n. 孔) 同源，**b/f 轉音**，**母音通轉**，核心語意是「**穿透**」（pierce）。

延伸補充
1. interfere in 干涉　　　　　　　　　　　2. interfere with 妨礙；擾亂

interval　　　[`ɪntəv!]　　n. 間隔；休息時間

🔑 秒殺解字 inter(between)+val(wall) → val 等同於 wall，v/w 對應，母音通轉，兩「牆」「之間」，表示兩事件之間的「間隔」。

intellect　　　[`ɪnt!ɛkt]　　n. 智力；才智非凡的人
intellectual　　[,ɪnt!`ɛktʃʊəl]　　adj. 智力的、理解力的
　　　　　　　　　　　　　　　　　n. 知識份子
intelligence　　[ɪn`tɛlədʒəns]　　n 智慧；情報
intelligent　　[ɪn`tɛlədʒənt]　　adj. 有才智的、聰明的 (clever, smart, bright, brilliant, gifted)
intelligible　　[ɪn`tɛlədʒəb!]　　adj. 易理解的 (≠ un**intel**ligible)

🔑 秒殺解字 intel(=inter=between)+lect(choose, read) →「從中」「挑選」有「閱讀」能力的人，後引申為「智力」。

entertain　　　[,ɛntə`ten]　　v. 使歡樂、娛樂 (amuse)；款待
entertaining　　[,ɛntə`tenɪŋ]　　adj. 使人愉快的 (amusing)；有趣的 (**inter**esting)
entertainment [,ɛntə`tenmənt] n. 娛樂
entertainer　　[,ɛntə`tenə]　　n. 藝人

🔑 秒殺解字 enter(=inter=among)+tain(hold) →「娛樂」是掌「握」「內」心的悸動，賦予快樂。

enterprise ［`ɛntɚ͵praɪz］ *n.* 企業；進取心；重大計劃 (initiative)

enterprising ［`ɛntɚ͵praɪzɪŋ］ *adj.* 有開創能力的

秒殺解字 enter(=inter=between)+pris(take, seize)+e → 把「事業」「抓」在手中。

源源不絕學更多 **inter**change (n. 意見交流；匝道)、**inter**est (v. 使發生興趣 n. 興趣；利息)、
intermediate (adj. 中間的、中級的)、**inter**section (n. 道路交叉口)、**inter**vene (v. 介入；打斷)。

026 intra, intro = inside, within, into
在……裡面，在內，進入

🎧 Track 342

神之捷徑 **intra**, **intro** 皆表示「**在……裡面**」、「**在內**」、「**進入**」，**extra**, **extro** 為反義字首，
皆表示「**在……之外**」、「**超過**」。

intranet ［`ɪntrənɛt］ *n.* 內部網路

字辨 **intra**net 通常是公司內部交換訊息的系統；**Inter**net 是一個可以讓全世界各地使用者交換訊息的電
腦系統；**extra**net 是「**商際網路**」或「**企業間網路**」，結合 **intra**net 和 **Inter**net 兩種功能，專供公司和
客戶聯繫，允許客戶看見在 **Inter**net 上看不到的公司內部訊息。

introduce ［͵ɪntrə`djus］ *v.* 介紹；引進、傳入

introduction ［͵ɪntrə`dʌkʃən］ *n.* 介紹；引進、傳入

秒殺解字 intro(into)+duc(lead)+e →「引導」「進來」，就是「引進」、「介紹」。

introspect ［͵ɪntrə`spɛkt］ *v.* 內省、反省

introspective ［͵ɪntrə`spɛktɪv］ *adj.* 內省的、反省的

introspection ［͵ɪntrə`spɛkʃən］ *n.* 內省、反省

秒殺解字 intro(into)+spect(look) →「往內」「看」，表示「內省」。

introvert ［`ɪntrə͵vɝt］ *n.* 內向的人 (≠ extrovert)

introverted ［͵ɪntrə`vɝtɪd］ *adj.* 內向的 (≠ extroverted)

introversion ［͵ɪntrə`vɝʒən］ *n.* 內向 (≠ extroversion)

秒殺解字 intro(inside)+vert(turn) → 在內心「裡面」「打轉」。

intrinsic ［ɪn`trɪnsɪk］ *adj.* 本質的、固有的 (≠ extrinsic)

秒殺解字 intrin(=intra=within)+sic(along) →「在內」「沿著」。

027 kilo = thousand 千

神之捷徑 kilo 表示「千」。

kilogram　　[`kɪlə,græm]　　*n.* 公斤 (kg)

秒殺解字 kilo(thousand)+gram →「一千」「公克」。1kg = 1000 grams。

kilometer　　[`kɪlə,mitɚ]　　*n.* 公里 (km)

秒殺解字 kilo(thousand)+meter →「一千」「公尺」。1 km = 1000 meters。

kilocalorie　　[`kɪlə,kælərɪ]　　*n.* 千卡

kiloliter　　[`kɪlə,litɚ]　　*n.* 公秉 (1000 公升)

028 micro = small 小的

神之捷徑 **micro** 表示「**小的**」，亦可表示「**百萬分之一**」（one millionth），其反義字首是 **macro**，表示「**長的**」（long）、「**大的**」（large）。**macro** 與 **micro** 黏接相同字根或單字時，形成反義字，如：「**總體經濟學**」（**macro**economics）和「**個體經濟學**」（**micro**economics）；「**宏觀世界**」（**macro**cosm）和「**微觀世界**」（**micro**cosm）；「**巨量分析**」（**macro**analysis）和「**微量分析**」（**micro**analysis）。此外，著名的公司 **Micro**soft(微軟) 就是由 **micro**computer 和 software 所組成，因為一開始公司著重於「**微型**電腦軟體」的研發。

microwave　　[`maɪkro,wev]　　*n.* 微波；微波爐 (**micro**wave oven)
　　　　　　　　　　　　　　　　　v. 用微波爐烹調

microphone　　[`maɪkrə,fon]　　*n.* 麥克風 (**mike**)

秒殺解字 micro(small)+phon(sound, voice)+e → 讓「微小的」「聲音」能被聽見。

micrometer　　[maɪ`krɑmətɚ]　　*n.* 微米

秒殺解字 micro(one millionth)+meter →「百萬分之一」「公尺」。

microscope　　[`maɪkrə,skop]　　*n.* 顯微鏡

秒殺解字 micro(small)+scope(look) → 讓「微小的」東西能被「看見」。

029　milli = thousand, one thousandth
千，千分之一

🎧 Track 345

神之捷徑 milli 表示「千」、「千分之一」。

million	[`mɪljən]	*n.*	百萬
millionaire	[ˌmɪljə`nɛr]	*n.*	百萬富翁
billion	[`bɪljən]	*n.*	十億
billionaire	[ˌbɪljə`nɛr]	*n.*	億萬富翁
trillion	[`trɪljən]	*n.*	兆、萬億

秒殺解字 bi(two)+milli(thousand)+on → 英文的數位是以「三進位數」為一單元。「一千」個千是百萬，再「一千」個百萬是「十億」，再「一千」個十億是「一兆」（trillion）。tri 表示「三」（three）。

延伸補充
1. three/four/five million 三 / 四 / 五百萬
2. hundreds/thousands/millions/billions + of + Ns 數以百 / 千 / 百萬 / 十億計的……；許多的

milligram	[`mɪlɪˌgræm]	*n.*	毫克、公絲

秒殺解字 milli(thousand)+gram →「千分之一」「克」。1 milligram = 0.001 grams。

milliliter	[`mɪlɪˌlitɚ]	*n.*	毫升、公撮

秒殺解字 milli(thousand)+liter →「千分之一」「公升」。1 milliliter = 0.001 liters。

millimeter	[`mɪləˌmitɚ]	*n.*	公釐、毫米

秒殺解字 milli(thousand)+meter →「千分之一」「公尺」。1 millimeter = 0.001 meters。

millipede	[`mɪləˌpid]	*n.*	千足蟲

秒殺解字 milli(thousand)+ped(foot)+e →「千」「足」蟲。

030　mis = bad, badly, wrong, wrongly
壞的（地），錯的（地）

🎧 Track 346

神之捷徑 mis 源自古英文，是盎格魯薩克遜本族語中衍生力相當強的字首，語意近似於源自法文的 **mal**，表示「壞的（地）」、「錯的（地）」。

mistake	[mɪ`stek]	*v.*	弄錯　**三態** mistake/mistook/mistaken
		n.	錯誤
mistaken	[mɪ`stekṇ]	*adj.*	弄錯的、誤解的

秒殺解字 mis(badly, wrongly)+take →「壞地」、「錯地」「認為」，表示「弄錯」。

延伸補充
1. be mistaken 弄錯、誤解的
2. mistake A for B　誤把 A 當作 B
3. make a mistake 犯錯誤
4. by mistake 錯誤地、意外地

misunderstand [ˌmɪsʌndɚˈstænd] *v.* 誤解 → mis 表示「錯的」（wrong）。

misunderstanding [ˌmɪsʌndɚˈstændɪŋ] *n.* 誤解；小爭執

misunderstood [ˈmɪsʌndɚˈstʊd] *adj.* 被誤解的

misuse   [ˌmɪsˈjuz]   *v.* 誤用、濫用 (abuse)；盜用；虐待

               [mɪsˈjus]   *n.* 誤用、濫用 (abuse)；盜用

🔖（秒殺解字）mis(badly, wrongly)+use(use) →「誤」「用」。

mistreat   [mɪsˈtrit]   *v.* 虐待 (ill-treat, maltreat, abuse)

🔖（秒殺解字）mis(badly)+treat →「壞地」「對待」。

misapprehension [ˌmɪsæprɪˈhɛnʃən] *n.* 誤會、誤解 (**mis**understanding)

🔖（秒殺解字）mis(bad, wrong)+ap(=ad=to)+prehens(seize, take)+ion →「抓」「錯」概念，表示「誤解」。

misbehave [ˌmɪsbɪˈhev] *v.* 行為不當 (behave badly ≠ behave)

misbehavior [ˌmɪsbɪˈhevjɚ] *n.* 不當行為 (**mis**conduct)

miscalculate [mɪsˈkælkjəˌlet] *v.* 算錯；誤估

miscalculation [ˌmɪskælkjəˈleʃən] *n.* 算錯；誤估

misconception [ˌmɪskənˈsɛpʃən] *n.* 誤解；錯誤看法。

🔖（秒殺解字）mis(bad, wrong)+con(intensive prefix)+cept(take)+ion →「拿」到「壞的」、「錯的」「概念」，表示「誤解」。

mischief   [ˈmɪstʃɪf]   *n.* 調皮、淘氣、惡作劇

mischievous [ˈmɪstʃɪvəs] *adj.* 調皮的、淘氣的、惡作劇的

🔖（秒殺解字）mis(bad)+chief(head) → 到「頭」來，發現結果是「壞」的，本義指「不幸」，1784 年才出現「惡作劇」的意思。

misfortune   [mɪsˈfɔrtʃən]   *n.* 不幸 (bad luck)

misguided   [mɪsˈgaɪdɪd]   *adj.* 受誤導的

misinterpret [ˌmɪsɪnˈtɚprɪt] *v.* 誤解 (**mis**read, **mis**understand, **mis**construe)

🔖（秒殺解字）mis(badly, wrongly)+interpret →「壞地」、「錯地」「解釋」，表示「誤解」。

mislead   [mɪsˈlid]   *v.* 誤導

misleading   [mɪsˈlidɪŋ]   *adj.* 誤導人的

mistrust   [mɪsˈtrʌst]   *v.* 不信任 (distrust)

                                  n. 不信任 (suspicion, distrust)

源源不絕學更多 **mis**chance (n. 厄運)、**mis**conduct (n. 不當行為)、**mis**hap (n. 小事故)。

031 mono = one, single, alone
一，單一，單獨

🎧 Track 347

 mono 表示「**一**」、「**單一**」、「**單獨**」。

monolingual [ˌmɑnə`lɪŋwəl] *adj.* 單語言的

秒殺解字 mono(one, single, alone)+lingu(tongue, language)+al → 只說「一」種「語言」的。

monologue/**mono**log [`mɑnˌɔg] *n.* 一個人的長篇大論

秒殺解字 mono(alone)+log(speak) → 自己「一個」人「說」。

monopoly [mə`nɑplɪ] *n.* 獨佔、壟斷（機構）、專賣、完全控制
monopolize [mə`nɑplˌaɪz] *v.* 獨佔、壟斷、完全控制

秒殺解字 mono(one, single, alone)+poly(sell) → 「唯一」的「賣」者，表示「壟斷」。

源來如此 全球最受歡迎的「**大富翁**」(Monopoly) 遊戲，意為「**壟斷**」，據說遊戲設計者李齊‧馬吉（Lizzie Magie）是一個反壟斷的美國人，所設計的遊戲到最後只有一位贏家，其餘的遊戲者均以破產收場，旨在揭露放任資本主義的弊端，深具教育意義。

monotony [mə`nɑtənɪ] *n.* 單調、無聊 (boredom)
monotone [`mɑnəˌton] *n.* 單音調
monotonous [mə`nɑtənəs] *adj.* 單調的、無聊的 (boring)

秒殺解字 mono(one)+ton(tone)+y → 是「單一」的「音調」，沒有高低起伏，所以就很「無聊」。

monk [mʌŋk] *n.* 修道士；僧侶

秒殺解字 mon(alone)+k → 「修道士」和「僧侶」都是「單獨」的人。

源來如此 nun [nʌn] (n. 修女)、nanny [`nænɪ] (n. 保姆) 同源，**母音通轉**，核心語意是「**女性長輩**」(female adult)。

032 multi = many, much 多的

🎧 Track 348

神之捷徑 multi 表示「多的」。

multicultural [ˌmʌltɪˈkʌltʃərəl] *adj.* 多種文化的

multimedia [ˌmʌltɪˈmidɪə] *adj.* 多媒體的
n. 多媒體

multilingual [ˌmʌltɪˈlɪŋgwəl] *adj.* 使用多種語言的

🖋 **秒殺解字** multi(many)+lingu(tongue, language)+al → 會使用説「多」種「語言」的。

multiple [ˈmʌltəpḷ] *adj.* 多種的、多個的
n. 倍數

multiply [ˈmʌltəˌplaɪ] *v.* 乘；大幅增加；繁殖 (breed)

🖋 **秒殺解字** multi(many)+ple(fold) →「多」「摺」，表示不斷地「增加」。

multitask [ˌmʌltɪˈtæsk] *v.* 同時做多件事

multitasking [ˌmʌltɪˈtæskɪŋ] *n.* 多重工作

源源不絕學更多 **multi**colored (adj. 多色的)、**multi**national (adj. 跨國的)、**multi**racial (adj. 多種族的)、**multi**-ethnic (adj. 多種族的)、**multi**purpose (adj. 多用途的)、**multi**tude (n. 許多；人群)、**multi**vitamin (n. 綜合維他命)。

033 non = not, lack of 不是，無，缺乏

🎧 Track 349

神之捷徑 non 源自後期拉丁文 **noenum**，意思是 **not one**，表示「不是」、「無」、「缺乏」，可以和名詞、形容詞、副詞等構成否定詞。**non** 若加上「連字符」(-)，可以跟數以百計的單字構成否定詞，用以表示「非特定事物」或「不做特定事情的人」，如：「非處方藥」（**non**-prescription drug）、「不抽菸的人」（**non**-smoker），有時亦可指「某件事未曾發生」，如：「未能支付」（**non**-payment）。

non-smoking [ˌnɑnˈsmokɪŋ] *adj.* 禁菸的 (smoke-free)

non-smoker [ˌnɑnˈsmokɚ] *n.* 不抽菸的人

non-alcoholic [ˌnɑnˌælkəˈhɑlɪk] *adj.* 不含酒精的 (alcohol-free)

延伸補充
1. non-alcoholic beer 不含酒精的啤酒	2. non-alcoholic beverages/drinks = soft drinks 不含酒精的飲料

non-fiction [ˌnɑnˈfɪkʃən] *n.* 寫實文學 (≠ fiction)

nonverbal [ˌnɑnˈvɝbḷ] *adj.* 非言語的 → verb 表示「語言」（word）。

non-violent [ˌnɑnˈvaɪələnt] *adj.* 非暴力的

non-violence [ˌnɑnˈvaɪələns] *n.* 非暴力

non-prescription [ˌnɑnprɪˈskrɪpʃən] *adj.* 未經處方可買到的 (over-the-counter)

源源不絕學更多 **non**conformist (n. 不遵循常規者)、**non**-cooperation (n. 不合作運動)、**non**-essential (adj. 非必要的)、**non**-governmental (adj. 非政府的)、**non**-profit (adj. 非營利性的)、**non**-renewable (adj. 不可再生的)、**non**standard (adj. 非標準的)、**non**stop flight (phr. 直達航班)、**non**-native speaker (phr. 非母語者)。

034 ob, op, of, oc = toward, before, against
朝向，在……之前，反對

🎧 Track 350

神之捷徑 源自拉丁文介系詞 **ob**，本義表示**「在附近」**（**near**），由此引申出**「朝向」**、**「去」**、**「在……之前」**的主要語意，也引申出**「反對」**、**「下面」**（**down**）等意思，有時候也可以表示**「加強語氣」**。**ob** 在黏接 **c** 為首的字根時，拼寫為 **oc**，如：**oc**cassion；**ob** 在黏接 **f** 為首的字根時，拼寫為 **of**，如：**of**fend；**ob** 在黏接 **p** 為首的字根時，拼寫為 **op**，如：**op**pose；**ob** 在黏接 **m** 為首的字根時，縮減為 **o**，如：**o**mit。

obey	[ə`be]	*v.* 遵守、服從 (follow, **ob**serve, abide by, comply with, stick to, keep to ≠ break, dis**ob**ey)
obedient	[ə`bidjənt]	*adj.* 服從的、遵從的 (≠ dis**ob**edient)
obedience	[ə`bidjəns]	*n.* 服從、遵從 (≠ dis**ob**edience)

秒殺解字 ob(to)+ey(audio=hear) →「聽」從命令或法律規則，就是「遵守」。

object	[`abdʒɪkt]	*n.* 物體；目標 (purpose, aim, **ob**jective, goal, target)；受詞
	[əb`dʒɛkt]	*v.* 反對 (**op**pose, disapprove, disagree)
objection	[əb`dʒɛkʃən]	*n.* 反對、異議 (**op**position)
objective	[əb`dʒɛktɪv]	*n.* 目標 (goal, purpose, aim, target, **ob**ject)
		adj. 客觀的 (≠ subjective)

秒殺解字 ob(before, toward, against)+ject(throw) →「往」「前面」「丟」，表達「反對」。

observe	[əb`zɝv]	*v.* 觀察；注意到 (notice)；遵守 (**ob**ey, follow)
observation	[ˌabzɝ`veʃən]	*n.* 觀察；注意；遵守 (**ob**servance)
observatory	[əb`zɝvəˌtorɪ]	*n.* 天文臺、氣象臺 → ory 表示「場所」。

秒殺解字 ob(before)+serv(watch, protect, keep)+e → 在「前面」「觀看」，表示「觀察」。為了「保護」法律、協議去「遵守」。

obstacle	[`abstək!]	*n.* 障礙；阻礙

秒殺解字 ob(before, against)+sta(stand)+acle →「站」在「前面」「反對」。

obtain	[əb`ten]	*v.* 得到、獲得 (get, acquire)

秒殺解字 ob(before)+tain(hold) →「向前」「握」住東西是「獲得」。

obvious	[`abvɪəs]	*adj.* 明顯的 (apparent, clear, evident, seeming)
obviously	[`abvɪəslɪ]	*adv.* 明顯地 (apparently, clearly, evidently, seemingly)

秒殺解字 ob(before, against)+vi(=via=way)+ous → 擋在「路」「前」，因此容易被看見，表示「明顯的」。

occasion	[ə`keʒən]	*n.* 時機；場合
occasional	[ə`keʒən!]	*adj.* 偶然的
occasionally	[ə`keʒən!ɪ]	*adv.* 偶爾 (on **oc**casion, sometimes, at times, once in a while, from time to time, now and then, now and again, off and on, on and off, every so often)

秒殺解字 oc(=ob=down)+cas(fall)+ion → 東西要「落下」來的「時機」難以預測。

occur	[ə`kɝ]	*v.* 發生 (happen, take place, come about, arise)
occurrence	[ə`kɝəns]	*n.* 發生；事件

秒殺解字 oc(=ob=toward, against)+cur(run) → 「朝著」、「對著」「跑」過來，表示「發生」。

occupy	[`ɑkjə,paɪ]	*v.* 居住；佔用；佔領；忙於
occupied	[`ɑkjə,paɪd]	*adj.* 忙碌的；使用中的；被佔領的；有人居住的
occupation	[,ɑkjə`peʃən]	*n.* 職業 (job, profession)；佔領；消遣 (pastime)

秒殺解字 oc(=ob=over)+cup(=cap=grasp, take)+y → take over 是「接收」、「接管」，進而表示「居住」、「佔用」、「佔領」、「忙於」。

offend	[ə`fɛnd]	*v.* 觸怒、冒犯
offense	[ə`fɛns]	*n.* 犯罪；冒犯；攻擊 (≠ defense)
offensive	[ə`fɛnsɪv]	*adj.* 冒犯的 (rude ≠ in**off**ensive)；攻擊的 (≠ defensive)

秒殺解字 of(=ob=before, against)+fend(strike) → 原意是「在前面」「「攻擊」「對抗」他人。

opportunity	[,ɑpɚ`tjunətɪ]	*n.* 機會 (chance)

秒殺解字 op(=ob=before, toward)+portun(=port=harbor)+ity → 船隻是否能順利進「港」，關鍵在於風，風決定了成功的「機會」高低。

oppose	[ə`poz]	*v.* 反對
opposite	[`ɑpəzɪt]	*prep.* 在……對面
		adj. 相反的
		n. 對立；相反
opposition	[,ɑpə`zɪʃən]	*n.* 反對 (**op**jection)；反對黨
opposed	[ə`pozd]	*adj.* 反對的；相反的
opposing	[ə`pozɪŋ]	*adj.* 對立的；截然不同的
opponent	[ə`ponənt]	*n.* 對手 (rival, competitor)；反對者 (≠ proponent, supporter)

秒殺解字 op(=ob=before, against)+pos(put)+e → 「放」在「前面」「反對」。

oppress	[əˋprɛs]	_v._ 壓迫；使焦慮、不滴
oppressed	[əˋprɛst]	_adj._ 受壓迫的；焦慮的；不適的
oppressive	[əˋprɛsɪv]	_adj._ 壓迫的、暴虐的；悶熱的；令人焦慮不適的
oppression	[əˋprɛʃən]	_n._ 壓迫

🔖 **秒殺解字** op(=ob=against)+press(press)→「對著……」「壓」。

| **o**mit | [oˋmɪt] | _v._ 遺漏、刪除 (leave out) |

🔖 **秒殺解字** o(=ob=intensive prefix)+mit(send)→「刪除」是將對象「送」走。

📖 **源源不絕學更多** **ob**ese (adj. 肥胖的)、**ob**lige (v. 使負義務)、**ob**struct (v. 阻塞；阻止)、**of**fer (v./n. 給予；提供)、pre**occ**upy (v. 佔據某人心思)。

035　out = out, beyond, more than 外，超過

🎧 Track 351

🧙 **神之捷徑** out 源自本族語，表示**「外」**、**「超過」**，其構字原則大致可分為三類：第一，由含有 out 的片語動詞形成名詞或形容詞，如表示「爆發」的 break out 形成 **out**break，表示「顯眼」、「出眾」的 stand out 形成 **out**standing，表示「公開說出意見」的 speak out 形成 **out**spoken；第二，以 out 當字首，形成名詞或形容詞，用以表示**「外圍的」**、**「非中心的」**，如：**out**skirts, **out**lying, **out**building；第三，以 out 當字首，形成動詞，用以表示**「超越」**或**「勝過」**，如：**out**live, **out**number, **out**grow。

outbreak	[ˋaʊtˌbrek]	_n._ 爆發
outcome	[ˋaʊtˌkʌm]	_n._ 結果 (result)
outgrow	[aʊtˋgro]	_v._ 長得比……大不再適用 (grow out of)
outlook	[ˋaʊtˌluk]	_n._ 觀點 (attitude)；展望 (prospect)；景色

延伸補充
1. have a(n) optimistic/positive outlook on life 積極正面的人生觀
2. economic/financial outlook 經濟 / 財務的前景

| **out**number | [aʊtˋnʌmbɚ] | _v._ 數量上超過 |
| **out**standing | [aʊtˋstændɪŋ] | _adj._ 傑出的 (excellent, brilliant, superb, amazing, impressive)；顯著的 |

📖 **源源不絕學更多** **out**dated (adj. 過時的；陳舊的)、**out**building (n. 附屬建築物)、**out**burst (n. 情緒的爆發)、**out**going (adj. 開朗外向的)、**out**live (v. 比……活得長)、**out**line (n. 輪廓；大綱)、**out**lying (adj. 遠離中心的)、**out**ing (n. 短途旅遊、遠足)、**out**run (v. 比……跑得快或遠；發展得比……快)、**out**skirts (n. 市郊)、**out**spoken (adj. 直言不諱的)、**out**stretched (adj. 伸出的)、**out**weigh (v. 比……更重要)、**out**worn (adj. 過時的)。

036　pan = all 全

 pan 表示「**全部**」。

panacea　[ˌpænəˈsɪə]　*n.* 萬靈丹 (cure-all)

🪶(秒殺解字) pan(all)+acea(cure) → 即 cure-all，表示能「治療」「全部」疾病的「萬靈丹」。

pandemic　[pænˈdɛmɪk]　*n.* 傳染病
　　　　　　　　　　　　 adj. 流行性的

🪶(秒殺解字) pan(all)+dem(people)+ic → 發生在「人類」身上的「全面性」的「流行病」。

panorama　[ˌpænəˈræmə]　*n.* 全景、全貌；概述

🪶(秒殺解字) pan(all)+orama(sight, view) →「全」「景」。

Pandora　[pænˈdorə]　*n.* 潘朵拉

🪶(秒殺解字) pan(all)+dora(gift) → all-gifted，表示「眾神的禮物」。

> **源來如此** 根據希臘神話，潘朵拉是地球上第一個女性「人類」（mortal），她是由諸神所創造出來的，每個神仙各送給她一份禮物，並將所有禮物放入一個壺裡面，囑咐她不得將壺打開。但潘朵拉禁不起誘惑，還是將壺打開了，所有的禮物，不管好壞，包括疾病、禍害、幸福、友情、愛情等全部跑光光，所幸潘朵拉最後蓋上蓋子才留住了希望。本是「潘朵拉的壺」（Pandora's jar），16 世紀時因為誤譯，才變大家現今所熟知的「**潘朵拉的盒子**」（Pandora's box）。

> **源源不絕學更多** pan-American (adj. 泛美的)。

037　per = through , thoroughly
穿過，完全地

 per 源自拉丁文的介系詞 **per**，可上溯至印歐語的 **per**，原意是「**向前**」（forward），後來衍生出「**穿過**」（through）和「**完全地**」（thoroughly）等意思，和 **para**, **peri**, **pre**, **pro**, **proto**, **fore** 都同源，基於學習效益，我們從中挑選重要字首，以 37 和 38 兩個單元條列解說。

perfect　[ˈpɝfɪkt]　*adj.* 完美的 (flawless, faultless ≠ im**per**fect)；
　　　　　　　　　　　　理想的 (ideal)

　　　　　　[pɚˈfɛkt]　*v.* 使完美

🪶(秒殺解字) per(thoroughly)+fect(do, make) →「完全地」「做」到好才是「完美」。

perform　[pɚˈfɔrm]　*v.* 表演；表現；執行 (carry out)
performance[pɚˈfɔrməns]　*n.* 表演；表現；執行；性能
performer　[pɚˈfɔrmɚ]　*n.* 表演者

🪶(秒殺解字) per(thoroughly)+form(provide) →「完全地」「提供」，才能「執行」。

> **源來如此** 坊間書籍和網路常常犯一個錯誤，把 perform 和 form, inform, uniform 等字歸類在一起，而事實上它們並不同源。per**form** (v. 表演；執行)、fur**nish** [ˈfɝnɪʃ] (v. 布置傢俱；提供)、fur**niture** [ˈfɝnɪtʃə] (n. 傢具)，同樣源自印歐詞根 **per**，p/f 轉音，母音通轉，核心語意是「**提供**」（provide）、「**完成**」（complete）、「**執行**」（carry out）。perform 是由兩個同源的 per 和 form 所組成的字，這也是為什麼我們把 form 以粗體呈現的原因。

延伸補充
1. perform a(n) <u>study/experiment/analysis</u> 做研究 / 實驗 / 分析
2. perform a <u>task/job/duty</u> 執行任務 / 工作 / 職責　　3. perform an operation 動手術
4. perform <u>well/badly</u> 表現得好 / 差

| **per**fume | [`pɝˌfjum] | *n.* 香水；芳香 (scent, fragrance) |
| | [pɚ`fjum] | *v.* 使充滿香氣；灑香水 |

秒殺解字 per(through)+fume(smoke) → 如「煙」「飄過」，表示「香水」、「芳香」。

源來如此 perfume (n. 香水)、fume (n. 難聞的煙、煙霧)、typhoon [taɪ`fun] (n. 颱風) 同源，**母音通轉**，核心語意是「**煙**」（**smoke**）。

persevere	[ˌpɝsə`vɪr]	*v.* 鍥而不捨、堅持不懈
perseverance	[ˌpɝsə`vɪrəns]	*n.* 鍥而不捨、堅持不懈
persevering	[ˌpɝsə`vɪrɪŋ]	*adj.* 鍥而不捨、堅持不懈的

秒殺解字 per(very)+severe(severe, serious, strict) → 儘管面對困難，仍然「非常」「堅持」。

源來如此 persevere (v. 鍥而不捨)、severe [sə`vɪr] (嚴重的；嚴厲的)、severity [sə`vɛrətɪ] (n. 嚴重；嚴厲) 同源，核心語意是「**嚴重的**」（**serious**）、「**嚴厲的**」（**strict**）。

persist	[pɚ`sɪst]	*v.* 堅持、執意；持續 (continue, last)
persistence	[pɚ`sɪstəns]	*n.* 堅持、執意；持續
persistent	[pɚ`sɪstənt]	*adj.* 堅持、執意的；持續的

秒殺解字 per(thoroughly)+sist(stand) → 即使面對困難和反對，會「徹底地」「站」下去，那就是「堅持」。

| **per**spective | [pɚ`spɛktɪv] | *n.* 觀點、角度 (viewpoint, point of view, standpoint, angle) |

秒殺解字 per(through)+spect(look)+ive → 「看」「透」，能看清事情的「觀點」、「角度」。

| **par**don | [`pɑrdn̩] | *v.* 原諒 (forgive)；赦免 |
| | | *n.* 赦免 |

秒殺解字 par(=per= thoroughly)+don(give) → 「完全」「給」，把過往全部放下。**par** 與 **per** 同源，**母音通轉**。

| **pil**grim | [`pɪlgrɪm] | *n.* 朝聖者 |

秒殺解字 pil(=per=beyond)+grim(=agr=field) → 朝聖者都是越過「**田野**」，走過大片「**土地**」之人。

源來如此 pilgrim (n. 朝聖者)、acre [`ekɚ] (n. 英畝)、agriculture [`ægrɪˌkʌltʃɚ] (n. 農業) 同源，可用表示「**英畝**」的 acre 當神隊友，本義是「**田地**」，g/k 轉音，母音通轉，來記憶 agr，核心語意皆和「**農業**」相關。

源源不絕學更多 paradise (n. 天堂)、paramount (adj. 首要的)、perceive (v. 察覺)、percent (n. 百分比)、perhaps (adv. 大概)、perish (v. 死亡；毀滅)、permanent (adj. 永久的)、permit (v. 允許 n. 許可證)、perplex (v. 使困惑)、persecute (v. 迫害；煩擾)、perspire (v. 流汗)、persuade (v. 說服、使人相信)、pervade (v. 遍及、瀰漫)、pierce (v. 刺穿)、far (adj. 遠的)、furnish (v. 布置傢俱；提供)、furniture (n. 傢具)、further (adj. 更遠的；進一步地)。

038　pre, pro, pur, fore, for = before, forward 前，向前

🎧 Track 354

pre 表示「**前**」（before），pro 表示「**向前**」（forward），兩者同源，**母音通轉**，語意有時可相通，和前一個字首 per 也同源，核心語意皆是「**向前**」（forward）。另外，**pro** 尚有「**取代**」的意思，如：**pro**noun；pur 是 pro 的同源字首，如：**pur**chase, **pur**pose, **pur**sue；por 亦是同源字首，如：**por**tray；fore, for 亦是 per 變體字首，p/f 轉音，**母音通轉**，如：**fore**father。值得一提的是，pro 加「**連字號**」（-hyphen），可連接眾多單字，是個活性字首，表示「**支持**」（support）。舉例來說，美國對於墮胎這個生命倫理議題，常有兩派看法，一邊是「**擁護**選擇權」（**pro**-choice），即支持墮胎，一邊是「**擁護**生命權」（**pro**-life），即反對墮胎，這裡的 **pro-** 其實就是「**支持**」。

prehistoric	[ˌprihɪsˋtɔrɪk]	*adj.* 史前的
prepare	[prɪˋpɛr]	*v.* 準備 (get ready)；做（飯菜）
prepared	[prɪˋpɛrd]	*adj.* 有準備的
preparation	[ˌprɛpəˋreʃən]	*n.* 準備

🖋 秒殺解字 pre(before)+par(prepare)+e → 「先」「準備」好。

preview	[ˋpriˌvju]	*v./n.* 預展；試映；預告

🖋 秒殺解字 pre(before)+view(see) → 「先」「看」。

predict	[prɪˋdɪkt]	*v.* 預測 (**fore**cast, **pro**phesy, **fore**tell)
prediction	[prɪˋdɪkʃən]	*n.* 預測 (**fore**cast, **pro**phecy)
predictable	[prɪˋdɪktəb!]	*adj.* 可預料的 (≠ un**pre**dictable)
predictive	[prɪˋdɪktɪv]	*adj.* 預言的

🖋 秒殺解字 pre(before)+dict(say) → 「先」「說」就是「預測」。

precaution	[prɪˋkɔʃən]	*n.* 預防措施

🖋 秒殺解字 pre(before)+caution(to be on one's own guard) → 「事先」「守衛」，採取「預防措施」。

preposition	[ˌprɛpəˋzɪʃən]	*n.* 介系詞

🖋 秒殺解字 pre(before)+posit(put)+ion → 介詞通常「置」於名詞「前方」。pos 視為「字根」（root），posit 可視為「字幹」（stem）。

presume	[prɪˋzum]	*v.* 認為 (assume, suppose)；假定 (**pre**suppose)
presumption	[prɪˋzʌmpʃən]	*n.* 認為 (assumption, supposition)；假定 (**pre**supposition)

🖋 秒殺解字 pre(before)+sum(take)+e → 本義是「事先」「拿」定想法，因此有「假定」的意思。

prompt	[prɑmpt]	*adj.* 迅速的、敏捷的
		v. 促使某人決定說或做某事

🖋 秒殺解字 pro(forward)+ompt(=sumpt=take) → 「拿」到「前面」，表示「迅速的」。

prior	[`praɪɚ]	*adj.*	在先的 (**pre**vious)；預先的；優先的、更重要的
priority	[praɪ`ɔrɪtɪ]	*n.*	優先的事；優先權
proud	[praʊd]	*adj.*	驕傲的 (≠ ashamed)
pride	[praɪd]	*n.*	驕傲；自豪；自尊心
		v.	驕傲；自豪

秒殺解字 prou(before)+d → 把自己擺在「前面」，表示「驕傲的」。

延伸補充
1. with pride = proudly 驕傲地
2. take pride in + N/Ving = pride oneself on + N/Ving = be proud of + N/Ving 以……自豪、感到驕傲

profile	[`profaɪl]	*n.*	側面像；簡介；大眾的注意

秒殺解字 pro(forward)+file(draw out a line, spin) → 「往前」「畫出線條」，表示「側面像」、「簡介」。

progress	[`pragrɛs]	*n.*	前進；進行；進步
	[prə`grɛs]	*v.*	前進；進行；進步 (≠ regress)
progressive	[prə`grɛsɪv]	*adj.*	逐漸的；進步的

秒殺解字 pro(forward)+gress(walk, go, step) → walk/go/step forward，都是往「前」「走」。

project	[`pradʒɛkt]	*n.*	計畫、專案；專題研究
	[prə`dʒɛkt]	*v.*	預計；投影；突出 (**pro**trude)
projector	[prə`dʒɛktɚ]	*n.*	投影機

秒殺解字 pro(forward)+ject(throw) → 「往前」「丟」，表示「計劃」。

promise	[`pramɪs]	*v.*	答應、承諾、保證
promising	[`pramɪsɪŋ]	*adj.*	有前途的、有希望的 (hopeful, encouraging)

秒殺解字 pro(before)+mis(send)+e → 「往前」「送」，表示「答應」、「承諾」。

pronoun	[`pronaʊn]	*n.*	代名詞

秒殺解字 pro(in place of)+noun(name) → 「代名詞」是用來「取代」前面的「名詞」。

prophet	[`prafɪt]	*n.*	預言者、先知；宣導者
prophesy	[`prafə,saɪ]	*v.*	預言 (**fore**tell, **pre**dict, **fore**cast)
prophecy	[`prafəsɪ]	*n.*	預言 (**pre**diction, **fore**cast)

秒殺解字 pro(before)+phet(=phanai=speak) → 事「前」就「説」出來的「預言者」是「先知」。

propose	[prə`poz]	*v.*	建議 (suggest, recommend)；提出；求婚；打算 (intend)
proposal	[prə`pozl]	*n.*	建議、提案 (suggest, recommendation)；求婚
proponent	[prə`ponənt]	*n.*	提議者、擁護者 (advocate ≠ opponent)
purpose	[`pɝpəs]	*n.*	目的、意圖 → pur 是 pro 的同源字首。

秒殺解字 pro(forward)+pos(put)+e → 把東西「放」在「前面」，表示「建議」。

portray	[por`tre]	*v.* 描述、描繪 (depict, describe)；扮演 (play)
portrayal	[por`treəl]	*n.* 描述、描繪 (description)
portrait	[`portret]	*n.* 人像、肖像；描寫 (description)
self-**por**trait	[͵sɛlf`portret]	*n.* 自畫像

秒殺解字 por(=pro=forward)+tray(draw) → 拖著筆桿「往前」「拉」出線條。

| **pur**chase | [`pɝtʃəs] | *n.* 購買；所購之物 |
| | | *v.* 購買 |

秒殺解字 pur(=pro=forward, intensive prefix)+chase(=catch=cap=take) → 「購買」是為了「追逐」、「取得」某東西。

| **pur**sue | [pɚ`su] | *v.* 追求；追究；追捕 (chase) |
| **pur**suit | [pɚ`sut] | *n.* 追求；追捕 |

秒殺解字 pur(=pro=forward)+sue(=secut=follow) → 「往前」「跟隨」是「追求」、「追蹤」。

forearm	[`for͵ɑrm]	*n.* 前臂
forehead	[`for͵hɛd]	*n.* 額頭
forebear	[`for͵bɛr]	*n.* 祖先 (ancestor)
forecast	[`for͵kæst]	*v.* 預料；預測；預報 (**pre**dict)
		n. 預料；預測；預報 (**pre**diction)

秒殺解字 fore(before)+cast(plan) → 「事先」做「計劃」，有「預料」、「預測」的意涵。

延伸補充
1. the weather forecast 天氣預報　　　　　　2. profit/sales/growth forecast 獲利 / 銷售 / 成長預測

forefather	[`for͵fɑðɚ]	*n.* 祖先 (ancestor)
forefinger	[`for͵fɪŋgɚ]	*n.* 食指 (index finger)
foremost	[`for͵most]	*adj.* 最佳的、最重要的 (leading, top)；領先的

延伸補充
1. first and foremost 首要的是、最重要地　　　2. the foremost authorities 最頂尖的專家、權威們

forerunner	[`for͵rʌnɚ]	*n.* 先驅者
foresee	[for`si]	*v.* 預知
foreshadow	[for`ʃædo]	*v.* 預示

源來如此 shade [ʃed] (n. 陰涼處；陰影)、shady [`ʃedɪ] (adj. 陰涼的)、shadow [`ʃædo] (n. 影子；陰暗處；陰影) 同源，**母音通轉**，核心語意是「**陰影**」（shade）。

foretell	[for`tɛl]	*v.* 預料；預測 (**pre**dict)
forward	[`fɔrwɚd]	*adv.* 向前地；提前地 (≠ backward)
		adj. 向前的 (≠ backward)；未來的
		v. 轉寄 (send on)；促進 (**fur**ther)
		n. 前鋒

秒殺解字 for(=fore=before)+ward(=vert=turn=toward) → 「轉向」「前」。

源源不絕學更多 preach (v. 佈道)、precise (adj. 精確的)、preface (n./v. 序、前言)、prefer (v. 寧願)、 pregnant (adj. 懷孕的)、prejudice (n. 偏見 v. 抱偏見)、preliminary (adj. 預備的)、premarital (adj. 婚前 的)、preoccupy (v. 佔據某人心思)、prescribe (v. 開藥方)、present (adj. 出席的)、preserve (v. 維護; 保存)、preside (v. 主持)、prestige (n. 名望)、prestigious (adj. 有名望的)、pretend (v. 假裝)、prevail (v. 獲勝;盛行)、prevent (v. 預防;阻止)、previous (adj. 以前的)、priest (n. 牧師)、problem (n. 問題)、 proceed (v. 繼續做)、proclaim (v. 宣告)、produce (v. 生產)、profession (n. 職業)、professor (n. 教授)、 proficient (adj. 精通的)、profit (n. 利潤)、profound (adj. 深遠的)、program (n. 計畫;節目;程式)、 prohibit (v. 禁止)、prolong (v. 延長)、promote (v. 晉升;促進;促銷)、prone (adj. 易於遭受……的)、 pronounce (v. 發音;宣稱)、propaganda (n. 政治宣傳)、propel (v. 推進)、proportion (n. 比例、比率)、 prose (n. 散文)、prosecute (v. 起訴、告發)、prospect (n. 前景 v. 探勘)、prostitute (n. 娼妓)、protect (v. 保護)、protein (n. 蛋白質)、protest (v./n. 抗議)、proverb (n. 諺語)、provide (v. 提供)、province (n. 省;州)、provoke (v. 煽動;激怒)、first (adj. 第一的)、for (prep. 為)、foreman (n. 工頭、領班)、 foreword (n. 書的前言)、former (n. 前者)、from (prep. 從)、forth (adv. 向前)、before (adv. 以前)、 afford (v. 買得起)。

039 post = after 在……之後

🎧 Track 355

神之捷徑 **post** 表示「**在……之後**」（**after**）。我們常看到的 p.m. 是 **post** meridiem，表示「**正午**」（midday, noon）「**之後**」，即「**下午**」。**post**-2010 是表示「**在 2010 之後的**」。

| **post**erior | [pɑsˋtɪrɪɚ] | *adj.* 後面的;尾部的 (≠ anterior) |
| | | *n.* 臀部 (buttocks, bottom) |

| **post**pone | [postˋpon] | *v.* 延期、延遲 (delay, put off, put back ≠ bring forward) |

秒殺解字 post(after)+pon(put)+e → 「放」到「後面」，表示「延期」。

| **post**script | [ˋpostˌskrɪpt] | *n.* 信末簽名後的附筆;正文後的附言補充 (PS) |

秒殺解字 post(after)+script(write) → 「寫」在「後面」。

| **post**war | [ˋpostˌwɔr] | *adj.* 戰後的 (≠ prewar) |

源源不絕學更多 post-impressionism (n. 後印象主義)。

040　re = again, back 再，返回，後

字首 **re** 來自拉丁文，表示「**再**」、「**返回**」、「**後**」等意思，有時亦可用來「**加強語氣**」，其拼字相對穩定，主要的變體是 **red**，常用以黏接母音為首的字根，如：**red**undant, **red**eem。此外，**re** 的同源字首 **retro**，表示「向後」（backward）或「後」（back），如：**retro**spect。

reuse	[ri`juz]	*v.* 重複使用
	[ri`jus]	*n.* 重複使用
reusable	[ˌri`juzəb!]	*adj.* 可重複使用的

秒殺解字　re(back, again)+use(use) → 「再」「回去」「使用」。

recycle	[ri`saɪk!]	*v.* 回收；再利用
recyclable	[ˌri`saɪkləb!]	*adj.* 可回收利用的
recycling	[ˌri`saɪk!ɪŋ]	*n.* 回收

秒殺解字　re(again, back)+cycle(cycle) → 「再」「循環」，表示「回收」、「再利用」。

redo	[rɪ`du]	*v.* 重做

秒殺解字　re(back, again)+do → 「回到」原點「重新」「做」。

refill	[rɪ`fɪl]	*v.* 再裝滿、再填滿
	[`rifɪl]	*n.* 再裝滿、再填滿；填充物；續杯

秒殺解字　re(back, again)+fill → 「再」「填」使「回到」原狀。

refresh	[rɪ`frɛʃ]	*v.* 使涼爽、使恢復精神；更新網頁 (update)
refreshment	[rɪ`frɛʃmənt]	*n.* 點心

秒殺解字　re(again)+fresh → 「再次」「新鮮的」，表示「使涼爽」、「使恢復精神」。

reheat	[rɪ`hit]	*v.* 重新加熱

源來如此　**hot** [hɑt] (adj. 熱的；辣的)、**heat** [hit] (n. 熱 v. 加熱)、**heat**er (n. 暖氣機) 同源，**母音通轉**，核心語意是「**熱的**」（hot）。

rewrite	[ri`raɪt]	*v.* 重寫；修改 (**re**vise)
	[`riˌraɪt]	*n.* 重寫
rebroadcast	[ri`brɔdˌkæst]	*v./n.* 重播

源來如此　**cast** (v. 投向；扔)、broad**cast** (v./n. 廣播；播送)、fore**cast** (v./n. 預測) 同源，核心語意是「丟擲」（throw）。

rebound	[rɪ`baʊnd]	*v.* 彈回；價格反彈 (**re**cover)；搶籃板球；適得其反 (backfire)
	[`riˌbaʊnd]	*n.* 彈回；價格反彈；籃板球

秒殺解字　re(back)+bound(bound, leap) → 「跳」「回」，表示「彈回」、「反彈」。

recall	[rɪ`kɔl]	*v.* 回憶 (**re**member, **re**collect, <u>think/look</u> back)；召回；撤回
		n. 記憶力；召回；撤回

秒殺解字　re(back, again)+call → 「再次」「叫」「回來」，表示「回憶」、「召回」。

recover [rɪˋkʌvɚ] *v.* 恢復 (get <u>better/over/well</u>, **re**cuperate)；復甦；重獲 (**re**gain, **re**trieve, get back)；取得賠償 (**re**coup)

recovery [rɪˋkʌvərɪ] *n.* 恢復；復甦；重獲

🖋 秒殺解字 re(back)+cover(=cuperate=cap=take) → 把健康「取」「回」。

recreate [ˌrɛkrɪˋet] *v.* 使再現、重溫 (**re**capture)

recreation [ˌrɛkrɪˋeʃən] *n.* 休憩娛樂 (hobby, pastime)

recreational [ˌrɛkrɪˋeʃən!] *adj.* 娛樂的；消遣的

🖋 秒殺解字 re(again)+creat(grow)+ion → 做一些事是讓自己的身心靈「重新」「成長」，使人輕鬆、恢復精神。

refrigerator [rɪˋfrɪdʒəˌretɚ] *n.* 冰箱 (fridge)

🖋 秒殺解字 re(again)+friger(cold)+ate+or → 「再」「冷」，表示可使食物變冷、保存食物的「冰箱」。

refuge [ˋrɛfjudʒ] *n.* 避難所、庇護所 (shelter, sanctuary)；庇護

refugee [ˌrɛfjʊˋdʒi] *n.* 難民、流亡者 → ee 表示「人」。

🖋 秒殺解字 re(back)+fug(flee, run away)+e → 「逃」「回來」，可以尋求庇護、保護的地方。

延伸補充
1. <u>take/seek</u> refuge 尋求庇護 　　　　2. refugee camp 難民營

refund [rɪˋfʌnd] *v.* 退款
　　　　　[ˋriˌfʌnd] *n.* 退款

🖋 秒殺解字 re(back)+fund(pour) → 「倒」「回去」。

refuse [rɪˋfjuz] *v.* 拒絕 (**re**ject, turn down, decline)
　　　　　[ˋrɛfjus] *n.* 廢物、垃圾 (trash, garbage, rubbish)

refusal [rɪˋfjuz!] *n.* 拒絕；駁回

🖋 秒殺解字 re(back)+fus(pour)+e → 「倒」「回去」，表示「拒絕」。

regret [rɪˋgrɛt] *n./v.* 後悔、懊悔；遺憾

regretful [rɪˋgrɛtfəl] *adj.* 遺憾的 (sorry)

regretfully [rɪˋgrɛtfəlɪ] *adv.* 遺憾的是；不幸地

regrettable [rɪˋgrɛtəb!] *adj.* 令人遺憾的、不幸的 (unfortunate)

🖋 秒殺解字 re(intensive prefix)+gret(weep) → 本義「哭」，引申為「後悔」、「遺憾」。

延伸補充
1. regret + Ving 後悔做…… 　　　　2. <u>regret/be sorry</u> to <u>say/inform/tell</u> 很遺憾告知
3. to + sb's regret 讓某人懊悔的是

reimburse [ˌriɪmˋbɝs] *v.* 償還、退還

🖋 秒殺解字 re(back)+im(in)+burse(purse) → 把錢放「回去」你的「錢包」，表示「償還」、「退還」。

源來如此 purse [pɝs] (n. 錢包)、reim**burse** (v. 償還、退還) 同源，**b/p 轉音**，核心語意是「錢包」（purse）、「袋子」（bag）。

reluctant [rɪ`lʌktənt] *adj.* 不情願的、勉強的 (unwilling ≠ willing)
reluctantly [rɪ`lʌktəntlɪ] *adv.* 不情願地 (unwillingly ≠ willingly)
reluctance [rɪ`lʌktəns] *n.* 不情願、勉強

秒殺解字 re(against)+luct(fight)+ant →「奮力」「反抗」的。

延伸補充
　1. be <u>reluctant/unwilling</u> + to V 不情願去……　　2. with reluctance 不情願地，勉強地

remove [rɪ`muv] *v.* 移開 (take away)；除去 (get rid of)；脫掉 (take off)
removal [rɪ`muv!] *n.* 移開；除去；撤除；罷免
remote [rɪ`mot] *adj.* 遙遠的、偏僻的 (far, distant, isolated)；疏遠的 (distant)；微乎其微的 (slight)
　　　　　　　　　　　　n. 遙控器 (**re**mote control)

秒殺解字 re(back, away)+move(move) →「移動」「開」，表示「除去」、「脫掉」等。

renew [rɪ`nju] *v.* 更新；重新開始 (**re**sume)；更換 (**re**place)。
renewable [rɪ`njuəb!] *adj.* 可更新的；可繼續的 (≠ non-**re**newable)

秒殺解字 re(again)+new →「再次」成為「新的」。

renovate [`rɛnə,vet] *v.* 更新、翻新、修理 (**re**pair)
renovation [,rɛnə`veʃən] *n.* 更新、翻新、修理 (**re**pair)

秒殺解字 re(again)+nov(new)+ate →「再」次變「新」，表示「更新」、「翻新」。

replace [rɪ`ples] *v.* 代替；更換
replacement [rɪ`plesmənt] *n.* 代替；代替品

秒殺解字 re(back, again)+place →「再」「回到」「位置」上，表示「代替」、「更換」。

延伸補充
　1. A replace B = A take the place of B = A take B's place = A substitute for B　A 代替 B
　2. replace B with A = substitute A for B　用 A 代替 B

rescue [`rɛskju] *v.* 解救、援救 (save)
　　　　　　　　　　n. 解救、援救
rescuer [`rɛskjuɚ] *n.* 救援者

秒殺解字 re(intensive prefix)+scue(cast off, discharge) → 本指「拋出」，指的是將人從困境或危機中「解救」出來。

延伸補充
　1. <u>rescue/save</u> A from B　從 B 救出 A　　2. come to + <u>sb's/the</u> rescue 援救某人

resign [rɪ`zaɪn] *v.* 辭去；辭職 (quit)
resignation [,rɛzɪg`neʃən] *n.* 辭呈

秒殺解字 re(opposite)+sign(mark) → 畫個「相反」的「記號」表示取消，引申為「辭職」。

resist [rɪ`zɪst] *v.* 抗拒；抵抗、反抗
resistance [rɪ`zɪstəns] *n.* 抵抗、反抗；抵制
resistant [rɪ`zɪstənt] *adj.* 抵制的；抗……的
irresistible [,ɪrɪ`zɪstəb!] *adj.* 不可抗拒的 → ir 表示「不」（not）。

秒殺解字 re(against)+sist(stand) →「站」在「對立面」，表示「抗拒」、「抵抗」。

resource　　[rɪ`sors]　　*n.* 資源

resourceful　[rɪ`sorsfəl]　*adj.* 機敏的、足智多謀的

🖋️ **秒殺解字** re(again)+source(=surge=rise) → 本義「再次」「上升」，填補匱乏或不足，引申為「資源」。

延伸補充
1. natural resources 自然資源 　　　　　2. a precious/valuable resource 珍貴的資源
3. limited resources 有限的資源

resort　　　[rɪ`zort]　　*n.* 度假勝地；訴諸、憑藉的手段
　　　　　　　　　　　　　　　　　v. 訴諸、憑藉

🖋️ **秒殺解字** re(again)+sort(go out) → 本義「再次」「外出」尋求協助，表示「訴諸、憑藉的手段」，
1754 年出現「度假勝地」的意思。

延伸補充
1. resort + to N/Ving 訴諸、憑藉 　　　　　2. resort to force 訴諸武力
3. last/final resort 最後的辦法、手段 　　　4. seaside/beach/ski/tourist resort 海濱 / 海灘 / 滑雪 / 觀光勝地

retrieve　　[rɪ`triv]　　*v.* 取回、重新得到 (get + sth. + back, **re**cover)；擷
　　　　　　　　　　　　　　　　取（資訊）

retrieval　　[rɪ`triv!]　　*n.* 取回、重新得到；擷取（資訊）

🖋️ **秒殺解字** re(back)+trieve(find) → 「找」「回去」，表示「取回」。

reunion　　[rɪ`junjən]　　*n.* 團圓、重聚

🖋️ **秒殺解字** re(back, again)+uni(one)+on → 「再次」聚在「一」起。

reveal　　　[rɪ`vil]　　*v.* 洩露、揭露 (disclose ≠ conceal)；展現

revealing　　[rɪ`vilɪŋ]　*adj.* 揭露性的；暴露的

🖋️ **秒殺解字** re(opposite, back)+veal(veil) → veal 等同 veil，「揭露」「面紗」，就是「洩露」、「揭露」
不為人所知或藏起來的秘密。

源來如此 veil [vel] (n. 面紗)、unveil [ʌn`vel] (v. 揭幕；首次展示)、reveal (v. 洩露)同源，**母音通轉**，
核心語意是**「面紗」（veil）**。unveil 是「除去」**「面紗」**，引申為**「揭幕」、「首次展示」**；un 表示「相反」
（opposite of）。

延伸補充
1. reveal the secret 洩漏祕密 　　　　　2. reveal the truth 揭露真相

review　　　[rɪ`vju]　　*v./n.* 審查；評論；複習

🖋️ **秒殺解字** re(again)+view(see) → 「再」「看」。

revise　　　[rɪ`vaɪz]　　*v.* 修正、校訂

revision　　[rɪ`vɪʒən]　　*n.* 修正、校訂

🖋️ **秒殺解字** re(again)+vis(see)+e → 「再」「看」一次，做必要的改變或「修正」。

retrospect　[`rɛtrə,spɛkt]　*n.* 回顧；回想

retrospective[,rɛtrə`spɛktɪv]　*adj.* 回顧的；追溯的
　　　　　　　　　　　　　　　　　　　　n. 作品回顧展

🖋️ **秒殺解字** retro(backward, back)+spect(look) → 「往回」「看」，表示「回顧」。

源源不絕學更多 re 表示「再」（again）的有 rally (v. 召集 n. 集會)、re-educate (v. 再教育)、reapply (v. 重新申請；再應用)、rebel (n. 反叛者)、recognize (v. 認出；承認)、recollect (v. 回憶)、reconcile (v. 和解)、recruit (v. 招募)、redundant (adj. 多餘的)、redundancy (n. 被解僱；多餘)、reform (n./v. 改革)、rehearse (v. 排練)、reinforce (v. 強化)、reinvent (v. 徹底改造)、remind (v. 提醒)、renown (n. 名聲)、repair (v./n. 修理)、repeat (v./n. 重複)、reproduce (v. 繁殖；複製)、reputation (n. 名譽)、require (v. 需要；要求)、respire (v. 呼吸)、resume (v. 再繼續；再取得)、revive (v. 使復甦)。re 表示「返回」、「後」（back）的有 arrest (v./n. 逮捕)、react (v. 反應)、recede (v. 消退)、receive (v. 收到)、recipe (n. 烹飪法)、record (n. 唱片；紀錄 v. 紀錄)、redeem(v. 彌補；贖回)、reduce (v. 減少)、refer (v. 提到)、reflect (v. 反映；反射)、register (v. 登記)、reject (v. 拒絕)、relax (v. 放鬆)、release (v./n. 釋放；發行；發佈)、render (v. 給予)、remain (v. 維持；剩下)、repay (v. 還錢；回報)、report (v./n. 報告；報導)、repress (v. 壓抑；鎮壓)、reserve (v. 保留；預定)、resolve (v. 決定；解決)、respect (v/n. 尊敬)、respond (反應；回答)、restrain (v. 抑制；阻止)、restrict (v. 限制)、result (v. 導致 n. 結果)、retail (n./v. 零售)、retain (v. 保留)、retract (v. 撤回)、retire (v. 退休)、return (v./n. 返回；歸還)、revenue (n. 國家稅收；收入)、reverse (adj. 顛倒的；反面的)。re 兼具以上兩個意思的有 reappear (v. 再出現)、reassure (v. 使放心)、recent (adj. 最近的)、recharge (v. 再充電)、recite (v. 背誦；朗誦)、reconstruct (v. 重建)、recur (v. 再發生)、reelect (v. 再度選上)、relate (v. 相關)、remodel (v. 重新塑造、改建)、reply (v./n. 回覆；回應)、reside (v. 居住)、reprint (v./n. 重印、再版)、restore (v. 使恢復)。re 表示「加強語氣」（intensive prefix）的有 recluse (n. 隱居者)、recommend (v. 建議；推薦)、refine (v. 改進；提煉)、regard (v. 視為)、relieve (v. 減輕)、rely (v. 依靠)、religion (n. 宗教)、remark (v./n. 評論)、remedy (n. 治療)、repent (v. 懺悔)、represent (v. 代表、象徵)、research (v./n. 研究)、resemble (v. 相似)、resent (v. 憤慨)、revenge (v./n. 報仇)、revolve (v. 旋轉)、revolution (n. 革命；旋轉)、revolt (v./n. 反叛、造反)、reward (n./v. 報答、酬謝)。

041   se = apart, away 分開，離開

🎧 Track 357

 se 源自於拉丁文，表示「分開」、「離開」。

separate	[ˋsɛpəˌret]	*v.* 隔開；分開 (divide)；分居
	[ˋsɛpəˌrɪt]	*adj.* 個別的、不同的；單獨的
separated	[ˋsɛpəˌretɪd]	*adj.* 分居的
separation	[ˌsɛpəˋreʃən]	*n.* 分離；分開；分居
separately	[ˋsɛpərɪtlɪ]	*adv.* 各自地
several	[ˋsɛvərəl]	*adj.* 幾個的；各不相同的、各自的 (respective)

🐛 **秒殺解字** se(apart)+par(prepare)+ate →「準備」「分開」。此外，several, separate 同源，p/v 轉音，母音通轉。

secret	[ˋsikrɪt]	*n.* 秘密；機密
		adj. 秘密的
secretary	[ˋsɛkrəˌtɛrɪ]	*n.* 秘書

🐛 **秒殺解字** se(apart)+cret(separate) →「分開」「出來」，純屬自己的「秘密」。

select	[sə`lɛkt]	*v.* 選擇、挑選 (choose, pick)
selection	[sə`lɛkʃən]	*n.* 選擇 (choice, option, alternative)
selective	[sə`lɛktɪv]	*adj.* 有選擇性的；嚴格篩選的

🪶 秒殺解字 sc(apart)+lect(choose, gather) → 把「選擇」的東西「分開」來。

secure	[sɪ`kjʊr]	*adj.* 安全的；穩固的；無憂的；有信心的 (confident ≠ insecure)
		v. 獲得；使安全；使牢固；抵押
security	[sɪ`kjʊrətɪ]	*n.* 安全防護措施；保障；抵押品

🪶 秒殺解字 se(free from)+cure(care) → 「不用」「擔心」，表示「安全的」、「穩固的」、「有信心的」。

| seduce | [sɪ`djus] | *v.* 誘惑 (tempt) |

🪶 秒殺解字 se(away)+duc(lead, tow)+e → 將人給「拉」「走」，表示「誘惑」他人做某事。

segregate	[`sɛgrɪ,get]	*v.* 隔離並差別對待 (≠ integrate)；分開
segregated	[`sɛgrɪ,getɪd]	*adj.* 隔離的 (≠ integrated)
segregation	[,sɛgrɪ`geʃən]	*n.* 隔離 (≠ integration)

🪶 秒殺解字 se(apart)+greg(gather, flock)+ate → 基於種族、宗教或性別原因，把「聚集」的人「分開」並差別對待，表示「隔離」。

源來如此 segregate (v. 隔離)、aggregate (v./n./adj. 合計)、congregate (v. 聚集) 同源，核心語意是「聚集」(gather)。

延伸補充
1. a racially segregated school 種族隔離的學校　　　　2. racial segregation 種族隔離

源源不絕學更多 seclude (v. 隱居)、secluded (adj. 與世隔絕的；僻靜的)、sever (v. 切斷；斷絕)。

042 sub, hypo = under 在下面

🎧 Track 358

sub 和 **hypo**，兩者同源，**字母 h/s 對應**，**b/p 轉音**，**母音通轉**，皆表示「**在下面**」，有時亦有「**由下往上**」（**up from under**）的意思，因此也和 **up** 同源。**sub** 黏接字根時受字根首字母「同化」，所產生的變體如：**suc, suf, sug, sum, sup, sur, sus, su**，進到法文中產生 **sou** 這個變體，代表單字如：**sou**venir。事實上，**sub** 在現代英語中是個活性的字首，使用極廣，衍生的意思眾多，有「**少於**」、「**低於**」的意思，如：**sub**-zero, **sub**-4 minute；有「**幾乎**」、「**差不多**」的意思，如：**sub**-tropical；有「**分支**」的意思，如：**sub**continent；有「**不如……那麼好的**」的意思，如：**sub**-standard，更有「**下級的**」、「**從屬的**」等意思，如：**sub**ordinate。值得留意的是，在現代英語中，儘管 **sub** 衍生出許多不同的語意，但其拼字已經固定，**sub** 不會因黏接字根時，受字根首字母影響產生變體。

subway   [`sʌb‚we]   *n.* 美國地下鐵；行人地下道 (underpass)

字辨 「英國地下鐵」叫 underground。

submarine   [`sʌbmə‚rin]   *n.* 潛水艇
                                    adj. 海底的、海面下的

秒殺解字 sub(under)+marine(sea) →「潛水艇」能夠在「海」「下面」運行。

源來如此 **marine** [mə`rin] (adj. 海的；海運的)、**maritime** [`mærə‚taɪm] (adj. 海運的；沿海的)、**mermaid** [`mɝ‚med] (n. 美人魚) 同源，**母音通轉**，核心語意是「**海**」（sea）。「**美人魚**」（mermaid）是「海裡少女」，**maid** 表示「未婚少女」（an unmarried woman）。

succeed   [sək`sid]   *v.* 成功 (≠ fail)；接著發生；繼任
success   [sək`sɛs]   *n.* 成功 (≠ failure)
successful   [sək`sɛsfəl]   *adj.* 成功的 (≠ un**suc**cessful)
succession   [sək`sɛʃən]   *n.* 連續；繼任
successive   [sək`sɛsɪv]   *adj.* 連續的、相繼的
successor   [sək`sɛsɚ]   *n.* 後繼者、繼任者

秒殺解字 suc(=sub=next to, after)+ceed(go) → 跟在「後面」「走」，因此有「繼任」、「連續」等意思。

summon   [`sʌmən]   *v.* 召喚；召集 (convene)；鼓起（勇氣）

秒殺解字 sum(=sub=under, secretly)+mon(warn) → 本義是「私下」「警告」，之後語意產生改變，12 世紀才有類似「召喚」、「召集」的意思。

support   [sə`port]   *v./n.* 支持；支撐；擁護；贊助
supporter   [sə`portɚ]   *n.* 支持者、擁護者

秒殺解字 sup(=sub=up from under)+port(carry) →「由下往上」「提」著，為「支持」、「支撐」。

sudden   [`sʌdn̩]   *adj.* 突然的
suddenly   [`sʌdn̩lɪ]   *adv.* 突然地 (all of a **sud**den, unexpectedly)

秒殺解字 sud(=sub=up from under)+den(go) →「從下方上來」，暗示「突然」出現。

suffer   [`sʌfɚ]   *v.* 遭受；受苦；變糟
suffering   [`sʌfərɪŋ]   *n.* 痛苦；苦難；折磨

秒殺解字 suf(=sub=under)+fer(bear) → 在「下」方「承受」，表示「受苦」或「遭受」到不好的事情。

suffocate [`sʌfə,ket] ▪ v. （使）窒息而死；阻止……的發展

🪶 秒殺解字 suf(=sub=under)+foc(throat)+ate → 「喉嚨」「下方」卡住而無法呼吸，表示「（使）窒息而死」。

源來如此 faucet [`fɔsɪt] (n. 水龍頭)、suffocate (v. 窒息而死) 同源，**母音通轉**，核心語意是「喉嚨」（throat）。

---

suggest [sə`dʒɛst] ▪ v. 建議 (advise, propose, recommend)；指出 (indicate)；暗示 (imply)

suggestion [sə`dʒɛstʃən] ▪ n. 建議 (advice, proposal, recommendation)；暗示

🪶 秒殺解字 sug(=sub=under)+gest(carry) → 從「下面」內心「搬」「上來」的想法。

---

surrogate [`sɝəgɪt] ▪ adj. 替代的、代理的
▪ n. 替代；代理孕母 (**sur**rogate mother)

🪶 秒殺解字 sur(=sub=under)+rog(ask)+ate → 「要求」「下面」層級的人，引申出「代理的」、「替代的」等意思。

源來如此 arrogant [`ærəgənt] (adj. 傲慢的)、surrogate (adj. 代理的) 可一起記憶，核心語意都是「要求」（ask）。「傲慢的」（arrogant）的人，通常是認為自己比較重要，老是不斷「要求」別人。

---

suspect [sə`spɛkt] ▪ v. 疑有、懷疑
[`sʌspɛkt] ▪ n. 嫌疑犯

suspected [sə`spɛktɪd] ▪ adj. 有嫌疑的

suspicion [sə`spɪʃən] ▪ n. 懷疑；嫌疑

suspicious [sə`spɪʃəs] ▪ adj. 感到懷疑的；可疑的；謹防的 (wary)

suspiciously [sə`spɪʃəslɪ] ▪ adv. 猜疑地

🪶 秒殺解字 sus(=sub=up from under)+spect(look) → 從「下」往上偷偷「看」別人，引申為「懷疑」。

---

somber/**s**ombre [`sambɚ] ▪ adj. 嚴肅憂鬱的 (grave)；暗色的

🪶 秒殺解字 s(=sub=under)+ombre(umbra=shade, shadow) → 籠罩在「陰影」「下」，引申為「嚴肅憂鬱的」、「暗色的」。

源來如此 umbrella [ʌm`brɛlə] (n. 傘)、sombre (adj. 嚴肅憂鬱的) 同源，**母音通轉**，核心語意是「陰影」（shade）、「影子」（shadow）。「傘」如同樹木，是用來遮陽的，所以在傘底下，所構成的「陰影」如同「樹蔭」，而 somber 是美式英文的拼法。

---

souvenir [`suvə,nɪr] ▪ n. 紀念品 (memento, keepsake)

🪶 秒殺解字 sou(=sub=up from under)+ven(come)+ir → 由「下」上「來」到了心上，當「紀念品」解釋。

---

hypocrisy [hɪ`pakrəsɪ] ▪ n. 偽善、虛偽 (≠ sincerity)

hypocrite [`hɪpəkrɪt] ▪ n. 偽善者、偽君子

hypocritical [,hɪpə`krɪtɪk!] ▪ adj. 偽善的、虛偽的 (≠ sincere)

🪶 秒殺解字 hypo(under)+cri(separate, decide, judge)+sy → 字面意思是在「下面」「批評」，即「私底下」「批評」，引申為「虛偽」。

---

hypothesize [haɪ`paθə,saɪz] ▪ v. 假設

hypothesis [haɪ`paθəsɪs] ▪ n. 假說、假設 (theory)；推測 (speculation)

hypothetical [,haɪpə`θɛtɪk!] ▪ adj. 假設的；假定的

🪶 秒殺解字 hypo(under)+thes(put)+ize → 「放」在「之下的」，即形成理論之前的「假設」。

源源不絕學更多 sub-zero (adj. 零度以下的)、**sub**conscious (adj. 潛意識的 n. 潛意識)、**sub**continent (n. 次大陸；南亞)、**sub**divide (v. 再分)、**sub**group (n. 次團體)、**sub**ject (n. 主題 v. 使臣服)、**sub**lime (adj. 極好的)、**sub**ordinate (adj. 下級的 n. 下屬)、**sub**mit (v. 呈遞；順從)、**sub**scribe (v. 訂購)、**sub**sequent (adj. 隨後的)、**sub**sidy (n. 津貼)、**sub**stance (n. 物質)、**sub**standard (adj. 低於標準的)、**sub**stitute (v. 代替)、**sub**title (n. 字幕；副標題)、**sub**tle (adj. 不明顯的；巧妙的)、**sub**tract (v. 減去)、**sub**tropical (adj. 亞熱帶的)、**sub**urb (n. 郊區)、**sup**ply (v./n. 供應)、**sup**pose (v. 猜想；假定)、**sup**press (v. 鎮壓)、**suf**ficient (adj. 足夠的)、**sus**ceptible (adj. 易受感染的；易受影響的)、**sus**pend (v. 停止)、**sus**tain (v. 支撐)、**up** (adv./prep. 向上)、**up**bringing (n. 養育)、**up**coming (adj. 即將發生的)、**up**date (v. 更新)、**up**hold (v. 維護)、**up**load (v. 上傳)、**up**on (prep. 在……之上)、**up**per (adj. 上面的)、**up**right (adj. 直立的 adv. 挺直地)、**up**stairs (adj./adv. 在樓上)、**up**ward (adj./adv. 向上)、ab**ove** (prep./adv. 在上面)。

043 super, hyper, sur, over = over, above, beyond 在上方，超越

🎧 Track 359

神之捷徑 **super**, **hyper** 與 **over** 同源，**字母 h/s 對應**，**p/v 轉音**，**母音通轉**，皆表示「**在上方**」、「**超越**」，**sur** 則是 **super** 借進法文中所產生的變體。**super** 在現代英文中是活性字首，表示「**極度**」、「**非常大**」，如：**super**computer, **super**-rich，在台灣常見的英國品牌 **Super**dry，亦可看到 **super** 的蹤跡。有趣的是，儘管 **super**, **hyper** 同源，但有時還是有規模大小之別，我們稱呼超市為 **super**market，而在英國超大的超市叫 **hyper**market。**over** 的核心語意是「**在上方**」，如：**over**head，在現代英文中也是個活性字首，其衍生語意大致可分為三類：第一，表示「**過多**」、「**過分**」（**too much**），如：**over**weight, **over**population；第二，表示「**外面的**」（**outer**），如：**over**coat；第三，表示「**額外的**」（**additional**），如：**over**time。另外，**over** 和 **under** 互為反義字首，黏接相同字根或單字時，創造出來的單字往往互為反義字，如：**over**estimate 和 **under**estimate。

overcome	[͵ovɚ`kʌm]	*v.* 克服 (conquer) **三態** overcome/overcame/overcome
overemphasize	[ovɚ`ɛmfə͵saɪz]	*v.* 過分強調
overestimate	[͵ovɚ`ɛstə͵met]	*v.* 高估 (≠ underestimate)
	[͵ovɚ`ɛstəmɪt]	*n.* 高估 (≠ underestimate)

✒ **秒殺解字** over(above, beyond)+estim(value)+ate → 估算時「超過」實際「價格」。

overlook	[͵ovɚ`lʊk]	*v.* 忽略、沒注意到 (miss)；寬恕、不計較；俯瞰、眺望、俯視

✒ **秒殺解字** over(above, beyond)+look → 本義是從「上方」「看」，有兩大衍生語意，第一，在上面看容易看到全貌，卻會「忽略」、「沒注意到」一些細節，另一個語意則是「俯瞰」、「眺望」。

overseas	[͵ovɚ`siz]	*adj.* 海外、國外的
		adv. 在海外、國外 (abroad)

overstate	[ˌovɚˋstet]	*v.* 把……講得過分、誇大 (exaggerate ≠ understate)
overstatement [ˌovɚˋstetmənt]		*n.* 誇大其詞 (exaggeration ≠ understatement)
overthrow	[ˌovɚˋθro]	*v.* 推翻 (oust)；廢除 (get rid of)
		三態 overthrow/overthrew/overthrown
	[ˋovɚθro]	*n.* 推翻
overweight	[ˋovɚˌwet]	*adj.* 超重的
overwhelm	[ˌovɚˋhwɛlm]	*v.* 使受不了；使不知所措；戰勝、壓倒 (defeat)
overwhelming	[ˌovɚˋhwɛlmɪŋ]	*adj.* 勢不可擋的；壓倒性的

秒殺解字 over(above, beyond)+whelm(turn) → 即 turn over，從「上」「翻轉」過來，表示「使受不了」、「使不知所措」。

延伸補充
1. be overwhelmed by/with + sth. 因……激動得不知所措
2. an overwhelming majority/victory 壓倒性的多數 / 勝利

superb	[suˋpɝb]	*adj.* 極好的 (excellent)
superior	[səˋpɪrɪɚ]	*adj.* 較好的、上級的 (≠ inferior)；優秀的
		n. 上級
superiority	[səˌpɪrɪˋɔrətɪ]	*n.* 優勢 (≠ inferiority)
supreme	[səˋprim]	*adj.* 最高的、最重要的、最大的；極度的

秒殺解字 super(over)+ior → 較「上面」的，表示「較好的」、「上級的」；ior 是「比較級字尾」，源自拉丁文，相當於英文比較級字尾 er。supreme 為同源字，源自拉丁文 supremus，是 super 衍生形容詞 superus 的最高級，表示「最高的」、「最重要的」、「最大的」。

延伸補充
1. A + be superior to/better than + B = B + be inferior to/worse than + A A 比 B 優的
2. a sense of superiority 優越感

supermarket [ˋsupɚˌmarkɪt]	*n.* 超級市場
hypermarket [ˌhaɪpɚˋmarkɪt]	*n.* 大超市
supersonic	[ˌsupɚˋsanɪk]	*adj.* 超音速的 → son 表示「聲音」（sound）。
hypersonic	[ˌhaɪpɚˋsanɪk]	*adj.* 高超音速的
superstition	[ˌsupɚˋstɪʃən]	*n.* 迷信
superstitious [ˌsupɚˋstɪʃəs]	*adj.* 迷信的

秒殺解字 super(over)+stit(stand)+ion → 「站」在「上方」的主宰信念，常常只是「迷信」。

supervise	[ˋsupɚˌvaɪz]	*v.* 監督 (oversee, superintend)；管理 (be in charge of)
supervision	[ˌsupɚˋvɪʒən]	*n.* 監督；管理
supervisor	[ˋsupɚˌvaɪzɚ]	*n.* 監督人；管理人

秒殺解字 super(over)+vis(see)+e → 「在上面」「看」，表示「監督」、「管理」。

| **sur**vey | [sɝˋve] | *v.* 調查；俯視；考察 (examine)、測量 (measure) |
| | [ˋsɝve] | *n.* 調查；觀察、考察 (examination) |

秒殺解字 sur(=super=over)+vey(see) → 「在上面」「看」，引申為「調查」。

surface [`sɝ-fɪs] *n.* 表面
superficial [`supɚ`fɪʃəl] *adj.* 表面的；膚淺的 (shallow)；輕微的 (minor)

秒殺解字 sur(=super=over)+face(face) →「面」之「上方」，是「表面」。

源來如此 face [fes] (n. 臉、面)、facial [`feʃəl] (adj. 臉的)、surface (n. 表面)、superficial (adj 表面的) 同源，s/ʃ **轉音**，**母音通轉**，核心語意是**「臉」、「面」(face)**。

延伸補充
1. on the surface 表面上；外表上
2. under/beneath/below the surface 在地表下

surname [`sɝ-ˌnem] *n.* 姓 (last name, family name)

秒殺解字 sur(=super=over)+name → 原本是「名字」「上方」的稱號、頭銜，14 世紀後期之後才產生「姓」的意思。

survive [sɚ`vaɪv] *v.* 倖存；生還；殘留
survivor [sɚ`vaɪvɚ] *n.* 倖存者；生還者
survival [sɚ`vaɪv!] *n.* 生存

秒殺解字 sur(=super=over)+viv(live)+e →「活」在某事「之上」，表示「倖存」、「生還」。

surrender [sɚ`rɛndɚ] *v./n.* 投降、屈服、交出武器等

秒殺解字 sur(=super=over)+render(give back) → 把東西「歸還給」「上」頭，引申出「投降」、「屈服」的意思。

surround [sɚ`raʊnd] *v.* 包圍；圍繞
surrounding [sɚ`raʊndɪŋ] *adj.* 周圍的、附近的 (nearby)
surroundings [sɚ`raʊndɪŋz] *n.* 周遭環境；周圍的事物

秒殺解字 sur(=super=over)+r+ound(=und=water, wet, wave) →「水」「超過」負荷，滿了出來，可想像淹水時房子都遭水「圍繞」著。17 世紀時，拼字受到 round 影響，添加了一個 r。

hypersensitive [`haɪpɚ`sɛnsətɪv] *adj.* 過敏的 (allergic)

源源不絕學更多 over (prep. 在……之上)、overall (adj. 包括一切的)、overburden (v. 使負擔過重)、overdue (adj. 過期的、延誤的)、overcoat (n. 大衣)、overdose (n./v. 服藥過量)、overdo (v. 做得過分)、overdressed (adj. 過度打扮的)、overeat (v. 吃得過量)、overflow (v./n. 氾濫)、overhead (adj. 在頭頂上的)、overhear (v. 無意聽到)、overload (v./n. 超載)、overnight (adv. 整晚)、overpass (n. 天橋)、overpay (v. 給過高報酬)、overpopulated (adj. 人口過多的)、overpopulation (n. 人口過多)、overlap (v. 互相重疊)、oversleep (v. 睡過頭)、oversee (v. 監督)、oversupply (n. 供應過多)、overtake (v. 趕上)、overtime (n. 加班；延長賽)、overturn (v. 顛覆)、overwork (v. 過勞)、superintend (v. 監督)、supernatural (adj. 超自然的)、surpass (v. 超過、優於)、surplus (n. 過剩；順差)、surprise (v. 使驚訝)、hyperinflation (n. 極度通膨)、hyperlink (n. 超連結)、hypertension (n. 高血壓)。

044 syn, sy, sym, syl, = together, with 共同，一起

🎧 Track 360

 神之捷徑 syn 表示「**共同**」、「**一起**」，有「**相同**」等衍生意思。syn 黏接 **l** 為首的字根時，拼為 **syl**，如：**syl**lable；黏接 **b, p, m** 為首的字根時，拼為 **sym**，如：**sym**bol, **sym**pathy, **sym**metry；黏接 **s, z** 為首的字根時，常縮減為 **sy**，如：**sy**stem。

system   [`sɪstəm]   *n.* 系統；制度；體系
systematic   [ˌsɪstə`mætɪk]   *adj.* 有系統的、有條理的

秒殺解字 sy(=syn=together)+stem(stand) →「站」在「一起」形成「系統」。

syndrome   [`sɪnˌdrəm]   *n.* 併發症；症候群

秒殺解字 syn(together)+drome(run) → 字面的意思是「一起」「跑」，曾經指「道路匯集之處」，1540 年代才有「併發症」、「症候群」的衍生語意。

synonym   [`sɪnəˌnɪm]   *n.* 同義字 (≠ antonym)

秒殺解字 syn(together, same)+onym(name) →「同」「名字」，表示「同義字」。

synthesize   [`sɪnθəˌsaɪz]   *v.* 合成
synthesis   [`sɪnθəsɪs]   *n.* 綜合 (combination)；合成
synthetic   [sɪn`θɛtɪk]   *adj.* 合成的、人造的 (artificial, man-made)

秒殺解字 syn(together)+thes(put)+ize →「放」「一起」，表示「合成」。

源來如此 do [du] (v. 做)、deed [did] (n. 行為)、deem [dim] (v. 認為)、doom [dum] (n. 厄運 v. 注定要)、theme [θim] (n. 主題)、hypothesize [haɪ`pɑθəˌsaɪz] (v. 假設；推測)、synthesize (v. 合成) 同源，d/θ 轉音，母音通轉，核心語意是「**做**」（do）或「**放**」（put）。hypothesize 字面上是「**放**」在「**之下的**」（hypo=under），即是形成理論之前的所做的「**假設**」。

symbol   [`sɪmb!]   *n.* 象徵、標誌 (sign)；符號
symbolic   [sɪm`bɑlɪk]   *adj.* 象徵的、象徵性的
symbolize   [`sɪmb!ˌaɪz]   *v.* 象徵 (represent)

秒殺解字 sym(=syn=together)+bol(throw) → 把東西「丟」「一起」是為了「比較」，隱含「類比」，甚至「代表」的意思，衍生出「符號」、「象徵」等意思。

延伸補充
1. symbol of ……的象徵   2. symbol for ……的符號
3. be symbolic of 象徵

sympathy   [`sɪmpəθɪ]   *n.* 同情 (pity, compassion)
sympathetic   [ˌsɪmpə`θɛtɪk]   *adj.* 有同情心的 (compassionate)
sympathize   [`sɪmpəˌθaɪz]   *v.* 同情 (pity)

秒殺解字 sym(=syn=together)+path(feeling)+y → 能「同」「感」身受。

symphony   [`sɪmfənɪ]   *n.* 交響樂、交響曲

秒殺解字 sym(=syn=together)+phon(sound, voice)+y → 所有「聲音」搭配在「一起」。

symposium [sɪm`pozɪəm]　*n.* 研討會；專題論文集　**複數** **sym**posiums, **sym**posia

秒殺解字 sym(=syn=together)+pos(drink)+ium → 雅典時代希臘人「一起」「喝酒」，一邊高談闊論的聚會，後延伸為討論專題的「研討會」，也可指多人談論某一專題的「論文集」。

源來如此 **beer** (n. 啤酒)、**beverage** [`bɛvərɪdʒ] (n. 飲料)、**pois**on [`pɔɪzn] (n. 毒、毒藥 v. 毒死；下毒)、**pois**onous [`pɔɪznəs] (adj. 有毒的)、**sym**posium (n. 研討會)，**b/p 轉音**，**母音通轉**，核心語意是「**喝**」（drink）。

symptom [`sɪmptəm]　*n.* 症狀；跡象

秒殺解字 sym(=syn=together)+ptom (fall) →「落」在「一起」，語意淡化後，表示「掉落」，後引申為天降「疾病」，所有疾病皆有其「症狀」。

源源不絕學更多 **syn**chronize (v. 同時發生；使同時)、**sym**metry (n. 對稱、均勻)、**syl**lable (n. 音節)、**syl**labus (n. 課程大綱)。。

045　techn, techno = art, skill 藝術，技巧

♪ Track 361

神之捷徑 **techn, techno** 的核心語意是「**藝術**」、「**技巧**」，但在現代英語中多表示「**和電子儀器、機器等先進科技、技術有關**」，如：**techno**phobia。

technique	[tɛk`nik]	*n.* 技巧；技術 (skill)
technical	[`tɛknɪk!]	*adj.* 技術的；專門性的；技巧的
technician	[tɛk`nɪʃən]	*n.* 技工、技術人員；技藝精湛者
technology	[tɛk`nɑlədʒɪ]	*n.* 科技、工業技術
technological	[ˌtɛknə`lɑdʒɪk!]	*adj.* 科技的、技術的
technologist	[tɛk`nɑlədʒɪst]	*n.* 技術專家、工藝師

秒殺解字 techno(art, skill)+logy(study of) → 研究「技藝」的「學問」。

源源不絕學更多 **techno**phobe (n. 科技恐懼者)、**techno**phobia (n. 科技恐懼)、**techno**phile (n. 科技迷)、**techno**-savvy (n. 科技通)。

046　tele = far 遠

♪ Track 362

神之捷徑 **tele** 表示「**遠**」。

telephone [`tɛlə،fon]　*n.* 電話 (phone)
　　　　　　　　　　　　　v. 打電話 (phone, call)

秒殺解字 tele(far)+phon(sound, voice)+e →「電話」能夠聽到「遠方的」「聲音」。

television [`tɛlə،vɪʒən]　*n.* 電視

秒殺解字 tele(far)+vis(see)+ion → 透過「電視」可以「看」到「遠方」的人事物。

A
B
C
D
E
F
G
H
I
J
K
L
M
N
O
P
Q
R
S
T
U
V
W
X
Y
Z

telescope [ˋtɛləˌskop] *n.* 望遠鏡

(秒殺解字) tele(far)+scope(look) → 用「望遠鏡」可以「看」到「遠方」的人事物。

telegraph [ˋtɛləˌgræf] *n.* 電報
v. 打電報

telegram [ˋtɛləˌgræm] *n.* 電報

(秒殺解字) tele(far)+graph(write) → 透過電線將「遠方」傳來的文字符號透過靜電膽「寫」出來。

源源不絕學更多 telecommunications (n. 電信)、telecommuter (n. 利用電腦在家遠距離工作者)、teleconference (n. 遠距離會議)、telesales (n. 電話銷售)、teleworker (n. 在家遠距離工作者)。

047 trans = across, through, over
跨越，穿越，超越

🎧 Track 363

trans 表示「跨越」、「穿越」、「超越」，可用 **through** 當神隊友，**t/θ 轉音，母音通轉**，來記憶 **trans**。**trans** 有幾個變體，如：tran, tra。根據「**s 刪除規則**」（**s deletion rule**），**trans** 在黏接 s 開頭的字根時，兩個 s 放在一起，會造成發音困難，因此刪除其中一個 s，刪除的往往是字根的 s，如：**trans**cribe 是由 **trans** 和 **scribe** 所構成的，照理說是刪除字根 **scribe** 的 s，但也有人認為是刪除 **trans** 的 s，持後面觀點的人，就會認為 **tran** 是 **trans** 的一個變體，而 **tra** 則常黏接 d, j, v 等字母為首的字根，如：**tra**dition, **tra**jectory, **tra**verse 等。

transact [trænˋzækt] *v.* 交易、買賣
transaction [trænˋzækʃən] *n.* 交易、買賣

(秒殺解字) trans(across, through)+act(do) → 「交易」、「買賣」是「跨越」買賣兩方的「行為」。

transfer [trænsˋfɚ] *v.* 轉移；轉（學、職、車）；調任；遷移；轉帳；過戶
[ˋtrænsfɚ] *n.* 轉移；調任；政權轉移；轉車

(秒殺解字) trans(across)+fer(bear) → 「攜帶」從一方「跨越」另一方。

translate [trænsˋlet] *v.* 翻譯
translation [trænsˋleʃən] *n.* 翻譯
translator [trænsˋletɚ] *n.* 翻譯者

(秒殺解字) trans(across)+lat(=fer=bear)+e → 「攜帶」從一方「跨越」另一方，表示「翻譯」。

transform [trænsˋfɔrm] *v.* 使徹底改觀、改變
transformation [ˌtrænsfɚˋmeʃən] *n.* 徹底改變
transformer [trænsˋfɔrmɚ] *n.* 變壓器

(秒殺解字) trans(across)+form(form) → 「跨越」原本的「形體」，「變成」另一「形體」。

transit [ˋtrænsɪt] *n.* 運輸；交通運輸系統 (**trans**portation)
transition [trænˋzɪʃən] *n.* 轉變；過渡

(秒殺解字) trans(across, through)+it(go) → 本義「走」「過去」，衍生出「運輸」之意。

transparent [træn`spɛrənt]　*adj.* 透明的、能看穿的 (clear, see-**through**)

✎ 秒殺解字 trans(across, through)+par(appear, visible)+ent → 「穿透」某物「出現」，表示「透明的」。

transplant [træns`plænt]　*v.* 移植；移種；移居

[`trænsplænt]　*n.* 移植

transplantation [,trænsplæn`teʃən] *n.* 移植；移種；移居

✎ 秒殺解字 trans(across)+plant(plant) → 把一方的器官或皮膚「植」到另一方，或「移種」某植物。

transport [træns`port]　*v.* 運輸

transportation [,trænspɚ`teʃən] *n.* 運輸工具；運輸

✎ 秒殺解字 trans(across)+port(carry) → 從一方「帶」到另一方，表示「運輸」。

transcend [træn`sɛnd]　*v.* 超越、凌駕

✎ 秒殺解字 trans(across, through)+scend(climb) → 從一方「跨越」、「爬」到另一方，表示「超越」。

tranquil [`træŋkwɪl]　*adj.* 平靜的、安靜的

tranquilizer [`træŋkwɪˌlaɪzɚ] *n.* 鎮定劑

✎ 秒殺解字 tran(=trans=over)+quil(quiet) → 「極度」「安靜的」。

源來如此 **quiet** [`kwaɪət] (adj. 安靜的 )、**quit** [kwɪt] (v. 離開；戒；辭職 )、**acquit** [ə`kwɪt] (v. 宣告無罪)、tranquil (adj. 平靜的) 同源。可用 **quiet** 當神隊友，**母音通轉**，來記憶這組單字，核心語意都是「休息」（ **rest** ）、「**安靜的**」（ **quiet** ）。因為想「**安靜**」地「**休息**」，所以「**離開**」某地、某個工作，或者「**戒除**」（ **quit** ）惡習。

tradition [trə`dɪʃən]　*n.* 傳統 (convention)

traditional [trə`dɪʃən!]　*adj.* 傳統的 (conventional)

✎ 秒殺解字 tra(=trans=over)+dit(give)+ion → 「跨越」世代，傳承「給予」。

traitor [`tretɚ]　*n.* 叛徒、賣國賊

treason [`trizn̩]　*n.* 叛國罪

✎ 秒殺解字 tra(=trans=over)+it(=dit=give)+or → 把東西「給」敵方的人。treason 和 tradition 是「**雙飾詞**」（ **doublet** ），tradition 是一代「給」一代的習俗、信仰，treason 是犯了把國家「給」了敵人的「叛國罪」。

traffic [`træfɪk]　*n.* 交通；非法交易

v. 非法交易　三態 traffic/trafficked/trafficked

trafficking [`træfɪkɪŋ]　*n.* 非法交易

✎ 秒殺解字 tra(=trans=across)+ffic(=friction=rub) → 「跨越」「磨擦」，交通和毒品、槍枝一樣，都是從一方「跨越」到另一方，也容易產生衝突、「磨擦」。

延伸補充
1. a traffic jam/traffic congestion 交通阻塞　　　　2. traffic in drugs/drug traffic 毒品交易

trespass [`trɛspəs]　*v./n.* 擅自進入、侵入

✎ 秒殺解字 tres(=trans=across)+pass(pass) → 「越」界「通過」。

源源不絕學更多 **through** (prep./adv. 通過；穿越)、**trans**fusion (n. 輸血；挹注)、**trans**mit (v. 傳送；傳染)、**trans**cribe (v. 抄寫、謄寫)。

048　tri = three 三

🎧 Track 364

可用 **three** 當神隊友，**t/θ 轉音，母音通轉**，來記憶 **tri**，皆表示「**三**」。**tri** 衍生出一個重要字根 **tribut**，和表示「**部落**」的 **tribe** 同源。**tribe** 原指羅馬原始三大部落，而「**貢物**」(**tribute**) 是較弱的部落獻給強大部落的「禮物」，引申為「**給**」（**give**）、「**分配**」（**assign, allot**）、「**付**」（**pay**）。

triangle	[ˋtraɪˏæŋg!]	*n.* 三角形 → angle 表示「角」。

tricycle	[ˋtraɪsɪk!]	*n.* 三輪車

秒殺解字 tri(three)+cycle(wheel, cycle) → 「三輪車」有「三」個「輪子」。

trilingual	[traɪˋlɪŋgwəl]	*adj.* 三語的

秒殺解字 tri(three)+lingu(tongue, language)+al → 能精通「三」種「語言」的。

triple	[ˋtrɪp!]	*adj.* 三部分的、三次的；三倍的
		v. 使成三倍

秒殺解字 tri(three)+ple(fold) → 「三」「摺」。

trivial	[ˋtrɪvɪəl]	*adj.* 瑣細的、不重要的 (unimportant, insignificant)

秒殺解字 tri(three)+via(way)+al → 古代資訊封閉，街坊鄰居在「三」岔「路」口碰面時，會聊些八卦「瑣事」（trivial matter）。

trillion	[ˋtrɪljən]	*n.* 兆、萬億

秒殺解字 tri(three)+milli(thousand)+on → 英文的數位是以「三進位數」為一單元。「一千」個千是百萬，再「一千」個百萬是「十億」（billion），再「一千」個十億是「一兆」（trillion）。

tribe	[traɪb]	*n.* 部落；種族
tribal	[traɪb!]	*adj.* 部落的
tribute	[ˋtrɪbjut]	*n.* 貢物；敬意、尊崇

源源不絕學更多 **tri**athlon (n. 三項全能運動)、**tri**o (n. 三重奏、二重唱)、**tri**pod (n. 三腳架)。

049　un = not 不，否定

🎧 Track 365

un 表示「**不**」、「**否定**」等概念，與 a, an, in, non 等否定字首同源，在現代英語中，**un** 另有「**解開**」、「**打開**」、「**移除**」等衍生語意，如：undo, unfasten，但和表示「**不**」、「**否定**」的字首 un 不同源，這也是坊間書籍和網路常會弄錯的地方，為了建立讀者正確的觀念，於下一個單元另行解說。

unable	[ʌnˋeb!]	*adj.* 不能、不會的 (incapable ≠ able, capable)

延伸補充
1. be unable + to V = cannot + V = be incapable of + Ving/N 不能……
2. be unable to have children 無法有小孩、不孕

unavoidable	[ˏʌnəˋvɔɪdəb!]	*adj.* 不可避免的 (inevitable ≠ avoidable)
unbearable	[ʌnˋbɛrəb!]	*adj.* 無法忍受的 (intolerable ≠ tolerable, bearable)

unbelievable [ˌʌnbəˈlivəb!]　*adj.* 難以置信的 (**in**credible)；驚人的 (amazing)；極糟的 (terrible)

unburied　[ʌnˈbɛrɪd]　*adj.* 未埋葬的

> 源來如此 harbor [ˈhɑrbə] (n. 港口)、bury [ˈbɛrɪ] (v. 埋葬) 同源，**母音通轉**，核心語意是「**保護**」(protect)。我們常講避風港，「**港口**」(harbor) 有保護的效果;「**埋葬**」(bury) 是用土覆蓋保護屍體。相關同源字還有 **borrow** (v. 借)、**bar**gain (v. 討價還價 n. 廉價品;協議)。

unchallengeable [ʌnˈtʃælɪndʒəb!] *adj.* 不可挑戰的、無可質疑的
unchallenged [ʌnˈtʃælɪndʒd] *adj.* 未受挑戰的、不被懷疑的

> 源來如此 call [kɔl] (v./n. 叫喊)、challenge [ˈtʃælɪndʒ] (v./n. 挑戰)，**k/tʃ 轉音，母音通轉**，核心語意都和「**叫**」(call) 有關，可用對人「**叫囂**」來聯想「**挑戰**」。

uncomfortable [ʌnˈkʌmfətəb!] *adj.* 不舒適的 (awkward)

uncommon　[ʌnˈkɑmən]　*adj.* 不普遍的 (rare, **un**usual)

unconscious　[ʌnˈkɑnʃəs]　*adj.* 不省人事的 (senseless)；未發覺的 (**un**aware)；無意識的

uncooked　[ʌnˈkʊkt]　*adj.* 未煮過的、生的 (raw)

> 源來如此 cook [kʊk] (v. 烹調 n. 廚師)、kitchen [ˈkɪtʃɪn] (n. 廚房) 同源，**k/tʃ 轉音，母音通轉**，核心語意是「**煮**」(cook)，「**廚房**」是「**煮**」飯的地方。相關同源字還有 **cook**er (n. 爐具)、**cuis**ine [kwɪˈzin] (n. 烹飪;菜餚)、**bisc**uit [ˈbɪskɪt] (n. 餅乾)。值得留意的是，美式英文 **cook**ie [ˈkʊki] (n. 餅乾) 和 **cake** [kek] (n. 蛋糕) 同源，**母音通轉**。

uncool　[ʌnˈkul]　*adj.* 不時髦的 (**un**fashionable, out of <u>fashion/style</u>)

> 源來如此 cold [kold] (adj. 冷的 n. 冷)、cool [kul] (adj. 涼快的;酷的 v. 冷卻)、chill [tʃɪl] (n. 寒意 v. 使變冷)、jelly [ˈdʒɛlɪ] (n. 果凍;果醬)、gel [dʒɛl] (n. 凝膠) 同源，可用 **cold** 當神隊友，**k/dʒ/tʃ 轉音，母音通轉**，來記憶這組單字，核心語意都是「**冷**」(cold)、「**結凍**」(freeze)。相關同源字還有 **chill**y [ˈtʃɪlɪ] (adj. 冷颼颼的)、**glac**ier [ˈgleʃə] (n. 冰河)。

undecided　[ˌʌndɪˈsaɪdɪd]　*adj.* 未決定的 (**un**sure, **un**certain)

unemployed　[ˌʌnɪmˈplɔɪd]　*adj.* 失業的 (out of work)

unemployment [ˌʌnɪmˈplɔɪmənt] *n.* 失業人數;失業

unforgettable [ˌʌnfəˈgɛtəb!] *adj.* 難忘的、值得紀念的 (memorable)

unfortunate　[ʌnˈfɔrtʃənɪt]　*adj.* 不幸的 (**un**lucky)；令人遺憾的 (regrettable)
unfortunately [ʌnˈfɔrtʃənɪtlɪ] *adv.* 不幸地 (**un**luckily)

uninteresting [ʌnˈɪntərɪstɪŋ] *adj.* 無趣的 (boring, dull ≠ interesting)

unpolished　[ˈʌnˈpɑlɪʃt]　*adj.* 未磨光的、未擦亮的;未經潤飾的

> 秒殺解字 un(not)+pol(smooth)+ish(make)+ed → polish 字面上是「使」「光滑」，表示「擦亮」、「磨光」;unpolished 表示「未磨光的」、「未擦亮的」。

> 源來如此 polish [ˈpɑlɪʃ] (v. 磨光、擦亮;潤飾 n. 磨光粉、擦亮劑)、**polish**ed (adj. 磨光、擦亮的;優雅又自信的)、**pol**ite [pəˈlaɪt] (adj. 有禮貌的) 同源，**t/ʃ 轉音，母音通轉**，核心語意是「**磨光**」、「**擦亮**」(polish)、「**使光滑**」(make smooth)。

unripe [ʌnˋraɪp] *adj.* 未成熟的 (≠ ripe)

源來如此 ripe [raɪp] (adj. 成熟的)、reap [rip] (v. 收割) 同源，**母音通轉**，核心語意是「成熟的」(ripe)。「收割」的時期是在作物「成熟」時。

unsafe [ʌnˋsef] *adj.* 不安全的

源來如此 safe [sef] (adj. 安全的)、save [sev] (v. 拯救；存錢；存檔；節省) 同源，**f/v 轉音**，核心語意是「安全的」(safe)。相關同源字還有 safety (n. 安全)、savings (n. 存款)、salvage [ˋsælvɪdʒ] (v./n. 搶救)、salvation [sælˋveʃən] (解救；救贖)。

unwilling [ʌnˋwɪlɪŋ] *adj.* 不願意的 (reluctant ≠ willing)
unwillingly [ʌnˋwɪlɪŋlɪ] *adv.* 不願意地 (reluctantly ≠ willingly)

unfamiliar [͵ʌnfəˋmɪljɚ] *adj.* 不熟悉的、陌生的

源來如此 familiar [fəˋmɪljɚ] (adj. 熟悉的；精通的)、family [ˋfæməlɪ] (n. 家庭；家人) 同源，**母音通轉**，核心語意是「家庭」、「家人」(family)。「家庭」、「家人」是我們所「熟悉的」。

源源不絕學更多 unacceptable (adj. 不能接受的)、unaccountable (adj. 難以解釋的)、unaccompanied (adj. 無人陪伴的)、unaccustomed (adj. 不適應的)、unafraid (adj. 無畏的)、unaided (adj. 無援的)、unanswered (adj. 未得到回答的)、unanticipated (adj. 意外的)、unappealing (adj. 不吸引人的)、unashamed (adj. 不知羞恥的)、unattractive (adj. 不吸引人的)、unavailable (adj. 得不到的；無法會面的)、unaware (adj. 不知道的)、unbeatable (adj. 無法戰勝的；比不上的)、unbiased (adj. 無偏見的)、uncertain (adj. 不確定的)、unchanging (adj. 不變的)、uncivilized (adj. 不文明的)、unconnected (adj. 不相關的)、uncontrollable (adj. 無法控制的)、unconventional (adj. 不同尋常的)、unconvincing (adj. 不令人信服的)、unequal (adj. 不相等的；不能勝任的)、undeclared (adj. 未申報的；未宣布的)、undeniable (adj. 無可否認的)、undeserved (adj. 不應得的)、undesirable (adj. 不受歡迎的)、undetected (adj. 未被發現的)、undoubted (adj. 無疑的)、uneasy (adj. 不安的)、uneatable (adj. 不能吃的)、uneconomic (adj. 賺不到錢的)、uneducated (adj. 未受教育的)、unemotional (adj. 無感情的)、unforgivable (adj. 無法饒恕的)、unfounded (adj. 無根據的)、unfriendly (adj. 不友善的)、unfulfilled (adj. 未實現的)、unfurnished (adj. 無傢俱的)、ungrateful (adj. 不感激的)、unhappy (adj. 不高興的)、unharmed (adj. 未受傷的；未受損害的)、unhealthy (adj. 不健康的)、unhelpful (adj. 無益的)、unhurt (adj. 未受傷的)、uninhabited (adj. 無人居住的)、unintelligible (adj. 無法理解的)、unintentional (adj. 非故意的)、uninterested (adj. 不感興趣的)、unjust (adj. 不公正的)、unkind (adj. 不友善的)、unknown (adj. 未知的)、unlawful (adj. 違法的)、unlicensed (adj. 無執照的)、unlike (prep. 不像)、unlikely (adj. 不太可能的)、unlimited (adj. 不受限制的)、unmarried (adj. 未婚的)、unnatural (adj. 不自然的)、unnecessary (adj. 不需要的)、unofficial (adj. 非官方的)、unpleasant (adj. 令人不快的)、unpopular (adj. 不受歡迎的)、unpredictable (adj. 無法預測的)、unprepared (adj. 沒準備的)、unprofitable (adj. 虧本的)、unpromising (adj. 沒希望的)、unprotected (adj. 未受保護的)、unqualified (adj. 不合格的)、unrealistic (adj. 不切實際的)、unreasonable (adj. 不合理的)、unreliable (adj. 不可靠的)、unseeded (adj. 網球賽未列種子選手的)、unstable (adj. 不穩固的)、unsteady (adj. 站不穩的)、unsuccessful (adj. 失敗的)、unsuitable (adj. 不合適的)、unsure (adj. 無把握的)、unsympathetic (adj. 冷漠的)、untidy (adj. 凌亂的)、untrue (adj. 不真實的)、unusual (adj. 不尋常的)、unwanted (adj. 不需要的)、unwelcome (adj. 不受歡迎的)、unwise (adj. 愚蠢的)。

050　un = opposite of, reverse of 相反

🎧 Track 366

> **神之捷徑**　**un** 接於動詞之前，表示某**「動作的相反」**，和 **ante, anti** 等字首同源，有**「解開」**、**「打開」**、**「移除」**等衍生語意，如：**un**do, **un**fasten。

unclothed　[ʌn`kloðd]　*adj.* 未穿衣服的、裸體的 (naked)

> **源來如此** **nude** [nud] (adj. 裸體的)、**naked** [`nekɪd] (adj. 裸體的) 同源，**母音通轉**，核心語意是**「裸體的」**。

uncover　[ʌn`kʌvɚ]　*v.* 揭露、揭發 (find out, discover)；打開……的蓋子

> **秒殺解字** un(reverse of)+cover(cover) →「覆蓋」的「相反」，表示「揭露」、「揭發」。

> **源源不絕學更多** unarmed (adj. 不帶武器的)、unbind (v. 解開)、unburden (v. 訴苦)、unbutton (v. 解開鈕扣)、unbuckle (v. 解開帶扣或鞋帶)、undo (v. 解開；抵消)、undone (adj. 鬆開的)、undress (v. 脫掉)、unfasten (v. 解開)、unfold (v. 打開、攤開)、unload (v. 卸貨)、unlock (v. 打開)、unmask (v. 揭露)、unpack (v. 打開箱子整理)、untie (v. 解開)、unveil (v. 揭幕；首次展示)、unwrap (v. 打開)、unzip (v. 拉開拉鏈；解壓縮文件)。

051　under, infra = under, below 在下面

🎧 Track 367

> **神之捷徑**　**under** 的核心語意是**「在下面」**，和 **over** 互為反義字首。**under** 是個活性字首，其語意大致可分為三類：第一，表示**「不足」**、**「不夠」**（**not enough**），如：**under**cooked, **under**privileged, **under**development；第二，表示**「在下面」**或**「在裡面」**（**inside**），如：**under**pass, **under**wear；第三，表示**「較不重要」**（**less important**）或**「位階較低的」**（**lower in rank**），如：**under**class。此外，**infra** 和 **under** 同源，和 **super** 互為反義字首。

underdeveloped [͵ʌndɚdɪ`vɛləpt] *adj.* 未開發的；發育不全的
underdevelopment [͵ʌndɚdɪ`vɛləpmənt] *n.* 發展不充分、未開發；發育不良
undergo　[͵ʌndɚ`go]　*v.* 經歷、接受　**三態** undergo/underwent/undergone

> **延伸補充**
> 1. undergo a <u>change/transformation</u> 經歷改變
> 2. undergo <u>treatment/surgery/an operation</u> 接受治療 / 手術 / 手術

underground [`ʌndɚ͵graʊnd]　*adj./adv.* 地下的（地）；祕密的（地）
　　　　　　　　　　　　　　　　n. 英國地下鐵

understate　[͵ʌndɚ`stet]　*v.* 輕描淡寫 (≠ overstate, exaggerate)
understated　[͵ʌndɚ`stetɪd]　*adj.* 素雅的 (subtle)
understatement [͵ʌndɚ`stetmənt] *n.* 輕描淡寫

underline [ˌʌndɚˋlaɪn] *v.* 在……的下面劃線；強調 (**under**score)

> 源來如此 line [laɪn] (n. 線；繩；行、排 v. 沿……排列)、linen [ˋlɪnən] (n. 亞麻布) 同源，**母音通轉**，核心語意是「**線**」（ line ）。相關同源字還有 liner (n. 大型客輪)、airline (n. 航空公司)、airliner (n. 大型客機)、guideline (n. 指導方針)、headline (n. 標題)、deadline (n. 期限、截止日)、coastline (n. 海岸線)、pipeline (n. 管線)、outline (n. 輪廓；大綱)。

underweight [ˋʌndɚˌwet] *adj.* 體重不足的 (≠ overweight)

infra-red [ˌɪnfrəˋrɛd] *adj.* 紅外線的

inferior [ɪnˋfɪrɪɚ] *adj.* 較差的、下級的 (≠ superior)
　　　　　　　　　　　　n. 下級 (≠ superior)

inferiority [ɪnˌfɪrɪˋɑrətɪ] *n.* 劣等、次級 (superiority)

> 秒殺解字 infer(=infra=below)+ior → 較「下面」的，等同 lower，表示「較差的」、「下級的」；ior 是「比較級字尾」，源自拉丁文，相當於英文比較級字尾 er。

> 延伸補充
> 1. B + be <u>inferior to/worse than</u> + A = A + be <u>superior to/better than</u> + B　B 比 A 差的
> 2. a <u>sense/feeling</u> of inferiority 自卑感

> 源源不絕學更多 **under**class (n. 下層階級)、**under**cooked (adj. 沒煮熟的)、**under**dog (n. 弱者；不被看好的一方)、**under**paid (adj. 薪水很低的)、**under**pass (n. 地下通道)、**under**privileged (adj. 弱勢的)、**under**rated (adj. 被低估的)、**under**stand (v. 瞭解)、**under**take (v. 開始做、承擔)、**under**wear (n. 內衣)、**infra**structure (n. 基礎建設)。

052　uni = one 一

🎧 Track 368

> 神之捷徑 **one** 的發音是 [wʌn]，與 **uni** 這個字首，可視為 **u/w 對應**，**母音通轉**，皆表示「**一**」。

unite [juˋnaɪt] *v.* 聯合、團結 → 為了達成目的「聯合」在「一」起。

united [juˋnaɪtɪd] *adj.* 聯合的

unity [ˋjunətɪ] *n.* 聯合、團結；一致性

unit [ˋjunɪt] *n.* 單位；單元

unify [ˋjunəˌfaɪ] *v.* 整合、統一、團結 (**uni**te ≠ divide)

> 秒殺解字 uni(one)+fy(make) → 「使」成「一」體。

> 延伸補充
> 1. the United Kingdom 大英帝國　　　　　　2. the United Nations/UN 聯合國
> 3. the United States 美國

union [ˋjunjən] *n.* 聯盟；公會；聯合、結合

re**uni**on [rɪˋjunjən] *n.* 團圓、重聚

> 秒殺解字 re(back, again)+uni(one)+on → 「再次」聚在「一」起。

unique [juˋnik] *adj.* 獨特的、獨一無二的

uniform [ˋjunəˌfɔrm] *n.* 制服
　　　　　　　　　　　　adj. 一致的

> 秒殺解字 uni(one)+form(form) → 「同一」「形式」的。

universe　　[`junə,vɝs]　　*n.* 宇宙
universal　　[ˌjunə`vɝs!]　　*adj.* 普遍的
university　　[ˌjunə`vɝsətɪ]　　*n.* 大學 (college)

（秒殺解字）uni(one)+vers(turn)+e → 宇宙原意是沿著某「一」特定的方向「轉」，可用萬物「合」「一」來幫助記憶，而「大學」是指由教師和學生所「轉」成的「一」個聯合體。

unison　　[`junəsn̩]　　*n.* 齊聲；一致

（秒殺解字）uni(one)+son(sound) → 只有「一」種「聲音」，引申為「齊聲」、「一致」。

源源不絕學更多 on**ce** (adv. 一次；曾經)、**only** (adv. 唯一的)、al**one** (adj. 獨自的；孤單的 adv. 獨自地)、l**one**ly(adj. 孤單的)、any**one** (pron. 任何人)、every**one** (pron. 每個人)、n**one** (pron. 沒有一個)、some**one** (pron. 某人)、**uni**corn (n. 獨角獸)。

053　　with = against, away 反對，離開

🎧 Track 369

（神之捷徑）**with** 源自古英文，原意是「**反對**」，衍生出「**離開**」的意思，現代英語中 **with** 則有「**和**」的意思。

withdraw　　[wɪð`drɔ]　　*v.* 提款 (≠ deposit)；退出；撤回 (retract, take back)；撤退 (pull out, retreat)
　　　　　　　　　　　　　　　三態 withdraw/withdrew/withdrawn

withdrawal　　[wɪð`drɔəl]　　*n.* 提款 (≠ deposit)；退出；撤回 (retraction)；撤退

（秒殺解字）with(away)+draw → 本義「拉」「開」，引申為「退出」、「提款」等。

withhold　　[wɪð`hold]　　*vt.* 拒絕給予　三態 withhold/withheld/withheld

（秒殺解字）with(back, away)+hold →「向後」「握住」不「離」手，引申為「拒絕給予」。

延伸補充
1. withhold <u>information/evidence</u> 拒絕提供消息 / 證據　　2. withhold payment 拒付

源來如此 **hold** [hold] (v. 握住；暫停)、**halt** [hɔlt] (v. 停止；阻止) 同源，**d/t 轉音**，**母音通轉**，核心語意是「**握住**」（hold），衍生出「**停止**」、「**阻止**」（halt）的意思。相關同源字還有 house**hold** [`haʊs,hold] (n. 家 adj. 家的 )、thres**hold** [`θrɛʃhold] (n. 門檻)、up**hold** [ʌp`hold] (v. 維護)。

withstand　　[wɪð`stænd]　　*v.* 抵擋；禁得起 (resist, stand up to)

（秒殺解字）with(against)+stand →「站」起來「反對」。

源源不絕學更多 **with**in (adv./ prep. 在……裡、內；不超過)、**with**out (adv./prep. 沒有、無)。

Part III
字尾

本章節共收錄 19 個字尾。字尾加接在字根（字幹）之後，除了標記詞性，有時候也給字根（字幹）添加新的語意。

★ 因各家手機系統不同，若無法直接掃描，仍可以電腦連結 https://reurl.cc/Q2bNM 雲端下載收聽

Part III 字尾篇

001　able, ible = able 能……的，可以……的

🎧 Track 370

 字尾 **able**, **ible** 表示「能……的」、「可以……的」，儘管和單字 **able** 意思相同，卻不同源。**able** 在現代英語中是個活性字尾，有時並不帶任何意思，黏接在單字之後，純粹表達具有該單字的特質或情況，如：comfort**able**, knowledg**able**。字尾 **able** 另有個變體是 **ble**，如：fee**ble**。

charit**able**	[`tʃærətəb!]	*adj.* 慈善的 (≠ uncharit**able**)

源來如此 caress [kəˋrɛs] (n./v. 愛撫)、**charity** [ˋtʃærətɪ] (n. 慈善事業、慈善)、**cherish** [ˋtʃɛrɪʃ] (v. 珍愛) 同源，k/tʃ **轉音，母音通轉**，核心語意都是「**喜歡**」（like）或「**渴望**」（desire）。「**愛撫**」（caress）表現出「**喜歡**」的行為；「**慈善**」（charity）是愛人、「**喜歡**」人的事業。

favor**able**	[`fevərəb!]	*adj.* 贊成的；討人喜歡的；有利的
irrit**able**	[`ɪrətəb!]	*adj.* 易怒的 (crabby, bad-tempered)
lift**able**	[`lɪftəb!]	*adj.* 可以舉起的

源來如此 lift [lɪft] (v. 舉起；撤銷 n. 電梯；搭便車)、**loft** [lɔft] (n. 閣樓、頂樓) 同源，**母音通轉**，核心語意是「**舉高**」（raise）。相關同源字還有 shop**lift**er [ˋʃɑp͵lɪftə] (n. 竊取商店東西的小偷)。

miser**able**	[`mɪzərəb!]	*adj.* 不幸的；悲慘的；痛苦的
aud**ible**	[`ɔdəb!]	*adj.* 可聽見的 (≠ inaud**ible**) → aud 表示「聽」（hear）。
ed**ible**	[`ɛdəb!]	*adj.* 可以吃的 (eat**able** ≠ ined**ible**, uneat**able**)

源源不絕學更多 account**able** (adj. 應負責任的)、adapt**able** (adj. 能適應的)、afford**able** (adj. 付得起的)、applic**able** (adj. 可應用的；合用的)、approach**able** (adj. 易接近的)、avail**able** (adj. 可用的；有空的)、avoid**able** (adj. 可避免的)、cur**able** (adj. 可醫治的)、depend**able** (adj. 可靠的)、dispos**able** (adj. 用完即丟的)、drink**able** (adj. 可以喝的)、endur**able** (adj. 可忍受的)、enjoy**able** (adj. 令人愉快的)、fashion**able** (adj. 流行的)、fee**ble** (adj. 虛弱的；脆弱的)、hospit**able** (adj. 好客的)、inhabit**able** (adj. 適合居住的)、knowledge**able** (adj. 知識淵博的)、li**able** (adj. 可能的)、manage**able** (adj. 易處理的)、mov**able** (adj. 可移動的)、port**able** (adj. 可攜帶的)、predict**able** (adj. 可預料的)、prevent**able** (adj. 可避免的)、recycl**able** (adj. 可回收的)、regrett**able** (adj. 令人遺憾的)、repair**able** (adj. 可修理的)、reli**able** (adj. 可信賴的)、reput**able** (adj. 信用可靠的)、respect**able** (adj. 值得尊敬的)、suit**able** (adj. 合適的)、sustain**able** (adj. 能維持的)、valu**able** (adj. 有價值的)、vi**able** (adj. 可實施的)、cred**ible** (adj. 可信的)、feas**ible** (adj. 可行的)、horr**ible** (adj. 糟透的；可怕的)、mob**ile** (adj. 可移動的)、neglig**ible** (adj. 微不足道的)、terr**ible** (adj. 糟透的；可怕的)、vis**ible** (adj. 可看見的)。

002　ade = product, action 產品，行為

🎧 Track 371

 神之捷徑 ade 為名詞字尾，源自法文，使用範圍相當廣泛，可以表示**「飲料產品」**，也可表示**「某種行為下的產物」**。

lemon**ade**	[ˌlɛmə`ned]	n. 檸檬水
lim**ade**	[ˌlaɪm`ed]	n. 萊姆水
orange**ade**	[ˌɔrɪndʒ`ed]	n. 橘子水

源來如此 lime [laɪm] (n. 萊姆)、lemon [`lɛmən] (n. 檸檬) 同源，**母音通轉**，核心語意是**「柑橘類水果」**（citrus fruit ）。

block**ade**	[blɑ`ked]	n. 封鎖
crus**ade**	[kru`sed]	n. 運動 (fight, struggle, battle, campaign, drive, movement)
		v. 從事運動

秒殺解字 crus(cross)+ade → Crusade 大寫是指「十字軍東征」，因戰士帶著「十字架」而得名，後延伸為為理想或信念而戰的「運動」。

| ball**ad** | [`bæləd] | n. 民謠、舒緩的情歌 |

秒殺解字 ball(dance)+ad →「跳舞」時伴奏的歌曲，通常節奏較為舒緩，常常是敘事的詩歌，也就是我們常說的「民謠」。

源來如此 ball [bɔl] (n. 舞會)、ballet [`bæle] (n. 芭蕾舞；芭蕾舞劇)、ballad (n. 民謠) 同源，**母音通轉**，核心語意是**「跳舞」**（dance ）。

003　aholic, oholic = one who loves (doing) something ……狂

🎧 Track 372

 神之捷徑 aholic, oholic 是萃取自 alcoholic 一字。alcoholic 指嗜酒如命的**「酒鬼」**，後來 aholic 獨立出來，形成現代感十足的新構詞元素，用以黏接其他單字或字根，表示**「沉迷、熱愛某事物的人」**，如：workaholic, chocaholic。

| alc**oholic** | [ˌælkə`hɔlɪk] | n. 酒鬼、嗜酒者 |

秒殺解字 秒殺解字 al(the)+cohol(kuhul=fine powder)+ic → al 是阿拉伯語的定冠詞，kuhul 為阿拉伯婦女用來塗在眼皮上的粉末，能消除疲勞，也能使眼睛看起來更漂亮。kuhul 加上冠詞之後就變為 al-kuhul，但 16 世紀時，英國人誤把定冠詞當成是該字的一部分，所以才把 al-kuhul 拼成 alcohol，後來 alcohol 幾經轉變，產生「酒精」的語意，alcoholic 本指「酒精」「的」，衍生語意「嗜酒者」於 1891 年始見記載。

work**aholic**	[ˌwɝkə`hɔlɪk]	n. 工作狂
shop**aholic**	[ʃɑpə`hɔlɪk]	n. 購物狂
choc**aholic**/choc**oholic**	[ˌtʃɑkə`hɔlɪk]	n. 酷愛巧克力的人 → choc 即 chocolate。

源源不絕學更多 book**aholic** (n. 愛書狂)、food**aholic** (n. 對吃成癮者)。

004　ard = one who is in a specified condition 處於特殊情況的人

🎧 Track 373

 字尾 **ard** 是萃取自 **hard** 一字，原意是指「**堅固**」。**ard** 用以黏接其他單字或字根，表示「**處於特殊情況的人**」，通常帶有貶義，如：嗜酒如命的「**酒鬼**」（drunk**ard**）。另外，**ard** 也用以形成人名，取名 Rich**ard** 表示有錢「**人**」。

drunk**ard**	[`drʌŋkəd]	*n.* 酒鬼

源來如此 drink [drɪŋk] (v. 喝)、**drunk** [drʌŋk] (adj. 酒醉的)、**drunk**ard (n. 酒鬼)、**drown** [draʊn] (v. 溺死) 同源，**母音通轉**，核心語意都是「**喝**」(drink)。

cow**ard**	[`kaʊəd]	*n.* 膽小鬼、懦夫 (chicken)
cow**ard**ly	[`kaʊədlɪ]	*adj.* 膽小的 (≠ brave, courageous, chicken)
cow**ard**ice	[`kaʊədɪs]	*n.* 膽小 (≠ bravery)

✒ **秒殺解字** cow(=coe=tail)+ard → cow 源自 coe，和「終曲」(coda) 同源，表示「尾巴」(tail)，後表示「懦弱」，可能取自動物害怕時，會用腿夾著「尾巴」的意象。

wiz**ard**	[`wɪzəd]	*n.* 男巫

✒ **秒殺解字** wiz(wise)+ard → wise 和 ard 的混合字。「巫師」有智慧和魔力，能預「見」未來。wize 和 **vis, vid** 同源，**v/w 對應**，**d/z/s/ʒ 轉音**，**母音通轉**，本義是「看」(see)。「看」到表示「知道」(know)，所以是「有智慧的」。

stand**ard**	[`stændəd]	*n.* 標準；水準
		adj. 標準的 (≠ non-stand**ard**)

✒ **秒殺解字** stand(stand)+ard(hard) → stand 和 hard 的混合字。原指「軍旗」、「牢固地」、「豎立」在地上，15 世紀以後衍生出「標準」、「規格」等意思，因為「標準」是要「牢固地」「站立」。但也有一派語言學家認為這是「通俗辭源」(folk etymology)，並不正確，比較傾向 standard 和 extend 同源，字面上是「延展」(thin, stretch)「出去」(out)。

beg**gar**	[`bɛgə]	*n.* 乞丐

✒ **秒殺解字** beggar(=begart=one who asks alms) → 源自中世紀時期流行於荷蘭等國家的世俗宗教團體 Beghard，成員在古法文叫 beg**art**，到處化緣，很多乞丐常常假扮冒 beg**art**，因此 beg**art** 後來衍生成「**乞丐**」，到英文便成為 beggar，而 beg 由 beggar 而來，這叫做「**逆向構詞**」(back-formation)。

源源不絕學更多 hard (adj. 硬的；困難的 adv. 努力地；猛烈地)、**hard**ly (adv. 幾乎不)、**hard**-working (adj. 努力工作的)。

005　ary, ery = place 場所

🎧 Track 374

ary 和 **ery** 同源，**母音通轉**，皆表示「**場所**」、「**地方**」。字尾 **ry** 是 **ery** 的省略形式，如：pan**try**, laun**dry**。坊間書籍或網路常將 **ory** 與這組單字歸類在一起，但多方考據下並無法證實是同源，另外獨立於下一個單元。

lib**rary**	[`laɪ͵brɛrɪ]	*n.* 圖書館 → libr 和 leaf 同源，表示「書」（book）或「書的一頁」（leaf）。
bound**ary**	[`baʊndrɪ]	*n.* 邊界、界線；範圍 → bound 表示「界線」（limit）。
gran**ary**	[`grænərɪ]	*n.* 穀倉 → gran 表示「穀物」（grain）。

源來如此 granary (n. 穀倉)、**grain** [gren] (n. 穀物、穀粒)、**corn** [kɔrn] (n. 穀物、小麥、玉米) 同源，**g/k 轉音**，**母音通轉**，核心語意都是「**穀物**」（**corn**）。相關同源字還有 pop**corn** [`pɑp͵kɔrn] (n. 爆米花)。

bak**ery**	[`bekərɪ]	*n.* 麵包店 → bake 表示「烘焙」。
brew**ery**	[`bruərɪ]	*n.* 啤酒廠 →「釀造」啤酒的「場所」。

源來如此 **brew** [bru] (v. 釀造)、**bread** [brɛd] (n. 麵包)、**broil** [brɔɪl] (v. 烤)、**breed** [brid] (v. 繁殖；飼養 n. 品種)、**brood** [brud] (n. 一窩雛鳥) 同源，**母音通轉**，基本核心語意是「**沸騰**」（**boil**）、「**冒泡**」（**bubble**）、或是「**燒**」（**burn**），後來更衍生出「**繁殖**」（**breed**）、「**孵**」（**hatch**）等意思。我們可用「**一窩**」（**brood**）來指剛「**孵**」出的小鳥。

fish**ery**	[`fɪʃərɪ]	*n.* 漁場；漁業

源來如此 **Pisces** [`paɪsiz] (n. 雙魚座)、**fish** [fɪʃ] (n. 魚) 同源，**p/f 轉音**，**母音通轉**，皆表示「**魚**」，**pisces** 是 **piscis** 的複數形。

groc**ery**	[`grosərɪ]	*n.* 食品雜貨店
nurs**ery**	[`nɝsərɪ]	*n.* 育兒室；托兒所 → nurs 表示「餵」（feed）。
scen**ery**	[`sinərɪ]	*n.* 風景、景色；舞臺布景
cemet**ery**	[`sɛmə͵tɛrɪ]	*n.* 公墓、墓地 → cemet 表示「睡」（sleep）。
laun**dry**	[`lɔndrɪ]	*n.* 洗衣店；送洗衣物

源來如此 laundry (n. 洗衣店；送洗衣物)、**lavatory** [`lævə͵torɪ] (n. 廁所、洗手間)、**lava** [`lɑvə] (n. 熔岩) 同源。**lav** 和 **lau**，**u/v 對應**，**母音通轉**，皆表示「**洗**」（**wash**）。「**熔岩**」（**lava**）是火山噴發出來的岩漿，好像從火山口沖「**洗**」下來。

pan**try**	[`pæntrɪ]	*n.* 食物貯藏室 (larder) → pan 表示「食物」（food）、「麵包」（bread）。
found**ry**	[`faʊndrɪ]	*n.* 鑄造廠

🖋 秒殺解字 found(pour, melt)+ry(=ery=place) → 把金屬「熔化」後「倒」在模子裡製成器物的「場所」。

006　ory = place 場所

神之捷徑 ory 表示「場所」、「地方」。

factory	[ˋfæktərɪ]	*n.* 工廠 → fact 表示「做」（do, make）。
armory	[ˋɑrmərɪ]	*n.* 軍械庫；兵工廠 → arm 表示「武器」（weapons）。
laboratory	[ˋlæbrəˌtorɪ]	*n.* 實驗室（lab）→ labor 表示「勞動」（work）。
lavatory	[ˋlævəˌtorɪ]	*n.* 廁所、洗手間 → lav 表示「洗」（wash）。lavatory 在 1864 年開始有「廁所」的意思。
territory	[ˋtɛrəˌtorɪ]	*n.* 領土

秒殺解字 terr(dry, earth, land)+it+ory(place) →「土地」的「場所」，表示「領土」。

directory	[dəˋrɛktərɪ]	*n.* 指南
dormitory	[ˋdɔrməˌtorɪ]	*n.* 大寢室、團體寢室；宿舍 → dorm 表示「睡」（sleep）。
observatory	[əbˋzɝvəˌtorɪ]	*n.* 天文臺；氣象臺 →「觀測」（observe）的「場所」。
inventory	[ˋɪnvənˌtorɪ]	*n.* 存貨清單；存貨 (stock)

007　athon = prolonged activity
持續很久的的活動

神之捷徑 athon 是萃取自 marathon 一字，作為黏接到其他單字的字尾，通常表示「**延續很久的活動**」，「**需要耐力**」的考驗，如 swimathon, kissathon；其形式也常以 **-a-thon** 出現，如 cook-a-thon。「**慈善募款活動**」也常和此字尾有關，因為募款時間通常如「**馬拉松**」一般，進行時間很久。

marathon	[ˋmærəˌθɑn]	*n.* 馬拉松賽跑；延續很久的活動 *adj.* 馬拉松的
walkathon	[ˋwɔkəθɑn]	*n.* 步行馬拉松
talkathon	[ˋtɔkəθɑn]	*n.* 冗長的討論、演講或辯論
telethon	[ˋtɛlɪθɑn]	*v.* 募捐馬拉松式電視節目

秒殺解字 tele(television)+thon(marathon) → 是 television 和 marathon 的混合字，為籌款辦的「馬拉松電視節目」。

源源不絕學更多 cook-a-thon (n. 烹飪馬拉松)、dance-athon (n. 舞蹈馬拉松)、kissathon (n. 接吻馬拉松比賽)、swapathon (n. 交換馬拉松比賽)、swimathon (n. 游泳馬拉松)。

008 ee = one who is ~ed 被……者

🎧 Track 377

字尾 **ee** 源自法文，就是 ée 省略一撇而來的，表示**「被……者」**，如：trainee,
employ**ee**，和表示**「動作的執行者」**的字尾 **or, er**，形成對比。很多人不知道的是，
ee 亦可表示**「動作的執行者」**、**「處於……狀態者」**，如：escapee, absentee。

employ**ee**	[ˌɛmplɔɪˋi]	𝑛 員工、被雇者 (worker)
interview**ee**	[ˌɪntəˏvjuˋi]	𝑛 被面試的人；接受訪問者
appoint**ee**	[əˏpɔɪnˋti]	𝑛 被任命者、被指派者
nomin**ee**	[ˌnɑməˋni]	𝑛 被提名人
mortgag**ee**	[ˌmɔrgɪˋdʒi]	𝑛 接受抵押者

秒殺解字 mort(dead)+gage(pledge, promise)+ee → mortgage 字面上的意思是「死」「誓」，「死」
代表結束，「誓」表示用抵押品貸款，mortgage 本義是「清償貸款」，後指「抵押品」，mortgagor
表示「抵押者」，mortgagee 表示「接受抵押者」，也就是借款出去的人或機構。

源源不絕學更多 abductee (n. 被綁架者)、absentee (n. 缺席者)、addressee (n. 收件人)、payee (n. 受
款人)、trainee (n. 受培訓者、實習生)。

009 en = make, become
使……，變……

🎧 Track 378

en 是個動詞字尾，表示**「使……」**或**「變……」**，例如 strengthen 表示**「加強」**、
「使變強」（make stronger）或是**「變強」**（become stronger）。**字尾 en** 和
字首 en 不同源，請參考**字首 en** 的說明。

bright**en**	[ˋbraɪtn̩]	𝑣 使光明、使變淡 (≠dark**en**)
broad**en**	[ˋbrɔdn̩]	𝑣 使寬闊 (wid**en**)；使擴大 (wid**en**, expand)
damp**en**	[ˋdæmpn̩]	𝑣 弄濕 (moist**en**)；掃興、讓人消沉
deep**en**	[ˋdipn̩]	𝑣 (使)變深；使加重、惡化

源來如此 **dip** [dɪp] (v. 浸泡)、**deep** [dip] (adj. 深的)、**depth** [dɛpθ] (n. 深度)、**deepen** (v. 使變深)、
dive [daɪv] (跳水；潛水；急劇下降)同源，**p/v 轉音，母音通轉**，核心語意是**「深」**（deep）。**dip** 是
使某物**「浸泡」**、**「深」**入到液體中，而 **dive** 也是有**「深」**入到水中的意思。

fast**en**	[ˋfæsn̩]	𝑣 固定、繫緊 (do up ≠ unfast**en**)

秒殺解字 fast(firm)+en → 「使」「牢固」。

fright**en**	[ˋfraɪtn̩]	𝑣 使害怕、使驚恐 (scare, terrify, horrify)

延伸補充
1. be <u>frightened/terrified/scared</u> of + N/Ving = be afraid of + N/Ving 對……感到害怕
2. frighten + sb. + to death = frighten the life out of + sb. 把某人給嚇壞
3. frighten + sb./sth. + <u>away/off</u> 把……嚇跑

heighten	[`haɪtn̩]	*v.* 升高、增強 (intensify, strengthen)
lessen	[`lɛsn̩]	*v.* 降低、減輕 (reduce)
lighten	[`laɪtn̩]	*v.* 減輕 (reduce ≠ increase)；使變亮、變淡 (≠ darken)；使愉快
enlighten	[ɪn`laɪtn̩]	*v.* 啟蒙、啟發、解釋

秒殺解字 en(in)+light+en(make) →「使……」處於「光明」的狀態「中」。

源來如此 light (n. 光、光線；燈 adj. 亮的 v. 點燃；照亮)、lighten (v. 使變亮)、lucid [`lusɪd] (adj. 清晰的)、Lucy [`lusɪ] (n. 露西)、illustrate [`ɪləstret] (v. 舉例說明；插圖說明)、illustration (n. 實例說明；圖解)、lunar (adj. 月亮的) 同源，**母音通轉**，核心語意是「光」（light），可用 light 或 Lucy 當神隊友，來記憶這組單字。必須留意的是，light 當「輕的」解釋時，並不同源；light (adj. 輕的)、lighten (v. 減輕)、lever (n. 槓桿)、alleviate (v. 減輕)、elevate (v. 提升)、relieve (v. 減輕)、relieved (adj. 放心的)、relevant (adj. 相關的) 同源，**母音通轉**，核心語意是皆表示「輕的」（light），衍生出「提起」（lift）的意思。

shorten	[`ʃɔrtn̩]	*v.* （使）變短 (≠ lengthen)
soften	[`sɔftn̩]	*v.* （使）變軟；（使）緩和 (≠ harden)
strengthen	[`strɛŋθn̩]	*v.* 加強、增強、變強 (≠ weaken)

源來如此 strong [strɔŋ] (adj. 強壯的)、strength [strɛŋθ] (n. 力量；長處)、strengthen (v. 加強) 同源，**母音通轉**，核心語意是「強壯的」（strong）。

threaten	[`θrɛtn̩]	*v.* 威脅 (menace) → threat 源自於「戳」、「刺」，表示「威脅」。
tighten	[`taɪtn̩]	*v.* 使變緊、使牢固 (≠ loosen)；使繃緊 (≠ relax)
weaken	[`wikn̩]	*v.* 使虛弱 (≠ strengthen)
worsen	[`wɝsn̩]	*v.* 使更壞、惡化 (deteriorate, go down, decline ≠ improve)

源源不絕學更多 awaken (v. 喚醒)、darken (v. 使變暗；使加深)、deafen (v. 使聾)、harden (v. 使變硬)、waken (v. 醒來；喚醒)、flatten (v. 使變平)、lengthen (v. 加長)、loosen (v. 鬆開)、sadden (v. 使悲傷)、sharpen (v. 使銳利、削尖；加劇；改善)、sicken (v. 使反感)。

010　en = made of a particular material or substance ……製的

🎧 Track 379

神之捷徑 en 也當形容詞字尾，接黏物質名詞，表示「……製的」。

golden	[`goldn̩]	*adj.* 金製的 (gold)
wooden	[`wʊdn̩]	*adj.* 木製的
woolen	[`wʊln̩]	*adj.* 羊毛製的

源源不絕學更多 earthen (adj. 土製的)。

011　ess = a female in nouns 女性名詞

🎧 Track 380

字尾 **ess** 表示**「女性名詞」**，源自法語。值得一提的是，表示**「行為者」**的 **er, or** 在黏接 **ess** 時，常會刪除 **e** 或 **o** 字母，如：waitress 是由 waiter 黏接 **ess** 後，刪除 **e** 而來的。在現代英文中，**ess** 已非活性字尾，加上 **er, or** 已經是較為中性的字尾，非必要不會特別用 **ess** 來標明性別，例如用 actor 就可統稱男女演員。同樣的，在講求性別平等的今日，許多人不喜歡「女」醫生、「女」校長、「女」總統這樣的稱呼，男女皆可當醫生、校長、總統，實不必特別標明「女性」。

lioness [`laɪənɪs] *n.* 母獅

源來如此 lion [`laɪən] (n. 獅子)、leopard [`lɛpəd] (n. 豹)、Leo [`lio] (n. 獅子座) 同源，**母音通轉**，核心語意是**「獅子」**（lion）。**「豹」**（leopard）是一種長得像**「獅子」**的動物。

actress [`æktrɪs] *n.* 女演員 → actor 是「演員」。

waitress [`wetrɪs] *n.* 女服務生 → waiter 是「男服務生」。

empress [`ɛmprɪs] *n.* 皇后 → emperor 是「皇帝」，empire 是「帝國」或「大企業」。

princess [`prɪnsɪs] *n.* 公主；王妃 → prince 是「王子」。

秒殺解字 prin(first)+ce(=cap=take) → 本指「拿」到權力的「第一」人，泛指貴族，後指「王子」。

goddess [`gɑdɪs] *n.* 女神

源來如此 god [gɑd] (n. 神)、goddess (n. 女神)、gossip [`gɑsəp] (v./n. 閒聊) 同源，**d/s 轉音**，核心語意都是**「神」**（god）。**gossip** 是由 god 和表示**「兄弟姊妹」**的 sibling 所組成，**「神」**愛世人，對待大家如同手足，後來引申為一群人之間的**「八卦」**、**「閒聊」**。必須留意的是，gospel 常被誤認為和以上三個單字同源，事實不然；gospel [`gɑsp!] (n. 福音)、spell [spɛl] (n. 咒語) 同源，**母音通轉**，核心語意是**「故事」**（story）或**「命令」**（command）；**「咒語」**（spell）是一串語句，以某種特別的順序或特殊音節念出，彷彿在下**「命令」**（command）招喚幽靈，以得到特殊力量，而**「福音」**（gospel）本義是**「好的」**（go=good）**「故事」**（spel=spell=story），在希臘文中表示**「好消息」**，聖經原意為**「天國來的好消息」**。

hostess [`hostɪs] *n.* 女主人；女主持人 → host 是「男主人」或「男主持人」。

heiress [`ɛrɪs] *n.* 女繼承人 → heir 是「男繼承人」。

mistress [`mɪstrɪs] *n.* 女主人；情婦 → master 是「男主人」，和 mistress 同源，**母音通轉**，語意是**「主人」**。

stewardess [`stjuwədɪs] *n.* 輪船或飛機的女服務員 → steward 是「男服務員」。

秒殺解字 ste(pen for cattle) + ward(guard) → 本指「畜圈」「看守者」。

duchess [`dʌtʃɪs] *n.* 女公爵；公爵夫人 → duke 是「公爵」

shepherdess [`ʃɛpədɪs] *n.* 牧羊女 → shepherd 是「牧羊人」。

源來如此 sheep [ʃip] (n. 羊)、shepherd [`ʃɛpəd] (n. 牧羊人) 同源，**母音通轉**，核心語意是**「羊」**（sheep）。shepherd 是 sheep 和 herd 所組成，表示**「羊」**的**「放牧人」**（herder）。

源源不絕學更多 tigress (n. 母虎)。

012　hood = state of being 狀態

🎧 Track 381

 字尾 **hood** 用於構成名詞，描述作為人或事物的**「狀態」**，可以是在某個**「時期」**的特定身份，或帶有各種和**「親屬」**有關的字詞。

adult**hood**	[ə`dʌlthʊd]	*n.* 成年 (≠ child**hood**)
brother**hood**	[`brʌðɚˌhʊd]	*n.* 友誼、手足情誼

> **源來如此** **brother** [`brʌðɚ] (n. 兄弟)、**fratern**al [frə`tɝn!] (adj. 兄弟的；友好的)、**fratern**ity [frə`tɝnətɪ] (n. 有相同職業或興趣的群體；友誼；大學的兄弟會) 同源，可用 **brother** 當神隊友，**b/f**、**t/ð 轉音**，**母音通轉**，來記憶 **frater**，皆表示**「兄弟」**。

child**hood**	[`tʃaɪldˌhʊd]	*n.* 童年時期
parent**hood**	[`pɛrəntˌhʊd]	*n.* 父母身分
likeli**hood**	[`laɪklɪˌhʊd]	*n.* 可能、可能性 (probability)
neighbor**hood**	[`nebɚˌhʊd]	*n.* 鄰近地區；街區

> **源源不絕學更多** livelihood (n. 生計)、motherhood (n. 母親的身分)、nationhood (n. 國家地位)、priesthood (n. 牧師的身分)。

013　ior = suffix to form the comparative 比較級字尾

🎧 Track 382

 ior 是**「比較級字尾」**，源自拉丁文，相當於英文比較級字尾 **er**。

sen**ior**	[`sinjɚ]	*adj.* 資深的 → sen 表示「老的」（old）。
		n. 大四或高三生；年長者；上司
jun**ior**	[`dʒunjɚ]	*adj.* 資淺的 → jun 表示「年輕的」（young）。
		n. 較年少、資淺者

> **延伸補充**
> 1. A + be senior to + B = B + be junior to + A　A 比 B 資深的
> 2. A + be junior to + B = B + be senior to + A　A 比 B 資淺的

super**ior**	[sə`pɪrɪɚ]	*adj.* 較好的；上級的；優秀的
		n. 上級 → super 表示「在上方」、「超越」（over）。
infer**ior**	[ɪn`fɪrɪɚ]	*adj.* 較差的；下級的
		n. 下級 → infer 等同 infra，和 under 同源，表示「在下方」（below）。

> **延伸補充**
> 1. A + be superior to/better than + B　A 比 B 優的　　2. B + be inferior to/worse than + A　B 比 A 差的

anter**ior**	[æn`tɪrɪɚ]	*adj.* 先前的、較早的 → ante 表示「在……之前」（before）。
poster**ior**	[pɑs`tɪrɪɚ]	*adj.* 後面的；尾部的
		n. 臀部 (buttocks, bottom) → post 表示「在……之後」（after）。

prior	[`praɪɚ]	*adj.* 在先的 (previous)；預先的；優先的、更重要的

→ pri 表示「在……之前」（before）。

priority	[praɪˋɔrətɪ]	*n.* 優先的事；優先權

延伸補充
1. prior to + sth. 在某事之前
2. first/top/main/number one priority 最重要、最優先要做的事
3. in order of priority 依重要性、優先性順序
4. get + sb's priorities right/straight 處理最重要的事

014 less = without, lack, not
無，缺乏，沒有

🎧 Track 383

神之捷徑 字尾 less 表示「無」、「缺乏」、「沒有」，源自古英文，和表示「較少的」的單字 less 並不同源。

careless	[`kɛrlɪs]	*adj.* 粗心的 (≠ careful, cautious)
useless	[`juslɪs]	*adj.* 無用的 (≠ useful)
painless	[`penlɪs]	*adj.* 無痛的 (≠ painful)
baseless	[`beslɪs]	*adj.* 毫無根據的 (unfounded, groundless ≠ well-founded)

源來如此 bass [bes] (n. 男低音；低沉的聲音；貝斯)、base [bes] (n. 底部；基礎；基地)、basis [`besɪs] (n. 基礎)、basic [`besɪk] (adj. 基本的) 同源，核心語意是「底部」（base）。相關同源字還有 baseball (n. 棒球)、basement (n. 地下室)。

beardless	[`bɪrdlɪs]	*adj.* 無鬍鬚的

源來如此 beard [bɪrd] (n. 鬍鬚、山羊鬍)、barber [`bɑrbɚ] (n. 理髮師)、barbershop [`bɑrbɚˌʃɑp] (n. 理髮店) 同源，**母音通轉**，核心語意是「鬍鬚」（beard）。以前「理髮師」的服務項目包含修剪頭髮和刮「鬍子」。

bloodless	[`blʌdlɪs]	*adj.* 不流血的；蒼白的；無感情的

源來如此 blood (n. 血)、bleed [blid] (v. 流血)、bless [blɛs] (v. 祝福) 同源，**d/s 轉音**，**母音通轉**，核心語意是「血」（blood）。bless 本指用「血」來祭祀、祝聖，在獻祭的牲口塗「血」以祈求神靈保佑，後語意改變，表示「祝福」、「保佑」。相關同源字還有 bloody (adj. 血腥的)、cold-blooded (adj. 冷血的)、warm-blooded (adj. 溫血的、恆溫的)。

flawless	[`flɔlɪs]	*adj.* 無瑕疵的、完美的 (perfect, faultless)
fruitless	[`frutlɪs]	*adj.* 無成果的、無效的 (≠ fruitful)
harmless	[`hɑrmlɪs]	*adj.* 無害的；無傷大雅的 (≠ harmful)
heedless	[`hidlɪs]	*adj.* 不注意的

源來如此 hat [hæt] (n. 帽子)、hood [hʊd] (n. 頭巾)、heed [hid] (v./n. 注意) 同源，**d/t 轉音**，**母音通轉**，核心語意是「遮蔽」（shelter），衍生意思是「保護」（protect）、「注意」（pay attention）。

helpless	[`hɛlplɪs]	*adj.* 無助的、無奈的
jobless	[`dʒɑblɪs]	*adj.* 失業的 (unemployed)
lawless	[`lɔlɪs]	*adj.* 沒有法紀的 (≠ law-abiding)

merciless [`mɝ-sɪlɪs] *adj.* 無情的、冷酷的 (cruel ≠ merciful, kind)

源來如此 **cruel** [`kruəl] (adj. 殘忍的)、**cruel**ty [`kruəltɪ] (n. 殘忍)、**crude** [krud] (adj. 粗糙的；簡陋的；粗的；未經加工的 n. 原油)、**raw** [rɔ] (adj. 生的、未煮過的；未加工的) 同源，**母音通轉**，核心語意是「生肉」（raw flesh）、「血腥的」（bloody）。

needless [`nidlɪs] *adj.* 不必要的；不需要的 (unnecessary)

延伸補充
1. needless to say 不用說   2. needless waste 不必要的浪費

reckless [`rɛklɪs] *adj.* 魯莽的、不顧後果的

秒殺解字 reck(=reg=straight, rule)+less(not) →「不」走「直」線，引申為「魯莽的」、「不顧後果的」。

senseless [`sɛnslɪs] *adj.* 無意義的 (meaningless)；無目的的 (pointless, aimless)；失去知覺的 (unconscious)

speechless [`spitʃlɪs] *adj.* 因氣憤、震驚等說不出話的

源來如此 **speak** [spik] (v. 說)、**speech** [spitʃ] (n. 演講) 同源，**k/tʃ轉音**，核心語意是「說」（speak）。相關同源字還有 **spok**en (adj. 口語的)、**spok**esperson (n. 發言人)、out**spok**en (adj. 直言不諱的)。

priceless [`praɪslɪs] *adj.* 無價的

valueless [`væljʊləs] *adj.* 不值錢的、無價值的 (worthless ≠ valuable)

字辨 priceless/invaluable > valuable/precious > valueless/worthless

源源不絕學更多 aim**less** (adj. 漫無目的的)、bottom**less** (adj. 無底的；無限的)、bound**less** (adj. 無限的)、breath**less** (adj. 氣喘吁吁的)、cease**less** (adj. 不停的)、child**less** (adj. 無子女的)、count**less** (adj. 無數的)、doubt**less** (adv. 無疑地)、effort**less** (adj. 毫不費力的)、end**less** (adj. 無窮盡的)、fault**less** (adj. 無缺點的)、fear**less** (adj. 無畏的)、function**less** (adj. 無功能的)、ground**less** (adj. 毫無根據的)、hap**less** (adj. 不幸的)、home**less** (adj. 無家可歸的)、hope**less** (adj. 絕望的)、humor**less** (adj. 缺乏幽默感的)、limit**less** (adj. 無限的)、meaning**less** (adj. 無意義的)、moon**less** (adj. 無月光的)、motion**less** (adj. 不動的)、point**less** (adj. 無意義的)、power**less** (adj. 無力量的)、purpose**less** (adj. 無目標的)、regard**less** (adv. 無論如何)、rest**less** (adj. 坐立不安的)、seed**less** (adj. 無核的)、shame**less** (adj. 無恥的)、sleep**less** (adj. 失眠的)、spirit**less** (adj. 無生氣的)、stain**less** (adj. 不生銹的)、taste**less** (adj. 沒味道的)、top**less** (adj. 上空的)、tire**less** (adj. 不疲倦的)、wit**less** (adj. 愚蠢的)。

015　ness = state, quality, action
情形，性質，動作

🎧 Track 384

神之捷徑 **ness** 表示「**情形**」、「**性質**」、「**動作**」，源自古英文，常形成抽象名詞，但偶爾也可形成具體名詞，如：wit**ness**，表示「**證人**」

bitterness [`bɪtɚnɪs] *n.* 苦味；痛苦

darkness [`dɑrknɪs] *n.* 黑暗；罪惡；無知 (ignorance)

fitness [`fɪtnɪs] *n.* 健康；適合、勝任、適能

fondness [`fɑndnɪs] *n.* 喜愛

源來如此 **fun** [fʌn] (n. 樂趣 adj. 有趣的)、**fun**ny [`fʌnɪ] (adj. 有趣的)、**fond** [fɑnd] (adj. 喜歡的)、**fond**ness (n. 喜愛) 同源，**母音通轉**，核心語意是「有趣的」（fun），可用「有趣的」的事物受人「喜愛」來聯想。

likeness	[`laɪknɪs]	n. 相像、相似 (resemblance, similarity)
loneliness	[`lonlɪnɪs]	n. 孤獨；寂寞
kindness	[`kaɪndnɪs]	n. 親切；仁慈 (≠ cruelty)
sickness	[`sɪknɪs]	n. 生病 (illness)；噁心、嘔吐感 (nausea)

源源不絕學更多 awareness (n. 意識)、business (n. 買賣；商業機構)、carelessness (n. 不小心)、carefulness (n. 小心)、friendliness (n.友善)、happiness (n. 快樂)、illness (n.生病)、laziness (n.懶惰)、tiredness (n. 疲倦；厭倦)、weakness (n. 弱點)、witness (n. 證人；目擊者 v. 目擊)。

016　phobia = fear, hatred 恐懼，憎恨

🎧 Track 385

神之捷徑 phobia 是名詞字尾，表示「**恐懼**」、「**憎恨**」；phobic 是形容詞字尾，表示「**恐懼……的**」、「**憎恨……的**」，也可當名詞字尾，表示「**恐懼……者**」（ one who fears something ）；phobe 表示「**恐懼……者**」（ one who fears something ）、「**憎恨……者**」（ one who dislikes or hates something ）。

phobia	[`fobɪə]	n. 恐懼
phobic	[`fobɪk]	adj. 恐懼的
technophobia	[ˌtɛknəˈfobɪə]	n. 科技恐懼症
technophobic	[ˌtɛknəˈfobɪk]	adj. 恐懼科技的
technophobe	[`tɛknəˌfob]	n. 科技恐懼者
homophobia	[ˌhoməˈfobɪə]	n. 對同性戀者的恐懼

秒殺解字 homo(homosexual)+phobia(fear) →「恐懼」「同性戀」。

| bibliophobia | [ˌbɪblɪəˈfobɪə] | n. 書籍恐懼症 |

源來如此 Bible [`baɪb!] (n. 聖經 )、bibliophobia (n. 書籍恐懼症 )、bibliophile [`bɪblɪəˌfaɪl] (n. 愛書者)、bibliomania [ˌbɪblɪəˈmenɪə] (n. 藏書癖)、bibliography [ˌbɪblɪˈɑgrəfɪ] (n. 參考書目) 同源，**母音通轉**，核心語意是「**書**」（ book ）。「聖經」（ the Bible ）源自希臘語的 biblia，原指「**小書**」，現語意縮小。

| zoophobia | [ˌzoəˈfobɪə] | n. 動物恐懼症 |
| claustrophobia | [ˌklɔstrəˈfobɪə] | n. 幽閉恐懼症 |

秒殺解字 claustro(a small enclosed space)+phobia(fear) → 是對「密閉空間」的一種「恐懼症」。claustro 來自拉丁文 claustrum，和 close 同源，**母音通轉**。

源源不絕學更多 photophobia (n. 畏光症)、sociophobia (n. 社交恐懼症)。

017　ship = quality, condition 特性，狀態

🎧 Track 386

字尾 **ship** 本指「**特性**」、「**狀態**」，源自古英文，和表示船的 ship 不同源。**ship** 語意可再細分為四大類：第一，表示「**職業**」、「**行業**」，如：governor**ship**；第二，表示「**擁有狀態**」，如：owner**ship**；第三，表示「**（特殊）技能**」，如：workman**ship**；第四，表示「**特定群體的所有成員**」，如：reader**ship**。

champion**ship** [ˋtʃæmpɪənʃɪp] *n.* 冠軍的地位 (title)；錦標賽

citizen**ship** [ˋsɪtəznʃɪp] *n.* 公民身分、國籍；公民義務

fellow**ship** [ˋfɛloʃɪp] *n.* 交情；夥伴關係

秒殺解字 fe(=fee=money)+l+low(=low= lie down, lay)+ship → fellow 是把「錢」「放」在一起投資合作的「夥伴」。

源來如此 lay [le] (v. 放置；產卵)、lie [laɪ] (v. 躺、臥；位於)、low [lo] (adj. 低的) 同源，**母音通轉**，核心語意是「**放下**」（lay），衍生意思有「躺」、「臥」、「低」等。相關同源字還有 law [lɔ] (n. 法律)、lawful [ˋlɔfəl] (adj. 合法的)、lawless [ˋlɔlɪs] (adj. 沒法紀的)、lawyer [ˋlɔjɚ] (n. 律師)、outlaw [ˋaʊt͵lɔ] (v. 使成為非法)、fellow [ˋfɛlo] (n. 同伴)、litter [ˋlɪtɚ] (n. 垃圾 v. 亂丟；到處丟)。

friend**ship** [ˋfrɛndʃɪp] *n.* 友誼

leader**ship** [ˋlidɚʃɪp] *n.* 領導地位；領導才能

源來如此 lead [lid] (v. 引導；領導)、lad [læd] (n. 男孩)、load [lod] (n. 負荷 v. 裝載) 同源，**母音通轉**，核心語意是「**引導**」（lead）。「**男孩**」（lad）需要成人「引導」之下才能成長，分擔更多「**負荷**」。相關同源字還有 leader (n. 領袖、領導者)、mislead (v. 誤導)、mislead**ing** (adj. 誤導人的)。

member**ship** [ˋmɛmbɚʃɪp] *n.* 會員資格；會員數；全體會員

scholar**ship** [ˋskɑlɚʃɪp] *n.* 獎學金

源來如此 school [skul] (n. 學校)、scholar [ˋskɑlɚ] (n. 學者)、scholar**ship** (n. 獎學金) 同源，**母音通轉**，核心語意是「**學校**」（school）。

shape [ʃep] *n.* 形狀；形式
v. 使成形；塑造

land**scape** [ˋlænd͵skep] *n.* 風景、景色 (scenery)；風景畫

秒殺解字 land(land)+scape(ship) → 本指「土地」上的「情況」，後指「風景」、「景色」。

延伸補充

1. urban/rural landscape 都市 / 鄉村的景色
2. landscape painter/artist/photographer 風景畫家 / 藝術家 / 攝影家

源源不絕學更多 hard**ship** (n. 艱難)、partner**ship** (n. 合夥關係；合夥企業)、relation**ship** (n. 關係)、sportsman**ship** (n. 運動家精神)、wor**ship** (v./n. 崇拜)。

018　some = causing 產生……的

🎧 Track 387

 字尾 **some** 表示「**產生……的**」，源自古英文，和單字 **some** 同源。

awe**some**	[`ɔsəm]	*adj.* 令人敬畏的；令人驚嘆的
tire**some**	[`taɪrsəm]	*adj.* 令人厭倦的
bother**some**	[`bɑðəsəm]	*adj.* 令人討厭的 (annoying)
trouble**some**	[`trʌb!səm]	*adj.* 令人討厭的
fear**some**	[`fɪrsəm]	*adj.* 可怕的 (frightening)
worri**some**	[`wɝɪsəm]	*adj.* 令人擔憂的

019　th, t = action, state, quality 行為，狀態，特質

🎧 Track 388

神之捷徑 字尾 **th** 表示「**行為**」、「**特質**」、「**狀態**」，是源自古英文的名詞字尾，有時會縮減為 **t**，特別是接在 **h** 之後，如：height。**th** 和 **t** 的轉變，可用 **t/θ 轉音**來記憶，必須留意的是，此處的 **th** 和表示序數的 **th** 來源不同。

death [dɛθ] *n.* 死亡 (≠ birth)

源來如此 die [daɪ] (v. 死)、dead [dɛd] (adj. 死的)、death (n. 死亡)、dying [`daɪɪŋ] (adj. 垂死的 ) 同源，**母音通轉**，核心語意是「**死**」（die）。相關同源字還有 deadly [`dɛdlɪ] (adj. 致命的)、deadline [`dɛd,laɪn] (n. 期限、截止日)。

birth [bɝθ] *n.* 出生

源來如此 bear [bɛr] (v. 承擔；生)、birth (n. 出生)、burden [`bɝdən] (n. 負擔) 同源，**母音通轉**，核心語意都是「**攜帶**」、「**生育**」、「**承受**」（bear）。

growth [groθ] *n.* 成長 (≠ decline)

源來如此 grow [gro] (v. 成長；種植)、green[grin] (n. 綠色)、grass [græs] (n. 草)、graze [grez] (v. 吃草、放牧) 同源，**n/z/s 轉音**，**母音通轉**，核心語意是「**成長**」、「**綠色**」。相關同源字還有 greenhouse [`grin,haʊs] (n. 溫室 )、evergreen [`ɛvə,grin] (adj. 常青的)。

health [hɛlθ] *n.* 健康

源來如此 heal [hil] (v. 治癒)、health (n. 健康) 同源，**母音通轉**，核心語意是「**健康的**」（sound）。相關同源字還有 healthy [`hɛlθɪ] (adj. 健康的 )、healthful [`hɛlθfəl] (adj. 有益於健康的)。

延伸補充
1. health problem 健康問題　　2. be in good/poor health 身體好 / 不好

strength [strɛŋθ] *n.* 力量；力氣；長處 (≠ weakness) → 其形容詞是 strong。

truth [truθ] *n.* 事實；實話 (≠ lie, falsehood, untruth) → 其形容詞是 true。

延伸補充
1. tell (+sb.+) the truth 告訴某人實話　　2. to tell (you) the truth 告訴你實話
3. in truth/fact/reality = actually = as a matter of fact 事實上、實際上

warmth	[wɔrmθ]	*n.* 溫暖 → 其形容詞是 warm。
youth	[juθ]	*n.* 青年；青春 → 其形容詞是 young。
breadth	[brɛdθ]	*n.* 寬度 (width) → 其形容詞是 broad。
depth	[dɛpθ]	*n.* 深度 → 其形容詞是 deep。
length	[lɛŋθ]	*n.* 長度 → 其形容詞是 long。
width	[wɪdθ]	*n.* 寬度 (breadth) → 其形容詞是 wide。
height	[haɪt]	*n.* 高度；身高 → 其形容詞是 high。
weight	[wet]	*n.* 重量 → 其動詞是 weigh。

延伸補充

1. The girl is five feet **tall/in height**. 女孩身高五英尺。
2. The mountain is two hundred feet **high/in height**. 山兩百呎高。
3. The man is 90 kg **(in weight)**. = The man **weighs** 90 kg. 這名男子的體重是九十公斤。
4. The table is two feet **long/in length**. 桌子兩呎長。
5. The box is five inches **wide/in width**. 盒子五吋寬。
6. The river is about 30 feet **broad/in breadth**. 河寬約三十英尺。
7. The sea is seventy feet **deep/in depth**. 海七十呎深。
8. lose weight 減輕體重；減肥   9. **put on/gain** weight 增加體重

flight	[flaɪt]	*n.* 班機；航行、飛行；逃離 → 和 fly (v. 飛；逃離)、flee (v. 逃離) 同源，皆表示「流動」(flow)，更可引申「逃脫」(escape) 之意。
gift	[gɪft]	*n.* 禮物 (present)；天賦 (talent)

源來如此 give [gɪv] (v. 給)、gift (n. 禮物；天賦) 同源，**f/v 轉音**，核心語意是「**給**」(give)。

延伸補充

1. give + sb. + a gift 給某人禮物   2. have a gift/talent/genius for + N/Ving 在……方面有天賦

sight	[saɪt]	*n.* 視力 (vision)；所見之物；視界 *v.* 看到
sightseeing	[`saɪt͵siɪŋ]	*n.* 觀光、遊覽

源來如此 see [si] (v. 看)、sight (n. 視力 v. 看到) 同源，**母音通轉**，核心語意是「**看**」(see)。

延伸補充

1. see the sights of = go to see = go and see = go see = visit = pay a visit to 參觀、遊覽
2. go sightseeing 觀光、遊覽

complaint	[kəm`plent]	*n.* 抱怨；控訴 → 其動詞是 complain。
drought	[draʊt]	*n.* 乾旱、旱災

源來如此 dry [draɪ] (adj. 乾的)、drain [dren] (n. 排水管)，drought (n. 乾旱) 同源，**母音通轉**，核心語意是「**乾**」(dry)。「排水管」(drain) 可使水排「**乾**」(dry)。

restraint	[rɪ`strent]	*n.* 抑制、遏制；阻止 → 其動詞是 restrain。

秒殺解字 re(back)+strain (draw tight)+t →「拉」「回來」，引申為「抑制」、「限制」。

theft	[θɛft]	*n.* 偷竊 → 和 thief (v. 小偷) 同源，**母音通轉**，皆和「**偷**」有關。
fault	[fɔlt]	*n.* 錯誤 → 根據多方考據，**fault** 由形容詞 false 而來，**母音通轉**，核心語意是「**欺騙**」(deceive)、「**不正確的**」(untrue)。相關同源字還有 **fail, failure** 等。

弱小並不可恥，可恥的是不去變強！
格林法則就是我的魔法！
《格林法則魔法學校》讓你英文變強！

索引 Index

H

habit 120
habitat 120
habitual 120
hack 341
hacker 341
haggle 341
hair 123
hairdresser 215
hair-raising 123
half-price 202
hall 54
hallway 54, 283
halt 378
hammer 30
handkerchief 48
hapless 121, 392
happen 121
happiness 121, 393
happy 121
harbor 374
hard 384
harden 388
hard-hearted 65
hardly 384
hardship 394
hardware 111
hard-working 384
harmless 391
hat 391
hawk 46
head 47
headline 48, 377
headphone 48
heal 395
health 395
healthful 395
health-related 97
healthy 395
heart 64
heartbreaking 65
heartbroken 65
hearty 64
heat 358
heater 358
heat-resistant 246

heavy 46
heed 391
heedless 391
height 396
heighten 388
heir 122
heiress 122, 389
helicopter 186
hell 54
helmet 54
helpless 391
hemisphere 239, 337
hen 43
hereditary 122
heredity 122
heritage 122
hesitant 122
hesitate 122
hesitation 122
hide 54
hi-fi 99
high-ranking 212
hill 53
hippopotamus 186
hold 378
hole 54
holiday 107
hollow 54
homeless 392
homeward 281
homophobia 232, 393
homosexual 232
hood 391
hopeless 392
horn 65
horoscope 221
horrible 123, 382
horrified 123
horrify 123
horrifying 123
horror 123
horticulture 312
hose 54
hospitable 382
hospital 123
hospitality 123

hospitalize 123
host 123
hostage 123
hostel 123
hostess 123, 389
hostile 123
hostility 123
hot 358
house 54
household 378
housework 85
how 91
human 124
humankind 124
humble 124
humid 124
humidity 124
humiliate 124
humiliated 124
humiliating 124
humiliation 124
humility 124
humor 124
humorless 392
humorous 124
hundred 309
husband 37, 54
hydrogen 113
hydrometer 156
hyperinflation 368
hyperlink 368
hypermarket 367
hypersensitive 368
hypersonic 234, 367
hypertension 368
hypocrisy 56, 365
hypocrite 56, 365
hypocritical 56, 365
hypothesis 91, 365
hypothesize 365, 369
hypothetical 365

I

identical 125
identification 125

identify 91, 125
identity 125
idiotproof 208
ignorance 115, 340
ignorant 115, 340
ignore 115, 340
illegal 134, 339
illiberal 340
illiteracy 339
illiterate 339
illness 393
illogical 339
illusion 331
illustrate 331, 388
illustration 331, 388
image 285
imaginable 285
imaginary 285
imagination 285
imaginative 285
imagine 285
imbalance 339
imbalanced 339
imitate 285
imitation 285
immature 339
immaturity 339
immeasurable 340
immediacy 151
immediate 151, 340
immediately 151
immense 156, 340
immensely 156
immensity 156
immigrant 156
immigrate 156, 331
immigration 156
immoderate 340
immodest 340
immoral 339
immorality 339
immortal 339
immortality 339
immovable 340
immune 157, 340
immunity 157

只要購買書，就可以免費加入格林法則魔法學校，並獲贈學測、統測、指考歷屆試題電子檔（按本書字根首尾分類）。

我們一直有個感覺：上天指派我們來教授格林法則，要把這個福音散布到各地。

學格林法則就像練功一樣，看完祕笈之後還要實地演練，才能駕輕就熟。看完《**我的第一本格林法則英文單字魔法書：全國高中生單字比賽冠軍的私密筆記本，指考、學測、統測、英檢滿分神之捷徑**》只是學格林法則的第一步，接下來還必須跟同好、高手討教，才能建立正確的觀念。格林法則魔法學校正是集合全世界格林法則、構詞學和字源學高手一起切磋、學習的地方。在格林法則魔法學校的社群中，我們會舉更多的實例來驗證格林法則的威力，並提供你正確的單字學習法，消除你對於單字記憶的抗拒。在格林法則魔法學校，有來自各地的學霸和高手，熱心並免費地解答你任何英文單字的記憶問題，保證讓你打通全身筋脈，增進一甲子的英文單字記憶功力，成為真正的學霸。在這裡，我們不只要當一堂課的同學，還要成為一輩子的朋友！

格林法則魔法學校粉絲群組

加入格林法則魔法學校專屬line@
搶先獲得「格林法則魔法學校」的第一手資訊！

格林法則魔法學校社團

E-mail：j.lider56709759@gmail.com

語研力 **E030**

我的第一本格林法則英文單字魔法書
全國高中生單字比賽冠軍的私密筆記本
指考、學測、統測、英檢滿分神之捷徑

格林法則＋魔法記憶策略，有效學會上萬個單字，加入學霸行列。

作　　　者	陳冠名、楊智民
顧　　　問	曾文旭
出版總監	陳逸祺、耿文國
主　　　編	陳蕙芳
執行編輯	蘇麗娟
美術編輯	吳若瑄
插畫設計	許獻允
法律顧問	北辰著作權事務所

初　　　版	2019 年 06 月
初版十七刷	2022 年 07 月
出　　　版	凱信企業集團－凱信企業管理顧問有限公司
電　　　話	（02）2773-6566
傳　　　真	（02）2778-1033
地　　　址	106 台北市大安區忠孝東路四段 218 之 4 號 12 樓
信　　　箱	kaihsinbooks@gmail.com

定　　　價	新台幣 450 元 / 港幣 150 元
產品內容	1 書

總經銷	采舍國際有限公司
地　址	235 新北市中和區中山路二段 366 巷 10 號 3 樓
電　話	（02）8245-8786
傳　真	（02）8245-8718

國家圖書館出版品預行編目資料

我的第一本格林法則英文單字魔法書：全國高中
生單字比賽冠軍的私密筆記本，指考、學測、統
測、英檢滿分神之捷徑／陳冠名,楊智民合著.--
初版.-- 臺北市：凱信企管顧問, 2019.06
　面；　公分
ISBN 978-986-97319-4-2(平裝)

1. 英語 2. 詞彙

805.12　　　　　　　　　　　　108003926